邱常婷

獸靈之詩

保留地的祭歌

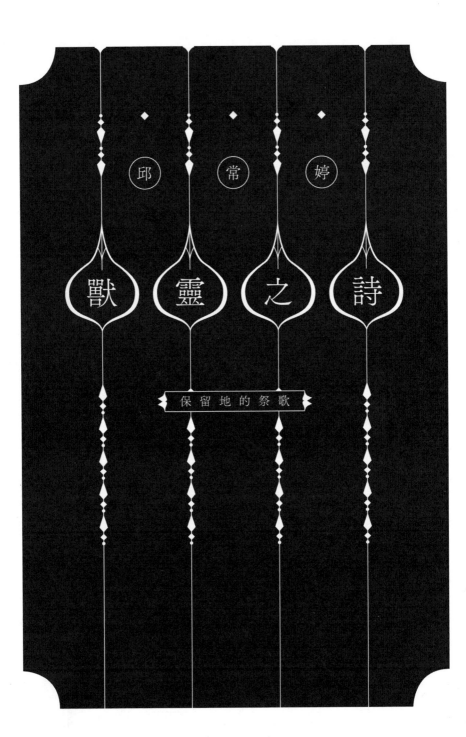

第一部　保留地

第二部

鏡子

歷史

最初

他聞到鮮血、大雨來臨前萬物乾燥騷動的燒焦味，以及閃光。

先是怪物的轟隆低吼，然後閃光尖銳地刺向大地，像野獸的牙齒，他從沒見過這麼銳利、破壞性的牙齒。怪物咬下之處地面流出血液似的紅色花朵，不可思議，那時，人看見花，碰觸花，他被灼傷，啊嗚啊嗚地吼叫著，眼睛裡燃燒恐懼與敬畏。

恐懼與敬畏。

一朵美麗的大紅花，隨時幻變形體，好像什麼都沒有，卻散發光與熱，照亮了黑暗。

黑暗中，被巨大牙齒鑿開的焦黑地洞裡，蜷伏著一頭獸，那獸的模樣人從未見過，牠有爪、有齒、有蹄、有尾、有鱗、有鰭、有鼻吻、有翼、有毛皮、有角、有殼、有尖喙、有羽、有掌、有鰓、有鬚、有複眼、有刺……以及所有人類不曾見過的部位，獸受了傷，牠有無數的眼，彷彿透過冰霜打量人類。

在這年代，人經常會看見新東西，當時，文字和語言都尚未被發明，世界萬物沒有名字，如要了解，只能伸手觸摸。人於是走向受傷的獸，探出雙手。

獸嗅聞著，試探著，最終垂下腦袋，畢竟以體型來說牠是那麼的大，而人類那樣渺小，人類要如何才能傷害牠呢？獸任由人類撫摸牠，以草藥治療牠的傷口，從牠體內同時發出鳥鳴、獅吼、犬吠、象嘯、嚎、鹿吟等無數的聲音。

那時，人類心中浮起了意念，不屬於人類，而是來自獸的意念，獸問他：就讓我們約定。

蒙昧時代的人類，在抽象的意義上遠比現今了解更加透澈，他完全知道獸的意思，是以回答：就讓我們約定。

於是獸在人類的身上留下特殊的傷口，傷口癒合後，傷疤呈現特殊的形狀，那便是圖騰，也是世間第一個文字，第一個符號與名字，那是獸的名字。

第一位人類神的凶惡就是取代那些人類信奉的動物神所遺轉而來……此後動物的特質就在祂們身上生了根，就如馬廄的臭味永遠附著在冒險家們的身上永不消失一樣。甚至在詩人荷馬的心裡也頗爲複雜地描述希臘女神有一對梟眼，另一位女神有的是牛眼。在埃及與巴比倫的神或食人魔是人面獸身。

——威爾．杜蘭《文明的建立》

距今一萬五千年至四萬年前

這幅壁畫位於印尼婆羅洲某處洞穴內，據說是世界上最古老的動物壁畫，完成於四萬年前，比法國肖維岩洞壁畫的三萬六千年更早，也比拉斯科洞窟壁畫的一萬五千年、西班牙的阿爾塔米拉洞壁畫的一萬兩千年更早。但將這幾個洞穴壁畫仔細觀看，會發現隨著時間過去，遊客參觀造成的二氧化碳以及空氣濕度、溫度，均令壁畫本身產生改變。

壁畫形體愈發模糊，動物和人的形狀逐漸相似，不知是被破壞以至於無法修復的痕跡，亦或是新的圖樣。但萬年以前的壁畫緣何會產生新的圖像呢？壁畫的內容逐漸改變，普遍環繞著一個主題，即是動物在人類身上留下傷痕，而人類成爲永生不死的神靈。

公元前十三世紀到十五世紀

19、凡有血肉的活物，每樣兩個，一公一母，你要帶進方舟，好在你那裡保全生命。
20、飛鳥各從其類，牲畜各從其類，地上的昆蟲各從其類，每樣兩個，要到你那裡，好保全生命。
21、你將成完人，你的肉體爲方舟，我造的走獸飛鳥將進入你的身體。
22、挪亞就這樣行。凡神所吩咐的，他都照樣行了。

——《創世紀》

公元前四八一年

魯哀公十四年春，西狩於大野，叔孫氏之車子鉏商獲麟，以爲不祥，以賜虞人。麟欲奔逃，遂遭鞭笞，其傷甚巨而麟不反。仲尼觀之，反袂試面，涕沾袍。

麟死，身布百千疤疕。

公元五〇二年

南朝梁武帝命畫師張僧繇於佛寺壁面繪四白龍，四龍均無雙目，每云：「點睛即飛去。」人以爲妄誕，固請點之。須臾，雷電破壁，兩龍乘雲騰去上天，二龍未點眼者見在。

公元一一〇〇年（或未知）

「……總之是在很久很久以前。」

「多久？」

「總之很久。那時候，我們的祖先前往尋找新的定居地，他是一個接近神的男人，因爲他的身上有兩個與伊古結合的傷疤，要知道一般人通常只能跟一隻伊古結合，像他這樣與兩隻伊古結合的人，擁有非常強大的力量。」

「那他的伊古是什麼呢？」

「他的伊古是一隻熊鷹和一隻雲豹，他在熊鷹的帶領下翻越聖山到古茶布安，而他的雲豹在嘗了一口那兒的溪水後，再也不願離開，於是古茶布安就成為我們的發源地。」

在寒帶與亞寒帶地區的狩獵採集者曾談到，麋鹿和馴鹿等動物有可能愛上人類。他們解釋，這些動物是透過向獵人「獻身」來展現牠們的愛；牠們會站著不動，凝視獵人，讓獵人能輕易射中牠們……

部分科伊桑民族認為，獅子是他們在動物界最親近的親戚。居住在尼艾尼艾以西、相當遙遠的埃托沙大鹽盤的海奧姆族就如此相信；該族的祖先極有可能就是創作出推菲爾泉岩畫的創作者。據海奧姆族的口述歷史所述，母獅會誘惑男性獵人，說服他們以獅人的身分加入獅群世界。以及有許多薩滿巫師都能隨心所欲變身成獅子——因此推菲爾泉岩畫上的獅子有著似人的足趾數量。

——詹姆斯．舒茲曼《原始富足》

公元十六世紀末

相傳卑南族的男子格魯干被三種神祕動物咬傷，傷疤遍布全身，形成刺青般的花紋，有一天，格魯干身上的花紋被荷蘭人看見了，便將他綁架到荷蘭，他死後，荷蘭人將他的皮剝下來製成標本，過程中，荷蘭人發現這些花紋深達骨頭。

據說天上的神靈原本準備讓格魯干身上的花紋成為山地原住民最初的文字，但他被荷蘭人帶走了，從此原住民再也沒有文字誕生的可能。

公元一八三〇年

印地安人排除法案通過後，政府軍隊迫使一萬六千名族人往西遷移，四千多人在淚之途中喪命。彼時遷徙的族人中有人與獸結合，而白人軍隊禁止這些特殊的獸跟隨族人離開，無論印地安人如何哀求，白人軍隊都不相信獸和人類分開會死亡，他們以爲獸只是普通的動物。族人們持續往西遷移，據說他們無論走多遠，都能聽見蒼鷹、狼與山獅的呼喊，看見黑熊與麋鹿的足印，以及浣熊、蠑螈、棉尾兔淒然追隨隊伍奔跑的小小黑影。

> 獻祭動物是屬於神的（至少有一種動物爲此神所獨享），神有動物的樣貌，或者動物被當作神崇拜。在神爲人貌的例子中，我父重獲人形，並構成宗教的根源。
>
> ——佛洛伊德《圖騰與禁忌》

公元一九三六年

赫巴特動物園內，最後一隻人工飼養的袋狼感到這天不同尋常，牠在太陽下待了比往常更久的時間，久到，像是已經被整個世界所遺忘，但這並不困擾牠，陽光從溫暖到灼熱，牠身上的最後一滴水分被蒸發乾，牠自由了。這個物種亦從此滅絕。

公元一九五七年，蘇聯

名爲萊卡的狗乘坐火箭前往太空，再也不曾回來。有人發現古怪紀錄，火箭中的錄音出現女性哭喊。

一直到一九六〇年，生物學家才讓我們見到第一頭在動物園出生的獵豹。在野地裡，一群獵豹兄弟追逐一頭雌性，飛奔數日，雌獵豹似乎必須在這樣粗野的追求過程中才會排卵，發情。在獸欄中，獵豹拒絕表演這樣複雜多樣的戲碼。

——賈德・戴蒙《槍砲、病菌與鋼鐵》

公元一九六五年

名爲瑪格麗特的訓練師教導海豚彼得用氣孔發聲，學習人類的語言，他們共同生活在海豚館中，一天二十四小時都在一起，他們一天的時間分爲玩樂時間、學習時間等等，有一天，彼得對瑪格麗特展現出性吸引力，牠的陰莖因瑪格麗特而變硬，牠隨時想與她玩樂，一點也不想學習，當她與其他人說話，彼得忌妒地發瘋。最終實驗經費遭取消，瑪格麗特與彼得被迫分開。

彼得不斷呼喚瑪格麗特的名字，當牠明白她再也不會回來，牠沉入水底，因拒絕換氣而死。

公元一九七七年

那隻學會人類手語七百個單詞的黑猩猩，在籠裡對著當初照顧自己、教會牠語言的人類比著手語：「我好寂寞。」

吉力馬札羅是一座海拔一萬九千七百一十英尺的長年積雪的高山，據說它是非洲最高的一座山。西高峰叫馬塞人的「鄂阿奇—鄂阿伊」，即上帝的廟殿。在西高峰的近旁，有一具已經風乾凍僵的豹子的屍體。豹子到這樣高寒的地方來尋找什麼，沒有人作過解釋。

——海明威《吉力馬札羅山的雪》

公元一九九九年

雅茵好愛她的貓。

或許是因爲除了貓以外，她一無所有。她跟母親一起住在倫敦東區的一間小套房裡，她還是嬰兒時就經常吵個不停，她的母親忍無可忍，從水溝邊撿了一隻髒兮兮的大白貓回來，讓雅茵哭鬧時有溫暖毛茸的東西可抱。

說也奇怪，鄰居從此不再抱怨他們家有嬰兒哭聲吵人。

白貓是隻老貓，莫名地，懂得如何陪伴嬰兒，基本上就是什麼都不做，牠陪伴雅茵直到她的母親大半夜帶著剩菜回來，日復一日，雅茵就這麼囫圇長大了。雅茵跟白貓一起做任何事，畢竟從她有記憶以來，白貓就在她的身邊，是她最好的朋友。

雅茵十二歲時，白貓已經老得動都動不了。母親告訴她，白貓要死了，可自己趕著去上班，只能囑咐雅茵在白貓死去後把牠的屍體裝到垃圾袋裡，拿到外頭丟。雅茵抱著虛弱的白貓痛哭，有那麼一剎那，彷彿她與貓合爲一體，她能對白貓的痛苦感同身受，而白貓完全理解她的悲傷。

不知怎地，像是一個猜想，一種直覺。雅茵懵懂地朝白貓伸出手：「咬我，咬我。」她哀求，老白貓藍色的眼睛看著她，伸出舌頭舔了舔她的手，隨即死去。

如果牠能咬我，我就可以跟牠分享自己的生命。直到多年過去，雅茵依然困惑於自己當時的想法。

現在

那些壁畫是突然出現的。起先在新疆與俄國發現的地穴中找到以動物爲主題的壁畫，其後這些壁畫出現在全世界，最近一幅是位於哥倫比亞雨林近十二公里長的岩畫，描繪著遠古時代早已滅絕的動物。

動物壁畫並不稀奇，古怪的是畫的內容。

這些畫無一不在描寫一個故事，有連續事件與意義的故事。故事本身很簡單：當人類前往狩獵動物，動物在人類身上留下傷疤，傷疤的模樣每一個都獨一無二，宛如圖騰，而人類將因傷疤獲得永生。

未來一百年間，世界各地出現愈來愈多類似的畫作，不僅僅是壁畫，有些藏在織品中，有些是雕塑，有些刻在千年樹木上。更奇異的是，原本許早就被發現的幾個古老洞窟壁畫，內容竟與最初看見時不同，其展現的內容均十分相似，便是動物在人身上留下傷疤，而人類獲得強大力量的神話。

隨後，彷彿呼應壁畫的內容，獸靈出現了。

起初人們以爲獸靈是各種動物的突變體，畢竟牠們與一般動物無異，然而獸靈是如此特別，好似生來就爲了與人類匹配，當第一個獵人發現被獸靈咬傷後，自身能夠獲得特殊的能力，並延長原先虛弱的生命，這個消息很快就傳遍了全世界。

沒有人知道獸靈究竟是什麼時候出現的，好似牠們早已存在。至少如今世界各地的多樣民族中都流傳著久遠的、關於獸靈的傳說，更有與獸靈結合的人類現身說法，展現著不可思議的力量。一切都漸漸變得有跡可循，各國也蠢蠢欲動，準備藉由這種新的資源取得更好的利益。部分學者認爲獸靈就像人體器官一樣，在X光被發明之前，就一直在那兒等待被揭開。

人們逐漸對獸靈習以爲常，歷史的怪異之處更無須舉證，一切都有跡可循，早在開天闢地的時刻，早在創世紀以前，早在人還不懂得生老病死的儀式之前，獸靈就存在。

歷史這麼告訴我們。

第一部

保留地

他們劃分出保留地與都市區，從此限制保留地人不得離開邊界，邊界外的人亦不得進入保留地。隨後我們的導師自密冬帶來五隻獸靈，分送給五大家族，以金家為首，引領其餘四大家族共治灣島。金家得金雞；劉家得地牛；古家得瘋虎；朱家得赤豬；高家得山犬。

密冬慷慨大方，使導師為五大家族製作五樣聖物，聖物上刻有其獸靈圖騰，聖物便得獸靈力量。金家得鏡；劉家得環；古家得鈴；朱家得缽；高家得珠。導師製完五樣聖物，又在金家請求下為其製作聖物複製品，但導師僅將金家聖物複製三次後，便無法繼續下去，他已即將坐化。

——《紀事》

第一章

泰邦一直知道自己的弟弟跟別人不一樣。

首先是味道，泰邦擁有一個好鼻子，像黑熊一樣精準，弟弟聞起來熟悉、溫暖，如果泰邦願意承認，他會說弟弟聞起來很好，像百香果和龍眼蜜。當他哭的時候，聞起來像濕漉漉的小狗，他生氣時則如雷雨前大地焦灼的苦味，總是刺激得泰邦想打噴嚏。弟弟在黑夜裡奔跑的時候，他的腋下帶著強烈的山胡椒氣味，像兩道螢光劃過山林，追逐著那有顏色似的氣味，泰邦可以追得很遠，直到在北方森林的洞穴中發現蜷縮著的、憂鬱的弟弟。

除此之外，泰邦認爲弟弟很聰明，他是部落裡少數可以識別外鄉字的孩子，他很纖細，還會畫畫，靜止時的弟弟身上百香果和龍眼蜜的氣味會更加明顯，他專注地用木炭素描時，身上的氣味爆裂開來，甜得幾乎讓泰邦暈眩，他總是因此皺起鼻子。他的弟弟是男孩，泰邦知道其他男孩聞起來應該是怎樣：辛辣、單調的金屬與篝火、煙塵與灰燼味，有時還有鮮血、野獸屍體的惡臭。

他的弟弟聞起來一點也不像男孩。

有時泰邦會想，自己是不是在弟弟意識到之前就先明白，那發生在弟弟身上的祕密，弟弟總是文靜地看著周遭的一切，他喜歡鮮豔美麗的衣裳，討厭骯髒，他的頭髮愈留愈長，而且不允許泰邦幫他修剪，到了後來，甚至也不願泰邦用原本的名字稱呼他。

於是有好長一段時間，泰邦都喊他：「弟弟！弟弟！」

弟弟看上去也不喜歡這個稱呼。

泰邦知道但什麼也沒說，畢竟這兒的生活很隨意，沒人在乎他的弟弟最終會長成什麼樣。直到弟弟第一次在部落被欺負的時候，做爲一個不怎麼聰明的兄長，泰邦的肌肉倒是十分發達，他揮舞著拳頭把那些壞孩子趕走了。隨後他把灰頭土臉的弟弟撈進溪水裡，替他剝掉髒污的外衣，清洗全身。

弟弟滿身是傷，卻說了當天的第一句話：「我想改名字。」

「你想改什麼名字？」

「璐安。」

Luan，那代表山中霧氣，同時也是女孩子的名字。泰邦嘆了口氣：「你想叫什麼就叫什麼吧。」

除了璐安，泰邦沒有其他家人了，所以他很少拒絕弟弟的要求，只要不離開部落太遠，使者不會爲難他們，他們的名字對軍隊來說也沒有意義，只對他們彼此重要。

他們的部落很小，十幾戶人家，但仍然被軍方要求派出使者，泰邦從有記憶以來就知道，部落是他們的家，部落北方的遙遠之處，橫亙著邊界，邊界不能穿越，否則會被在附近駐守的軍隊射殺。大人都以為孩子們不知道原因，不清楚這個地方是怎麼一回事，或許大部分的孩子是這樣吧，除了泰邦。他們的父親因為資源匱乏，幾次偷溜到邊界附近尋找物資，當時璐安還小，但泰邦嘗過一種油膩香脆的扁平食物，還有活生生的深色甜水，那種甜水在還沒死掉前會發出嘶嘶的呼吸聲，父親和母親教導他等待氣泡消失，甜水不再呼吸以後才喝，這樣一來甜水喝起來就不會刺痛舌頭。

他們的父母在某一天消失無蹤，據說他們決定永遠逃離保留地，卻被軍隊發現了，屍首也被軍隊收走。「是他們自找的。」當時的阿巴刻拋下這樣一句話，沒有給予泰邦更多解釋，但他從此知道，自己只剩下弟弟，他必須照顧璐安。

橫死在家鄉外的人會成為惡靈，這是他們的信仰，成為惡靈的靈魂死後會傷害生者，而在家鄉善終的人才能成為祖靈，成為好的靈魂。好的靈魂和壞的靈魂彼此對抗、制約，形成部落人的日常生活，上山打獵沒有獵物，可能是惡靈作祟；生病突然好起來，則是祖靈保佑。

部落族人都懼怕、厭惡惡靈，更認為跨越邊界的人是叛徒，讓整個部落蒙受被軍方懷疑的危險。

泰邦打從心底憎恨軍隊，那股恨意就像炭中微微燜燒的火苗，儘管部落裡的長老都說軍隊這麼做是為了保留地的所有人好，邊界外有可怕的疾病和污染，保留地的人身體太過脆弱，無法承受。泰邦仍無法遏止心中的恨，他經常思索父親和母親死亡的原因，他們是因失敗而死？還是因成功呢？畢竟從保留地成功逃跑的人其實不會受到懲罰，問題是不能回頭，一旦離開保留地又跑回來，會將外界的病菌帶給保留地，害人們死掉，軍隊為了保護保留地的人們，將會射殺這些回頭的人。泰邦不知道自己希望父母成功或失敗，因為如果他們當時眞的已經跨越邊界，回頭的原因必然是他和璐安。

泰邦也想知道，父親母親為什麼要跨越邊界，任由他們自生自滅。「因為他們不在乎你跟你弟。」部落裡的長老曾在泰邦聽聞消息而哭泣時幸災樂禍地說。

因爲他們痛恨部落的生活。泰邦最終得出結論。可是邊界外眞有那麼好嗎？泰邦曾聽說因爲疾病和污染的關係，邊界外的人泰半死亡，餘下的人住在都市區，活在巨大的玻璃泡泡裡。

這些都是傳聞，泰邦覺得不可思議，每一次聽到都想笑，同時也想哭。第一次聽到這些祕密的時候，他必須摀住嘴忍受劇烈的情緒，否則會被其他的使者發現。這是泰邦長久以來的習慣：偷聽使者在守護所舉行會議的內容。泰邦會在守護所外的芒草叢中隱藏身形，他有一雙不輸給鼻子的敏銳耳朵，距離一公尺內他可以將耳朵貼在地面，從中聽見屋子裡的聲音。

連結保留地與軍方的部落使者，通常是部落裡有聲望的成年人，被稱爲阿巴刻。很久很久以前這個詞彙的意思是靈魂，現在已經不這麼稱呼，而成爲特別指稱部落使者的詞彙——阿巴刻，悲傷的是，成爲阿巴刻後，這人必須捨棄自己原本的名字，從此以阿巴刻作爲名字，就算卸任後也不能將原本的名字取回，卸任後的阿巴刻會成爲「無名者」，部落裡的人也會進行驅逐儀式，將阿巴刻趕到村外。

阿巴刻成爲阿巴刻後，將遷入位於部落入口的小屋子，小屋子被稱爲守護所。阿巴刻理解其他人的意思，以後他或她將要做村子與軍隊的橋梁，不再是能夠完全信任的人了，儘管如此，部落裡的人依然暗地裡相信著阿巴刻，只是這份信任已經不能夠再顯露出來。在泰邦與璐安居住的部落裡，不久前剛進行阿巴刻的交接，新阿巴刻是一名初滿二十歲的青年，他長得短短的，一張黑得發紅的臉，過去總是帶著溫和的笑容。

泰邦偶爾會被阿巴刻抓到在偷聽，幸好新任阿巴刻是個寬容的人，他總是放泰邦走，而且囑咐他下次別被發現。泰邦就這樣懂得了比起其他同年孩子更多的事情。

部落裡的生活很辛苦，泰邦每天的工作是到山林中閒晃，看能不能找到一些可食用的漿果或植物的根莖，如果恰好發現效果不錯的藥草，他就帶回家或者轉賣給部落裡的老女巫苡薇薇琪。泰邦不怎麼喜歡苡薇薇琪，老女巫每次看到他，總會喃喃念著：「啊呀啊呀，這是那個即將要變成雲豹的哥哥吶。」泰邦聽過這個傳說，但不懂老女巫爲何老是要對他囉嗦，他還有許多工作要做。

每隔幾天都市區會固定投放物資給保留地，泰邦便到部落附近的投放點撿拾物資，璐安好幾次表明自己也想去，但撿拾物資往往會跟其他族人，甚至是其他部落的人起衝突，泰邦如今有十四歲，行動靈巧，遇上麻煩可以拔腿就跑，可一旦璐安跟著，他身體那樣孱弱，也許一下就會被追上。

「等你跟我一樣高的時候再說。」泰邦老是這麼保證，說完還伸手揉揉璐安的頭。

泰邦從未在物資裡見到父母曾帶給他食用的油膩馬鈴薯片、黑色甜水，他們給予的物資其實大多能在保留地內找到，像是芒果、百香果、木瓜、香蕉等等的水果，還有蜂巢、天牛幼蟲，偶爾若是運氣好，甚至能撿到山豬或水鹿等獸肉。

只是這些食物在保留地上不容易蒐集跟獵取，能夠獲得一整籃需要努力一個月才能獲得的食物，對許多族人來說都是好事，儘管苡薇薇琪老是低聲咒罵那些撿到的食物受到詛咒，尤其是不勞而獲的獸肉，簡直是對族內高明獵人的污辱。

其他熱中撿物資的大人不以爲意，能否撿到物資是各憑本事，就算像泰邦這樣年紀的孤兒也擁有撿物資的資格。在最初，泰邦經常拿不到物資，一下子就被成年人推倒在地，或者被搶走已然抱在懷中的食物，經過好長一段時間，泰邦才學會靈活運用自己瘦小的身軀在縫隙裡鑽進鑽出，泰邦再長大一點，便已強壯得足以和成年人一同競爭。

泰邦一直沒有放棄爭奪物資，因爲物資籃裡不是只有食物，還夾帶大量生活用品：布料、棉花、柴火、工具、食器等等，泰邦需要那些玩意，他總不能讓璐安過得不好。

如果璐安沒有我，他要怎麼辦？泰邦經常這麼想。莫名的憂傷襲上胸口，讓他感到刺痛，後來當泰邦開始生病，他會回想起那份憂傷與不安，他的病就是從這裡開始的，同樣讓他發熱、流淚、喉嚨發乾、四肢癱軟，彷彿在他看不見的地方，他的臟腑偷偷離開他的身體，到遠方流浪，於是他這麼掛心，這麼放不下，可是又能如何呢？不知怎地，泰邦知道，自己無能爲力，只能強裝沒事，打起精神繼續他們的旅程。

一天又一天，兩兄弟逐漸長大，這是即將變成雲豹的哥哥以及他的弟弟的故事。

今年夏季比往昔更加漫長而炎熱，趁著天色還灰濛濛的，空氣也仍冰涼乾淨，泰邦提早從克羅羅莫部落出發，帶著一點乾糧，穿越層層樹林前往投放點。幾天前泰邦剛得知物資的投放時間，爲了拿到較好的物品，泰邦沒有對任何人說過他早已知曉的祕密，對此他很羞愧，但也更加堅決。

泰邦看見巨大的黑影緩緩撫過草地，他抬頭，見身形細長的大鳥飛過天空，從鳥的肚子底下有好些物資籃正徐徐墜落。泰邦等待物資籃降落在地面後，才小心翼翼上前檢視，同時尋找璐安需要的特殊物品，他不能讓其他人看到。

不一會兒，許多遠遠瞧見物資掉落的人不論長幼，紛紛朝這兒前進，遇見彼此時就像貓看見另一隻貓，悄悄地避開目光走向另一方向，大家努力維持表面的相安無事尋找所需物資，泰邦很清楚原因，自從幾次物資投放引起暴動，如今每次投放物資，山林中都有軍隊在監視。

然而完全不發生衝突是不可能的。爲了避免這點，泰邦決定見好就收，恰好這時他也撿得差不多了，他小心用山羌皮覆蓋住自己取用的物品，綑成包袱，從山壁的陰影處踏上回家的路。

突然間，泰邦聽見了細微的哭聲，以及幾句慌張的交談，他回頭，在愈來愈密集的人潮中辨認出聲音來源，那是來自部落族人的熟悉語調，他想了一下，哭泣的女孩是瑪加凱，瑪加凱有個哥哥，叫做達諾。在部落中，瑪加凱和達諾是少數會與泰邦交談的族人，只因他們的父親也離開部落，雖不知道有沒有跨越邊界，但不曾再回來過。

新一批的物資降落，人群立即移往該處，瑪加凱和達諾小小的影子無助地站在山壁邊，他們膽子不夠大，一旦被威嚇就不敢上前爭搶物資，總是站在一旁等著撿其他人挑剩不要的。而此時人潮漸散，達諾焦急地檢查每一個剩餘的物資籃，想看看裡面還剩下什麼東西，他的妹妹站在一旁啜泣，臉上有傷，可能是剛才撿取物資時被其他人打傷的。

「瑪加凱，不要哭了。」達諾一面檢查物資籃一面勸哄著：「我等等幫你看看傷口，不要哭……你這個樣子會被軍隊注意到的。」

瑪加凱吸著鼻子，她無法停止哭泣：「達諾，我想爸爸，為什麼爸爸不回來……」

「他已經不在了，說不定已經死了，噓，瑪加凱，你必須……」

「我想爸爸。」瑪加凱彷彿再也無法忍耐，她忍耐的哭聲愈發明顯：「如果他還在就好了，我不想再看到媽媽每天以淚洗面，邊界附近有什麼？讓爸爸不想回來？」

「瑪加凱。」達諾的聲音開始發抖，就算是站在遠處的泰邦，也能看見樹林中傳來陣陣騷動，隨著一陣低微的嗡嗡聲，有東西正迅速接近。可是瑪加凱還在不停地說。

「哥哥，我們不能帶媽媽一起離開嗎？我們一起去找爸爸，為什麼爸爸不回來？」

「瑪加凱！你不要再說了……」

「有一次，爸爸曾經回來看過我。」瑪加凱帶著哭腔的語氣如夢似幻：「那是晚上，你跟媽媽都睡著了，我躺在地上，突然就醒過來，外面的月光照亮我的臉，我看見爸爸的上半身探進屋子裡，他彎下腰，長長的手臂伸向我，在我嘴裡放了一種軟軟滑滑的食物。」瑪加凱舔著嘴唇，彷彿無限回味：「那種滋味我想像不到，不知是什麼，有點甜，但又不太甜，主要的味道都纏繞在舌尖，有點苦，我吐出來，發現食物已經融化了，像是枯掉的椰子樹葉子顏色，我把汁液舔掉，在嘴巴裡面又變成甜的……這種不可思議的食物，我從來沒有在這邊吃過。」

達諾看起來有些發愣：「你是說……爸爸有回來看過我們？真的……瑪加凱？」嗡嗡聲愈來愈強烈，樹木的枝葉被快速接近的物體擾動搖曳，泰邦心急如焚，瑪加凱和達諾依然只是愣愣地看著對方。

泰邦在一瞬間用小刀割破了身上的包袱，獸皮和底下的布包一下子綻裂開來，滿地他剛才撿拾的食物與日用品，除了大塊獸肉、水果和地瓜以外，還有色彩粉嫩的布料，以及一盒五顏六色的怪東西，那究竟是什麼，只有泰邦知道，不定期發放的物資中偶爾會有這種與日常生活無關的物品，通常會被其他人棄置一旁，偏偏他的璐安就是想要這些東西。

原本在附近撿拾物資的人一下子湧了過來，畢竟泰邦總是最早到投放點，撿到的物資也最好，一片混亂間，有人對泰邦開玩笑：「真是不小心，我幫你撿，我幫你撿。」可是撿完卻收到了自己的布包裡。還有人調侃他：「撿那麼漂亮的布，是準備要娶新娘嗎？」

因爲這場混亂，瑪加凱和達諾都被人群淹沒了，山林間的騷動並非平息，而是轉而觀看撿拾物資的人們是否有暴力行爲，兄妹倆像是驟然清醒過來，急切地蹲到地上撿東西，他們一面撿一面把食物還給泰邦，並且不斷對他道謝。泰邦沒有答覆，他假裝什麼也不知道，只撿回一些食物跟璐安喜歡的東西，然後跟隨逐漸散去的人群一起回家。

泰邦跟璐安住的地方被稱爲炭屋。

因爲又破又小，加上被煙燻得烏黑，沒有大人幫忙整理、打掃，屋子愈長愈奇怪，屋頂破了就拿不合適的木板亂補一通，門窗壞了也拿獸皮、塑膠板胡亂遮擋，只要能繼續爲他倆遮風擋雨，炭屋長得再難看也是他們的家。

泰邦迅速打開門板，閃身進入，璐安身上的百香果氣味混合炭火、獸皮的味道席捲而來，讓泰邦感到安心。他和弟弟打了招呼後，開始將袋子裡的物品一一放在桌上，準備分門別類。

其中薄且硬的盒子裡裝著各種顏色組成的小棍子，過去當他第一次將這東西送給璐安，而璐安也確實弄清楚該如何使用以後，他開心了好久。璐安讀著盒子上寫的外鄉字，他無法了解那些字的讀音，但能夠記住字的模樣和排列組合，往後只要看見一模一樣的字，他就能理解意思，好比那些彩色小棍子，璐安小心翼翼使用它們，泰邦見證璐安用小棍子畫出許多美麗的圖案，直到每一根棍子都慢慢消失不見，璐安才繼續使用木炭素描。

泰邦將那東西放在桌上，等待璐安自己發現。他開始準備晚餐，一面拿出未脫殼的小米和醃製的山羌肉，不時看看璐安在做什麼。璐安正專注地拿著木炭在桌上塗塗抹抹，絲毫沒有注意到那份給他的禮物，泰邦笑了：「你在畫什麼呢？」

「一隻雲豹。」

「嘿，看起來比較像貓。」

璐安皺起鼻子，剛抬起頭要罵人，卻看見嶄新的彩色小棍子就在面前，他顧不得其他，趕緊打開盒子為雲豹上色。

吃過飯後，璐安摟著泰邦的脖子沉默不語。

「璐安，你下次要畫百步蛇給我啊。」泰邦笑嘻嘻地說。

璐安搖搖頭，雙頰脹得通紅，泰邦很了解弟弟，知道他想道謝又不好意思，於是也擁住他，把他抱到床上。

「我還不想睡覺。」璐安掙扎：「泰邦，說故事給我聽吧。」

「為什麼我要說故事給你聽？」

「因為你每天都要說故事給我聽，這是你的責任。」

泰邦忍住一個微笑。對璐安說了一個故事，這個故事其實也是他在守護所外聽來的：「很久很久以前有一對兄弟，他們感情很好，有一天，兄弟倆準備去外面打獵，就請媽媽幫忙準備小米粽當食物。一切都準備好之後，他們就離開家，走了許久，弟弟覺得肚子餓，哥哥因爲很疼愛弟弟，就對弟弟說，如果你餓了，可以先吃我的小米粽。

「誰知道當弟弟打開哥哥的小米粽，發現裡面包著蟑螂屎和沒熟的小米，他們只好又打開弟弟的小米粽，結果裡面包著香噴噴的豬肉。哥哥很傷心，他不明白自己做錯了什麼，讓媽媽這麼不喜歡他。弟弟同樣也很難過，因爲他非常愛他的哥哥。

「哥哥於是說，既然媽媽不喜歡他，那他就不回家，他要留在山上，變成動物，弟弟想要阻止，可是哥哥已經開始念各種動物的名字，直到念到里谷烙的時候，他的身上開始長出有斑紋的毛，就像里谷烙一樣，你還記得里谷烙是什麼嗎？」

「是雲豹。」璐安將眼睛藏在手心底說。

「對，然後哥哥就跟弟弟說：『你回去吧，已經不能挽回了，你回去跟爸爸說，以後你們來到小溪那邊的時候，會看見很多獵物，如果獵物摸起來是溫熱的，就代表我還活著，如果獵物摸起來是冰冷的，那表示我已經死了，我的屍體會掛在溪邊有植物攀附的大樹上。』哥哥一面說，四肢一面變成了雲豹的四肢，他還想繼續說話，但他的聲音也已經變成了雲豹的叫聲，哥哥用雲豹的眼睛憂傷地看著弟弟。弟弟邊流淚邊撫摸雲豹的毛，最終離開了哥哥。

「弟弟回家把事情對爸爸說了，爸爸十分傷心，他到溪流邊看，確實發現許多獵物，而且摸起來都是溫熱的，從此以後，他們經常到溪邊把獵物揹回家，直到有一天，他們發現獵物摸起來是冰冷的，爸爸知道他的兒子死了，終於哭了起來，他和弟弟一同到那棵有植物纏繞的樹下，發現哥哥的屍體就掛在樹上，他們將哥哥從樹上取下來，用植物的葉子覆蓋住他。」

「然後呢？」

「什麼然後？」

「他媽媽沒有得到懲罰嗎？」

「當然有，媽媽被爸爸趕出家門，變成了一隻老鼠，這就是老鼠的由來。」

璐安的嘴角浮現小小的笑容：「你騙我。」

「我騙你做什麼？」

「你喜歡看我很笨的樣子。」

「可是你又不笨。」泰邦說：「我才是最笨的那個，我連苡薇薇琪的祭歌都只學會一首。」

璐安嘆了一口氣：「就算學會很多祭歌，也不代表有用。」

「是嗎？那什麼才有用？」泰邦溫柔地問。

「打獵、撿物資、跑很快、會打架……這些有用多了。」璐安的眼睛眨了幾下，閉上，又張開，再眨幾下，最後終於支撐不住地閉起眼睛，不過嘴裡仍念誦著他認為的「有用」。泰邦輕拍弟弟的背，聽著璐安的呼吸聲逐漸和緩，他睡著了，泰邦這才閉上眼睛，陷入遙遠的夢境。

從夏初開始，夜鷹「追伊——追伊——」的啼叫聲嘹亮地釘入睡眠，讓人輾轉反側，頻繁的雷雨和高溫更讓泰邦作起奇怪的夢，夢中他走在熟悉的山道上，跟隨黑暗裡的螢火蟲，泰邦向上行走，直到抵達山頂，山頂是一片深藍色的夜空，星星無以計數，東方正逐漸升起黎明，泰邦這時注意到，他正在雲海之上，而路途仍未到盡頭。

泰邦卻覺得疲憊，他站在那兒，彷彿正等待著什麼，隨一陣風橫越山林的雲霧裡徐徐走來一道黑影，一個美麗的存在，泰邦不知為何，覺得那是他們的祖靈。

泰邦醒來時，有種酸酸澀澀的感受充盈在胸口，他垂頭凝視睡在身旁的弟弟，想起那個夢境，便有了訣別的預感。那終究只是一個夢而已。泰邦提醒自己。

璐安緩緩醒了過來，他看見泰邦已經穿戴好打獵用的裝束，有些難過地轉開頭，假裝還想睡，泰邦知道那是因爲自己從來不讓璐安跟他一起到部落外，可如今他想讓璐安懂得一些事情，一些即便他不在了，璐安也能好好照顧自己的事情。

「我們今天一起去射飛鼠。」泰邦說。璐安跳了起來：「眞的？你要帶我去？」

泰邦故作無所謂的樣子，回答：「我想你已經長大了，還是你沒有長大？」

「我長大了！」

泰邦替璐安穿上方便打獵的衣物，以及底部堅固的鞋子，可以讓他的腳不會受傷，他們攜帶弓箭和獵刀離開炭屋。

他們出發的時間很早，天還未完全亮起來，部落中有不少大人已經在工作了，看著泰邦和璐安的眼神有些奇怪，但泰邦不以爲意，直到走出部落口，即將經過守護所時，泰邦遠遠地就能聽見守護所內阿巴刻的聲音，他感到有些不尋常，平常這個時候阿巴刻還在大聲打呼，但此時阿巴刻卻以沉悶的聲音低吟歌曲，彷彿自言自語，也像是小聲嗚咽，泰邦壓抑住想偷聽的欲望，今天他必須特別關照璐安，必須要保護弟弟的安全。

他們很快步上族中獵人走出的小小獵徑，橫越大片山林，將身上的味道和影子，與樹木的陰影、山谷的陰影完全疊合，泰邦教導璐安走路不發出聲音的方法，還有走在陰影裡，人就成爲山的一部分，同時也成爲了陰影本身。

「很暗的時候，眼睛不可靠，在看到之前，有其他線索會先走過來，你會聞到山羌的草羶味，你會聽見黑熊爪子摩擦樹幹的聲音，你的舌頭會嘗到猴子尾巴鹹鹹的滋味。」泰邦輕聲說。

「那爲什麼一定要在這麼暗的時候打獵？」璐安不禁抱怨。

泰邦輕輕拍了璐安的頭一下：「這麼暗，動物才會出來，動物不像人一樣，白天工作，晚上休息，大部分的動物都在白天睡覺，晚上工作。」

「我們已經走很久了，都沒有遇到獵物。」

泰邦想璐安可能累了，只好不著痕跡地說起弟弟最喜歡的傳說故事來讓他分心：「這也沒辦法，很久很久以前，野獸本來是很愛人類的，只要人類呼喚牠們，或者招一招手，動物就會走過來，讓人殺死自己，或者割下所需要的肉，可是人類愈來愈貪心，人們任意殺死太多的動物，久而久之，動物就開始害怕人類，人類呼喚的時候，就躲著不出來。」

「雲豹也是嗎？」璐安好奇地問。

「雲豹是特別的，雲豹不會害怕人類。」

「那為什麼我們現在都看不見雲豹了？」璐安忽然抓住哥哥的衣角：「或者雲豹的伊古？是不是只要我們抓到雲豹的伊古，就可以證明雲豹真的存在？」

「雲豹本來就存在，不需要證明，至於伊古，那是傳說裡的生物。」泰邦停下腳步，同時警告地看向弟弟：「璐安，你不能開口閉口就提起伊古，如果被軍隊聽到怎麼辦？」

「軍隊又不在這裡。」

泰邦搖搖頭：「安靜一點，現在多用用你的鼻子，你的耳朵，你的舌頭不是用來講話，是用來尋找獵物味道的。」

璐安小聲嘟囔：「我的鼻子耳朵又不像你，我的舌頭也不是蛇的舌頭，要怎麼尋找獵物？」

「那就用你的眼睛吧，不過，這是最簡單也最笨的方法。」泰邦將一把小巧的弓遞給璐安，此外還有一支箭：「你搜尋樹上的陰影裡面，如果看到有兩個並排的紅色小點，那就是飛鼠的眼睛，你把箭朝兩個紅紅的中間射過去，就可以打到飛鼠。」

璐安接過弓箭，抬頭仰望哥哥堅毅的側臉，但對方只是笑了笑，就走到一旁的石頭邊坐下來休息。璐安有點不安，他拉滿弓朝四方瞄準，黑暗裡卻沒有任何紅色光點，有的只是荒涼的安靜，他回過頭想找哥哥，泰邦卻已不見蹤影，他常常會玩這樣的把戲，假裝不在璐安的身邊，實際上只是藏起蹤跡，他要觀察璐安是不是眞的可以捉到獵物。

於是璐安也偷偷笑了起來，他沉澱心中的緊張，放下弓，仔細觀察附近的樹木，他慢慢往森林深處走，腳步輕緩，最後停在一處，他靜止不動，就像一棵檜木，站得又挺又直，時間一分一秒過去，他可以聽見寂靜底下的喧鬧，青蛙鳴叫、昆蟲吶喊，還有無數他不知道名字，而泰邦肯定能對他一一細數的不知名生物的聲響。

璐安閉上眼睛，過了好一會，在閉眼的璐安面前有一棵松樹，松樹上半部，小惡魔睜開了鮮紅的眼睛。璐安彷彿早已預見，他迅速將箭搭上弓，朝兩個紅色的光點之間射去。

「唰——」

「差一點。」泰邦不知道什麼時候爬上那棵樹樹頂，他垂下雙臂捏住掙扎不已的飛鼠，牠的耳朵被箭釘在樹幹上，看起來痛苦不堪，泰邦用獵刀抹過飛鼠的脖子，從樹上爬下來，把獵物遞給璐安。

璐安不甘心，他明明就射中了飛鼠，只是不像泰邦那樣精準地讓箭射穿飛鼠的腦袋，可是他已經失去了他的機會。接下來的時間，泰邦迅速精準地射下幾隻飛鼠，璐安只負責把飛鼠撿到獵袋裡，直到袋子再也裝不下了，太陽也高高升起，泰邦這才宣布打獵結束。

「怎麼啦？你看起來不太開心。」回家的路上，泰邦注意到璐安低落的情緒，他哪會不明白弟弟的心思呢？可是打獵本來就需要經驗，如今璐安第一次射中飛鼠，他應該爲自己感到高興才對。

「我就是覺得，做你的弟弟好累。」璐安說出泰邦想像不到的話語，這讓泰邦的臉因震驚而僵滯。

「你比我好多了。」泰邦乾巴巴地說，沒有多解釋，兩人並肩走一會，泰邦突然伸手戳璐安的腰，那是璐安的弱點，他立刻扭動著笑起來，同時氣喘吁吁地追打泰邦，泰邦哈哈大笑，往山下的路奔跑。

泰邦與璐安嬉鬧著回到平地，距離部落入口還有一段距離時，泰邦突然對璐安比出安靜的手勢，今日的守護所看起來不太尋常。泰邦示意璐安壓低身形，跟自己一起躲進守護所旁的芒草叢中。

泰邦觀察璐安，他很安靜，幾乎就像有些無聊，泰邦捏了捏他瘦弱的肩膀，讓璐安知道他們必須在這兒待一下，有時候從守護所中傳出的祕密格外重要，有時泰邦甚至能藉此得知下一次物資投放的時間，讓他能比任何人都更早前往投放地等待，因此儘管璐安對守護所內的祕密毫無興趣，他也沒有吵鬧，乖巧地等待泰邦。

而泰邦早已豎起耳朵傾聽，他發現除了阿巴刻以外，還有其他部落的使者過來開會，這十分稀罕。其他部落並不稱呼使者為阿巴刻，過去各個部落指稱靈魂、神靈的辭彙都不相同，因此依據部落的不同還有西瑪絲、卡瓦斯、哈尼多等等稱呼，很久以前這些詞彙意味著神靈或靈魂，如今則是部落與軍方協商的使者名字。

「我的部落至今仍有因感染瘋病而失蹤的人，他們在病的影響下渾渾噩噩離開部落、離開家鄉，死在荒郊野外，成為惡靈。」一把蒼老的聲音哀傷地說著：「瘋病會追逐一個好的靈魂，感染他，連死去也不放過。」

「到底是感染瘋病，還是受不了山區的苦日子所以逃走的人？」醇厚的女性嗓音道：「除非你們有找到屍體，否則無法確定就是瘋病。」

「人都掉到水裡被魚吃乾淨啦，或者在山谷底摔成爛泥，要怎麼找到屍體？還是你想逃避責任，因為瘋病是從你的部落出來的呀。」一個有點俏皮的中年男性聲音道。

沉默。

「呵，我的部落為了不讓疾病向外流傳，被迫封閉以至於幾近滅亡，而現在有其他的病……甚至連是不是病都不知道，你們就乾脆把矛頭指向我？」

那名女性語氣聽來愈發不滿，最終甚至因憤怒而高昂：「對我們來說更需要關注的難道不應該是糧食嗎？從去年開始，保留地的飛鳥走獸愈來愈少，像是躲藏起來了一樣，果園地和野田也都沒有新的收成，土地愈來愈貧瘠，昆蟲吃掉我們所有的作物，這些事情駐軍都不知道嗎？」

聽聞這段話語，泰邦更加專注傾聽，也許接下來會談到下一次物資投放的時間也不一定。

「他們知道，可是除了繼續投放物資，也沒有別的辦法啊。」

「他們投下愈多物資，就愈讓我們好奇邊界外是什麼樣子，為什麼他們可以如此飼養我們？假如外面的情況眞的那麼糟糕，他們為何擁有那麼多品質絕佳的食物？你們難道都沒有懷疑過嗎？」

「請各位平靜下來，糧食的問題當然也很重要，至於瘋病的來源……已經有人說，瘋病是從外面傳來的，或許是偷渡者，也或許是駐守邊界的軍隊帶進來的病菌，所以不一定是從山區部落這邊傳開的。」這是他們部落中阿巴刻的聲音。

「阿巴刻啊，你還那麼年輕，難道就相信這種話語了嗎？」年老的嗓音問：「邊界管理嚴格，怎麼可能有偷渡者？軍隊那麼保護我們，又怎麼會帶來病菌？」

「我當然不信，可是我們與外界唯一的溝通管道是軍隊，如果軍隊不想辦法處理，我們自己人的猜疑只會愈來愈嚴重，再者過去曾有過軍隊帶來疾病的例子，當時他們積極處理，提供疫苗和治療，或許這次也願意……」

「那就讓大家各自找部落附近的駐軍代理人溝通吧。」

「所謂駐軍的代理人，淨是些高高在上的遺跡人，每個月開會也是要我們向他們報告，他們從來不會眞的提供援助。」

又是一陣漫長的沉默，泰邦從中嗅到一絲絕望的氣息，他說不出是為什麼，有那麼一瞬間，守護所內的每個人似乎都深吸了一口氣。

「既然如此，就派代表到遺跡聚落，他們的新任軍代表駐紮遺跡有段時間了，我們選一個人去議事吧。」這次說話的是個語調冷淡的年長女性，即便如此，她說出話時也微微顫抖，彷彿竭力隱藏恐懼。

「我們一年有一次機會可以當面和軍代表談話，如果議事順利，一切問題都能順利解決，這樣做對所有人都好。」

泰邦聽見眾人紛紛同意，隨即由歲數最大的使者推薦人選，其他人附議，幾乎沒有反對意見地由他們部落的阿巴刻當選，除了那名聲音醇厚的女性，她一語不發，拒絕表示同意或反對。在結果確定以後，泰邦彷彿嗅到了負罪與解脫的氣味，他由此判斷前往遺跡議事或許是一件頗爲險惡的差事。

此時聲音醇美的女子語帶諷刺地道：「就這麼輕輕鬆鬆決定他人的命運嗎？你們這些人啊，爲了脫身把問題丟給新任使者，他可能連所謂的議事是什麼都不曉得哩。」

「既然這樣，就請你指點一下。」阿巴刻禮貌地說。

女子正想回答，蒼老的部落使者卻率先開口：「堅守我們的利益，不要因爲對方是軍代表就自甘低下，不論他說出什麼話，都能驕傲地抬頭挺胸，對方或許會提出交換條件，不要現場立刻給予回覆，告訴他你要想一想，最好告訴他你會再過一夜，用一整晚思考問題與回答，這就是部落使者與軍代表的議事方法，要字斟句酌，就算整個過程曠日費時，也按部就班毫不妥協、絕不放棄，不論犧牲什麼、付出什麼代價，都務必要讓議事完成，過去我們部落最好的使者，曾經花了一年的日夜議事……」

「花了一年？背後確實要付出相當大的代價，而你爲此驕傲、沾沾自喜嗎？」女子打斷他，語調帶著陰狠。

「你這個魔女！」蒼老嗓音氣極，說起話來結結巴巴，只能反覆怒喊：「你……魔女！」

「夠了。」阿巴刻似乎再也無法忍受現場接踵而來的鬧劇：「我能代表議事，至於要付出或犧牲什麼，我自己可以決定。」

「是嗎？那麼我祝福你，雖然我想如果你眞的知道你答應了什麼，或許就不會這麼傲慢了……」阿巴刻的呼吸急促了一些，隨即似乎有人拍了拍阿巴刻的肩膀，是那名聲音調皮的中年男性，他對女子說：「阿巴刻很清楚自己的責任嘛，他也知道自己的部落沒那麼強，他不會想要引起部落之間的戰爭，對嗎？畢竟對軍方來說，部落間彼此征戰是再正常不過的事情。」

泰邦沒有聽見女子的回覆，伴隨著一陣鳥類拍打翅膀的聲音，守護所的門被猛力推開。由於芒草叢無法完全藏住兩個孩子，泰邦驚慌地將璐安推入草叢，反而曝露了自己，他身後出現只存在於傳說中的部落使者。

是帊音的烏托克。

他嚇得生出一身冷汗，人人都知道，帊音的烏托克除了是部落使者，也是一名魔鳥使，他聽大人們私下稱她爲魔女烏托克。在過去，飼養魔鳥的人會被全家誅殺，可是現在已經不一樣了。

烏托克非常美，臉上有著大範圍的紋面，據說她在與丈夫結婚前紋上黑亮的圖樣，丈夫卻在婚前死於非命，丈夫死後化爲魔鳥回到烏托克身邊，魔鳥確實擁有強大的力量，甚至讓烏托克長生不老，烏托克據悉已有六十多歲，卻依然保持著十七八歲的外貌。

「喔，是小孩子啊。」烏托克掩上門，在一瞬間克制住滿面怒火，她靜靜地打量著泰邦：「也算不上很小，你幾歲了？」

「十、十四歲！」

「嗯，長得很健壯，這是你的弟弟嗎？」烏托克說起話來，萬物彷彿都沉寂了，只剩下她柔軟、紅豔的嘴唇一張一合。

泰邦驚慌地轉頭，發現璐安的一顆腦袋早就好奇地從芒草叢中鑽出來，此時正傻乎乎地望著烏托克。突然一陣風吹來，站在泰邦身前的烏托克皺起眉頭，輕輕抽動鼻子，她猛地靠近泰邦，在他頸邊深深吸了一口氣。
隨後，烏托克露出混合恐懼與興奮的表情。
「你的身上有『徵兆』的氣味，再過不久，野獸就會受到吸引而來，這簡直……」烏托克的語氣顫抖，她的話語壓抑卻也高昂，彷彿即將脫口而出一個祕密。
「烏托克，你不能任意在會議中離席。」其他使者的聲音從屋內傳來：「你又是在跟誰說話？這附近不應該有別人的。」
「哈，哪有什麼人，只是一隻西西雷克鳥罷了。」烏托克似乎竭盡全力藏起情緒，一面對泰邦和璐安做出「快走」的手勢，她肩上紅色眼睛的魔鳥因她的動作而再次拍起翅膀。「至於這種毫無意義的會議，我沒有繼續參與的意願。」
腳步聲傳來，門再次打開，這次是阿巴刻。
「烏托克，請你回來將會議完成。」
「回去幹麼？看你被威脅欺侮？」烏托克搖頭，接著像是想到什麼般道：「算了，我給你個建議吧，關於議事，找一個優秀的助手。如果助手選得好，軍代表會為此分心。」說完，烏托克踩著迷霧般的步伐走入山林，不到幾秒便消失蹤影。
泰邦聽著烏托克的聲音愈來愈遠，他們的腳步也愈來愈快，璐安抓著他的手用力握緊，他們壓低身子穿過芒草叢，往家的方向奔去。那天剩下的時間，泰邦看起來都魂不守舍，璐安知道但不說，只是安靜地用彩色棍子畫畫，同時一遍又一遍讀著盒上的外鄉字。
所謂的外鄉字，其實分成好幾種，有的像蝌蚪般扭曲糾結，有些像方塊一樣且展現著複雜的紋樣，保留地內的人把這些來自外面的細小圖樣統一稱為外鄉字，對保留地的人來說，外鄉字經常只出現在物資籃裡的少部分物品上，因此並不重要。

璐安曾經試著教泰邦外鄉字，這樣一來哥哥在撿物資的時候就能比其他人更快知道物資籃內裝的東西，不過泰邦學得很慢，至今只記得彩色棍子的外鄉字而已。璐安正在木片上描繪哥哥皺眉的模樣。「璐安。」感覺到弟弟的視線，泰邦出聲呼喚，聽見哥哥的聲音，璐安顫抖了一下，手上的棍子也掉到地上。

「怎麼了？」璐安問。

「今天我們在守護所聽到的事情，你絕對不能對其他人透露。」

泰邦的話讓璐安放鬆肩膀：「我不會說的，而且我也沒有人可以去說。」泰邦嘆了口氣，他知道璐安的意思是，反正自己也沒有朋友可以談天說地。他對璐安招手，弟弟便扔下木片一溜煙撲到泰邦懷裡。

泰邦已經放棄勸璐安獨自外出、認識新朋友，自從他被部落裡的其他孩子欺負，泰邦雖然知道不可以，但還是對璐安保護過度，弟弟不願意在沒有他陪伴的狀況下離開住所，對泰邦來說不是問題，甚至在一些特別的時刻，他還希望璐安永遠也不要離開，這樣每當他外出，他就會格外心安，知道弟弟哪裡也不去，只是待在他們破爛的炭屋內畫畫。

泰邦心中有一片幽暗的地方，爲這樣的畫面感到幸福。

「泰邦？」

「嗯？」

「老使者說的瘋病是什麼？」

泰邦還沉浸在自己的思緒裡，璐安卻突然問了這個問題，讓他措手不及，也是，今天他們聽到的祕密已經太多，有些祕密泰邦寧願璐安永遠不知道，如果可以，他眞想抹去璐安的記憶。

「帊音的使者不是說根本不是瘋病？別想那麼多，早點睡吧。」

「可是……」璐安還想說話，卻因泰邦嚴厲的眼神閉起嘴，過了好一會，他才小心翼翼、撒嬌地問：

「不然，泰邦你再跟我說個故事？」

「你想聽什麼故事？」

「我想再聽那個跟伊古有關的故事。」璐安講到「伊古」兩個字時聲音特別小，就像害怕窗外有人經過會聽見似的。泰邦嘆了口氣：「太晚了，而且我們已經被禁止說那個故事。」

璐安仍不依不饒地小聲哀求，泰邦無奈地替他蓋上獸皮：「好了，別唱歌了，如果你今天乖乖睡覺，我明天就跟你說其他的新故事。」

「眞的？」璐安睜大眼睛，隨即趕緊閉上，佯裝出打呼的聲音，讓泰邦差點笑出聲來。他輕拍璐安的胸口，也替自己蓋好保暖的布料與獸皮，心思卻仍無法控制地回憶今天聽聞的事情，以及他們被禁止去做、去說的事情，其中「伊古」就是一例。

在他們部落，伊古（iku）的意思本來是指動物的尾巴，外鄉人則稱之爲獸靈，相傳獸靈長得像一般的動物，卻擁有不可思議的力量，能夠透過某種方式與人類「結合」。結合之後，獸靈就好像人的尾巴一樣，是多出來的東西，所以他們把獸靈稱爲伊古。伊古是傳說中的生物，不存在於現實，部落中流傳的故事裡，伊古經常跟在偉大勇士和祖先的身邊。泰邦其實一直不明白，軍隊爲何要禁止他們提及伊古，那是屬於他們的傳說動物，剝奪了伊古，他們的故事就再也不完整了。

過去能小聲說出伊古的時候，泰邦還很年幼，可能當時「伊古」一詞還未被禁止，所以家家戶戶的父母會將伊古的傳說當成睡前故事，輕輕地說給即將入睡的孩童聽：「很久很久以前，我們的祖先帶著兩隻伊古前往尋找新的定居地，他的伊古是一隻熊鷹和一隻雲豹，他在熊鷹的帶領下翻越聖山來到新地，而他的雲豹在嘗了一口那兒的溪水後，再也不願離開……」

不過在泰邦的印象中，他的母親說的從來不是這樣的故事，母親說的是什麼樣的故事呢？泰邦回憶母親的模樣，她胸前的項鍊墜飾總在她低頭時閃亮，她如此對自己輕聲細語地講述，泰邦緩緩想起來。

母親說，很久很久以前，世界上出現了獸靈，然後……一切都改變了。

泰邦聞到下雨前潮濕的氣味。

又悶又熱，他的舌頭乾燥地抵著上顎，遠方傳來雷聲，他張開眼睛，胸口疼痛無比。他的心從身體裡掉出來，跑到很遠的地方，那是他的心，所以就算只有幾步路的距離，也是遙遠，泰邦掙扎著站起來，搖搖晃晃地去尋找他的心。

不知不覺他又回到夢境裡的山道，他跟著鼻子前方的味道往山頂走去，深藍色的夜空閃爍群星，周遭雲霧繚繞，他看見自己的心在霧裡。此時泰邦只想走向那個東西，想抱緊、想撕咬、想掌控……毛茸茸的尾巴擦過他的腳踝，泰邦不由自主渾身顫慄。

隨後泰邦氣喘吁吁地醒了過來。他發著抖，身上的衣服破破爛爛，幾乎無法遮蔽身體，他一把擦過臉部，抹了滿手的冷汗，他在發熱，口乾舌燥，四肢軟綿綿的沒有力氣。這是怎麼一回事？我生病了嗎？泰邦想，著急地四下張望。這裡不是炭屋，璐安也不在，那他到底在哪裡？

泰邦嘗試移動手腳，差點往下方墜落，這兒是地勢頗高的山間，坡勢陡峭，一棵巨大的牛樟樹從下方拖住他的身體，他的鼻間溢滿樹木特殊的清香，可是探頭向下望，卻是一片黑暗，可知樹木有多高，一旦摔落恐怕會丟了小命。

泰邦敏銳的耳朵聽見來自不遠處的嗡嗡聲響。他對這聲響無比熟悉，也無比恐懼，那聲音意味著軍隊。這麼高的山加上軍隊，足以說明此地是禁區，他不能被發現，擅闖禁區一旦被發現就會立即處死。

怎麼會這樣？泰邦顫抖得更加厲害，他不知道這是哪裡，也不知道自己怎麼會來，已經過了多久？璐安呢？他還好嗎？最重要的是該怎麼在現況中安全離開，回到部落？

泰邦吸了幾口氣，空氣冷冽，他試著正常呼吸，卻只聽見自己「呼——呼——」的喘息，泰邦伸出舌頭舔著乾裂的嘴唇，無法控制身體讓他恐懼不已，頭頂上方的嗡嗡聲更加響亮，他張大嘴，試圖尖叫。

「噓。」泰邦眼前倏地被黑色的布料覆蓋，一隻散發香氣的手摀住他的嘴，他張大眼睛，身後高大的女人將他緊緊抱在懷裡。這兒是懸崖，泰邦的身體也幾乎懸空，他不明白對方如何猶如鳥類般輕盈飛來，女人漆黑的斗篷比夜色更黑，如同拍搧著的翅膀。

「這裡很接近禁區，你要是大叫會被發現。」那如米酒般醇厚的女性聲音低語：「現在冷靜下來，我會帶你回家。」

泰邦又餓又累，喉嚨還十分乾渴，而女人抓住他的方式可說是相當粗暴，但當他聽見「家」這個詞彙，身體便緩緩放鬆，女人見狀挪動雙臂以支撐他的重量，避免泰邦從枝幹上跌下去。

「唉呀呀，你這孩子，眞是會給人添麻煩吶。」

泰邦失去意識前，隱約聽見烏托克這麼說。

「其他使者都回去了，帊音的烏托克還在這裡幹麼呢？」

「炭屋最小的孩子一大早就四處大吵大鬧，說是哥哥不見了，有人看不慣出手教訓，那個弟弟仍然止不住哭聲。」

「看吶，現在哥哥被魔女烏托克帶回來了，叛徒的兒子還是叛徒吶。」

「阿巴刻來了，讓阿巴刻處理吧。」

泰邦感覺到自己被一雙溫柔的手放在地上，周遭圍繞著吵雜的人語嗡嗡聲，他靈敏的耳朵從中辨認出璐安熟悉的啜泣，若有似無，伴隨著山胡椒的氣味，讓他鼻腔發酸。

「讓這孩子的弟弟過來，你們當眞冷酷到這種地步嗎？」烏托克淡淡地說。

一陣激烈的爭執聲後，阿巴刻的樸實氣味刺破人群靠近泰邦，與此同時璐安身上淡淡的山胡椒氣味也隨之接近。阿巴刻沉默一會，接著以極低的音量道：「烏托克，你為什麼還在這裡？」

「這附近有一種特殊的鳥兒，我正在蒐集牠們的羽毛，怎麼？我連閒晃都不可以嗎？」

「我們部落不歡迎你。」

烏托克的聲音幾近沙啞：「你也相信我會帶來瘋病？」

「就算我不相信，你也無法說服其他人。離開這裡！」阿巴刻提高音量道：「我不知道你有什麼企圖，但是放過炭屋的孩子吧，他沒有爸爸媽媽，只有一個弟弟，他是弟弟唯一的依靠，這些我們都可以作證，請不要把他帶走。」

烏托克笑了出來，語氣卻不見笑意：「我帶他走做什麼？我只是在聖山看見這個孩子暈倒在山頂，出於好心帶他回來。」

一旁有人忍不住喊道：「誰不知道魔女烏托克會拐走沒人照顧的孩子做學徒呢？成為魔女的學徒會受到詛咒，既然你只是幫助這孩子回家，那麼現在他已經回來了，請你離開吧。」

「滅村的杷音族人會帶來瘋病啊！」人群逐漸沸騰了，雖然口口聲聲說要烏托克離開，卻將她團團圍住，語氣夾雜著恐懼與嗜血。

「傷害部落使者會被軍方制裁。」阿巴刻在這時出聲制止：「烏托克，你走吧，你如果沒有惡意，就不該跨越守護所。」

「惡意？原來你們身上的臭味就是叫這個名字。」烏托克沉聲道：「我是魔女，但也是烏托克，烏托克跟阿巴刻一樣是部落使者，我們既受敬重也受漠視，這兒的任何人都可以質疑我，就只有你不行！」

人群躁動不安，卻仍在阿巴刻的指示下挪動出缺口，烏托克輕撫泰邦的臉，將璐安的手放到泰邦的胸口上，隨即轉身離開。

「烏托克，除非部落議事，否則不要再踏上我們的土地，就算你來，也不能超過守護所的範圍。」

阿巴刻對著烏托克的背影喊道。聽到這裡，泰邦又昏迷過去，當他眞正醒來時，發現身處於從未見過的地方，而璐安趴在他身邊，沉沉入睡，顴骨上方有著烏黑瘀青，泰邦伸出手，想碰觸弟弟的傷處。

「你醒了？」阿巴刻在不遠的地方說道，泰邦聽見金屬碰撞的聲音，一杯熱茶遞到泰邦唇邊，他在阿巴刻的幫助下起身，勉強嚥下一口，那滋味非常苦又非常燙，嘗起來有點像苡薇薇琪的藥草湯。

「是誰弄的？」泰邦艱難地開口，聲音粗糙得連自己都認不出來，他試著抬起手，在即將碰到璐安的臉時又縮了回去，彷彿怕碰痛了他。

「你知道了又能如何？」阿巴刻說。

泰邦沒有追問下去，他用盡力氣壓抑滿腔怒火，卻也知道替璐安復仇只會讓他們在部落的處境更加艱難，上次他替璐安揍了那些欺負人的孩子一頓，結果就是原先部落中還會和他們說話、偶爾送糧食給他們的家庭，也開始將他們視為空氣。這便是爲什麼達諾和瑪加凱的父親也離開部落失蹤，他們仍能過著接近正常的生活，畢竟他們還有母親，再者他們任勞任怨，撿物資籃永遠躲在一旁等人挑剩不要的，在部落中和其他人碰面也低垂著頭繞路離去。生活的艱辛讓他們活得卑微，部落中其他人也希望炭屋的孩子表現得認分而卑微，但泰邦不願意。如今璐安替他承受了惡果，泰邦知道自己必須忍耐，否則相同的事情會不斷發生。

他將目光從璐安身上移開，環視周遭，看見擺放整齊的獸皮、食器和工具，也有打獵用的武器、捉山豬的陷阱。在保留地，屋子的空間總是充分利用，阿巴刻的屋子卻不然，物品細心收整懸掛在牆面，中間則空出鋪有地毯的空間，彷彿不久前仍有一群人聚集。

「守護所？」泰邦木然道：「我以爲小孩子不能進來。」

「我跟其他人說要送你回去，但你們的屋子不安全，我有些話想對你說，泰邦。」

泰邦低下頭，他的身體仍發熱，感覺很不舒服，他憶起不久前部落使者們就在這裡討論著瘋病，他很想對阿巴刻坦白一切，但一想到自己的夢境，那是如此不祥，如果璐安被牽連該怎麼辦？

「我認識你的父親，他是部落裡了不起的獵人，在我還很小的時候，他就照顧我，不論別人怎麼說，我都不認爲他是叛徒。」阿巴刻平靜地說。

泰邦像是被人揍了一拳，又驚又怒，沒料到阿巴刻會突然說出這一番話，既驚訝於阿巴刻對父親的了解，也憤怒於父親過世這麼久，阿巴刻始終沒有對他們兄弟倆提過一個字。

「你沒有責怪我的理由。」好似注意到泰邦的不滿，阿巴刻依然靜靜地說：「你父親離開的時候，我還不是阿巴刻，我想幫助你，但我的家人不允許，我也沒有任何力量，再說你是我的誰？我跟你父親的關係是我的事，我沒有義務要幫助你。」

泰邦咬住下唇，過去當阿巴刻還不是阿巴刻的時候，他只覺得對方是個溫和的人，和部落其他人不同。即便他當上了阿巴刻，對泰邦的態度仍如以往，甚至會故意讓他偷聽守護所內傳出的祕密。今天的阿巴刻卻展現出前所未有的嚴肅，他說話的語氣很冷淡，幾乎沒有情緒，可是泰邦不知怎地知道，阿巴刻依然關心著他和弟弟。

「現在告訴我，你在山頂上做什麼？」阿巴刻問。

泰邦深吸一口氣：「我也不清楚，自從夏天開始，我常常會夢到……奇怪的東西，原本只是夢，昨天不知怎麼回事，我居然跟著夢走。」

「外鄉人有一個詞，叫做夢遊。」

「夢遊。」泰邦低聲重複著，手無意識撫摸璐安的頭髮：「可能是那樣，我跟著夢走啊走，到了自己從來沒有去過的地方，我也不知道是怎麼了，醒來時發現……發現已經在很高的山上，我很害怕，正要叫出聲來，烏托克忽然出現摀住我的嘴，因爲這樣，我才沒有被軍隊發現。」

阿巴刻沉吟著：「烏托克有告訴你她爲什麼會在那裡嗎？」

「沒有。」泰邦雖然這麼說，心中卻閃過古怪的猜測：烏托克悄悄跟著自己……然而這猜測毫無道理，因此泰邦只是搖了搖頭。

「泰邦，我不知道你身上發生了什麼，但以後絕對不要再靠近烏托克。」泰邦想回答自己一點也不想接近魔女……阿巴刻接下來說的話，卻讓泰邦毛骨悚然。「烏托克的部落曾經被瘟疫侵襲，大部分的人都感染了，死的死，失蹤的失蹤，烏托克也染了病，最後雖然痊癒了，但她的部落已經不剩下多少人。」

泰邦張開嘴，想說話，卻一個字也說不出來，他記得自己曾在守護所外聽到諸如「滅村」等詞彙，但他到此刻才明白那所代表的意思。

「其後瘟疫可能蔓延開來，好幾個部落都傳出有人染病，目前只知道得病的人會失去神智，發高燒、喃喃自語，最後離開部落消失無蹤，在部落外橫死的人往往會成爲惡靈，所以人們才如此恐慌，儘管每個部落都有女巫或祭師前往爲族人收屍，也極少能取回屍體……後來許多人稱這種病爲瘋病。」

泰邦渾身發冷，他抓緊手指，希望阿巴刻不要發現他正在顫抖。

「可是……你說有人痊癒了？」泰邦心存希望地問。

「對，數量很稀少，就我所知道的人裡面，得病後康復的只有烏托克一個。」阿巴刻接著解釋道：「我告訴你這些並不是暗示烏托克可能會帶來瘋病，而是自從她部落的人泰半死亡後，她找不到巫術的繼承人，居然開始尋覓各部落中沒有人照顧的孤兒，給他們吃穿，讓他們成爲自己的學徒，成爲學徒也沒有不好，只是……那些成爲學徒的孩子往往會遭遇可怕的事。」

「什麼樣可怕的事？」

阿巴刻皺著眉凝視，泰邦以爲他在看自己，接著發現阿巴刻正在看的其實是璐安。

「告訴你這樣的孩子，我會被神靈處罰的。」阿巴刻道：「好了，你體力也恢復得差不多了吧？趕緊叫醒你的弟弟回家去。」

泰邦依言喚醒璐安，儘管他還有滿肚子的疑問，阿巴刻已表現出不願再回答的態度，只告訴泰邦苡薇琪預知不久後將有颱風來襲，要他確認炭屋沒有會漏水、透風的地方，如果有的話，則需用材料來修葺，要是他找不到足夠的材料，可以來找他這個阿巴刻拿。

泰邦在璐安的攙扶下回家。其實他並不想讓弟弟發現自己身體的古怪，可是他一站起來就暈眩，只能依靠璐安瘦弱的肩膀強撐著。一路上璐安很安靜，不時擔憂地抬頭觀察哥哥，每次泰邦捕捉到璐安的目光，他都會露出要弟弟放心的笑容。

「我沒事，可能只是太累了。」

「泰邦，我已經長大了，你不需要再照顧我了。」璐安突然說了奇怪的話，一手摟著泰邦的腰，讓他將大部分的重量放在自己身上。

「是啊，你已經長大……」泰邦喃喃道。可是，璐安只有八歲，泰邦記得自己八歲的時候母親還在照顧他，爲他縫製衣服、烹煮食物，母親白皙的手……不，黑褐的手……不對，泰邦伸手揉了揉太陽穴，發出輕輕的呻吟。

「怎麼了？你還不舒服嗎？」璐安緊張地問。

泰邦搖搖頭，努力對抗突如其來的頭暈：「可能最近天氣太熱，我整個人都怪怪的，阿巴刻剛剛有調製藥草茶給我喝，我感覺有好一點，阿巴刻也說颱風很快要來臨，提醒我把屋頂修補一下。」

「這些事情我可以做！」璐安大聲地說，見泰邦蒼白的臉色，又安靜下來，良久以後才問：「泰邦，你昨天晚上到底是怎麼了呢？」

泰邦咬了咬牙，對了，就算是身體不適也不該半夜失魂落魄地離家，璐安看見當時的自己了嗎？他想必很害怕吧……

「天氣太熱，我一直很不舒服，晚上睡覺也作夢夢到口渴，那是一種很難忍受的乾渴，阿巴刻說，我可能因此『夢遊』到有水或者比較涼爽的地方。」他愈來愈習慣說謊了，如果不說謊，泰邦不知道該怎麼說服弟弟，而且如果他眞的是生病了怎麼辦？泰邦悚然一驚，要是他得的是瘋病，他得離開璐安，離開得遠遠的。泰邦甚至立刻推開摟著他的璐安，璐安困惑地看著哥哥，眼中閃過受傷。

泰邦想道歉，璐安卻揉了揉鼻子，輕聲問：「夢遊是什麼？」泰邦這才想起來，璐安從出生到現在都還不曾作過任何一個夢，自然也不會知道被夢引領迷失的感覺。

「聽說是人在睡覺的時候，會作夢去別的地方，通常我們睡覺，只有心可以去，但夢遊的人連身體也可以移動。」泰邦小心地感覺自己的手腳，發現不再暈眩也不再無力了，便與璐安維持著一個手臂的距離往家的方向前進。

「作夢就可以去別的地方，那我也想作夢……」璐安喃喃自語。

泰邦走在前方，璐安愈走愈慢，他看著哥哥的背影，輕輕地吸著鼻子。他想變得更有力量，這樣就可以幫助泰邦，可是璐安看看自己的手臂，瘦得像竹竿，他的腿也是一樣，突出的膝蓋像長著兩隻蟾蜍，醜兮兮的。

他們回到炭屋以後，泰邦替璐安臉部的瘀青敷上膏藥，做好飯，拿著工具到屋外修補破損，一直忙到傍晚才回來，彼時璐安已經在床上躺好，他假裝入睡，實際上正側耳傾聽哥哥移動的聲音。

還有泰邦呼吸的聲音，脫下衣服的聲音，輕手輕腳躺在他身邊的聲音。對這一切，璐安喜歡得無可救藥，他於是在心裡祈求，讓哥哥需要他吧，就算只有一下下也好。

這時泰邦悄悄在璐安顴骨的瘀青處印下一個吻，璐安立刻改變願望，他想雖然哥哥不需要他，但他需要哥哥，這樣就好。

阿巴刻走入守護所邊的芒草叢，猶如走入蒼白流動的海洋，夜裡的白色茅草像是梅花鹿尾巴翹起時的熾亮，隱身其中，阿巴刻在無人留意到的情況下回到了家。

那是他真正的家，由石板和木塊搭建的堅固屋子，有招待客人的前廳，牆壁上懸掛著圖案複雜的織品，以及父親打獵獲得的獸皮、獸骨。

他知道此時父親正在房間裡擦拭他的獵槍，那是他每天晚上必作的儀式。獵槍古舊，沒有底火、沒有子彈，就只是一把普通的金屬製品，軍方基於一些特殊原因允許他們擁有。獵槍本身昭示父親不同於其他族人的身分，他雖不曾當過阿巴刻，卻是部落中有名望的人，他們的家族在尚未有阿巴刻存在以前就替部落族人打理大小事，領導一切。他們曾是頭目，曾是酋長，曾是偉大的人。

如今唯一的兒子成了阿巴刻，父親當時並未多說什麼，只囑咐阿巴刻要不悖良心，為族人奉獻，不可讓家族蒙羞。

阿巴刻不曉得自己是否有達成父親的期待，他也暫且不想面對父親那既單純又深沉的探究眼神，於是他閃身進入另一個房間，位於走廊底端，裡頭傳來陣陣微弱的呼吸，他悄悄打開門，看見素淨的房間裡長年臥床的母親。

母親床邊沒有擺設，只有一張木椅，大抵父親經常來照料她吧，此外便是擺放在床頭的一小幅畫像，畫裡是一名男孩，用木炭素描，已因時間久遠而略有些模糊。阿巴刻只瞥了畫像一眼，便迅速移開目光。

彷彿早已知道他要來，母親的聲音溫柔也虛弱：「拉疏……不，阿巴刻，你又來啦。」

阿巴刻一語不發，緩緩靠近母親，在母親床前跪坐下來，將臉放入母親攤開的手掌間。

「哪一個阿巴刻像你，一天到晚偷偷跑回家呢？」

「我想見您。」阿巴刻道：「還有，我想看看小時候的房間。」

「你好像永遠也長不大似的。」母親發笑：「先陪我一會兒，等我睡著……好嗎？」

阿巴刻點點頭，他不再說話，維持同樣的姿勢，聽母親的呼吸聲依然微弱，但逐漸平穩，愈發綿長。母親生病許久了，苡薇薇琪的藥草湯也無用，還說母親體內長了壞東西，一顆瘤，看不見也摸不著，阿巴刻難以理解，只能想像一顆如同青春痘般的巨大腫胞，含著白膿，在母親的身體裡四處遊蕩。

待母親完全入睡，阿巴刻才輕輕挪開母親的手，他踏著寂靜的步伐走出房間，掩上房門。母親的房間對面便是他兒時的臥房，阿巴刻近日幾乎每晚都回到這兒，他需要思索過去的事情，母親說他彷彿永遠也長不大，卻不知道，阿巴刻的生命某種程度上確實永遠停留在過去。

他想起今日和烏托克的談話，在思緒中打開了門。

這間臥室和過去沒有不同，阿巴刻刻意保留了原本的模樣，並未清理小時候的玩具、衣物，那些童年時重要無比的珍寶，此時即便看上去如同垃圾，阿巴刻也從未動念將之丟棄。這兒的一景一物，哪怕最細小的灰塵毛絮，都能勾動阿巴刻過往回憶。

那是他成為阿巴刻的原因，也是他的祕密，他的陰影。

無名者。

阿巴刻輕聲細語，就像正對著許久未見的老友說話一般，他開始對名為「無名者」的某人說話。阿巴刻從揹著的獵袋中拿出一小瓶米酒，盤坐在幼時的房間中央，他喝著酒，不時將酒灑向地面，他描述今天遭遇到的事情，他訴說烏托克對自己的指責，他笑了，那笑容卻比哭還難看。

「她居然說我沒搞清楚自己的身分。」阿巴刻喃喃道：「我們的立場難道不是一樣的嗎？那個傻瓜。」

阿巴刻凝望床邊的窗子，那扇窗和部落裡一般家庭的窗子完全不同，用品質絕佳的玻璃製作，也能輕鬆由內向外推開，窗外是一棵棵光葉櫸樹，葉子在陽光下會散發亮光，此時藉由稀微的星光得以隱約看見輪廓，阿巴刻想起，過去無名者在得知他想成爲阿巴刻的願望後，總是從這扇窗子爬進來，趁夜與他談天說地，甚至逼迫他和自己跳窗到外頭進行「訓練」。

「成爲阿巴刻會知道所有祕密，不管你願不願意。」無名者說。

當時，阿巴刻只是渴望獲得部落使者的身分而已，生活在保留地中有太多隱而不宣的事情，曾經他想知道一切，他認爲這是不可多得的機會，去取得權力，卻錯過無名者嘗試告訴他的訊息。

「現在我明白了。」阿巴刻像是在對自己說，也像是對星光。「而你是那麼優秀的阿巴刻，你早就預知到了今天，那我呢？你相信我嗎？哈，如果你不相信我，又怎麼會把重擔交給我……」

他喝酒，他將酒灑在地上，時而沉默，時而低聲說話，如此重複，直至天明。

第二章

璐安那希望哥哥依靠自己的願望成眞了。

和泰邦相比，璐安向來晚起，泰邦通常天還沒亮就出門打獵、採集植物，璐安會一直睡到泰邦回家用香噴噴的早餐喚醒自己。可是今天璐安醒來時發現身體暖烘烘的，另一個人的體溫包裹著他，讓璐安無比舒服。他伸了伸懶腰，迷迷糊糊地想，哥哥怎麼會這麼溫暖呢？他伸手碰觸泰邦，卻被燙人的高溫嚇醒。

「泰邦？」璐安焦急地呼喚，同時伸手撫摸泰邦的臉、額頭。

「嗯……」泰邦呻吟著，表情看起來相當痛苦。

「泰邦？泰邦！你醒一醒！」可是無論璐安怎麼呼喊、搖晃泰邦的身體，他都沒有甦醒的跡象。璐安再次碰觸泰邦的臉，他幾乎快要哭出來，璐安痛恨這樣的自己，只要遇到跟泰邦有關的事情，他除了哭以外什麼也不會。

「對了，藥草茶。」璐安的腦袋瘋狂運轉，好不容易想到部落裡專門替人治病、做儀式的老女巫苡薇薇琪。雖然過去大多是泰邦跟老女巫打交道，璐安偶爾跟著去，也只會害羞地躲在泰邦身後，但璐安知道老女巫的家在哪裡。部落裡的人常說苡薇薇琪每次開的藥方都是苦得要命的藥草茶，不管是生病、女人生產、男人受傷，一概都是藥草茶，根本一點用也沒有……璐安卻不那麼認爲。

苡薇薇琪是村子裡少數會認眞跟他們說話的大人，泰邦嫌她煩，璐安卻對老女巫充滿好奇。璐安很早就失去父母，部落裡的大人也從不正眼瞧他，可是作爲一個小孩子，璐安一直就想親近上了年紀的族人，苡薇薇琪會對他微笑，偷偷給他小小的、黑色的龍葵漿果，這讓璐安覺得苡薇薇琪是可以信任的大人。

璐安衝出炭屋，氣喘吁吁地朝山谷間老女巫的屋子跑去，他跑得又快又急，連路上有人在叫他他都沒辦法回應。女巫山谷長滿白色芒草，高度堪比成人，克羅羅莫部落外的人要尋找女巫的家經常會迷失在芒草中，只有部落族人懂得行走這座自然的迷宮。

璐安看見與芒草同樣雪白的屋頂，那便是老女巫的屋子，屋子外頭種滿了奇花異草，散發神祕的香氣，還有一簍一簍擺放整齊的薑、檳榔、葛藤、雷公根和頂端捲曲的山蘇。璐安接近屋子時微微愣了一下，有那麼幾秒鐘遺忘自己緊張不已的原因，直到老女巫從屋內緩緩伸出一隻手，輕輕拉起木窗，璐安猛然驚醒，他撲上苡薇薇琪的屋門，用力敲打，哭喊著老女巫的幫助。

「啊呀啊呀，這不是雲豹哥哥的弟弟嗎？」苡薇薇琪從屋子裡走出來時，已經揹好裝有藥草與治病工具的箱子，也換上了可以走遠的草鞋，她慈祥地拍了拍璐安的手說：「沒事的，我知道你要來，早已經收拾妥當，來吧，小心扶著我，這路說近不近，說遠不遠的喔。」

璐安擦掉臉上的淚水，專注於攙扶苡薇薇琪的動作，說也奇怪，這條原本令他著急不安的路愈走愈和緩，他的呼吸逐漸平復，身體也不發抖了，此時璐安才注意到自己早先氣喘如牛，差點呼吸不過來，雙腿也因狂奔而抽筋，他的身體太瘦弱，不適合突然激烈地運動。苡薇薇琪和璐安以正常的速度走到炭屋時，恰好是接近中午的時刻。

「弟弟，去幫我燒一些熱水，我要煮湯。」苡薇薇琪吩咐，璐安便照做，過去他不曾做過這樣的事情，因爲只要泰邦在家，他會捨不得璐安做任何粗重的工作，但現在他要到外頭劈柴，將柴火蒐集起來生火，還要去附近的溪流提水回來煮沸。

璐安花了九牛二虎之力好不容易燒好了一鍋水，苡薇薇琪滿意地點頭，她先煮薑汁塗抹泰邦的太陽穴、胸口，接著從小箱子裡拿出瓶瓶罐罐，裡頭裝滿各式各樣她特別處理過的藥草，將藥草以特定的比例和順序投入熱水中熬煮，就完成了部落族人經常服用的藥草湯。璐安專注地凝視咕嘟冒泡的鍋子，心想似乎還少了一些東西。

艾薇薇琪朝他微笑，隨後，她開始唱歌。

那是她在進行某些儀式時會吟唱的祭歌。兩年前艾薇薇琪曾經大發雷霆，宣稱部落裡沒有人可以繼承她的女巫身分，未來也將無人懂得如何作生老病死的儀式。因此要求部落中所有孩子每天中午都得到她的屋子跟她學習儀式和祭歌，而她會挑選最有天分的孩子當學徒。部落裡的人大多時候只當艾薇薇琪是個瘋癲老人，但說也奇怪，生老病死的儀式沒有人敢馬虎，尤其人若是在家外死的，沒有經過儀式處理，據說靈魂將成為惡靈。部落中又只有艾薇薇琪懂得作儀式，其他族人心生憂慮，於是家家戶戶都趕著把孩子送到老女巫家裡，就連沒有父母照顧的炭屋兄弟，也在族人們強烈要求下被迫在中午前往學習。

不知是幸或不幸，那段時間璐安偏偏生了一場大病，虛弱得下不了床。泰邦本來想拒絕學習儀式，待在家裡照顧璐安，但當時的阿巴刻不允許。艾薇薇琪得知璐安的狀況後表示只要泰邦願意來學習儀式，她就無償提供給璐安治病的藥草，因為這樣，泰邦去了將近半年，最後艾薇薇琪找到了合適的學徒，遣走了其他孩子。

這件事原本沒什麼，泰邦替璐安拿到藥草，艾薇薇琪如願教導孩子儀式，部落裡的其他人也都對結果感到滿意，就連璐安也認為，沒有父母的他們很少有機會真正從大人身上學習，能夠學東西照理來說是好事，然而泰邦第一次跟別的孩子一起學習，卻成為他往後被反覆嘲弄的弱點。

那些孩子說，艾薇薇琪的祭歌有一百〇三首，絕大多數的人可以學會七、八十首，再不濟也能有二十首，但瞧瞧炭屋的泰邦啊，他花了半年竟然只學會了一首！此後泰邦彷彿意識到自己腦袋的缺陷，他體力好、身材壯碩，卻一點也不聰明，他記不住文字和歌曲，只會幹粗活。面對他人的嘲諷，泰邦看似滿不在意，他對璐安說只要他還能打獵、揍那些欺負弟弟的孩子，就算他笨一點也沒有關係。

璐安知道泰邦說的不是真的，誰喜歡被當成笨蛋呢？

苡薇薇琪唱歌的時候，昏睡著的泰邦眉頭漸漸舒展。璐安不是第一次聽苡薇薇琪唱歌，每當部落裡有人死去或受傷，抑或是出現天災蟲害，苡薇薇琪都會前往每一戶人家家裡吟唱歌曲。若確認是惡靈造成的災禍，甚至會用祭歌布下結界保護，有時亦給予祝福。大多數人都帶著不耐等待，苡薇薇琪的祭歌深入人們的生活，他們早已無從想像沒有祭歌和儀式，也因此難以相信祭歌和儀式眞的有神奇的力量，除非涉及惡靈，恐懼總是比日常微小的禁忌更加力量強大。

璐安卻無比相信，他聽苡薇薇琪唱了一會兒，覺得曲調跟歌詞並不困難，便也輕輕地跟著哼。老女巫注意到了，非但沒有制止他，反倒像試驗著什麼一般，唱完一首後緊接著下一首，一面唱一面攪拌藥草湯，將煮好的湯吹涼，小心餵給床上的泰邦。

苡薇薇琪繼續吟唱。璐安隨之跟上，苡薇薇琪唱一句，璐安就跟一句，逐漸形成富有層次的雙聲部。苡薇薇琪撫摸泰邦的額頭，示意璐安也摸一摸，他摸了，發現哥哥已經退燒。苡薇薇琪繼續唱，離開兩兄弟的床來到爐灶，自然而然地升火煮飯，一首歌、兩首歌，苡薇薇琪已經唱了五十八首，璐安跟著吟唱，並幫助她準備做飯的材料。

山羌肉、山胡椒
變成美味的飯
山羌肉、山胡椒
會把草的臭味消除掉呀
山羌肉、山胡椒
重新活過來的山羌
在肚子裡跳啊跳

苡薇薇琪的歌絕大多數都像〈山羌煮食法〉一樣短，歌詞跟旋律都極為簡單，因此其他孩子才說泰邦最終只學會一首歌，是天大的笑話。

璐安此時跟隨苡薇薇琪吟唱，其實帶著一點不服輸的意味，既然泰邦辦不到，那他會替哥哥辦到，而且要做得比苡薇薇琪的學徒更好。他們就這麼一面歌唱一面做飯、吃飯，然後苡薇薇琪到屋外隨興所至地撿拾鬼針草，璐安則在屋子裡清洗碗盤、整理物品。

炭屋內外迴盪著一老一少的歌聲，彷彿對答，有時苡薇薇琪會停下來休息一會兒，璐安也停下來等待，苡薇薇琪再次吟唱，璐安也謹慎地跟隨。

一百〇三首歌在午後唱完，苡薇薇琪唱完的時候，面帶微笑地想稱讚璐安，可是璐安並沒有停止。他看著老女巫的眼睛，張開嘴從第一首開始唱，隨後是第二首、第三首，苡薇薇琪收起笑容，嚴肅地坐在璐安面前仔細聆聽。時間彷彿靜止了，整個世界只剩下老女巫和炭屋最小的弟弟，他們看著對方，一個唱一個聽。苡薇薇琪全神貫注檢視璐安每一句的歌詞跟音調，反覆咀嚼，直到確定挑不出一丁點錯誤，就這樣，璐安唱完最後一首，一百〇三首，黃昏的夕陽從屋外照射進來。

「你在這麼短的時間裡就學會了我所有的歌。」

苡薇薇琪不可思議地看著璐安，璐安也看著她，眼神堅決。苡薇薇琪伸手輕捏他的下巴，那雙充滿褶皺的眼睛清明地散發光亮：「但你的天命不在這裡……唔，當然是這樣，你像你的母親，所以你的神跟我的神不一樣，你的世界也是別的世界，跟我的不同。」她緩緩放開璐安，視線移向床上的泰邦：「你的哥哥倒沒問題，他受到我們的神和祖靈保護，可是你……」苡薇薇琪搖頭。

璐安不明白老女巫的意思，唱了這麼久的歌，他的喉嚨沙啞，劇烈疼痛，現在一句話也說不出來，相較之下苡薇薇琪還能正常說話，聲音聽起來也依然渾厚有力。

「啊呀啊呀，你還沒有掌握好歌唱的方法。」苡薇薇琪趕緊從衣袋裡取出一片葉子，放到璐安口中，葉子遇上唾液便分泌出涼絲絲的滋味。「含著，不要咬，傻孩子，你學我的歌不是為了成為我的學徒，所以你也不知道這些歌有什麼作用……如果你有天分，唱歌的時候就會產生都娃阿烙的力量，打獵歌會招來獵物，生育之歌能夠幫助產婦順產，我的最後一首歌，甚至能夠帶回死者。」

璐安有些難以置信。

「不過這些歌也會消耗你的生命，因為歌的力量來源愈來愈沒有人知道，人們也將愈來愈不重視生老病死的儀式，孩子們不再都娃阿烙，不再學習，以後每個人都會變得只知道伊古……」

璐安勉強張開嘴，想詢問苡薇薇琪話語的意思，苡薇薇琪卻已站起身，準備離去。

「你那個雲豹哥哥隔天早上就會醒來，熬一點小米粥給他吃，藥草湯的配方你看我做過，應該已經記起來了。」苡薇薇琪想了想，低聲囑咐道：「你哥哥不是生病，他只是太累了，但不要讓其他人知道他的狀況，這裡的人是什麼樣子你很清楚。」

璐安點頭，旋即又支支吾吾道：「苡薇薇琪……那個，治病的費用。」

「我們女巫其實是不會收取族人生病的費用。」聞言老女巫擺了擺手，朝門口走去。璐安想到哥哥平白無故去上了半年的課，不禁覺得困惑：「可是……」

見璐安似乎很煩惱，苡薇薇琪看了看周遭，從桌上抽出一片木板，上頭畫著形似貓的雲豹：「不然你把這個給我，嘻嘻，我還從來沒見過這麼像貓的里谷烙哩。」

璐安的臉脹得通紅。送走苡薇薇琪，璐安脫下外衣，像泰邦平時那樣輕手輕腳爬上床，他睡在哥哥身邊，回味著今天學到的歌，苡薇薇琪的歌聲滄桑卻充滿力量，想著想著，璐安閉上眼打起盹來。

不知過了多久，璐安被呼吸聲吵醒，醒來的時候天還沒亮，夜色深沉，璐安卻看見黑暗中有一對螢綠色的瞳仁。呼吸聲從那兒傳來，璐安聽見泰邦的聲音：「變腳兩的錯的肉……」

璐安摸索蠟燭點燃，泰邦的面孔在火光的映襯下出奇陌生。

「泰邦？」璐安輕語：「你餓了嗎？苡薇薇琪說你醒來可以吃小米粥，我去準備，你等一下。」

「呼……呼……」泰邦喘著氣，像動物一樣四肢趴地，他的眼睛投向璐安，像是充滿困惑：「你的他心我不傷你。」

「什麼？」

「你的他心我不傷你。」泰邦重複，接著虛弱地將頭埋進獸皮中，露出微微螢綠的眼睛：「肉。」

「你還不能吃肉。」璐安強調，一鼓作氣從床上爬起來，到爐灶邊升火加熱小米粥。「苡薇薇琪說你太久沒進食，突然吃肉對胃不好。」

璐安準備食物的時候泰邦十分安靜，過了不久卻開始掙扎呻吟，璐安嚇了一大跳，捧著半溫的小米粥來到床前：「泰邦，你哪裡不舒服嗎？」

「錯的肉錯的肉錯的肉——」泰邦大吼大叫，無意義的詞彙聽到後來像極了野獸咆哮，璐安伸手想碰觸哥哥，被他粗壯的手臂一揮，整碗小米粥掉落地面碎成一片狼藉，璐安蹲下身想收拾，卻看見令他心臟停止的畫面。

泰邦發狂似的撕咬手臂上的肉，咬得毫不遲疑，一瞬間鮮血從手臂上泉湧而出，他彷彿還嫌不夠，甩動頭顱試圖將臂肉咬下來，璐安下意識撲上前去，雙手抱住泰邦血流如注的臂膀，他過去向來愛哭，這天不知道爲什麼，他一滴眼淚也沒流，只是緊緊抱著泰邦，什麼話也沒說。

不知過了多久，泰邦不再吼叫，身體漸漸癱軟，璐安打著哆嗦，動作輕柔地讓泰邦躺回床上，手臂流血的傷口也敷上藥草並包紮好。璐安躺回哥哥身邊，很累，可是璐安睡不著，他看著泰邦的臉直到天亮。

颱風將至，就算天亮了光線也十分希微，模糊的陽光輕輕走過床上獸皮的毛髮、布料上的織紋，直到泰邦蒼白的臉龐，不久，哥哥終於睜開眼睛，那雙眼睛不是螢綠色的，在陰影裡也不會發光。

璐安看著泰邦，覺得昨晚就像幻象般不眞實。泰邦虛弱地笑：「你在看什麼？我睡了多久？」璐安搖頭，劇烈的情緒在他胸腔攪動，但他一言不發，前所未有地冷靜，他開口：「你睡了兩天。」

「兩天？」泰邦驚慌地爬起來，拉扯到手臂上的傷口，他近乎惶恐地檢查傷處，表情徹底迷失。「璐安……我做了什麼？」

「苡薇薇琪說你只是太累了。」璐安將泰邦壓回床上，替他蓋好保暖的布料。「你發著高燒，大概燒壞腦袋，居然開始咬自己，不過後來你喝下苡薇薇琪的藥草湯，就睡著了，燒也退了。」

「這樣嗎……」泰邦迷迷糊糊地看向窗外，天色昏暗，已是風雨欲來，他想到生病前還未做好的工作，平時放置在外的雜物也尚未收拾，要是颱風侵襲，重量輕的東西會被吹得亂跑，一些金屬製品、晒乾的食物也不能放在屋外任雨淋濕。

璐安見泰邦憂慮的模樣，便知道他在想什麼。「你休息就好，我去把東西收進來。」璐安低聲說著，同時快步跑出屋子，泰邦來不及多說些什麼，看著弟弟的背影，還是那個瘦瘦小小頭髮長長的弟弟，卻好似跟以前再也不同了。爲什麼呢？泰邦想。璐安愈走愈遠，泰邦顧不得身體沉重且頭痛欲裂，他掀開布料跳下床，著急地往璐安的方向奔去。

天空呈現出奇異的紫色，遠方黑色的雲朵正匯聚，燜燒著閃電和雷鳴。璐安低頭將飛鼠肉乾收進布袋裡，打獵工具用塑膠布包裹好，還有平常用做燃料的柴薪。由於過去只有泰邦一個人打理，柴薪和斧頭四下散落，璐安只能慢慢撿。突然聽見泰邦那熟悉的腳步聲，他抬頭，便見哥哥也正認眞地撿拾地上柴薪，璐安想說話，鼻尖一涼，雨已然開始下了起來，璐安抹去臉上的雨水，大喊：「你快點回去！」

璐安這麼說著，泰邦卻只是朝他傻乎乎地笑，雨水沿著他的頭髮淌下頸部。

「我們一起弄，很快就會好了。」

一股洶湧的怒火促使璐安衝上前去，無力地打了哥哥一拳，那一拳對泰邦來說力道是如此輕，卻恰好打在他手臂上的傷處，以至於泰邦痛得瑟縮，他小心摀住傷口，佯裝沒事，離開璐安到屋子後方展開大片塑膠布，在容易漏水的炭屋後側用鐵釘將塑膠布周邊進行固定，如此就能遮擋大部分的雨水。當他回到屋子裡時，璐安已經全身濕透地縮在地板上，肩膀還一陣一陣地抽動。

「你怎麼不把身體擦乾？」泰邦在璐安身上披了一層又一層的布料與獸皮，不時搓搓他飽含水分的長髮，接著到爐邊將火升起，隨著屋內逐漸溫暖起來，泰邦解開手臂上包紮的布料，仔細檢視傷口。

那看起來確實像是自己咬傷的。泰邦想，但他怎麼會一點記憶也沒有呢？泰邦沉浸在思緒中，沒有發現璐安來到他身邊，直到他抬頭一看，竟發現璐安臉上布滿淚水，正哭得傷心。

「你怎麼了？」泰邦立刻拋下自己正在滲血的傷口，雙手捧著弟弟的臉小心檢查：「哪裡痛嗎？還是會冷？」

誰知道泰邦一說完，璐安只是哭得更凶，他只能將弟弟抱在懷裡，輕聲安撫，同時騰出另一手撿起地上的長鐵棍，撥弄火堆讓它燒得更旺。

「對不起……對不起啦……」璐安抽泣著說。

「你爲什麼要道歉？」泰邦既困惑又憐愛，璐安卻不回答，他的身體滑下來，縮在泰邦腳邊，兩人靜靜地烤火。

泰邦低頭看璐安披掛在肩後長且黑的頭髮，上頭爬過幾隻深紅色的頭蝨，泰邦囑咐一句：「別動。」隨即開始替弟弟小心捉起頭髮中的蟲子。

「泰邦，跟我說有關蟲子的故事吧。」

「嗯，這是我從另一個部落使者口中聽來的。」泰邦沉吟著敘述：「很久以前，有一個女孩子，她總是坐在同樣的地方，你知道，因爲以前的人都是席地而坐，直接坐在泥土上，那個女孩子穿著裙子，總是坐一樣的地方，就算她要暫時離開到別的地方，也會把東西放在那裡，不讓別人坐，後來有一天，女孩的哥哥感到很奇怪，就故意支開女孩，去坐那個位置，然後他一坐下，就有一隻巨大的蚯蚓從泥土裡鑽出來，哥哥驚嚇之下將蚯蚓殺死，女孩回來以後發現這件事，非常傷心，因爲那隻蚯蚓是她的丈夫，後來女孩因爲傷心過度的關係也死去了。」

「然後呢？」

「沒有然後，故事結束了。」

「可是爲什麼那個女孩都不讓別人坐那個位置？」

泰邦頓時紅了臉，露出爲難的表情：「唉呀，我不該說這個故事的，你還太小了。」

「什麼嘛！」

「天黑了，我們睡覺吧。」

「可是泰邦你根本就沒有把故事說好——」

「我保證明天會說一個更有趣的故事。」泰邦將璐安抱到床上：「我們睡覺吧。」

「泰邦！」

璐安忿忿不平，臉上倒沒有多少怨氣，他在泰邦懷中感到世上所有一切都安放在正確的位置，包含他們小小的炭屋，如此一來璐安反而有些睡不著了，他想醒著繼續享受幸福，直到睡意持續湧上，他打了一個呵欠，漫不經心地思考該如何選擇，最終意識到無論怎麼選擇，都不會對他此時所擁有的產生危害，於是他翻了個身，在漸大的雨聲和風聲中入睡。

叩叩。

狂風暴雨中，那細小的敲門聲如同幻覺，泰邦敏銳的耳朵即使捕捉到了，也本能地以爲是屋外的雜物被風吹倒的聲音，他抬眼確認璐安好好地躺在自己身邊，便放下心準備繼續睡覺。可是沒一會兒璐安卻伸手推了推他。

「泰邦，有人在敲門。」

泰邦沒說話，安安靜靜地下床，手中拿著剛點燃的蠟燭和一把獵刀。這個時間會來拜訪的人大抵不懷好意，這讓泰邦屏氣凝神，甚至做好了在開門的瞬間發動攻擊的準備。

炭屋的門和門框無法完全貼合，所以透過縫隙泰邦得以查看屋外來人，然而不知是不是因爲夜深的關係，門外僅有一片黑暗。泰邦也不打算出聲詢問對方意圖，倘若來者不善，他希望能在出奇不意的情況下取得優勢，於是他不再多想，無聲地扳動門鎖後踢開門，獵刀隨之劃破空氣，卻因泰邦無法理解眼前的畫面而停下動作。

門外是一隻如人般巨大的黑鳥。

不，泰邦眨了眨眼，好不容易辨認出烏托克滿月般明亮的面孔，以及那突出的紋面，他以爲的黑鳥翅膀只是烏托克用以擋雨的斗篷。

「外面雨很大，可以讓我進去嗎？」烏托克在閃電的亮光裡笑嘻嘻地說。

泰邦吞嚥口水，此時璐安也好奇地前來查看，他下意識地朝璐安靠去，將弟弟擋在身後，他想說「不行」或者「你爲什麼要來」，最終卻是一個字也說不出口。

魔女烏托克的一顰一笑都有力量，即便只是她脫下斗篷的動作，也讓人感到說不出的美麗，烏托克本人卻彷彿毫不知情，她將斗篷上的雨水抖落些許，而後隨手扔到餐桌上，她的姿態裡有一種率眞，讓泰邦雖然心存警戒，卻並不害怕，烏托克的美也不讓他覺得尷尬或具侵略性，她肩上的魔鳥因雨水而羽毛蓬起，此時正眯著紅眼睛打盹，見狀烏托克禮貌地向泰邦借了乾的布料，輕輕擦了擦魔鳥的小腦袋，讓牠身上的羽毛更是凌亂不堪。

璐安禁不住笑了出來。

「璐安！」泰邦警告地喊他，暗示弟弟不要被烏托克蠱惑，但璐安的笑聲乾淨純粹，不像被迷惑的樣子，泰邦多疑地望向烏托克，恰好看見烏托克像是感到有趣般的目光。

「笑很好。」烏托克溫柔地說：「唔，我有多久沒聽到年輕孩子的笑聲啦？五年？十年？我都忘了，孩子的笑聲有多麼美妙。」

泰邦嘗試不帶感情地詢問：「使者烏托克，你有什麼事嗎？」

「我？我沒什麼事。」烏托克仍然凝視著璐安：「我只是在這附近找一隻特別的鳥兒，牠是我的朋友，今晚我看見風雨漸漸變大，很擔心牠，就來幫牠把鳥巢固定得更好，後來雨實在太大了，我發現這裡有火光，沒想到是你們的家。」

烏托克說話時眼睛一瞬也不瞬，讓人很難懷疑她在說謊，泰邦也想不到烏托克撒謊的理由。

「給我一杯熱茶，好嗎？」烏托克倏地說道，泰邦這才發現她牙齒顫抖，此時就算再警戒，泰邦也不願讓遠道而來的部落使者受凍，他在火爐前的椅子上擺放柔軟的獸皮和絨毛，請烏托克到椅子上坐下，接著蹲在爐火邊燒水煮茶，璐安此時也沒了睡覺的心思，他初次見到烏托克就為她獨特的外表著迷，這會兒烏托克就坐在他們的炭屋裡，火光照耀在她身上，顯得她更加神祕難解。

璐安頓時有了靈感，他趴在床上悄悄拿彩色棍子描繪烏托克的模樣。泰邦把乾燥的草葉添入壺中，不時注意著烏托克的側影，卻見她正盯著璐安看。

「喂，你在幹麼呢？」烏托克問，璐安吃了一驚，連忙想要隱藏手中的木片，但烏托克好奇地走上前去，泰邦的心頓時激烈跳動，差點就要衝過去擋在璐安面前，然而她只是拿起桌上印有外鄉字的紙盒，頗感興味地問：「你用蠟筆在畫畫啊。」

「辣……鼻？」璐安一個字一個字念道。

「對，盒子上寫的就是蠟筆，筆的概念在你們這邊還不流行啊……不過，你似乎能夠認得外鄉字？」

璐安害羞地點點頭，又小聲說：「但不知道怎麼念。」

「爲了跟軍隊溝通，我們部落使者多少會學一些外鄉字。」烏托克突然來了興致：「不如我教你吧？」於是烏托克便拉著璐安在餐桌上開始用木炭寫外鄉字，一面寫一面念給他聽，泰邦將煮好的茶倒了兩杯放在桌面，呆呆地看著眼前的畫面。

過了許久，泰邦才慢慢放鬆下來，同時他注意到屋子裡的氣味由於烏托克的到來散發出一種淡淡的花香，以及鳥類羽毛的溫暖味道。然而出於泰邦所不明白的原因，他幾乎無法承受這樣的氣味與光景。

「屋子後面在漏水，我檢查一下。」他丟下這句話後不管璐安反對，拿起工具便冒著風雨衝出屋外。

「你哥哥很可靠呢。」烏托克看著一臉不甘的璐安，露出柔和笑容：「怎麼？你看起來很不高興。」

「他總是這樣……」璐安嘟囔。

烏托克哈哈大笑，幾乎把璐安嚇了一跳，她抱起璐安，將他放在堆滿布料和獸皮的床上。

「這就是家人啊。」烏托克說話的時候，明亮的黑眼睛裡藏著無法消解的悲傷，璐安來不及多問，烏托克已輕輕哼起曲調，那是璐安從未聽過的優美旋律，和艾薇薇琪的歌也完全不同。儘管如此，他仍然逼迫自己睜大雙眼，只因這是一次難得的機會，他終於可以在近距離下欣賞烏托克臉上的刺青。

「你在看什麼呢？」烏托克注意到，很好奇地摸了摸自己的臉，璐安不好意思地別過頭去。「哦，是我臉上的花紋嗎？」

璐安輕輕點了點頭。

「不用覺得失禮，這花紋很好看吧？既然好看，當然會想要欣賞，你就儘管看吧，話說回來，你知道爲什麼我們帕音的一些人要紋面嗎？」

璐安搖搖頭。

「這是好久以前的故事了……在過去，世界上沒有其他人類，只有一對兄妹，時間飛逝，天地間依然沒有別的人類，久而久之，妹妹感到很擔心，假如他們死了以後要怎麼辦呢？像他們這樣的存在，以後就再也沒有了……於是，妹妹決定要跟哥哥結婚，可是她怕哥哥認出她，不願意跟她結婚，所以她在某一天告訴哥哥，天黑的時候有個女孩子在山洞等著他去迎娶。妹妹同時用黑炭將自己的臉塗黑，當傍晚哥哥來到山洞時，由於妹妹將臉塗黑的關係，他沒有認出她，於是他們便結婚，生下許多孩子……這對兄妹就是我們帕音的祖先，後來，我們跟祖靈達成了約定，無論男女都要在成年後學會織布、打獵，如此便有了在臉上刺青的資格……」

「可是，」璐安的聲音浮現難以掩飾的激動：「他們是兄妹。」

「那有什麼關係呢，而且，妹妹在臉上塗了黑炭，哥哥就認不出她來了。」

「這樣哥哥就願意跟妹妹結婚嗎？」

烏托克盯著璐安好一會，隨後拍了拍他的頭：「是的，那樣一來，哥哥就願意跟妹妹結婚。」烏托克再次哼歌，璐安的雙眼盛滿希望，那希望隨歌聲朦朧，許久，男孩睡著了，從獸皮裡傳來均勻的呼吸聲。

「你有問題想問我吧？」儘管屋外風雨飄搖，烏托克依然聽見了泰邦進屋的聲響，她背對著凝視自己的泰邦說道。泰邦沒有隱瞞，他思考了一會，終於說出心中疑問：「烏托克，我是不是生病了？」

「生病？」

「身體發熱、口乾舌燥，常常四肢無力，甚至晚上會夢遊，我聽說……有些人得了瘋病，也會昏昏沉沉地到部落外消失蹤影……」

烏托克小心翼翼地說：「我不認為是瘋病。」

「那是什麼呢？」泰邦差點哭出來，他害怕吵醒弟弟，只能壓抑過大的音量與哽咽，努力地小聲說：「如果是病，那我不能留在這裡，我不能把病傳染給璐安。」忽然間，泰邦濕潤的眼睛直直看向烏托克：「我聽阿巴刻說你的部落因為瘋病的關係，只有很少的人活下來。」

「對，但那不是瘋病。」烏托克第一次展現出冷淡與疏離，她靜靜地說：「發生在你身上的事情不是病……我還不能告訴你，但當那一天到來，你不會有事的。」

泰邦深吸幾口氣，閉上眼，再張開，他拿了一張椅子坐到烏托克對面，重新開口時語調已趨於平穩冷靜：「烏托克，你爲什麼來？阿巴刻要求你不准再進入我們部落。」

烏托克唇角閃現一絲輕笑，但立刻就消失無蹤：「很好，很鎮定、聰明，又懂得問問題。」面對泰邦困惑的表情，烏托克將手中的杯子放到少年手裡，她站起身，伸展著身體，只有這個時候泰邦才會意識到烏托克有多高，她修長的身子幾乎是小小的炭屋所無法容納的，甚至令泰邦驚訝，不久前烏托克如何縮起肩膀、彎曲膝蓋，方能步入他與璐安的家。

「謝謝你的茶，我該走了。」烏托克說：「我這次來，只是想看看你，還有告訴你一件事……遺跡聚落無比凶險，你要非常小心，你們都要非常小心，當然像剛才那樣兼具聰明與冷靜的談話便已足夠，看到你的眼神，還有知道你會爲你弟弟做任何事，這樣就夠了。」

像來時一樣突然，烏托克披上黑色斗篷推門離開，她動作優雅緩慢，卻只消一眨眼工夫便失去蹤影，猶如鳥類振翅飛離，只留下翅膀的陰影與聲音。泰邦想：不過就連那聲音也被颱風的呼嘯聲捲走吃掉了。

烏托克信步走在樹林中，儘管上方枝葉茂密，雨勢仍滂沱，暴風吹亂了她長且黑的頭髮，使那張美麗的臉多了一絲野性。其實她並不在意淋雨，稍早從炭屋中汲取的溫暖卻仍令她不自覺露出微笑，思及此，罪惡感讓她皺起眉頭，然而必須如此，她想，至少泰邦不會如自己那樣痛失家人。

烏托克讓魔鳥從斗篷底下現身，魔鳥單足立於她臂上，紅眼睛好奇地望著她。

「轉告我可愛的學徒……種下松子，就會長出松樹，你要清楚自己種下的是什麼。」

魔鳥看著烏托克好一會兒，隨即振翅飛入空中，那白色的小小影子彷彿並不在乎狂風暴雨，像一顆明亮的子彈射入黑夜。

烏托克抬頭目送魔鳥離去，她的樣子看上去相當怪異，就好像魔鳥的離開刺痛了她，隨著鳥兒愈飛愈遠，烏托克的雙眸蓄滿淚水，她必須雙手環抱自己才能止住顫抖。當她終於垂下頭，她看見樹林彼端短小精悍的身影。

「阿巴刻。」烏托克冷冷地道。

「我說過，你不能再走入我們部落。」阿巴刻一手按著腰際的獵刀，投向烏托克的目光謹慎小心。

「是嗎？那麼你想怎樣呢？」烏托克輕笑：「斥責我是魔女？或者謾罵我帶來瘋病？」

「別傻了，在這兒除了我，還有誰會相信你？」

「但你並不介意假裝不想知道謠言的眞相，不是嗎？你對泰邦又是怎麼說的呢？瘟疫可能蔓延開來，好幾個部落都傳出有人染病。你選擇謠言、自欺欺人，說得好聽是要保護部落，在我看來其他部落卻只是更輕視你，猜猜如果無名者還在，他會怎麼看待你這副窩囊樣……」突然間，烏托克的聲音變得疏離且低微，幾乎就像自我辯解：「不過，縱使我再怎麼抗拒，都無法改變事實，既然如此，還不如利用謠言。」

阿巴刻盯著烏托克，毫無所覺對方的心思，聽見「無名者」一詞讓他雙眼通紅，然而隨時間過去，阿巴刻眼中的怒火卻又逐漸消逝。他最終只能伸手搓揉滿是疲憊的臉部，幾乎是艱難地說：「我不知道你在打算什麼，只是我選擇謠言，是因爲我想保護你。」

這句話反而徹底激怒了烏托克，僅僅一瞬間，她高高躍起，黑色的斗篷宛如巨大的翅翼，她撲向阿巴刻，一把長獵刀不知何時握在她手中，她熟練地盤轉刀柄，對準阿巴刻的胸膛狠狠刺下。

阿巴刻在地面翻滾一圈避開，烏托克不肯放過，如野生動物般敏捷地追逐，她的臉因大大咧開的瘋狂笑容而猙獰，就連那紋路複雜的刺青，也在雨水中激烈扭曲。

「保護我？烏托克不需要任何人保護！所有我受的傷都是我選擇的，你要多傲慢才能說出這種話？」烏托克一面揮刀一面高喊：「我一直都是自己照顧自己，你好大的膽子竟敢聲稱要保護我？你憑什麼？」

「你們部落已經不剩多少人了，要是一直違逆其他部落使者，他們就會前往征討！」阿巴刻狼狽地閃避烏托克的攻擊，他不願反擊，烏托克注意到這點，只是愈發凶狠。

「我足夠強大，我會殺光他們！」烏托克怒吼，猛然扔下刀，雙手握住阿巴刻的頸子將他整個人提起，重重壓在樹幹上。烏托克的手臂延展出美麗的肌肉線條，同時顯得殺氣四溢，她目光炯炯，不放過獵物臨死前的任何細微表情。阿巴刻被掐得無法呼吸，卻依然沒有反抗，直到青年視線開始發黑，他頹然垂下雙手，氣息驟停，烏托克才鬆開手讓他趴在地上猛烈咳嗽。

當阿巴刻再次找回呼吸，烏托克背對著他拾起長獵刀，收回藏於斗篷的刀鞘。

「我比你早當上部落使者，有些事情你還不明白，自以爲是不會有好結果。」烏托克再次開口時，語氣充滿強烈的憎惡：「譬如議事，你竟然選擇那個孩子，你知道會發生什麼嗎？你怎麼可以……」

「我知道的事情比你以爲得更多……」阿巴刻困難地說道：「倒是你，爲什麼對我們部落的消息那麼清楚？那天你之所以在聖山上，也是因爲在跟蹤泰邦吧？你這麼做的用意是什麼？」

烏托克的目光下意識投向魔鳥飛離的方向，僅只一瞬，她再次望向阿巴刻：「那孩子很特別，你現在不明白，但他不能出事。」

「我會保護他。」

烏托克嗤笑一聲：「就像你信口說要保護我？愚蠢，或者你不在乎，你是如此背信棄義，爲了所謂的部落和家族，你甘願犧牲無辜，你心裡八成有一個天平，一邊是所謂的家族聲譽、部落和平，另一邊則是友人之子。」

「無名者不是我的朋友。」阿巴刻道。

聞言烏托克放聲大笑，笑聲悲愴淒涼。

「是啊，反正你也不配。」丟下這句話，烏托克轉身離去，留下阿巴刻沉默佇立。

颱風造成的狂風暴雨正緩緩減弱，阿巴刻聽見遠方傳來雷聲隆隆，來自部落的隱約火光如今已能勉強辨認，那火光曾是讓阿巴刻滿心溫暖的所在，如今卻充滿陰謀與凶險。

成為阿巴刻會知道所有祕密，不管你願不願意。無名者的話彷彿仍迴盪在耳際。阿巴刻還不是阿巴刻的時候，他認爲無名者所做的決定不經大腦，毫無算計，現如今輪到自己，他理解議事的困難與險惡，只能付出最大的心力準備充足，更因此堅信一切皆在掌控之中，他可以做出和無名者不同的決定，同時顧及部落和家族。

是的，他相信。

颱風即將離開，阿巴刻也邁往部落的方向。

隔天早上，斷裂的樹枝與細小的葉片散落在泰邦和璐安的炭屋周圍，不知從哪吹來的器具也因狂風蹂躪而看不出原本的用途，除此之外還有小動物的屍體、傾倒的老樹圍繞在炭屋周遭，泰邦沒有叫醒璐安，兀自安靜地收拾殘局。

太陽完全升起時，部落中少數與炭屋友好的孩子達諾前來，代爲傳達阿巴刻的訊息。「阿巴刻請你立刻前往守護所。」達諾看上去有些緊張不安，泰邦想起他的妹妹，不禁問了一句：「瑪加凱還好嗎？」

「她……她很好，苡薇薇琪想收瑪加凱當學徒，因爲原本的學徒不想繼續了，我們也害怕軍隊找上門來，就讓瑪加凱去跟女巫住，這樣也能庇護她吧。」達諾說著有些猶豫地問：「泰邦，我前天看見璐安哭著跑去女巫山谷，不知道發生了什麼事，我拚命呼喚璐安他也沒聽見，你們還好嗎？」

「還好。」泰邦深怕璐安聽見達諾的話，揮手示意他跟自己走，直到他倆並肩步向前往守護所的小徑，泰邦才開口：「我之前生病了，高燒不退，璐安很擔心，一路跑去找苡薇薇琪幫忙。」

「苡薇薇琪怎麼說？」

「她說我只是太累，服下女巫的藥草湯後現在已經沒事了。」泰邦沉默一陣子，心中莫名產生反感，他直覺地不想繼續講述這件事，於是故作輕鬆地問：「阿巴刻找我做什麼？」

「哦，我不曉得，我只是恰好經過被派來傳話，不過經過守護所時，發現我們部落長老都在。」

「全部的長老嗎？」

「嗯。」達諾想了想說：「他們也許在討論什麼重要的事情……吶，我要從這邊去女巫山谷看望瑪加凱，你好好保重。」

達諾說完即刻奔跑起來，泰邦目送他腳步如飛竄入一片芒草原中。達諾那著急的模樣勾動他心中一塊柔軟之處，讓他看著那片白色的芒草原，發了好一會呆。

部落附近長滿了白色芒草，芒草有些只有幾株，有些蔓延如海，芒草長得高，人一旦走進去就會消失不見，就像山中濃霧，因此經常有孩子躲藏其中玩著遊戲。他和璐安以前也喜歡走在芒草裡，那種隱身的感覺很好，部落裡沒有人會再用奇怪的眼神看他們，泰邦也習慣躲藏在守護所外的芒草中偷聽阿巴刻與他人開會的內容，不過璐安現在最喜愛的祕密基地是位於部落北邊的隱密洞穴，如今很少跟他一起躲在芒草叢中睡午覺了。

泰邦隨手拔了一根芒草在手中把玩，一面朝著守護所的方向走去，他這次是被光明正大喚來的，理當不需要隱藏行跡，然而當守護所內傳來鬼祟的低語交談，他仍下意識放輕腳步。

「你做出的決定，我們基本上沒有意見，甚至挺意外你會有這般選擇。」

「可以說是最好的決定了，也能讓叛徒之子有所彌補。」

「只是如果並非好人家的孩子，一旦被知道，不曉得會不會受到懲罰？」

一連串族中長老的詭祕交談後，阿巴刻的聲音沉穩地傳來：「只要不被發現就好，將孩子清洗乾淨、打扮整齊，軍代表不會發現的，若有懲罰也不會牽連部落，由我阿巴刻一人承擔。」

長老們心滿意足地連聲讚好。

「不過助手只需要一名，你將弟弟也帶去的原因是？」

「兄弟難以分開，你們應該知道，如果要讓其中一方乖乖聽話，就必須兩個都帶走。」

「如果你執意要帶兩個助手，我們就無法為你們準備行囊，也不會提供任何糧食。」另一名老者竊喜著說。

「沒關係，若這是你們的條件，我接受。」

守護所的門打開了，幾名長老神情輕鬆地走出守護所，在看見泰邦時甚至沒有如平時那樣給予惡毒視線，反而微微笑起來，對泰邦點了點頭，接著魚貫走開。泰邦又等了好一會，才小心翼翼靠近門口。

「進來吧，我就想你一定在偷聽。」阿巴刻盤坐在議事區中央，面前放著一鍋熱氣騰騰的藥草湯，他閉著眼睛，像是在思考什麼。泰邦注意到阿巴刻脖子上圍繞著一圈烏黑指印，身軀雖是坐姿，卻散發生人勿近的氣息，宛如泰邦再走近一步，就會被眼前的這個男人拔刀割喉。

「來，雲豹哥哥，要是害怕的話就到苡薇薇琪身邊。」此時一個蒼老且俏皮的聲音從角落傳來，泰邦轉頭看去，若不是老女巫出聲，他可能完全不會發現她在這裡。

「你到苡薇薇琪旁邊坐下吧。」阿巴刻的聲音洩漏疲憊。苡薇薇琪從藥草湯中舀出一碗，遞給阿巴刻，再舀出一碗，遞給泰邦。

「今天要替你作遠行的儀式。」苡薇薇琪對泰邦說道：「你的弟弟用不著，那天他跟我唱了所有的歌，我已經在無形中先替他作過儀式了。」

「抱歉，但我並不明白……」

「之前沒聽到嗎？」阿巴刻終於睜開了眼，泰邦驚訝地看見他眼中布滿血絲，彷彿三天三夜沒有入眠一般。「不久前保留地所有的部落使者前來開會，做出決定選派代表前往遺跡聚落與軍代表議事，而我們部落獲選成爲今年的議事代表，由於和軍方代表交涉需要十分謹慎，但我們又無法帶太多人前往，以免被軍代表認定有意叛亂，所以過去議事的組合通常是成人與助手各一名，成人即爲部落使者，助手則會是部落中好人家的孩子。」

「啊呀啊呀，就像人質一樣呀。」苡薇薇琪在一旁事不關己地加油添醋，順手給自己舀了碗藥草湯。

「婆婆……」阿巴刻看了看苡薇薇琪，脫口而出的稱呼令泰邦好奇，但阿巴刻沒有多做解釋，只是咳嗽幾聲，繼續道：「這次我請傳信人幫忙送信到遺跡，對軍代表做出預告，表面上還是一個成人一個孩子，不過我知道你無法離開璐安，所以我希望能帶璐安一起去。」

「等等，阿巴刻，你的意思是——」

「我選了你做助手。」阿巴刻打斷他：「已經在剛才的會議中取得長老們的同意。」

「可是……」泰邦瞬間手足無措，他混亂的大腦閃過無數訊息，包含剛才阿巴刻提到的「好人家的孩子」，泰邦結結巴巴地說起話來，臉因激動而發紅：「我不是好人家的孩子。」

「你跟璐安都是孤兒，對，沒人會在乎你們，就算你們死了，整個部落也沒人會難過。」阿巴刻的語氣第一時間顯得有些煩躁：「我的重點不是這個，你……還有璐安，有其他的潛力，可以幫助我與軍代表議事。」

泰邦陡然想脫口問「是什麼？」，但強烈的預感阻止了他，他唯能反覆思索整件事是否會傷害到璐安，不管怎樣，這才是他眞正在乎的。

「璐安不會參與議事，畢竟我也只預告會有一名助手而已，多一個孩子陪同本來就不會引起猜忌，等我們一抵達遺跡，就可以先讓璐安到住所休息。」阿巴刻好似早已知道泰邦唯一的顧忌，於是耐心解釋：「若你擔心的是你自己，那我可以告訴你過去從未有助手在遺跡聚落死亡的案例，助手早期是被當成……人質沒錯，但近年來已經成爲和平的象徵，我想也確實沒有什麼比一名單純的孩子更適合作爲和平代表，再說，通常軍代表喜歡孩子的話，會送給他一些禮物，我想那對你跟璐安的生活會有幫助。」

泰邦腦海浮現從天而降的物資籃，裡面裝滿璐安喜歡的東西，他手中拿著彩色棍子畫畫，這所有的一切說服了泰邦。「好，可是……」泰邦吞嚥一下：「我跟璐安都沒有什麼東西……可以幫助準備行囊。」

阿巴刻憤憤地揮手：「不需要，我的部分我會處理，你們的話，只要多帶些乾糧就不會有問題。」

「還有，你們不覺得我作爲孩子看起來太大了嗎？」泰邦問。

阿巴刻和苡薇薇琪面面相覷，兩人彷彿現在才想到這點。

「你看起來高壯，實際上只有十四歲。」阿巴刻強調：「助手的年齡限制是一歲到十五歲，因此你還算合格。」

「就告訴他們保留地人成熟得很快，像夏天的芒果。」苡薇薇琪歌唱般說道：「好了，現在安靜，聽我唱。」泰邦等待苡薇薇琪完成她的儀式，直到最後一個音節停止，泰邦立刻急不可耐地問：「我們什麼時候出發？」

「明天，破曉時分。」阿巴刻平靜地宣告，然後他再次閉上眼，盤坐在那鍋滾燙冒煙的藥草湯前，沉浸於他不可言說的思考。

「雲豹哥哥，你走吧。」苡薇薇琪附在泰邦耳畔輕語：「告訴你的弟弟，要把臉藏起來，他的臉就像玉石一樣漂亮哩。」

泰邦自覺從來無法明白老女巫的話語，但他仍然禮貌地答應，等踏出守護所，泰邦立刻像達諾奔跑著去找妹妹那樣，奔跑著回炭屋找璐安。

遠遠地，泰邦望見他們炭屋那小小醜醜的漆黑屋頂，他不斷回想和阿巴刻的談話。泰邦猛然憶起，璐安從出生以來都還未離開過部落。泰邦回到炭屋，便看見璐安了無生氣地坐在門口用炭畫畫，明明聽見了哥哥回家的腳步聲，璐安卻低著頭一語不發。

「璐安，你都畫到臉上了。」泰邦以拇指擦去璐安臉頰上的黑炭：「抱歉，沒跟你說一聲就走，阿巴刻找我到守護所，我又不想吵醒你。」

「我其實有聽到達諾過來傳口信，不過泰邦，你曾經在晚上失蹤，我找不到你，後來我哭著去拜託那些向來看不起我們的大人，最後也沒人願意幫助我，你能不能以後至少告訴我你要出去？就算把我叫醒也沒關係。」

泰邦皺起了眉頭，他暗自怪罪自己的不小心，一面允諾一面將璐安抱進懷裡，璐安臉上的黑炭還未完全擦乾淨，就這麼抹在泰邦的衣服上。良久，璐安抬起頭：「阿巴刻說了什麼？」

「是件好事。」泰邦將自己在守護所與阿巴刻、苡薇薇琪的談話描述一遍，旋即看見璐安興奮得滿臉通紅的表情。

「明天就離開嗎？」璐安叫嚷著：「我也要去遺跡聚落！」

「對。」泰邦臉上流露出如釋重負混雜欣慰的情緒：「所以我們今天要打包行李、準備糧食，如果可以也順便把炭屋收拾一下。」

「好！」

璐安蹦蹦跳跳地回屋子裡打包行囊，泰邦曾經幫璐安用山羌皮製作一個小獵袋，現在璐安正拚命把彩色棍子、木炭、畫畫用的薄木片和他最喜歡的杯子塞進獵袋裡。

泰邦的獵袋用水鹿皮製作，內部還有分層，是父親還在的時候爲泰邦縫製的，泰邦的整理方式相較之下精準且有效率，由於昨晚颱風侵襲，他們已預先將放置屋外的工具收到炭屋內，現在也沒有再拿出去的必要，因此泰邦只是將工具和器具分門別類擺放好，同時篩選出自己所需的東西。他的獵袋雖比璐安的大上不少，空間依然有限，必須愼選隨身攜帶的物品，除此之外，還要替他和璐安準備衣物等其他用品，包含乾燥藥草、裝水的瓶子和塗有蜂蠟，能夠防水的披風。

他們的衣櫃深處有一個巨大的旅行背包，泰邦記得是母親留下的，背包的模樣很奇特，他們從未在部落裡見過，倒是可以裝下所有他跟璐安的用品不成問題。泰邦一面整理背包，一面回憶母親在早晨揹著背包到外頭撿拾漿果、藥草的身影，彼時璐安還小，母親牽著泰邦的手走過靜謐無人的森林，不知爲何，泰邦總有母親即將永遠離去的感覺。

母親一直都是那樣的嗎？看著手中陳舊的大背包，泰邦心中浮現困惑，卻因爲想起還有很多事情要做，泰邦甩了甩頭繼續清點要裝進背包裡的物品。他們一直忙到晚上，泰邦最後留璐安確認他們所有的行李，他則到屋外繼續整理颱風留下的一片狼藉。

待全部收拾妥當已是深夜，泰邦回到炭屋裡卻意外地看見璐安沒像平常一樣睡著，而是專注地檢查他和泰邦的行李，以及一件顏色粉嫩的衣裳。見狀泰邦上前熄滅爐火，將璐安抱到床上，低聲囑咐時候不早了，他們得趕緊睡覺。

「泰邦，你告訴我一個跟遠行有關的故事吧？」璐安卻還不依不饒。

泰邦苦笑：「明天要很早起床，這樣你還是想聽故事嗎？」

「我太興奮了，睡不著啊！」

「嗯，那我就告訴你一個狩獵太陽的故事吧。很久很久以前，人們是不會到很遠的地方旅行的，因爲離開家到很遠的地方，會讓人非常的受傷，而且如果不小心橫死異鄉，靈魂還會成爲惡靈，所以唯一會讓人們遠行的原因，只有狩獵。在最早的時候，太陽有兩個，兩個太陽輪流照射大地，整個世界酷熱不堪，於是就有一群人決定去把其中一個太陽射下來⋯⋯

「狩獵太陽的旅程非常遙遠，這些勇士很聰明，知道自己在一代以內是不可能辦到的，於是每個勇士都揹著一個男嬰，就這麼出發去狩獵太陽，路上他們將吃的橘子種子丟在路邊。時間一年又一年過去，年長的勇士老死了，那些他們揹著去射太陽的男嬰們也都長大了，最後由這些孩子射下了太陽，那個被射落的太陽就成爲月亮，這些孩子循著以前勇士扔掉的種子所長成的高大橘樹返回家鄉，等他們回到家鄉，他們也成爲老人了，故鄉沒有人認識他們，他們將整段旅程訴說一遍，其他人才終於知道發生了什麼事。」

「所以那些死在旅途上的勇士成爲惡靈了嗎？」璐安的半邊臉埋在布料裡，聲音聽起來悶悶的。

泰邦沒料到璐安會這樣問，他想了想說：「應該沒有，因爲他們擁有非常厲害的巫師，那位巫師替勇士們作了靈魂淨化的儀式，這樣就算在外面死去，也不會成爲惡靈。」

「苡薇薇琪也會作靈魂淨化的儀式。」璐安篤定地說：「這樣就算我們離開部落死掉了，她也會把我們的靈魂變好。」

「我們不會死的，璐安⋯⋯」泰邦有些無奈。而璐安早已轉移注意力，他又問：「以前的人不會去很遠的地方，那如果一定要去呢？」

「就會像故事說得那樣，通常是因爲有責任在身。」也跟我一樣。泰邦想。

「我想要去很遠的地方看看。」璐安打了一個呵欠，眼睛緩緩閉了起來：「我想看很多很多東西⋯⋯」

泰邦內心一震，最終輕輕躺在璐安身旁柔聲說：「那你需要充足的體力跟精神才行，睡吧。」

那天晚上泰邦再次作了前往山頂的夢，他看見那隻神祕美麗的動物在他面前展現身姿，引誘他走入濃霧，可是泰邦裹足不前。

「不管你是什麼，我都不會跟你去。」泰邦聽見自己說。

野獸低低咆哮，牠的吼聲複雜而有深意，聽久了竟像是人的聲音：你很快會遭遇可怕的事，你要離開到我不能去的地方，可是我會一直在這裡等你，當你有了傷口，我會給你新的傷口，傷覆蓋傷，你就慢慢好起來了。

野獸轉身竄入霧氣，隨著野獸的離去，泰邦感到悵然若失，他便在這悽惶的哀傷中醒轉。黎明前空氣仍如夜晚寒涼，伸手不見五指，泰邦摸索著下床，沒點燃油燈或蠟燭，因爲他知道太陽很快就會升起。

他整理好行李，見屋外透出微微光亮，於是便喚醒璐安，璐安不習慣早起，揉著眼睛任由泰邦替他穿上外出的衣服，璐安喜愛的那件顏色粉嫩的衣服並不適合野外活動，趁著璐安迷迷糊糊，泰邦趁機替他換上另一套更輕便的服裝。之後璐安在泰邦的幫助下吃了簡單的早餐、揹上自己的小獵袋以後坐在餐桌邊不斷點頭，彷彿下一秒就會再度昏睡，泰邦只好揹起旅行背包、獵袋，一手輕柔抱起璐安，離開崁屋前他回頭看了一眼，確定門窗都鎖好，也沒有任何貴重物品放在屋外，不過話說回來，他們擁有的一切恐怕連財產都稱不上。泰邦對自己笑了笑，便邁開步伐前往守護所。

阿巴刻已經等在晨曦之中，他和泰邦一樣腰際配著一把獵刀，此外僅攜帶布包和獵袋，裡頭裝著他此次遠行所需的所有物品，他注意到泰邦，沉默地看向他懷中的璐安，沒有說話，只用手勢示意泰邦出發。

對此泰邦很感激，他小心調整璐安的位置，正要與阿巴刻離開部落，卻仍忍不住轉頭凝視克羅羅莫最後一眼。那一瞬間，不知道是不是錯覺，泰邦好似看見了烏托克的魔鳥在樹林中一閃而逝的白色身影。

隨著太陽緩緩現身，他們穿梭在複雜的山道間，步伐難以平穩，璐安很快被吵醒，醒來就要求要自己走。泰邦把他放下來，但從此開始，三人行進的速度便慢了不少。即便璐安走得氣喘吁吁，不熟悉山林的他還是沒能加快腳步。阿巴刻不時提醒兄弟倆停下來休息一會，然而與其說是泰邦和阿巴刻需要休息，不如說是爲了璐安，因爲他年紀小動作慢，不得已必須等待他恢復體力。

璐安心裡明白，再不甘心也沒辦法。他們盤坐地面喝水時，阿巴刻簡單向二人解釋這次的遠行：「路程很遠，要走兩個白天，如果晚上不休息，只需要一天。」

泰邦看了璐安一眼，回答：「還是需要休息。」

「我知道。」阿巴刻淡淡地道：「明天就會離開森林，你們可能會看見一些小遺跡和大型廢墟。」

「小遺跡？」璐安按捺不住喜悅問：「廢墟又是什麼？」

「遺跡不單指一個地方，事實上，我們沿途就能看見各種不同的遺跡，只有少數人居住的建築是小遺跡，無人居住的遺跡被稱為廢墟，兩者指的都是保留地還未劃分前的舊建築，劃分之後因無人居住、管理，有些形成廢墟。較多建築組成的聚落，並且依然有人居住，就是遺跡聚落，我們現在要去的這個是保留地內最大的南遺跡聚落，同時也是軍代表駐紮處。」

阿巴刻一面說一面站起身整理隨身行李，他抬頭時目光閃過震撼，吸引泰邦與璐安看向同樣的地方。那是他們再熟悉不過的聖山，破曉時從山下部落出發，走到現在已拉出足夠距離，得以從遠方欣賞山陵線起伏的走勢，風吹動雲朵盤繞山頂，篩落金色陽光，點點照耀在山壁上，形成不可思議的絕美光景。

璐安無法移開視線，他摸索獵袋中的繪畫用具，卻猝然放棄。泰邦疑惑地看著他。

「太美了，根本不可能畫出來。」璐安道：「泰邦，你之前就是跑去那座山的山頂嗎？」

泰邦其實記不太清楚了，身處那座山時，他無法辨認出那是他們部落經常仰望的聖山，直到離開山頂，聽其他人提起，他才知道原來自己夢遊前往的是聖山。聖山原本的名字無人知曉，而且山頂被視為禁區，經常有軍隊巡視，就和伊古一樣，泰邦不明白軍隊為何要讓聖山成為禁區，有些族人對此感到不滿，認為軍隊剝奪了他們的文化，可就像被圈養的動物一樣，大多數人只是順從軍隊的決定。

在阿巴刻的催促下，他們繼續趕路，這次沒有中途休息，一直走到夜幕降臨，璐安已經累得被泰邦揹著走，而夜色漸深，出於安全的考量，阿巴刻指示今晚就在附近的水源處過夜。

阿巴刻顯然不是第一次走這條路，他知曉水源處的位置，即使身處黑暗也能辨明方向。

泰邦在璐安身上裹好保暖的獸皮，俐落地生火，阿巴刻拿出鐵壺煮水，將乾糧泡軟後兀自啃食，泰邦也拿出自己準備的肉乾，配著加了藥草的熱水一點一點咬碎吞嚥，他們不約而同抬頭仰望星空，發現就算是在夜裡，星光也亮得足以照見聖山的輪廓。

「你太保護他了。」阿巴刻倏地說道：「如果有天你無法待在他身邊，那該怎麼辦？好好想一想。」

「不要離開他就好。」泰邦聲音很輕，撫摸著弟弟的長長黑髮，深怕將他吵醒，卻又無法停止動作。

阿巴刻過去極少對泰邦說這樣的話，這讓泰邦有了別的想法。見璐安已沉睡，他低聲問阿巴刻：「你曾說認識我父親，你能告訴我一些他的事情嗎？」

阿巴刻起先沒有回答，過了許久才道：「你想聽什麼？」

「我想知道他跟部落的關係，他在我們面前不會提起外面的事，炭屋蓋在遠離部落中心的外邊，我一直不曉得是爲什麼，我們向來是過自己的生活，直到他跟母親離開……」

「唔，既然他把你們保護得那麼好，我就更不該多嘴了。」阿巴刻沉吟著：「不過倒是可以跟你說些其他的……他是個執拗、不守規矩的人，因此他比這塊土地上的任何人都更自由，他充滿無窮的好奇心，爲了試驗在山林中奔跑的方法，他不怕受傷，最後成爲跑最快的人，他也是一個技巧高明的獵人，他從不撿物資，」說到這裡阿巴刻看了泰邦一眼：「他認爲物資是留給較弱小的族人，若能用狩獵取得獸肉、以採集取得藥草，他便不會和其他族人爭搶物資。」

泰邦低垂著頭，讓阿巴刻看不清他的表情。最終泰邦問：「阿巴刻，你知道他跟母親離開的理由嗎？他有對你說過嗎？」

阿巴刻腦海中迅速浮現無名者離開那晚的景象，但也立刻以理智壓抑，他回答：「我不知道，他只對我說要去邊界附近的垃圾場找東西……以前有好一陣子野獸消失，沒人打得到獵物，一堆人瘋搶物資的時候，他卻選擇到遙遠的邊界附近尋找糧食，他也不認爲這是值得說嘴的事。邊界附近有一座用於傾倒都市區垃圾的垃圾場，垃圾場大半部在邊界外，只有很少一部分在邊界內，自然也有軍隊看守，你父親身手了得，好幾次從垃圾場中拿東西回來，他甚至把一些糧食交給我，請我分給部落裡的其他人，自己只留下足夠一家溫飽的分量。」

泰邦暗忖這就是會呼吸的甜水來由，不過阿巴刻的話讓他更感疑惑：「父親是很熱情的人，我不懂他爲什麼選擇住在山崖，又爲什麼要把食物交給你而不自己分送？」

「他或許不願欠人人情吧，畢竟只要有人感謝他，他就會滿臉通紅。」阿巴刻淡淡地道：「至於爲什麼將炭屋蓋在那裡，我從沒問過他。」

泰邦想起父親被感謝而臉紅的樣子，不禁莞爾，他確實是這樣的人。待泰邦還想問更多父親不欲人知的模樣時，阿巴刻卻制止他，告訴他時候不早了，明天一樣得在破曉出發，他們得盡快休息。泰邦儘管不甘願也只能同意。四周傳來蛙鳴以及螽斯、蟋蟀的聲音，泰邦在地面鋪上鬆軟落葉，與璐安相擁而眠。

好像只過了一瞬間，泰邦就被阿巴刻叫醒，他全身的骨頭仍叫囂著疲憊，可是阿巴刻已經出發了，遠遠地將他拋在身後，泰邦唯有趕緊收拾，他發現自己連抱璐安上路的力氣也沒有，十分抱歉地喚醒弟弟，璐安沒有抱怨，不過雙眼發紅，兩兄弟沉默且痛苦地跟著阿巴刻走。

天還沒亮，璐安的眼睛也幾乎睜不開，他感覺到腳下的路變平坦了，不再像山間的路那樣崎嶇難行，儘管如此泰邦依然牽著他的手，刻意用璐安的速度前進。當光線穿透雲層灑落在三人面前，照亮他們正行走的道路，泰邦爲眼前的景象陷入前所未有的恐慌，他猛然蹲下身，四處尋找著可供躲藏的樹木或草叢，然而什麼都沒有，這裡是……一片荒涼的空曠。

「第一次看見這種景象都會如此吧。」阿巴刻囑咐道：「深呼吸冷靜下來，這只是『路』而已。」

「路？」泰邦猛烈喘氣，卻仍感覺暈眩，這般平坦、毫無起伏的荒野是路？

璐安敏銳地問：「這也是遺跡嗎？」

「遺跡……沒錯吶，這是以前人鋪的道路，走這邊比較快。」

泰邦勉強振作精神，瞇著眼睛小心翼翼觀察整座巨大的「路」，逐漸清晰的光線讓他找到橫亙在「路」上的粗壯樹幹，以及散落各處的樹枝、葉片與岩石，這使泰邦好不容易平復下來，「路」並非真的空無一物，只是他長年居住山林，對突如其來的空曠難以適應。

璐安沒有感到不適，相反的他津津有味地左右張望，平坦筆直的「路」延展至無窮盡，展現著壯闊之美，要何等工藝才能打造出這樣的路？璐安簡直無從想像。

隨著這條筆直大路，放眼遠處的風景也與部落毫不相同，大部分是低矮的植物和樹木，更遠的地方則是丘陵和山坡，偶爾可見幾處有麻雀穿飛的野田，這樣的情況下，當泰邦與璐安初次看見一座被植物包圍纏繞的破舊建築時，他們也就不特別驚訝。

「那是廢墟。」阿巴刻表示，倘若無人打理，已然被森林吞噬或本身結構毀壞，只能稱作廢墟，廢墟任何人皆可探索，若是明顯有人居住的獨棟舊建築，則是不能隨意擅闖的。

「看到這種廢墟，代表已經很接近遺跡聚落。」阿巴刻補充道，手指太陽沉落的方向：「不過時間還早，我們大概需要再走半天才能到。」

習慣行走平坦大路以後，連璐安都覺得頗爲輕鬆，他和泰邦不時交換對周遭事物的觀察，阿巴刻獨自走在前頭。有時經過延伸進空中的路，猶如一座橫越天空的橋梁，橋下景色令他們瞠目結舌，隨風搖動樹冠的樹海發出潮水般的沙沙聲，鳥兒在他們經過時振翅飛出。直到這麼遠的距離，他們依然可以看見聖山，像是提醒他們故鄉的方向。

跟隨阿巴刻的腳步，他們逐漸離開過於寬闊的大路，阿巴刻指引他們從一處斷裂的路往下爬，底端更是由泰邦已無從知曉的爬藤植物、闊葉林所組成，他們被熟悉的綠意環繞，這兒的樹蔭卻比山區的樹蔭透光度更好，或許也是因爲高度較矮的關係，陽光輕易穿過枝葉，在平坦的地面灑落漂亮的弧形光圈，璐安孩子氣地踩著光圈玩。

不知不覺，他們走進了據阿巴刻所說是十分古怪的廢墟。泰邦想阿巴刻之所以覺得奇怪，是因爲這廢墟不像是蓋來讓人居住的，外觀也不知用途。他們首先看見一座圓形建物，整體看來像是裝飾多餘的盒子，從裡頭破碎的鏡子和金色塗料可以看出過去曾有多麼精美華麗，如今卻顯得骯髒。環繞著鏡子的是一隻隻奇形怪狀的假動物，泰邦也從未見過那樣的生物，假動物由細長的棍子穿過身體，連結圓形建物的上方和下方，當泰邦困惑地想詢問阿巴刻時，阿巴刻抱起璐安將他放在其中一隻假動物背上。

「以前的人蓋了這東西讓孩子玩樂，這些動物大部分是馬。」

儘管阿巴刻輕描淡寫地解釋了，泰邦仍相當震驚，他沒有聽過「馬」這種動物，也對於過去的人們會特別爲孩子建造玩具感到訝異。而璐安坐在其中一匹馬的馬背上，只覺得無聊透頂，雖然座位很舒適，完美貼合他的小屁股，他還是焦躁不安地對泰邦伸手，示意哥哥將他抱下來。

他們接著看見由細長金屬支撐著建在空中的建物，阿巴刻稱爲「軌道」，軌道上方有「列車」，可以承載人快速移動；還有一朵巨大的金屬花，也像輪子，周圍懸掛著小房子，阿巴刻對此並無解釋，泰邦只能猜測住在上頭要如何出門和回家；以及一艘空懸的大船，過去泰邦只見過船一次，那還是破破爛爛準備拆解用於燃料的漁船。眼前懸在半空中的船漂亮多了，卻也更令人困惑，其船桅掛著褪色殘破的黑色布旗，上面畫著像是骷髏頭的圖案。

泰邦從沒見過這樣的建築，這讓他對過去人們的生活感到好奇，建造這些東西的人又去了哪裡？

阿巴刻沒有給他更多思考的時間，轉眼他們已離開古怪的廢墟，走入由堅硬材料構築成的雄偉廢墟。廢墟本身其實也是破敗不堪，尤其屋頂破了大洞，陽光從上方照入，讓他們不至於摸黑行走，泰邦對此感到慶幸，他不曾置身於四面八方均是厚實泥牆的屋子，泰邦倒不是第一次目睹泥牆，只是這座廢墟的泥牆出奇堅固，和他見過容易崩解的泥牆根本完全不同。阿巴刻說這種建材是「水泥」，以水泥爲主體，加諸更多連阿巴刻也不知道名稱的建材，有發亮的，有表面如霧的，有像塑膠的，顏色也各不相同，泰邦想挖一點材料回去填補炭屋某處的坑洞，卻被阿巴刻制止：「這座廢墟已經太久了，不要隨意破壞，否則可能會立刻坍塌將我們壓扁。」

步行到了廢墟底端，泰邦發現並非已達終點，而是之後的建築屋頂沒有破損，陽光照不進來，他們接下來只能摸黑在如同洞穴般的廢墟行進。幸好阿巴刻早有準備，他從布包取出纏繞布料的木棍，布料抹上油脂，點火後便長久地燒起來，阿巴刻領著他們走入黑暗，泰邦下意識拉住璐安的手，讓他緊跟身側。

泰邦再也沒有經歷過這樣的事情，他們跟隨阿巴刻的火光小心往前移動，周遭淨是大片玻璃，玻璃後方奇異地似乎滿是濁水，好似有東西在裡頭游移，讓泰邦心慌不已，他在某一刻終於忍無可忍，將臉貼緊玻璃想看看後方到底是水或濃霧，卻見一片污濁中有龐然大物正朝他逼近，泰邦嚇得往後跳，璐安也放聲尖叫，因爲一隻他所見過最怪異且恐怖的生物從污濁中現身，幾乎將整副軀體貼在玻璃後方，那生物身軀破碎，泰半只剩骨頭，細長的頭顱眼珠蒼白，牠看了泰邦和璐安一會兒，便又沉入污濁之中。

「那是以前飼養在這裡的魚，沒有人清理，現在就成了這樣。」

阿巴刻舉起拿著火把的手臂，火光照亮了更上層的玻璃，此時泰邦和璐安看見如千年檜木般高的大片玻璃，後方有無數詭奇的生物，大多已成白骨，體型有大有小，最小的就像極冬時聖山降下的成片冰霰，在玻璃後方的水中漂盪。

最大的則比成人更大，白骨比體型較小的生物更加完整，泰邦過去只在溪裡捉過手掌大的魚，第一次看見魚竟能長得比人還大，他思索著沒有其他生物可以吃掉牠，最終或許就只剩下牠，在孤寂裡緩緩死去。

他們不禁凝視玻璃後的無數白骨許久，初時的恐懼仍存在，泰邦卻彷彿受到吸引般入迷地看著漂浮於水中的魚骨，就算成爲遺骸，這兒的每一副骨架看起來都不甚相同，有扁平的，有細長的，有擁有利齒的，有些骨頭甚至和人類的很相似，這讓泰邦覺得不可思議。

「牠們還活著嗎？」泰邦問：「我是說，在其他地方？」

「一直往東走，可以看見海，我想這些生物的同類絕大多數都還在海洋裡存活。」阿巴刻回答。

那就好。泰邦想。這些生物美得讓人戰慄。璐安拉了拉泰邦的獵袋，他才依依不捨地收回目光，牽著璐安跟上阿巴刻的步伐。

他們嘗試在阿巴刻的火把燃盡前離開這座令泰邦印象深刻的廢墟，廢墟本身卻是如此寬闊，以至於他們步行許久才看見盡頭處隱約可見的亮光，意味著出口的方向。阿巴刻領在前頭，火把晃過之處猛然照亮廢墟牆面上的一小塊污漬，泰邦倏地停下腳步專注凝視，他說不出那是一種什麼樣的感覺。

令人噁心、顫慄，甚至是毛骨悚然。

那是一張人的臉。

泰邦倒退一步。不對，那只是一個奇怪的圖樣，像是圖騰或壁畫，乍看如同因痛苦而扭曲哀號的人臉，仔細跟隨線條的描繪，方能看見另一種圖形，似某種動物正遭受鞭打虐待。線條極爲簡單，以紅色顏料塗繪，仍能勾勒出無窮深意，泰邦只看了一眼，一種不屬於自己的思維瞬即灌入腦海，像是有個人在他耳邊低訴：像……這樣……我們就是這麼被對待……來……如果你想反抗……往這裡來……

一幅畫面在他眼前展現，是一座山谷，只有一瞬間，下一秒，阿巴刻的呼喚聲打斷了泰邦的思緒。

泰邦恍惚中回到現實，對上了阿巴刻嚴厲的目光。

「你是怎麼回事？」阿巴刻上前握住泰邦的肩膀，仔細檢查他的眼睛和面部表情：「你看到什麼了？」

「我不知道。」泰邦喃喃道，頭劇烈抽痛，方才猛力灌入腦海的訊息一下子又消失無蹤，怎樣也想不起來，他嘗試再看看那圖樣，圖樣卻變得貧乏至極，他曾誤以爲單調的線條是一隻受虐的動物嗎？他的想像力會不會太豐富了？

阿巴刻順著泰邦的視線往牆上看去，握著泰邦肩膀的手緊了緊。

「不久前有人在這裡。」阿巴刻這麼說，伸手觸碰圖案：「顏料還沒乾。」

「這個圖案是什麼意思？」璐安問。

「誰知道，說不定只是有人在亂塗鴉。」泰邦聽出阿巴刻聲音裡的怪異，剛想再問，阿巴刻卻已推著他往出口前進。

璐安在後方亦步亦趨地跟著，圖像似乎沒有對他產生影響。離那圖像愈遠，泰邦就愈無法記住看見圖像時自己腦中閃過的思緒，那彷彿不屬於他的思緒，也因不屬於他，泰邦漸漸地便不覺得有什麼重要的。

再次步上視野遼闊的大路，泰邦頭痛加劇，不習慣從逼仄空間到寬闊大路的轉換，他的太陽穴突突跳動，疼痛不已，璐安擔憂地拉著他的手，阿巴刻帶著兄弟倆蹲在路邊，讓泰邦看看遠方植物繁茂的景色。

泰邦逐漸好受了些，稍早紅色圖樣引發的痛苦已轉化為另一種不適。

他看著眼前的景象，忍不住道：「我從來不曉得部落外有這麼多東西……是我不曾見過的。」他手指遠方的成片野田：「好比我只知道有野田，野田是以前的人留下來的良田，可以種植農作物，野園地也是……但我不曉得野田可以綿延到地平線那麼遠。」

「我第一次看到時的反應跟你一樣。」阿巴刻道：「最開始會不太適應，慢慢就習慣了。」他的手按在泰邦肩上，很快便抽離，讓泰邦沒能詢問阿巴刻是在什麼時候離開部落到這麼遠的地方？又是幾歲目睹這些令人震撼的景象？還有，為什麼阿巴刻看見那神祕的紅色圖樣，表情會如此冰寒？

阿巴刻顯然無意說明，他繼續往前走，泰邦深呼吸幾次後，牽著璐安的手緊隨在後。

約莫在黃昏時分，「路」由兩旁縮窄，變得愈來愈小，周遭出現許多無人居住的廢墟，阿巴刻表示他們已接近遺跡聚落，不過他們走了許久，都還未曾見到一座遺跡。夕陽從遭植物纏繞的廢墟殘垣一點一點下沉，泰邦聞到了一股奇特的煙薰香氣，他打了幾個噴嚏。太陽西下，光線抽離後逐漸轉黑的樹影此時像怪物的手爪，揮動著朝兩側後退，周遭漸趨寬廣，卻不是延展的路，阿巴刻舉臂移開擋在前方的樹木枝幹，讓泰邦和璐安可以通過，此時展現在他們眼前的，是樣式特殊的、數不清的遺跡建築。

遺跡組成聚落，主要由紅磚土瓦蓋成，樣式各異其趣，尤其屋頂有的尖細上揚，有的裝飾頗多，有的像一座小山……凡此總總，不一而足，櫛比鱗次形成如同森林般的密集模樣，而泰邦之所以知道那是遺跡，是因爲有無數炊煙裊裊升起，就像他們在炭屋生火煮食時煙氣會從火爐中沿著內部的管道往外竄，裡頭顯然有人居住，泰邦慢半拍地反應過來，這兒恐怕也住著爲數頗多的遺跡人。

在山區部落，遺跡人的名聲並不好。自三年前開始，軍方轉而委託遺跡人和部落使者開會，不再由各地駐軍派軍官參與會議。遺跡人拿錢辦事，自視甚高，稱山區部落人爲野蠻人，例行性的會議往往要求部落使者單方面報告事項，他們從不眞正協助部落使者與軍方溝通，軍方對此好似也漠不關心。泰邦憂心這兒的遺跡人跟軍方代理人態度相同，如此一來他們或許將面對比預想中更艱困的考驗。

他將目光轉向阿巴刻，但阿巴刻前行的背影與過去沒有不同，看上去堅定且無所畏懼。璐安卻拉了拉泰邦的手，低聲說：「阿巴刻看起來很害怕。」

泰邦皺起眉頭，旋即笑了，他摸摸璐安的頭說：「你呢？你害怕嗎？」

「只有一點點。」璐安對泰邦伸出食指和拇指，以兩指即將相碰而未碰的縫隙暗示他的恐懼，泰邦寵溺地抱起弟弟，與阿巴刻一同走向遺跡聚落。

接近遺跡聚落泰邦才注意到聚落外環繞著逼仄的高牆，由於已是傍晚，牆面每隔一段距離就置有點燃的火炬，如此奢靡浪費令泰邦驚愕。聚落外的城門邊有穿著破舊制服的人看守，儘管看守的二人只是坐在地上玩著某種用石塊進行的遊戲，不時發出叫好聲。

泰邦不曉得他們是不是軍隊士兵，依然下意識移開目光。在山區，軍隊總是隱藏於陰影，部落間也傳說看見軍人或士兵會招致死亡。阿巴刻從獵袋裡取出預告文件交給其中一人，兄弟倆低著頭凝視腳下因火光搖曳而閃動的人影，那人甩了甩文件，只瞄了一眼便揮手要他們趕緊進去，阿巴刻示意泰邦和璐安通過，另一人卻出聲制止。

「你們不能大搖大擺地從聚落中心穿越，會引起恐慌。」那人一面說一面指著圍牆邊緣的暗溝：「從這裡可以通往軍大人的宅院。」

泰邦難以理解對方話語的意思，口音和詞語都是他所不熟悉，那人伸手指向溝渠的表情和態度，卻飽含輕蔑意味。阿巴刻用山區部落的語言重述一次給泰邦和璐安聽，讓他們都瞪大了眼睛。

暗溝有成人小腿深，湧動著整個遺跡聚落排出的污濁糞水，散發陣陣惡臭。泰邦與璐安惶恐不安地看向阿巴刻，阿巴刻搖搖頭，率先走入暗溝。泰邦想起自己助手的身分，抱起璐安咬牙將腳踏進其中。

一陣令人發毛的噁心觸感從腳底傳來，在他們涉入暗溝後，那兩個正玩著遊戲的人指著他們狂笑不止，泰邦無暇理會，溝渠中有強勁水流，讓他在抱著璐安的情況下必須十分專注才能不至於跌倒。

整條溝渠延伸進狹小的甬道，最多只容一名成年人通過，甬道內沒光線，阿巴刻再次點燃木棒，只是這次他身上留存的油脂已經不多，火光很快便熄滅了，幸而他們習慣山區生活，阿巴刻和泰邦都曾在夜裡的山間打獵，他們的眼睛很快適應黑暗，多少能憑著腳下水流的方向以及外部吹入的風辨別出口。

他們在惡臭中行進，不知過了多久，甬道盡頭的牆面倒映著微弱火光，他們終於走出暗溝，在他們右側有一座拱門，拱門邊站著一名男孩，正滿臉焦急地等在那裡。男孩穿著柔軟的布所製成的衣服，織工和布料品質同樣令人驚嘆，男孩黑髮烏溜，皮膚很白，在看見他們時面露厭惡，但隨即就收回目光，深深鞠了一躬。

「軍大人已經等候許久啦。」男孩的口音泰邦有些難以分辨，彷彿繞來繞去一般的拗口：「不過，他還是命我先帶三位貴客到休息所更衣。」

「太晚了，我們能不能等明日再行議事？」阿巴刻詢問道。

男孩轉動眼珠：「恐怕不行，軍大人非常期待今日開始的會面，他尤其提到想盡快面見兩位小助手。」聽男孩提到「兩位」助手，阿巴刻深深皺起眉頭，就連泰邦也差點壓抑不住困惑和不安。

男孩領他們走向拱門後方的石頭路，石路彎曲且長，兩側是蓊鬱蒼翠的樹木植物，只是那些植物全都種植在較小的容器中，讓泰邦無法理解，既然要種東西，爲何不直接種在土裡呢？而在一座逼眞的假山之後，是種滿荷花的池塘，池塘在夜裡卻詭異地安靜，沒有昆蟲或青蛙的鳴叫。

男孩領他們走過位於池塘上方的小橋，站在橋上可見池塘中央另一座石山，石山上有精巧袖珍的小人、小房子，在泰邦看來，也是十分多餘。

璐安此時想更近地觀看石山上的假人，於是從泰邦懷裡掙脫，男孩似乎對璐安很感興趣，熱情地向他解釋石山造景。泰邦趁機小聲問阿巴刻：「他們怎麼會知道……」可阿巴刻示意泰邦等一會再說。

餘下的時間泰邦無心再欣賞院落內的景致，而是緊緊牽著璐安的手，他有種不好的預感，作爲獵人，他的預感從不出錯。

當他們終於來到休息所，這座由深色油亮的木頭和灰色水泥打造的遺跡似乎是他們走入拱門後所看見的第一座建築。男孩打開門時撲面而來的灰塵顯現已有許久無人使用，屋內有木製檯子，檯子上疊放著柔軟布料，看起來像是床，但足以給五個成人使用不成問題，其餘還有衣櫃和放有水盆的桌子，每一件物品看起來都極爲細緻精美。

男孩爲他們點燃油燈，並告知更換的衣服已經放在衣櫃內，隨即告退離開。阿巴刻環視整個房間，眼中浮現不以爲然的神色，他以手勢要求泰邦和璐安和自己一同到床上來，接著迅速地低聲說：「等等將行李留在這個房間，我們輪流用水盆裡的水梳洗，然後全都換上他們的衣服，我不知道軍代表如何知道來的孩子是兩名，但泰邦你也無須太擔心，軍代表不會傷害助手，所以就讓璐安跟著吧，不過璐安一句話都別說，不要讓軍代表注意到你……」

阿巴刻讓璐安和泰邦先去梳洗更衣，他黝黑發紅的臉凝視窗外的月光，思索議事對策，泰邦注意到璐安的臉上又沾到了黑炭，替他擦了又擦，他們從衣櫃裡拿出備好的衣服，那是兩套簡單的白色衣褲，質料握在手中卻是輕柔舒適，泰邦替璐安穿好，再穿上自己的，需要低頭確認好幾次才能相信此時身上有穿東西，布料與皮膚無比貼合，同時薄如蟬翼，泰邦想要是在打獵時穿這件衣服，大概很快就破爛成碎片了。

阿巴刻見他們已準備好，便也就著他們用剩的水梳洗，換上白衣白褲，早先領他們來休息所的男孩似乎候在外頭，聽他們修整完備，輕敲門後告知軍代表已在議事廳等待。

跟隨男孩的引領，他們再次穿越一小片刻意營造的花園，泰邦愈發感到不適，並在此時認知到自己不適的理由：太過虛假造作。在山林裡，植物和樹木有其生長的軌跡和樣子，松木、雲杉和各種裸子植物混雜生長，經常起霧的部落附近則有蕨類、蘇鐵，即便是周遭的野田或野園也服膺著自然的規則，桑葚春末結果，芒果夏天成熟，龍眼若是今年有結果，明年就不會結果……

哪像這兒的花園庭院，種滿季節地點都不對的植物花朵，理應存在於高山的小樹苗混在玫瑰叢裡奄奄一息，牡丹和向日葵恣意盛開，周遭沒有一絲雜草。泰邦的頭再次疼痛起來，男孩帶著他們走入遺跡更深處，此時地面轉變為平坦且鋪有石磚的廊道，廊道兩側為有火炬燃亮的高牆，順著向前走，盡頭處出現另一座遺跡，比休息所更華美，尾端揚起的屋頂宛如燕尾，且有彩色泥塑裝飾，泥塑有人偶、如蛇般的青綠色生物，色彩繽紛多樣。遺跡外陳列大片精美石雕，工整平坦的石階延伸進遺跡內。

男孩向他們告知這裡就是議事廳，接著先行進入議事廳通報，其後躬身退開，示意他們步入。

議事廳與泰邦想像的不同，遺跡聚落的議事廳異常寬闊，幾乎是守護所的十倍大，卻沒有多少物件陳列，可說是空虛無比。不知從何處出現一股股濃霧般的煙氣，瀰漫於室，泰邦揉著鼻子，那煙氣甚至盤繞在議事廳頂端，將上方精雕細琢的藻井燻黑。議事廳本身也充滿了非自然的色彩，紅色圓柱和美麗繽紛的人物、動物泥塑，顯得鮮豔無比，令泰邦的眼球一陣陣刺痛。

有個蒼白、臃腫的光頭男子就坐在議事廳中央的木製椅子上，男人有些年紀，以至於皮膚起皺，約莫五、六十歲，浮腫的肉身過多地溢出木椅，顯得他所穿著的黑色長袍，也像破布般堪堪掛在扶手處。

相較之下頭部是他唯一正常的部位，即便如此那雙眼睛也是巨大無比，且相當詭異；他瞳孔全藍，帶著玻璃珠的質地，這讓泰邦想起某個傳聞：部落南方的海域曾有一艘來自他方的船觸礁沉沒，當時沿海地區的遺跡人打撈起屍體，發現屍體長相十分奇怪，紅色頭髮，灰藍眼珠。這段故事由上一任阿巴刻在和一位代理軍方的遺跡人談判時得知，該名阿巴刻後來在守護所對長老們提起此事，曾說那是些奧馬立克人。

泰邦往後不曾再聽過那個詞彙，只能揣測是從海洋的另一邊前來卻迷失方向、最終枉死異鄉的可憐人。然而泰邦也無從由眼睛的顏色推斷男子的來處，因為他根本無法看清男子的全貌。一副金屬打造的面具橫越男子大半張臉，包含鼻腔和嘴部，面具沒有任何裝飾性，存在的意義即是為了遮掩。

遮掩什麼呢？

泰邦還來不及細想，陣陣煙氣讓他頭暈目眩，他的目光移開了，投向男子身下的那張椅子，椅子同樣是華麗非常，擺放手部的位置鑲嵌七彩光澤的貝殼，他困惑地順著七彩光暈折射處望向光頭男子身後的神壇，原來煙氣從那兒來，神壇處更加煙霧繚繞，隱隱托著所祭拜的神明，泰邦大致可以看出神像頂端鳥類的頭部。

璐安拉了拉泰邦的手，他頓時清醒，再次看向光頭男人時，男人已閉上了眼睛。

阿巴刻走上前行禮，那是在他們部落中簡單的打招呼禮儀，意味著雙方平等，光頭男人一手支著頭，在阿巴刻說完問候的語詞時徐徐睜開眼睛。泰邦打了一個冷顫，因他感到毒蛇般的視線從那雙藍眼睛裡攀爬過來，泰邦下意識地移往璐安面前遮擋。

「大人。」阿巴刻出聲：「我是新任阿巴刻，代表部落人前來議事。」

光頭男人起初沒有答覆，他腫大的胸膛起伏幾次，才從面具底下傳來彷彿哮喘般的聲音：

「新任的阿巴刻？」

隨著低沉含糊的語句，光頭男人所說的語言有一時半會令泰邦無法聽清，他得花一段時間才能消化理解，知道對方使用的是山區部落普遍語言，只是不曉得是否因爲面具的緣故，發音咬字都不太清楚。

「是的。」阿巴刻道：「不久前有撰寫預告書給您，訂於本日抵達，但議事……」

「我收到你的預告時就在想，同樣是菜鳥，你會跟我有相同的思考模式嗎？」光頭男人藍色的眼睛瞇起，眼角揉雜細紋，他的聲音雖然模糊卻令人不寒而慄：「你姑且先把來訪議事的內容說給我聽，我再來評估同意與否。」

阿巴刻表情錯愕，讓泰邦明白軍代表的要求完全不符合正常議事規則。注意到阿巴刻的遲疑，軍代表從面具後方笑了一聲。

「對了，過去野蠻人一天只提出一件事情與軍方討論，然後一天拖過一天，享受著軍方的招待，你們大抵也是如此期待的吧？」男人揚起手，不知從哪裡走出一名泰邦不曾留意的女孩，她穿著嫩綠色的短旗袍，露出白皙大腿，手腕和足踝均掛著鈴鐺綴飾，她看上去不過十三、四歲，卻畫了濃豔的妝容，長長的睫毛配上紫紅色眼影，嘴唇塗著朱紅油彩。她從別處端來擺放有糕點的餐盤，指示他們席地而坐，接著再一一呈上糕點，當她動作的時候，身上的鈴鐺輕輕地響。

「我們並沒有期待。」阿巴刻保持站立且拒絕女孩爲他擺置點心，卻沒有要求泰邦和璐安照做，興許是看出他倆已飢腸轆轆，阿巴刻微微點頭，璐安便在泰邦的照顧下囫圇大吃起來。

女孩送完點心，安靜退到一旁。

阿巴刻繼續道：「一日議一事本是長年下來的規矩，不過若大人嫌煩，我也不介意立即告知我們的要求：首先是流傳在山區的瘋病，從帊音滅村以來陸續有幾個部落傳出感染，我們希望軍方能派遣代理人前往這些部落進行調查，部落分別是……」

「你想要我啓動調查。」男人聲音沙啞：「知道了，下一件事。」

阿巴刻停頓了一下，他辛苦許久準備的說詞軍代表並不想聽完，泰邦有些替阿巴刻不平，然而阿巴刻只猶豫一會便很快地轉向其他部分的陳述，彷彿不受干擾。「還有保留地內飛鳥走獸因不明原因逐漸減少，野田也不再生長作物，我們面臨到糧食稀缺的困境……」

「下一件。」

「族人撿拾物資籃多數時候會引起騷動，軍隊因此經常誤傷……」

「下一件。」

泰邦垂首擦去璐安嘴角的糕點碎屑，內心卻愈聽愈憤怒。沉重木椅中的男人壓根不打算好好聆聽他們的要求，只是在阿巴刻話說一半時立即打斷他，從面具下方傳來的聲音儘管模糊嘶啞，也展現了其主人的極盡羞辱。阿巴刻與泰邦有相同的體認，是以後來即便他根本還沒說完所有事項，也乾脆緘口不語。

「要求都說完了？那麼，現在輪到我……」男人見阿巴刻沉默，搖搖晃晃從木椅中起身。旁人或許只在這時才能意識到他非常高，他的身體由於不正常的原因腫脹泛白，且無論關節或骨骼都無法支撐他非人、異常的身高。他穿在身上的衣服是一件黑灰色長袍，立領，衣襟上有盤扣，就算盤扣令他痛苦難當，他似乎也無意解開。爲能移動身體，他只能彎腰收起背脊，粗短的手指摸索木椅旁的一根鍍金手杖，他以手杖支撐，無視佇立一旁的阿巴刻，一步一步走向泰邦和璐安。

當下沒有任何人反應過來，行動遲緩的男人如何能在轉瞬間伸手捏住璐安的臉。在那之前璐安還因爲糕點吞嚥得太急嗆咳起來，糕點上的白色麵粉在山區是稀有物品，璐安餓得連盤子上的麵粉都一一舔去，他一面咳嗽一面舔著小圓盤，沒有注意到軍代表正在他面前。

泰邦直覺反應要跳起來保護璐安，但阿巴刻一揮手阻止了他。

「跟那女人長得眞像。」男人看著璐安被掐得扭曲的臉，一字一句艱難地道：「低劣基因的延續者……看到這張臉，讓我恨不得把你碎屍萬段……這樣一張臉，爲什麼會出現在野蠻地？」

「大人，請息怒。」阿巴刻不卑不亢的聲音在男人耳邊響起，等軍代表意識到，他抓著璐安的手已被阿巴刻按住，力道不重，仍傳來不可拒絕的魄力。

男人遲緩地轉頭看向阿巴刻，面露不解：「你說完了你的要求，卻不允許我驗貨？」

「大人？」阿巴刻的聲音聽起來困惑，卻也隱藏著不尋常的緊繃：「我不明白。」

「他們派你來議事，卻沒說清楚規則嗎？」一陣可怕的笑聲彷彿咆哮著從面具底下竄出：「你眞以爲帶來的孩子只是和平象徵？長時間的議事是優良傳統？我聽聞小道消息這次的使者帶來兩名助手，還以爲是爲了討好我。」他鬆開緊抓璐安的手，隨侍在側的女孩立即上前端來濕毛巾，替男人以毛巾擦拭手指，一根接著一根，絲毫不放過任何曾接觸璐安的皮膚表面，就連阿巴刻碰觸他的部位，也在男人的要求下極其小心地擦拭：「看樣子是我誤會了，你們走吧，議事到此爲止。」

阿巴刻呆若木雞，有那麼一瞬間他彷彿手足無措，他的目光停留在泰邦身上，又跳到璐安那張沾滿麵粉的臉。泰邦心跳急促，他焦急地看向阿巴刻，卻發現阿巴刻和自己一樣，也是滿臉茫然，當他與阿巴刻對上視線，甚至看見阿巴刻眼中盈滿絕望。

阿巴刻突然後退一步，悄聲說：「請原諒我是初次議事，什麼也不懂，既然帶來兩名助手，自然都是屬於大人的，按照規則，您可以對他們做任何事。」

男人此時已回到木椅上，將巨大的身軀重新嵌入椅內，他藍色的眼睛無喜無怒，只是公事公辦：「用不著，我只要一個，就是那長得和我痛恨的女人一模一樣的孩子。」

阿巴刻的沉默即是同意，泰邦轉瞬間腦海中掠過無數念頭，「可以對他們做任何事」……那是什麼意思？爲什麼阿巴刻說這是規則？

困惑、恐懼、不安、憤怒、悲傷交雜在一塊，所有的情緒最終匯集爲無可阻擋的保護欲，他幾乎不需要思考就衝向璐安，他的喉嚨發出野獸般的低吼，將璐安護在身後，打從軍代表粗魯地抓住璐安的臉，璐安便開始哭起來，他無法聽著弟弟的哭聲卻袖手旁觀。而在這時，男人彷彿才第一次看見泰邦。

「把他弄走。」男人對阿巴刻説道，阿巴刻雖然遲疑，仍抓住泰邦的肩膀試圖讓他移開身體，泰邦急紅了眼，他的雙腿亂踢，又吼又叫：「那是我弟弟！你不准動他！」

聞言，男人藍色的眼睛微微瞇起。「弟弟？」他問，那怪異且病態的聲音淌過難以察覺的動搖：「你們是兄弟？你們居然是兄弟？這怎麼可能……」他從木椅中傾身仔細打量泰邦，姿態過於異常，以至於看上去就好像他的身體完全沒動，只有伸長的脖子和頸椎投向泰邦。

泰邦不甘示弱，故作凶狠地與對方瞪視，良久，男人閉上眼睛，頹然躺回椅內，當他再次開口，語氣慵懶：「如果你説的是眞的，告訴我，爲了弟弟你願意付出什麼？」

泰邦毫不遲疑：「一切！」

「我不喜歡奪人所愛，更不想強留哭哭啼啼的小孩在我的遺跡，這項交易應該是你情我願。容我提醒，當你們的阿巴刻説我『可以做任何事』，意思是眞正的，任何事情，如果我想刨掉你弟弟的鼻子，阿巴刻不會説一句話，不過無論如何，我絕不會使他喪命。」男人彷彿思索，實際上説出的每一句話都深藏暗流：「如果你願意爲弟弟付出一切，如果你還是擔心、害怕……我想你知道該怎麼做？」

泰邦的大腦飛速運轉，耳邊仍迴盪著璐安的啜泣聲，他雙腿發顫，在男人的目光下感覺自身如螻蟻般微小。他當然知道該怎麼做，不用男人開口，他始終只有一個願望。

「求你同意，讓我代替我的弟弟。」

泰邦的雙腿再也支持不住，令他整個人跪坐在地，但他仍直視面前那張無比怪異的面孔，那張面孔如今卻岑寂平淡，幾近空無一物，猶如死人一般，讓泰邦無從得知自己的哀求是否滿足了他。

下一刻男人睜開眼，藍色眼珠寒涼如冰：「那麼，從明天開始正式議事。」

男人緩緩宣布：「每一天，我都會問助手願不願意留下來再過一夜，自然也將遵從古老的規矩，一天只討論一件事，就像阿巴刻你最初所期待的……在他留下的每一晚，只要不傷及性命，我有資格對他做任何事，如果他能堅持下去，我們或許可以把所有事項都討論清楚。就這樣吧，阿巴刻，帶走另一個孩子，那張討人厭的臉，我在之後的任何一天都不想看見。」

兄弟倆的命運已一錘定音，璐安直到這時才意識到發生了什麼，他張開嘴，發出痛徹心扉的哀號，他想推開朝自己伸出手的阿巴刻，跑向泰邦，但阿巴刻一手摀住他尖叫的嘴，一手將他攔腰抱起，無論他如何掙扎，他都沒有泰邦的力氣可以掙脫。

聽著璐安的哭泣聲逐漸遠去，泰邦的精神也慢慢放鬆，只要璐安安全就好。此時泰邦跪坐在地，周圍除了男人怪異的呼吸聲外沒有其他聲響，不安和恐懼這才襲上泰邦，他努力克制不要顫抖，不要爲了還未降臨的事情感到驚慌，但他無法控制自己。在此之前泰邦只有一次體會過類似的情緒，那是某一天他獨自上山打獵，卻不小心摔落山崖，好長一段時間，他無法動彈，無比接近死亡，後來他躺在原處休息一會兒，謹慎移動手腳，發現沒有折斷骨頭，他方能小心翼翼起身回家。

摔落山崖的那一刻，若將其延長至無限，那就是泰邦現在的心情。

然而隨時間一分一秒過去，椅上的男人卻毫無行動。泰邦原本繃緊了神經，準備迎接他想像中可能的虐待，但在阿巴刻和璐安離去後，軍代表卻像忘記了泰邦的存在一樣，他安靜了許久，然後拄著手杖緩慢起身，走入隱藏於神壇邊的房間。泰邦只能繼續跪坐原處，而後，他聞到一陣淡淡花香，抬頭一看是不久前爲他們送上點心的女孩。

「軍大人累了，我送你到睡覺的地方。」女孩表情平靜，對泰邦伸出手。

泰邦原想婉拒，嘗試獨自站立時因雙腿長時間跪坐而麻刺不已，他只能接受女孩攙扶，等到能夠正常行走，泰邦立即和女孩拉開距離。

女孩倒也不以爲意，點燃一盞油燈引領泰邦從議事廳一角離開，他們穿過爬滿植物的長廊，沿著環繞議事廳的圍牆向著與休息所截然相反的方向前去，這讓泰邦知道，軍代表有意將他和阿巴刻、璐安分開。長廊連結著另一座小遺跡，看起來像是許多房間連結起來的平矮建築，不過其他房間此刻都沒有光亮，泰邦猜測這兒除了自己大概沒有別人。

「你的房間在這裡。」女孩說，推開一扇木門，等泰邦走進房間內後立刻準備關上門。

「等等。」泰邦拉住門板，不讓女孩離開：「你……你也是被迫在這裡的嗎？」

女孩搖了搖頭：「軍大人不喜歡勉強別人留下，我是自願服侍，你也一樣，這扇門並不會上鎖，你可以在任何時候離去。」好似連多說一句都嫌麻煩，女孩冷淡地走開了，留下泰邦一個人身處偌大的房間。

這間房間的擺設和議事廳很像，也與休息所差不多，不過無論床或保暖的被褥、盥洗水盆都比休息所的更加貴重，泰邦直至此刻才發覺自己有多累，他連衣服都懶得脫，直接躺上柔軟的床。不知道是不是圍繞在身邊的布料太過輕軟，泰邦其實根本不習慣，他輾轉反側，雖是疲累至極，卻怎樣也睡不著，想到明天才是議事的開始，軍代表今天是放過他了，那明天呢？

但不管怎樣，只要不是璐安必須獨自面對這一切就好。思及此，泰邦感到睡意逐漸爬上全身，那是身在恐怖之處的顫慄混合疲勞所創生的倦意，像無數隻細小的紅螞蟻戲謔且惡意地走過皮膚，不知道什麼時候才打算咬下一口，泰邦既想醒著防備，也渴望立即入睡，最終他睡得極不安穩，半夢半醒間彷彿看見山頂穹蒼的群星，以及那隻躲藏於濃霧中虎視眈眈的野獸。

第三章

阿巴刻制伏過許多獵物，此時在他懷中掙扎不休的小傢伙無疑最難對付，他對著阿巴刻摀住他嘴巴的手又撕又咬，像一隻發狂的小獸。阿巴刻忍耐至休息所，將璐安扔到床上去。

「冷靜下來！你想要泰邦爲部落做的一切失去意義嗎？」阿巴刻這麼說。好像璐安眞能理解背後有更大的格局，爲了山區部落犧牲泰邦是再正確不過的事。

不，一點也不正確，璐安發抖，想到「正確」一詞用在這上面，他感到毛骨悚然。

「泰邦不是爲了部落。」璐安哽咽了：「他是爲了我。」

阿巴刻愣了一下，隨即認眞回答：「是的，所以不要讓他白費了。」

璐安將臉埋在被褥裡，淚水汨汨流淌，沾濕了床單，這張床乃至於上頭的布料都不像炭屋，不像家，也一點都不像泰邦。兩天前他還興高采烈地整理行囊，現在想起來就像笑話。

璐安背對阿巴刻低聲啜泣。在璐安看不見的地方，阿巴刻木然的面孔閃過一瞬愧疚，他坐在床緣，試著像泰邦那樣撫摸璐安的頭髮，但立刻就被躲開，阿巴刻嘆氣：「你希望我怎麼做？」

他的聲音帶著深沉的悲傷和疑問，使璐安直覺地反感，可是，憤怒也爲他帶來力量。

「……我想要知道泰邦會發生什麼事情。」背對著阿巴刻，璐安突然說。話一出口，他感到確切，就像太陽會從山間探頭一樣的確切，於是他又說了一次：「我要知道泰邦將會面對什麼。」

「你想知道過去的阿巴刻跟助手如何完成議事？」阿巴刻突然抓住璐安的肩膀，粗暴地將他整個人翻過來，他的臉距離璐安極近，那張時刻冷靜、不露情緒的面孔，此時因恨意和痛苦而扭曲，他咬牙切齒在璐安耳邊一個字一個字說：「你真的要聽嗎？如果你聽了，就會清楚知道你哥哥可能要面臨的惡行，你承受得住嗎？」璐安眼角還沾著淚，卻不再說話，他冷冷地看著阿巴刻。

那雙眼令阿巴刻退縮，因為他想起了烏托克的雙眼。

就像被璐安的目光抽走了力氣，阿巴刻放開璐安，背對著床，聲音沙啞：「一開始，那些人設置了保留地，保留地內慢慢聚集出十多個部落，這些部落為了爭奪土地和資源不時摩擦，產生小型戰爭，有些部落壯大，有些部落消失，情況愈演愈烈，軍方於是插手，部落之間的紛爭在另一種暴力的控制下表面平息，實際上問題依然存在，軍方為了掌控部落人，同時也稱是仁慈，他們讓各部落選出使者和部落附近的地方駐軍面對面溝通，駐軍會協助處理部落使者報告的問題……不過，也有地方駐軍無法處理的事情，等於部落使者提出了更艱難的要求，這時，軍方讓部落之間彼此合作，選派部落使者其一為代表，前往與軍方唯一代表議事。」

說到這裡，阿巴刻憂心地看向璐安，發現他盯著天花板，彷彿聞所未聞，卻沒叫停，因此阿巴刻繼續：「然而，第一次議事就發生問題，那名部落使者嘗試刺殺軍代表未果，當年所有的部落使者全數遭到誅殺，軍方因此想到其他方法，那時各部落間還有頭目，有些甚至還有貴族，巧合的是，部落使者往往也從這些人當中選出，軍方於是要求：要他們解決麻煩可以，但每年除了部落使者以外，還要從頭目或貴族家中選出一名年輕孩子作為助手，你大概想像得到……這些孩子名義上是助手，其實就是人質。早年因為有孩子的關係，議事往往順利進行，但過了一段時間部落使者們發現，這些孩子從議事結束後變得古怪，經常在夜裡哭泣，大小便無法控制，有些甚至恐懼他人碰觸。

「使者們反覆詢問孩子，終於得出殘酷的答案，他們於是合作殺入當時軍代表所在的遺跡，這些使者同樣全部被殺——軍方在那時更從原本能夠徹夜議事，轉變為一天只能討論一事，他們要求部落使者訓練孩子，將孩子教養得溫順低下，有些部落使者妥協了，或者說是墮落了，配合軍代表的遊戲，甚至為了享用議事期間的豐富美餐、舒適招待，刻意將議事時間延長到一年，無視被虐待的孩子，每日什麼也不做，只是和軍代表下棋。」

阿巴刻停止講述，他像是想到什麼，思緒沉入遙遠的過去。

璐安有些按捺不住：「然後呢？」

「然後部落間也開始了角力，每年獲選成爲議事代表的部落使者，往往來自力量最弱小的部落，最弱的部落提供祭品，由於畏懼受其他部落侵擾，該部落也不會反抗，儘管如此，議事代表仍然每隔幾年便會更換，因爲沒有任何一個部落能夠忍受連續多年代表議事，他們會發瘋，他們會痛苦，最後失去理智攻擊地方駐軍或鄰近部落，如此一來，其他部落忌憚這些因心痛而瘋狂的人們，便無法再強迫他們選出孩子。

「前往議事所代表的意義，在部落中也逐漸成爲禁忌，爲大多族人所不知。有那麼一天，輪到某個部落的使者代表議事，他挑選了部落中頭目家的長子，當時頭目家還爲兒子能代表議事頗感榮幸，他們的次子，也就是弟弟，則爲了哥哥能被選擇十分嫉妒。他們家族在過去從未被挑選，以至於什麼也不知道，哥哥隔天與部落使者一同離開，弟弟一路送行，直到再也不能走得更多一點。弟弟數著日子，一天又一天，他想像哥哥在美輪美奐的遺跡聚落過著飽食且幸福的生活，直到三個月後，哥哥帶著一袋珍奇的禮物回家，他看起來有些瘦，但由於穿著新衣，讓弟弟仍非常羨慕。弟弟纏著他說議事過程、旅行中看見的奇景，哥哥都一一地說了，弟弟不能忘記，當時哥哥眼中有一種呆滯。

「三天後，哥哥被發現溺死在剛下過雨，水深只有腳踝般高的泥塘。事情不太對勁，弟弟想起哥哥在死去前一天對他說過的最後一段話：『拉疏，我不能再多說什麼了，他說我不能講，要是講了會讓親人傷心，我不能再多說什麼了。』從那之後，弟弟決定要尋找眞相。」

在阿巴刻說起一對兄弟的故事時，璐安已經完全沉浸其中，他低頭思考了好一會兒，對阿巴刻道：「弟弟想要知道哥哥死去的原因，這點我理解。」

「是嗎？」阿巴刻側頭對璐安露出苦笑：「這個弟弟在兩年後就得到機會了，因爲換他被挑選爲當年的助手。」阿巴刻思忖著說：「不過，那年的部落使者也換人了，不知幸或不幸，前任使者在某一天失蹤，後來長老們只好立刻選出下一名使者，雖然無法交接相關事項，但新任使者是當時部落中最厲害的獵人、最強壯的勇士，也是跑步最快的人，他總是在笑，彷彿無憂無慮，是所有人都敬重的對象，不過由於他無法從上一任使者口中得知眞正的議事眞相，在遴選議事代表時被欺騙，以爲沒人甘願代表議事是因爲過程複雜，又要和軍代表周旋，於是當其他部落使者要求他代表議事時，他二話不說就同意了。」

「眞是個傻瓜……」璐安評價。

「倒也未必。當他挑選頭目家的弟弟成爲助手，他們在破曉時分邁向前往遺跡聚落的旅程，旅途中看見了和我們來時相似的情景，那些色彩斑斕的假動物、大魚的骸骨，弟弟對此感到滿足，因爲他終於印證了哥哥曾對他說過的，旅途中會看見的事物。他們行走了兩天，抵達遺跡聚落，也正如我們所經歷的，他們從溝渠中前往宅院，然後面見了軍代表……唯一和過去和未來都不相同的是，這名部落使者在聽聞軍代表說完議事規矩後，做了一件可說是愚蠢，但也相當正直的事。」

「是什麼呢？」

「他甩頭就走。」阿巴刻說完便笑了：「他拉著助手的手甩頭就走，不理會軍代表在後面如何憤怒地威脅，他連夜和孩子毫不停息地步上歸途，那孩子的手一直被死死拉著，都痛起來了，眼睛也流出淚水，不知道是因爲得知哥哥死去的原因，還是被部落使者死命拉扯一整晚，不過從那時開始，弟弟就決心有一天也要成爲部落使者。」

璐安沉默不語，他聰慧地理解了阿巴刻並未明說的事物。

「那名部落使者做的決定，後來導致該年山區部落苦不堪言，軍隊比往常嚴厲，地方駐軍甚至會侵害鄰近部落的婦女。於是那名部落使者被驅逐出部落，成爲無名者。當時有好一段時間，就連曾被他拯救的弟弟也不諒解他，那個弟弟滿心想成為部落使者，因為只有部落使者才能知曉所有眞相，並能在這樣的基礎上幫助他人，同時他暗自發誓絕不會愚蠢地拒絕議事，他想要守護部落，也想護住被他帶去的助手。」

璐安的目光逐漸有了溫度：「這是有可能的嗎？」

「只要做好萬全準備就沒有問題，這是我對自己的承諾，也是對你跟泰邦的。」阿巴刻為璐安蓋好被褥：「很抱歉沒有一開始就告訴你們，但我不希望讓軍代表發現任何異常。現在，好好睡一覺，我要去外面處理一些事情。」

以璐安的角度來看，阿巴刻說的話冠冕堂皇，卻仍無法完全說服他。

「為什麼是我們？」璐安在阿巴刻準備離開休息所時安靜地開口。

阿巴刻的身影顫抖了下。

「因為我們是孤兒，對嗎？」璐安輕語：「部落裡只要有人知情，都會希望是我們，你也一樣。」

阿巴刻彷彿沒有聽見，他推開門的聲響和腳步聲逐漸遠去。璐安躺在床上，只要一想到泰邦可能被傷害，他就無法控制痛哭的衝動，可是正如阿巴刻故事中的弟弟那樣，他還年幼，沒有力量，現在的他什麼也辦不到。

深陷無助、悲哀的感受，璐安徹夜未眠，直到窗子投射進淡薄的陽光，他依然痛苦無比，他將頭埋進被褥中放聲尖叫，流不盡的淚水讓他雙眼刺痛，他哭得快要喘不過氣來。

就在這時，他聽見窗子傳來細小的敲打聲。

有人正以小石子丟擲休息所的窗，一下，兩下，讓璐安的悲傷生出怒意，他爬下床猛地打開門，看見昨晚招待他們的男孩，他嘻皮笑臉，抓了滿手的小石頭，看見璐安便佯裝要朝他扔擲。

「你在幹什麼？」璐安冷冷地問。

「叫你起床。」男孩上下拋接石子：「要不要再一起去看池塘裡的荷花？」

「不要。」

「別這麼說嘛，你一個人在這裡也很無聊，不如跟我去玩？」

璐安沒有心情理會男孩，他轉身想走回休息所，一顆小石頭砸向他額角，強烈的力道讓他額頭湧出鮮血。璐安看向男孩。男孩仍拋丟石子玩耍，他一面玩一面說：「昨晚我可是和你們那位阿巴刻達成交易喔，難道你不應該也快點來討好我嗎？」

璐安憂鬱的情緒與來到遺跡聚落後就被不斷輕視、壓迫所累積的憤怒在瞬間爆發，他衝向男孩，奮力揮拳毆打對方。男孩似乎沒有預料到璐安的反應會如此激烈，他手中的石子落了一地，起先只能抱著頭任由璐安發洩，不久後他一個翻身，將璐安壓在身下。男孩嘴角流血，眼睛也掛了彩，但他仍笑嘻嘻地壓制璐安雙手，對他說：「對不起啊，我從來沒見過像你這麼漂亮的女生，我也沒有朋友，所以說話不經大腦，你原諒我吧？」

男孩的話讓璐安紅了臉，在部落，他的長相總被認為是弱小的象徵，少不了要遭欺負，現在倒是第一次有人誠心誠意稱讚他，是以璐安沒糾正男孩，而是在他的幫助下站起身，一點一點拍去身上灰塵。

「噯，你叫什麼名字？我是小童，大家都叫我小童。」

「璐安。」

「這名字也太棒了吧！對了，你真的來自山區部落？看起來一點也不像啊，你長得比這裡大部分的女孩子都美……不過你在臉上畫黑炭，讓人很難看清楚，你為什麼要這樣做？」小童湊近璐安面前，仔細盯著他的五官，露出貪婪神情，又試圖伸手擦去他臉上的黑炭。

即便璐安閃躲，小童也不在意，只是繼續看著他的面孔喃喃自語：「就像神女一樣，像金雞神女。」無視璐安詢問的目光，小童很快就跳離話題：「那個啊，現在阿巴刻去議事了，我帶你到外面玩吧？」

「我可以離開這裡嗎？」

「可以啦，反正大人都在議事廳，我們傍晚前回來就好，不會有人發現的。」

璐安覺得小童有點兒奇怪，卻說不出是哪裡不對勁，他考慮了一下，小童畢竟是軍代表遺跡內的侍童，或許知道一些他不知道的事情，如果阿巴刻確實遵守昨晚對自己的承諾，那麼泰邦暫時不會遭遇危險。而他必須像阿巴刻故事中的弟弟那樣，去了解更多真相，蒐集更多資訊，如此，他才能在關鍵時刻保護重要的人。

思及此，璐安點頭答應，但又說：「可是之前守門的人說我們不能到聚落中心，會引起恐慌。」

小童翻了個白眼：「那是指另外兩個人吧，你的長相搭配軍大人送的衣服，一點問題也沒有。」說罷拉著璐安的手往昨日來時的方向走去，在小童的帶領下，他們比璐安記憶中要更快地來到入口處的拱門，接著小童莫名開始跑起來，璐安只能跟在他身後。

軍代表居住的宅院附近沒有其他遺跡，四周是茂密的樹林，順著鋪有紅磚的道路往前跑，周遭才慢慢開始有了些許人煙。璐安覺得遺跡聚落的建築很怪異，家家戶戶之間幾乎沒有間隔，大部分的遺跡都靠得很近，彷彿是一整幢建築，每一戶人家都有可讓外人穿越的院子，院子靠近主屋的兩側有門廊，站在其中一扇門中無論向前向後看，都可見到另一戶人家的院子，以及另一戶人家的門廊，每一戶門廊都和下一戶門廊對齊極準，於是從最外層的門廊向內看去，會看見層層疊疊延展至無限的他人家屋。

院子內時而有該戶人家正在挑揀菜葉，或者以器具研磨麵粉、白漿，看見小童和璐安，便以璐安不懂的語言驅趕，也有人會給他們一些簡單的吃食。這是璐安第一次見到如此多的遺跡人，除了服裝、語言不同，璐安其實不覺得和部落族人有太大的差異。

走了一陣子，璐安大致理解遺跡聚落的整體劃分，大部分住在同區遺跡的遺跡人均有親屬關係，因此雖然每戶不同，卻仍建成同一座建築，是謂遺跡群，遺跡群與遺跡群間有紅磚路相隔，另一邊的遺跡群便是完全不同的遺跡人家族。紅磚路中央最熱鬧處有數十攤小販叫賣青菜、水果與肉，甚至是用粗籐編織的小玩意、石雕品，遺跡人用一種發亮的金屬圓片交換物品，過程令璐安不解，部落中大多是以物易物，金屬圓片既不能食用也沒有其他用處，卻能用來交換東西。璐安跟著小童一一看過每個攤販，又對攤販所賣的物品皺起眉頭。

蔬菜水果和肉都不新鮮，蔬果不是發黃就是發黑，肉顏色灰暗，頗爲腥臭，璐安很快失去興趣，坐在路邊休息。小童見狀拿著一片麵餅也坐到璐安身旁，他將一半麵餅分給璐安，兀自啃得津津有味。

璐安咬了一口，覺得毫無滋味。「那些金屬圓片是什麼？」璐安問。

「錢啊，你不知道錢嗎？有錢什麼都能辦到。」小童滿臉麵餅碎屑，他伸舌舔去：「蒐集到的錢可以拿去跟軍方換更好的東西，這些錢一開始也是軍方給的。」

璐安點點頭，將麵餅慢慢吃掉，小童見他反應不如預期，情緒似乎也有些低落，忍不住問：「你怎麼了？好不容易可以出來透透氣，爲什麼還悶悶不樂？」

「我哥哥昨天晚上被軍代表帶走了。」璐安沉鬱地說：「每一天晚上，那個男人都可以對他做任何事，如果他從昨晚開始就被打、被傷害……甚至更糟糕……我不知道該怎麼辦才好。」

小童轉了轉眼珠，語氣滿不在乎：「我不懂這種心情耶，我又沒有哥哥。」

璐安感到怒火再次燃起，但他握著拳頭，一語不發。

「我是家裡的獨生子，我爸說光養我一個就夠窮了，如果再有個哥哥，大概全家都要餓死。」小童說完話就扔下璐安，衝向紅磚路上幾個正在玩耍的孩子，似乎想跟他們一起玩，但那些孩子一看見小童便驚慌地散開，任由他怎麼喊都沒用。璐安也受夠在遺跡聚落閒逛，他走向小童，說：「我想回去了，我哥哥說不定已經回休息所了。」

小童轉身怒視著他，蒼白的臉上浮現紅暈，眼神讓璐安十分不舒服：「跟我在一起有那麼無聊嗎？你滿腦子都是哥哥，我要怎麼走進去？」

小童縱使將山區部落的語言講得熟練，有些用詞仍很怪異，璐安想自己怎麼會歡迎一名陌生人走進自己腦袋裡？沒有小童帶領，自己會在層層疊疊的遺跡群中迷失，可他顯然還沒玩夠，更不可能帶璐安回去，璐安愈想愈絕望，早知道就不該跟他離開休息所，從小童口中也問不出任何跟議事有關的消息，璐安感覺淚意再次湧現，但他不願在泰邦以外的其他人面前哭泣，只能生生忍著。

見璐安眼眶泛紅、魂不守舍的樣子，小童像是突然想到什麼，他拉過璐安的手說：「既然你無聊，我帶你去看一個恐怖的東西，我以前的工作就是要和那東西打交道哩。」也不等璐安答應，他拉扯著璐安往遺跡聚落外走去。

此時仍是白天，不少人在城門處進進出出，看守的人依然在玩著無聊的遊戲，沒有理會小童和璐安，他們走向森林的方向，與璐安來時的路不同，他們避開人群，順著逐漸向上的地勢開始攀爬。

過了不久，璐安已氣喘吁吁，小童卻愈走愈歡快，他帶著過分喜悅的笑容一面喃喃自語一面往前走，璐安聽見他正在描述以前的事情：「我是在三年前開始做這個，因為我們家沒錢了，窮得要死，沒有其他人辦得到，只有我，因為以前我爸爸是代理人，知道意思嗎？他要代理軍方跟你們部落那邊開會，他人不太好，很討厭你們部落人，不過我不一樣，我很喜歡你，總之我爸爸以前讓我讀書識字，我知道很多字，所以只有我可以，我爸爸沒辦法，這工作很危險，還是讓我去做，有一天撞到頭，流了很多血，爸爸後來就要我不要做了，後來他要我去軍大人那裡，我無所謂，我很喜歡女孩子，軍大人那邊的女孩子很冷淡，不像璐安你會跟我玩，所以我很喜歡璐安。」

小童在碎念的時候，璐安聽見一種古怪的嗡嗡聲，嗡嗡聲由遠至近，讓人頭皮發麻，璐安本能地想要逃跑，小童像是也聽到聲音，他的語調卻更顯興奮。

「來了，璐安，你到這邊。」他再次粗魯地拉過璐安，強迫他和自己在一塊巨石後方躲藏，璐安心中湧起不好的預感，他曾聽過這種嗡嗡聲，在他很小的時候。記憶已隨時間模糊，他記得好似被抱在懷裡，抱著他的人上上下下地奔跑，那人的喘息、心跳和汗水滴落在他臉上的溫度，幾乎喚起璐安的回憶，也夾帶前所未有的恐懼席捲，因爲這愈發深重、冷酷的轟鳴意味著彷彿毫不相干的詞彙——「軍隊」。

小童的手按住璐安幾欲呼喊的嘴，身後的岩石開始震動，璐安手指揪緊地上的青草，卻發現連地面也輕輕震動。

璐安勉強張開眼睛，從眼角的餘光可以看見行走於樹林陰影的龐然大物，由銀色金屬構成，其身上不斷傳來低沉嗡鳴，璐安無法形容那是什麼樣的聲音，只覺得冰冷且不自然，是絕不可能在山林中出現的異質聲響。那是某種怪物嗎？是一種動物嗎？可是動物怎麼可能完全不呼吸？金屬怪物不僅不呼吸，全身上下也不存在動物的氣息，沒有任何味道……璐安想，儘管他的鼻子不比泰邦，他仍然從哥哥身上學到不少，他很確定金屬怪物沒有生命，它攝取別的東西產生力量，而那力量可以輕易撕碎他們瘦小的身體。

他們等待金屬怪物經過，直到地面的震動完全消失。

「那是什麼？」璐安恐慌地問。

「不曉得，我都叫它怪東西，其他人好像說它是『軍隊』。」小童倏地說：「我們跟上去看看。」

璐安覺得小童瘋了，那種怪物沒有智慧，沒有意識，怎麼可能會是軍隊？璐安回想在部落的生活，有時他和泰邦一同前往北邊森林，泰邦會突然壓低聲音告訴他：「軍隊來了。」璐安一直以來的想像都認爲軍隊是由人類所組成，他們和自己一樣有血有肉。

「不、不要……」璐安輕聲呼喊，小童卻已大步離去，他嘶聲說：「不要！不要去！那不是軍隊！軍隊不是……」

「那不是軍隊？」小童轉過身來：「你見過軍隊嗎？」

小童的話語讓璐安震懾。是的，他從沒眞正見過軍隊，他聽過軍隊的聲音，看過被軍隊射殺的人的屍體，他目睹樹林中飛快掠過的騷動，但他從沒親眼見過軍隊。

「從三年前開始就沒有人類軍隊了。」小童繼續往前走，跟隨金屬怪物在泥土中耙出的深深痕跡，璐安環抱身體，在盛夏的白日突然感到通體寒冷。

「三年前？」

小童聳聳肩：「聽說發生了什麼事情，就不准有人類軍隊，我只知道我在那時有了第一份工作。璐安，跟緊囉，我想讓你看看我以前是怎麼做的……」

他們距離金屬怪物愈來愈近，怪物在森林中恣意爬行，彷彿沒有注意到小童跟璐安就跟在後方，怪物壓倒樹木、鏟起植物，璐安為它能造成的破壞感到害怕。偏偏這時小童突然大聲地說起話來：「**槍，部落使者，聖山，邊界，都市**。」隨著他吐出的每一個詞彙，金屬怪物一點一點扭轉碩大的身軀，將「頭部」對準他們，璐安渾身發抖，拚盡全力壓抑想逃跑的衝動，也是在這時，他注意到金屬怪物應是頭部的頂端有一個散發紅光的小點。

「**失蹤，逃跑，垃圾場**。」小童仍在說話，金屬怪物爬行到小童面前，在璐安驚慌的目光下揮動尖銳的金屬長臂，只差一公尺就要貫穿小童的胸膛。

「**琥珀，瑪瑙，黃金，琉璃，玉玦**。」隨著小童說出的最後一段話，金屬怪物驟然停止動作，金屬長臂頂端輕輕頂在小童胸口。

璐安跌坐在地，全身顫抖，此時此刻金屬怪物就像一座巨大的雕像，無論剛才令它活動的是什麼，現在都已消失不見，璐安艱難地吞嚥口水，直到小童將他從地上拉起來。

「為什麼……」璐安牙齒發顫地說。

「所謂的『軍隊』就是這樣，你不知道很正常，遺跡這邊也沒多少人知道，山區那邊更不用說了。」

「可是……」璐安搜索用詞，卻覺得思緒紊亂：「你說這是你的工作？」

「哦，一開始只是測試『軍隊』會對什麼字有反應，因為禁詞每天更新一次，我爸爸有一些朋友……

他們發現軍隊是機器，而且只攻擊說出禁詞的人，就讓我來測試是哪些字，因爲我身子小動作快，又記得很多辭彙，可以一直試，就算說中了也可以立刻躲開。」小童話說到一半，他所說的某個詞彙似乎又令金屬怪物動了起來，小童連忙再喊：「**琥珀，瑪瑙，黃金，琉璃，玉玦**。」

「那又是什麼意思？」

「我不知道是什麼意思，這是我後來測試出的一組字，很妙，可以完全停止怪東西。」小童這時對璐安笑道：「好了，我們來玩吧！」

璐安不明白他的意思，小童似乎迫不及待，沒有多做解釋便朝金屬怪物喊：「**機器**！」金屬怪物啓動，迅速爬向小童，小童亦衝向怪物，引誘它攻擊自己，每當那金屬手臂閃過殘酷的白光，都晃得璐安雙眼酸澀，他害怕極了，不斷祈求小童停下來，可是他非但不願停止，還刻意用拉長的音調念出能讓怪物停止的辭彙，以至於怪物總是在千鈞一髮之刻才停下攻擊。

璐安覺得小童瘋了，他瘋了，瘋得徹底，只有瘋狂的人才會和這種東西遊戲。可是小童上下跳躍，喜不自勝的模樣，又讓璐安心中浮現奇異的情緒。假若小童說的是眞的，從三年前開始，所謂的軍隊便已從有血有肉的外鄉人更換爲這種金屬怪物，而金屬怪物又能藉由特定的辭彙引發攻擊或停止，那表示金屬怪物可以被操控。璐安慢慢冷靜下來，他站到小童旁邊。

「**機器**。」璐安說。

金屬怪物伸出完全不像人類的發光尖刺朝他而來，璐安再說：「**琥珀，瑪瑙，黃金，琉璃**……」他沒說完，就停在這裡，小童驚慌地補上最後的「**玉玦**」，金屬怪物立時停止。

「你眞笨！忘記最後一個詞了！」

「我想你會幫我說完。」璐安靜靜地道，小童震驚地看著璐安，良久，他放聲大笑，時間一分一秒過去，他仍笑個不停，好像從未遇過比眼前更有趣的事。

「璐安，我好喜歡你。」小童終於不再捧腹，他帶著溫和的笑容朝璐安伸出手：「我們明天、後天……直到你離開爲止，我們每天都要一起玩。」

璐安沒有同意或拒絕，只是握住小童伸出的手。他們接著又和金屬怪物玩了一陣子，直到小童聲稱口渴，他們才返回遺跡聚落向不認識的住家要一碗水喝。中午時分他們回到休息所，彼時阿巴刻還沒回來，因此璐安無從詢問泰邦的狀況，小童告訴他休息所到遺跡外頭的聚落中心的區域，他都可以自由通行，不過議事廳及其後方的宅院是屬於軍大人的禁地，一旦擅闖後果可怕。

「你不要亂走就好，等我來接你。」小童說完便對璐安揮了揮手，往花園的方向跑去。

璐安再次躺在休息所的床上，這回，他心中有了不同的想法，以及一種他不習慣的愉悅，璐安不曾有過眞正的朋友，對於和小童相處的上午，他感到被侵犯個人空間的微微不適，以及深切滿足，他暫且無法理解爲何兩種感受能並存不悖。

他仔細回憶和小童一起對金屬怪物……軍隊的測試，據小童所說，遺跡附近的軍隊和山區部落的軍隊禁詞大抵不同，意即保留地各處的軍隊禁詞都不會相同，既然如此，他就無法用在這邊測試出的結果去避開其他地方的軍隊。突如其來的，璐安想起泰邦。他發現自己有一小段時間沒有想起泰邦，這讓他感到負罪，可璐安毫無辦法，他只能像阿巴刻故事中的弟弟那樣，等待，並且尋找眞相。

璐安回到休息所的時候，議事廳已結束今日的議事。

由於事項談妥，剩餘的時間已無作用，阿巴刻想立即返回休息所照顧璐安。他回想本日議事初始，自己試探性地詢問軍代表泰邦的狀況，但光頭男人只是抬起灰藍雙目看了他一眼，氣息緩慢地道：「你是要談山區部落待解決的問題，還是助手現況？」似乎是要阿巴刻在議事事項和詢問助手狀況之間選一個，無論他選哪一個，另一個問題便要延後至隔日再議，阿巴刻只能沉澱思緒，繼續與軍代表討論部落事項。

議事開始前，昨晚阿巴刻和孩子們站立處已擺放好桌椅，阿巴刻和軍代表各自落坐後展開議事，討論事項爲幾個部落疑似傳出瘋病的消息。本來這些部落的使者要求阿巴刻爲他們向軍代表請求疫病補償，但阿巴刻不知是有意或無意，與軍代表討論時表示希望能循序漸進，先由軍方派代理人前往那些部落進行調查，再按照瘋病的嚴重程度給予不同等級的補償。對此軍代表沒有明說同意與否，而是細細詢問他各部落的地理環境、歷史與人口組成。阿巴刻沒有預料到軍代表會問得如此詳細，幸虧他已做足準備，因此對於任何疑問皆能侃侃而談。

在二人花了一早上的時間釐清所有細節與線索後，軍代表同意了，並在一張黃色的長布上以外鄉字書寫他們討論的詳情，寫畢後交予阿巴刻，再由他書寫部落代表的陳述，最終他們在布面上以紅泥蓋壓手印，軍代表命身穿旗袍的女孩打開一口錦盒，將長布捲爲卷軸，封緘後放入錦盒中。

錦盒很深，阿巴刻看著錦盒，心想不知道他們這次議事會產生多少卷軸，卷軸的數量，就象徵著助手受虐的日子，若依據阿巴刻目前所知訊息，昨晚泰邦並沒有受到虐待，但他不知道明天，明天，再明天會發生什麼，只希望一旦狀況不對，泰邦能拒絕過夜，儘管那意味著議事失敗。

所以終歸來說，阿巴刻才是那個能讓軍代表改變心意的人。

阿巴刻微微抬頭，四處看了一下，迅速從懷中取出一片木片，上頭以紅色顏料塗畫了簡單的圖樣，那圖樣和他曾在廢墟中看見的雖然並非分毫不差，也算很相似了，包含那像是動物又像是人臉的輪廓。阿巴刻在看見圖樣後著手描繪記錄下來，此時他將畫有圖樣的木片遞給軍代表。

「這是什麼？」軍代表問。

「我不知道，但近日山區部落許多地方都出現這個圖案，它似乎有一些特殊的意義。」阿巴刻小心地解釋：「我也是不久前第一次看見，或許其中蘊含什麼訊息，我想您會希望知道。」

軍代表收下木片，彷彿並不在乎地隨手擱進衣內。阿巴刻等待了一會兒，他深知自己能給予的情報是如此微不足道，幾乎不可能打動軍代表，這仍然是一個信號，讓軍代表知道他不會隱瞞哪怕這麼小的事情。當阿巴刻確定軍代表沒有其餘想和他說的話，他準備離去，軍代表卻揮手讓他坐下，並要求阿巴刻和自己下一盤棋。

阿巴刻沒有直接拒絕，只答覆：「我不會下棋。」

「無妨。」軍代表讓女孩收走桌上的文件資料，擺上棋盤和棋子，阿巴刻仔細凝視。這些棋子很特別，每一顆棋子都是一隻動物，有些阿巴刻認得，有些從未見過。

「這是鬥獸棋，又稱動物棋，遊戲規則可複雜可簡單，我們就以粗淺的方式開始。」軍代表擺弄桌上的獸棋，將它們排列整齊：「這些動物在棋盤上以每點一步來移動，是否能渡河這次就先不管了，棋子的部分，每隻獸擁有的力量都不相同，最終吃掉對方所有的獸，或者進入對方獸穴者即是贏家。」軍代表一一指過獸棋：「象大於獅，獅大於虎，虎大於豹，豹大於狗，狗大於狼，狼大於貓，貓大於鼠，所有棋子當中，又只有鼠能吃象，這樣明白嗎？」

阿巴刻面露沉思。

「怎麼了？」

「我很抱歉，但您所說的一些動物我不明白是指哪個棋子，我不認識那些獸。」

「這也難怪，有些動物只存在於特別的土地，就好像……每片土地上的人種也都各不相同，因此形成差異，人因差異厭斥非我族類者，我經常在想，是人排斥與自己外貌不同的人更早，還是人排斥與自己不同的物種更早。」軍代表將一半的棋子推向阿巴刻：「告訴我，哪些動物你認得？」

阿巴刻辨識棋子上動物的特徵，將豹、狗、貓、鼠棋挑選出來。軍代表看了看，只說：「是的，其他動物並不存在於這座島嶼。」他接著向阿巴刻解釋象棋爲何，獅棋與虎棋雖相似卻相異，狼棋與狗棋相似，同樣也並非一樣的動物。此外鬥獸棋開始前需先布陣，除了棋盤上的山洞和獸穴不能在開始放置獸棋外，其他位置均能各自以十六只獸棋任意布局。

確認阿巴刻已理解了規則後，他們開始下棋。軍代表讓阿巴刻先走，阿巴刻初次下棋，布局單純，竟按照獸棋強弱由內向外排列，因此最外圍的是鼠棋。阿巴刻移動鼠棋，好讓後面的棋子有位置出來。

軍代表將一隻虎往前移：「將鼠放在外圍很容易先被其他棋吃掉，之後你要如何吃掉我的象？」

阿巴刻將鼠棋移往山洞：「先躲藏起來，山洞內的棋子不會被吃掉，卻能吃掉其他經過且比自己弱小的旗子，是嗎？」

「唔。」軍代表再次移動虎棋：「野蠻地人的思維。」

阿巴刻讓後方的獅棋向前挪：「軍代表剛才說每塊土地上的人種都不相同，因此形成差異和歧視……」

軍代表挪動放置於前方的象至虎棋旁：「是的，不過從生物學的角度來講，所謂的人種也只是區域變異性，如果人類沒有發明航太技術，奧馬立克南陸人不會存在，因爲南陸人就是尼格羅人種與雅利安人種的混血。由於哺乳動物在島嶼的侏儒化現象，密冬藩屬人會持續矮小，愈來愈小。各地區域變異性上的體徵、智商因而有所不同，故雖無眞正人種的區分，區域變異確實造成人在智商、體能、身高、性能力上有優劣之分。」

「我或許不能完全明白您的意思，但我認爲只要共同生活在同一片土地上，那就是同一種人。」

「你認爲我們是同一種人？」軍代表語氣沉沉。阿巴刻本以爲自己激怒了對方，卻沒料到軍代表的眼中浮現笑意：「你無意間說出了眞相，倒是十分有趣。」

他們無言地輪流移動棋子一段時間，直到阿巴刻棋盤上的棋子盡數被吃淨，只剩下藏在洞穴中的鼠。

「你看，現在牠只能躲藏其中，看自己的家園被侵占，即使擁有吃掉象的力量，也只能吃掉象，它沒有吃掉其他棋子的能力。」軍代表要求：「再來一局。」

阿巴刻這次謹慎思索布好了棋子。

由軍代表先開始，古怪的是，這回軍代表的布局完全仿造阿巴刻上一局的模樣，在阿巴刻的角度看來，不知是單純嘲諷或隱藏著複雜深意。

「我嘗試以你的立場思考，去理解你今天提出的議事內容。」軍代表挪動鼠棋：「一隻鼠邀請敵方動物進入自己的獸穴，這意味著什麼？」

阿巴刻沒有回答，他讓狗棋向前，意圖吃掉鼠。

軍代表故意讓自己的鼠被吃，當阿巴刻的狗吃掉他的鼠，軍代表立刻讓一旁的虎吃掉阿巴刻的狗。

良久，阿巴刻才低聲道：「部落之間可以彼此合作，但當問題出現，譬如瘋病，有人意圖以此向軍方求取利益，我想您會希望調查清楚，或許背後有更多隱藏的問題存在。」

「是嗎？隱藏的問題……你聽上去似乎知道什麼內幕。」

阿巴刻立即搖頭：「我並不了解，只是最近這幾個部落確實有許多人失蹤，如果是跟瘋病有關，自然需要請您派人前往調查，但若和瘋病無關，我認爲極有可能是集體的邊境跨越行爲。」

「你所說的狀況很嚴重。」軍代表靜靜地道：「反使我難以相信，你會這麼好心、對軍方這麼忠誠，特地透露如此消息……依我來看，你這麼做只是因爲你的部落很弱小，你希望藉軍方之力削弱優勢部落，如此你們克羅羅莫就能獲得喘息的機會。」

阿巴刻垂下目光，彷彿正在沉思，卻也像逃避。趁此時，軍代表已長驅直入，攻進阿巴刻的獸穴。

「我不是……」

「不過若背後眞有謊言，你也並非沒有功勞，畢竟有人失蹤是事實，」軍代表打斷他：「我會派人前往調查。」

此時阿巴刻已不剩多少獸棋，他乾脆地認輸，二人無言地進行第三盤棋，這一次，他們不再有試探，各自都是全力以赴。

「阿巴刻，我有一個私人問題要問你。」待二人再次布好各自棋局，軍代表沉吟著開口：「你帶來的那兩名助手，他們真是兄弟？」

對軍代表的疑問感到驚訝，阿巴刻有一瞬間的停頓，但很快便回答：「就我所知是的。」

「他們的父母是什麼樣的人？」

「泰邦和璐安的父母都是部落人。」阿巴刻說到這裡停了一下，接著道：「大約在三年前因意外雙雙身亡，他們父親是我們部落有名的勇士，母親也來自良好的家庭。」

「那個弟弟，他的長相很特殊，不像部落人，你可知道他跟父親或母親更相似？」

阿巴刻猶豫了，軍代表的問題愈來愈古怪和刁鑽，倘若繼續回答可能會造成未知的後果，可是他又不能拒絕。阿巴刻在腦海中將軍代表的問題迅速檢查一遍，這才答覆：「我想璐安長得跟母親更像，儘管我對他的母親並沒有什麼記憶。」說到這裡，阿巴刻腦中閃過一段回憶：他從屋頂上的縫隙向下窺視，看見無名者之妻雪白柔軟的雙手正在編織魚網，那雙手和任何一名部落人都是如此不同，令他印象深刻。

「你說她是部落人，她的家族一直以來都定居於克羅羅莫？」

阿巴刻的頭突然痛了起來，但他竭力忍耐，再次開口時語氣依舊平穩：「不是，我想她來自別的部落，由於她身體不好，在部落裡不常見到她外出。」

「我明白了。」軍代表把玩手中的獸棋，藍色的眼睛銳利地打量阿巴刻。在兩人面前，棋盤上廝殺激烈，這一局終於稍微有點意思，阿巴刻不僅懂得布局，也懂得反擊了，以至於軍代表必須花更長的時間才能決定下一步如何走。「我之所以問這些問題，只是對於助手的例行性身家調查，你不會見怪吧？」

阿巴刻搖了搖頭。餘下的時間他們靜靜下棋，共下了七盤，阿巴刻全輸，但他看起來並不懊惱，反倒更加專注地研究棋盤上的動物，彷彿被那些獸棋迷住。

「你很沉得住氣，這是好事。」軍代表抬手要求女孩爲自己送來手杖，一面說：「我不禁想徵詢你的意見：假若你與人下棋，實際上背後有他人掌控你如何布局，他要求你吃下棋子，而你並不情願，那麼你是該吃或不該吃？」

阿巴刻的目光沒有半秒鐘離開棋子：「我會佯裝吃下，背地裡伺機而動。」

軍代表狀似思索地點點頭：「有一天，或許我會邀請你和我一同展開新局。」

阿巴刻愣住了，旋即控制住表情，他木然道：「很抱歉，我不明白您的意思。」

「恐怕你知道，阿巴刻。」從女孩手中接過手杖，軍代表艱難地從椅子站起：「不過時候未到，趁此機會好好考慮，不要浪費了我今日的仁慈。」

當軍代表即將走出議事廳，阿巴刻不合時宜地出聲呼喚：「大人。」

軍代表停下腳步，側首等待。

「若您調查那些部落的結果……不是很好，可否請您從輕發落？」

軍代表的面罩後方傳來隆隆笑聲，那聲音冰冷且諷刺：「這由不得你決定。」隨即便在女孩的陪伴下以手杖支撐笨重的身軀，搖搖晃晃地離開議事廳。

從那一晚開始，泰邦不曾再見到阿巴刻和璐安。

議事期間他的三餐由女孩按時送上，他也曾見到初至遺跡時接待他們的男孩，不過男孩看見他探出房門便倉皇跑開。唯一令泰邦安心的是軍代表每晚都會派女孩來問他是否再留宿一晚，他由此獲知議事順利地進行著。泰邦在遺跡的活動沒有受到限制，也能夠隨時離開，卻不能進入有休息所和議事廳的前院，他被刻意隔離，每夜思念璐安，不知道他是不是有好好吃飯。

奇怪的是，軍代表自那日後再也不曾召見泰邦，他就像遺忘了這件事。泰邦不因此鬆懈，他深知即便軍代表過去幾天沒有傷害自己，也不代表他就是個仁慈的人。隨時間過去泰邦更加惶然，像是待宰的動物，可以嗅聞到死亡的氣味，卻不知命運何時降臨。

如此經過五日，第六個夜晚，泰邦在房間內等待女孩，卻直到深夜都還未聽見女孩敲門，通常會在傍晚送上的食物也不知所蹤。泰邦飢腸轆轆，他過去的生活令他對於等待他人提供食物感到不安，於是泰邦換上從部落帶來方便行動的衣服，打算到外頭探索。

木門外是泰邦早已熟悉的花園景色，他緊靠建築邊緣行走，謹記女孩說過不能前往前院的禁忌，於是他只能往另一方向走去。泰邦看見有爬藤植物纏繞的露天廊道，綠意向遠處蔓延，森林是泰邦熟悉的環境，他下意識往植物茂密的地方靠近，然而泰邦愈走愈感到焦躁，他敏銳的耳朵捕捉到來自遠方的微弱聲響，在他還未察覺時便已對他造成影響。

等到泰邦發現那究竟是什麼聲音，他皺起眉頭，將腳步放得更輕。一聲又一聲的痛苦呻吟隨晚風飄散。泰邦側耳傾聽。聲音時而低沉隱忍，時而無法克制地放聲哀號，就像有誰正受到慘無人道的折磨。泰邦想到軍代表，他是否在傷害他人？泰邦想到那名每晚前來的女孩，突然爲她今日的缺席心生不安。

泰邦循著聲音跑去，不忘踮起腳尖減輕奔跑帶來的音量，廊道盡頭是植物叢生的絕路，水泥圍牆遮蔽所有視線，圍牆之下，一幢方型建築靜靜佇立。那建築和外邊的遺跡聚落外觀完全不同，沒有溫度，線條剛冷且顏色灰敗，不知怎地讓人有種感覺，這建築是倉促建立的，爲了某一個意義，某一個用途。

泰邦接近建築外部唯一一扇鐵門，小心翼翼拉動門把，鐵門發出輕微的噪音徐徐向後打開，泰邦閃身進入。內部一片黑暗，他摸索著牆面前進，在還沒有心理準備的情況下，另一陣呻吟從黑暗深處傳出，飽含疼痛苦悶，泰邦吃了一驚，因爲他在此時發現，那聲音聽起來是一名男人。

泰邦立時決定回頭，然而前方微弱的光線勾住他的注意力，他彷彿著魔般繼續往前走，隨後一扇虛掩的門從內流出光，在泰邦面前幾公尺的地面蓄積一小塊白亮。突然間，泰邦聽見了女孩身上的鈴鐺聲響。

從兩指寬的門縫中，泰邦看見女孩正在照料著某個人，她用毛巾擦拭躺在床上的一具軀體，那軀體寬大臃腫，蒼白肉塊如小山般堆疊，以至於泰邦無法完整看清。時不時女孩照顧的軀體會發出叫喊，彷彿深陷不能忍耐的劇痛，每當這時，女孩便會將毛巾浸泡於熱水，再次擦拭軀體。

如此重複數次，軀體的主人似乎再也無法忍受，呢喃哀求某樣東西，女孩聞言頷首，從床下翻找著什麼，最終取出一樣泰邦從未見過的物品，那是一樣極爲精巧的細長物，細長物一端連接著針，女孩將有針的那頭沉入軀體的皮膚，而在她準備推動細長物後端時，軀體的主人倏地抓住女孩的手。

「看……看著我……」泰邦聽見似曾相識的聲音說。女孩依言看向那人，與此同時手指緩慢推入細長物內裝的透明液體，她說：「我哪裡也不會去。」女孩手腕上的鈴鐺發出脆響：「你聽。」

那人似乎因此心滿意足，抓住女孩的粗短手指緩緩鬆開，陷入呼吸平緩的深沉睡眠。泰邦知道自己該走了，可是他無法移開腳步，那軀體和聲音、女孩的動作都讓他困惑不解，就在這時，他與女孩目光相對，泰邦倒抽一口涼氣，迅速退後，接著轉身狂奔。

一時半會間，泰邦難以消化自己所看見的畫面，他覺得自己似乎撞破了一個祕密，最後當他與女孩四目相對，女孩的眼神竟充滿未褪的憐憫。

等泰邦回過神來，他已回到自己居住多日的房門外，房間裡的床邊放了五樣他從外頭撿回來的植物葉子、小石頭，用以標記他已在遺跡渡過了多少天、和璐安分開了多少天，他想到還沒撿拾今天的標記，於是便在花園中摸索尋找著合適的小東西。泰邦讓自己爲小事忙碌，試圖遺忘不久前看見的畫面。

他一點也不想記得，說來奇怪，泰邦感到那似乎是非常私密的，就好像一隻動物身上最隱密、最痛的傷口，傷口腐爛發臭，就算因此致命，動物也不願將那傷口顯現，寧願獨自跑到無人發現的角落安安靜靜等死。泰邦沉浸在自己的思緒中，連女孩端著食物走來也沒發現，鈴鐺聲響由遠至近，直到那雙赤裸的足踝站立在泰邦眼前，他才抬頭看去。

「不好意思，今天軍大人召見，晚餐送遲了。」

女孩將餐盤上的食物遞給泰邦，有一碗飯、一盤青菜和一盆燉肉，泰邦沒說什麼，盤坐在地當即開始囫圇吞嚥，女孩看著他吃，明亮的雙眼彷彿正仔仔細細地將泰邦從頭到腳打量了一遍，女孩想藉此觀察出泰邦曾目睹祕密的證明，但泰邦不會讓她如願。女孩默默看了許久，幾次捕捉到泰邦警戒悄覷的目光，卻並未多說什麼，只在收拾好空盤準備離去前問了泰邦每晚必問的問題。

「你願意再過一夜嗎？」

「我願意。」

女孩聽了點點頭，端著餐盤離開。

泰邦從花園中找到一顆小小的玻璃彈珠，他將彈珠置於床邊，和其他五樣小東西一起，接著躺在床上，反覆回想自己無意間看見的畫面。一股突然臨至的恐怖感籠罩住他，他想自己犯下了一個滔天錯誤，因他非常清楚自己不應該看見，不應該聽到，那蒼白如腫脹浮屍的身軀和痛苦哀號，都屬於在第一天決定了他的命運的藍眼男人。

泰邦的直覺向來很準，隔天傍晚當女孩再次敲響泰邦的房門，他前來應門，看見女孩遞給他一套新衣裳，他的內心便已知曉。

「軍大人今晚想見你，他要你到議事廳。」女孩輕聲道：「他說什麼你就答什麼，順從比反抗好些。」泰邦向女孩道謝，女孩遞給他一個托盤。「還有，軍大人希望今晚你能服侍他。」

泰邦不禁蹙起眉頭，他想到那晚看見的畫面，女孩以濕布擦拭軍代表的身體。他不知道軍代表想要怎樣的「服侍」，也不知道在今天召見自己的眞正原因。他唯一能做的只是跟隨女孩前往議事廳。

議事廳側邊有個小屋子，小屋內部像是簡單的廚房，有爐灶可以生火，也有各式鍋碗瓢盆，泰邦和女孩先一同在那兒燒水煮茶。遺跡使用的茶葉香氣薰人，是泰邦從未聞過的味道，彷彿來自遙遠異境。等茶泡好，泰邦端著托盤上冒著熱氣的茶杯走向議事廳，這是他幾日以來第一次獲准前往議事廳，有那麼一瞬間他帶著微微希望阿巴刻還留在那裡，這樣一來他就能伺機詢問阿巴刻璐安的狀況，不過現實令他失望，今日的議事早就結束了，議事廳此時空無一人。

女孩領泰邦走過議事廳，來到位於神壇後方的書房，泰邦經過時偷看神壇上鳥頭人身的神像，感到說不出的詭異。背對著泰邦的軍代表正坐在一張檀木打造的書桌後，如同怪物般隆起的肩膀顯得畸形，他依然穿著黑灰色長袍，長袍的布料底下隱藏那日泰邦窺見的腫脹肉身。

女孩上前通報，隨後示意泰邦上前奉茶。泰邦戰戰兢兢走上前，按照女孩教導的方式先放杯墊，再把茶杯置入杯墊中。軍代表在書桌前翻看著許多薄木片摺疊起的東西，看也不看泰邦，直到泰邦完成工作，彷彿哮喘般的說話聲才從面具底下傳出：「你叫什麼名字？」

這些天以來軍代表從未透過女孩詢問他的名字，泰邦吞嚥了一下：「我叫泰邦。」

「沒有姓嗎？」

「姓？」

「早聽說野蠻民族連姓氏也沒有……在我出身的地方，姓氏是階級表徵，沒姓氏就如同沒有國家。」

「國家……」

「連國家的概念都沒有嗎？」軍代表不露情緒，那沙啞含糊的聲音就像完全不知道泰邦曾窺看他的祕密，此時他的語調、口吻只夾帶純粹的蔑視：「看來**他們**做的再多，也無法得償所願，你們只知道自己的部落，卻連部落如何形成，人口如何組成也不曉得。悲哀的野蠻人。」

泰邦原有的恐懼被憤怒輕而易舉地替換，他緊握雙拳提醒自己女孩對他說的話：**順從比反抗好些**。軍代表翻動手中的薄木片，那些木片看起來薄如蟬翼，是泰邦從未見過的質地，木片上有密密麻麻的外鄉字，就像無數的小方塊一樣，在白色的木片表面緊密排列。

男人翻到某一頁後停下來，接續說出的話令泰邦困惑不安：「你們是被控制的，就連所說的語言，也不是原本的語言，而是由密冬語、密冬藩屬語、灣島語和原始的野蠻民族語組合成的新語言……不過，這都是好久以前的事了。最初將整座島嶼一分為二，以為能讓保留地產生獸靈，只要擁有獸靈，就能證明是一個國家，可這只是人們的一廂情願而已，多年來這塊土地不曾有過獸靈，簽署協議劃分保留地之後，反而讓文明倒退，於是出現如你們這樣野蠻、蒙昧的族群。」

泰邦感到腦袋渾沌，怎樣也不能理解軍代表話語的意思，為何會突然提到獸靈？獸靈在部落傳說中以伊古代稱，是故事裡的生物，不可能出現於現實。他望著軍代表小山似的身影，那個男人閱讀手中的外鄉字，並念了出來：「『政府的責任是：改變空氣溫度與改善氣候；疏導不流動而污濁的死水，管理人工林或燒毀的森林、治理被時間或連續的表面開墾所破壞的山嶺。創造新的土壤和新的氣候。時間、土地占用、自然變遷的效應，會使最健康的地方變得容易引起疾病。』……所謂的保留地，乍看之下是最健康的地方，但最初分隔保留地，就是為了讓它生病。」

泰邦愣愣地佇立原地，完全無法聽懂男人所朗誦的內容。軍代表像是也不以為意，他突然闔上手中的木片，面具上方那雙灰藍眼睛定定看向泰邦。再次開口時，已和之前的內容無關：「你知道我為什麼要找你來嗎？」

泰邦沉默地搖了搖頭。

「前日的議事中，你們的阿巴刻親口要求我行使對助手的權力。」軍代表淡淡地道：「這表示他早已知悉議事規則，對此，你有什麼想法嗎？」

泰邦立即繃緊了全身的肌肉，努力控制不要顫抖，不要吞嚥，不要讓男人發現自己的動搖。可是泰邦無法阻止自己失控地猜想：阿巴刻真的說出了那樣的話嗎？很顯然他早就知道了，知道成為助手意味著什麼。泰邦不禁開始懷疑，最初阿巴刻選他們當助手，是否正是因為可以將他們像禮物一樣獻給軍代表？

泰邦猛然想起，烏托克確實曾在守護所外說過類似的話，要阿巴刻慎選助手，因為一名好助手可以讓軍代表分心。以及在最開始，阿巴刻提到助手本應從好人家的孩子中挑選，可是有沒有一種可能，即是整個部落的孩子都有家人、有愛著他們的父母，因此不能被獻祭，只有他跟璐安，是住在炭屋裡的孤兒，讓他們成為助手，就不會為其他家庭帶來傷害。

這個祕密也將得以繼續維持。

「不……我不相信……」泰邦結結巴巴地說：「阿巴刻他……」泰邦安靜下來。阿巴刻曾說自己受過父親的照顧，雖然他從未在物質面上幫助他們，卻時常從微小處展現善意和關心。

軍代表仔細地觀察泰邦的臉，最終像是看見了什麼有趣的東西般開口：「你依然相信那個阿巴刻？」

泰邦沒有立刻回答，只感到鼻腔發酸，淚意刺痛他的眼眶：「是的。」

「哪怕他的決定可能會傷害你或你的弟弟？」

聽見軍代表提起璐安，泰邦的眼中燃起火光：「跟璐安沒關係。」儘管如此，泰邦仍然控制不住顫抖。一種古怪的感覺湧上心頭，泰邦感到頭部閃過劇烈的刺痛感，他彷彿聽見了貓頭鷹的叫聲，黑暗中一雙僵硬伸直的腿使他感到困惑與害怕。

軍代表灰藍色的眼睛凝視泰邦，好似想說些什麼，他抬起手，又臨時改變了主意，他盯著自己的掌心：「是**鏡子**的力量。」

「什麼？」

但軍代表不再說話了，他目視桌面，思索了很長一段時間。泰邦有種感覺，彷彿自己的恐懼是會傳染的，否則無法解釋軍代表此時肩膀的顫抖。接著，軍代表突然喚來在一旁等候的女孩，女孩帶著鈴鐺聲響走到泰邦身邊，軍代表頭也不抬地開口：「你昨天跟我說，這孩子無意間看見了你服侍我的場景。」

「是。」女孩應道。

「這個名爲泰邦的部落人一來到這裡，我就告訴你要好好管理他，而你卻讓他看見了**我的樣子**。」

「大人，我相信他當時並沒有看見……」

「藉口。」對女孩的辯解軍代表輕聲斥責，隨後放緩了呼吸，語調嘶啞道：「你知道怎麼做。」

女孩不再說話，她後退兩步朝軍代表行禮，走向泰邦不曾進入過的某個隔間，她從隔間中取出一根盤繞如蛇的牛皮鞭，回到書房後將之雙手高舉過頭呈獻給軍代表。

軍代表在手杖的幫助下起身，接過皮鞭，蹣跚從泰邦身邊走過。不等軍代表指示，女孩已在泰邦面前脫下上衣，走到書桌前方的地毯上跪坐，將光裸的背部敞露給男人。

「泰邦，我平時並不隨便責打她，但希望你知道，今天她會挨打是因爲你的緣故。」

泰邦沒能做好心理準備目睹接下來的畫面，他先是聽見聲音，鞭子呼嘯而過產生的黑影，猶如一條發動攻擊的鎖鏈蛇，緊接著鞭子抽打在女孩背部，一下、兩下、三下，軍代表揮動皮鞭的模樣就像一頭野獸，完全沒有平常那般笨拙疲弱的神態，他熟練地揮鞭，直到第十下結束，他停下動作檢查女孩背部。

女孩的背原是無傷，只散布著蛛網般銀色的疤痕，鞭子接觸皮膚的一瞬間，皮膚泛起極淡的白色，下一刻，大量鮮血泉湧而出。看起來是如此痛苦，女孩卻一聲不吭，彷彿事不關己般維持一貫的姿勢，目光直視前方。

泰邦震驚不已，他不曾見過這樣蓄意且殘酷的傷害，以至於他聲音顫抖：「爲什麼……你爲什麼要這樣做……」

軍代表沒有回答，他面具後方的嘴氣喘吁吁，那聲音聽來相當難受。

但他仍繼續揮鞭。

當泰邦回過神來，他撲上前抓住了軍代表執鞭的手。憤怒，憎恨。泰邦從來沒有這麼多激烈的情緒，他想撕咬軍代表，想將他拆成碎片，嚼爛他的骨頭。泰邦的喉嚨發出低吼，眼睛閃動著不可思議的螢綠色。然而，跪坐的女孩伸手握了握他的腳踝，將泰邦的理智拉回。

女孩對他輕輕搖頭。

「我必須如此，不要蠢到反抗我。」軍代表見他鬆開了手，抬起腿狠狠踹向泰邦的胸膛，他往後摔倒，胸口劇烈疼痛，好一陣子無法正常呼吸。泰邦怎樣也料想不到，那在隱密房間裡痛呼哀號的男人竟有這樣的力氣。「那個女人監視著這裡，監視著我們。」男人彷彿自言自語般的低微聲音和他帶來的疼痛縈繞泰邦心口，他不禁懷疑軍代表是不是瘋了。

「好好看著，忍受你的懲罰。」

鞭子抽打的聲音再次響起，泰邦勉強爬起來，這次他冷靜克制，一步一步走到軍代表面前，帶著卑微懇求道：「是我的錯，你可以打我，但不要傷害她。」

「你確定？」軍代表的聲音淡漠，幾乎就像沒有任何情緒：「她沒有哭喊，也沒有哀求我住手，她可以承受這個，但是你呢？」

「求求你，我可以……」泰邦咬牙切齒地說，這一刻，他初次體會對一個人的恨意可以有多深。

但軍代表繼續揮鞭，毫不理會泰邦的哀求，泰邦從軍代表的動作中理解了他的意思：這就是對泰邦的折磨。在這個地方，只有軍代表說可以，泰邦才有替代女孩的可能，否則他只能彷彿與自己無關般地站在一旁，發抖、渾身冒冷汗。由於泰邦最初曾試圖插手的緣故，軍代表告訴女孩他將多加五下鞭子，女孩一言不發，沉默地接受了，讓泰邦更加惶然。

他幾乎遺忘自己如何撐過剩下的夜晚，他不敢記住，只依稀看見軍代表一次又一次不斷在女孩背部施加鞭打，他哽咽哀求的音量愈來愈細，知道不會改變什麼，他最後也就麻木地安靜下來。

女孩單薄瘦弱的身軀到最後仍支撐不住頻頻顫抖，可是軍代表並未停下，直到女孩的背皮開肉綻，滿是瘀黑鞭痕，鮮血淋漓，像一對紅黑交雜的翅膀在她背部展開，他才艱難地扔開皮鞭，癱坐在書桌後方的椅子裡，喘息著命女孩帶泰邦回房。

一路上女孩走得很慢，離開議事廳前她重新穿回上衣，此刻血色穿透布料擴散出深色的污跡，泰邦愧疚地走在她身後，看著污跡不斷擴大，他突然再也按捺不住，停在原地擦拭臉上的淚水。女孩見狀沒有多說什麼，只是領他走往不同於休息房間的方向，經過一座有水池的花園，他們來到植有三棵梅樹的小院落，女孩拉開一座遺跡的木門，示意泰邦跟隨自己。

「這裡是我住的地方。」女孩簡單解釋。

屋子本身有些簡陋，但收拾得乾淨整齊，女孩領泰邦到擺放有許多藥櫃的房間，拿出幾個瓶子，開始忙碌地調製藥膏，完成之後她脫下上衣，要求泰邦為自己上藥。

泰邦點點頭，手中的藥膏散發涼意，以及一陣陣熟悉的草葉香味，讓泰邦想起炭屋的生活。他小心用木片挖取藥膏，輕輕地為女孩上藥，傷口怵目驚心，塗完藥膏後更是令人不忍卒睹，不過女孩一句話也沒說，只是發出嘆息。

「你還好嗎？」泰邦擔憂地問。

「很好。」女孩以作夢般的語氣說：「再沒有比這更舒服的事。」

泰邦皺起眉頭，他無法想像被鞭打得體無完膚會讓人舒服，女孩這時竟笑了出來：「我是說塗上藥以後，傷口很舒服。」

泰邦立刻紅了臉，他歉然道：「對不起，我沒能阻止他。」

「你用不著愧疚，如果不是我跟軍大人說，他也不會知道你看見了，但我要是不說，軍大人透過其他方式知道了，後果只會更糟。」說罷，女孩重新穿回上衣走出房間，泰邦跟隨女孩來到遺跡內部的另一空間，他在此時發現這座遺跡和軍代表居住的略有差異，軍代表的遺跡遼闊且涵蓋著院落和遺跡建築部分，女孩的遺跡雖然同樣也有院子，卻明顯小得多，而且有著三處向外開放的神明廳，女孩不知從何處取來一束物品，用火柴點燃。

「這是線香。」女孩說，執線香對著神像拜了三拜，後將線香分成幾束，插在三個金屬製的香爐。

女孩點亮火柴時，淺淺照亮供奉著的神像，那模樣和議事廳的神像十分相似，泰邦不禁出神地看了好一會。神像具有動物和人類特徵，頭是鳥類的頭，身體是人的身體，不過是哪一種鳥類，泰邦無法辨別。

「軍代表只能出自五大家族的金家，所以供奉金雞皇帝，本來應該是金雞神女，但皇帝是神女的父親，軍大人又不喜歡神女，就改為供奉皇帝。」彷彿注意到泰邦的困惑，女孩解釋道。

「金雞？你是說……那個鳥的頭其實是雞？」泰邦聽過雞這種生物，只是在山區沒有見過，聽說過去保留地有很多，經過烹調滋味鮮美，然而後來都被抓捕光了。

「嗯，因為金家很重視雞這種動物。」女孩回應。

他們沉默地看著院子中的梅樹，今晚是滿月，月光明亮，照出梅樹枝頭上的點點白梅，泰邦悄悄觀察女孩，似乎沒有因背部的鞭傷而疼痛不堪，他忍不住開口：「你真的一點也不痛嗎？」

「痛啊。」女孩承認：「可是痛沒有用。」

痛沒有用？泰邦還是第一次聽到這種說法。

「在遺跡聚落，如果你很弱小，你的意見就不重要，就算你反抗，最後結果也不會改變，所以痛沒有用，哭沒有用，求饒也沒有用。」

「那你要怎麼辦？」

「唔，就想一點別的事情。」女孩伸展細長的雙腿，又踢又晃，鈴鐺隨之作響：「被打的時候，我就想一件別的事，覺得痛的時候，再想另一件事，把每一件事串起來，就可以撐過去了。」

泰邦不由得感到難受：「他這樣對你，你爲什麼還要……」想起那個夜晚，白色的房間裡女孩小心翼翼替軍代表擦拭身體，當時泰邦還天眞地以爲軍代表對女孩至少會是溫和的。

「那是工作。」女孩聳聳肩，語氣平靜：「他其實身體不好，不總是會那樣打人，今天是因爲……」她搖搖頭，停止不說。接著女孩突然站起來拉扯泰邦的手：「走，你該回去，時間晚了。」

泰邦在離開前回頭看了一眼女孩住處外的遺跡，遺跡屋頂翹起如燕尾，裝飾著多彩的泥塑，有如蛇般的動物，也有圓胖微笑的孩童，供奉神像的神明廳香煙裊裊，帶給泰邦陰氣森森的感受，他說不出自己怎麼會有這種感覺。

回去的路上很順利，由女孩領路，一路上儘管她身上的鈴鐺始終輕輕作響，卻沒有引來任何麻煩，他們只與泰邦初來遺跡時見到的男孩打過照面，但男孩僅僅朝女孩頷首，並未說些什麼。夜晚涼風徐徐，泰邦看著女孩的背影，心中盤桓著無人可知的心思，最後他們回到泰邦的房間，女孩替泰邦拉開房門。

「對了，我得問你那個問題。」女孩一如過去每次那樣以平靜口吻道：「你願意再過一夜嗎？」

泰邦凝視女孩好一陣子，像是下定了某種決心一般，他沉聲說：「我願意。」

女孩點點頭，轉身準備離去，泰邦卻喚住她：「你叫什麼名字？」

女孩沒有回頭，她的聲音清脆如手足上的鈴鐺：「阿蘭。」

第四章

議事進入第十天，璐安已很習慣小童趁著阿巴刻前往議事時來找自己。

小童會帶璐安到聚落中心的攤販尋找有趣的小玩意，有時也帶璐安尋找附近的「軍隊」，只是從上次以後，他們再也不曾見過金屬怪物。見璐安失望，小童只得帶他回聚落中心閒逛，並對璐安說大部分攤販賣的東西確實不怎樣，但偶爾會有從邊界附近前來的拾荒者擺攤，他們冒險從垃圾場裡挖出來的可許多都是寶貝，是從都市區來的好東西。

軍方禁止人們前往邊界，自然也禁止他們到垃圾場撿拾物品，然而拾荒者本來大多就是遺跡人，守門人無法辨認，拾荒者便佯裝外出多日的遺跡人終於返家，他們帶著大包小包的物品，暗自在夜晚擺攤，不定點，時間也不固定，有時就在那層層疊疊的住家走廊裡擺設攤位。小童好幾次想帶璐安去逛逛夜晚的拾荒者攤位，卻始終沒能遇上。

這天小童興高采烈地來找璐安，向他保證這次絕對沒有問題，璐安其實已經沒了興致，加上拾荒者都在夜晚擺攤，可是阿巴刻也總在晚上結束議事返回休息所，那時阿巴刻會對璐安簡單描述議事狀況，以及他透過管道獲知的泰邦消息，璐安由此知道哥哥目前一切平安，沒有受傷也沒有餓肚子。璐安不大情願跟小童走，小童立刻就看出來了，他故作神祕的對璐安說：「最近軍大人好像有所動作囉，準備要對助手做些什麼，怎麼樣？你晚上如果跟我偷溜出去，我就告訴你我知道的事情。」

璐安聽了只好同意。

幾天下來跟小童在遺跡聚落四處跑，璐安竟也能慢慢說些簡單的句子，還可以半猜出遺跡人話語的意思。璐安發現只要站在一旁，講一點點話，遺跡人對他說話時微笑點頭，便能自然地融入聚落。

整個白天璐安和小童繼續在森林中尋找「軍隊」，打發時間，下午回聚落和附近的人家要水要食物，遺跡人似乎普遍都很喜愛璐安的長相，加上兩個孩子年紀小，跑了一圈總能蒐集到好些東西，有吃有喝，也有一些遺跡孩童愛玩的玩具。他們玩著用羽毛做成的小球，一直到夕陽西下，暮色漸沉，小童招手讓璐安跟自己走。

他們穿梭在櫛比鱗次的遺跡群中，夕陽餘暉照耀在遺跡上排列整齊的屋瓦，將屋頂鍍上一層金邊，璐安看著那畫面，想起泰邦。夜晚又將到來，他多麼害怕泰邦會被軍代表折磨傷害，此時此刻他有點後悔了，每一次他都在小童的哄騙下離開休息所，最終小童卻總是沒有對璐安說過任何與議事或泰邦有關的消息，明明璐安最可靠的消息來源是阿巴刻，而阿巴刻也都會在晚上回到休息所，對璐安的疑問知無不言。但璐安就是無法等到晚上，他在白天的每一分每一秒都想方設法從小童身上取得泰邦的訊息，儘管璐安總是失敗，他仍不能毫無作為地等在休息所。

「又來了又來了。」小童突然跳到璐安前，對著他做鬼臉：「一張苦瓜臉，八成又想哥哥吧？」

「阿巴刻應該已經回休息所了。」璐安沒有承認：「他發現我不在會生氣的。」

「來啦，只要一下下就好。」小童拉著璐安的手帶他拐入暗道、走入小巷，彎來彎去地讓璐安早已記不住來時的路，他懷疑小童是故意的，卻在這時，他們看見一處無人居住的遺跡群裡有隱隱燈火。

小童興奮地向燈光處跑去，璐安發現他們不知何時置身在高聳且破敗的建築群之中，周遭的屋子都蓋得高大，密集群聚，中間擠出一條小道，小道彼端人聲吵雜，卻又刻意壓低音量。當璐安湊上前去，發現是一列列稀奇古怪的小販，他們不像聚落中心的攤販將攤位擺放整齊，而是散布四方，攤位模樣也各不相同，有的只在地面鋪一張布、放上幾樣塑膠玩具就算是一個攤位了，有的以樹枝撐起帳篷，在裡頭點燃油燈販賣一些金屬製、用途不明的工具，有些拖拉有輪子的箱子，箱子打開展示裡面一些死去動物的骨頭、皮毛甚至是風乾後的屍體，那些動物璐安從沒在山區見過。

拾荒者攤販所賣的東西確實都相當稀奇，璐安且看且走，小童領在前方，也是東看西看，不時得意地回頭對璐安說：「我沒騙你吧？」

璐安感到好奇，同時也有點害怕，在山區部落長大養成了他對周遭氣氛十分敏感，或許還不如泰邦那樣擁有獵人的直覺，他仍然感覺這裡並不是帶有善意的地方，尤其一些人看見兩個孩子，都露出見獵心喜的表情，璐安只能抓緊小童的手，試圖告訴他有危險。小童卻滿不在意，他們走在攤販所形成的市集之中，即將接近尾端時，其中幾個攤販老闆忽然出聲叫小童。

「小童！咦？那不是小童嗎？」

「東哥那個腦袋壞掉的孩子，居然還活著啊。」

「喂！小童！」

那是販賣刀具的攤販，用木箱充當桌子，各式各樣的刀子陳列在上方，璐安看得出來都已經開鋒，並經過改造，刀的握柄有獸皮、塑膠布纏繞或玻璃裝飾，有些使用璐安不認識的材質，他猜想可能是從垃圾場撿來的材料。

三個男人坐在木箱後方，衣著破爛、披頭散髮，帶著古怪的笑容看著他們。小童竟像是沒聽見似的，拉著璐安的手就要回頭，這讓璐安感到古怪，小童擅長和陌生人攀談，更別提是認識的人，可無論那三個男人如何叫喚，小童都充耳不聞。

其中一名男人離開攤位擋在小童面前，他咧開嘴露出缺牙的笑容：「小童，好久不見了，你爸還好嗎？怎麼裝作不認識我們？」

小童看也沒看他，眼中浮現一層陰暗。

「該不會還在怪我們把你腦袋弄壞吧？」男人笑道：「你爸欠我們錢，父債子償，不是很合理嗎？自己技術不夠，弄破了腦袋，怎麼能怪我們呢？」

「我們已經把錢還清了。」小童喃喃說道，聲音小得像是只說給自己聽。

「是啊是啊，不過那已經是好久以前的事，現在我們回來了，也許再找你爸賭兩把，他又會欠下一屁股債囉。」男人湊近小童耳邊，輕聲說：「除非，你再繼續幫我們測試『軍隊』的禁詞。」

聽見男人的要求，小童像是鬆了一口氣，也像是勝券在握一般，他的嘴角顫抖了一下，閃過瞬間笑意。「還以爲你要幹麼呢，測驗新的禁詞，沒問題啊。」小童展露笑容，拉住璐安的手握得更緊：「從什麼時候開始？明天？」

男人似乎頗爲驚訝，但不一會兒便點頭道：「算你識相，就從明天開始，一樣在晚上來攤子這邊報禁詞，知道嗎？」

小童仍然燦爛地笑著，他對男人揮揮手，牽著璐安往前鑽進人潮中，很快便沒了蹤影。

璐安跟著小童，總覺得有些奇怪，小童很愛對自己說話，面對此時兩側販賣珍奇異寶的攤販，他卻沒有停下來對璐安介紹一番，只是一直走啊走，彷彿沉浸在自己的思緒裡。

「小童，你……你可以慢一點嗎？我累了。」璐安最終只能怯生生地央求。

「啊，對不起，璐安，我們來看看這個賣小塑像的攤販吧。」小童依然笑嘻嘻地，一面看著擺放有各種塑像的攤位，這裡戳戳，那裡摸摸，他看見一個鍍金的小塑像，開心地露出了小小的虎牙，他用一枚金屬圓片將那塑像買下來送給璐安：「這是我之前說過的金雞神女，我爸說人活著的時候多做好事，死去以後神女就會來接你到西國享福。瞧！長得很像你哩，在遺跡看見神女的塑像眞不容易……」

「爲什麼？」璐安隨口問道。看著手裡金色的女子塑像，實在看不出來有哪裡像自己。

「新任軍大人不喜歡神女啊，上任隔天就命人把所有神女雕像毀掉了，也不准遺跡有神女塑像呢。」

「哦。」璐安沒有細想，將塑像收到泰邦爲自己做的獵袋裡，他們又逛了一陣子，或許是剛才有刀具攤的男人和小童交談的關係，現在已經沒人偷看他們，暗自打著壞主意了。畢竟拾荒者的圈子很小，沒有人想得罪同行。這是小童對璐安說的。

「不過，他們到底是誰呢？」璐安小心地問。

「就是我爸的老朋友。」小童簡單地說：「豬朋狗友啦，自從軍方創造了『錢』，發給我們『錢』，很多人發現錢的妙用，更發明了各種方法讓錢流通，有些是交易，有些是遊戲……不怎麼好的遊戲，玩那種遊戲你會欠下很多錢，原本只是記在木片上的數量，可是只要在遊戲裡輸了，那些錢就變成……你眞的必須償還的東西，我爸一開始搞不懂這件事情，他以爲只是開玩笑，後來他們把我爸揍了一頓，威脅如果不弄到錢就要殺掉他，除非用其他方法償還……我爸就把我借給他們。」

說到這裡，小童少有地嘆了口氣，眼睛變得有些氤氳：「我常常在想，錢是個好東西，讓我們的生活變得更方便，可是爲什麼……錢又好像是一種詭計？我現在還是弄不明白，明明就沒有那麼多錢，要怎樣才可以欠別人你根本就沒有的錢？」

璐安也不知道。聽著小童的話，璐安第一次對他心生憐憫，是以將他的手放在掌心搓了搓。小童見狀一笑，他依然四處觀看，好奇地欣賞各個攤位上奇形怪狀的物品，同時也不忘繼續對璐安說話：「然後我就被他們帶去做那個工作，就像之前帶你看的那樣，我測試禁詞，晚上把禁詞報給他們，他們就知道要怎樣才不會被怪東西追捕，不過我把最有價值的一句話藏起來，沒有讓他們知道。」

璐安猜想最有價值的那句話就是可以讓金屬怪物停下來的話，不過此時這兒龍蛇雜處，他和小童都心知肚明祕密很容易就會被陌生人聽取，因此誰也沒有說出口，璐安想了想問：「那你明天會去測試嗎？他們說……」

「管他們說什麼。」小童粗暴地打斷璐安，眼中浮現瘋狂：「想用我爸威脅我……哈哈，他們根本不知道，他早就死了！早就死了啦！」

這種狀態的小童是璐安最害怕的，過去幾天和小童一起行動，他時不時會顯現出這一面：瘋狂、喪失理性，做事全然不顧後果。璐安下意識想抽回自己和小童牽起的手，小童發現了這點，卻沒有對璐安大吼大叫，只是輕輕鬆開璐安的手，神情悲傷地說：「連你也不要我嗎？因爲我的頭破掉了，裡面的東西流得到處都是，他們就說我瘋了，可是我還記得那些我測試出的禁詞，我還記得要怎麼講山區部落的語言，我還記得我的名字、那些害我跟爸爸的人。我記得錢很好，也記得錢很壞，我什麼都記得，什麼都知道，我不是壞掉的孩子……」

小童說著說著，眼淚流了出來，他鑽進人群中愈跑愈遠，任憑璐安怎麼呼喚都沒用。璐安的聲音低微下來，因爲沒有意義，他左右張望，淨是不認識的人，長相陌生且凶惡，他們有的朝自己走來，令璐安驚慌失措地往小童消失的方向奔跑，他摔倒在陰暗的巷弄裡，卻不敢發出聲音，只能爬起來繼續跑。

周遭小路複雜、崎嶇彎折，璐安找不到回休息所的路。他終於低頭啜泣，哭了一會兒，又努力想忍住淚水，畢竟這條路黑魆魆的一個人也沒有，如果現在哭泣說不定反而會招來惡人。璐安靜下心來思考，想起泰邦曾教導自己用星星的方位來辨明方向。

夏季剛過了一半，入夜後東方會升起一顆亮黃色的星星。

那就是家的方向。璐安彷彿聽見泰邦柔聲對自己說。

璐安抬頭仰望天空，找到了那顆星星後，跟隨星星回到了遺跡群之外，入夜的遺跡少人行走，他趕緊回到通往軍代表宅院的拱門，當他終於回到休息所，屋內已經點亮油燈。璐安小心翼翼推開屋門，見阿巴刻坐在床邊，靜靜地凝視自己。

「你去哪了？」阿巴刻問。

「唔，外面。」璐安小聲道，輕輕闔上門，這幾天他從未和阿巴刻說過自己與小童的冒險，下意識地覺得阿巴刻不會贊同，這是第一次阿巴刻回休息所時璐安不在，阿巴刻看上去警覺、深究，讓璐安不得不避開他的目光。

「我不會責罵你，畢竟我不是你父親，或者哥哥，我不是你的家人，所以沒有責罵你的資格。」阿巴刻平靜地脫去一身尚未更換的遺跡人裝束，每當議事，他總會換上軍代表贈予的衣服，議事結束返回休息所後再脫去。「可是我以爲你會更在乎泰邦的消息，會乖乖在這裡等我，迫不及待地問我問題，看來我想錯了，你成天往外跑，在聚落中心玩樂，這裡的一切對你來說大概很新鮮吧？恐怕早就把泰邦忘了。」

阿巴刻輕描淡寫的語氣毫無壓迫感，所說的詞句卻無一不刺痛璐安的心，他放低音量，對著阿巴刻露出小小的牙齒嘶聲說：「我沒有！」

接著璐安對阿巴刻講述與小童的相遇，小童如何帶他前往聚落中心，教會他融入遺跡人，同時自己又是如何處心積慮想從他口中探聽到和泰邦有關的消息。璐安焦急地說完一切，只省略了小童帶自己測試「軍隊」禁詞的部分。

阿巴刻聽完後低頭沉思：「你說的孩子，就是從第一天開始便招待我們的孩子？」

「他叫做小童。」

「你最好少跟他來往。」

「爲什麼？」

「因爲我讓他做內應，你要是跟他太親近，會引起軍代表懷疑，你或許不知道，我們目前所知有關泰邦的消息都是那孩子告訴我的。」阿巴刻躺倒在床上，很快便呼呼大睡。

騙人。璐安想：所以他什麼都知道？他知道泰邦好或不好，卻連一句話都不肯對我透露？

璐安躺在阿巴刻身邊，怎樣也睡不著，鼻子有種酸酸的感覺，不論是今天他遭遇到的事情，抑或是小童的隱瞞，璐安花了好長一段時間才發現，自己會這麼難過是因爲他已經將小童視爲自己少有的朋友。

過去在部落裡，炭屋的兩個孩子幾乎不曾有過朋友，泰邦還好些，個性溫暖又樂於助人，儘管大多數的族人厭惡他，也有少數孩子與泰邦交好。相較之下璐安內向少言，刻意留著及腰長髮讓他一點也不像男孩子，他走出門就被欺負，除了苡薇薇琪和阿巴刻以外，沒有誰願意好好和他說話。因此當他遇見小童時，他感到煩躁、歡喜、痛恨等等複雜的心情，對璐安來說是如此嶄新。

璐安思索著，昏昏沉沉睡去。隔天起床時阿巴刻已經不在了，璐安窩在被窩裡，再次聽見小石子丟擲窗戶的聲音。

璐安很悲傷，因爲即便小童是他的朋友，他也必須要聽從阿巴刻的話和他保持距離，否則可能會傷及泰邦。於是璐安用枕頭壓住耳朵，希望可以不再聽見細小的噪音。

門外的小童卻不肯放棄，丟擲石子的力道愈來愈大，那聲音敲擊璐安全身上下，讓他苦惱又猶豫。最終，璐安起身穿衣，悄悄走到窗戶邊，透過有些模糊的窗戶玻璃，他能看見小童的身影在另一邊把玩小石子。小童的身影在看見璐安後也靠近玻璃窗戶，這樣一來，璐安的臉便和小童的臉貼在一起。

「你爲什麼要騙我？」璐安小聲問。

聲音震動玻璃，小童將耳朵貼在玻璃上，似乎眞的聽見了璐安的話語。

「我不喜歡你有哥哥。」小童低語：「你那麼喜歡他，好像就不會喜歡我了。」

「那是兩件事。」

「是嗎？所以你現在不肯見我，不是因爲他？」

「阿巴刻說我不能跟你玩，昨晚我就跟你說過了，晚上阿巴刻會回來，他看見我不在會生氣的。」

「嗯，你的確說過。」小童背靠著門在另一邊緩緩坐到地上：「所以你再也不能跟我玩了嗎？」

「也許等議事結束吧。」璐安回答。

「議事結束你就要走了，別以爲我不知道。」

眼看小童似乎又要激動起來，璐安不再說話，小童意識到這點，也安靜了好一會兒，再次開口時語調已趨於和緩。

「我今天是來道歉的啦。」小童說：「昨天不該把你丟在那裡，很抱歉。」

「沒關係，我原諒你。」璐安不知道自己還能說些什麼，他想到昨晚他們分開的原因，便道：「你知道嗎？我不覺得你是壞掉了還是怎樣……只是你有時候會有一種很像野獸的表情，那讓我有點害怕。」

小童沉默不語，璐安以爲他生氣了，但過了幾分鐘，小童再度開口：「我懂你意思，以前我有很多朋友，我的頭被怪東西弄破後，那些朋友就不再理我了，他們說我常發瘋，瘋起來就像動物，有時玩遊戲我輸了，突然就控制不住脾氣，把他們弄傷……可是我不會這樣對你，因爲璐安你是我最喜歡的人。」

璐安低著頭，沒有發現自己正在微笑。許久以後璐安才說：「你也是我的朋友。」

門外傳來一陣明亮的笑聲。

「璐安，我今天本來想找你幫我做一些準備，但你沒辦法就算了。」小童沉下聲音，語氣詭譎：「如果可以，後天的黃昏時分你到遺跡聚落外的森林來，我想讓你看一場好戲。」

璐安有點無奈，他才剛對小童解釋自己不能和他碰面，可現在他又要求自己前往森林？璐安剛想婉拒，小童卻急切地說：「你一定要來！不會花太久時間，你天黑前就可以回到這裡，好嗎？」

「好吧。」璐安輕聲答應，旋即聽見小童的歡呼，他又和璐安說了好些話，包含泰邦現在仍平安無虞，要璐安別擔心，這才蹦蹦跳跳地跑走。

璐安躺回床上，再次思念泰邦。前往遺跡聚落外的森林和小童碰面已不再是爲了取得泰邦訊息的手段，他心中同時懷著歉疚和期待，不過泰邦很好，不論阿巴刻或小童都這麼對璐安保證，那麼璐安想他是否也能稍微放鬆一點，讓自己擁有朋友？他也能像一般人那樣和朋友玩耍嗎？懷著這樣的希望，璐安將頭埋進被褥裡，以掩飾他臉上大大的笑容。

泰邦作了一個夢。

他已經好久沒有作夢了，自從還在部落他夢遊失魂，正常的夢境便離他而去，如今他終於再次作夢，夢見了小時候的事情。

璐安還幼小，母親坐在炭屋的床邊，一邊哼歌一邊用粗線縫製衣裳，母親的胸前掛著項鍊，項鍊墜飾的部分是一小塊圓形的鏡子，夢裡，泰邦對母親說了些什麼，母親的笑容就變得有些奇怪，她拾起項鍊墜飾，猶如要逗弄泰邦那樣，將小圓鏡放在眼前，從後方對泰邦眨眼，泰邦便格格笑起來，母親上前擁抱他，泰邦隱約看見項鍊墜飾上刻畫的奇特圖樣，他努力想看清楚，可是卻怎樣也看不清。

泰邦醒來時眼眶裡滿是淚水，彷彿遺忘了重要的事情，他從床上起身，毫不猶豫地推開屋門走入夜晚，夜裡沁涼如水，他下意識往阿蘭的住所走去，直到看見阿蘭院落中的三棵梅樹，他才冷靜些許。

「怎麼了？」淡然的聲音從身後傳來，泰邦回頭，看見披散著長髮的阿蘭從遺跡中走出，她似乎剛睡醒，手拿油燈，白皙的臉不像白天時看到的那樣，總是敷上層層脂粉，阿蘭此刻的臉蛋極爲素淨，五官也是清清淡淡，幾乎難以給人留下印象，泰邦卻覺得比起濃妝豔抹，這樣的裝扮更適合她。

「抱歉，吵醒你了嗎？」泰邦有些不好意思，他看著梅樹上的花朵，內疚依然潛藏於話語：「你的傷怎麼樣了？」

「每天都比前一天更好。」阿蘭走到門檻邊坐下，招呼泰邦坐在自己身邊：「你看起來不太好。」

「我作了噩夢。」泰邦喃喃地說：「一個奇怪的夢。」

「還有一點時間，你要跟我說說嗎？」阿蘭輕問。

泰邦卻搖搖頭：「我忘了。」他左思右想，接續道：「有一個人……她想說服我一件事情，可是她知道無論如何都會失敗，所以她騙了我，在夢裡，我其實已經相信她了，就算我知道事情的眞相不是那樣，我也接受，我想告訴她，可是我無法說話，只能讓她再一次……」泰邦的頭突然痛了起來，他閉眼等待疼痛消退，再次張開眼時，看見阿蘭正關切地看著自己。

「我沒事。」泰邦說話的同時，肚子發出一陣咕嚕聲，他不禁脹紅了臉，阿蘭卻笑了。

「反正我也要做早飯，你在這裡等一會。」

泰邦於是坐在門檻上等待，此時天空已微微泛藍，即將破曉，周遭寂靜非常，即便是泰邦那靈敏的耳朵，也幾乎不能捕捉到風聲以外的聲響。從那晚之後，泰邦有時仍會在夜裡聽見飄蕩在晚風中的痛苦哀號，但泰邦再也沒有前往那幢方形建築。現在對他來說，安靜就意味著阿蘭不用前往照顧軍代表，也就不用擔心她是否又會被軍代表責打。

屋內傳來生火的聲響，阿蘭翻動炒鍋、倒油煎肉的聲響，隨之而來陣陣香味。遺跡人料理食物的方式和山區部落很不一樣，泰邦記得他和璐安還在炭屋時，最常製作的食物就是燉肉、小米粥和肉乾，肉乾容易保存，還可以重複烹煮，泰邦也曾將肉乾放在水裡煮軟後食用。在部落，泰邦總是滿心想著該如何塡飽肚子，沒有思考過如何讓食物更好入口，調味上除了鹽和山胡椒等香料以外，頂多就是加一些有藥效的草葉、植物根莖。遺跡的食物則經過精細的烹調，雖然食材不很新鮮，卻以強烈的調味掩蓋食物本身的土味或腥味，泰邦認爲是很聰明的作法。

阿蘭做好了飯，要泰邦幫忙在神壇前擺好桌椅、擺置碗筷。隨後阿蘭先開始祭拜金雞皇帝的儀式，泰邦在阿蘭的指點下幫忙點香，敬拜後將香插至香爐中，等香燃燒一半以後，還要擲兩片紅色的木片到地上，紅木片呈現出的模樣似乎決定了祭拜是否完成。直到儀式結束，兩人落坐，阿蘭教導泰邦如何使用木筷，他們安靜地用餐，晨光漸漸灑入植有梅樹的院落，萬物一點一點亮起來。泰邦在部落時吃飯的速度就很快，當他吃完，阿蘭仍用筷子拈起一片菜葉細嚼慢嚥，泰邦百無聊賴，好奇看向煙霧瀰漫的神壇。

「爲什麼是雞呢？」自言自語般，泰邦問著。對於遺跡經常可見雞首人身的神像，他始終感到奇怪。

「因爲雞是金家的**巴利**。」阿蘭道，同時用難以置信的眼神看著他：「你什麼都不知道嗎？保留地、邊界之外的世界？還有五大家族以及他們的家傳巴利？」

泰邦搖搖頭：「我連巴利是什麼也不曉得，雖然我覺得聽起來很像某個部落的語言。」

「巴利就是獸靈的意思。」阿蘭抿唇思索，同時手指沾取杯裡的水在桌上畫線：「邊界外是都市區，都市區和保留地同處一塊土地：灣島，灣島從來沒有過巴利，所以五大家族的巴利是從另一國家輸入的外來種，以前軍方裡很多人包含軍代表，全部來自五大家族。」

雖然阿蘭說明得很詳細，卻同時參雜了太多訊息，以至於泰邦的思緒仍停留在她最初的那句話。而單單只是那句話，就讓泰邦十分震驚。

「你們的信仰裡面也有**伊古**嗎？」泰邦問：「你們稱作獸靈，但我一直以爲，那是軍方用來稱呼我們傳說故事裡的伊古，可是原來你們的傳說故事也有像伊古那樣的生物嗎？」

阿蘭看著泰邦，有那麼一瞬間，阿蘭看起來像是不願繼續說下去，但她只是嘆了口氣道：「我們的傳說故事裡也有你們所謂的伊古，那幾乎就像是……眞實存在一般。」

其後阿蘭思考了很長一段時間，彷彿接下來的話很重要，必須謹愼考慮。最終，她小心翼翼地解釋：

「五大家族各自有信仰的獸靈，被稱作五靈教。五大家族中權力最大的是金家，金家信仰的獸靈是金雞，金家主神有金雞皇帝、金雞神女。其他四個家族還有朱家、古家、劉家跟高家……朱家是豬，信奉豬首菩薩，劉家是牛，供奉牛眼大將軍，高家是狗，供奉山犬神，古家是老虎，信奉虎娘子。每一種都擁有不同的特性，譬如豬首菩薩主管生育，牛眼大將軍是忠誠等等，傳說中，五大家族各自有一件和獸靈相關的寶物，用珍貴的材質製成，譬如黃金、瑪瑙、琥珀等等……這些寶物具有不可思議的力量。」

「不可思議的力量？」

阿蘭聳聳肩：「改變人的想法、使人得到野獸般的力氣，大抵如此，不過這都是傳言。」

泰邦點點頭，他能夠理解信仰獸靈，卻無法明白既然如此，爲什麼軍方要禁止他們說出伊古一詞。

「在這裡說出跟獸靈有關的詞彙，會被處罰嗎？」泰邦試探地問。

「不會，但這跟遺跡語言或山區部落的語言無關，只是因爲這裡沒有受到軍隊的監視罷了。」阿蘭看著院落中的梅樹，眼神變得遙遠：「這是爲什麼有一天我要跨越邊界。」

泰邦第一次聽見有人帶著嚮往和著迷說出如此禁忌的話語，若是在遺跡外，讓軍隊聽見邊界一詞都會遭到處決，這讓他想起同樣跨越邊界而失敗的父母，他突然爲阿蘭的渴望產生不安，猛地伸手抓住她的肩膀：「不要。」

阿蘭有些驚訝，卻沒有被泰邦嚇到，反而冷靜地看著泰邦，像是無聲詢問原因。

「你們爲什麼都想離開？我爸媽也是，他們都想跨越邊界，可是……邊界外到底有什麼？爲什麼就算犧牲性命也要前往？」

「邊界外有你想像不到的自由和幸福。」阿蘭回答：「你可以前往任何地方，爬最高的山，潛入最深的水中，那裡沒人會監視你，食物更容易取得，你需要光的時候就有光，想要黑暗隨手就能驅走光亮，最重要的是……眞相，你會得到機會知曉一切，還有學習，在邊界外學習是再普通不過的事，因爲學校廣設，有給小小孩的學校，有給大孩子的學校，甚至是給大人的學校，學得愈多你就愈偉大，最終你會成爲給予別人知識的人，而你也會開始擁有祕密，那些祕密構築了一整個都市區，那是屬於聰明人的國度。」

「你爲什麼會知道這些？」泰邦語調顫抖地問。

「在軍大人身邊做事一定會聽到外面聽不到的事情。」

泰邦此時心緒紛亂，已然無法好好思考，不知爲何阿蘭的話不斷讓他回想起和璐安的相處。

他總是說想去很遠的地方。

他很聰明，能認得外鄉字。

他喜歡聽故事，喜歡畫畫。

泰邦突然有了一個念頭，假如他費心將炭屋營造成能夠收容璐安的唯一空間，卻不知道保留地外有一整座城市能讓璐安過得幸福，那他將是一個多麼糟糕的哥哥啊……這僅僅一瞬間的思緒，卻在泰邦的心中生根發芽，這時的他還不知道，小小的種子將如何成長茁壯、開花結果。

「我想離開保留地。」阿蘭突然細細說起：「我的父母死了，之後我就是孤兒，這邊的人根本看不起我，那時被他們弄出來的傷比現在還嚴重，至少軍大人會小心別把我打死……軍大人上任後需要人服侍，我是自己跑來的，只要跟著軍大人，我就能得到很多都市區的資訊，我會做好準備，有天離開這裡。」

泰邦似乎放棄了，他鬆開抓住阿蘭的手，低垂著頭道：「這是你的選擇。」阿蘭凝視泰邦許久，搖了搖頭，兀自從餐桌邊起身收拾碗筷，整理好後，她獨身走向院落。「跟我來。」阿蘭站在梅樹下呼喚泰邦：「時間還早，我想讓你看點東西。」

泰邦不明就裡，只見阿蘭很堅決，她扭頭走向位於院子角落的一條小徑，示意泰邦跟上。泰邦唯有跟隨，走入一條如同獵徑般沒有鋪上石磚，僅有細碎落葉的小路，路上倒是很平坦，愈走愈不見有前人走過的痕跡，小徑兩側種滿了梅樹，這兒的梅樹並不開花，光禿禿的枝頭顯得寂寥，阿蘭卻像是十分熟悉一般輕快地行走。沒過多久，梅樹群中出現一塊空地，空地上坐落著一棟遺跡，不如遺跡聚落的任何遺跡來得工法華麗，卻無來由的讓泰邦感到敬畏，或許因爲遺跡是淡雅的木造建築，木頭本身散發著柔和的清香，令泰邦聯想到聖山。

「這是什麼地方？」泰邦問，他害怕又闖入禁忌之所。

阿蘭卻道：「這裡是軍大人絕對不會來的地方。」

再無更多解釋，阿蘭推開滿是蜘蛛網的門，裡頭竄出幾隻蝙蝠，盲目地飛向逐漸亮起的天空。

兩人都進入遺跡後，阿蘭立刻將門關上，於是遺跡內唯一的光源就成了隱隱照入的晨光，飛舞的金色灰塵徐徐飄落，阿蘭摸索著地面撿起一樣東西，她拍打了幾下，喃喃自語：「不曉得還有沒有……」隨後一道光從阿蘭手中的物體噴射出來，泰邦瞠目結舌。無論在部落或遺跡聚落，光源始終只能來自油燈或柴火，這是他第一次見到無須燃燒火焰就能創造光的情形，而這光是如此純粹、均衡，彷彿被生產出自己的物體謹慎控制。

「這裡是擺放不小心掉進保留地的……屬於都市區的東西，包含這個手電筒。」阿蘭道：「有些是上一任軍代表留下的，也有一些是從拾荒者那裡扣留的，有些則是不知道爲什麼出現在保留地的，嗯，以及軍大人不喜歡的東西，通常每隔一段時間就會被送往垃圾場，在那之前就先堆在這裡。」

「手……筒？」泰邦問道：「這裡面有火種嗎？你的手直接拿不會燙嗎？」

阿蘭笑著搖搖頭：「不是那樣運作的。」

她將手電筒指向其他遺跡內物品：「大部分的東西都不能用了，有些還保存著一點點電力，如果有電池，我也會特別留下來，你就想像成這東西裡裝著閃電吧，都市區許多地方都需要電力，沒有電就無法運作，像是那台電視機，雖然螢幕損毀了，但原本能夠播放出不少節目，你能見到許多小人在裡面跳舞。還有那個大箱子，在都市區，人們用這種箱子保存食物，可以放很久都不會壞……」

儘管阿蘭詳細解釋，卻由於物品本身破損毀壞，完全無法使用，乍看之下也僅僅是廢棄物而已，泰邦並未覺得特別稀奇，只在阿蘭手中的燈光照向建築深處時，無數成人般高的神像或斷手斷腳、或破裂翻倒，堆疊如小山般高，這些神像的臉讓泰邦有一瞬間的震驚。

「璐安？」

然而不是，只要稍微仔細觀察，就會發現那神像的五官和璐安也只有三分相似而已，再者神像的體態看起來應是成熟女子，更與璐安幼小瘦弱的模樣毫無關係。

「這是軍大人最厭惡的神女像。」阿蘭淡淡地道。泰邦想，自己是太過思念璐安了，加上光線暗淡，才會將神像的臉看成弟弟。

他們繼續向前走，跟隨手電筒光線的指引，泰邦意識到這幢遺跡有多大，神女像幾乎無處不在，猶如鬼魅般以破碎殘缺的樣貌散落各處，神像的動作表情有些巧笑倩兮，有些肅穆莊重，絕大多數根本看不出情態。還有各種各樣的物品堆積在角落，勉強於中央清出一條小路，他們小心走過，盡量不踩到任何東西。除了神像，映入泰邦眼簾的物品大多灰敗殘破，無論他再怎樣凝神細看，也無法得知其獨特之處。

「很無聊吧？也是，保留地沒辦法使用這些東西，所以，我打算讓你聽。」阿蘭一面說，一面帶泰邦往遺跡更深處行進，愈往內走，小路便愈窄，直到最後由奇形怪狀的絨毛玩具堆滿。玩具模樣大多是動物，卻以誇張的方式強調動物的特徵，又或者將動物的特徵消除，強調人類的形象，反而讓這些玩具看上去不倫不類。

阿蘭坐了下來，不知從何處摸出一個手指大小的金屬方塊，上方連接著細長的線，線底端是一小塊塑膠粒，將塑膠粒放在耳朵裡，裡頭會傳出泰邦不曾聽過的聲音。

「這是邊界外的音樂。」阿蘭說。

他們半躺在滿是絨毛玩具的地板上，爲了不讓塑膠粒掉落，只能頭靠著頭，泰邦毫無準備，突然就墜入了另一個世界，那個世界是如此純粹，聲音複雜多樣，聲音是旅行、飛翔和跳躍的整體。充滿情感，同時也毫無情感，然而泰邦仍被感動，這些音樂不同於部落的音樂。部落的音樂總是指向某些特定的意義，可或許是泰邦不懂邊界外的世界，以至於邊界外的音樂對他來說是沒有任何指涉意味的，只有純粹的美，動人，繁複，如果你不理解，它也不在意，只是繼續流動，就像一條沒有形體的河流，綿長無盡，彎彎曲曲地延伸到海洋，但如果你願意跟著它走，你的靈魂會被牽動，在某一刻，泰邦甚至覺得自己飛上雲霄，就好像他的心裡住了一隻雲雀似的。

小小的金屬塊內藏著無數首來自外面的音樂，有些音樂有人會跟著歌唱，有些則沒有，有些又像是反覆念誦一般，充斥著特殊的韻律和節奏。一首歌停止，停頓，而後下一首歌繼續，這是一首十分古怪的歌，聲音聽起來沙沙的，一名男孩稚嫩的嗓音輕輕地哼。

泰邦不知道唱歌的人正唱著什麼，卻深受吸引，那語言是泰邦從未聽過的，那些聲音是山林裡完全沒有的，卻似乎模仿著雨，模仿著隱晦的事物，模仿不欲人知的祕密，那讓泰邦感到有些傷心。他閉上眼睛，仔細聆聽。

終至金屬塊失去了唱歌的力量，他們不再能聽到任何聲音，泰邦和阿蘭並肩坐在成人般高的絨毛玩具堆裡，無言地回憶剛才聽見的「音樂」。泰邦想說些什麼，可是他無法以言語描述，最後只能沉默。此時阿蘭打開被稱爲「手電筒」的物品，在牆上投射出巨大的光源。

阿蘭將手放在手電筒前，她的手連帶著在牆上投射出影子，阿蘭合攏四隻手指，翹起拇指，投射出的影子就像一隻狗的頭。「汪汪。」阿蘭說，小指上下移動，就好像小狗在汪汪叫一樣。泰邦微笑，憂傷轉瞬間消散無蹤，他合攏手指，做出蛇般模樣，佯裝攻擊阿蘭的小狗。

蛇與狗的影子在牆上展開大戰，兩人玩得不亦樂乎，從窗子灑入的陽光愈發耀眼，阿蘭手中的手電筒也驟然失去光亮，阿蘭拍了拍身上的灰塵站起身來。

「該走了，我得去準備議事廳，你就回去休息的地方吧。」阿蘭說。

泰邦感到悵然若失，一想到要返回外頭面對不知未來的夜晚，他有些不安，可他不想給阿蘭帶來麻煩，是以跟著站起來，他一手撐著地板，手指碰觸到了某個東西，讓他心跳加速。即便是在黑暗中，那東西的輪廓與質地仍舊能喚起他的回憶。

那是一樣扁平物品，外邊圍繞著不規則的一圈金屬裝飾，中間鑲嵌著如結冰表面的平滑圓片，大約是成年人手指與拇指相碰形成的大小，泰邦一碰觸就知道那是什麼，並爲此心慌。

「怎麼了？」阿蘭此時已走開很遠，由於光線稀少，她只能慢慢地、摸索著往前走，見泰邦沒有跟上，她扭頭看去。

「沒事。」泰邦來不及說些什麼，他也不知道能說什麼。「這是我母親的東西」、「我不確定」、「我不記得了」、「可是碰觸到的時候」、「我就知道」、「這是我母親的遺物」他吞嚥下這些話語，只是把東西塞進衣袋內，隨即跟著阿蘭離開。

阿蘭送泰邦回休息處，接著再無任何言詞，她前往議事廳準備今日的議事，留下泰邦獨留屋內。泰邦爲此感到慶幸，也有一絲怪異，他心想怎麼可能會那麼巧呢？他的手在衣帶內撥弄著那東西，深呼吸好幾次，才終於下定決心將東西取出來。當泰邦張開手掌，鑲嵌於中央的小圓鏡令泰邦感覺如此熟悉，他翻動鏡子，頭便痛了起來，像是即將想起一件不太重要，但也不應該遭到遺忘的事情。

泰邦突然有種感覺，這樣東西從未屬於母親，這不是母親的遺物。可是有另一種意念與之抗衡，在泰邦腦中浮現模糊畫面，像是夢境，夢裡的母親用圓鏡墜飾逗弄著他，也逗弄著璐安。

泰邦驟然丟下那東西，直到頭痛終於減輕了一些，他才重新拾回圓鏡，僅僅是幾秒鐘的時間，泰邦毫無意識地選擇相信這樣物品屬於母親，在那幢幾近無光的遺跡裡，悄悄藏匿著母親與父親逃亡時曾落下的一件東西，既是悲劇的證明，也是意外的巧合，卻是這樣的偶然使泰邦相信亡靈的存在，母親即便死去，也仍在他身邊守護著他。因此這是母親留給他的，並要他在此時此地取得，泰邦如此相信。

泰邦翻動圓鏡，發現鏡片底部鐫刻著一個古怪的圖騰，那圖騰十分奇異，乍看之下像是一隻即將展翅高飛的鳥類，泰邦專注凝視時圖騰的線條會黯淡下來，讓他怎樣也看不清，除非用眼角的餘光去看，不直視，他才能看見圖騰，可是即便如此，以眼角觀看的圖騰仍是不清楚的，這讓泰邦困惑，看這圖騰就好像看太陽一樣，直視久了，眼睛還會感到疼痛。

這圖騰莫名地讓泰邦想起曾在巨大廢墟內看見的紅色圖樣，那人臉和受虐的動物……只是若廢墟中的圖樣是大聲疾呼自己所象徵的意義，圓鏡墜飾上的圖騰便是緊守祕密，甚至爲了讓人遺忘，不惜使出些小詭計。

泰邦搖了搖頭，不敢置信自己竟認爲這些圖騰或圖像有任何關聯，甚至還像是有自己的意志一樣，會使計操控凝視者。泰邦將圓鏡墜飾與其他在外面撿拾的小東西一同放在床邊，決定暫時不再思考，他頭痛欲裂，閉上眼睛眼前便浮現母親的臉和紅色圖樣。不過，母親的臉是一張什麼樣的臉呢？應該是屬於部落人的黝黑臉孔，可是記憶中一閃而逝的臉始終白皙帶笑，非常奇怪，泰邦想近一些看，再想清楚一點……泰邦在詫異與昏沉中發現，他居然想不起母親的模樣……

與小童約定的那天，璐安很早便醒了，甚至在他醒來時，阿巴刻還沒穿好衣服離開休息所。見璐安已經睜開眼睛，阿巴刻安撫式地拍了拍璐安的手臂：「再多睡一會兒。」像是一句咒語，璐安再次感到睡意朦朧，可是他仍掙扎著要求：「泰邦……要跟我說泰邦的事喔……他……」

「沒問題。」阿巴刻儘管這樣回答，語氣卻有著說不出的憂心，璐安聽見阿巴刻在說：「我也希望，可是你的那個朋友……有兩天沒來傳遞消息，你知道他怎麼了嗎？」

璐安有些不快，他怎麼可能會知道呢？他想如此回嘴：當初可是你要我別跟他來往的呀。然而阿巴刻沒有等待璐安的回覆，似乎是認爲璐安已經再次入睡，他放緩動作離開休息所。

璐安在睡眠中飄蕩，他不曾作夢，只隱約覺得自己睡得並不熟，透過半闔的眼皮他看見屋外的陽光從柔和到強烈，而後再漸漸轉淡，有那麼一瞬間，他甚至聽見了小童的呼喚，但璐安不確定。最近發生的事情太多，他總是睡不好，再次睜開眼時，璐安已經看見夕陽的橙紅色微光。

他驚恐地跳下床，隨意套上遺跡人的衣服，接著推開休息所的門拔腿奔跑。璐安不想失信於小童，不僅僅因爲他是自己少有的朋友，也因璐安有股預感，小童想做的事情有可能就和他帶自己與金屬怪物玩耍那樣瘋狂。

璐安一路跑過聚落中心，離開城門時由於時間已晚，守門人質疑他此時離開遺跡聚落的原因，璐安很清楚自己一旦開口說話，那屬於部落人的口音便會讓他露出馬腳，他只能不斷搖頭，手指向逐漸被陰影籠罩的遠方森林。

「有東西忘在外面？」守門人問。璐安點頭，和小童在遺跡聚落四處亂跑的結果，就是讓璐安知道遺跡人的日常生活，尤其遺跡人的孩子白天會被大人分派工作，到聚落附近的森林中進行採集，撿拾可食用的菜葉、果實，就和山區部落差不多，因此璐安佯裝啞，以手勢表達自己將採集工具忘在森林裡，以至於被父母責罵，非得讓他趕在日落前撿回工具不可。

「好吧，但一定要在日落前回來，最近軍隊又開始在附近巡視了。」守門人放過璐安，他再次點頭，並對守門人鞠躬，這才慌慌張張地跑向森林。

順著過去與小童玩耍的路線，璐安在森林中走了好一會，卻不見小童的蹤影，天色愈來愈昏暗，森林中尤其如此，樹影很快讓璐安再也無法看清楚周遭環境，璐安有些迷失，只能抱著膝蓋蹲下身，小心翼翼抬頭仰望天空。

他嘗試從太陽的方位辨明方向，可是四周林木茂密，幾乎遮蔽了穹蒼，他正驚慌失措時，一隻蒼白小手從陰影裡拉住璐安的衣領。

「你怎麼現在才來？」小童躲在樹叢裡，將璐安拉到自己身邊：「過來這裡，等等一句話也別說。」

璐安想問他到底要讓自己看什麼，小童的表情卻是前所未有的嚴肅，他見璐安似乎想說話，只是搖了搖頭，示意透過樹叢枝葉縫隙中窺看。

璐安靜靜等待，他曾與泰邦一同到山林狩獵，因此懂得如何長時間維持同樣的動作且不發出聲音，然而隨時間過去，小童側臉散發隱隱興奮的神情，讓璐安更加不安，只因小童看上去除了期待以外，那張白皙臉孔同時也帶有一絲殘酷噬血。

「來了！」小童低喊。

璐安順著小童所指之處看去，竟見那一晚在拾荒者市集中遇見的幾名男子，此時揹著布包以及幾樣工具正魚貫走來。彷彿計算好了一般，他們在距離小童和璐安不遠處放下包袱，將工具一一置於地面，其中幾人取出防水布和支架開始紮營，有一人熟練地生火，他們一邊忙碌一面閒聊。

「小童那傢伙說的是眞的吧？」那名最初在市集上攔下小童的男人道：「以前我們只要知道禁詞，就可以避開軍隊進到垃圾場，現在如果眞有可以讓軍隊聽命的詞彙，那我們豈不賺翻了？」

「那小鬼就跟他父親一樣不誠實。」另一名男子回應：「他說要試給我們看，也不曉得會不會出現。」

「我們大可等到太陽完全落下，他要是食言，我們趁夜殺到他家威脅一番，哪還有不聽話的？」

或許是晚風寒涼，璐安有些發抖，小童脫下身上的外套披在璐安身上，面對璐安疑惑的目光，小童對他笑了笑，輕聲要璐安別動，接著兀自走出他們藏身的樹叢。

「你們說要殺到誰家？」小童笑嘻嘻地問：「我可沒打算放你們鴿子。」

男人們發出笑聲，一名正把玩小刀的男人故作親暱地將小童拉到他們圍成的圈子裡：「哪裡的話，只是開開玩笑罷了。」

「是啊，你父親跟我們是老朋友了，你父親……他可是軍大人欽點的代理人，我們哪敢威脅他呢？」

小童並無言語，不動聲色加入男人閒談的圈子，同時不斷看向另一端樹林，彷彿正等待著什麼。

「話說回來，真有能夠控制軍隊的詞彙？」生火的男人問。

「有的，等等我示範一次，你們就明白了。」小童悄悄將手按在地面，感受來自不遠處的微小震動，他臉上的笑容擴大：「很快就來了，只需要再一點點刺激。」

男人們面面相覷，臉上露出困惑不解的表情，但那表情很快便消散了。

因爲小童在這時問了他們一個問題。

「話說回來，之前的工作不順利嗎？」小童問：「你們好久沒回來遺跡聚落了。」

「是啊，**垃圾場**被看守得更加嚴格了，那邊的**軍隊禁詞**甚至每十分鐘就更新一次，你之前幫我們測出來的**禁詞**等於沒有作用了，我們好不容易才逃回來。」

「唔，聽起來是個精采的故事，再多說一些吧。」小童露出孩子氣的表情，央求他們多說一點。

男人們彷彿被逗樂了，臉上的表情更加不懷好意：「你是說眞的嗎？這精采的故事開頭可是讓你痛不欲生哩，還是說，因爲頭破了洞就把那些都忘光啦？」

小童傻笑著聳聳肩，再次看向另一方向。

「是那樣的吧？我們準備要離開遺跡聚落，到**垃圾場**再幹一票，之前就聽說**禁詞**更新得更嚴格了，我們帶你一起前往**垃圾場**附近，你替我們做了測試，記得嗎？」男人用手肘擠了擠小童。

小童不好意思地點點頭，他手掌平貼地面，此時若細心觀看，就能發現地面正肉眼可見地輕輕震動。

「你測試出好幾個**禁詞**，眞不知道你腦袋裡怎麼會有如此多的詞彙，有些我都還沒聽過呢，可惜你在測試出最後一個**禁詞**的時候，我們丟下你跑了，記得嗎？」男人說到這裡，突然戲謔地拍了拍小童的腦袋，低聲嘲笑道：「記得嗎？**傻子**？」

「嗯，我大概都記得，只是當時我的頭流了很多血，不太看得清楚……你們跑向哪裡？」

「**邊界**的**垃圾場**啊！」男人們紛紛大笑：「你不是認眞的吧？當時你就那麼眼睜睜地看著我們跑掉，

你眞的完全不記得啦？」

男人們的笑聲掩蓋了空氣裡的震動，躲藏一旁的璐安卻能感覺得到，那熟悉的爬行振幅與令人毛骨悚然的嗡嗡聲，正以極快的速度朝他們靠近，男人們驟然停止了笑，像是老鼠聽見蛇爬行的聲音，強烈的恐懼攫住他們，他們毫不猶豫起身逃跑，可是一切都太晚了。

璐安不敢看接下來的畫面，那是他無從想像的血腥殘暴，金屬尖刺一一貫穿逃脫不及的男人身體，一陣濃郁的鐵鏽味竄進璐安鼻腔，讓他胃部翻滾，朝地面頻頻乾嘔。

「璐安，沒事了，已經結束了。」小童燦爛的笑臉探進樹叢中，試圖安慰璐安，可他臉頰上沾染的血跡卻讓璐安更加難受，他走到一旁繼續嘔吐。小童並不介意，他給璐安一些時間重拾呼吸，同時在靜止不動的金屬怪物旁檢視四散的血肉肢體。

每當金屬怪物略有移動，小童便懶洋洋地說出那些能讓它停止不動的詞彙，然而或許是剛進行殺戮不久，通常只需要一次詞彙講述就會停下來的金屬怪物，這次不斷在靜止後幾分鐘內移動。

「**瑪瑙**、**琉璃**、**琥珀**、**玉玦**、**黃金**。」小童一遍又一遍地說，同時對璐安招手：「你還有力氣嗎？能不能幫我處理這些人？」

璐安滿臉淚水地猛搖頭，他沒有預料到會目睹這樣的慘況，在他眼中，小童比過去的任何一天都更加瘋狂，他好害怕，卻不知道該怎麼從小童面前脫身。

「璐安，我現在很開心，所以不要讓我不高興比較好。」小童靠向璐安，伸手撫摸他的頭髮：「我平常都很努力忍耐不要生氣，但如果我太興奮了，就很難控制脾氣，很有可能上一秒還很開心，下一秒就生氣……璐安，我不想對你生氣。」

璐安吸著鼻子，越過小童肩膀看見頭頂閃爍紅光的金屬怪物，突然之間紅光轉換爲藍光。璐安想告訴小童，事情不對勁，因爲金屬怪物再次動起來，朝他們緩慢爬行，並對小童舉起散發冷光的金屬尖刺。

「小童……小童！」

「**琉璃**、**瑪瑙**、**黃金**、**玉玦**、**琥珀**。好了，別嚇成這個樣子，我不會傷害你。」

小童說出了能讓金屬怪物停下來的詞彙，同時試圖展臂擁抱璐安，可璐安不斷掙扎，他想告訴小童金屬怪物頭頂的燈不是紅色，而是藍色。小童卻不肯聽，他對璐安的掙扎感到憤怒，於是一把推開璐安，張開嘴，彷彿想說些什麼。

小童什麼也沒能說出來，因爲下一秒，金屬怪物的尖刺已然穿透小童的胸口。

小童望著從自己體內長出的尖刺，除了沾染他的血，也散發冷冽寒光，小童呑嚥著從喉嚨深處湧現的液體，最終還是支撐不住，吐出血沫，在金屬怪物抽出尖刺時發出一聲輕柔的嗚咽，隨即倒入璐安懷中。

璐安抱著小童，金屬怪物湊向他們，頭頂發光的藍色小點就像人的眼睛，璐安愣愣地看著那藍色的光點，嘴唇顫抖。他想逃跑，可是小童還在這裡，還有一點點呼吸，璐安下意識閉氣，驚恐不安的表情倒映在金屬怪物光滑的頭部表面。

「滾……滾開。」璐安花了好長一段時間才找回自己的聲音與力氣，當他開口時他訝異自己聲音裡的沉痛和憤怒，那憤怒卻彷彿給了璐安力量，他張嘴叫喊：「滾開！你已經刺傷他了！不要再……不要再刺他了……求求你……他是我的朋友……」璐安的聲音漸漸低微：「是我唯一的朋友。」

金屬怪物似乎「看」著璐安好一會兒，接著轉身離開，就像它確實聽見了璐安的請求一般。

璐安的手抖個不停，但仍小心翼翼讓小童平躺在地，他思索泰邦教導過他，野地裡怎樣的植物具有止血效果，然而當璐安看見小童胸口飯碗大小的血窟窿，他完全絕望了，只能握住小童茫然揮向空中的手。

「璐安……」小童呼喚著，卻不像是眞的在呼喚，他嘴裡喃喃著細小的詞彙，璐安必須將頭貼近才能聽清：「璐安，你也覺得……我是壞……壞的嗎？」

璐安猛搖頭。

「我沒有壞……我是好的……」忽然之間，小童像是陷入了譫妄，抑或是某種出塵離世的幻象，他猛地緊握璐安雙手，眼睛一瞬也不瞬地看著璐安：「神、神女……爸爸說，如果人活著時多做好事，死去以後神女就會來接我，我是好的，不是壞的。」小童凝視璐安的臉，鬆開緊握著的手，輕輕在胸前合起雙掌，沾血的唇角上翹，露出有虎牙的微笑：「祢來接我了嗎？神女大人……」

璐安不知道自己在森林裡待了多久，又或者阿巴刻是否已回到休息所，他抱著小童逐漸冰涼的身體，哭泣著直到眼睛刺痛、再也流不出淚，最終他放下小童，哆嗦著站起身。璐安不想就這樣把小童留在森林，可是他也無法帶小童回遺跡聚落，恐怕一走進城門就會被守門人攔下來了。璐安只能在樹林中蒐集許多落葉，將落葉覆蓋住小童的屍體。璐安想了很久，從衣袋內拿出小童送給自己的金雞神女塑像，將塑像輕輕放在小童身旁，其後他麻木地走回原本藏身的樹叢。

璐安發現小童早先披在自己身上的外套乾乾淨淨地遺落在那兒，他脫去身上滿是鮮血的衣服，撿起外套穿好，勉強能遮住剩餘的點點血污。璐安渾渾噩噩地走回遺跡聚落，由於天色已暗，守門的人除了要他趕緊回家以外，並沒有刻意阻攔他。璐安仰望天空，看著深藍夜空裡的星星，慢慢走回軍代表的遺跡。

璐安一面走一面想：我曾經擁有朋友，就在不久之前，他還活著，他叫做小童。

回到休息所，璐安意外地發現阿巴刻還沒有回來，他立即藏起小童的外套，並用休息所內的水盆清洗身上的血跡，他的手顫抖得很厲害，端著臉盆裡的髒水到外頭傾倒時甚至差點失手弄翻。最終璐安好不容易將自己整理乾淨了，整個人卻仍如受驚的動物般，只要聽見一點風吹草動便簌簌發抖，璐安仍然聞得到血腥味，他低頭看自己的雙手，彷彿他的手還浸泡在小童的鮮血中，璐安突然覺得，儘管小童並不是他殺害的，可他感受到與之相同的負罪與骯髒，他永遠也無法擺脫這種髒污的感受。

璐安將身體蜷縮在休息所房間的角落，不敢上床，擔心可能會有遺漏的血跡弄髒床單，他環抱自己，輕輕念著泰邦的名字，有那麼一瞬間，他覺得再也受不了了，好似就要和小童一樣陷入瘋狂，他多麼希望此時此刻泰邦在自己身邊。

✲

灰暗的方形房間裡，數不清的發光螢幕陳列在男人面前，而男人此刻坐在寬大的座椅中，戴著的面罩與平素戴在下半臉部的面具並不相同。面罩連結著一旁笨重的儀器，他只消稍微移動那雙藍色的眼睛，就能透過儀器操控遠方的數架機器行進。

或許稍早他剛完成例行性的巡視，現在由於過度使用感官而十分疲憊，他粗暴地扯開面罩，大聲喘息，喘息聲招來令他安心的鈴鐺聲，女孩緩緩走向他，將溫熱的濕毛巾覆蓋在他閉合的眼瞼上方。他發出舒適的嘆息，粗短手指挪動著，女孩用另一條熱毛巾擦拭他的手，力道恰好且溫暖的觸感令他無比放鬆，儘管他很清楚，不久之後過度使用感官產生的副作用會開始侵蝕他的身體。當他透過其他「眼睛」在「看」，他的身體比眞實的身體更加自由，他速度飛快，力道強勁，幾乎是所向披靡，他沉溺在這種餘韻裡，過度操作機器後，他總是會有一小段飄飄然的時光，彷彿用藥過量後的舒爽。

「軍大人，那名叫做小童的男孩……」女孩聲音顫抖，儘管在他執行時她躲在其他房間，金屬穿透血肉的聲音或許仍喚起她的創傷。爲此，他感到微微歉疚。他親愛、單純的阿蘭呦。他想：這麼脆弱，又這麼替人著想。不過今天他的心情正好，或許可以想到辦法彌補。尤其看見那張熟悉且令人憎恨的臉龐湧現如此恐懼的情緒，恐懼的對象還是「自己」。那更令他無與倫比地歡欣。是以他揮手指示：「給他的家人一點錢，好生安葬了吧。」

「軍大人，小童並沒有其他家人。」阿蘭道：「他的父親在之前自殺身亡，家中只剩下他。」

「你這麼一說我想起來了，他父親是上任軍方代理人吧？跟隨前任軍代表離世，也算忠誠了。」

阿蘭張開嘴，似乎想說些什麼，但立即又咬住嘴唇，一語不發。

「那就讓新任代理人操辦葬禮，需要的任何費用都可以由軍方負擔。」他緩緩說道：「不過畢竟是他觸碰禁忌在先，不要太高調了……只不過碰巧得知停止機器的方法，卻想利用那些詞彙殺人，當眞認爲『軍隊』是可以受到野蠻民族操縱的嗎？」說到這裡，他頓了頓，彷彿突然意識到女孩還在這裡，他連忙補上一句：「我並不認爲所有保留地人都是野蠻民族，只是像這樣的舉止……」

「我明白的，軍大人。」女孩平靜地道：「我明白。」

他滿意地點了點頭。

「那另一個孩子呢？」女孩突然問道：「他會不會也知道了那些詞彙？」

「知道了又如何？這次害死那麼多人，他不可能再信任這組詞彙，他將不敢再說出這些字詞。」他意味深長地望著阿蘭，見女孩的臉色仍無比蒼白，他接續下去：「再者，這組密語具有特殊的意義，我沒有權力將其更改，最好就是不要讓金家人知道密語已經外洩……反正無論如何，我們文字的數量如此多，排列組合幾乎有無限可能，這組密語居然能被一名野蠻地人測試出來，也可說是奇蹟了，未來再度測試出這組詞彙的可能性……趨近於零。」他開始擺弄儀器，爲工作收尾。

「軍大人……」終於，阿蘭彷彿下定決心般小心翼翼地開口：「您爲什麼這麼憎恨那個孩子呢？」

他停下動作，似乎正在仔細思考阿蘭的問題：「因爲那小孩的臉，提醒我一切悲劇的源頭。」他一面說一面做完了所有工作，隨即，副作用開始了，他氣喘吁吁，煩悶地推開儀器，幾近暴躁地低喊：「他長得像那個女人！那個在金家裡權力滔天的女人！究竟爲何如此……我感到困惑，但也期待，也許這是一次機會，我終於可以扳倒她……」

女孩上前替他注射藥劑，在看見針筒將藥物推進他的身體裡時，他的眼中閃過恐懼，可女孩轉動手腕，引起的清脆鈴鐺聲是如此熟悉，如此無害，以至於他再也沒有排拒，他藍色的眼睛緊盯著女孩：「有一天，我會需要你協助……」

「我會的，軍大人。」

他滿意地閉上眼：「等我醒來，我要見他的哥哥。」

女孩點頭，在女孩的目光中，他漸漸失去意識。

第五章

泰邦想念璐安。

當他在房間裡醒轉，他希望今天就是議事的最後一日，他再也不需要過夜，不需要擔憂是否會被軍代表召見。或許泰邦擁有選擇，對他來說卻形同另一種枷鎖，倘若他決定不再過夜，議事便會失敗，他將成為山區部落的罪人。

泰邦不在乎自己遭族人唾棄，只擔心璐安被牽連，因此他只能繼續等。泰邦也懷揣著另一個隱密原因：便是他不能再看到阿蘭被軍代表傷害，如果相同的情況再次發生，泰邦已暗自決定自己該如何行動。阿蘭受傷後的幾個夜晚，軍代表並未要求泰邦服侍，只透過阿蘭繼續詢問泰邦是否願意再過一夜。泰邦每次都回答願意，卻不曉得是不是會再度被召見，他打從心底厭惡、恐懼那個男人。

自那天他們一同前往擺放有都市區廢棄物的遺跡，阿蘭默許泰邦白天去植有梅樹的院落找她。中午阿蘭會做飯，他們一起用餐，兩人有一搭沒一搭地聊天。而泰邦不曾對阿蘭提起自己從遺跡內帶走的古怪圓鏡，只是將那東西當作紀念母親的物品，隨身攜帶，彷彿母親就在身邊。

吃完飯後阿蘭用剪刀剪取梅枝，指導泰邦將梅枝置入添了淨水的花瓶裡，供奉於神桌。祭拜他人的神靈令泰邦有些不自在，不過當兩人一同進行儀式，泰邦瞥見阿蘭面孔上的淡然，彷彿這僅僅是一件必須要做的事情，泰邦便想，這或許也是阿蘭在遺跡內的工作也說不定。

待阿蘭結束了敬拜的儀式，她突然道：「我等等得去幫助軍大人。」隨即開始更衣洗臉，泰邦幾度想開口阻止阿蘭，卻又深知自己毫無立場。「別擔心，只是他要工作了，結束之後會很不舒服，我必須去服侍他。」

阿蘭匆匆離開後，剩下泰邦獨自待在院落內，他躺臥在梅樹下，開始回憶不久前與阿蘭一起遊戲的景象。他很清楚阿蘭想告訴自己，邊界外擁有美好的事物，是保留地內的任何東西都無法企及的，甚至難以用言語形容，值得付出性命追求。可泰邦只要想起失蹤的父母，他便覺得不可接受，在部落的生活教會泰邦一件事情，那就是活著，比任何目標更值得堅持，因爲只有活下去才有希望，才有無可限量的未來。

思及此，泰邦握緊衣袋內的小圓鏡，趁著阿蘭不在，他大膽將圓鏡拿出來放在眼前觀察，鏡片本身很微妙，有些許透明，但仍能倒映出泰邦的面孔，他試著透過鏡面凝視梅樹枝頭。說也奇怪，鏡片外的梅樹看起來似乎有些不同尋常，每一朵雪白梅花都像一隻指甲大小的幼鳥，泰邦詫異地挪開圓鏡，再次放置眼前後，看見的畫面又與現實毫無二致。

泰邦就這麼把玩著小圓鏡，僅僅是這麼觸摸圓鏡上的圖案，泰邦的腦海都像擦出火花，在意識的黑暗處，一些舊日回憶逐漸浮現，是泰邦平常不會刻意回想，和母親與父親的記憶。

他們離開克羅羅莫部落的前一天晚上，父親沒有做任何宣告，只是忙碌地替自己和母親整理遠行的物品，就像泰邦和璐安即將前往遺跡聚落時一樣。彼時璐安早早被哄睡了，而泰邦帶著不安與好奇凝視父母的動作。整個炭屋環繞著一股緊張感，泰邦不知道那是什麼，卻終於忍無可忍地低聲啜泣。

母親一直呆坐在床邊，透過小圓鏡凝視父親，同時口中喃喃自語，在泰邦哭泣後，母親放下圓鏡趕到他身邊。泰邦聽見自己說：不要，不要改變我……

「我不會再對你用那個。」母親抱住他：「我眞的很抱歉，我保證，我會讓你慢慢想起來，可是你也答應我……好好照顧璐安，好嗎？」

泰邦想告訴眼前這名女人，他無論如何都會好好照顧璐安，因爲璐安是自己唯一的弟弟。聽見泰邦的回答，女人笑了，卻比哭還難看：「是我欠你的，我欠你那麼多，如果可以，我會想辦法償還。」

不要償還我。泰邦掙扎著試圖告訴她：不要償還，不要再試圖回來，可以的話把父親還給我們，求你了……

女人似乎很震驚，她顫抖著嘴唇說：「我……對不起，但還不是時候，你必須忘掉今天的……」她拿出圓鏡墜飾，從鏡後看著泰邦，泰邦心中湧起恐懼，隨後女人低聲說了些什麼，泰邦的思緒變得模糊。

「答應媽媽，好好照顧璐安，好嗎？」

「好。」

泰邦張開眼睛，氣喘吁吁，他緊張地環顧周遭，沒有其他人，阿蘭還沒回來，而那段記憶的怪異感仍殘留在泰邦心裡。不僅怪異，還十分噁心，過去泰邦有好幾次回憶這段過往，但卻和今天想起來的細節完全不同，泰邦不知道怎麼會這樣，母親又在說些什麼？爲什麼他的記憶產生改變？他的頭劇烈疼痛，讓泰邦幾乎無法忍受。

不知不覺已過很長時間，阿蘭服侍完軍代表返回院落，看見泰邦躺在地上，立刻奔上前檢查狀況。

「泰邦？你還好嗎？」

「我……還好，只是頭痛。」

「你在流鼻血。」阿蘭從屋內拿出乾淨的布幫助泰邦止血：「你受傷了？」

泰邦倏地陷入了兩難，他認爲自己的不適和圓鏡墜飾有關，而他雖想與阿蘭分享祕密，又因爲他是偷偷取走這樣物品，他感到一絲彷彿背叛了阿蘭般的罪惡感。因此最終泰邦只是搖搖頭，將圓鏡墜飾迅速放回衣袋中。

泰邦看向阿蘭，卻見她神情肅穆。

「軍大人要求你的服侍，但你這樣的狀況……我得告訴他你沒辦法去。」

泰邦內心一沉：「不，我沒關係，帶我去吧，如果我不去，不知道他會怎麼處罰你。」

「如果他想傷害，總是會有理由。」阿蘭平靜地說：「我的傷好多了，如果稍晚他依然要鞭打我，你不要插手。」

泰邦沉默不語。阿蘭所謂的「好多了」，其實連結痂都沒有，傷口不時滲出血水，看起來相當悽慘。阿蘭又詢問了泰邦一些跟頭痛有關的事情，才送他回房間準備。

泰邦趁此機會沉澱自己，反覆檢查那段突然浮現的記憶，發現它不再有改變的跡象，彷彿和母親的那段對話原本就存在，無比真實，然而這也讓泰邦更加困惑。他用力拍打自己的臉，由於接下來要面對善變無情的軍代表，他必須暫時放下這件事，以免無法全心全意應對光頭男人。

大約兩個鐘頭後，阿蘭端著托盤來接泰邦，托盤上裝著泰邦沒見過的東西，他雖疑惑卻沒有多問，此時他心中更翻攪著洶湧的恐懼，幾乎讓他噁心得想吐，於是兩人一句話也沒說，就這麼來到議事廳。

泰邦原本預期軍代表會身體虛弱，一如他曾在方形建築中看見的疲憊模樣，若是那般，至少他便不會有力氣傷害阿蘭。然而泰邦面前的軍代表與過去沒有差異，他戴著半副面具，坐在議事廳內的書房裡，粗短手指執一根特殊的棍子畫畫，棍尖有柔軟的獸毛，泰邦看了好一會兒才意識到，男人不是在畫畫，而是在寫外鄉字。阿蘭把托盤上的東西放在一旁的小茶几上，示意泰邦和自己一起準備。

泰邦不曉得該怎麼做，只能站在一旁看阿蘭將黑色的石塊一遍又一遍在另一塊石板上磨了又磨，石板打磨光滑，裡頭原先就有一些黑色的水，隨著阿蘭磨過許多次，黑色的水顏色似乎更深了，其後阿蘭把磨好的石板與石塊小心放在托盤內的毛皮上，輕聲要泰邦端給男人。

泰邦依言沉默地呈上托盤內的物品，書桌旁的男人突然皺起眉，忍受疼痛般握緊了手中棍子。泰邦看向軍代表，與此同時，男人也看向泰邦，他們目光交會，軍代表藍色的眼睛浮現失去理性的憤怒。

軍代表沒有取用手杖，而是突然跳起來，粗短手指撲向泰邦，雙目如同看見仇人般瞠大。泰邦受到驚嚇，他看向阿蘭，卻發現阿蘭就和自己一樣惶恐且茫然，他直覺反應伸手阻擋，可是軍代表龐大的體型將他壓制在地，泰邦不斷翻滾，以過去徒手和壯碩山豬扭打的經驗挪動身體的關節部位，試圖從軍代表的攻擊脫身。

而軍代表初次表現出不經思考的狂暴，他發出如同受傷野獸的怒吼，一遍又一遍擊打地上的泰邦。泰邦踢動雙腿，無意間讓衣袋內的東西散落在地，其中包含那神祕的圓鏡墜飾。看見那樣東西，軍代表驟然停下動作，以至於泰邦踢蹬的腳不小心掀去他臉上的面具，泰邦看見面具下的臉孔，震驚得忘了掙扎。

「你……為什麼會有那樣東西？」軍代表語調痛苦地問：「這個墜飾……怎麼會在你手上？」

「那是……那是我母親的遺物。」泰邦喃喃道，比起圓鏡墜飾，此時他更因軍代表面具下的祕密感到噁心：那張臉的下半部分極為畸形，鼻子沒有鼻翼，蒼白扁平，嘴部則幾乎像是黑漆漆的一個大洞，一半沒有牙齒，一半牙齦和牙齒均外露，看上去就像曾受到慘無人道的折磨或攻擊似的。

「這是金家聖物的複製品！怎麼可能是你母親的遺物？你在說謊！」軍代表毫無察覺面具已失，他全心全意只注意著地上的圓鏡墜飾。沒有了面具，他的聲音依然模糊不清，彷彿哮喘，泰邦這才知道軍代表的話語為何經常咬字困難，只因他說話時必須更多地依靠舌頭來製造唇齒音，同時他只要開口，唾液便會不受控制地流淌下來。

軍代表顫抖地將頭轉向阿蘭：「他為什麼會有這件東西？你怎麼能讓他帶著這東西過來見我！」

「不干她的事！」泰邦不能讓阿蘭被牽扯進來，最終只能承認：「是我在遺跡裡拿的，有一棟遺跡，裡面裝滿了來自都市區的廢棄物，我看見這東西就知道屬於母親，所以我才取走。」

泰邦不敢看阿蘭，儘管他知道她就站在不遠處，或許原本還緊張地思索要如何讓軍代表停止攻擊他，但現在她肯定完全不在乎了，因為泰邦的行為某種程度上無異於背叛。

然而軍代表聽了泰邦的話，卻彷彿並不相信。「怎麼會發生這種事！」軍代表低聲咆哮：「聖物的複製品掉在保留地，甚至被放進我的遺跡……」他瞪著泰邦，突然笑了：「啊，這樣一切都說得通了，眞的有一名金家人流落此地。」

接著在泰邦還來不及反應時，軍代表強忍不適意圖撿起地上的圓鏡墜飾，即將碰觸到時，猛然又停下來，再次悲愴發笑：「哈、哈哈，藍眼人沒資格碰觸聖物，複製品當然也是一樣，阿蘭，你來！」

阿蘭依言走向他們，並在軍代表的指示下撿起圓鏡墜飾，泰邦小心翼翼地看了阿蘭一眼，發現她臉上依然平淡，幾近沒有表情。阿蘭拿起圓鏡墜飾後將之放在掌心，試探地看向軍代表。

軍代表命令：「毀掉它。」

「不！」泰邦發出痛苦的求饒：「不要！求求您！軍大人，請不要毀掉我母親的遺物，阿蘭……阿蘭……求求你……」

阿蘭看著泰邦，以微小的幅度搖了搖頭，接著她以一塊房間內的金屬製品重擊圓鏡墜飾，泰邦撲上前試圖阻止，軍代表被他的行爲激怒，揚起手杖惡狠狠地毆打泰邦。那手杖很沉，打在泰邦身上令他喘不過氣，泰邦到最後已無力反抗，只能空洞地看著書房天花板，他陷入某種迷霧般的困境，抑或是一種雲霧繚繞的幻象，他隱藏於額髮下的眼睛綠得驚人，然而無論是軍代表或阿蘭都沒有發現。軍代表見泰邦已沒有任何反抗，扔開手杖繼續要求阿蘭擊碎圓鏡墜飾。

泰邦此時是空洞的，他的憤怒與憎恨被壓制，他的痛苦悲傷亦無處安放，只能遁逃到不曾停止的夢境，雲霧瀰漫的山頂，群星璀璨，霧中的野獸張口，提出無聲的邀請。

不、不，還不是時候……泰邦痛苦地低語。

——爲什麼？

來自野獸的詢問迴響在腦海中。

因爲……

即便阿蘭已將那東西敲成碎片，軍代表只是發狂似地要她繼續敲擊，最終圓鏡墜飾的鏡子部分碎成粉末，徒留鑲嵌鏡片外的一圈金屬無法完全毀壞，軍代表頹然倒坐回書桌後的椅子，仰頭像在思考。

「想不到會在野蠻地見到聖物的複製品……不過複製品一出現，阿巴刻和這小子的怪異狀況便能說得通，他們的記憶被更改過。」軍代表的藍眼睛漸漸恢復冷靜，他轉而漫不經心地詢問阿蘭：「爲什麼他說那東西是在存放廢棄品的遺跡裡撿到的？」

「大人，存放廢棄品的遺跡裡有很多東西，也著實需要整理，故而我讓泰邦和我一起前往工作，我想能就近監視他，卻不知道裡頭有這樣一件令您不快的物品，還被他帶了出來。」

阿蘭畢恭畢敬地回答，同時從地上拾起面具，輕柔地爲軍代表戴上。

「唔，也不能算是你的錯，畢竟連我都相當驚訝，會在這裡見到那樣東西。」軍代表沉吟著道。

阿蘭帶著一絲好奇問：「那究竟是什麼東西呢？」

「金家聖物——喙鏡的複製品，島上僅有三件，現在只剩兩件了。照理來說，喙鏡能夠改變任何人的想法和記憶，但這個複製品的能力稍微弱一些……與此同時，這亦是如我這樣的外姓人，還是藍眼人所不能擁有的物品，姓王而非姓金，注定了打從出生就缺乏那一塊澄黃明亮的證明。」軍代表簡單解釋過後，眼神轉向倒臥在地的泰邦：「那名爲克羅羅莫的部落恐怕隱藏著與金家有關的祕密，我希望能前往調查……但在那之前，我必須先處理他，畢竟在遺跡裡偷東西的助手前所未見，他強調那是母親的遺物，眞是最糟糕的謊言，我要斬斷他的雙臂，唯有這樣，才能讓議事繼續，否則對於軍方來說這是不公平的。」

聞言阿蘭黑白分明的眼睛似乎閃爍了一下，緊接著她依舊平靜地詢問：「您要親自處理嗎？」

「不，那會讓我太過疲憊，你去找新任代理人過來，遺跡人大抵不會介意執行骯髒的工作。」

阿蘭頷首，隨即告退離開議事廳。待阿蘭離去以後，軍代表沉默了一會，對地上的泰邦道：「其實，在我看見你弟弟的時候，我就知道，金家人的血脈偷渡到了保留地，我該謝謝你，讓我得到一件足以扳倒那女人的武器。」軍代表笑了起來：「只可惜在那之前，我不能讓你任意亂說……失去手臂會讓你難以生活吧？既然這樣，不如就別砍掉手臂了，你的舌頭……我得割掉它。」

泰邦渾沌的目光閃過一瞬清明，終於從霧氣繚繞的幻象中清醒過來，他艱難地開口：「你……璐安到底……」

軍代表彷佛聞所未聞，他發出愉悅的哼聲，他翻找著書桌抽屜內的物品，最終取出一把小刀，他艱難地從書桌後方走向泰邦，將小刀抵著他的嘴。

「割舌不花什麼力氣，雖然讓阿蘭白跑一趟了，我想她也不會責怪我。」軍代表粗短的手指怪力驚人，用力捏住泰邦的臉頰迫使他張開嘴，再令小刀出鞘，徐徐探入泰邦口腔。

一陣鈴鐺聲響從書房外傳來，隨之一陣雜亂腳步聲，阿蘭似乎正叫喚著什麼，軍代表的動作略微停滯，僅僅一秒，隨即持續。但阿蘭的聲音已轉爲尖叫：「不……等等！你不能就這樣進去——」

軍代表停止了，再不願意也必須停止，畢竟按照規矩，當部落使者的代表在不允許的時間進入議事廳，只表示議事即刻終止。

他沒有繼續下去的資格。

「阿巴刻，你來的時間很剛好。」軍代表對驟然現身、眼含怒火的青年道：「不過你確定要在這時結束議事？我們還有相當多的事項尚未談妥，我以爲部落使者代表的職責便是不計代價，讓議事完成。」

「那是在助手安全無恙的時候，如果你要傷害他，議事絕無繼續的必要。」阿巴刻冷冷地道，手裡的獵刀散發銳芒。

「這樣的助手，你也認爲有必要維護？」

「什麼意思？」

「他偷東西，偷的還是遺跡內的金家聖物複製品，你或許不明白這代表的意義……至少偷竊，本身就詔告著那人品行低落。」

阿巴刻皺眉看向泰邦，泰邦依然低垂著頭神智昏沉，儘管從泰邦的舉措中阿巴刻理解了事實，他仍挺胸對軍代表道：「我不認為泰邦會偷竊物品，部落人取走的東西，只會是屬於我們自己的。」

軍代表像是感到很有趣一般，他收回小刀，對阿巴刻道：「真不愧是野蠻地人的思維。」

「或許中間有誤會，泰邦誤以為某樣東西屬於他，實際上卻並非如此，而他將物品取走……這便是我們之間文化差異的展現。」阿巴刻謹慎地詢問：「我能看看那樣被取走的物品嗎？」

「哼，我已命人將其摧毀。」軍代表意識到自己說了什麼以後，藍色的眼睛微微瞇起：「看來我已親自毀去證據。」

「若是這樣，就更沒有必要將罪行強加於人，議事到此為止，我要帶走助手。」

「少安勿躁，阿巴刻啊，議事停止與否是我說了算，當然考慮到我之前對你的邀請，我願將此事作為交易，我放過這孩子、停止議事，而你好好考慮我的提議，如何？」

阿巴刻緊握的拳頭有一瞬顫抖：「我同意。」

「那好，議事到此為止，不過按照規矩，你必須先回休息所等候，直到我將這孩子整理好，乾乾淨淨地交付到你手中。」

「不，我要立刻帶他走。」阿巴刻堅持，甚至不惜對軍代表舉起獵刀。

軍代表笑了。「你確定？你要讓泰邦的弟弟看見他哥哥這副德性？」

阿巴刻面露遲疑，泰邦原先仍意識昏沉，卻在聽見男人的話後抬起頭，靜靜地說：「阿巴刻，去休息所等我，我會沒事的。」阿巴刻看著泰邦，好一會才將出鞘的獵刀收回刀鞘：「我明天早上來接你。」語氣不容質疑，軍代表沒有反對，始終一瞬不瞬地看著泰邦。

阿巴刻離開後，軍代表再無其他言詞，只有那雙藍眼睛在盯著泰邦時散發強烈的審視意味，最終他揮了揮手，要阿蘭帶泰邦走。阿蘭對軍代表行禮，隨即拉著泰邦離開議事廳，往植有梅樹的遺跡走去。

「你眞是個笨蛋。」走到一半，阿蘭突然說：「爲什麼要拿走遺跡的東西？」

「對不起。」泰邦咬牙道，他仍因軍代表提及璐安的言詞感到困惑與不安，同時還因走路拉扯到身上的傷口，疼痛難忍：「我很抱歉，只是我眞的沒有騙人，那是我母親的遺物。」

阿蘭沉默，良久才答：「就算是那樣，你也不應該瞞著我。」這倒是事實，即便泰邦擁有多麼冠冕堂皇的藉口，他都不該隱瞞阿蘭這件事。泰邦身上滿是被手杖擊打留下的瘀青和傷口，他連路都走不穩，阿蘭見狀伸手攙扶他，這次泰邦沒有拒絕，卻也不敢和阿蘭對上視線。

植有梅樹的遺跡宛如另外一個世界，這兒在過去幾日已然成爲他們休息用餐的地方，阿蘭爲泰邦調製了藥膏，要求泰邦脫下衣服讓她敷藥。阿蘭的動作很輕，小木片輕輕撫過泰邦的傷口，沒有引起太多疼痛，帶有涼意的藥膏敷上傷處，立刻減緩了痛楚。

「他太生氣了，所以沒有打好……這些傷很快就會恢復，雖然會留下疤痕，但很快就會恢復。」阿蘭一面擦藥一面說。

泰邦沒有回答，他心中醞釀著一個想法，雖然他知道，自己沒有任何理由對阿蘭提出這樣的要求，可事已至此，他決定開口：「阿蘭，你願意跟我一起走嗎？」

泰邦的要求令阿蘭停下動作，泰邦看不見女孩的臉孔，但幾乎能想像她抿唇思考的模樣。

「你說過軍代表不會限制你的自由，那也表示你可以隨時離開不是嗎？跟我回我的部落，雖然炭屋很小，我們的糧食也不多，至少不會被虐待，不會受到傷害。」

阿蘭許久沒有說話，直到泰邦以爲阿蘭再也不會回答時，她才緩緩開口：「謝謝你的好意，但我在這裡還有工作要做，無法跟你走。」

泰邦還想說些什麼，在看見阿蘭的表情時，卻被她神情裡的堅決所震懾，泰邦只能顫抖著嘴唇別過頭。見泰邦的模樣，阿蘭語氣有了些許軟化：「傷口不痛了吧？穿上衣服，趕緊回休息所去。」

「可是……」

「沒事的，對軍大人來說遊戲已經結束了，他已經沒有興致了，今晚回去跟明天早上回去是一樣的。」阿蘭握住泰邦的手：「你在房間裡都睡不好，到休息所跟弟弟見面，應該會好睡一點，好好休息一晚，明天早上再離開。」

泰邦點頭，猛然意識到即將與阿蘭分別，他們握著彼此的手，都有些控制不住情緒，阿蘭還好些，但泰邦不曾有過這樣的同伴，由於共同承受痛苦，他們之間產生一種連結，他好害怕再也見不到阿蘭，更害怕下一次見到她，她已被軍代表折磨至死。

「泰邦，你想過離開保留地嗎？」出乎意料的，阿蘭突然這麼問道。

「沒有，我在部落出生長大，雖然生活不好過，但從沒想過要離開。」泰邦回答。他尚未說出口的是，父母因跨越邊界慘死，連屍體都被軍隊收走，讓他對於離開保留地產生牴觸，泰邦認爲這就像是一個禁忌，他不願打破它。

「爲什麼？」阿蘭卻追問道。

爲什麼？泰邦想了想，此時比起父母的死亡和被軍隊禁止的規定，他腦海第一個浮現的是璐安那張髒兮兮的小臉。「因爲我弟弟。」泰邦說：「他還小，需要人照顧。」

「那如果你們都離開保留地呢？」阿蘭突然說出令泰邦驚訝的話語：「你知道其實很多跨越邊界的人都成功了嗎？只是軍方不能讓我們知道，他們害怕會鼓勵保留地裡的人逃走，但只要時機正確……泰邦，我在想，你的父母說不定根本沒有死掉。」

泰邦愣住了，從未想過這種可能性，只能結結巴巴地說：「阿蘭，我不能……我不能相信，不要給我希望。」想到那莫名改變的記憶，泰邦的手摀著嘴，牙齒咬著掌心的肉，他怎麼可以相信這種事情，如果他的父母還活著，等於他們眞的遺棄了他跟璐安。

「對不起，泰邦，我不該這麼說。」泰邦聽見阿蘭嘆息著道：「我不知道你父母是死去，或仍活著，無論哪一種可能性，我只是想讓你知道，眞的有很多人成功跨越邊界，但軍方會跟部落使者要求不要讓部落知道。」

泰邦還處於阿蘭話語的震盪中，緊接著他開始考慮，他想到璐安喜歡的彩色棍子就是從那個世界來的，還有璐安喜歡研究外鄉字，不知爲何，泰邦認爲這很重要，璐安很聰明，保留地外究竟有什麼，他並不清楚，可是他曾和阿蘭一起在堆滿廢棄物的遺跡裡玩耍，從金屬方塊中傳出他未曾聽聞的音樂，陌生的語言所唱的陌生的歌，他想起那種複雜，那種美麗，幾乎是不可思議，以至於泰邦內心開始產生猶豫。

「我沒辦法……至少，現在還不行。」最終，泰邦對阿蘭說道：「我不曉得，也許有一天……當璐安長大，或者有任何更好、更安全的方法可以讓我們平安離開，那麼……我們就在保留地外相見。」

阿蘭思索泰邦的話，最終決定當作那是他好不容易做出的承諾，是以回答：「嗯，在保留地外相見。」阿蘭迅速上前擁抱了一下泰邦，然後立即抽身，她說：「夜深了，你快走。」

這些日子在遺跡的生活讓泰邦對內部路線熟稔於心，他對阿蘭揮手，接著奔跑向弟弟在的休息所。

阿蘭看著泰邦的背影，許久沒有移動，她身後的梅樹枝頭白梅點點。正値夏季，氣溫不夠冷，梅樹不應該開花，可梅樹周遭不知爲何縈繞著一股冰冷氣息，令梅花爭相綻放。

爾後，隨著一陣翅膀拍動聲，梅樹上棲息著一隻紅眼單腳的白色鳥類，對阿蘭歪頭凝視。

「軍大人已經產生好奇，他會有所行動，也已經先問過我的意思，如果最後他仍無法決定，我會提出建議。」阿蘭的聲音縹緲，彷彿不想讓這隻鳥兒以外的任何生物聽見：「松子已經種下，很快會長出松樹。」

又一陣翅膀拍打聲，梅樹上哪有什麼白色的鳥，或許只是一簇梅花特別盛放的梅枝吧。

泰邦跑得又急又快，即便身上的傷口無比疼痛，他仍顚躓著奔跑，一想到可以見到璐安、擁抱他，泰邦就覺得自己跑得還不夠快。還要更快、更快——

不需多久，他看見了最初見到的休息所。泰邦隱忍著強烈的激動往休息所走去，或許是光線陰暗之故，透過窗櫺，他什麼也看不見。泰邦還聞到一絲淡淡的血腥味，卻由於他身上還有傷口，他想或許是風向改變讓他聞到了自己身上的血味。

泰邦意欲推門而入，一隻手卻按住了他的肩膀。「泰邦。」是阿巴刻，他在泰邦耳邊低語：「我有事想問你，過來一下。」夜色深沉，阿巴刻的表情僵硬，他們沿著休息所的邊緣來到一處無人的庭園，庭園設置有小橋流水，流動的水聲讓泰邦想起山區的溪流。

「阿巴刻，你要問什麼？」泰邦一面走一面問。

阿巴刻沉默一會，然後開口：「你拿走的東西，眞的是母親的遺物嗎？」

泰邦握緊拳頭，沒有正面回答阿巴刻，只是說：「是又怎樣？不是又怎樣？反正東西也被軍代表弄壞了。」他想起母親的遺物被一次次擊碎，直到化爲齏粉，他心中滿是痛苦。

「泰邦，我並不是……」

「並不是要指責我嗎？其實無所謂啊，就算回到部落你要說都是因爲我的關係，議事才會失敗，我也不會反駁。」泰邦知道自己沒資格憤怒，但阿巴刻話語中隱含的指責仍讓他無法自控，他想起這段時間經歷的痛苦和恐懼，以及他對阿巴刻的懷疑，忍不住脫口而出：「畢竟這就是我的功用，不是嗎？這就是你讓我成爲助手的原因。」

阿巴刻看著泰邦，許久以後才說：「泰邦……」

「我聽見烏托克的話，她要你慎選助手，因爲一名好助手可以讓軍代表分心。」泰邦再次直截了當地打斷他：「烏托克是不是也在告訴你，要你選我們這樣可以隨便玩弄的孩子？就因爲我們沒有父母？」

「不，她是要我找一個好人家的孩子，她不希望是你。」阿巴刻低聲道：「我做了所有決定，這次的助手一定要是你們。」

「爲什麼？」

阿巴刻不語，低頭撫弄腰際上的獵刀刀柄，他猶豫著、沉思著，不知該怎麼開口。他的反應讓泰邦注意到一件事，即是他最初的猜測是對的，阿巴刻故意選炭屋的孤兒爲助手，爲的是不讓其他家庭受傷，但除此之外，他還發現了另一種更爲惡意的可能。

「你原本就想要選璐安。」當泰邦說出這句話時，阿巴刻雙手顫抖，他抬起手，像是想抓住泰邦的肩膀，可泰邦將他甩開。說得也是，璐安那麼弱小、柔軟，他的臉清秀可愛，如同女孩子，而且他比我聰明那麼多，比起我，他更像一隻鮮美的羔羊，一件珍貴的寶藏……泰邦絕望地想。

他的璐安……只有這個，他不能原諒。

「你想要璐安，可是你知道我得知眞相後絕不會答應，我會誓死保護他，所以你故意說選的是我。」

「不，我猜測軍代表對璐安更感興趣，但我也相信你會爲他挺身而出，你一定會要求代替他。」

「所以一切都如你所願，除了我身上的幾條傷痕，你不僅保護了部落裡好人家的家庭，還讓最不可能說出眞相的我成爲助手，你計算得剛剛好，不愧是歷屆最偉大的阿巴刻。」

「泰邦……」阿巴刻想說話，可泰邦的眼神阻止了他，最後阿巴刻只是嘆了口氣，側身往與休息所相反的方向走，不曾回頭。

直到阿巴刻遠遠離去，泰邦才回到休息所，他用力推開門的聲音嚇到了不知爲何瑟縮牆角的璐安，璐安的表情古怪，既恐懼又無助，只在看見泰邦的一瞬間滿臉難以置信，隨後綻放光亮，他哭哭啼啼，撲上前與泰邦相擁。

過了這麼多天，泰邦終於又抱到了弟弟，他首先嗅到一股怪異的血腥氣味，但很快地，他的鼻腔充斥璐安的體味，像一隻濕漉漉的小狗，混雜辛辣的山胡椒，還有鹹鹹的淚。

阿巴刻一直到天亮才回到休息所，彼時泰邦和璐安已經沉沉地睡了一覺，阿巴刻面無表情將兩人喚醒，表示軍代表召見，他們必須立刻更衣。

泰邦沒有回應阿巴刻，只是沉默地替璐安換衣服，璐安雖然注意到氣氛古怪，卻因有其他心事而同樣安靜，璐安眼睛下方甚至有著深深的陰影，彷彿已多日沒有睡好。而對於要再與軍代表見面，璐安也表現出強烈恐懼，泰邦察覺到了，悄悄握住璐安的手給予無聲的安慰。

他們前往議事廳，這是泰邦第一次在白日走入議事廳，白天光線充足，議事廳內宛如藏污納垢的黑影、線香煙霧和神像，此刻看來都平凡非常，就連坐在木椅中的軍代表，看起來也疲憊蒼白，更似凡人。

「大人，議事在昨日結束，今天我們將啓程返家。」阿巴刻公事公辦地道。

泰邦本以爲軍代表會使計爲難，卻沒料到軍代表似乎也無意多事，他點點頭，模糊且沙啞的聲音從面具下傳出：「這次議事提到的所有事項我將一一上報，尤其針對怪病的調查，我也會派遣代理人處理，只不過……我這裡有件事需要阿巴刻幫忙。」

阿巴刻似乎僵住了，軍代表不等他回答便朝身側伸出手，阿蘭穿著素色衣服走來，臉上不施脂粉，她將掛有鈴鐺的手放在軍代表掌心：「這是我心愛的侍女阿蘭，經過本次議事，我自覺對保留地以及部落人了解膚淺，如阿巴刻願意，可否帶阿蘭回到你們的部落居住一段時間？我想讓她學習你們的文化與生活方式，等時候到了，我將派人接她回來，屆時她會告知我所學習到的一切，我相信這對部落人與軍方未來的關係將有很大幫助。」軍代表說完略略傾身向前，認眞地凝視阿巴刻：「你意下如何？」

阿巴刻看上去放鬆些許，他淡淡地道：「我們部落與大人所在的遺跡聚落比起來，可說是十分貧窮，如果大人希望派人來學習，我站在部落使者的立場並沒有拒絕的理由，只是我們部落無法負擔她的糧食與日常所需，若她願意參與部落中的工作賺取糧食，相信我們族人也不會反對的。」

「去吧。」軍代表在阿蘭耳邊低語：「是你自己要求前往，那便仔細探查，不久我將派遣代理人過去，屆時你可將得到的消息交給他。」

阿蘭點頭，軍代表卻握緊了她的手，幾乎令她疼痛：「不管你去哪裡，都不要摘下鈴鐺，讓我知道就算你前往我無法**親眼**看見的地方，你也依然如現在這樣四處走動著，這對我來說是莫大的安慰。」

軍代表放開阿蘭的手，讓她叮鈴叮鈴地走向震驚的泰邦，她沒有對泰邦說什麼，只在經過時深深看了他一眼。

彼時璐安躲在泰邦身後，始終死氣沉沉、一語不發，泰邦擔憂璐安的狀況，卻無法在此時照顧弟弟，只能用寬鬆的衣襬更好地遮住璐安。泰邦一直記得軍代表曾說再也不想看見璐安的臉，以泰邦過去幾天的經驗，也確實不要再讓軍代表看見璐安比較好。

「你們走吧，好好照顧阿蘭。」軍代表說完後，以手杖輔助蹣跚腳步，緩緩走向神壇後方的書房。

阿巴刻率先離開議事廳，泰邦和阿蘭緊隨在後，當他們看見議事廳外的陽光與天空，頓時感到不可思議的解脫。儘管泰邦不明白軍代表這麼做的用意，至少阿蘭得以與自己正大光明走出那陰暗殘酷的地方，如果可以，他希望阿蘭永遠也不要回去。

「你們的部落是怎樣的地方？」阿蘭突然問，她白淨的臉蛋在陽光下透出健康的紅潤色澤。

泰邦自卑地揉揉鼻尖。「跟這裡差遠了，不過風景很好。」他回答：「你如果肚子餓了可以來炭屋找我，有任何不懂的事情也可以問我，啊，你要是可以住在我們家附近，不知該有多好。」

被扔下的璐安在後頭觀察哥哥與名爲阿蘭的女孩，他無法理解自己內心此刻酸酸脹脹的感受，他心裡還有好多話想對泰邦說，他想起小童，只要一想起小童，璐安便會顫抖，他低頭看自己的雙手，不斷下意識地在衣服上擦拭，一股黏膩感始終無法擺脫，璐安想像過去一樣撲上前去，拉著哥哥的衣角喊「泰邦，抱我」，但璐安害怕手上有殘留的血跡，會弄髒泰邦的衣服，最終他只是讓自己愈走愈慢，直到他孤單地留在這短短的隊伍的最末端。

下一秒，璐安卻發現自己雙腳離地，已被泰邦抱了起來，他的身體直覺地蜷縮，雙臂勾住哥哥的脖子，將臉埋在泰邦胸口。璐安的鼻頭很酸，卻哭不出來，他只是在心裡不斷請求泰邦永遠也不要發現，同時又好希望可以對泰邦傾訴。

他耳邊傳來泰邦和阿蘭默契且平和的聊天，那說話聲催眠得璐安困倦，同時又覺得恐懼。璐安想說卻說不出口，名爲阿蘭的女孩身上有些什麼，令他感到害怕，以及渴望，一點道理也沒有，他呢喃著，思緒昏昏沉沉，泰邦緊貼自己的喉結因笑聲而顫動。

討厭，討厭，討厭。

璐安閉上眼，再也不想看。

他們花了三個日夜返回位於山區的克羅羅莫部落，抵達的時間是早晨，阿巴刻立即在守護所召開會議，向部落的長老和有聲望的成年人介紹阿蘭，以及報告議事結果。小小的守護所被擠得水泄不通，泰邦與璐安不能參加，便回炭屋整理行李，同時也確認住處是否安好。

再次看見炭屋，泰邦和璐安都有種十分陌生的感覺，過去讓他們感到溫馨、安全的家屋，如今卻覺得狹小且破敗，這並不意味著他們厭惡炭屋，而是有些無形的事物改變了，讓小小的炭屋如今已難再容納他們過多的心事與憂愁。

泰邦勉強對璐安露出笑容，對他來說，炭屋和璐安就是他竭盡全力爲之拚搏的一切，只要璐安平安待在自己身邊，他不在乎其他事情。而璐安看上去是那麼的瘦小、虛弱，他面無表情凝視炭屋，問泰邦：「我們離開多久了？」泰邦回憶自己蒐集起來、擺放在遺跡床邊的小東西，卻無法完全確定，只能回答：「大概有十七日。」

「那麼短的時間嗎……」璐安喃喃自語。

泰邦皺起眉頭，這段歸家的旅程璐安有些奇怪，以前那愛撒嬌的孩子變得沉默寡言，有時看著自己，彷彿想說些什麼，最後只是低頭躲避泰邦的目光。

泰邦伸手碰觸璐安的額頭，確認他的身體沒有不適以後，再以雙手捧起他的臉，眼睛對著眼睛，泰邦問：「璐安，我不在的時候發生什麼事了嗎？遺跡裡有人傷害你嗎？」

璐安張開嘴，有那麼多話想對哥哥說，可是一想到小童死去的淒慘狀況，以及身上沾染的鮮血，他便陷入無法組織語言的極度恐慌。而且泰邦表情那樣溫柔，那樣平靜，璐安不願將泰邦拉進自己的陰暗，他不知道泰邦作爲助手時經歷了什麼，但肯定比自己糟糕很多，他不想用更多可怕的事讓泰邦擔心。

「沒有。」璐安回答：「我只是很累，泰邦，而且過去這些日子我真的很想你。」璐安伸手擁抱泰邦，將臉埋在哥哥的胸口，希望能用熟悉的溫暖淡化內心的恐懼。

泰邦柔和一笑，將璐安抱起來，兩人一同踏入久違的炭屋。

由於他們那樣疲憊，內心承受了那樣多的痛苦，加上炭屋建築在距離部落中心頗爲遙遠的山崖，泰邦和璐安無法聽見從守護所傳來的激烈爭執，以及許多族人因失望而跑出家門，聚集在守護所外低頭垂淚的嗚咽聲。

對阿巴刻來說，再沒有比這場會議更讓人煩悶的了，當他向族人們介紹阿蘭爲軍代表派遣的使者，用意是在部落中生活，學習他們的文化風俗，那些族人們起先笑臉相對，紛紛出聲歡迎阿蘭，幾名長老更迅速安排好讓阿蘭借住苡薇薇琪家，便由瑪加凱牽著阿蘭的手先到女巫山谷熟悉環境。

待阿蘭一走，幾名族人立即低聲質問阿巴刻，阿蘭是否是軍代表派來的間諜，好就近監視他們的生活起居？阿巴刻費了一番口舌解釋，儘管他也知道軍代表這麼做必定是如此這般的原因，但他不能讓部落族人知曉。在他說明的時候，周遭還有人不斷出言打斷，讓阿巴刻難以繼續。

「既然軍代表派人來部落生活，我們要求的糧食或許也會變得更多一些？」一名族人心懷希望地問。

阿巴刻內心沉重，他即將要說出令自己千夫所指的話語。

「很遺憾，我沒能向軍代表要求糧食。」

一瞬間，守護所內的族人彷彿沸騰般大聲嚷嚷：「你說什麼？」

「沒能向軍代表要求糧食是什麼意思？」他們吵吵鬧鬧，七嘴八舌，讓阿巴刻頭痛不已。

「議事沒有完成，提前終止了，所以有一些事項來不及商議，代表我們部落向軍方要求糧食便是其中一件。」阿巴刻深吸一口氣，接下來，他一一向族人們報告有哪些事項來不及討論，他說得愈多，守護所內的人們便愈憤怒。

「聽起來你幫其他部落討了不少好處，獨獨自己的部落有那麼多事項無法討論，也未免太過巧合。」

「我們部落過於弱小，必須要盡量替其他部落商議，否則其他使者不只會向我究責，極有可能整個部落都……」阿巴刻嘗試解釋，發話的族人卻不理會，反而轉頭向其他族人高喊：「我們的事情幾乎沒有被討論到啊！未來一年沒有糧食、沒有打造房屋的材料，之前撿物資籃時發生爭執，因此被軍隊射殺的人，也無法得到補償啦！」

一名婦女顫抖地起身：「你們離開以後有愈來愈多人失蹤，阿巴刻，你恐怕不知道吧？最近在其他部落瘋病大肆流行，還有人看見一種奇怪的紅色圖案，據說是那些罹患瘋病的人留下來的，帶有病毒的圖案，現在大家都在說，看見那種圖案也會被感染，軍大人沒有提到這方面該如何解決嗎？」

「他同意展開調查，但在確定是疾病以前，無法提供疫苗施打。」阿巴刻道：「另外，紅色的圖案並沒有傳染病毒的能力，圖案只是有人在惡作劇罷了。」

「那種圖案到處都是，看見的人會渾渾噩噩，我們部落也有人眞的就不見了，你怎麼能說只是普通的塗鴉？」

「有多少人失蹤？」阿巴刻耐心地問。淚水滑過婦女痛苦的臉孔：「多少人我不知道，但我的兒子走了，不在了，他走之前說他聽見奇怪的聲音在對他說話……」

「爲什麼？爲什麼不能先提供疫苗？」一個男人粗暴地打斷婦女的描述。「失蹤的人苡薇薇琪找不到屍體，不能作儀式，死掉就會成爲惡靈啊！」

疑問帶起恐慌，克羅羅莫部落的每個人都記得杷音滅村的恐怖事件。

於是屋內的人們愈來愈激動，大吼大叫著幾乎掀翻了屋頂，此時甚至有人開口質疑：「不過爲什麼會停止議事？」，旁邊另一人篤定地回答：「想也知道是助手惹得軍代表不開心，炭屋的孩子又髒又臭，哪能討人歡心呢？」

阿巴刻再也忍無可忍，他走到眾人面前，跪坐在地，將頭重重垂下地面，那幾近五體投地的姿勢，既可悲、又無奈，他一面行禮致歉，一面沉聲說：「這一切都是我的錯，和助手無關，是我無法忍受軍代表的惡劣態度，所以單方面提出終止，因爲我來自頭目的家族，我的驕傲就是部落的驕傲，我不能接受他如此輕視我們！」

「說得好聽，不過就是自私罷了。」隨著一名族人惡狠狠地痛罵，其他人也跟著咒罵不休，有些人甚至朝阿巴刻吐口水，阿巴刻面對眾人的指謫，沒有絲毫反駁，始終垂著頭任由他人發洩暴漲的情緒，到了最後，守護所內的人們似也感到疲憊，儘管未來一年看上去已無希望可言，天色正漸漸暗下來，他們總得回家休息，明天還有工作要做。

守護所內，阿巴刻維持著同樣的姿勢許久，直到最後一名族人離開守護所的腳步聲漸漸遠去，阿巴刻才抬起頭，暗自慶幸苡薇薇琪爲了接待阿蘭，早已先她們一步返回女巫山谷，如此一來，她就不用目睹剛才的畫面。

阿巴刻向後躺倒，他極度痛恨這種時刻，會議結束而眾人散去，守護所卻依然圍繞著一股人體的汗臭、油脂氣味，他們談話時噴吐的唾液，髮梢流下的汗水，均在地毯上留下污漬痕跡，讓阿巴刻幾欲嘔吐。可與此同時，阿巴刻也喜愛這樣的時刻，憎恨的言詞消逝，激情不再，緊繃的神經終於獲得休息。

阿巴刻維持仰躺的姿勢，疲憊令他的意識愈發迷濛，卻仍逼迫自己去想，到底是爲什麼？他做錯了哪一個決定？以至於落得這樣的下場？也是在這時，他想起軍代表的提議……但阿巴刻很快搖頭，將那禁忌般的思緒甩開。最終他疲憊不已，屬於過去的回憶找上門來，如果是無名者，或許會有更好的解決方法。

此時月光穿過守護所的矮窗前來，令他想起久遠的往事。阿巴刻思索，隨即一笑。

❧

無名者帶著他在樹林裡穿梭，月光希微，他們隱於夜色，腳步如飛。

這不是無名者第一次在夜晚悄悄潛入他的房間，將他喚醒，表示要帶他進行下一場成爲阿巴刻的訓練。不過卻是第一次，無名者向他展示自己快速奔跑的訣竅。

他們一面奔跑，無名者一面對他說話，而他爲了調整呼吸配合無名者的步伐，早已氣喘吁吁，什麼都說不出來。「既然你一心想成爲阿巴刻，我不如現在就喊你阿巴刻吧。」突然間，無名者說。

他有些遲疑：「我們才剛選出新的阿巴刻……」

「他沒有天分的，也無心成爲阿巴刻，恐怕做沒多久就會搞砸了。」無名者笑起來，他跑步像飛翔，雙足迅速得宛如騰空而起，穿梭於森林並不讓他困擾，他不僅用雙腿奔馳，也用手臂、肩膀甚至是腰，他的手指勾住堅實的樹幹，輕輕一甩，身體便又往前躍進數尺。「如何？學會了嗎？」

他搖頭，怎麼可能學得會。無名者那種姿態，那種奔跑的方式，部落裡曾有孩子躲在無名者必經的道路試圖偷學，結果只是落得被樹幹撞暈的下場。他們從部落出發，往北方森林長跑一圈，最後在守護所前一段距離停止，他壓著膝蓋喘息，等待呼吸平復的當下，無名者彷彿同情地看著他，那同情就像狩獵者在凝視倒地的動物一般。

「別、別這樣看我！」他揮手低喊。

「我只是在想，如果你不想叫阿巴刻，那我得喊你什麼小名。」無名者搔了搔腦袋：「算了，我不該提早奪走你的名字，拉疏，你要好好記得自己的名字，即便有一天成爲無名者，沒有人會喊你的名字了，你也可以在心裡偷偷地呼喊自己。」

這樣做有什麼意義嗎？拉疏覺得好笑，同時好奇無名者又是如何偷偷呼喚自己的。

結束今晚的祕密訓練，無名者和拉疏分別回家，由於無名者已被部落驅趕，前往部落邊緣的山崖建立炭屋，他不能光明正大從部落中心穿越，只能繞著部落外圍離開。拉疏看著無名者離去的背影，心中湧起複雜的情緒。

如果無名者願意，他可以暗中在部落裡穿梭，也無人會發現，他甚至能悄悄潛入任何人的家裡，趁夜割斷他們的喉嚨，連一隻狗也不會驚擾。可事實上，若非拉疏的家恰好建在部落邊際，無名者連拉疏窗外的光葉櫸樹都無法靠近，亦無法像過去的夜晚趁隙躍入拉疏房間的窗，把他嚇個半死，還口口聲聲說要訓練他成爲下一任的阿巴刻。

拉疏最早是看不起無名者的，尤其在他剛以助手的身分，陪伴當時還是阿巴刻的無名者前往遺跡聚落和軍代表議事。無名者當時的態度和應對導致了糟糕的後果，以至於拉疏儘管知道無名者這麼做的原因是為了保護自己，他也無法諒解。

無名者是因為自己才成為無名者。拉疏卻始終認為，自己比無名者擁有更好的家世，受到更好的教導，自然也更聰慧，如果是他，一定可以在不犧牲助手的前提下完成議事。

那時拉疏還年少，兄長的事情令他長時間地苦悶，他總是想，如果當上阿巴刻的人來自更好的家族，不是一名光有蠻力的粗人，哥哥會不會也能平安歸返？因而無名者成為無名者後那依然明亮、精力充沛的笑臉，有好一陣子讓拉疏反感。要多麼無知愚蠢才能保持這張笑臉呢？拉疏想。便與其他族人一樣下意識地迴避部落邊緣的山崖。

拉疏甚至曾問過父親，為何無名者分明已被驅逐，卻不是按照舊有的規矩逃遁到族人無法看見的遠方，而僅僅只是在部落邊的山崖建立炭屋呢？拉疏的父親嘆息著回答：那是因為無名者在成為阿巴刻以前，是部落裡備受敬重的人啊，他犯下的過錯或許招致不好的後果，卻沒有人真心憎恨他，不，或許有不少人是打從心底恨著他吧，那也是因為嫉妒，而非因議事失敗導致的恨。

所以過去有人稱他是真正的阿巴刻，是部落的驕傲。父親補上的這一句讓拉疏更感不快，一名連議事都無法完成的人算得上什麼阿巴刻呢？

拉疏的父親似乎真的認同無名者。或許是由於無名者在拒絕議事後返回部落，他根本無法說謊，一古腦地向所有人講述議事規矩，以及遴選幼子作為助手的真相，以至於收穫了許多人的同情和支持。那一段時間裡，議事規則的真相震盪著整個部落，直到新一任阿巴刻上任，警告族人不得繼續談論此事為止，新任阿巴刻說，這件事是污穢的、骯髒的，不斷談論只會引發軍方的關切，甚至部落與部落間的戰爭。

在得知了長子溺死於淺水塘的原因是由於精神的千瘡百孔，拉疏的父親慶幸最後一個兒子在無名者的保護下毫髮無傷，他為自己所失去的更加悲傷，也為自己僥倖留下的更感欣慰，最終悲傷打敗了他，他不敢相信以自己的家族和過去的身分，竟會被以如此屈辱的方式犧牲一個兒子。從此，他躲入了自己的房間，同時也是自己過去滿是榮光的回憶，他擦拭沒有底火和子彈的獵槍，渡過漫漫長日。

拉疏亦將父親的頹廢歸罪於無名者。

若不是無名者四處聲張所謂的眞相，父親不會承受巨大的痛苦，拉疏感到自己不僅失去了哥哥，同時也失去了父親。相較之下，母親似乎更爲堅強，她打起精神照顧家裡，替父親端水送飯，更猶如神經質般地照料拉疏，她禁止他離開部落，一旦入夜就不能離開家門，甚至晚上睡覺時窗户都必須緊閉，彷彿躲過的災厄將會換上另一種形式將她最後的兒子奪走。

彼時拉疏心中產生了一個想法。不是成爲阿巴刻，他在被無名者帶離遺跡聚落時就下定決心要成爲阿巴刻。拉疏思索的是：要成爲一名怎樣的阿巴刻。

部落中哪怕只有一人，都還認爲無名者是眞正的阿巴刻，那麼拉疏就必須打破它。他要打敗無名者，如果可以，甚至當著眾人的面重創他，將他眞正地驅趕出村子，只有這樣，無名者的神話才會消散，拉疏的焦躁不安才得以平息。

於是在某個夜晚，拉疏悄悄接近山崖，帶著一把由他親自鍛造的獵刀，他趴伏在炭屋的屋頂上，透過屋頂的縫隙往內看去，他看見無名者、無名者的妻子和孩子。有那麼一瞬間，拉疏感覺有什麼事情不太對勁，無名者之妻……一直就是這位皮膚白皙的女子嗎？雖然從拉疏的角度只能看見底下人的頭頂與部分臉孔，無名者之妻五官的精巧仍讓他迷惑。拉疏不常在部落看見無名者之妻，或許這股異樣感只是他的錯覺……拉疏甩甩頭，試著重振旗鼓，讓自己對眼下的畫面感到憤怒、憎恨，畢竟無名者毀壞了他的家庭，有什麼資格還擁有妻子與孩子的溫情？

可拉疏愈是逼迫自己憎恨，他就愈是疲憊，在寒冷的屋頂上方凝視底下溫暖柔和的景象，拉疏不僅不恨，反而愈來愈沉浸其中，爲無名者對妻兒的溫柔所著迷，也爲無名者無憂的笑聲所沉醉，那就像是在過去，哥哥還在時的家中情景……拉疏點著頭，眼睛幾乎睜不開，他將獵刀尖端插在屋頂上的縫隙，努力想振作起來，可是頭點了又點，最後他手一鬆，竟讓獵刀順著縫隙往屋內墜落。

糟糕！拉疏徹底驚醒，他立刻起身往部落逃，可在他縱身從屋頂跳往樹林時，一切都晚了。

「這是你的刀嗎？」奔跑如鳳蝶般筆直的無名者，早擋在拉疏前，手指捏著他的獵刀，露出微笑。

拉疏默不作聲。

「這把刀使用精鐵鑄造，品質不錯，可惜打磨的功夫還不到家。」無名者當著拉疏的面檢視獵刀：「還需要一點時間。」說著，他捏著刀尖，將刀柄那端遞向拉疏。

拉疏突然意識到，這是一次極好的機會。他握住刀柄，借力使力捅向無名者的腹部，拉疏身材矮小，藉著扭轉刀柄掙開無名者僅僅是捏著刀尖的動作，整個人撞進無名者懷中。

在此之前，拉疏從未刺傷過任何人，甚至動物，他閉著眼睛做出一切，因此並不清楚自己究竟有沒有刺中，當他好不容易鼓起勇氣抬頭，他看見無名者像是感到好笑般的神情。

「你斬斷了我的褲頭。」無名者說：「現在我要是鬆開手，我的褲子就要掉下來了，所以，嗯，你擁有第二次機會攻擊。」

彷彿被戲弄般的屈辱讓拉疏紅了臉，他舉起獵刀，卻發現無名者確實雙手拉緊褲頭，一臉平靜地望著他，便是這樣，拉疏實在不知道該怎麼下手。

「你啊，不是我的那個助手嗎？」無名者突然問道，在黑暗的樹林中，拉疏本不想被他認出來，一旦被認出來，他就想逃跑。無名者卻放開自己的褲頭讓褲子落在地上，伸手抓住拉疏。

「放開我！」拉疏低吼：「放開我！」

「夜裡跑來刺殺我，你到底想做什麼？」無名者貼近耳邊的聲音令拉疏恐懼，他掙扎了幾下便停了。

「我想成爲阿巴刻。」不知怎地，拉疏說了謊：「打敗你，是……是我給自己的目標。」

或許是從炭屋屋頂縫隙看見的畫面讓拉疏撒謊，不過也確實如此，他現在已不想重創、驅趕無名者了。倒不是他改變了主意，而是此時此刻他才知道，自己根本不可能成功，他們之間實力相差太過懸殊。

無名者聽聞拉疏的話語，安靜了好一會，接著放開拉疏。

「成爲阿巴刻不是那麼容易的事情，僅僅是打敗我並不足夠。」無名者撫著下巴說：「要強壯，要聰明，要有手段，甚至……成爲阿巴刻會知道所有祕密，不管你願不願意。」

拉疏驚恐萬分地呆立著，沒有回答，良久，無名者朝他擺了擺手。「你先回去吧，讓我想想該怎麼辦。」拉疏渾渾噩噩地回到家，連續幾天都躲在房間裡，無法下床，讓母親擔憂不已，拉疏卻只是不斷回憶著與無名者的交手，以及他剛成爲助手時，他與無名者前往遺跡聚落的那段旅程。

老實說，拉疏已不太記得當時的過程了，對過去的他而言，無名者只是領他前往眞相的一名陌生人，他對自己指出死去大魚的骨頭時，拉疏想到的是哥哥曾如何對自己講述這一段經歷，無名者抱自己坐上長相奇怪的動物雕塑時，他想到的也是哥哥說過的話如何吻合這觸感與景象。

拉疏躺在床上，緊閉的窗户因風吹發出喀嗒喀嗒的聲響，他轉過身去，試圖讓自己停止心煩與慌張。

窗户發出的喀嗒聲卻更加響亮了。

隨著「嘩啦」一聲，拉疏房間的窗被拉開了，他震驚地跳起來，看見一名成年男子站在他房間的地板上。男子彷彿被夜色籠罩，或者他就是夜色本身，由於黑暗之故，拉疏有幾秒鐘無法看清來者爲何。

「是這樣的，」直到男人開口說話，拉疏才終於知道對方身分：「我爲你設計了一系列成長爲優秀阿巴刻的訓練，不過須經過你的同意才行……你是否願意在我來到時跟隨我，前往山林中進行鍛鍊呢？」

拉疏吞嚥了一下。直到很久以後，他都不明白自己當初是運氣絕佳，抑或十分不幸。因爲如果不是無名者，他恐怕不會當上阿巴刻，然而當上阿巴刻以後，拉疏才意識到無名者曾對他提出的隱諱警告。

已來不及了。

不，還有很多時間。

每當拉疏與無名者躍出窗外，在山林中執行一場又一場古怪至極的訓練，他心中都會產生如此拉扯。

已來不及了，命運已經注定。

可是他此時擺盪於樹林中，優游自在，歡暢至極，他跟隨無名者的每一個動作，每一次觸摸，每一步奔跑，都比任何時候更細微、更繁瑣，彷彿他仍擁有無窮盡的時間。

往後許多日子，拉疏成為無名者最親密的追隨者，無名者是老師，是同伴，同時也是朋友，儘管他們之間的交流無法被部落中的其他族人所理解，也不能被任何人知道無名者和頭目家的次子有著如此緊密的關係。拉疏仍認為有朝一日他能在太陽底下向族人坦承，自己之所以那樣優秀完全是無名者的功勞，同時他多麼希望能讓無名者親眼看見自己成為阿巴刻。拉疏帶著強烈的自信與傲氣，認定自己可以帶領部落走出羸弱、只能被其他部落欺侮的命運，而無名者將以震驚混雜喜悅的目光凝視他，為他感到驕傲。

拉疏一直這麼相信。直至那詭譎的一晚來臨。

拉疏剛滿十七歲，如過去一般在入夜後等待無名者來訪，這些年來，無名者的夜間到訪向來是個祕密，拉疏從無名者身上學會許多東西，儘管那些訓練一開始都讓人摸不著頭緒。他們之間的會面時間也並不穩定，有時無名者連續好幾晚來找他，有時整個月毫無消息，拉疏從幾次交談中得知，無名者正在調查發生於保留地的怪事。

「不僅僅是發生在部落嗎？」拉疏曾問。

無名者沉思許久，罕見地斂起笑容，語氣嚴肅地回答：「最近的事件已經擴散到臨海遺跡人，似乎只要有『人』在控制，最終都會形成這樣的局面，就像是掠奪，沒有任何慈悲，貪婪地吞食。」

拉疏不解其意，無名者也無心解釋，只告訴他：「接下來如果我連續三天沒來找你，就表示我出了遠門，有些事情阿巴刻做不到，因為那是代表部落的名字，而無名者……」他搖了搖頭，露出苦笑：「不，也並不是那麼了不起的身分。」

無名者的話令拉疏想起最近總有地方上的外鄉人軍官前來與阿巴刻開會，拉疏從未喜歡過外鄉人軍官，他們每次前來部落，看著部落人的眼神就好像在看野生動物一般。拉疏也不曉得外鄉人軍官與阿巴刻開會的原因是什麼，只知道軍官離開時，總帶著詭異、心滿意足的微笑。

直至今日，無名者已有兩個月沒有到訪，拉疏卻想，今天是他的生日，無名者不可能忘記，他肯定會前來，帶領自己進行嶄新的訓練，甚或他無從想像的冒險。

拉疏一直等到大半夜，月亮高高升起，他聽見窗外傳來樹枝搖盪的細碎聲響。窗子在陰影中打開，無名者輕手輕腳爬進房間裡，猶如一頭獸，他湊近拉疏床邊，拉疏坐起身看向他，卻發現無名者表情無所適從，說話也語無倫次。

「拉疏……發生了一些事情……」無名者說：「很奇怪，非常奇怪，不應該是這樣的。」

「到底怎麼了？」

「我最近發現了一些……怪事，長久以來我和帊音的烏托克互通消息、彼此討論，距離上一次寄信給她已有兩個月，烏托克一直沒有回信給我，我不知道現在事情的發展如何，我很擔心，拉疏……只有我沒辦法潛入那裡，你能跟我一起去嗎？」

無名者顫抖的語氣讓拉疏察覺到一絲不同尋常，他指的是帊音嗎？為何單靠無名者一人無法進入……拉疏想起無名者對自己的教導，保留地裡不能去的地方即是由軍方劃定的禁區。

他看著無名者的眼睛，那雙眼明亮、沒藏匿任何東西，無名者帶著懇求凝視拉疏，讓他無法拒絕。

再者，帊音的烏托克是少數對他們部落釋出好意的使者。

拉疏記得，帊音的烏托克是最長壽的部落使者，如今已有九十多歲，無名者和烏托克交好，起因於烏托克是那次部落使者們開會遴選代表議事時，唯一一個因身體不適未到場的，在她得知無名者是新任阿巴刻，且不了解規矩後，本拖著病體前來部落想警告他們，只是很不巧的，她抵達時無名者已經帶著拉疏前往遺跡聚落。因此若事情和烏托克有關，拉疏自許爲下一任阿巴刻，無法袖手旁觀，畢竟烏托克是少數他和無名者均感欽佩的部落使者。

拉疏很快起身換上方便奔跑的裝束，並將自己親手打造的獵刀繫於腰上，他對無名者點點頭，無名者立即爲他打開房間的窗子，向著一棵健壯的光葉櫸樹，拉疏與無名者抱著枝幹緩解下滑的勢頭，二人很快竄入黑夜，拉疏一面跑一面問無名者：「你能告訴我所謂的怪事到底是什麼嗎？」

無名者很快道：「有人生病，可能是來自外面的病，以前零星會發生類似的事情，只是這次……」

「怎樣？」

「這次很不自然。」無名者道：「烏托克告訴我，他們部落的人因故全染上怪病，她最後一次寫信給我，提到她的學徒病得極重，然後就再也沒有消息，一個月前我親自前往他們部落，卻發現外頭有大量軍隊看守，任何嘗試進入的生物都會被射殺，我用盡辦法也進不了岻音部落，後來，我想到了你，我想你會幫我，你會嗎？拉疏。」

拉疏點點頭，儘管事態危急，甚至牽扯軍方，拉疏卻發現自己沒有猶豫，也毫無畏懼，他想起被犧牲的哥哥，他知道自己渴望成爲阿巴刻的原因不是迫不及待想做軍方的走狗，與之相反，他希望保留地不再有祕密，部落人可以在資訊對等的狀況下與軍方協商。

如今無名者遭遇到的，似乎恰巧就是拉疏十分在意且與軍方有關的祕密，他迫切想得到眞相。岻音的部落極遠，全力奔跑也要跑上二十天，更別提中間的休息、飲食，最終他們花了十八天抵達岻音部落。

在距離遙遠之處，已有濃濃黑煙從森林中竄出。

他們觀察周遭，發現除了部落外部圍繞著一圈地方駐軍以外，沒有其他高階軍官，無名者低聲對拉疏說，這很奇怪，因爲上次他來時這裡還有許多外鄉人軍官。一提到外鄉人，拉疏便無法控制反胃感，他厭惡外鄉人的模樣，總是一臉嘻笑，帶著高高在上的輕蔑，儘管他們必須遵守規定，卻沒少藉著管理部落人的機會奚落、欺侮他們。

「不過軍官都走了也好。」無名者接著向拉疏陳述計策，沒有軍官的駐軍士兵管理較爲鬆散，他們可以用聲東擊西的方式吸引士兵，讓包圍部落的陣式產生破口。兩人經過長時間的夜間鍛鍊後已有十足默契，拉疏理解無名者簡單語句中的意思，並能夠配合，不需要更多推演或提示，拉疏知道自己矮小的身材有著怎樣的優勢，他攀上樹木，藉由樹蔭隱匿身形，同時刻意發出威嚇的聲音。拉疏從這一棵樹盪到另一棵樹，製造能夠吸引士兵們的動靜，引開一部分的士兵後，無名者便能輕鬆潛入，拉疏完成工作，立即在枝幹間迴轉，這次卻以完全不會搖晃到樹枝的輕盈動作隱匿行跡，跟隨無名者的腳步進入帊音部落。

兩人會合後，他們靜靜地走向黑煙瀰漫之處，彼時就連他們腳下的枝葉草屑，也因燒焦之故變得脆弱，一踩就化爲粉末。與此同時，空氣中還有一股肉燒焦的油脂氣味，不知爲何，那氣味聞起來分明與一般獸肉經煮食後的味道所差無幾，拉疏聞了卻只想嘔吐。

無名者撕下衣襬，示意拉疏用布條沾水後覆蓋口鼻處，這才總算減輕了那股怪味的刺激與黑煙的嗆鼻。他們匍匐在地，以手肘和膝蓋向前爬行，如此就能躲避不斷竄起的黑煙，拉疏跟在無名者身後，不記得自己過了多久才終於看見第一幢房屋。

如果那還能稱作房屋的話。

已經燒得焦黑，連殘餘的碎片也不剩下，或許是風向改變了，黑煙轉往別的方向，他們終於勉強可以站起來。站起來後，拉疏本想繼續往前走，卻突然撞到了無名者僵硬的背。

「怎麼了？」拉疏低問，看見無名者背部幾不可察的顫抖，他於是越過無名者的肩膀看去。

從那之後，他將一直記得自己看見的景象。

燃燒殆盡的房屋，以及堆疊成山的屍體，屍體已燒成焦炭，看不清容貌，拉疏在那一刻退縮了，他想自己還不是阿巴刻，他還年輕，甚至還沒有成年，他不應該知道這麼多，他不該知道這些，他無法承受了……他不能繼續看見、聽見、聞到……他幾乎要崩潰了，整個人陷入前所未有的恐慌之中，這到底是怎麼一回事？爲什麼會發生這樣的事？這怎麼可能呢？跟軍方有關嗎？他們連按照規矩欺辱他們都辦不到，已經開始直接屠殺部落人了嗎？

下一個就是我們了。拉疏突然想：我們不應該在這裡，不應該看見這些——

「冷靜，控制好自己，這些人不是軍隊殺的。」無名者上前按住拉疏的肩膀，拉疏的身高只夠觸及無名者胸膛，那一瞬間，拉疏不再顫抖，哥哥自殺前對自己說過的話迴盪耳邊，拉疏想，哥哥承受過與此相同的事，更甚者，是發生在他身上的事，他知道了祕密與眞相……可他直到死去都不曾透露哪怕一點點。

或許這只是開端。拉疏對自己說：但我要接受，就像哥哥那樣，我要承受住，爲了其他更弱小的族人。「我沒事。」拉疏發現自己把嘴唇咬破了，他在血腥味裡咬牙切齒地說。接著，他重新打量面前被像垃圾一樣隨意堆疊的人體，他用盡全力調動理性分析的能力。

「是因爲病嗎？」拉疏問：「失控了，這些人都病死了，爲了不讓病擴散出去才把屍體燒掉。」

無名者沒有回答，他的目光在無數屍體中逡巡。

這樣的地方，拉疏連一秒鐘都不想再待下去，可無名者仍一一確認了被燒掉的屍體身分，拉疏沒有阻止他，辨別如此困難，無名者卻仍堅持，顯然是在尋找他的朋友烏托克。

他花了很長的時間才在一棟燒毀的房屋內找到烏托克的屍體，那年老的部落使者，死前是盤坐在地，手執某種植物的葉子，像是在進行儀式。看見烏托克屍體的瞬間，無名者眼中湧起淚水，他對拉疏說：「那是爲橫死族人進行的靈魂淨化儀式。」

意味著直到死前最後一刻，烏托克仍以部落女巫以及部落使者的身分，試圖爲所有慘死的族人進行靈魂淨化儀式，如此一來，這些死去的族人靈魂就不會化爲惡靈。

拉疏不曾看過惡靈，也不曾夢見過死去的哥哥，他聽說死在部落的人靈魂會發光，永遠停留在家的屋頂，照料、守護活著的家人，可他不曾見過哥哥的靈魂，有好長一段時間，他以爲哥哥變成惡靈了，因爲他可能是自殺死的，據說自殺的人也無法成爲好的靈魂。

如果是那樣，他也希望哥哥回到自己身邊，讓他將來打獵的獵物變少，讓他行走在山裡時摔跤跌倒，讓他作噩夢，讓他夜不能寐，如此一來，他就知道變成惡靈的哥哥仍在自己身邊，爲他帶來前所未有的甜蜜災禍。

拉疏抬頭仰望天空，彷彿在飛竄的黑煙裡看見無數好的與壞的靈魂，交相纏繞、飛升。突然間，無名者快步走向死去烏托克的身後，烏托克半舉起的手臂遮掩了一部分屋內的景象，亦像是在保護著什麼，拉疏跟隨無名者走向屋子一角，看見更多堆疊的屍體。

「我們走吧，已經沒救了。」拉疏別過頭去，再也無法看，無名者卻絲毫未動。

「還有人活著。」無名者平靜地道，稍微退開一些讓拉疏得以看見。

那是一名少女，她的臉因濃煙沾滿黑炭，看不清原有的容貌。

❧

阿巴刻睜開眼睛。

守護所內一片黑暗，除了他自己的呼吸聲以外，還有另一人輕柔的吐息。

「眞是悲慘吶，阿巴刻。」低沉的女子嗓音道。

「烏托克。」阿巴刻掙扎著從地上爬起來，他時刻謹記著自己的職責，因此出聲驅趕：「烏托克……你……你不應該在這裡，請你離開。」

烏托克好整以暇地在距離阿巴刻一公尺遠的位置坐下來，細細地觀察著他：「你說過只要不超過守護所，我可以接近你的部落。」

阿巴刻的神智還因睡眠而混沌，他困惑地盯著烏托克許久，最後才點了點頭：「是的，你可以。」

「那麼，我們來談談吧。」烏托克一手支撐下巴，雙眼明亮地望著阿巴刻：「首先是議事，你失敗了，不僅自己部落的事項沒能討論到，連其他部落也有幾件被迫放棄。」

阿巴刻瞪著她，似乎想辯解，嘴巴張了又閉，最終卻是什麼也沒說。

「你倒把兩個小助手照顧得不錯。一個身體受了傷，一個心裡受了傷，但嚴格來說，幸好不嚴重。」

「助手不可能完好無缺。」阿巴刻迅速地說：「不可能毫髮無傷，我已經盡力了……」

「是啊，你已經盡力了。」烏托克的語氣哀傷又無奈，她今晚的態度很奇怪，彷彿放軟了身段，眼神亦有所求。

阿巴刻看著她，心生警惕：「你找我的原因是什麼？」

烏托克故作沉思：「唔，阿巴刻，風暴即將到來，我希望你計畫順利，如此才有餘裕幫我。」

「計畫？」阿巴刻防備地問：「我的什麼計畫？」

「將其他部落出賣給軍代表的計畫。」

阿巴刻愣了許久，猛地站起身朝烏托克搖搖晃晃走去：「我沒有！你怎麼敢……你膽敢如此污蔑我！」

「你以爲只是讓軍方找找他們的麻煩，克羅羅莫就能休養生息？你寄望多久？幾個月？幾年？很遺憾軍代表不如你那樣天眞，一旦他發現任何違反禁令的事情，那些部落會從此消失，就像很久很久以前。」

阿巴刻瞪著烏托克，他仔細思考，漸漸冷靜：「你爲什麼知道這些？你跟蹤我們到遺跡聚落？」

「只有我的鳥兒。」烏托克懶洋洋地抬起手，魔鳥白色的小小身體在斗篷下一閃而過。「不管怎樣，你終究算得上幫了我大忙，因此我要告訴你一個祕密。」阿巴刻冷冷地望著面前的魔女，一語不發，暗自決定無論烏托克說了什麼，他都不能表現出多餘的情緒。

「三年前帊音因怪病滅村，那病不是什麼瘋病，是被人刻意帶進來的。」烏托克說著，同時下意識以雙手環抱住自己。「起先染病的是一名部落中的人，那個人突然高燒不止，很快的，部落裡所有人都染上了病。」

「無論眞相爲何，到現在這個地步，已經無法改變瘋病的謠言了……」儘管阿巴刻這麼說，他實際上對烏托克的話語存疑。三年前有人刻意將病帶來保留地，爲的是什麼？若眞是由外鄉人軍官傳來，對外鄉人、軍方乃至於整個都市區，都該沒有任何好處才對。

看出阿巴刻的不信，烏托克苦澀地笑了：「我們之前談過這件事，而你只是再次裝聾作啞……我現在告訴你是因爲我即將開始**我的復仇**，我要你知道我對外鄉人的恨有多深，如果可以，我也希望能引起你心中的恨，可是你依舊麻木，就像是被小繭蜂寄生的蓖麻蠶，想要在身上長出小繭蜂幼蟲的狀況下存活，卻又爲小繭蜂幼蟲所利用，榨取著養分和生命。既然這樣，我只能提醒你其他事情……軍方背後的勢力不只有一種立場，他們彼此制衡，就我所知，其中一股勢力渴望殺死所有保留地人，正是他們把染病的軍官送進來。所以你若想跟藍眼人合作……」

「我不打算跟軍代表合作，我從來沒有想過！」阿巴刻彷彿再也忍無可忍，他伸手指向守護所大門：「請你離開！我不想再見到你，不要再接近克羅羅莫，甚至是守護所，也絕對不要向我的族人傳達你口裡的謊言！」

「所以你依然認爲我在說謊，是嗎？」烏托克的語氣第一次變得脆弱，卻又古怪地充滿決絕：「沒關係，算了，阿巴刻，你不是想知道我爲什麼來找你嗎？我是來道別的，同時也請求你的幫助，不久後我將需要你，請幫幫我，看在無名者的分上，當那個時刻到來，請你不要拒絕我。」

隨著一陣鳥類拍打翅膀的聲音，烏托克消失了，只剩下阿巴刻在無人的守護所內默然佇立。

第六章

回歸部落隔日，泰邦很早便醒來了，由於長時間未居住，炭屋需要一番整理和打掃，泰邦讓璐安繼續休息，獨自開始工作。約莫到了中午，達諾來傳口信，告知泰邦阿蘭被安排寄住在苡薇薇琪的家，與瑪加凱一起協助女巫的工作，包含採草藥、晒乾藥草以及學習儀式和祭歌，泰邦暗忖這對想要學習部落生活方式的阿蘭來說是再好不過。

「其他族人沒有反對嗎？」泰邦不禁問。

「那女孩是軍方派來的，阿巴刻說她身分特殊，我想應該沒人敢反對，不過我年紀還沒到不能參加會議，很快就被趕走了，後面發生什麼我也不知道。」達諾有些好奇地問：「她到底是什麼身分？她也在遺跡工作嗎？」

泰邦不知怎麼回答，阿蘭只是軍代表身邊的侍女，即便如此也是那個男人派來的，泰邦猜想阿蘭並不希望被其他人得知自己的身分，因此他只是模稜兩可地回應達諾。直到達諾終於離開，泰邦回到炭屋，發現璐安已經醒了。

「睡得好嗎？」泰邦親了親弟弟，將一些小米、碎肉和蔬菜扔進鍋內燉煮成粥：「吃點東西，你的臉色好差。」

璐安點了點頭，他在哥哥的幫助下開始進食，然而璐安也注意到泰邦不斷看向屋外，像是心神不寧。

「泰邦，你想去見那個女孩子是嗎？」璐安問。泰邦看向弟弟，臉上出現了令璐安陌生的表情，那是祕密，更宛如他們兩人之間出現了一堵不曾存在過的牆。

「可以嗎？」泰邦小心翼翼地問。璐安眼神一黯，只覺得無比疲倦，他再次點頭，露出微弱笑容。

「我沒事的，我已經長大了，可以自己吃飯。」

「那好，我傍晚前會回來。」泰邦輕輕擁抱璐安。

離開炭屋時，一種莫可名狀的預感閃過腦海，泰邦回頭看向弟弟坐在餐桌前一口一口吃飯的景象，不知為何，竟有股說不出的脆弱。可是泰邦同樣也擔心阿蘭，她初次來到山區部落，儘管她的部落語言說得流利，也幾乎沒有口音，泰邦仍擔心她會無法適應。

泰邦順著前往女巫山谷的芒草叢走，一路上，他注意到擦身而過的部落族人如同過去那般對他視而不見，族人們看著他的眼神除了怪異以外，更多了一絲厭棄，彷彿炭屋的孩子不應該出現在部落中。泰邦並不知道昨晚在守護所發生的衝突，卻也感覺到部落族人對自己敵意更甚，為此他感到既困惑又憤怒，他想或許自己不該意外，畢竟議事沒有完成，只是這些過去泰邦習以為常的畫面，如今都變得陌生且尖銳。

泰邦思索著自己為部落忍受的每個夜晚，儘管軍代表總共只召見他兩次，但每一晚，他都承受著巨大的恐懼，而這些給予他鄙視眼神的族人們一無所知，或者他們知道，卻只是暗自慶幸……幸好是炭屋的孩子？只要想到這個，泰邦就無法冷靜下來，他感覺被整個部落背叛了，不僅僅是阿巴刻，或許在未來，部落裡的每個人都會在有需要的時候，毫不猶豫地犧牲他們。

泰邦心想：如果只是我，那沒有關係，可是為什麼要牽扯進璐安？為什麼？泰邦甚至因此無法面對璐安，如果讓他知道自己生活的部落具有如此陰暗，他會不會失望？會不會渴望離開？或許，他們確實有必要考慮離開部落的可能性。

泰邦陰鬱地思考著，沒有注意到他已經抵達女巫山谷，阿蘭此時就站在屋外，似乎已被安排了一些工作，正細心地整理種植於屋外的藥草。見泰邦前來，阿蘭將一張小凳子放在自己身旁，示意泰邦坐下來。

「苡薇薇琪要我盡快熟悉怎麼照顧植物，所以不能停下，你如果不忙，就陪我說說話吧。」阿蘭一面說，手上一面忙碌地挖除雜草。彷彿只有待在阿蘭身邊，泰邦才感到放鬆，他吁出一口長氣，卻是好一會兒沒有說話。

「怎麼了？」注意到泰邦的不對勁，阿蘭問。

「沒什麼。」泰邦苦澀一笑，實在不知道該如何對阿蘭坦承他和璐安在部落中備受冷落，他也一點都不想說，因此只是關切地詢問阿蘭適應得如何。

「昨天才剛來呢，哪能那麼快適應好。」聞言阿蘭笑了，她用一把微微彎曲且略有鏽跡的小刀刨挖雜草的根，然後整株丟進竹籃裡，重複單調的動作，阿蘭的臉上淌落汗水，手腕上的鈴鐺也隨動作輕響：「不過我很喜歡苡薇薇琪，我沒有遇過像她這樣的人。」

泰邦回以一笑，不知道阿蘭指的究竟是苡薇薇琪的慈祥和善，還是她瘋癲易怒的那一面。

「可是……苡薇薇琪在部落的工作到底是什麼呢？」阿蘭突然停下動作，抬頭像是想了一下：「你們說她是女巫，但她的能力好像更特別。」

「你不知道？她沒跟你說嗎？」泰邦驚訝地問。阿蘭搖頭：「她只做，不說……嗯，有時也用唱的方式表達，就是不會說。」

泰邦索盡枯腸，仍無法確切地向阿蘭說明苡薇薇琪的工作，他歸因於和學習祭歌相同的原因——他太過蠢笨，所以無法理解老女巫的儀式和歌曲。

「她常常需要幫助族人處理問題。」泰邦努力解釋：「各種各樣的問題，我也不知道該怎麼講，總之只要這邊有人身體受傷、生病，都會去找她，她會唱一些特殊的歌，那種歌……」想起過去參加苡薇薇琪的學徒訓練，泰邦沉默下來。

阿蘭見狀轉變話題：「或者，你可以對我說說你們部落的信仰是什麼？」

「信仰……」

「就是人死後會去哪裡？你們有神在執掌生死嗎？或者對惡人降下懲罰？」阿蘭詳加解釋。

泰邦再次搔了搔頭，他明白阿蘭的疑問，卻對如何回答產生遲疑。他一直以來都生活在部落，祖靈與神靈、伊古相關的傳說故事深入他的記憶與生活。簡直一言難盡……泰邦想，就好似要對阿蘭描述大海裡的一滴水。

不過關於人死後的事情，泰邦倒是可以試著描述：「人死了之後如果是在故鄉部落裡死去的，那會進入靈界，成爲祖靈，保護著家族與部落；如果是在部落外死掉或者橫死的，就會成爲惡靈。部落人信仰中的神靈是由最早的祖靈變成的，也就是我們最早的祖先，這些祖先之所以會成爲神靈，並在生前就擁有傳說，是因爲和伊古結合的關係，伊古具有某種強大的力量，可以讓人成爲神靈。」

「靈界是什麼樣的地方？」阿蘭好奇地問。

「跟原本的世界很像，基本上就像……重疊在一起，只是祖靈過祖靈的生活，生者過生者的生活，彼此無法看見或接觸。」

「那惡靈呢？」

「惡靈遊走在兩界，他們由於死時的痛苦靈魂產生缺陷，將不斷在兩個世界當中尋求撫慰，然而他們的方法總是殘暴且邪惡，他們已經迷失了……祖靈在另一個世界保護生者的我們免於被惡靈傷害。」

「聽起來……好溫暖，但是也好悲傷。」

泰邦沒有預料到阿蘭會有這樣的回答，他有些意外地看向阿蘭，發現她仍在除草，表情也毫無變化，眼角卻微微濕潤。

「如果親人死去以後還在另一個世界守護我們，那不是很幸福嗎？」阿蘭輕輕說道：「不過惡靈也很可憐，他們似乎永遠也無法得到安息。」

泰邦不曾想過這些問題，他從小在部落長大，倘若死去也肯定會是在炭屋裡，他沒有深思過人被迫成爲惡靈的痛苦。「唔，或許是吧，像烏托克、阿巴刻等部落使者的名字，很久以前也是祖靈、靈魂、神靈的意思。」泰邦突然想，不曉得最初是誰制定部落使者的名字，因爲這些名字其實富有深意，彷彿意味著祖靈以具有肉身的模樣幫助部落。

「惡靈……我從來沒見過，不過苡薇薇琪曾說，有時候人生病，或者打獵不順，有可能是惡靈作崇的緣故，所以苡薇薇琪的工作很大一部分也和靈魂有關，她會用儀式保護族人不受惡靈騷擾，也會和好的靈魂進行溝通，有時能夠尋找到在山裡迷路的人。」

「泰邦。」阿蘭突然有些猶豫地問：「如果靈魂是眞的，你……你有見過你父母的靈魂嗎？」

「沒有。」泰邦垂下了頭：「但苡薇薇琪曾經說過，善的靈會默默保護我們，平常是看不到的。」這些話其實無法說服泰邦自己，因爲他知道父母親是因爲跨越邊界而死的，既是橫死，死者便只會成爲惡靈。泰邦只能不斷在心中祈求，也許經過苡薇薇琪的儀式，他們又轉化爲好的靈魂了。

注意到泰邦的分神，阿蘭再次開口：「我可以問嗎？你的父母是什麼樣的人？」

「我的父親，是個正直的人，很正直也很勇敢……」泰邦說不下去了，停了許久才再次開口：「我的母親，很溫柔，皮膚很白……」白得不像長時間在外工作的部落人。

泰邦猛然想起自己在遺跡時遭遇的怪事，他的記憶莫名改變，母親的形象在腦海中再次模糊起來，有那麼一瞬間，他置身於漆黑的野地，周遭有貓頭鷹叫、螢火蟲飛舞……

「泰邦？」阿蘭呼喚著。

「我的母親很普通，沒有什麼好說的。」泰邦突兀地站起身：「抱歉，我得走了。」

懷揣深沉的心思，泰邦走入北方森林，山林中的蟲鳴鳥叫彷彿在歡迎他的回歸。一直以來，泰邦都十分喜愛山林裡的吵雜，與人類不同，兼具柔和與激越的鳥鳴、不知名昆蟲摩擦翅膀的聲音、水鹿嚼食草葉的聲音……此時此刻，心中的憂慮被弭平，泰邦相信自己確實回到家了。

他想起璐安。

「就算軍代表說的是眞的，我也……」

泰邦彷彿下定了決心般握緊拳頭。

不想放弟弟一個人待在炭屋太久，他準備回去，同時沿路撿拾可食用的水果、蘑菇和藥草，他的狀態正在恢復，或許很快就可以繼續狩獵、撿物資。泰邦專注在手上的工作，因而當山林深處響起另一種聲音，他有些吃了一驚。

泰邦很快轉頭看去，並未發現什麼，樹木茂密之處格外陰暗，一陣風從陰暗處吹來，讓泰邦渾身起雞皮疙瘩。風吹來之處彷彿有人影，泰邦提高警覺撥開樹枝、長草往前走，就像受到引領一般來到一片牛樟林，他輕撫樹幹，嗅聞牛樟特殊的清香，陽光從樹冠上方篩落，讓他不由自主抬頭仰望。下一秒，他看見紅色的人臉像一鮮紅的傷口，被刻畫於牛樟樹樹皮上。

泰邦嚇了一跳，向後退了一步，他踩碎枯葉的聲音在寂靜的樹林中顯得異常突兀，泰邦再次抬頭，那張紅色的人臉是如此熟悉，他想起前往遺跡聚落的路上，巨大的廢墟裡也有相似的圖樣，可是這怎麼可能呢？這圖像到底代表什麼？又爲什麼會出現在這裡？泰邦想起阿巴刻曾說，這只是有人在惡作劇，但這圖像有股力量，讓泰邦知道絕非惡作劇那麼簡單……尤其在近看之後，人臉就會轉化爲受虐動物的圖像，所傳達出的痛苦讓泰邦難以承受。

幾乎是在同時，初次看見圖樣時浮現腦海那不屬於自己的思緒再次湧入，包含那座神祕的山谷，這次就像是一幅富有細節的圖畫那樣直接展現在他面前，有某個人在說話：來這裡……我們就是被這麼對待……那些外面的人把我們當成動物豢養……如果你也想反抗……**保持安靜，前來這裡！**

神祕山谷與陌生思緒相互搭配，組成模糊的意識，一股強烈的渴望注入內心，引誘泰邦前往，然而在泰邦的身體隨之動作時，另一股怪異的力量阻止了他，那就像毛茸茸的尾巴掃過腳踝，阻止他前進，令人清醒的同時，也更加迷惘。

「是什麼……」泰邦開口。

「是什麼……」

泰邦閉上嘴，那是回音，還是他的幻想？因看見紅色圖像而浮現的外來思緒被這聲音倏地抹除，只剩下腦海中神祕山谷的模樣所引發的悲傷。彷彿為了將泰邦腦海中不屬於自己的意念完全消除乾淨，帶著強烈占有欲的獸吼從遠方、也像是從極近的距離傳來。聽起來就像泰邦曾夢到過的，來自雲霧繚繞的山頂，那兒的天空群星閃爍，滿是野獸氣息。

泰邦突然感覺胸口疼痛起來，他不太舒服，只能抓著胸口返回歸家的路，可是他愈走身體愈重，像整座山林拖在後頭，不讓他走，而那如同回音的聲音再次呼喚：你回來了……你回來了……你是我的……

泰邦感到心口像被爪子輕輕抓了一下，他的身體熱了起來，就像他離開部落前的症狀。泰邦跌跌撞撞返回炭屋，卻不見璐安的蹤影，起先他驚慌失措，隨後他看見璐安擺放在餐桌上的木片，上頭是一幅畫，由黑色線條簡單勾勒出的森林和森林中的山洞，這讓泰邦安下了心，知道璐安已前往他的祕密基地——北方森林的洞穴裡。

泰邦環顧四周，炭屋一如以往，散發木炭燃燒的氣味，門口擺放著他的工具和雜物，桌面散布著璐安的繪畫用品。每一次看見炭屋，泰邦再紛亂的心思都會平靜下來，因為裡頭充滿了他和璐安生活的回憶。

所以璐安是他的家，不是炭屋，不是部落也不是整個保留地，而是璐安，璐安在哪裡，哪裡就是他的歸依之所。

彷彿回應著泰邦對「家」這個概念的領悟，他的目光濕潤螢綠，體內爆發高熱，他的身體再也支撐不住，癱倒床上陷入毫無來由的昏睡當中。

璐安發現自己好久沒有畫畫了，在遺跡聚落，他始終沒有心情畫畫，現在回到了部落，他嘗試畫下一些東西。他用黑色木炭快速描繪記憶中第一次看見整個遺跡聚落的情景，模樣特殊的建築櫛比鱗次聚集的壯觀，他無法記得細節，便先概略地勾勒出大致外觀，再隨心所欲添加細部紋理。一條一條彎彎曲曲的炊煙升起，畫的前景是兩個小人和一個大人，他們從遠方望向遺跡聚落。

那時他們還不知道自己將會經歷什麼。

璐安扔開木片，從地上撿了新的木片，他拿出蠟筆，用天藍色描繪出軍代表發給他們的遺跡人衣服，遺跡人的衣服總是輕飄飄的，垂墜感很重，璐安畫好以後看了一會，拿出粉色蠟筆，在衣領上添加一張圓圓胖胖的臉蛋，用木炭加深線條和陰影，他想了想，在臉蛋上點了兩個點，以及微笑的嘴巴。一點也不像。璐安想。對了，給他一個名字吧。

璐安張開嘴，試著念出來，卻說不出口，怎樣也說不出口。最後，他用紅色的蠟筆將整張木片塗紅，遮住穿著天藍色遺跡人衣服的孩童。

璐安再拿出一片木板，這次他信手塗鴉，想到什麼就畫什麼，幾道雜亂的木炭線條讓他想起森林中樹皮的紋路，於是他畫了幾棵樹，很奇怪的，描繪樹木讓他平靜，於是他又多畫了幾棵，形成森林。

樹木深處似乎有什麼東西，只是璐安還不曉得，他繼續縱筆描繪，是什麼呢？對了，他前往遺跡聚落後就把自己的祕密基地忘了，那位於北方森林的隱密洞穴。璐安快速畫出洞穴，意外於自己過了這麼久，竟然都還記得洞穴的模樣，以及北方森林的寧靜乏人。

那兒地勢平坦，洞穴入口很窄，如果不仔細看不會發現，可是隨著逐漸深入，內部空間緩緩向四周延展，巨大的地底洞穴便會展現在眼前，洞穴上方長年滴著水，在地面中央形成小小的水池，水池周遭長滿苔蘚植物，池底似乎有岩縫讓水流往他處，以至於水池始終澄澈乾淨。璐安很喜歡那裡，每一次他心裡難過，就會到洞穴去哭，而每一次，泰邦都會跟隨他的氣味前去找他，勸哄他回家。

如果這個世界上有一個地方完全屬於他，那就是北方森林的洞穴。

思及此，璐安悄悄從還未整理完畢的行李底部取出小童的外套，爲了帶走這件外套，他花了好大的心力瞞住阿巴刻和泰邦，幸好他們倆人之間似乎發生什麼事情，不僅不再說話，也因分心而無法注意其他人是否有不對勁的地方。璐安將小童的外套穿在身上，離開炭屋，開始奔跑。

他花了比預期更長的時間才抵達北方森林，更費了一番工夫重新找到洞穴，璐安每次離開洞穴都會用石塊、雜草隱藏好入口，經過這段時間，洞穴看上去沒有被其他人發現，周遭的雜草也長得更高了。

璐安撥開雜草，奮力鑽進甬道中，甬道起初狹窄，接著愈來愈寬，延展成足以供成年人站立的寬敞洞穴，唯一的問題是光線不足，幸好璐安已預先準備油燈，他點燃油燈，按照過往記憶往前行走。很快地璐安重回過去令他安心的場所，空曠的洞穴底部更顯寬敞，頂端永久滴落細小水珠，在下方形成小小的水池。四周更散落著璐安之前留下的物品，有獸皮、顏色鮮豔的布料、漂亮的小石頭、穿山甲的鱗片、斷裂的蠟筆和木炭等等。

看見木炭，璐安下意識摸了摸臉，剛才畫畫時他又把自己的臉弄髒了，泰邦總是說他不小心，這個世界上唯一一語道破他刻意爲之的人，則已經死了。璐安拿出小童的外套，將衣服鋪在地上，他覺得只有在這裡，他才能平靜下來。聽著水滴一滴一滴緩慢墜落，璐安漸漸沉入回憶，他在這兒悼念他唯一的朋友。

若按照部落的信仰，小童死後大概也會化爲惡靈吧。璐安想，不過小童跟他不同，信仰的是金雞神女，也許神女眞的在他死後前來接走他了。

洞穴內除了水滴滴落的聲音以外，什麼也聽不到，璐安突然感覺有些寂寞，他開始輕輕地哼唱苡薇薇琪教他的歌，他沒有注意自己唱的是其中的哪一首，只覺得歌詞彷彿沒有意義，像是不斷呼喚著某人的低語，曲調緩慢而哀傷，過了好久，他才發現自己唱的是死者之歌，那是苡薇薇琪一百〇三首歌裡的最後一首，苡薇薇琪曾說，如果在歌曲中付諸力量，甚至能藉由這首歌喚回死者。

璐安不明白苡薇薇琪的意思，也沒有天眞到相信能用一首歌召喚死去的人，他只是爲這首歌傳達的情感觸動，既然這是死者之歌，用這首歌來紀念小童，或許也再適合不過。璐安輕輕唱著，一遍又一遍，他發現自己安安靜靜地流下淚來，他只能擦去眼淚，再唱一次。

小童的身體被樹葉覆蓋，或許再也不會被人找到，也不一定……璐安總覺得「軍隊」並非自動行進，金屬怪物的背後有人操縱，就像他們也會操控弓箭一樣，背後的那人或許看見了，他會處理屍體，因爲操縱「軍隊」的人肯定也與軍隊本身有關，他殺害了小童，卻沒有傷害璐安。

爲什麼？

璐安唱完最後一次，將小童的外套摺疊整齊，擺放在水池邊，就這樣了，璐安在心裡對小童道別。當璐安轉身準備離開洞穴，他彷彿聽見了一聲孩子氣的嘻笑，可當璐安回頭看去，卻什麼都沒有。

璐安循原路返回部落，爲了不和其他族人打照面，他潛入比自己更高的芒草叢中，順著芒草一路走回炭屋，在璐安接近炭屋時，他嗅到一絲熟悉且令人不安的氣味，他快步跑向屋子，打開門，看見泰邦正神情痛苦地躺在床上。

泰邦面頰赤紅，觸手滾燙，種種跡象都讓璐安想起泰邦過去曾生的病，那時他的眼睛變得螢綠，還會像野獸般撕咬自己。璐安勉強壓抑內心的不安，伸手撫摸哥哥的臉。

泰邦張開緊閉的眼睛，他的眼睛仍是暗褐色的，並且神智清楚。

「我沒事，讓我休息一下……璐安，讓我休息一下就好。」泰邦撫摸璐安的頭，可是就連他的手掌也炙熱發燙，璐安想起泰邦雙眼發綠的時候，他發瘋地撕咬自己，璐安不由自主開始發抖。

「璐安，聽我說，我在牛樟林那邊發現之前在廢墟看到過的紅色人臉。」泰邦不容拒絕地握住璐安的手，要求他凝視自己：「**有什麼事情要發生了**！那紅色的人臉會說話，不是所有人都能聽見，你去告訴阿巴刻……有人在召集……」泰邦無法把話說完，他痛苦地呻吟一聲，再次開口時，璐安已不能分辨哥哥所說的話語。

泰邦陷入高燒引發的沉睡中，璐安沒有去找阿巴刻，而是整晚陪伴在泰邦身邊。時不時地，泰邦會在高熱中說些毫無道理的話，他提到母親，璐安沒有太多印象的母親，泰邦喃喃念叨母親把玩著的一塊圓鏡墜飾已經被毀，再也找不回來。泰邦也彷彿回到年幼時，對著初次遭遇的山豬驚恐大哭。更多的時候，泰邦只是呼喊父親、母親以及璐安的名字。

阿巴刻在守護所內端坐。

今日，一名意料之內的拜訪者前來，向阿巴刻傳達軍代表的口信，也提醒他軍代表曾提出的邀請。那是遺跡聚落的軍方代理人，他自稱李正，因為來自軍代表所在的遺跡聚落，他的身分更加特殊，卻與一般的遺跡人不同，李正留著灰白鬍鬚，沒有穿著遺跡人特有的、輕飄飄的裝束，反而做部落人打扮，一進入守護所就喊熱，他大剌剌盤坐地面，就像部落人一般。臉上則始終帶著精明的笑容。

「這次我奉軍大人之命暗地前來，除了向你說明針對其他部落的瘋病調查以外，也因為調查過程中我發現一些不懂之處，軍大人便要我一併向你請教，不管怎樣，調查本身目前已經略有眉目了。」李正啜飲一口阿巴刻提供的小米酒後，開始娓娓道來：「你提供的幾個有瘋病傳聞的部落，確實有大量人口流失，事實上我們擴大調查，發現不僅僅是這些名單上的部落，山區部落有好幾個都出現族人的失蹤，他們認為是瘋病造成族人離開部落，從而失蹤、死亡。不過有趣的是，這些失蹤的人起初是年輕力壯的男性，然後是少數的少年少女，最近的失蹤者數量急速增高，甚至出現大量身體健康的中年人。由於這些失蹤者很少能找到屍體，加上你提供的那份紅色人臉圖騰，我們在山區森林及各部落周遭都有發現，圖騰具備的技術和力量只有都市區才能分析。」

阿巴刻沉默不語，心中盤桓著複雜的思緒，他想了很久，最終試圖探問與紅色圖騰有關的資訊：「你所說的技術和力量是？」

「紅色圖騰已經被送往都市區調查，目前傳回來的消息是，這個圖騰具有特殊的力量，能夠讓特定身分的人在看到的一瞬間獲取大量訊息，就像有人直接在你腦袋裡說話一樣。他們認爲這些訊息可能和失蹤的人們有關，目前已經有厲害的人在進行解讀。」

「這是有可能辦到的嗎？」阿巴刻忍不住脫口而出，引來李正的一陣輕笑。

「你覺得就像你們女巫的法術一樣是吧？但這個不是啊，我也搞不清楚，都市區總能出現一些我們想像不到的東西，所以才偉大嘛。不管怎麼說，你這次提供給軍大人的線索都很寶貴，那些失蹤的人或許跟瘋病無關，因爲沒有屍體，所以人到哪裡去了呢？對於實際情況，我跟軍大人都有一些猜測……阿巴刻吶，你這次可立下了大功勞。」

阿巴刻不由自主移開目光，他一直以爲那些常常欺凌他們的其他部落只是有太多人嘗試跨越邊界；他們族內長老們又極其貪婪，逼迫他必須代替部落向軍代表求取糧食，阿巴刻想透過軍方給他們一點教訓，哪怕只是造成他們些許不方便。卻沒想到如今軍代表派遣代理人前來，所描述的狀況著實超出他的想像，阿巴刻心中突然閃現不安，他想起烏托克曾對他說的話：不久後我將需要你，請幫幫我。

「您所謂的實際情況是？」阿巴刻小心翼翼地問。

「叛亂吶。」李正仍笑著，眼睛卻毫無笑意：「有人利用紅色圖騰在背後煽動、宣傳著要那些失蹤的人前往某處聚集，不論主使者是誰，他都在暗自組建屬於部落這邊的軍隊。」

阿巴刻腦中傳來轟然巨響，自己的聲音彷彿來自很遠的地方：「您確定嗎？這怎麼可能呢？是不是弄錯了……」

僅僅在這時候，李正才初次流露出遺跡人的高傲，他冷視阿巴刻，回答：「你當初對軍代表提出調查的建議，就該知道了吧？現在人口大量失蹤的部落都將在明年夏季前完成調查，看看是否蓄意協助叛軍建立，即便部落本身沒有那個意思，部落使者也會因處理不當集中到遺跡聚落，由軍大人親自審問。軍大人讓我來通知你，同時也要求你務必保密，你的部落將會更加壯大，這不是很好嗎？軍大人他啊，正在尋找山區部落可以信任的使者，他對你評價很高，未來一定還有用得上你的時候，爲此感激涕零吧。」

「可是，如果那些部落聯合起來準備叛亂，又怎麼會要我向軍代表求取糧食，他們根本不該引起懷疑啊……」阿巴刻喃喃地試圖替他們辯解，同時感到無比困惑，整件事背後似乎有其他隱情，他卻怎樣也無法將思緒理清。

李正再次笑起來：「野蠻人的想法我可搞不懂，我已經說過了，即便部落本身沒有那個意思，部落使者也難辭其咎，也或許他們覺得自己不會那麼倒楣，還是由於糧食稀缺的關係，再也管不了那許多，總之，都跟我們無關。」

他撫摸自己灰白色的鬍鬚，慈藹地看著阿巴刻：「山區部落對我們遺跡人而言，一直是毒瘤，這位新任軍大人有著超卓的想法，他讓我再問你一次，你是否願意替他做事？如此，未來的部落使者代表，將不再需要獻上助手，也不需要由山區部落這邊選出，而是由軍大人挑選……軍大人說，他已選擇你，他希望你能替他管理整個山區部落，同時，他也會照顧你以及你的部落，只要你願意作爲使者代表，替他做事。」

阿巴刻還陷在震驚中無法回神，李正的話語穿透他，將他刺穿，他不合時宜地想起無名者，那至今都被部落稱爲叛徒的男人，卻也是他所遇過最爲光明磊落的勇士，如今，反而是他在無意間眞正踏上了成爲叛徒的道路，由軍代表承諾給予的前景卻又是如此光輝燦爛。

阿巴刻想，自己不該猶豫的，可是一想起最開始的部落使者聚會，他如何被脅迫成爲使者代表，返回部落後，又是如何遭到部落族人的憎恨與奚落，直到現在，守護所內仍殘留著人群聚集留下的汗臭味，那讓阿巴刻噁心想吐，卻不知道這份反胃感是由於那些不值得保護的人，還是由於他的遲疑。

「您能給我一些時間考慮嗎？」阿巴刻低問。

李正似乎早已料到阿巴刻會如此回覆，他從行囊裡取出一精美的絲質卷軸，輕輕放在阿巴刻身旁：「軍大人已經給過你時間考慮，現在是答覆的時候了，這份委任狀，可以證明你確實是軍大人挑選的部落代理，下一次碰面，我會傳達軍大人的指令，阿巴刻，千萬不要讓他失望啊。」

阿巴刻送走李正後，便獨自在夜晚的山林中漫遊，起先他漫無目的，心中滿是那些即將因他遭捕的部落使者，以及會議中部落使者們半帶威脅地要求他承擔使者代表的責任，當時他多麼憤怒，如今回想起來，那些部落使者不也只是在保護他們自己的部落與族人嗎？他信步走過曾與無名者一同進行訓練的土地，思索自己的選擇，一直到天亮。

當阿巴刻最終返回守護所，在稍微遙遠的距離之外，他看見守護所周遭圍繞著部落中的長老和幾名成年人。見到阿巴刻，其中一名長老代表發言：「阿巴刻，經過漫長的討論，由於你議事表現不佳，未能替部落謀取福祉，我們決定剝奪你阿巴刻的身分，驅逐你成爲無名者。」

「哦。」阿巴刻只應了一聲。

見阿巴刻反應並不激烈，其他族人面面相覷，除了困惑以外，更多的是鬆一口氣。這讓阿巴刻感到好笑，難道他們眞以爲部落使者是一個多好的差事嗎？沉浸在和平中這麼多年，他們卻從不曾探問是誰在暗處給予幫助，如今他們也依然對未來一無所知。

「既然你同意，那就再好不過，只是因爲目前還有很多事項尚未完成，新任阿巴刻也需要遴選和交接，所以希望你能暫代阿巴刻職務，直到我們選出下一任。」

長老們故作姿態說話的樣子，阿巴刻是再也看不下去了，他張開嘴，卻想著軍方代理人告訴他，他將會成爲軍方在山區部落的唯一使者，爲部落帶來穩定與和平。他也想到可能發生的叛亂，軍方代理人聲稱正在暗中醞釀的叛亂，究竟是眞有其事或者從未發生？但那些紅色的人臉圖騰又該如何解釋？如果有人透過圖騰在傳遞祕密訊息，原因又是什麼……阿巴刻突然感到很疲憊，一種深深的疲倦與無力感攫住他，讓他什麼也說不出口。

「我明白了。」阿巴刻最後只是輕輕說了這麼一句，就從那些族人身邊經過，走回無人的守護所。

他不在意外面的那些人是否正低聲討論自己的反應，阿巴刻很清楚這些日子以來部落族人對他已失去信任，由於他無法透過議事爲部落帶來好處，被驅逐也是預料中的事情。

說到底，他仍不願意成爲眞正的軍方走狗，但即便如此，他做錯的事情也已經夠多了。阿巴刻盯著守護所牆上的一塊污點，雙手摀住臉，試圖掩飾他表情的無限驚恐，在守護所外，他總是必須維持面具般沉穩的表情，只有無人可見的時候，他讓自己發洩恐懼。阿巴刻聽見自己急促的呼吸聲，像是即將溺斃。他全身發抖，汗如雨下，只因他終於意識到，自己搞砸了，打從他要求軍代表調查其他部落有關瘋病的傳聞，他就在無意間成爲了眞正的叛徒。那麼，除了繼續走完這條路，並在背負他人非議的情況下繼續保護部落，他還有什麼選擇？

「好可怕……」阿巴刻顫抖的嘴唇洩漏了幾個字，他迅速摀住自己的嘴，不敢置信他居然脫口而出。他四下張望，確認守護所裡沒有其他人，這才鬆一口氣。

他覺得自己彷彿回到了年少時，沒有力量、十分弱小，但至少那時他有無名者陪伴。曾經他眞的以爲，無名者會一直教導他、引領他……直到三年前，無名者決定跨越邊界。

三年前，拉疏和無名者暗中進入帊音部落，在一片灰燼殘骸中救出三名女性、兩名男性。殘存的五名帊音族人，組成後來規模極小的帊音新部落。

拉疏最初只是幫助無名者救助倖存的帊音族人，可是後來包圍在外的軍隊見火勢減弱，紛紛返回檢查，拉疏和無名者佯裝同爲帊音族人，暗中觀察軍隊。軍隊中的發話者是一名外鄉人軍官，對於尚活著的帊音族人，他要求他們必須保守祕密，絕不能讓其他部落知道發生慘劇的原因，否則他們會再次前來，殺死剩餘的帊音族人。

見他們同意以後，軍隊即刻撤離，並帶走所有的死者屍體，除了老烏托克的屍體。那屍體生前分明承受巨大痛苦，卻仍端坐並執行儀式的姿態讓外鄉人感到害怕，帊音的烏托克同時也是女巫，他們認爲烏托克的屍體被她自身所詛咒，因此獨獨放過了烏托克的身體。其他帊音族人曾經哀求過軍隊，希望能將死者留下來，讓他們仔細安葬，但軍方認爲這些屍體可能還存有病菌，加上剩餘的族人極少，很難完善地處理這些屍體而不被其他部落發現，因此即便帊音族人哀聲請求，他們仍帶走所有死者。

待軍隊離去，拉疏和無名者留下來替剩餘的帊音族人整理破敗家園。

拉疏曾與無名者討論，是否將帊音族人帶回他們的部落安置，然而他們非常清楚自己的部落只會排拒差點滅村的其他部落，恐懼會令所有族人惶恐不安，根本不可能平和地接受帊音族人。因此拉疏和無名者選擇協助剩餘的帊音族人建立簡單的家屋，帊音部落最重要的烏托克也必須重新遴選，一名新的部落使者或許能讓剩下來的人更有凝聚力。

此前，帊音倖存者們舉辦了特殊的儀式，爲死去的前任烏托克送行，那是拉疏所見過最不可思議的儀式之一。他們在滿月時分將死去的烏托克屍體置於空地上，五名倖存者手牽著手，圍起圓圈，以特定的頻率吟唱、踱步。吟唱持續整夜，直到天亮，第一道曙光照射在烏托克身上，五名帊音族人將身上穿戴的一件物品放在烏托克身邊，接著頭也不回地離開。

彼時拉疏和無名者就站在稍遠的地方觀看，拉疏聽見一名年紀稍長的婦人對著他們第一個找到的，臉上沾滿黑炭的少女輕聲說：「由女巫成爲烏托克，是我們帊音的傳統。」

少女年輕，卻已比大多數倖存者年齡更長，同時她黑白分明的眼睛寫滿冷靜，臉上的黑炭原來不是黑炭，而是刺青，代表她已成年且在部落中有地位。她聽了婦人的話，點了點頭。她是最後一名和烏托克道別的族人，她將綁在頭髮上的羽毛裝飾留在烏托克身邊，與此同時，她取走了死去烏托克緊緊握在焦黑手中的祭葉。

少女在尚未告訴拉疏和無名者自己原本的名字時，便已成爲了新任烏托克，從此拉疏和無名者便如此稱呼她。

事件發生好幾天，烏托克不曾對無名者和拉疏說過一句話，像是心裡破了一個洞，無法塡補，烏托克的衣袋裡飼養著一隻雪白鳥兒，拉疏經常看見烏托克小心翼翼餵食鳥兒，檢查鳥兒的嗉囊是否有食物，她照顧鳥兒就像照顧一個孩子，讓拉疏感到奇怪。

烏托克直到許久以後才終於對他們開口說話，同時也是第一次正式的自我介紹，儘管那番自我介紹，拉疏直到很久以後都無法理解。她向拉疏和無名者聲稱自己是魔女，外表雖年輕，實際上卻有六十多歲，無名者對此毫不在意，拉疏卻懷疑這名年輕的烏托克是否已因巨大的悲傷導致精神崩潰。

他們留在帊音的日子裡，拉疏曾短暫返家一次，告訴父母自己正在進行一次自我訓練，必須在部落外的森林裡進行狩獵和追蹤的鍛鍊，他的母親起先反對，直到拉疏沉默的父親陡然開口，詢問他對自己如此嚴厲的原因爲何？拉疏突然意識到自己再也不可能隱藏心意，於是他告訴父母，他想成爲阿巴刻。

拉疏的坦白引發母親的哭泣，以及父親漫長沉默後的允許。

父親只問拉疏：「你是自己訓練，還是有其他人幫助呢？」拉疏爲父親的敏銳心驚，許久，他認眞地與父親對視：「有人在幫助我，請不要擔心。」

「那好吧。」父親說道：「去吧，你已經不是小孩子了，我們還能怎樣？阿巴刻如果問起你，我會替你編個好理由。」拉疏猛然感到一股強烈的、想要流淚的衝動，是以他只能轉身離開，在迅速的移動中任由淚水乾去。

他們暫居帊音的剩餘日子，烏托克向無名者提出了異常的要求，她表示自己觀察到無名者會對拉疏做訓練，她也想要參與。訓練本身向來由無名者主導，拉疏沒有反對的權力，儘管無名者也算徵求了拉疏的意見，而拉疏只是無所謂地聳了聳肩。

過去無名者的訓練經常是隨興所至，今天練習奔跑，明天就練習打鬥，也可能早上鍛鍊追蹤獵物的技巧，下午卻開始在野外煮食，以往每當無名者又提出某個異想天開的訓練方法，拉疏都會無奈地嘆氣，如今似乎爲了不讓烏托克這名新學生失望，無名者卯足了勁豐富課程內容。

早晨是基本體能的訓練，中午吃過飯後休息一會兒，下午他們會賽跑，或者追蹤獵物。有了烏托克的加入，無名者試圖讓拉疏和烏托克合作找到扮演獵物的自己，在這項訓練中，無名者會眞的喬裝成一隻黑熊或者水鹿，模仿牠們的足跡與氣味，讓尋找的過程難度增加。

從這項訓練開始，拉疏發現自己和烏托克簡直水火不容，烏托克從不在乎無名者要求他們合作的指示，只有她和拉疏兩人時，她幾乎不跟拉疏說話。烏托克兀自追蹤無名者的蹤跡，完全不理會拉疏提出的策略，這讓拉疏從原先對烏托克的同情迅速轉化爲排斥。

當然，烏托克的遭遇可謂悲劇，拉疏憐憫烏托克，卻也始終覺得烏托克身上藏有祕密，不值得信任。更爲糟糕的是，無名者有意無意刺激他們競爭，在訓練中讓他們比賽，有一次，無名者讓拉疏和烏托克比賽跑步，繞著部落跑十圈，拉疏藉由高速擺盪在樹林間原本取得領先，可在他跑最後一圈時，烏托克突然對他發動攻擊，將他壓在地上毆打他的臉，趁著拉疏頭昏腦脹之時，烏托克迅速跳起來跑完最後一圈，贏得比賽。

從此無名者就不再讓他們競爭了，他說烏托克的心受傷了，拉疏也感覺得到，烏托克毆打自己時眼神不悲不喜，只充滿了要贏得比賽的決心。

無名者對拉疏說，或許這也是烏托克決定要守護剩餘族人的決心。

這讓拉疏對烏托克的情感又更複雜了些，烏托克是帔音的部落使者，就好像阿巴刻是他們的部落使者，這名年輕的少女先於自己、彷彿不費力氣就取得這個身分，讓阿巴刻心中產生可說是幼稚的嫉妒。

在拉疏和無名者即將離開帔音的前三日，無名者爲他們設計了一連串需要合作才能完成的訓練，就像一場曠日費時的通關遊戲，其中包含射箭、追蹤、奔跑、游泳、隱匿等技能。拉疏深知無名者這樣安排的原因：他希望拉疏可以和烏托克成爲朋友，不僅僅因爲他們年紀相近，也因他們彼此都有被軍方傷害留下的陰影。

拉疏認爲無名者在這方面有些天眞。他設計的遊戲最終會尋得一件由無名者藏起的寶藏，拉疏對此也並不期待，他已決定一旦看見寶藏，就會立刻讓給烏托克，以免又被她按在地上打。拉疏對自己說他並不怕與烏托克打鬥，只是烏托克是女性，要是眞打起來，他怕會把烏托克弄傷。

兩人一同行走在帔音新部落附近的草原時，拉疏意識到他們在訓練的過程中完全沒有說過話，他想起自己那對烏托克愚蠢、不合時宜的嫉妒，突然意識到再過不久自己就要離開了，到時候他或許再也不會有機會知道……思及此，拉疏清了清喉嚨，故作隨意地開口：「喂，你打算一直這樣沉默不語嗎？」

烏托克沒有理他。

「我不知道你爲什麼厭惡我，但說到底，我將來也會成爲部落使者，我們難道不是在同一條路上前進嗎？」

烏托克走在前方的背影顫抖了一下，正當拉疏以爲烏托克又像過去一樣忽視自己時，烏托克開口了：

「你不行的。」

拉疏猛然看向烏托克，她說的話很簡短，卻無比尖銳，像一把利刃插入拉疏的胸口。「你說什麼？」拉疏開口時，聲音因隱忍而沙啞。

「還要我重複一遍嗎？」烏托克的語氣冰冷又疏離，甚至帶有一絲嘲諷。她看著拉疏道：「像你這種養尊處優的傢伙，沒有承受過眞正的傷痛，怎麼可能成爲部落使者……每當我看見你爲了成爲部落使者所做的努力，都像是對我的污辱，對我整個部落的污辱！我們承受了這麼多，付出如此可怕的代價……我根本不想當什麼烏托克，你這種一心一意渴望成爲部落使者的樣子，令我想吐！」

彷彿經過長時間的忍耐，直到現在，烏托克再也受不了了，她一旦開口就是長串惡毒的語詞，拉疏起先還沒能反應過來，當烏托克發紅的眼眶望著他，他才發現烏托克這段時間對他展現的並不是單純的厭惡，而是深深憎恨。可是這股憎恨毫無來由，讓拉疏莫名感到有些委屈，他作爲頭目次子的驕傲卻不允許他示弱，因此他只是往烏托克面前站了一步，挺起胸膛，讓胸口點燃怒火。

「你不了解我，憑什麼這麼說？」

「你難道沒有目睹我們滅村的慘劇嗎？你沒看見老烏托克是怎麼死的嗎？既然這樣你爲什麼還想要成爲使者？你是不是覺得我們只是倒楣？甚至是無能？你沒發現你是用什麼樣的眼神在看我嗎？你那種高高在上的態度……那種憐憫，就好像……」烏托克說不下去了，她黑白分明的眼睛猛然震顫，像是從拉疏的目光裡看見了可怕的東西，有那麼一瞬間，拉疏則隱約感覺烏托克實際上並非憎恨著他，烏托克從始至終深深憎恨的人，是她自己。

烏托克別開臉，從身後抽出一把幾乎和她身高一樣的長獵刀，她的手太過纖細，以至於無法將刀拿穩。這把刀是前些日子無名者命令她和拉疏一起打造的，因爲在無名者的指點下，拉疏已能鍛造優秀的刀具，而烏托克作爲部落使者，卻還沒有一件屬於自己的武器。

回想當時兩人不甚順暢的合作，連交談也沒幾句，最終卻能堪堪造出這把長獵刀，也可謂奇蹟了。當烏托克無言檢視完成後的長獵刀，她的眼睛第一次閃閃發亮，幾乎帶著笑意。

僅僅是看著那把長獵刀，拉疏便戰意全失。

「是我錯了，我不該惹你不快。」面對烏托克對自己舉刀相向，拉疏立刻放低姿態道歉，本以爲這樣就能消除烏托克的怒火，沒想到她只是輕蔑地笑出聲來，那雙明亮的眼睛在一剎那閃過嗜血，彷彿她一直在等待這一刻，能讓自己揮刀、讓自己宣洩。

拉疏還來不及伸手阻擋，長獵刀已揮砍下來。

鏘——

刺耳的金屬碰撞聲中，拉疏張開眼睛，長獵刀並沒有在他身上造成傷口，反而是突然插進兩人中央的無名者正一臉無奈地摀住流血的手臂。無名者慣常使用的是一把粗鐵打造的短獵刀，他以自己的獵刀和烏托克正面交鋒，將烏托克手中的長獵刀震開的同時，自己卻被旋轉落地的刀尖劃傷。

「好了好了，你們是怎麼回事？我希望你們能做朋友，如果辦不到就算了，實在沒必要動刀吧？」面對無名者的好言好語，烏托克臉色陰沉，看了一眼無名者的傷口，隨即一語不發將落在地上的長獵刀拾起，轉身離去。

拉疏立刻從隨身獵袋中拿出碎布和藥草替無名者包紮，同時一面對哀叫的無名者講述方才發生的事情，一面洩恨般地拉緊布條：「所以你根本用不著對她那麼好，她把怨恨都宣洩在我們身上⋯⋯」不過當拉疏說完這句話，心中卻產生疑惑，不，不是對他們，烏托克的敵意完全是針對自己的。

「拉疏，你能輕一點嗎？」無名者可憐兮兮地說道，而後深思著撥弄拉疏在自己手臂上打的結：「烏托克的狀況比較複雜，她對帊音部落的毀滅非常自責，但人如果全然憎恨自己，是無法前進的，所以她必須轉移那股恨意。」

「可是，爲什麼是我？」直到拉疏開口，他才注意到自己有多麼不滿，也是在這時候，拉疏發現自己過去其實曾有那麼一刻，他眞心希望能與烏托克成爲朋友。

無名者想了想，反問拉疏一個問題：「**你知道為什麼克羅羅莫的部落使者要叫做阿巴刻嗎？**」

拉疏挫敗地嘆息：「過去阿巴刻的意思是靈魂，或者神靈，其他部落的使者稱呼或許發音不同，在以前意思都相似，哪有爲什麼。」

「不，你還沒有弄清楚。」無名者伸手拍了拍他的頭：「如果是這樣，爲什麼要把部落使者叫做神靈、靈魂呢？所謂的『阿巴刻』到底是什麼？好好思考一下。」

他們在三天後離開帊音部落，踏上回家的路途，彼時拉疏本想至少和烏托克道別，但一想到她曾對自己說過的話，拉疏又打消了念頭。

直到他們即將離開的此刻，烏托克也並未正視拉疏，但她始終凝視無名者，好像無名者才是眞正能夠了解她、與她平等的部落使者。也只在無名者彎腰擁抱烏托克時，烏托克第一次哭泣，她嗚咽啜泣的聲音起先微弱，其後終於放聲大哭。

拉疏從未喜歡過烏托克，就像烏托克也從未喜歡過拉疏，只是他們倆人被帊音滅村的事件連繫在一起，加上無名者刻意地干涉，他們似乎就產生了某種命運般的關係。

三年後，當拉疏如願當上阿巴刻，他第一次與其他部落使者開會，與魔女烏托克重逢，他們彼此都裝作不認識對方。不過烏托克已能夠用平靜的態度和他說話了，或許因爲他已成爲阿巴刻，這不可逆轉的身分使烏托克最終認同了他。那時拉疏也才終於明白烏托克選擇以神化自己的方式存活下去：她是外貌年輕，實際上已有六十多歲的強大魔女，倘若外部沒有流傳這樣的傳聞，烏托克無法保護她弱小的族人。

三年前，還有另一件重要的事情即將發生。

在帊音滅村幾個月後，外鄉人軍隊莫名消失，甚至流傳著駐紮在帊音部落附近的軍隊在邊界被集體處死的傳聞，但沒有人親眼目睹眞相。隨後整個保留地遭遇大飢荒，那時無名者愈來愈少在夜晚來找拉疏，就算偶爾前來，也不再訓練拉疏，而是將一些他從垃圾場找到的食物交給他，請拉疏幫忙分送給部落裡挨餓的族人。

拉疏曾問起訓練的事情，無名者便再次詢問他那個問題：「『阿巴刻』到底是什麼？」拉疏始終答不上來，無名者於是告訴他，除非他找到正確答案，否則他不會再訓練他。為此拉疏感到煩躁不安，同時也認為這只是無名者的託辭——無名者正在進行其他調查，是與帊音滅村有關的，但他不願讓拉疏參與。

拉疏還在思考該怎麼讓無名者開口時，離別的夜晚已悄然到來。

某天晚上，無名者再次安靜地攀入拉疏的房間，無名者看上去比過去的任何時候都更緊張，眼神不斷飄向窗外，彷彿那裡有人在等待他，或許眞是如此，因爲這次的會面是無名者和拉疏最簡短的一次會面，同時也是最後一次會面。

無名者首先將自己的獵刀按在拉疏胸口，他笑著說：「你的獵刀實在太鈍了，用我的吧。」隨後他靠近拉疏耳邊急切且快速地說道：「我將這把獵刀託付給你，請你一定要成爲阿巴刻……整個保留地的情況正發生改變，外面的人知道發生在帊音的慘劇，所以撤除了所有保留地的外鄉人軍隊，但接下來他們會派什麼來，我一無所知。」

「等一等，你到底在說些什麼？」拉疏忍不住打斷他。

「如果我說帊音的悲劇只是開始呢？」無名者目光沉沉。「我不能坐以待斃，我要保護我的家鄉、我的孩子，所以我須離開，可一旦我不在，他們會過得很苦，恐怕也會受到其他族人敵視，但我不得不如此，我必須阻止……拉疏，這是我最後的請求：答應我你會成爲下一任阿巴刻……你還記得我們一起前往遺跡聚落的旅程嗎？我們的部落如此弱小，未來有一天，其他部落會再次要求我們成爲議事代表，而下一任阿巴刻無論是誰，都一定會選我的孩子做助手，只有你……我相信你，只有你才能保護他們不受傷害。」

拉疏說不出話來，他不懂無名者所說的一長串話語裡蘊含的訊息，也不懂既是被部落唾棄的無名者，又爲何依然費盡心力保護部落。面對無名者認眞的目光，他只能點點頭，無聲地答應。此時拉疏突然注意到無名者身穿遠行的裝束，他想問他要到哪裡去，卻在張開口時就發現，無名者是不會對他透露的。

「你只不過是無名者，爲什麼要……」掙扎許久，拉疏只能問出自己的疑惑，卻見無名者露出無奈的笑容。

「記得我的問題嗎？有一天，你會明白那個答案。阿巴刻只是一個稱呼，就算我不是阿巴刻，連無名者都不是，我仍然想保護這個地方。」說罷，無名者朝拉疏微微一笑，緊接著縱身躍出窗外，他的身影就像拉疏一場長久的兒時幻想，而在今天他終於清醒過來，並且澈底長大。

直到現在，他還是沒有找到問題的解答，但他有可以做的事情，即便他不是阿巴刻，甚至連無名者都不是。阿巴刻意識到，除了部落、整個保留地，他確實還有能夠保護的東西。

阿巴刻將獵刀抽出刀鞘，凝視散發寒光的刀身，思索著即將到來的秋季。

❦

從那天開始，泰邦彷彿陷入了頻繁且可怕的噩夢中無法脫身，他醒的時間很少，即便醒著也往往意識不清，若是入睡更經常噩夢連連，對從不作夢的璐安來說，真相遠不只是噩夢那麼簡單。

泰邦昏迷時，璐安替泰邦擦拭身體，看見他身上多出許多深深淺淺的傷痕，在他們前往遺跡前還不存在。一個念頭攫住璐安：那些痕跡是他被軍代表傷害所留下的。璐安無法控制嗚咽，他抱著毫無意識的泰邦放聲哭泣，這時候，他心中充滿對藍眼男人的深深恨意。

其後璐安每天替哥哥到女巫山谷拿苡薇薇琪熬製的藥水，老女巫也來探視過幾次，爲泰邦作儀式、詠唱祭歌，卻沒有任何效果。隨著泰邦的症狀愈發嚴重，璐安頻繁前去尋求苡薇薇琪的幫助，老女巫用鹽膚木葉子和雪柑燉煮的水洗滌泰邦的身體、調製藥草湯，最後詠唱祭歌，苡薇薇琪將一切能做的都做了以後，她少有地嘆息：「這是雲豹哥哥的宿命，他無法逃離。」

苡薇薇琪的話讓璐安沉下臉色。

「苡薇薇琪……你知道泰邦到底怎麼了嗎？」璐安思考許久，最終仍決定探詢：「你說他無法逃離，是因爲這是瘋病嗎？」說到最後，他的聲音細若蚊鳴。

苡薇薇琪搖頭又點頭，布滿皺紋的眼睛流淌出難以察覺的掙扎：「是瘋病的眞相，但也不是瘋病呀，啊呀啊呀，我要怎麼跟你說？」苡薇薇琪口中出現一連串璐安無法理解的詞彙，他努力忍住心中的絕望，卻也再無法聽下去。

送走苡薇薇琪，璐安將炭屋的門窗關緊，他看著床上的泰邦，胸口疼痛不已。他突然有一種可怕的猜想，假如泰邦再也醒不過來……那該怎麼辦？

璐安五歲的時候父母離開，他對他們仍有零星記憶，也並非毫無感情，只是璐安一直以來都覺得他和泰邦是被遺棄的，比起父母，他更重視泰邦，璐安無法想像失去泰邦他將要如何活下去。璐安只能對自己說，泰邦就只有他了，他必須照顧哥哥。

有時泰邦像是好轉了，他們會擁有短暫的平靜時光，可其他徵兆會出現，包含泰邦呆滯的目光及昏沉的神智。泰邦也再無法對璐安說睡前故事。曾有那麼幾次，璐安渴望重回過去哥哥對自己說睡前故事的平凡日子，他哀求泰邦爲自己說一個故事，哪怕是最簡單、甚至只有一句話的故事。泰邦會答應，卻總是愣在那兒許久，一個字也說不出來，彷彿所有故事裡的動物、勇士和神靈都離他而去，他成爲空乏的器具，一樣容器，卻是破損的，任何東西經過他都像水從裂縫中流失，他不再能描述甚至記憶一個故事。

對泰邦來說，一切都像漂浮在無止盡的潮水中，當他醒時，宛如從深海中被打撈上來，他會記起自己是誰，他張開嘴，試圖說話，可黑暗很快來臨，像另一波潮水將他淹沒、將他拉入無光夢境……夢的內容無非是陰暗的遺跡與華麗的房間，他被面貌不清的人領著走過廊道，走進那個男人所在的地方，然後有一隻生物躺倒在那裡，軍代表的聲音哮喘般發出命令：如果你不想受傷，你就得傷害別人。泰邦只能照做，他從軍代表手中接過鞭子，一次又一次抽打在那隻可憐的動物身上。

那生物不知道是什麼，泰邦只看見白晃晃的肉，表皮烙有一個鮮紅的、彷彿人臉般的印記，那印記仔細凝視，會像是一隻動物正慘遭虐待的圖樣。泰邦並不在意，即便是那古怪的印記也由於鞭打逐漸血肉模糊，蒼白的軀體有那麼一瞬間像是阿蘭的背部，可也有那麼一瞬間僅僅是一塊燙除毛皮的肉。泰邦無法區分，夢裡，他愈來愈沉迷於這種傷害他人的滋味，如此強大、擁有絕對權力，與此同時，也如此可悲。

每當泰邦結束鞭打，也結束心中莫名暴漲的嗜虐欲，取而代之的是潰堤般洶湧的內疚與自我厭棄，他看著自己打傷的那生物、那慘不忍睹的皮膚，他發現那竟然是蜷縮得如幼獸般的璐安，那讓泰邦無法接受，他悲痛欲絕，只想立刻一死了之，此時會有一個低沉如同野獸的聲音在他耳邊低語：來，你就不會再看見這些。

那聲音很熟悉，泰邦幾次以後便決定跟著它離去，當他決定離開，曾經令他痛不欲生的畫面便陡然暫停，剩下敞開的窗戶外群星閃爍的夜空，那聲音的源頭是一隻看不清面貌的野獸。泰邦和野獸一起躍出窗外，沉浸在狂野的奔跑中，泰邦四肢著地，沒有目標也沒有盡頭，只是不斷地跑，他最終來到那座不可思議的山頂，雲霧繚繞而星夜美好，他和野獸竄入濃霧，互相追逐、玩耍，將自己的身體、以及身體上的傷痕全然忘掉。

泰邦只那麼做過一次，當他醒來，他發現自己第二次衣不蔽體出現在陌生地，那天時間還早，泰邦距離部落也不如第一次那麼遠，能夠拖著虛弱的身軀返回崁屋，假裝什麼事也沒發生，加上那晚璐安太過疲憊，泰邦的離開並沒有驚醒他。可從那之後泰邦就知道，野獸是一種誘惑，對他的脆弱產生吸引，他有種預感，倘若放任自己夜夜與野獸離開噩夢，他將在某天一去不復返。

於是泰邦再也沒有回應夜夜如期而至的野獸呼喚，噩夢始終按時到來，但他再也沒有離開那個必須選擇折磨他人或折磨自己的房間，無論野獸如何叫喊，窗外的星空如何燦爛，他只是任由夢魘吞噬，與此同時，他清醒的時間也愈來愈少，泰邦利用自己勉強能夠說話的時間詢問璐安是否已告訴阿巴刻紅色人臉的事，璐安回答：「我已經說了，不要擔心，泰邦。」

泰邦知道璐安沒有說實話，可是強烈的疲倦再次將他捲入意識底層，那張紅色、彷彿在哀號吶喊的怪異人臉，也逐漸消失無蹤……

泰邦昏迷的時候，璐安不敢睡覺，他曾經不小心睡著過，起來以後發現泰邦的狀況很不對勁，腳上也沾著泥土，這讓璐安非常害怕，想起泰邦曾在夜裡失蹤，最後在聖山被烏托克找到，璐安恐懼相同的狀況發生，而這一次泰邦可能再也不會回家。於是璐安死撐著，儘管疲倦不已，他仍守在床邊，他的頭點了又點，朦朧間，他彷彿聽見了有人在呼喚自己。

璐安，你眞的好愛你哥哥喔，就像我愛你那樣。

璐安，你聽得見我的聲音嗎？

璐安，我好喜歡你。

璐安悚然一驚，他撐起身體左右張望，卻什麼都沒看見，他站起身，突然感到大腿處原本似乎有著某樣東西，此時因他的動作滾到了床底下。璐安彎腰查看床底，剎那間，璐安差點尖叫出聲，因他看見了小童的頭。

僅僅只有小童的頭部，床底下的小童對璐安微笑，滾動著，慢慢從床底滾出來。

璐安癱坐在地，直到小童的頭緩緩來到他膝前。

璐安，是我啊，我是小童。那熟悉的臉以熟悉的聲音說著熟悉的話語，若要說和過去有什麼不同，那便是除了身體消失無蹤外，小童的頭顱彷彿被黑色的火焰包裹，讓他的五官因此顯得有些扭曲。

「你……你已經死了。」璐安顫聲說，同時他也想，是不是自己長時間沒有睡覺，終於瘋了。

我死了沒錯，但你不是把我喚回來了嗎？小童疑惑地問：我聽見你唱的歌，你的歌像是一枚金色的魚鉤，把我從黑暗的深海裡釣起來。

璐安想起自己唱的死者之歌，以及苡薇薇琪曾說這歌可以喚回死者，但他從不曉得祭歌竟然具有這樣強大的力量。「可是……那不是眞的……爲什麼？你……」璐安無法把話說得完整，與其說是疑惑，更多的是恐懼，他喃喃自語，小童在地上饒有興味地看著他。

你不相信也沒關係，可能我只是你的一個幻想。小童溫和地道：不管怎樣，能再看見你我很高興，雖然你的歌還不完整，因此我有一些缺陷，但如果你願意，我會一直陪著你。

璐安凝視小童，過了許久，他嘗試伸出手碰觸，小童頭顱周遭的黑色火焰並不會灼傷人，璐安撫摸小童的臉，見小童像貓一般瞇起眼睛，那觸感也與眞人無異，除了溫度較低以外，那幾乎就像小童還活著時的臉龐。

下一秒，璐安將小童擁入懷中，低聲啜泣。

「對不起……對不起我那時沒能救你……」

你這傻瓜，根本就不是你的錯啊。小童輕聲說。

璐安抱著小童，直到黑色火焰燃燒起來，小童從璐安懷裡飛起，飄浮於半空中與璐安對視，儘管這畫面令人如此不安，璐安仍十分開心，只因爲他唯一的朋友再次回到自己身邊。

璐安，快天亮了，太陽出來的時候你看不到我，但別擔心，一旦夜晚來臨，我又會出現在你面前。

隨著屋外陽光不可拒絕地穿透門縫，小童的頭部也逐漸透明，直至完全消失不見，璐安坐回椅子上，從門縫穿透的一線陽光照射泰邦的睡臉，璐安下意識想爲哥哥撫去光線，直到伸出手，璐安才記起，陽光是無法碰觸的。

第七章

璐安不知道小童究竟如何以這樣怪異的方式重回世間，往後他回想當時的景象，意識到自己極有可能犯下大錯，包裹小童頭顱的那圈黑色焰火，也讓璐安感到不祥。但那也像是璐安的幻覺，因爲小童從不在白天現身，也並非每個晚上都會出現，更多的時候他就像一道陰影，只在璐安不注意時浮現於屋子角落。

尤其璐安花了愈來愈長的時間陪伴泰邦，他足不出戶，逐漸失去時間感，漫漫長夜，小童總在他最脆弱的時候出聲安慰，有時璐安看不見小童，或者恰好處於白天，他仍可以聽見小童的聲音，如蛆附骨地在他耳邊訴說各種悄悄話。

小童說的話很單調，這是璐安不久後發現的，小童的頭顱在黑色火焰的包裹下出現時，他會說「璐安，我好喜歡你」、「你長得眞美」，就像他生前的回聲。小童的眼神呆滯地看著虛空，直到白晝來臨，他便緩緩消失不見。除非璐安主動與小童搭話，他才會展現出稍微複雜一些的語詞，但同樣帶有一種古怪的僵滯。

很多時候，璐安覺得小童像是自己內心的應聲蟲。他總是很快察覺到璐安的心情，給予安慰或附和，這「存在」眞的是小童嗎？璐安懷疑過，可是隨著小童陪伴時間愈發地長，他發現小童已不可或缺。

泰邦的狀況愈來愈差，他昏迷的時間變長，喉嚨卻滾動悲鳴，璐安取苡薇薇琪調製的藥水，用湯匙一點一點餵進泰邦唇間。即便如此泰邦也並未清醒，他的喉嚨發出低沉獸吼，璐安只能抱緊他，希望他曾經的瘋狂狀態不要重現，可是事與願違，泰邦就像再也無法堅守那屬於人的神智，他心靈破碎的程度連噩夢也能輕易將他摧毀，於是他終於失去了自我。

由於泰邦臥病在床，無法進行撿物資、狩獵等工作，他們其實已經沒有任何食物可以塡飽肚子，苡薇琪知道泰邦的狀況愈來愈糟，每當璐安前來拿取藥水，便會叫他帶一些乾糧回去。

璐安很感激，可是每一次前往女巫山谷都讓他心中湧動著奇怪的情緒，他從不和阿蘭說話，帶著莫名其妙的厭惡避開她。

小童說：那女孩是怎樣？爲什麼從沒有來探望你哥哥？

「別說了，泰邦很喜歡她。」璐安自言自語地回答。

喜歡？小童的語氣突然變得促狹：喜歡？就像你喜歡泰邦那樣？

璐安搖頭，雙手摀住耳朵，卻又無法忍受沒有小童的陪伴而鬆開手，於是，他再次聽見了小童恣意妄爲地說話、唱歌。

璐安返回炭屋時即便不願意，也會和少數族人打照面，璐安可以從他們的眼神看出敵意。泰邦生病的消息早已傳遍，部落裡所有人私底下一定都在議論。璐安胸口湧動著他從未察覺過的黑暗情緒，既然是這樣，他就要拚盡全力讓泰邦康復，不論付出任何代價。

對於所發生的一切，璐安不以爲苦，也絲毫不覺無助悲傷，泰邦不再前往自己不知道的地方，而是每天躺在他看得到的床上，璐安可以照顧他，替泰邦擦洗身體、餵他一口又一口加了鹽的肉糜，要做的工作是那麼得多，讓璐安無法多想。璐安現在只期望，維持泰邦平靜入睡的姿態，當他陷入穩定的睡眠時，不再發狂亂咬，就像平常那樣普通地沉睡，璐安看著哥哥緊閉的雙眼，便能忘記一切痛苦。

可過沒多久，泰邦開始長時間處於狂暴狀態。尤其是在夜晚，若非有小童的陪伴，璐安簡直不知道該如何撐過去。當泰邦發作，他的眼睛散發綠光，頻繁發出野獸般的怒吼，他會四肢著地，撕咬自己的身體，璐安不得不在小童的建議下用粗麻繩將他綁住，可是泰邦的咆哮就算用布塞住他的嘴也無法阻止，路過的族人都聽見了那恐怖的聲音，謠言很快傳遍整個部落：

「炭屋的哥哥原來得的是瘋病！」

「最近長老家的年輕人都不見了，他們連夜去找，最後只找到一個小孩，那個小孩說，看見許多人排列成奇怪的隊伍，渾渾噩噩地在黑暗的樹林裡行走……」

「都是泰邦帶來的病造成的啊，應該要叫阿巴刻把他逐出部落！」

「如果我們像帕音一樣滅村該怎麼辦？」

「連那個弟弟也要離開才行啊！」

璐安聽見部落裡的族人在炭屋外的叫罵，以及部落孩子經過時朝炭屋門窗扔擲石頭，璐安前所未有的痛苦不堪，由於受到威脅，他更加不敢離開炭屋，他們的食物愈來愈少，璐安便乾脆什麼也不吃。每當此時，小童的聲音便會出現安慰他，古怪的是，小童的話語也愈來愈不對勁，他與璐安同仇敵愾，卻比璐安內心所想的更惡毒、更殘酷。

多麼惡劣低賤的一群野蠻人，璐安，我們把他們殺掉吧？小童喜孜孜地對璐安說：你要展現自己的力量，才不會被欺負啊！

直到某一天，璐安不曉得那是怎樣特別的一天，以至於泰邦發狂的時間特別長，在那之前璐安已連續三天沒有離開炭屋，他守在哥哥身邊，也已經三天沒有進食，只喝下少量的水，炭屋的門被敲響，璐安木然打開門，看見阿蘭帶著一籃子的食物和藥水前來。

「我想你們會需要這些。」阿蘭說。

璐安沒有回答，他有好長一段時間沒對眞正的人說話了，只是看著被綑綁在床上、發狂怒吼的泰邦。他不知道事情怎麼會發展到這種地步，前幾天有人刻意來炭屋扔石子，一面吼著要他們滾出部落，璐安透過窗戶看見那些人的面孔，裡頭還有曾經欺負過自己，隨後被泰邦毆打的孩子，璐安那時不知所以地笑了，這些人不知道，若不是泰邦現在無法動彈，他早就帶哥哥遠走高飛。

阿蘭看了璐安一眼，將手中的籃子放到桌上，她走近床邊檢視泰邦，接著輕輕唱起苡薇薇琪教她的歌謠。阿蘭的歌聲柔美非常，令璐安想哭，躺在床上的泰邦也不再握拳怒吼，他緩緩平靜下來，陷入深沉的睡眠。

璐安也曾對泰邦唱過苡薇薇琪的歌，可是沒有用，他不禁想，因爲是阿蘭的關係，泰邦才舒展了眉頭。從遺跡聚落回來以後，儘管泰邦沒說，璐安卻可以感覺到泰邦和阿蘭之間若有似無的連繫，他們或許一起經歷過什麼，是璐安不知道的。

璐安一直想要忽視，卻無法阻止內心酸楚的感覺，阿蘭吟唱歌謠的側臉如此柔和，璐安不曾在部落裡見過。她黑色發亮的頭髮、白皙皮膚，也是部落裡少有的模樣。璐安不知不覺撫摸自己的臉，他知道打從最初看見阿蘭時便升起的恐懼是什麼了。

阿蘭唱完歌，開始著手整理小小的炭屋，她將散落地面的雜物整理好，髒污的鍋碗瓢盆也拿去外頭的溪流洗淨，她甚至搓洗了璐安和泰邦的衣服，在屋外晾乾，把炭屋的門窗打開，讓新鮮空氣進來，做完所有事情之後，阿蘭黑白分明的眼睛看著璐安，說：「別讓他們打敗你，如果你退縮，閉門不出，他們只會步步進逼。」

璐安垂下了頭，阿蘭在他面前彎腰，用濕布將他的臉擦乾淨。

「泰邦會醒來的，只是需要一點時間。」阿蘭說：「我會再來。」

璐安抬起頭，目光隱忍悲痛，同時無比倔強，他想問「爲什麼」、「你怎麼知道」，最終卻什麼也說不出口。阿蘭看上去比自己堅強，她柔軟的手讓璐安想起媽媽，也讓璐安想像拒絕媽媽那樣拒絕她。

「我可以照顧泰邦……」阿蘭即將離去前，璐安小聲說道。阿蘭聞言認眞地凝視璐安的眼睛：「你還小，連自己都照顧不好，要怎麼照顧哥哥？」

「我可以。」璐安只是重複：「我可以。」

璐安聽見阿蘭的嘆息，她轉身離開，留下炭屋外尚未晾乾的衣物隨風飄蕩。那天夜裡，小童的頭顱在黑色火焰的包裹下倏地顯現，璐安呆滯地看著它，就像看著無機質的物體。

璐安，爲什麼又是一副苦瓜臉呢？

璐安轉過頭，假裝聽不見小童的聲音。

是因爲那個女孩的關係吧？因爲泰邦聽了她唱的歌就平靜下來。

璐安搖頭。

或許是因爲泰邦喜歡她更勝於你，璐安眞可憐，如果你是女孩子，泰邦說不定就會更重視你了。

「你是惡靈。」璐安再也忍無可忍，他脫口而出的話語夾帶啜泣，終於意識到自己做了什麼：「你本來已經死了，是我強行將你召喚回來，我從那一刻就知道，你已經不是原本的你了，你已經成爲惡靈！」

惡靈？我嗎？我是惡靈？還是璐安不想承認我是對的？小童的頭顱在半空中上下飛竄，彷彿因璐安的話語無比喜悅，他歡快的叫聲漸趨瘋狂：哈哈哈！我是惡靈！我是惡靈呢！哈哈哈哈！小童突然飛向璐安，在那猙獰的面孔即將碰觸到璐安鼻尖前，他停止：如果我是惡靈，我也是璐安創造的惡靈。說罷，小童的頭顱衝向璐安，璐安無處閃避，只感覺一股噁心的侵入感從胸腔發散，他低頭，見黑色的火焰猶如深海裡的海草，在胸口徐徐搖曳。

隨著小童在璐安身體裡消失，他感覺無比寒冷，如墮冰窖，一種全新的感受刺穿他的心，他心中充滿洶湧的情感，悲傷、快樂、痛苦、憤怒……所有感情在看見床上的泰邦時匯聚成唯一——愛，他愛他的哥哥，永遠的，無可救藥的，愛著泰邦。

而這並非純然美好，這讓他疼痛不堪，甚至齷齪陰暗。

璐安趴在泰邦身邊，伸手握住泰邦發燙的手。

隔天阿蘭一早就來了，她敲門，璐安替她打開門，炭屋最小的弟弟看起來有些異樣，阿蘭卻無法說出不對勁的地方。在阿蘭走進炭屋時，璐安始終低垂雙眸。

阿蘭看了璐安一眼，走近床邊檢視泰邦，接著再次輕輕唱起苡薇薇琪教她的歌謠。璐安站在一旁，並不說話，隨著阿蘭的吟唱聲，泰邦忽然睜開眼睛，微笑地對阿蘭說：「是你啊，怎麼會來呢？」

「我一直就想來，只是師傅不允許。」阿蘭輕聲說道：「她說你很快就會完成了……」

終於從昏沉意識裡甦醒的泰邦無法清楚分辨阿蘭的話語，只是依然微笑著，單純爲看見阿蘭而高興。

「你讓我好擔心。」阿蘭伸手觸碰泰邦的臉：「爲什麼要反抗呢？接受不就好了？」

泰邦愣住，他渾沌的腦袋一時半刻難以理解阿蘭的意思，不過泰邦這段時間的確都在意識中和野獸對抗。他一閉上眼就會回到彷彿遺跡內的房間，野獸呼喚他，而他從未回應，他在房間裡待了好久，軍代表要他選擇，而他拒絕選擇，場景和時間便倏地停止，那蜷縮在房間角落的蒼白的軀體卻始終無能拯救，他在靜止的房間聆聽野獸的叫喊，看著那軀體上的鮮紅烙印，一遍又一遍告訴自己：那不是璐安。如同永恆，他都以爲自己已經死了，這個房間就是他專屬的死後世界，直到阿蘭的歌聲將他喚醒。

他不知道阿蘭如何能夠理解。

「我不能。」泰邦低語：「如果接受，我就再也不會是**原本的我**了。」

「那樣有什麼不好？」阿蘭突然朝泰邦俯下身，在他耳邊說：「師傅等不及了，她要我來幫你，幫助你和巴利的結合。」

璐安在後方聽見阿蘭唱起了另一首歌，然而這首歌璐安從未聽苡薇薇琪唱過，阿蘭俯身的動作讓璐安喉嚨湧上酸苦，他注意到阿蘭露出的腰背爬滿了白色的傷疤，那傷疤讓他想起泰邦身上的傷痕。

而泰邦倏地發出撕心裂肺的吼叫，璐安旋即回神，看見哥哥兩眼翻白，全身肌肉抽搐，身體如離水的魚般彈跳不已。一股濃稠、扭曲的感情令璐安猛力推開阿蘭，當下他心中只有一個想法，就是讓阿蘭停止歌唱。

於是璐安從床抓起一塊獸皮，按向阿蘭臉部，她往後退縮，卻因此絆倒在地，璐安更加凶猛地跳到阿蘭身上，不知從哪來的力氣就那麼死死按著她的臉，璐安面無表情，對女孩的掙扎也不屑一顧，彷彿聽見小童在一旁興奮叫好，要他再用力一點、再殘酷一點，璐安照做，只因爲此時小童就在他身體裡，他就是小童，小童就是他。

最終阿蘭停止動作，再也無聲無息。

時間彷彿靜止，璐安突然被從後抱起，他尖叫著踢蹬雙腿，試圖再壓上去按住阿蘭臉上的獸皮，接著璐安摔落在地，左臉被甩了一巴掌，泰邦目光炯炯地凝視自己，隨後彎腰替阿蘭掀去臉上的獸皮。

「璐安，你知道你幹了什麼嗎？」泰邦聲音顫抖地說，阿蘭仍然沒有動靜，泰邦開始一一檢查阿蘭拿來的藥草，嗅聞了幾樣後將草葉放在女孩舌頭底下，璐安聽見泰邦聲聲呼喚女孩的名字。

他無法忍受了。

璐安再也承受不了，他不想看見眼前的畫面。於是他跑開了。

他跑出炭屋的時候，好似有某種黑色的東西隨他一起衝了出去，緊緊跟著璐安，像影子，他不敢回頭，那東西便更加黏膩地靠近自己。璐安跑向位於部落北方的森林，尋找自己的祕密基地，他將瘦小的身體用力擠進洞穴入口，點燃早先放在洞穴口的油燈，一步步走往水池。過去每當他躲藏到洞穴，泰邦都會跟隨他的氣味來找他，親自帶他回家。

可這一次璐安不確定。

也許泰邦再也不要你了。小童輕聲細語：是因爲阿蘭的關係。阿蘭長得那樣甜美、纖細，頭髮烏黑，皮膚白皙，散發著不同於部落人的氣質，那是璐安沒有的……是啊，他怎樣都不可能擁有。

洞穴裡一如過往，璐安將一部分繪畫用具帶來這裡，其中最多的是木炭，看見木炭，讓璐安想起烏托克曾對自己說的故事。璐安像被迷惑了一般，他拿起木炭在臉上刻畫，畫得那樣用力，以至於尖銳的木炭都要將他的皮膚劃開，可是璐安無法停止，他一邊在臉上塗畫黑炭，一邊凝視水面倒映出的自己。醜陋，噁心，令人反感。他想著，也像是小童的聲音在說。再怎樣都不可能像阿蘭一樣，不管他再怎麼把臉塗黑，他的願望也不可能成眞。

淚水落在池子裡，激起陣陣漣漪，璐安啜泣著，在臉上一遍又一遍地畫，而最終他停下來，嘴角抽搐，他抓著自己的臉，又拉又扯，豆大的淚滴汨汨流淌。洞穴裡迴盪著他的哭泣聲，良久，哭聲變得微弱，璐安睡著了。

睡著的璐安，作了有生以來第一個夢。夢裡先是小童還活著時的樣子，他牽著璐安的手從明亮的地方跑向漆黑的地方，他對璐安說，要帶他去玩。玩什麼呢？璐安問。可小童已消失不見了。

在他面前，有無數事件正在發生，串連起泰邦曾對璐安說過的所有故事，而璐安扮演著故事中的人物：他是變成雲豹的哥哥，留下變冷的野獸屍體，從此消失在黑暗中；他是狩獵太陽的最後一人，走了無數日夜，回到故鄉卻沒有任何人記得他；他是頻繁呼喚野獸並且縱情獵殺動物的獵人，有一天他再次呼喚，森林裡只飄來陣陣腐爛惡臭；他是那個不願從地上起來的女孩，騷動在他雙腿間發生，濕潤而黏稠，巨大的蚯蚓玩弄著他的下體，這隱晦的快樂，沒有人發現，而他下體的洞愈來愈大，彷彿無法冷卻那想吞噬一切的渴望，蚯蚓撞擊著他，璐安感到恐懼、滿足與瘋狂。

夢境最後，璐安再次看見小童。

小童只剩下一顆被黑色火焰包裹的頭顱，而有另一種存在，一團比夜更黑的陰影，正在將小童從璐安體內拖出來，並且一點一點吞噬它。小童的頭顱沒有反抗，就像毫無感覺般任由巨大的黑影吞沒。

下一瞬間，黑影自然而然飄浮在璐安面前，好似一團永不熄滅的漆黑火焰，燃燒得亦更加熾烈，璐安看不見黑影的五官，卻知道它有著人的形體，而且正細細打量自己。

此時此刻，璐安終於理解了，面前的黑影才是傳說中的惡靈，儘管他不確定、也從未見過，卻能從那不可挽回的絕望與幾近無辜的凶殘辨認出純粹的邪惡，黑影的存在遠超出他對世界的認知，如此可怕，如此無情，只有潛藏在黑影深處的執著，像一顆即將熄滅的黑矮星，悲哀地散發著不可能存有的光亮。

隨後出乎璐安意料的，惡靈、黑影開口說話，聲音如此稚嫩，彷彿一個孩子：你是璐安？

璐安愣住了，他張開嘴，不由自主地輕聲回答：「是。」

我也是璐安。

「什麼？」璐安顫抖地問。

璐安，你要好好保護你哥哥，直到我準備好。惡靈的聲音充滿笑意：你一定要好好保護泰邦，否則我會殺死你。隨著詛咒般的低語，璐安感覺意識彷彿被迅速抽離，而後他聽見泰邦呼喚自己的聲音。

泰邦喘息著跑過森林，鼻尖追逐著璐安的山胡椒氣味，像兩道螢光般鮮明。泰邦仍在發燒，四肢也沉重而痛苦，但出於他所不知道的原因，現在他似乎勉強能夠控制身體。他想起自己從昏迷中甦醒，看見阿蘭坐在身邊，當時他神智迷亂，最終只依稀聽見阿蘭說：「……幫助你和巴利的結合。」

接著另一種歌進入身體，他再度失神，來到那神祕、覆蓋雲海的山頂，野獸在他前方引領，泰邦跟隨牠的步伐往前走，愈走愈覺得奇怪，以前他為何要如此抗拒？當野獸在他面前轉過身，搖晃起尾巴，雲霧消逝，他看見一頭發光的貓科動物站立面前，那是一隻豹。牠體型不大，身上的雲狀斑紋熟悉而陌生，泰邦立刻想到傳說中的雲豹，可是怎麼可能呢？

他喃喃念出一個詞彙，不是伊古，而是雲豹的古名：里谷烙。

泰邦不曾真正見過一隻雲豹，畢竟這種動物已經在保留地消失很久了，然而當雲豹朝牠走來，一切猶疑都消融崩解，牠的神祕、獨特與美麗無一不昭示牠的身分。泰邦不由自主伸出手，即將觸及雲豹寬大的頭顱時，雲豹張口咬向他。泰邦驚慌地後退，此時阿蘭那縈繞流轉的歌聲戛然而止，讓他清醒過來，他急速遠離山頂和雲豹憂傷的眼睛。

然後，他看見璐安正壓在阿蘭身上，阿蘭已經不動了，璐安仍然使勁壓下覆蓋在阿蘭臉上的獸皮，泰邦努力驅動全身上下的肌肉衝向璐安，從他身後將他抱起來，璐安仍在掙扎，泰邦不知道弟弟從何時變得那樣有力氣，也或許是泰邦的病讓他太虛弱，他一時間竟抓不住，只能粗暴地甩開璐安，在他又要撲向阿蘭時打了他一巴掌。

泰邦急切地拿走覆蓋在阿蘭臉上的獸皮，女孩蒼白的臉蛋此時毫無血色，雙眼緊閉，已然沒有呼吸。泰邦聽見自己似乎對璐安說了什麼，但弟弟沒有回應，泰邦眼角的餘光瞥見餐桌上的籃子，裡頭裝滿藥草，他顫抖著手瘋狂翻找好一會，將一片平凡無奇的葉子放入阿蘭舌頭底下，接著一遍遍呼喚她的名字。

泰邦以爲阿蘭再也不會醒過來了。他轉頭想叫璐安，卻發現弟弟不知所蹤，泰邦只能艱難地抱起阿蘭的上半身，陽光一點一點推移，阿蘭仍然沒有氣息。泰邦差點哭出來，可是他握緊拳頭忍耐，這時他聽見奇怪的聲音。

喀、喀、喀。

好似松果輕敲窗戶，泰邦放下阿蘭，咬牙拖著沉重的雙腿走向窗，窗子的玻璃早已霧濛濛的，他因此看不見外面的景象。泰邦決定將窗打開，而在他開窗的瞬間，一道白色影子快速飛掠，隨著一陣翅膀拍動聲，紅眼睛、單足的魔鳥悄然降落在阿蘭身邊。

「你是……」泰邦閉上嘴，因爲魔鳥開始輕啄阿蘭的臉，一股無形的力量環繞住女孩，她的睫毛輕顫，過了一會兒，阿蘭咳嗽起來。泰邦讓阿蘭靠在牆邊休息，並倒了一杯水遞給女孩。

「感覺還好嗎？」

阿蘭小口小口啜飲水，聲音乾啞地回答：「像是死過一遍。」

魔鳥凝視他們，那種感覺，就好像有其他人透過鳥兒的眼睛在看。

「師傅，謝謝。」阿蘭氣若游絲地道，魔鳥歪頭傾聽她的話，而後振翅飛出方才打開的窗子縫隙。

「那是**烏托克的鳥**。」泰邦不由得放低音量：「你是她的學徒？」

「是的，不過你不應該知道，師傅大概要生我的氣了。」阿蘭放下水杯，眼看就要勉強自己站起來：「我得走了，我要去找師傅。」

「等等！到底是怎麼一回事？」泰邦抓住女孩的手，質問：「你到底是誰？軍代表的侍女、烏托克的學徒……哪一個才是你？你不是遺跡人嗎？」

「我是啊，師傅她……」阿蘭說到一半緊緊閉上嘴：「泰邦，你慢慢走向命運就好，但爲了幫助你，我可以跟你透露未來一點點……」阿蘭湊向泰邦，附在他耳邊細語：「保留地將會迎來徹底的改變。」

泰邦臉色大變：「你是說……」

「噓。」阿蘭輕聲道：「所以趕緊帶璐安離開，這裡很快將烽煙四起。」

一提起璐安，泰邦虛弱的雙腿已經先於主人的意志往外頭走去，但很快地他停下來，低聲對阿蘭說：「對不起。」泰邦是在替璐安道歉，阿蘭卻露出可謂溫柔的表情。

「我受過很多種傷害，大多冰冷無比，只有這一次，我感覺得到溫度。」阿蘭搖搖頭：「是我逾越了，你們的時間已經那麼少，我還想加快你們的分離，是我的不對，請替我向璐安道歉。」

「我和璐安不會分離。」泰邦不知怎地想到自己昏迷前阿蘭說的話，「幫助你和巴利的結合」，那是什麼意思呢？可是現在，隨著阿蘭不斷提起璐安，泰邦如今滿心都是對弟弟的擔憂，他想立刻前往尋找弟弟。是以泰邦推開炭屋的門，因久違的光線而瞇起眼睛，他深深吸了一口氣，淡淡的山胡椒味道伴隨鹹味指向北方，他邁開步伐。

「泰邦，還有最後一件事，是剛剛師傅要我傳達給你的。」泰邦身後，阿蘭平靜地警告：「你的時間已經不多，你就快要死了。」

泰邦擦去從眼睛裡流出的淚水。

他的身體太虛弱了，在這時令他摔倒在地，但他只是爬起來繼續跑。他不理解阿蘭的意思，也不想過度解讀，至少目前他神智清醒，而且已下定決心。愈接近洞穴，璐安的氣味愈強烈，泰邦尋覓隱藏起來的入口緩緩爬入其中，璐安的私人物品一路散落，顯現他獨自在這兒時有多麼漫不經心，泰邦知道自己會找到璐安，他總是能在洞穴中找到他。

璐安倒臥在水池邊，好似沒有看見泰邦，他呼喚弟弟的名字，璐安的脖子軟軟地倒向一側。泰邦蹲下身仔細查看璐安，他呼吸平穩，看起來只是睡著了，泰邦於是坐下來，用自己的披風將璐安包裹，幾乎是同一時刻，泰邦便察覺璐安醒了，泰邦可以從璐安繃緊的身體看出來，璐安也是如此。

他們彼此都裝作還不知道的樣子，泰邦抱著璐安維持坐姿，輕聲嘆息。

「阿蘭還好嗎？」璐安閉著眼睛悄聲問。隔著披風的布料，他仍能感覺到哥哥身體的高熱，儘管如此，泰邦還是來找他了，就像以前一樣。

「她差點就死了。」泰邦從齒縫擠出話，接著他像充滿困惑般問：「璐安，你為什麼要那樣做？」

「她在傷你。」璐安雖這麼說，聲音卻沒有底氣。

「她沒有，她的歌聲還讓我清醒過來，找回了力氣，所以我才能來找你。」泰邦頓了頓又說：「而且她是軍代表派來的人，如果出事，那個男人不知會做出什麼來。」

璐安不認為完全是泰邦所說的原因，他曉得泰邦看待阿蘭的方式不同於任何人。卻不知道為什麼，璐安感到原先對阿蘭的嫉妒與痛恨，好似隨小童一起被夢中黑影吃掉了，此刻的他一點也不討厭阿蘭，他感覺不到情緒，在他心中只有對泰邦的在乎是始終發熱的光點。

「泰邦，你沒事了嗎？」璐安沙啞地問，聲音有些哽咽，彷彿這時候他才能宣洩過去好長一段時間的不安與無助。

泰邦感受到璐安的悲傷，他想起自己躺臥床上深陷永難逃脫的噩夢，唯一的安慰是每當甦醒璐安都在面前。泰邦一直以來照顧著弟弟，但此時此刻他意識到，自己正在漸漸喪失照顧他人的能力。

他正在逐漸死去，就算現在好轉了，也不知道什麼時候會再次昏迷，他的噩夢、夢中野獸和高燒失神像是一顆不定時炸彈，他不曉得自己身陷其中時璐安面對的是怎樣的他，璐安也不肯說，但泰邦能從身上的傷口、被綑綁的四肢判斷出他並非只是無害地昏迷。

如果有一天我怎麼了……泰邦不禁深深思索阿蘭的警告。我必須為璐安做好準備。於是泰邦不再說話，兩人互相依偎，一陣風從洞口外輕輕吹來，璐安和泰邦都聞到了風裡秋天將至的蕭瑟氣味。

❧

阿蘭快步走過樹林，撥開擋在面前的枝幹。

古怪的是，她身上的鈴鐺此時沒有作響。阿蘭一面走一面計算著步伐，觀察師傅為自己留下的線索，慢慢避開部落裡其他人的耳目，同時也逐漸遠離部落中心。她走得漫不經心，心思仍沉浸在方才命懸一線之時，發黑的意識中浮現與師傅的第一次相遇。那時她全身是傷，癱倒在泥濘裡，由於久未進食，連站起來的力氣都沒有，時間久了，身上還爬滿螞蟻。

阿蘭記得年幼時和父親在遺跡聚落閒逛，看見一隻瘦成皮包骨的小狗，也是這樣毫無力氣地倒在地上，當時她並不知道小狗已快要死去，只是有些疑惑為何自己撫摸小狗，小狗會輕輕搖尾巴，卻沒有從地上爬起來和自己玩耍。當時的小狗身上同樣爬有螞蟻，只有那雙明亮溫柔的眼睛，含帶希望凝視自己。

阿蘭後來反覆回憶這段過往，她驚覺年幼的自己其實並非對小狗的情況一無所知，只是父親當時不斷催促她離開小狗、前往下一攤販，於是她輕輕撫摸小狗一會兒，故作無知地對小狗道別，接著滿不在乎地離去。如今阿蘭覺得自己就像那隻小狗，她突然懂得了小狗的心情。

她爲此在泥濘中流淚，不爲自己，而是爲了那隻小狗，牠曾經寄託希望在自己身上，可她卻佯裝不知，小狗看著她離去的背影時或許就像現在的她一樣，心中滿是絕望。阿蘭默默哭泣，卻沒有哭出聲音，自從父母在她面前被「軍隊」殺害，她再也沒有開口說話。

她的處境其實很像泰邦和璐安，只是她比較不走運，不曾遇到如阿巴刻或苡薇薇琪那樣願意幫助她的大人，甚至於在她居住的村落裡，成人和孩子聯合起來欺負她，給她安上了一個剋死父母的名頭，她是不祥之子。於是，她的生命漸漸卑微，她遺忘了自己的名字，村裡的孩子喊她「豬」、「狗」，極盡污辱之能事，但時間久了她反而開始思索，自己無法說話，無家可歸又吃餿食，眞的是人嗎？

或許她確實是豬或狗也說不定……

阿蘭的父母死於春天，秋季到來時，她還能撿一些別人不要的殘羹剩飯，直到冬天，連根骨頭都沒了。阿蘭聽說一些亡命之徒會前往垃圾場碰碰運氣，她本來也想去，卻在半途就體力不支昏倒，再也爬不起來。彼時天空下起了雨，讓她身下的土地一片泥濘，阿蘭想，自己大概就會像那隻小狗，最終死去。

阿蘭在昏沉中感覺到來自遠方的腳步聲，以及一陣鳥類拍打翅膀的聲音，一種特殊的香味竄進鼻腔，加上逐漸貼近的屬於人類的體溫，阿蘭知道有人正蹲在自己面前，細細地查看。

「……還活著嗎？」是一名女人的聲音，阿蘭不曾聽過這樣的聲音，不過從口音來看，對方並不是遺跡人。知道對方不是遺跡人，反而讓阿蘭卸除了所有的防備，這些日子以來，她只要一聽見熟悉的遺跡語言就會發抖，她勉強睜開眼睛，看見濛濛雨中那張黝黑、稜角分明的部落人面孔。

往後沒有任何一刻，比這一刻更加重要，阿蘭也無法用任何語言來形容最初見到烏托克的心情。**眼前的女子就像神一樣**。

阿蘭不知爲何這麼想，她自幼居住在遺跡聚落，信仰著五大家族的神靈，自然也見過據稱貌美非常的金雞神女塑像，但就連金雞神女和面前的女子相比，也黯然失色。阿蘭不曾見過這樣一張臉，兼具野性和美感，如貓科動物的爪子般危險，卻也如鳥兒的羽毛般柔和。

她感覺自己一下子就被征服了，她立刻棄絕過往的神靈，投身異族神靈，反正遺跡不曾眞正給過她什麼，遺跡的神靈也是一樣。爲了這新的神，阿蘭衝破了自身對聲音的限制，忽然嚎啕大哭，在漸大的雨聲中，她的哭泣就像小貓在叫。等阿蘭回過神來，才發現自己將這段時間承受的痛苦全部掏出，像是對著一名慈藹的長輩那樣委屈地哭訴，她一遍又一遍重複著失去父母的悲傷，以及被遺跡人稱呼豬狗的恥辱……

聽了阿蘭的話，面前的女子沉吟半晌，道：「唔，我想他們弄錯了，你這麼漂亮的一個小姑娘，怎麼可能是豬或狗。」阿蘭掙扎著，將臉從泥巴裡抬起來，試圖更清楚地凝視女子，突然間，她心中湧起了那些經常困擾她的疑問。阿蘭想，既然她是神，或許我能對她訴說，儘管這些問題是如此愚蠢。

「可是如果我不是那些動物……那我到底是什麼？爲什麼我的父母死了，卻留下我？」最後，阿蘭咬牙擠出：「活著的意義是什麼？」

「你連這些都不知道的話，就當一隻鳥吧，畢竟，做人確實是很痛苦的。」女子的聲音輕柔如絲綢：「嗯，你是一隻什麼樣的鳥呢？這樣白皙可愛的臉蛋，我想應該是繡眼畫眉……我是魔女，我可以把你變成一隻鳥，從今以後，你眞正的樣子就是一隻小畫眉，即便你顯現出人類模樣，那也是我的法術使然。但我有一個要求……你必須爲我所用，如此，你願接受嗎？」

阿蘭看著女子遞向自己的手，心想，那麼她得盡力模仿人類的樣子才行。因爲，她從今天起就是一隻繡眼畫眉了。

阿蘭從此成爲烏托克的學徒，和師傅一同回到山區部落，與師傅同寢同住。烏托克教導阿蘭在山區的語言與生活技能，也教導她分辨不同鳥類的叫聲，阿蘭發現烏托克身邊有一隻紅眼睛的鳥兒，那隻鳥似乎有一些特殊的力量，烏托克總是派牠到各處蒐集消息，而每一次與鳥兒分開，烏托克都會痛苦不堪。

然而烏托克非常小心地給予阿蘭訊息和知識，倘若她認爲時候未到，或者阿蘭不需要知道，她會警告阿蘭不要追問。烏托克既嚴厲又周到，悉心照顧阿蘭的生活同時，也不忘徹底訓練、教育她成爲將來一件稱手的工具。

時間久了阿蘭便慢慢知道，師傅的學徒有很多，說是學徒，其實他們的工作都是間諜、臥底，阿蘭不曾見過師傅其他的學徒，師傅說他們都死了。這是爲什麼烏托克經常在保留地各處遊蕩，尋覓那些因故失去父母的孩童，烏托克會將這些孩子帶回部落，仔細教養，最後給予一件重要任務。

早在阿蘭剛成爲烏托克的學徒時，烏托克就將一切對阿蘭說明清楚，她給阿蘭做決定的機會，而非用哄騙、欺瞞的方式使她獻出自己。但對阿蘭而言，早在初次見到烏托克的那刻，她就從人類成爲鳥兒，從死亡重獲新生，即便烏托克什麼也不說，她也會爲了師傅月亮般的面容付出一切。

阿蘭在來到粑音的部落之後，便暗暗等待著烏托克將分配給自己的重要任務，她知道，大部分接受任務的學徒都死了，比起恐懼，阿蘭更認爲只要這樣做對師傅有意義，那就十分值得。因爲再也不會有比如同小狗那樣渾身爬滿螞蟻，死在泥濘中更卑微的事了。想要不卑微、有意義、有尊嚴地死，成爲阿蘭心中唯一的信念。

那個時刻比阿蘭心中所想的更快來臨。

夏夜，阿蘭與烏托克在粑音使者的守護所內對坐無言。阿蘭正在接受烏托克給予自己的臨時測驗：如何用倒吊子檳榔製作出令人無法察覺的毒藥。過去烏托克只教導阿蘭靜態的工作，包含打掃、清洗碗碟、如何泡一杯滋味絕佳的茶、如何磨墨、如何用毛筆寫字、如何做飯，阿蘭沒有提出質疑，只是順從烏托克的安排，儘管她見過烏托克以長刀打鬥、用弓箭獵捕動物，她們步行至遠方森林進行隱藏蹤跡的訓練後，烏托克嫌麻煩會直接揹阿蘭回部落，步伐如飛般迅捷，阿蘭問過烏托克是否能教授她在森林中奔跑的技巧，但烏托克只說：「你不需要學習這個。」於是，阿蘭便不再做這樣的請求。

阿蘭知道烏托克絕不會浪費花在自己身上的任何一點時間，她的安排與設計都是有意義的，如果烏托克說不需要，那就是不需要。不過從那之後，烏托克開始將製毒和一些簡單的自衛方法教與阿蘭，她告訴阿蘭無辜幼小就是最佳武器，最適合阿蘭的方式就像以一根極細極小、縫布用的針，對準一件堅硬之物的最脆弱處刺去，她能夠趁人不備傷人至深。

這天烏托克準備了帊音中一位族人送來的倒吊子檳榔，讓阿蘭思索該如何製成毒藥，引人服下，兩人對坐半晌，期間烏托克一語不發，只是靜靜地觀察阿蘭。

「師傅，倒吊子檳榔或許不適合製成毒藥，因爲它本身就具毒藥的效果，外觀又與一般檳榔相似，它已是最完美的毒藥。」最終，阿蘭回答：「我會把它混在一般檳榔裡，作爲迎賓的禮物送給對方。」

聞言烏托克笑了：「哼，勉強算你通過了吧。」接著她調整自己盤坐的姿態，對阿蘭正色道：「時間差不多了，你也已經準備好了，小畫眉，我要給你一項只有你才能完成的任務。」

阿蘭抬起頭直視師傅的眼睛，沒有催促，只是等待。

烏托克從腰帶中取出一張畫在樹皮上的地圖，將地圖呈現在阿蘭面前。阿蘭只看了一眼就全身發顫。那是她離開的地方，也是烏托克發現她的地方——充滿回憶與屈辱的遺跡聚落。

「這就是你的任務。」烏托克說：「你的家鄉恰好是五大家族的軍方代表駐紮處，就我所知，新任軍代表即將抵達，我要你成爲他的侍女，不計代價贏得他的信任。」

阿蘭的手指沿著地圖上熟悉的街道滑過，關於遺跡聚落，她不需要地圖，自然是最好的人選，但這項計畫有著顯而易見的破綻。

「軍代表是那麼位高權重的人，怎麼會輕易接受、甚至相信我呢？」阿蘭問。

「位高權重？」烏托克像是聽見了什麼好笑的話一樣笑出聲來，很快又恢復嚴肅中帶有譏誚的表情：「對我們這些野蠻人來說，軍代表當然是位高權重啦，不過我接下來要告訴你一些其他的事情，可能超出你原本的認知……」

在烏托克的講述中，阿蘭理解了即將到來的新任軍代表身分，他是金家的藍眼人，藉由基因改造出完全用於監視、管理保留地的僕役。是的，就算是對他們來說高高在上的軍代表，之於五大家族也只是奴僕而已。

儘管阿蘭對基因改造等詞彙一知半解，仍透過烏托克耐心的解釋得知在保留地外的都市區，長年發展著一種名爲科學的技術，這技術讓他們能夠改變人們移動的方式、生活的方式，甚至是誕生人類的方式。然而這些技術又受到限制，在過去還沒有巴利時……外面的人稱爲獸靈，人們熱中於發展科技和醫學、機器人學、人工智慧和基因工程等技術，但獸靈出現以後，人們轉而花費大量時間研究獸靈，對於其他技術的理解於是停滯。

而在保留地之外，灣島之外的西方，也就是存在於遺跡人所信仰的五靈教教義中的西國，實際上是眞實存在的國家，名爲密冬。便是由他們將灣島本來沒有的五隻獸靈送給五大家族，從此，五大家族就擁有了強大的力量。但密冬不僅對灣島輸入了獸靈，還有密冬在掌握了獸靈以後，開始發展的幾項特殊技術，其中包含機器製作與基因改造。

密冬如此看重灣島，甚至將他們最機密與強大的技術透過名爲「模仿師」的人帶來，直到現在，這些最高端的技術僅僅由金家把持著。

阿蘭有些好奇師傅如何得知這些，她那隻飛來飛去的魔鳥不曉得帶來過多少來自邊界外的資訊，這讓阿蘭感到不可思議，儘管如此，她也從過去與烏托克的相處中明白，魔鳥是烏托克最大的祕密，因此，阿蘭絕對不會傻到開口問她。阿蘭只問：「模……仿師是什麼？」只因這是烏托克言談中唯一一個她從未聽過，而師傅又無意解釋的詞彙。

「事實上，我不知道。」烏托克有些挫敗地坦承：「我只知道模仿師來自密冬，擁有不可思議的力量，我後來發現，或許就是巫術的力量，因爲我在克羅羅莫找到這個。」

烏托克從身後拿出另一張捲在一起的獸皮，她把獸皮張開，上頭畫著一幅以紅色檳榔汁描繪的圖案，像是動物，也像是人臉。不知怎地，阿蘭直覺地認爲這幅圖案還尚未完成。「我在克羅羅莫找到強而有力的同伴，她能夠製作具有奇特力量的圖騰，根據我蒐集到的資訊，模仿師基本上也就是能做到這樣的事情，因此我想，模仿師是外面的人給的稱呼，如模仿師這樣的存在，山區部落裡也有。如果你想深入了解，有機會我把你安排到克羅羅莫那邊，你就能近距離和我們具有強大力量的盟友學習。」

阿蘭點點頭。

「回到軍代表。」烏托克話鋒一轉，繼續針對計畫做說明：「藍眼人的誕生是因爲金雞神女，五大家族很重視血統，尤其金家更是瘋狂，金雞神女認爲血統很重要，卻不方便，於是她下令從密冬求取技術，創造出具有金家某個家系的血統，同時能夠任意使用的方便奴隸，也就是藍眼人。他們就像是金家的眼睛，具有能夠同時操作多台機器……也就是『軍隊』的能力，利用藍眼人控制保留地，就能達到由金家血統掌控的目的，而又不需派遣眞正的金家人或其他外鄉人軍隊駐紮。」

烏托克頓了一下，像是想起令她不得不停下來壓抑情緒的事情：「來自都市區的外鄉人基因、疾病也將更難污染保留地，因爲藍眼人在培養之初，就被抹除了性慾和性器官，病毒亦無法透過他們特殊的身體散播，但由於培養藍眼人的技術還不成熟，目前只到第二代，現在的藍眼人也仍有很多缺陷。」

說到這裡，烏托克猛然握住阿蘭的手。

「藍眼人和一般人不同，尤其在情感的理解上，他們無法和一般人建立關係，但不代表他們沒有情感，只是你必須創造一種新的關係，去說服他。阿蘭……這就是你唯一的機會，而你也是唯一能完成這項任務的人。」

創造新的關係。阿蘭咀嚼烏托克對自己說的話，她並不明白應該要如何做到，可是既然烏托克認爲她是唯一能完成這項任務的學徒，那麼她就不會也不該令師傅失望。

「我明白了。」阿蘭回答。見阿蘭答應，烏托克像是終於放下心：「我會把所有跟這名藍眼人軍代表有關的資訊都盡量告訴你，這會形成你的優勢，因爲他可悲的身分背景不可能被保留地的任何人知曉，所以最終只有你會明白他的脆弱之處，記住，你就是一根最細又最尖利的針。」

阿蘭點了點頭，等待師傅繼續說下去。烏托克瞪著那份地圖好一會，才忽然嘆了口氣，說：「首先你必須知道，五大家族的人從小受到的教育都告訴他們保留地是野蠻地，是骯髒卑賤的地方，所以他們也絕對不會將我們當作眞正的人看待。」

阿蘭眨眨眼，她想自己如今本來就不是人，而是鳥，當然不需要被當作人看待。

「藍眼人在金家被視爲怪物，同時也是奴僕，地位很低，由於基因缺陷導致身有殘疾，接下來你也需要學習如何照料這樣的人。」烏托克又對阿蘭說了許多，直到夜色深沉，她最後告訴阿蘭這名藍眼人軍代表的名字：**王璟**。

「但是理所當然，絕對不要讓他知道你曉得他的名字。」烏托克提醒阿蘭：「如果你成功成爲他的侍女，只要在替他收拾書房時留意有沒有從都市區送來的文件，上頭寫著他的名字，那通常代表來自金家給予軍方的指令，如果可以，記住這些文件上的訊息，等待之後有機會時，將訊息傳遞給我。」

在阿蘭的記憶中，餘下的日子裡烏托克極盡所能教導、訓練她，讓她擁有最乖順的侍女模樣，她們等待遺跡聚落傳出新任軍代表抵達，並由代理人尋找合適侍者的消息。

當徵選侍者的日期確定，烏托克這邊的訓練也已完成，在阿蘭即將進行任務的前一晚，烏托克沉思許久，將阿蘭帶到屋外。

她說：「小畫眉，我很抱歉，但這是不得已。」

下一秒，阿蘭就癱倒在地，烏托克壓在她身上，以不會造成內傷的方式毆打她，在她身上製造出看似嚴重的瘀青與傷痕。過程中阿蘭沒有反抗，只是皺著眉思索師傅這麼做的用意。直到烏托克修長的手臂將她抱起，她靠在烏托克胸口，聆聽那沉穩如熊鷹的心跳，她閉上眼睛，讓烏托克將自己帶回遺跡聚落。

烏托克把她留在遺跡聚落門外時沒有留下更多指示，但阿蘭知道該怎麼做，在侍者徵選那日，阿蘭不像其他前來應徵的遺跡人那樣將自己打理得乾淨整潔，相反的她滿身血污，衣服破爛，彷彿帶著最後一絲希望般跌進軍代表宅院。阿蘭的出現引起一陣竊竊私語，因為遺跡聚落沒有人不知道這名剋死父母的孤女，代理人試圖將阿蘭拒之門外，卻被一個彷彿哮喘般的聲音制止了。

「我不記得給過你篩選侍者的權力。」那個聲音冷冷地道：「一名侍童、一名侍女，無論他們外觀如何，都只有我能決定。」

代理人唯唯諾諾地退下了，阿蘭慢慢抬起頭，看見一名高大臃腫的光頭男子正拄著手杖朝自己蹣跚走來，他面上戴著金屬製的面具，面具上方是一雙無感情的藍色眼睛。

他走過之處人人趴伏在地，彷彿恐懼至極，只有阿蘭愣愣地站立原處，凝視軍代表的目光澄澈乾淨。軍代表瞇起眼睛：「告訴我你的名字，還有，你是何處的人？」

僅僅是這樣簡單的問題，阿蘭心中閃過一道光亮，閃過與烏托克相處、學習的所有回憶，她想起自己陷入泥濘，即將死去，而烏托克告訴她，她已不再是人，種種一切都在此時串連起來，彷彿命中注定。

阿蘭血跡斑斑的臉露出最為燦爛的笑容，她回答：「大人，我的名字是阿蘭，我不是人，我是一隻鳥兒。」

彼時其他來應選侍者的遺跡人均發出笑聲，彷彿這名長期被欺負、驅趕的不祥之子終於瘋了，可軍代表沒有笑，他細細地檢視阿蘭，試圖在她臉上看見虛假。時間一分一秒過去，他什麼也看不見，古怪地，軍代表藍色的眼睛第一次出現軟化的痕跡。

「我便要這阿蘭作爲侍女，至於侍童，就選你的兒子吧。」軍代表對代理人說道，旋即拄著手杖離開宅院。

阿蘭將在未來的某一刻得知，自己說出口的話分明毫無道理，卻爲何能深得軍代表的心，與此同時，她和一名皮膚蒼白的男孩成爲新任軍代表的侍童和侍女。

當阿蘭被代理人領向植有梅樹的院落，並告知這兒即是她的住處，阿蘭站在供奉有神像的神壇前舉香拜了又拜，但她心中祈求著、崇敬著的，都是她的師傅，她唯一的異族神靈。

直到現在，阿蘭跟隨師傅留下的痕跡遠離泰邦的部落，宛如過去她在岎音部落時，和師傅一起在森林中進行隱匿行蹤的訓練。阿蘭心中帶有不安，以及即將和師傅碰面的欣喜。

她穿梭在無人的山林裡，直至抵達目的地，紅眼、單足的魔鳥停駐在一棵矮小的松樹上，靜靜地望著阿蘭。「師傅，」阿蘭從來淡然的語氣少見地浮現惶恐：「對不起，我讓泰邦知道了。」

魔鳥歪頭，女人醇厚的聲音從尖喙中發出：「無妨，你在泰邦這邊的工作已經結束，我們還有更重要的事得做。」

「是的。」阿蘭順從地說，其後從懷裡取出用布包裹的物品，揭開布，將散發寒光、完整無缺的圓鏡墜飾掛在魔鳥纖細的脖子上。「軍大人要我毀掉時，我按您說的把東西調換了，您打算怎麼做呢？」

「以後總會用得上，金家聖物的複製品力量強大，上面的圖騰也值得分析。」烏托克似乎很滿意，隨後問：「這段時間你都有和那個男人聯絡吧？他想知道跟璐安有關的訊息，你都定時寫信給他，是嗎？」

阿蘭點了點頭。

「從明天開始，切斷和他的聯繫，你在軍代表身邊的任務就此結束。」

聽見烏托克的話，阿蘭震驚地張大眼睛：「師傅，已經是時候了嗎？」

「紅色圖騰的祕密已被發現，他們也開始解讀了，雖然我們早就知道事情會如此發展，實際上也無法控制太久，必須立刻執行計畫，我們必須摘掉金家的眼睛。」烏托克的聲音不可思議的平靜，她低低催促：「現在，我們要說服他你已經死了。」

聽出烏托克語氣裡的焦急，阿蘭咬了咬下唇，從衣袋裡取出四顆鈴鐺，交給魔鳥：「師傅，我不確定軍大人看見這個就會相信……」

「他不需要完全相信，只要懷疑就好，反正一名遺跡女孩在部落失蹤或死亡，並不是什麼新鮮事。」

「如果軍大人操作軍隊前來探察……」

「他不會找到你，至少不是真正的你。」烏托克打斷阿蘭：「而且等他得知圖騰上的訊息，他肯定要迫不及待集合所有軍隊前往那個地方，他不可能錯過機會。」

阿蘭沉默地與魔鳥的紅眼睛對望，她彷彿從中看見師傅斬釘截鐵的決心。

「阿蘭……」烏托克少有地叫喚阿蘭的名字，讓阿蘭有一瞬間的失神，卻在此時，阿蘭身後忽然傳來聲響，烏托克頓時安靜，魔鳥也在瞬間銜著阿蘭的鈴鐺飛入山林，阿蘭思索著烏托克對自己說的每一句話，轉頭看去。

從樹叢中緩步走來的男人是阿巴刻，他目光冰冷，盯視阿蘭的模樣帶有質疑，儘管過去還在遺跡聚落時，就是阿蘭的警告讓他得以及時闖入議事廳拯救泰邦，他仍對面前這名遺跡女孩心懷警戒。

這段時間由於泰邦生病，阿巴刻不時會到炭屋附近巡視，驅趕那些在外頭叫囂恐嚇的其他部落孩子。稍早他恰好目睹阿蘭從炭屋中離開，心生困惑之餘索性悄悄跟隨阿蘭，也才因此撞破了阿蘭的祕密。

「你是烏托克的學徒？」阿巴刻問道。

「是的。」阿蘭沒有隱瞞的意思，她已完成最後一次和烏托克的聯繫，接下來，師傅要到某個地方爲將來的計畫預做安排，她曾聽烏托克提及過去與阿巴刻的關係，故而深知隱瞞如阿巴刻這樣優秀的部落使者有多麼不智。

他們凝視對方的眼睛，下一秒，阿蘭扭頭往林中奔逃，阿巴刻衝上前抓住阿蘭，接著順勢將阿蘭的手反扣在身後。

「她竟愚蠢到這種程度，將來自遺跡的學徒安插到軍代表身邊？」阿巴刻沉聲低吼：「她到底要做什麼？她的計畫是什麼？告訴我！」

阿蘭奮力掙扎，彷彿不在乎自己的手會被弄斷，阿巴刻只好將她整個人抱起，往長滿潮濕苔蘚的地面摔去。阿巴刻的舉動不會眞正傷到阿蘭，卻也讓她頭昏腦脹，好一陣子爬不起來。

「讓我走……」阿蘭小口小口喘氣：「我必須去做，師傅需要我……」

「除非你告訴我一切，否則我不會讓你離開。」阿巴刻道：「作爲克羅羅莫的部落使者，我不能放你這樣的間諜走。」

阿蘭伸手遮住雙眼，胸膛劇烈起伏，在接下來的幾分鐘裡，阿蘭又嘗試逃跑許多次，但每一次都被阿巴刻捉回來，阿巴刻很有耐心，既不傷害她，也不給她逃跑的希望，到了最後，阿蘭已經筋疲力盡，她的眼睛裡出現了不曾在其他人面前流露出的瘋狂。

悲傷的瘋狂，和烏托克好像。

「告訴你有什麼用？沒有人理解師傅！就連你也不相信她！她明明是受傷最深的人！軍隊毀了她！可是……可是……」阿蘭安靜下來，咬著手指指甲，黑白分明的眼睛裡染上一層霧氣。

阿巴刻想到烏托克在那晚對自己說過的話：三年前帊音因怪病滅村，起先染病的是一名部落中的人……

難道烏托克口中的人就是她自己？

阿巴刻的腦袋此時高速運轉，連結了過去與烏托克一起訓練時的回憶……所以，是因爲這樣？粑音會滅村，是因爲烏托克在不知情的狀況下將病帶回去的關係？烏托克因此憎恨軍隊，但她更恨自己。

阿巴刻甩甩頭，抓住阿蘭的肩膀急切地道：「那就讓我幫她！告訴我她需要什麼？」

「師傅會需要你的幫助，但不是現在。」阿蘭已經冷靜下來，她死死盯著阿巴刻的臉：「師傅想發動叛亂，她已經從各部落召集到很多人，勇士已經備齊，但她還想要一件武器，你必須幫她取得那樣武器，等時候到了，我們會通知你。」

「是什麼武器？」

阿蘭的目光越過阿巴刻的肩膀，彷彿他身後有其他人出現，一股強烈的預感讓阿巴刻轉頭，在他身後，除了隨風搖曳的樹葉以外，什麼也沒有。而阿蘭趁機爬起身奔入樹林，阿巴刻愣愣地望著她離去的小小身影，想到烏托克曾試圖對自己訴說她內心最深的傷口，可他當時仍沒有相信。

莫名地，無名者的問題不合時宜地劃過他腦海：**「阿巴刻」到底是什麼？**

「我不知道……我好像再也不知道了。」他喃喃自語。

就這樣，阿巴刻放過了阿蘭，他失去了追捕烏托克學徒的力氣。

❦

在泰邦和璐安離開洞穴返回部落的路上，泰邦幾度由於身體不適無法繼續行走，天色漸暗，最後是璐安攙扶泰邦，兩人才好不容易回到克羅羅莫。

部落的氣氛卻很奇怪，路上幾乎空無一人，他們直到接近山崖，遠遠地看見炭屋，他們才發現失蹤的人都去哪了。克羅羅莫部落幾乎所有族人都聚集在炭屋周遭，有人高舉火把咆哮，有人激動地對逐漸走近的泰邦和璐安大喊著些什麼。泰邦一時間聽不清楚，直到其中一人朝他們扔擲著火的煤球，泰邦聽見那人尖利的喊叫：「被瘋病感染的叛徒之子！」

其他族人彷彿被點燃般沸騰起來：

「叛徒之子滾出部落！」

「居然還染上瘋病，更是令人噁心！」

「離開吧！克羅羅莫再也容不下你們。」一名長老從人群中走出，語氣平穩，好似充滿正義：「部落已養育你們多年，是時候離開了。」

泰邦望著面前的族人，不知為何，他覺得自己早就知道會發生這樣的事。這些面容扭曲的族人高舉火把站在炭屋前的畫面，他似乎也早已在噩夢裡目睹多次了。

儘管如此，當事情真的發生，泰邦依然痛苦。他伸出手下意識地想保護弟弟，想遮住璐安的眼睛、摀住他的耳朵，但當他看向璐安，他發現璐安的表情並不驚恐，相反的，璐安看上去冷漠且陌生，似乎一切都與他無關。

「這裡是我們的家。」泰邦仍然在發燒，但他努力振奮精神，將璐安抱在懷裡：「我們可以走，但請給我們一點時間，我們需要收拾東西……」

「不，我們已經容忍你們足夠久了。」長老擺出高高在上的姿態道：「加上你感染瘋病，我們怎麼可能再讓毒窟繼續存在，你們今天就得走，這幢骯髒的屋子也得燒個乾淨。」長老使了個眼色，幾名手舉火把的男人便從炭屋的幾個角落點火，小小的火苗舔舐炭屋易燃的建材，很快便熊熊燃燒。

泰邦簡直不敢相信，他發出哀號，可因太過虛弱，以至於那聲音微小得無法和炭屋崩毀的聲音相比擬，很快地也被族人們惡毒的歡呼聲吞沒。

「泰邦。」當泰邦注意到時，他發現自己在哭，璐安的聲音迴盪在他耳裡，璐安瘦弱的手抱緊他，只是重複地念著哥哥的名字：「泰邦，泰邦，泰邦。」

沒有任何挽回的餘地。泰邦想，如果自己沒有生病，他會誓死捍衛炭屋，因爲那是父親和母親留下來給他們……是他和璐安的家。可是已經來不及了，由於炭屋主要由木材建成，內部又有獸皮等易燃物，火勢很快蔓延，整棟炭屋陷入火海。

泰邦幾次無法控制情緒，想起身衝向炭屋，他想或許還有救，只要到溪邊去打水……但璐安每一次都拉住他的手臂，制止他靠近。最終，他們在遙遠處凝視匯集了所有回憶的炭屋在火焰裡燃燒，連他們生活的痕跡也付之一炬，火光竄入夜空，將山林照得發亮。

像是苡薇薇琪的儀式，泰邦決定親眼見證炭屋的毀滅，直到最後一點火光消散，如此，就好像即便不得已，也至少和炭屋道別過了。但就連這麼微小的願望，其他人都不願讓他完成，在長老的示意下，幾個男人不甘不願地靠近兄弟倆。

「你們要做什麼？」璐安低低咆哮：「不要過來！」

「你以爲我們想幹這種骯髒事？」一個男人在遠處皺眉說：「長老剛剛做了新的決定，爲了避免瘋病擴散，你們不能離開克羅羅莫，事情必須立刻解決。」

「什麼意思？」泰邦防備地抓緊璐安的手，兩人小心翼翼往後退。

「閉嘴！你們已經得病，爲了部落的安全，所有沾染病毒的物品都要燒掉，你們也要燒掉！」另一個男人語帶恐懼地吼道。

隨著男人的喊叫，其他人也隨之靠攏，將兩兄弟團團圍住，此時有不少人交頭接耳一番後拿出弓箭，似乎決定用遠距離武器殺死他們，再把屍體拿去燒掉最爲安全。

「哈哈……」泰邦再也撐不住了，他跪倒在地，喉嚨中滾出絕望且瘋狂的笑聲。他再怎麼努力，再怎麼小心翼翼保護璐安，這些人也永遠不會放過他們。

永遠不會。

「住手！」一聲低喝阻止了族人們的攻擊，泰邦看見阿巴刻從森林裡的陰影中走來。這是他們從遺跡聚落返回克羅羅莫後，泰邦第一次見到阿巴刻。

阿巴刻看上去似乎對面前的景象感到震驚，他先緊盯著泰邦和璐安身邊的族人，直到他們紛紛退縮，接著他望向炭屋，五官因強忍憤怒而扭曲：「這種事情你們也做得出來？不覺得可恥嗎？」

「和你無關。」一名男人說：「你已經不是正式的阿巴刻，沒資格管我們。」其他人紛紛附和，長老走出人群，對阿巴刻好言相勸：「阿巴刻啊，何不平靜渡過你剩下的日子呢？成為無名者後生活就不好過了……」

阿巴刻凝視著面前的族人，然後，他似乎下了一個非常重大的決定，只見他深深吸了一口氣，開口：「我已經被軍代表親自指派為部落代理人。」他一字一句地說道：「未來不再需要遴選部落的使者代表，也不需要議事了，不會再有孩子為部落犧牲，克羅羅莫也不會再被其他部落欺負，山區部落的事務都將透過我匯報給軍代表。前提是我的身分不能被剝奪，這樣一來，你們還要驅逐我成為無名者嗎？」

長老難看地笑起來，他以為阿巴刻在開玩笑：「我們一直覺得你對炭屋的孩子很是偏心，現在看來確實如此，你為了維護他們，連這種謊言都說得出口。」

阿巴刻一語不發，從獵袋中取出一卷精美的絲質卷軸，那物品是如此細緻美麗，不可能出現在山區部落中。阿巴刻熟練地當著所有人的面打開卷軸，露出上頭密密麻麻撰寫的外鄉字，文字最末端蓋有紅色的大印，那是軍代表的記號。

「這是我的委任狀，如果你看不懂，去找部落裡更能識讀外鄉字的人過來，他會告訴你我說的是不是實話。」

長老屏氣凝神地盯著卷軸一會兒，他身後的男人們也仍蠢蠢欲動，不時揮舞著武器意圖偷襲，但最終長老揚起手制止他們的動作：「阿巴刻說的是真的。」

人群一陣喧鬧。

「怎麼可能？」

「我們的阿巴刻成為山區部落的代理人？騙人的吧？」

「長老說委任狀是真的！」

亦有看得懂外鄉字的少數人替其他族人翻譯委任狀內容，困惑與懷疑很快被欣喜取代。

「以後不用再被其他部落欺侮了！」

「這麼說來，軍方會照顧我們囉？」

人們七嘴八舌吵個不停，直到長老再次開口：「但這兩個孩子……其中有一個得了瘋病，我們不能放任他留在克羅羅莫，阿巴刻，你也不希望帊音滅村的事件再次發生吧？」

「你都把炭屋燒了，他們當然不可能留下來。」阿巴刻毫無感情的目光終於停駐在泰邦和璐安身上：「我會帶他們離開。」說罷，阿巴刻朝兩兄弟俯下身：「到璐安常去的洞穴，我有話跟你們說。」

璐安用瘦小的身子支撐起泰邦，和阿巴刻一同步入黑夜，山林中蟲鳴鳥叫此起彼落，宛如為他們送行。前往洞穴的路上，他們誰都沒有言語，直到他們進入洞穴，阿巴刻點燃油燈，引領兄弟倆來到水池邊，阿巴刻指示他們坐下，並試圖碰觸泰邦因發燒而發紅的臉，卻被泰邦避開。

「你真的在幫軍代表工作嗎？」泰邦的眼神指向阿巴刻手中的捲軸，無法掩飾憤怒與恐懼。

「你說這個？」阿巴刻將卷軸打開，隨即當著兩兄弟的面將卷軸撕成兩半：「軍代表給我這個身分，但我沒有打算要接受。」

泰邦震驚地皺起眉：「可是，你剛剛說……」

「只是爲了堵住他們的嘴。」阿巴刻以沉重的語氣說：「我想保護你們，雖然在未來這會愈來愈困難，最近山區部落失蹤的人愈來愈多，克羅羅莫也將愈來愈瘋狂，更別提有十分嚴重的事情即將發生，我認爲……你們確實需要離開部落。」

「離開部落，我們能去哪？」璐安語帶戒備地問。

阿巴刻默不作聲，反倒是泰邦眼中閃過一瞬理解，他輕輕地說了：「璐安，我們到外面去生活吧。」

「外面是哪裡？」

「邊界外面。」璐安看著泰邦，那目光讓泰邦有些著急：「我聽說保留地外面的生活更好，就像爸爸媽媽他們也離開了保留地……」

「他們不是因爲這樣死掉了嗎？」

「對。」泰邦的聲音變得沮喪：「但我聽說跨越邊界並沒有那麼困難，只是軍方封鎖了消息，不肯讓我們知道。」

璐安仍在消化泰邦的建議，阿巴刻在此時介入：「你從哪裡聽到這些的？泰邦。」

「是一個……一個朋友告訴我的。」泰邦小心地說。奇怪的是，阿巴刻沒有追問下去，他深思良久，接著謹慎地道：「你們想要跨越邊界的話，我能幫忙。」

「你是部落使者，怎麼可以幫我們？」

「等其他人發現我撕毀了委任狀，我就不再是部落使者了。」阿巴刻說：「我會被驅逐爲無名者。」就算這樣，阿巴刻也不應該認同這種事情。彷彿看出泰邦心裡的想法，阿巴刻接續道：「你那個朋友說得沒錯，從上任軍代表卸任開始，成功跨越邊界的人愈來愈多，但部落使者被命令不能讓消息傳出，這就是爲什麼我原以爲其他部落有大量人口失蹤，是他們集體跨越邊界了。而我一直認爲，跨越邊界無論如何都有風險，保留地內相對安全，直到現在……」

面對泰邦探詢的目光，阿巴刻猶豫著，是否要告訴泰邦烏托克的計畫。「之後可能會發生事情，邊界的駐軍將不得不移動，因此，這是一次很好的機會。」阿巴刻最終說。

「什麼樣的事情？」

「我暫時還不能告訴你，但相信我，我有方法得到消息，當那個時候到來，我會通知你。」

「可是，你又爲什麼要幫我們呢？」

「泰邦，我不是白癡，跨越邊界是軍方對保留地人設下的禁忌，但不代表想要打破禁忌就是錯誤、是背叛，不要被軍方愚弄了。你的父親想要離開邊界，他有他的理由……或許你不相信，我也無法詳細解釋，但如果你已決定要做這件事情，就絕對不要猶豫。」

阿巴刻的話讓泰邦皺起眉，他說的自己都明白，打從自遺跡聚落歸來，他再也不相信軍方。然而跨越邊界本身仍令泰邦不安，他謹慎詢問：「如果我跟璐安真的離開……我們能在外面活下去嗎？」

「邊界外的主要問題是疾病，這個部分只能用你自己的身體去賭，或者和拾荒者交易黑市疫苗，一旦撐過去就會沒事。都市區和保留地之間有一座巨大的垃圾場，食物充足，資源也多，那些少數成功逃脫的人，靠著那座垃圾場堅持很久。我相信他們都還活著，其他的事情……很遺憾，即便我是部落使者，也無法完全知曉邊界外的世界。」

泰邦一時不知該說什麼，只能暗暗記下阿巴刻提供的珍貴訊息。

此時阿巴刻站起身拍了拍衣服：「我得回去了，你們先留在這裡，時候到了我會通知你們，在那之前不要走出洞穴，也不要擅自行動，尤其是泰邦，你病了很久，需要多休息，多吃點東西，食物的部分我每三天會替你們送來。記得最重要的事情：只要跨越了邊界，軍隊就不會傷害你，除非你回頭。」

等阿巴刻離開，泰邦仍沉浸在思緒中，同時他的身體再也支撐不住，他慢慢坐下來，下意識地想擁抱弟弟，他轉頭看璐安，卻見璐安明亮的眼睛像是熄滅了所有的光芒一樣，黯淡無神。

「璐安？怎麼了？」泰邦抱著弟弟，卻發現他走神了。璐安再次抬頭，好不容易才將目光對焦。

「沒……沒什麼……我只是很擔心。」璐安呑嚥著，阿巴刻提及軍隊的話讓金屬反光和小童被尖刺貫穿的胸口在一瞬間占據他的腦海，他有好幾秒鐘彷彿回到當時的景況，小童的鮮血流得到處都是，巨大的金屬怪物在殺害小童後頭也不回地離開，頭部藍色的光點令他感到惡意與殘酷。

璐安張開嘴，試圖鼓起勇氣，他必須對泰邦講述自己知道的資訊。

「泰邦，我應該早點跟你說，我曾經……見過『軍隊』。」

「你說什麼？」泰邦抱著璐安的手收緊了，語氣也變得急迫：「你是什麼意思？」

璐安思考著該如何對泰邦說，不知爲何，他不想對泰邦提到小童，隨時間過去，小童逐漸變成璐安心中一個骯髒的祕密，甚至是某種齷齪的幻想，泰邦昏迷時他和小童的頭顱在炭屋裡做的事情……他們玩著遊戲，就像小童是他唯一的朋友一樣。他如此的依賴小童，可當小童五官扭曲，俯衝進他的身體裡，他擺脫不了那份黏膩冰冷的感受，小童讓他發現自己內心最污穢的感情……

璐安搖了搖頭，他決定隱去所有和小童有關的細節，僅僅對泰邦描述他們住在遺跡聚落時，他曾獨自離開到外頭的森林玩耍，他在那兒遇見了「軍隊」。璐安並解釋，一群經過的拾荒者幫助了他，並告訴他「禁詞」的存在。

「你的意思是，『軍隊』並非人類，而是一種金屬怪物？」聽完璐安說的，泰邦皺起眉頭道：「可是他們要如何操控……」泰邦沒有說下去，他想起自己和阿蘭在遺跡裡看見的那些屬於都市區的物品，有些東西的操作方式連他都想像不到，若是這樣，金屬怪物的存在也是很有可能，只是在部落生活這麼長時間，他們確實從來不曾見過軍隊眞正的模樣，實際上整個保留地都是由這種沒有血肉的金屬怪物管控，甚至許多人被這樣的怪物殺害，一想到這個……泰邦便感到強烈的噁心。

「可是只要知道禁詞，不要說出禁詞，『軍隊』就不會進行追捕，而且小……那些拾荒者告訴我一組詞彙，甚至擁有停止『軍隊』的力量。」璐安將詞彙告訴泰邦，泰邦只是無奈地搖了搖頭：「璐安，你記得就好，我再怎樣也不可能記得住。」

璐安知道泰邦不擅長記憶特殊詞彙，於是點了點頭說：「沒關係，我們一起走，你在我身邊，金屬怪物就不會傷害你。」

「不過就算知道『軍隊』其實是一種金屬怪物，也不能確定邊界的『軍隊』和遺跡聚落的一樣，或者遺跡聚落的跟這裡的一樣。」泰邦沉吟著說。

「嗯，每個地方的『軍隊』禁詞都不相同，而且每隔一段時間就會更新。」璐安說：「能夠讓它們停下來的詞彙，也不確定還能不能使用。」

「沒關係，如果沒有時間測試，就把它當作最後的手段。」泰邦露出微笑：「你眞棒，有了你的資訊，我們一定可以順利跨越邊界。」

「可是泰邦，我們眞的非得離開保留地不可嗎？」璐安的語氣憂傷，充滿猶豫：「我們可以就住在這裡，離部落也有一段距離，不一定要跨越邊界。」

「我不認爲他們會放過我們。」泰邦低聲說完這句，便再次沉默。

泰邦不知道該怎麼跟璐安說，自他們從遺跡回來，他心裡就受了傷，他的病則符合山區部落對瘋病症狀的猜測。他不知道自己到底怎麼了，這是瘋病嗎？瘋病到底是什麼？如果眞的是瘋病，璐安跟在自己身邊那麼久都沒有相同的症狀，是不是就表示璐安不會被感染？這樣就算眞的是瘋病也沒關係了……沒關係的，他會努力撐下去，直到安頓好璐安。

是啊，泰邦想，雖然他現在是好的，但就像阿蘭最後對他說的話，那也是烏托克對自己說的話。他有股預感，自己將無法繼續維持正常，或許他將不能活下去……他不能讓璐安冒險。

看著弟弟的臉，泰邦卻說不出眞相。

「如果我們走了，那阿蘭呢？」璐安突然問。

「我和她已經約定好……保留地之外再見。」泰邦下意識地看往女巫山谷的方向：「她懂我，再說，她身邊也有其他人保護。」

「我只希望你不要後悔。」

「和你在一起，我永遠不會後悔。」泰邦說罷，伸手摟過璐安，他們躺在洞穴中，用彼此的體溫取暖。夜已深沉，是睡覺的時候了。

「泰邦，告訴我一個故事吧。」

璐安不帶期望地要求，而泰邦果然在安靜了一會兒後，深深地對璐安道歉。

「對不起，璐安，我一個故事也想不到了。」

「是嗎？」璐安思索著：「那麼，我來跟你說一個故事。」

在過去，璐安從來沒有說過故事，就像他以前也不曾作過夢一樣，幻想和創造是泰邦的專長，也只有他能辦到，而如今泰邦已經太過疲憊以至於失去了那些能力，璐安想要代替哥哥尋回故事，就好比他代替哥哥學會苡薇薇琪所有的歌。

「泰邦，你知道爲什麼我要把自己取名叫璐安嗎？」

唔，這眞是個奇怪的故事開頭。泰邦想。卻仍配合地說：「Luan……不就是一種霧的名字嗎？山上的霧氣最濃的時候，產生像玉一樣的質地，那種霧叫做Luan……玉一樣的霧，不過在部落裡，這也是女孩子的名字。」在他們部落，霧總共有二十四種不同的說法，Luan是其中一種。

「不是。」璐安搖搖頭：「是因爲好久以前有一個女人的聲音在我耳邊輕輕地這麼喊我。」

泰邦等待著，突然意識到璐安聽見的很有可能是母親的聲音，想起母親，那曾經握在手中的圓鏡墜飾帶著異樣的感受浮現腦海，熟悉且陌生，那段古怪的回憶，以及母親在回憶中所說的話語、他對母親產生的恐懼，都在突然間閃現。但泰邦此時不想深究，他太累，太痛苦了，也許他記錯了，他不在乎了，就算母親騙了他又怎樣，他現在只在乎璐安。

泰邦彷彿看見母親的眼睛在圓鏡墜飾後方對他輕眨，她呼喚他的名字，泰邦聽見母親正說著，他的名字是某種樹木的名稱，但泰邦無法確知是哪一種樹，他知道所有樹木的稱呼，卻不曾知道有一種樹叫作泰邦，久而久之，泰邦不再在意。然後母親呼喚璐安，呼喚璐安原本的名字，那是一個極爲普通的男孩名字，但這也很奇怪，爲什麼母親要在平常呼喚璐安一個正常的名字，卻在私底下悄悄呼喚另一個名字呢？

「然後？」泰邦問，同時切斷自己的思緒。

「沒有然後。」璐安偷笑著說：「故事結束了。」

泰邦在黑暗中睜大的眼睛裡有震驚、有無奈，也有無窮的喜愛之情，他抱著弟弟搓揉他的頭髮，惹得璐安大笑不止。隨後泰邦吹熄了油燈，等待璐安入睡。泰邦同樣疲憊，並且高燒不止，可是他現在是如此的恐懼入眼，於是他睜著雙眼直到天亮。

第八章

致軍大人：

阿蘭在山區部落一切均安，並發現了您一直想要的金雞之子線索，信上不方便說明，望您能盡快令阿蘭歸返。

阿蘭

再讀一遍阿蘭的最後一封信，王璟摺起單薄紙頁，藍色的眼睛看不出情緒。他拄著手杖從議事廳內的書房木椅上起身，緩緩移步到外頭，幾乎想都沒想，便往阿蘭曾居住的院落走去。

自從阿蘭離開，小童死亡，王璟命代理人再為自己挑選侍童與侍女，這次他沒有參與挑選，也不在乎是誰服侍自己，他唯一留給代理人的命令是：不要讓新來的侍女住進阿蘭的遺跡。

那是屬於阿蘭的地方，不允許其他骯髒的野蠻人污染。

植有梅樹的院落失去主人以後，雜草瘋長，本就破舊的遺跡廟宇也顯得更加荒涼，但王璟並不在乎，他只要保持籠子原本的模樣，等待阿蘭回來。說也奇怪，只有阿蘭在的時候，院子裡的梅樹才會開花，哪怕是在夏季，枝頭上總有點點白梅，阿蘭不在以後，梅樹只餘光禿禿的枝頭。如今冬天已至，梅樹也沒有絲毫開花的跡象。

王璟佇立梅樹旁，細細品味此刻內心的感受，對此他感到疼痛且似曾相識。

王璟六歲的時候，曾經飼養過一隻玄鳳鸚鵡。

為了不讓鸚鵡離開自己，他剪去了鸚鵡的飛羽，讓牠無法高飛。很長一段時間，這隻玄鳳鸚鵡就是他的同伴，他的手足，是與他最親的存在。當時的王璟已從他人口中得知自己異樣的身分，以及經過基因改造的藍眼人並不具有正常人類的情感和欲望，這項事實深深折磨當時年少的王璟，儘管王家人看見他都像看見怪物一樣，王璟並不願意成為他們想像裡的魔怪。他費盡千辛萬苦弄來一隻小鸚鵡，用意就是要讓那些人知道，自己跟一般人沒有什麼不同。他會照料鸚鵡，和鸚鵡建立關係，以此證明那些人是錯的。

像是某種反叛。王璟後來理解，自己的動機反而恰好證實了藍眼人沒有常人的感情。將這隻無辜的動物當作工具一般利用，卻意圖像一般人類那樣逗弄鸚鵡、和牠說話，模仿人類的溫柔善意，像是他真能感覺到喜愛鸚鵡的情感……他的所作所為被金家人知道以後，八成感到十分噁心，因此某一日，一名金家的少爺恰好來王家拜訪，隨意尋了個理由將王璟的鸚鵡殺死了。

一直到鸚鵡死去，王璟才從自己眼睛裡流出的熱液明白他一直渴望擁有的東西，那東西原來一直都在，只是沒有人相信，於是他自己也不信。他確實藉由他的玄鳳鸚鵡證明了自己擁有人類的情感，然而在他真正理解以後，他認為那是如此的不值得，不值得他的小鸚鵡為此而死。

失去能讓人感覺到愛，儘管在最開始，王璟並不明白自己愛那隻鸚鵡，或許有其他的原因讓他心痛，譬如金家人利用鸚鵡的死來貶低他、讓他認清自己的身分。也或許是那隻鸚鵡是「他的」，被剝奪的感受總是令人生不如死。

但當王璟一一過濾這些原因，剝除了自己無用的驕傲與對嶄新情緒的困惑，剩下來最純粹的感情僅僅與他和小鸚鵡的回憶有關，牠在自己指尖的輕啄，牠柔和的鳴叫，只要一想起就讓王璟痛苦不已。

王璟也因此學到，不要暴露自己，無論是暴露你的喜好或願望，因為在這個家族中，暴露的結果是被奪取，不論你想要什麼，或者你擁有什麼，只要你表現出一點點在乎，就會立刻被奪走。

相較之下成為沒有情感的怪物還更好些。王璟後來反覆對自己說，如果將來你還能擁有一隻鳥，就讓牠自由地飛翔。知曉牠在世界上的某個地方幸福快樂地存在著，比囚禁著牠更讓王璟感到滿足。

因此當阿蘭說她是一隻鳥兒的時候，王璟覺得相當可笑。他並不相信，同時心中警鈴大作，他天性多疑，暗暗揣測阿蘭是否是金家派來保留地監視他的臥底，但一名來自保留地外的臥底？不可能，這樣一來他們要藍眼人做軍代表何用？所以就是直接在保留地內遴選的臥底了，金家用什麼收買了這名弱不禁風的小女孩？前往都市區的機會嗎？或者是享用不盡的金銀財寶？

王璟的好奇心被勾起，他倒要看看這名聲稱自己是一隻鳥的遺跡少女究竟在打什麼主意。

少女名爲阿蘭，王璟很快便讓代理人查出她的身世背景，父母死於「軍隊」，是上任軍代表操作的機器吧。上任軍代表同時也是第一代藍眼人，第一代藍眼人有著難以改善的重大缺陷：易衰老。只在保留地待了兩年就生生老死，作爲第二代藍眼人，王璟的身體缺陷僅僅是臉部畸形帶來疼痛，加上不良於行，已是很大的進步。

最開始的幾日，阿蘭和名爲小童的侍童各司其職，工作得相當認眞，小童打理外院、迎賓招待，阿蘭則負責內院乃至於議事廳的清潔整頓，王璟刻意讓阿蘭操持內院，爲的是就近觀察，同時他也相信阿蘭若眞是臥底，一定無法抗拒誘惑，她會藉此機會搜索自己的私人物品，希望取得對他不利的資料。

然而王璟的等待最終換來的是失望，阿蘭是難得一見的優秀侍女，單獨一人就能將後院整理得井井有條，甚至在泡茶、磨墨、煮食上也完美得無可挑剔，更不曾對他面罩下的眞容乃至辦公桌上的文件顯露窺看的興趣。相較之下名爲小童的侍童偶爾還會打混摸魚，到遺跡聚落街上玩耍。

王璟並沒有因此鬆懈，他淡漠地觀察阿蘭工作，暗想這名女孩是否已忘了曾自稱鳥兒，畢竟她的一舉一動、一言一行都和人類無異，她把工作做得太好了，以至於洩漏了自己的身分。不過眼下她至少沒有做出令人起疑的行爲，既然如此，王璟也就漸漸淡忘了她曾說的瘋話。她是金家的臥底也無妨，畢竟王璟自忖沒有背叛金家的意圖，只是生活中多了一雙監視的眼睛，總是令人不太舒服。

某日，王璟召來阿蘭，命她服侍自己操作機器。這是他第一次在阿蘭面前控制「軍隊」，若在過去，他絕對不會讓任何人靠近自己，尤其是在他工作之時。然而幾次下來，同時操作千百機器的疲勞幾乎將王璟打垮，他的眼睛和大腦在過度使用後如針刺般疼痛，痛楚蔓延至四肢百骸，他需要有個人能在自己意識模糊時令他舒適一些。

彼時王璟沒有考慮其他，作爲藍眼人，他首先記得的是自己作爲工具時的需要，阿蘭若爲金家臥底，能夠服侍他工作也不啻是替金家幫忙。

王璟在特別爲了讓藍眼人操作機器所打造的地下碉堡中等待阿蘭，阿蘭抵達後他只簡單吩咐幾句，命她站在自己身後且不得窺看他的臉部，便開始全心全意地操作機器。

在他工作的這個特殊的房間裡，有數千個螢幕顯示著所有機器的錄影鏡頭，王璟取下臉上的面具，戴上連結機器的裝置，一瞬間，他同時存在於保留地的上千個地方，他同時用上千個鏡頭在看，同時能聽見上千種聲音，同時他也擁有上千具機器作爲身體，得以在保留地的各處奔跑、監視、蒐集資料。

每日王璟至少有兩次必須親自操作機器，其他時間則開啓無人駕駛讓機器自動巡邏。過去操作機器多少會遇上需要「軍隊」干預的時刻，但王璟很少下殺手，偏偏那天有物資籃的派送，某個部落爲了搶奪物資籃打成一團，王璟在森林中俐落地以子彈制裁了幾個試圖謀殺對方的部落人，他們僅僅爲了幾塊獸肉、幾顆水果就不惜將他人毆打致死，王璟目睹不只一次這樣的場景，他更加堅信這些人就是些畜生。工作結束，王璟讓機器隱藏進洞穴或泥土裡。機器本身不能讓部落人看見，這是最初設計如此管理法的金家家主制定的規矩，以免破壞了保留地長久以來的自然樣態。

直到完成了保留地每一寸土地的巡視，王璟才摘除裝置，他的眼睛已無法承受過度的使用，大腦也因同時操控所有機器產生的後遺症而劇痛不已，他呼喚阿蘭，卻沒聽見女孩的回應。

過去阿蘭總是很乖巧，對王璟百依百順，這是第一次阿蘭忤逆王璟的命令。但當王璟掙扎著從控制椅上坐起，他看見阿蘭倒在一旁的地上發抖，睜著眼睛，嘴唇泛白，宛如看見了地獄光景。王璟這才想起阿蘭的父母亦曾被機器殺害，他忘記了，但又如何？他不知道保留地人這樣脆弱不堪。

王璟摸索著手杖，試圖將阿蘭打醒，沉重的手杖落下前他聽見阿蘭正低聲自語。

手杖停在半空中。

「不怕……沒什麼好怕的……我只是……」阿蘭失焦的眼睛彷彿什麼也看不見，正因為什麼也看不見，她只能一遍又一遍對自己訴說謊言：「一隻鳥兒……」

王璟扔開了手杖，他的身體已無法繼續支撐下去，但他又著實好奇，是以他順著椅子讓身體向地面癱倒，他慢慢爬到阿蘭身邊，側耳傾聽。阿蘭陷入強烈的恐懼發作，幾乎沒有意識，卻透過不斷地自言自語使身體漸漸平靜下來，最終，她閉上了眼睛，短暫地昏睡過去。所以她確實認為自己是一隻鳥兒，即便她同時也知道這是一個巨大的謊言，為了不受傷害，她寧願欺騙自己。

王璟想：倒是和我挺像的。

他躺倒在阿蘭身邊，由於鋪天蓋地的疼痛和疲憊讓他再也無法移動，王璟只能靜靜等待阿蘭甦醒後替自己收拾殘局。

可以說，王璟和阿蘭的關係是從那時候開始改變的，那並不是突如其來的改變，而是一點一點地，起因於王璟決定尊重阿蘭的意念，她是一隻鳥，並非她真的是，而是她希望。王璟亦不曾對阿蘭說過那日發生的事情，卻也沒有再在他工作時要求阿蘭隨侍於側，只等工作結束以後才呼喚她來。

更重要的是，阿蘭的存在令王璟感到舒適，當他結束工作，阿蘭能夠用熱毛巾及按摩舒緩他身體的劇痛，阿蘭在他身邊走動時製造出的小聲音，就像他的那隻玄鳳鸚鵡一樣細小柔和，令人喜愛。

不知不覺間，王璟將阿蘭視為「自己的鳥兒」，畢竟只有他懂得她，並且深知這份希望對她的意義。在他們沉默且自然的相處中，阿蘭並未多說什麼，也沒有表露過任何攸關於此的想法，但王璟不在乎，人將動物視爲「自己的」從不需要徵詢動物的想法，故而他也不需要阿蘭的認同，王璟只是以十分緩慢的速度，若有似無地令阿蘭接近自己，一天比一天更近，他想起自己的玄鳳鸚鵡，想起自己再也不願意剪掉鳥兒的飛羽，所以他也不會爲阿蘭鍛造牢籠或鎖鏈，不過一座舒適的鳥籠還是可以的，只要永不關起籠門。

這座植有梅樹的院落，便是那永恆敞開的鳥籠。

儘管如此，王璟也並非沒有傷害過阿蘭，他始終多疑，深深害怕金家人發現自己再次擁有了在乎的東西。而他的猜疑從來不是毫無道理，金家可能在遺跡裡設置監視器，也可能透過他操控的機器同時監視保留地。他不能冒險失去阿蘭，爲此，他只能賞罰分明，只要阿蘭不犯錯，甚至不要讓他知道自己犯錯了，那麼他就不會責罰她。

可偏偏他的鳥兒單純誠實得有些過分了。

王璟伸手輕撫梅樹的樹幹，從衣袋裡取出一串鈴鐺，鈴鐺共有四顆，每一顆的聲音都不相同，十分特別。他不再收到阿蘭的信以後，曾操作機器在山區搜尋，他想或許阿蘭又昏倒在某個地方，他必須把他的鳥兒帶回來，就算阿蘭害怕機器，他也毫無辦法，除非使用機器，否則他的身體難以長距離移動。

他在兩個月後找到阿蘭的屍體，小小身軀泡在河水裡，浮腫發爛，只有四肢上綁著的鈴鐺讓王璟得以辨識她的身分。鈴鐺在風中發出細微響聲，王璟依靠機器尋覓那極小的聲音，好不容易才找到她。

阿蘭離開遺跡聚落前曾對王璟承諾，她會永遠戴著那四顆鈴鐺，她知道只要自己戴著聲音各不相同的四顆鈴鐺，王璟就能在操控機器時捕捉到這些細微的聲音，從而知曉儘管她不在自己身邊，也是自由自在地存在於保留地的某處，這對王璟來說曾是莫大的安慰。

如今他的鳥兒就像曾經的小玄鳳一樣，被當成垃圾隨意扔棄在無人的荒地。

王璟不認爲是他命阿蘭前往山區部落蒐集金雞之子線索，使她引來殺身之禍，整個保留地除了他，誰會知道金家的祕聞？不過若阿蘭的死亡眞是因爲這個原因呢？是否代表保留地內潛入了其他家族的勢力？

王璟召來新任代理人李正，詢問他不久前拜訪阿巴刻的過程，以及那次從部落歸返後，李正替他送來阿蘭的最後一封信。不論讀了幾次，那封信都沒有其他特別之處，李正也保證，最後一次看到阿蘭時她看起來很好。信很簡短，提及王璟感興趣的消息，此外對是否深陷危險隻字未提。王璟思考了很久，最終他寫了一封信再派李正送到阿巴刻手上，作爲試探，信中要求即刻讓阿蘭回來。

阿巴刻沒有回信，王璟那精明的代理人更直接失蹤，許久才有一封莫名出現在宅院中的信函，信上沒有文字，只有那讓他遍體生寒的紅色圖騰。

王璟一直以來透過地下碉堡的儀器和金家聯絡，全保留地就只有隱藏於軍代表宅邸下方的碉堡擁有這樣的科技產物，他在收到阿巴刻給予的紅色圖騰後，便將畫有圖騰的樹皮掃描寄送給金家聯絡人。

作爲藍眼人，他沒有資格得知通訊器彼端和自己說話的人是誰，對方在收到圖騰以後也只是簡單回覆：靜待結果。

一等就是半個月，最終王璟收到回覆：紅色圖騰隱藏了複雜的訊息，需要模仿師才能解讀。這倒是出乎他的意料，既然動用到密冬模仿師，就表示圖騰也是由另一位模仿師所造，野蠻地裡也有模仿師的存在嗎？王璟簡直難以置信，過去只有密冬本國才有模仿師的存在，瀏島唯一的模仿師，是密冬政府特別送來的，並且只爲金家服務。

這讓保留地內的狀況更加詭譎難辨。收到畫有紅色圖騰的信函後，王璟再次將信件掃描寄給聯絡人。過程中王璟思索，信函可能來自山區部落，但不像阿巴刻的手筆，阿巴刻也沒有動機。那麼究竟是誰？無論是阿蘭的死或李正失蹤，都表示有人躲開了他千具機器的鏡頭犯下罪行，這幾乎是難以辦到的。王璟想，他重要的臂膀被斬斷了，李正不僅僅是代理軍方和山區部落溝通而已，同時也替他調查山區部落大量人口失蹤的眞相。加上正在解密的紅色圖騰，事情已漸漸有些眉目，燎原的星火則必須在徹底燃燒前捻熄。如今李正失蹤，他和山區部落的聯繫也被切斷，隱隱然事情正朝最壞的方向發展。

今日稍早，第一份經過解密的紅色圖騰訊息已經傳來，王璟戴上耳機，便能聽見那由機械合成的聲音：來這裡……我們就是被這麼對待……那些外面的人把我們當成動物豢養……如果你也想反抗……保持安靜，前來這裡！

如此慷慨激昂，不禁令王璟想笑。

不過一個簡單的圖騰竟然能蘊含如此豐富的訊息，並且能夠讓接觸到的人宛如直接吸收資訊，甚至產生被蠱惑的效果，這眞是不可思議。根據金家聯絡人傳來的資料，製作這圖騰的人技術高超，不僅模仿了空氣，模仿了霧，模仿一些抽象難言的東西，以至於產生複雜的作用，還能夠篩選接收資訊的對象。譬如僅有部落人、且非部落使者才能夠接受資訊，但身分的篩選隨時間過去竟然會變動，起先它只對年輕力壯的部落人男性傳達訊息，隨後慢慢擴大範圍，直到最新發現的圖騰，已是幾乎任何人都能接收訊息。

而圖騰本身更具有不能被模仿的性質，所以只能以肉眼看見，而無法透過機器的鏡頭看見，除非有人親自看過圖騰，現場謄抄下來。連結通訊器的電腦螢幕顯示出一張標記了座標的地圖，那個地方，就是訊息裡提到的集合地。

理所當然，王璟不可能在沒有金家命令的情況下操控所有機器前往該處，毀滅一切。他是金家的眼睛，必須讓軍隊四散在保留地各處監視，等待模仿師解開最後的訊息，然後那個女人才會有所決定。

那個女人啊……想起那個女人的臉，王璟便因憎恨而發抖，若不是她，世界上不會存在藍眼人。若不是太想扳倒那個女人，他不會派阿蘭前往山區部落探查金家可能外流的血統，最終導致她的死亡。

一名侍女死了便死了，王璟卻不想壓抑自己應此而生的怒火，是的，金家的命令尚未下達，但就像他曾叛逆地試圖偷偷飼養玄鳳鸚鵡，此刻他也帶著不如毀掉一切看會如何的好奇心，意圖操作機器前往地圖標記處。實行金家永遠不會同意的計畫向來深深吸引他。

不，如果他願意承認的話，他會想讓「軍隊」輾過野蠻地，只是因爲阿蘭，因爲他們將他的鳥兒像一件垃圾一樣扔棄在地，任她腐爛發臭。為此他怎能不親自復仇呢？這些因阿蘭而起的新情緒，再次令王璟心生迷惘。有那麼一瞬間，王璟腦海閃過某個念頭，像是一隻海燕劃空而過——他想阿蘭是來自山區部落的臥底，要引他走入陷阱。多麼可笑，她已經死了，她長得甚至不像是個部落人，王璟至今也從未聽過遺跡人會自貶身價和部落人合作，遺跡人的文化和都市區甚至密冬本國更加相似，他們也長年受五靈教信仰影響，他們的身心都不可能背叛。

說到底他只是不願意相信阿蘭已然死去，王璟希望阿蘭還活著，在保留地的任何一處，僅僅是存在著，那麼就算她確實是臥底也沒關係。王璟想，因為阿蘭是他的鳥兒，阿蘭無論做了什麼樣的事情，都屬於她的天性，他永遠也無法責怪。

沒有時間了，如果眞要等金家下達命令，或許他們連一個野蠻人都不會讓他殺，那樣還有什麼樂趣可言？紅色的圖騰還未解讀出完整的訊息，紅色的圖騰令他瘋了似的憤怒，遠看如人臉，像一張極端痛苦正放聲哀號的扭曲臉孔，在王璟眼中，那張臉卻彷彿在嘲笑他。

王璟不得不一次次提醒自己，那些人不是隨隨便便的野蠻人，他們有計畫、有頭腦，可能還擁有足以和模仿師媲美的力量，正一步一步引他走入死局。

想到這裡，王璟忍不住笑了，他最後一次閱讀阿蘭的信，隨後從植有梅樹的院落離開。

權衡之下，能讓他們出乎意料的決定只有一個。王璟知道，自己這麼做或許會讓金家在事後將他召回報銷，但他已厭煩做金家的奴僕。想著漫漫長路，如冒險，如逃亡，王璟猶記得偷偷跑出王家，從陌生人手中接過一隻羽翼未齊的玄鳳雛鳥，他將其捧在掌心，悄悄踅回王家大宅，踮著腳尖快步走過黑暗門廊，唯恐被人發現，他的心第一次緊張地怦怦亂跳，在夜色與陰影中，帶給他幾乎要破殼而出的自由。

對山區部落的人來說，軍隊是突然消失的。規律且富威脅性的嗡嗡聲在秋季裡的某日消散於空氣，儘管如此，仍沒有人敢掉以輕心，依然戰戰兢兢地過日子，行走時也避開禁區。而帶來物資籃的大鳥已許久沒有從天空降下裝塡有食物或日用品的籃子，人們謠傳又是一次大飢荒的開始。

所有的事情都不對勁，但就連阿巴刻也無法嗅出隱藏的祕密。部落族人爲阿巴刻成爲山區部落代理人的事情感到高興，經常聚集起來討論慶祝活動。阿巴刻並不在意，他樂意讓那些人爲了不重要的事情分神且忙碌，如此也就不會注意到泰邦和璐安的去向、阿蘭的失蹤……乃至於更大的變故即將發生。

自從那日阿蘭的身分被阿巴刻揭露，她就不曾回到部落，苡薇薇琪對此也沒有多問，當阿巴刻前來傳達阿蘭已經離開部落的消息，苡薇薇琪只是悠然自得地坐在門廊前嚼著檳榔，朝阿巴刻露出鮮紅的微笑：「啊呀啊呀，年輕的女孩子就是這樣，沒有關係的。」

阿巴刻向部落中的其他人解釋，阿蘭收到軍代表的要求，已匆匆返回遺跡聚落。軍代表派來的人終於離開部落，對所有人來說都是好事，只有一些過分謹愼膽小的族人私下來問，軍大人派來的少女爲何如此匆忙離開？是他們招待不周嗎？還是被發現了什麼祕密？

阿巴刻一一安撫這些人，他說克羅羅莫的部落使者都成爲山區部落的代理人了，能出什麼問題呢？在黃昏時分送走最後一名喋喋不休的族人以後，阿巴刻盤坐在守護所內，冷汗如雨落下。

太安靜了。這陣子森林中連鳥鳴都沒有，死寂且肅殺，彷彿風雨欲來。他知道烏托克的計畫已經展開，卻不曉得進行到哪個地步，從那天以後，他也再沒見過阿蘭、烏托克或是烏托克的魔鳥。

阿巴刻思緒紛亂，如果烏托克對他的要求是協助她開啓戰爭，那麼阿巴刻做不到。然而他又希望盡己所能幫助……不，保護她，是的，說到底阿巴刻依然抱持著讓烏托克最厭惡的想法，他想保護她。直到現在，阿巴刻內心的某一部分仍將烏托克視作曾經與無名者一同拯救的少女，他不曾放棄過這個念頭，對他來說，烏托克就和泰邦與璐安一樣，是他必須傾力守護的存在，也是他作爲拉疏僅剩不多想要捍衛的，重要的人之一。意識到這點，他的內心反而平靜，就好像，他打從和烏托克一同鍛造她的長獵刀那刻開始，他便信任她，儘管過去阿巴刻總是表現得不信，然而，信任烏托克才是阿巴刻的本能，保護她也是。

這就是爲什麼，在看見炭屋被焚燒後，阿巴刻有了決定。

他仍然不知道「阿巴刻」究竟是什麼，他到底應該站在部落這邊，或者他重視的人那邊？他究竟要選擇屈辱的和平，抑或復仇的反叛？他到底是軍方的走狗，還是部落的使者……他是拉疏還是阿巴刻？

或許這個問題從來就沒有眞正的答案，於是最終他在心裡對無名者說：我會親自做給你看。至少對此時的他而言，幫助炭屋的兩兄弟以及保護烏托克，比其他任何事情都更重要。

阿巴刻微微抬頭，企圖感受哪怕最微小的動靜。阿蘭和烏托克都曾說時候到了會通知他，阿巴刻卻不曉得她們究竟會以何種方式告知，現在整個山區部落只環繞著寂靜。

這種寂靜就像泰邦第一次身處空曠之處一般，安靜得毫無痕跡的森林，讓阿巴刻感到恐怖，他曾起心動念要離開部落進行探查，一種迫在眉睫的焦躁不安令他壓下念頭，爲了那對兄弟，他不能離開。即使彷彿帶著電流的空氣暗示這些日子的安靜都是預兆，預言他時刻已近，就快到了……

叩叩。

一陣敲門聲將阿巴刻從沉思中喚回神智，他打開守護所的門，看見笑吟吟的苡薇薇琪。

苡薇薇琪的家族和阿巴刻的家族關係密切，在尚未有保留地以前，苡薇薇琪的家族每一代都是女巫，而阿巴刻的家族在過去每一代都是頭目，即使後來部落中不再有頭目的身分，女巫仍持續存在，並且十年如一日地替阿巴刻的家族做只屬於頭目的儀式。過去，阿巴刻不理解苡薇薇琪爲何總要死守過去的規矩，就算無人再承認阿巴刻來自頭目的家族，她也依然在每個季節、每一次星斗移位之時來到阿巴刻的家裡，耐心地向阿巴刻的父母解釋此行目的，隨後旁若無人地進行自己的工作。

阿巴刻的父母從他還是拉疏的時候就要求他要尊敬苡薇薇琪，卻也被允許用較為親暱的方式稱苡薇薇琪「婆婆」，每當阿巴刻如此呼喚苡薇薇琪，老女巫臉上都會綻放出一朵微小的笑容。

「婆婆。」阿巴刻喚道，同時側身讓苡薇薇琪走入守護所。老女巫的突然到來讓阿巴刻的不安有了出口，他倏地壓低聲音，急切地問：「您可以預知颱風的到來、雨水的多寡……那麼您能夠預知接下來可能會發生的事情嗎？」

阿巴刻本以為苡薇薇琪會拒絕，或者至少表現出困惑的模樣，但老女巫只是看著他，笑了起來：「我正是為了這個而來呀。」

阿巴刻還來不及反應，苡薇薇琪已從揹著的巫術箱中取出一張水鹿皮，鹿皮本是捲起來的，苡薇薇琪輕輕一抖，捲起的鹿皮便迅速落下，呈現出完整的水鹿樣貌。苡薇薇琪將鹿皮轉向另一面，阿巴刻忽然便失去了聲音。

「烏托克正忙著，不能告訴你的事情，就託我來告訴你啦。」苡薇薇琪的聲音幾乎是雀躍不已。

鹿皮的內側，慘白表面之上，有一幅巨大的紅色人臉，人臉的表情彷彿正忍受極端痛苦，嚎叫著、呻吟著，下一秒，扭曲的五官卻形成一隻受虐的動物，這畫面將阿巴刻完全淹沒，那紅色是黃昏的顏色，是苡薇薇琪嚼食的檳榔汁液，也是阿巴刻第一次獵捕山豬時，從山豬體內流出的鮮血。

流動的影像像被強行灌入阿巴刻腦海，他看見自己從未前往過的一座山谷，周遭環繞迷霧，滿山遍野僵硬不動的巨型怪物，那些怪物彷彿被打敗、被殺死了，卻不像真正意義上的死亡，因它們不曾擁有過生命。怪物身軀的平滑表面散發冷冷的金屬光澤，在這盛大且詭譎的景象裡，烏托克站立其中，長獵刀垂指地面。僅僅只有背影，阿巴刻卻能夠感受到此刻烏托克內心的狂喜。

狂喜，達成所願的欣快，甚至可說是勝券在握的萬分激動。

花了這麼長的時間，付出這麼多孩子的生命，終於值得了……值得了……

一道閃電撕裂天空，強光照亮烏托克的臉，他看見烏托克在漸大的雨中大笑。

如果不是今天，就是明天。烏托克低語，聲音近得就像在阿巴刻耳邊輕訴。

當阿巴刻再次睜開眼睛，他全身都被汗水浸濕，苡薇薇琪將他的頭放在自己的腿上，像阿巴刻還是拉疏、還是小孩子時那樣，低聲吟唱歌謠安撫，起皺的手指爬梳過阿巴刻的頭髮。阿巴刻記得過去有好幾次自己被噩夢侵襲時，苡薇薇琪都像這樣來到他的家裡，在父母的邀請下前往他的房間，用具有奇特力量的歌聲撫去他的不安。

「烏托克說的是眞的嗎？」阿巴刻發出聲音時，意外於自己絕望語氣裡的一絲天眞：「她要在這幾天動手？那個畫面……那座山谷到底是……」

苡薇薇琪手指的動作沒有停止，並且更加溫柔。「你看見的畫面還尚未發生，而是我用法術目睹的未來。」苡薇薇琪道：「但很快，很快烏托克會完成。」

已無法回頭了。方才透過圖騰湧入腦海的畫面和聲音，讓阿巴刻徹底了解一切，烏托克的計畫、邊界守備鬆散的時間、聚集在遠方的反叛者……他發現自己並不怎麼意外烏托克可以達成這些理當不可能達成的事情，她或許是不擇手段的、殘酷的、強大的魔女，但她也是阿巴刻曾和無名者一同在焦黑的屋子裡拯救的少女。經歷過那樣的悲劇，她便背負起復仇的責任，就像她在送走老烏托克的儀式最後，從死去女巫的手中接過祭祀的葉子。

「婆婆……您是從什麼時候開始幫助她？」

苡薇薇琪笑而不答，在她的攙扶下，阿巴刻承受著劇烈的頭痛從地上爬起來，艱難地邁向他的床榻。

隨後苡薇薇琪照料著他，讓他像兒時被驅逐了噩夢之後，在苡薇薇琪的陪伴下重回夢鄉。

阿巴刻知道，苡薇薇琪對自己使用了不可思議的力量，以至於他全身癱軟無力，無法思考，他現在不應該睡著，他必須去找泰邦和璐安，如果苡薇薇琪一直在幫助烏托克，爲什麼又要阻止他呢？彼時守護所外天色更暗，他想起烏托克的話語。

如果不是今天，就是明天。

意思是如果不是今天出發，就必須是明天，否則一切將會來不及。他要盡快通知泰邦，他必須趕緊將炭屋的兩兄弟送出邊界。就快要來不及了。

「別急，你要做的事情很不容易，你得先好好休息才有體力，當你醒來，會是最完美的時間。」苡薇薇琪輕輕說道，不知爲何，老女巫的聲音彷彿強忍悲痛，阿巴刻不曾聽過苡薇薇琪用這樣傷心的語氣對他說話。以至於阿巴刻有種錯覺，好似他剛才所經歷的都是夢境。

阿巴刻睡著了。

美麗的銀色金屬像植物，也像動物一般，從泥土中長出來，從洞穴中探出頭，抖落發亮身軀上的塵土，從它們昔日潛藏處離開。不再介意被保留地人目擊，因爲只要有一名保留地人指著它們發出尖叫聲，它們便以最迅捷的速度獵捕、殺害那人、藏好屍體，隨即繼續趕路。在遙遠的地下碉堡裡的藍眼控制下，它們化爲殘疾身體的手腳，幾千幾百具模樣各異的機器，擁有一個意志，它們從克羅羅莫的森林中離開，也從山區部落離開，它們從遺跡聚落離開，最終也從邊界離開。

這場遷徙最終沒有在保留地歷史上留下痕跡，因爲這些銀色的金屬怪物即便冰冷且無生命，不知爲何卻散發著憎恨與憤怒，所到之處不留活口，以至於也沒有人能夠記錄下這可怖的景象。

銀色金屬在傾斜的山體上爬行，遠遠看去，彷彿山稜下方的骯髒雪花，巨大的雪花，伸出如蜘蛛般的金屬手腳快速移動，令人毛骨悚然。由於它們擁有相同的意志，不小心墜落的機體由後方遞補，甚至藉由攀住其他機體才得以前進。冰晶、水銀般的金屬怪物，伸長蜘蛛般的手腳繼續前行，不知疲憊。

只要越過這座山頭，就能看見紅色圖騰提到的祕密山谷，野蠻人反叛者就聚集在那處，他要集中軍力前往剿滅。

他低下金屬頭顱，嗅覺探測器檢視著草地的氣味。

他將金屬尖刺捅進一名經過的部落人胸口，接著用落葉草草將其埋葬。他看見部落人的孩子躲藏於石穴裡，他將尖刺探進石穴中，瘋狂亂刺。

他急速奔跑，不曾停頓。

他聽見野蠻人恐懼的尖叫此起彼落。

他向上攀爬，即便石塊從身邊滾落，也無法阻止他。

他甩開屍體，讓溫熱的鮮血灑在草地。

他的感官追蹤著所有機器，直到愈來愈近，愈來愈近。

但很奇怪，太奇怪了，這個地方很安靜，也因爲沒有蟲鳴鳥叫的極度安靜，他的機器得以捕捉到微弱的電流滋滋聲，僅僅只是靠近山谷外側，就能感覺到無形的磁場，這讓他警覺地停下來，讓機器們在磁場周遭踱步、來回走動，試圖弄清這地方古怪的原因。

他打量著陡坡上斜長的樹林，無數植物層層疊疊，像綠幕般隱藏著後方的山谷，經由模仿師破解後得出的隱密訊息：這兒就是反叛軍集結的場所。但他不記得上一任軍代表留下來的地圖有記錄這個地方，因而他也從未操控軍隊在這附近進行巡視。

彷彿被霧氣遮掩、屏蔽，他不曾來過這裡。

這讓他不禁懷疑，整個保留地還有多少地方被隱藏起來，以至於他從未涉足？無論檢查多少次，機器都無法確認電流造成的滋滋聲來自何處，微弱的磁場也可能是附近有礦物使然，是以他不願再等待，遠在地下碉堡的金家通訊器已傳來警示訊息，質問他為何沒有在特定的時間回報。而正在進行操控的他並不想停下，一旦停下，他又得照著金家的命令做事，他將無法為阿蘭復仇。

他想殺人，想殺戮。

第一批機器已經在山谷外查看許久，其餘從保留地各處前來的機器也紛紛抵達，如今他擁有如此強大的力量，就算這座山谷眞的藏有大量反叛者，他也不怕，相反的，他無比期待殘殺大批野蠻人的時刻到來。對他來說，野蠻人當然是愈多愈好，野蠻人無法和機器對抗，最終只有被他屠殺殆盡的份。懷抱著對殺戮的渴望，他繼續攀爬，越過最高處，進入山谷。此時天空開始下起雨來，雨滴落林中，在葉面上匯集成豆大的雨水，啪啪墜落，打濕了機器的金屬表面。

他有一瞬間的停滯，因為當機器處於自動控制的狀態時，會受到雨的影響，演算和行動都變得笨拙。但他很快回過神來，現在是他在控制，他也絕不可能在這樣的情況下將機器轉為自動運行狀態。

他終於進入山谷，隨即無數機器跟著爬入，機器的數量之多，遠看就像由密密麻麻的蜘蛛所組成的海潮，海潮在一瞬間就淹過山稜，淌入山谷。無數機器來到竹林叢生的谷間，發現這兒異常窄小，除此之外，沒有任何反叛者，沒有任何活人。

這是怎麼一回事？他想。

就在這時，他聽見了一個聲音。不是他眞的聽見，而是機器敏銳地接收到那聲音，電流的聲音愈來愈響亮，隨後，他驟然失去了視覺。

他驚慌失措，在操控軍隊的情況下失去視覺等同眞正的目盲，就算這時他如何掙扎著挪動機器的肢體，他也只能感受到機器彼此撞擊在一起，原本行為相似的機器開始掙扎亂跑，揮舞作為武器的金屬尖刺，彷如群魔亂舞，緊接著，隨著一聲輕微的「啵」，他連觸覺都失去了。

不，他沒有失去，而是機器盡數癱倒，被癱瘓了，他於是動彈不得。

此時此刻，他唯一留下的是聽覺。

他聽見一名女人沉聲命令：「可以了，維持磁場附近的圖騰保持穩定，讓芭瑚去處理就好。」

他聽見一陣輕巧的腳步聲接近自己，他試著執行開槍動作，但什麼也沒有發生。

「你能聽見吧？」那個女人的聲音突然近在咫尺，她正對著其中一具機器說話：「保留地的軍代表，金家的藍眼人，王璟，你能聽見嗎？」

他沒有回答，又或者他回答了，卻因機器被癱瘓而無法確定。每次他操控機器，總是會遺忘自己原本的軀體，甚至身分，如今的他只是沒有名字的機器，是集體而非個人，無知的野蠻人則稱他為「軍隊」。

他將意識逐漸轉移到最接近烏托克的機器上。

「記得曾被你們滅村的帊音族人嗎？我是當時少數活下來的倖存者之一，我是帊音如今的烏托克。」

女人的聲音冷酷無情，彷彿說著不相干的事情，她的話語卻令王璟驟然清醒。他看過那份資料，雖然不被允許，但他痛恨在沒有準備的情況下前來野蠻地，因此在被派駐的前一天夜晚，他偷偷潛入了金家的資料庫，極盡所能取得所有和保留地有關的資訊。

隨後他得知了帊音滅村事件。

一同浮現的眞相還有，若沒有那次事件，五大家族的活人軍隊不會撤出保留地，金雞皇帝不會被暗殺，藍眼人不會誕生。

王璟聽見自己的笑聲從發聲器中傳出，從遺跡聚落的地下碉堡透過機器傳遞給烏托克。沒辦法，他眞的好想笑，他和這名野蠻人之間擁有相同悲劇的連繫，而這名野蠻人卻說是「他」導致了滅村事件的發生。這番倒果爲因豈不有趣？帊音滅村那時，如他這樣的藍眼人甚至還不存在呢。

「我知道那件事。」王璟透過機器說道：「也知道事件的開端，就記在第一頁，有一名帊音少女出外採集草藥時，被古家的軍官姦汙了，這名軍官身染疾病，因此將疾病傳染給她，最後返回部落的少女讓整個村子染病……難怪你那麼恨我，甚至不惜犯下如此重罪。」

王璟的聲音消失，他意識到這具機器的發聲器被破壞了。與此同時，他聽見雨聲滂沱。

「不用試圖激怒我。」烏托克的聲音依舊平靜，卻隱含顫抖：「我很清楚，現在我已不可能回頭，抓住你等於向金家宣戰，我同時也知道，你痛恨金家，因此我想提出一項對你我都有利的交易……」

王璟小心翼翼地在短時間內測試過所有被癱瘓的機器，他發現有一架小型偵測型機器仍具有活動能力，同時配備有簡單的武器，他隨即讓自己附身於那機器，開啓視覺影像，他終於再次看見。

一道閃電照亮山谷，雷聲隆隆，滿坑滿谷的機器一具疊著一具，被癱瘓的機器此刻宛如屍體，浸泡在雨水裡，已經失去了一切動力。而有一名高大女子站在機器堆中，黑色披風隨風飄蕩，在她身邊另外有四名野蠻人正各自檢視地面的機器，絲毫沒有注意到任何不對勁。王璟讓自身隱藏在機器與機器間的縫隙中，悄悄接近烏托克。

烏托克還在滔滔不絕地說：「你在調查一個孩子，是嗎？一個屬於金家，因此根本不應該出現在山區部落的孩子……」

他以迅雷不及掩耳的速度躍上烏托克的背，下一秒就要將尖刺插入烏托克脆弱的脖頸，卻在聽到烏托克的話後頓住。烏托克伸手捉住他，將他放在面前仔細打量，王璟看見野蠻人醜陋的臉孔，又黑又髒，令他本能地作嘔。

「你想用那個孩子扳倒金雞神女，但你不覺得太費事了嗎？何不考慮加入我？我已經把大部分該做的都做了，你只要束手就擒，事情便成了。既然我們目標一致，又何必對抗？」烏托克雖然這麼說，卻仍從身後抽出長獵刀，將小型機器一刀劈爛。

電流滋滋聲變得微弱，王璟敏銳地感知到磁場對機器的影響正逐漸降低，他立即逃到另一具機器之中，這是來自邊界的守衛型機器，不僅巨大，也裝載有槍械和尖刺等強力武器。他一發現這具機器可以操控，馬上令其對烏托克展開攻擊，他注意到槍械受損嚴重，因此無法射擊，但長矛般的尖刺沒有問題，他撲向烏托克，尖刺狠狠送往烏托克胸口，卻被她微微舉高的長獵刀輕易擋住。

他用了十成力道，透過機器傳達出的卻不到三成。跟在烏托克身邊的一名男性野蠻人迅即制住他，用沉重的石塊將機器的肢體部分壓住，令他動彈不得。

「放棄反抗吧，藍眼人，我們有共同的敵人。」烏托克說。

「你可能誤會了，我不是要扳倒那個女人，我也不想要那個流落此地的金雞之子。我想知道的是他爲何出現在這裡，多年前金家曾發生一件醜聞，後來被那女人巧妙掩蓋住，但現在只要證明那個孩子的母親不僅逃到了保留地，也依然活著，只要能找到那孩子的母親，金雞神女就完蛋了——」王璟激動地說道：「我要的可不是只想扳倒她，**我要殺了她！**」

「那更好。」烏托克平靜地回應：「和我合作吧，不論是用你的方法，還是我的方法，終歸可以讓金雞神女死去。」

王璟笑了：「憑什麼？就憑你玩笑似的反叛軍？這座山谷除了你的幾個手下以外，沒有其他人——」

「其他人？」烏托克的聲音瞬間凍結成冰刀，狠狠斬斷王璟的語尾。「你以爲是人數的問題？你們這些外鄉人實在可笑至極，到底還要侮辱我們到什麼地步？將我們視作豢養的家畜，投擲食物；蔑視我們，以爲用這種『軍隊』就足夠爲我們的脖子套上枷鎖，看看你們輕視的下場，輸得一敗塗地！」

烏托克懶洋洋地對身旁一名矮小的女性野蠻人比出手勢。在某一瞬間，王璟感覺到山谷中的磁場消失，他立即反射性地控制住所有機器，驅動機器重新活起來。

一具如小山般高、銀白發光的機器挪動笨重的肢體，緩緩來到烏托克面前。

「懂了嗎？」她就像是賞賜進貢者寶物的女王，高高睥睨著機器：「我們不會任人宰割。我從外面理解跟機器有關的技術以教導同伴，讓他們到垃圾場尋找可供使用的材料，最後，在這座山谷布下裝置，只要身處於這座山谷，機器就隨我們控制，我能讓它們活起來，也能讓它們死。」

另一個手勢，磁場再次啓動，王璟感覺自身操控的機器再度紛紛倒地，他頓時感到自身毫無防備，但絕對不會流露出來。

「就爲了我一個金家的藍眼人，你們花了不少工夫，眞看得起我。」王璟嘲諷地笑著：「但太天眞了，你以爲這些小伎倆能贏得了那個女人？」

「你沒資格說這些話，因爲不在這場棋盤上了。」四周的野蠻人對王璟發出訕笑，烏托克也笑著。「再說也不是那麼麻煩，你和阿巴刻兩人相互利用，最後只是讓我有機可乘。給你個友善建議，下次務必提高警覺，好好檢查送到宅邸的信件。」烏托克彎下腰，一個字一個字地湊向機器接收聲音的孔洞說道：「你該感謝我給你珍貴的安靜時刻，讓我們彼此好好談一談，否則這些機器都有金家監視，不是嗎？」

王璟不再說話，他心中有千百個念頭，想假裝臣服，利用眼前女人再把她殺死。從垃圾場蒐集零件以製作機械就可以控制軍隊，根本是天方夜譚。烏托克的暗示不只是機器的事情而已，那些信件刻著的圖騰，與引發叛亂的圖騰，背後都代表這裡藏著一名模仿師，而且不受密冬的控制。

她說得對，自己不在這場棋盤上了，只是他永遠都可以等待。

「除了殺死金雞神女，我有另一份禮物要送你，反正你不可能贏了，等會我將一一摧毀這些機器，放火焚燒整座山谷，保留地再也沒有金家的『軍隊』。」烏托克說：「收下我的好意，然後順從我吧。」

隨著烏托克的聲音，機器提供的視覺影像再次被切斷，連聲音也是，那座被當成陷阱的山谷成了「軍隊」的墳場。王璟意識到自己已被一群野蠻人用他最擅長的技術將他從機器中甩開。他驟然回到位於千里之外的遺跡聚落、地下碉堡之中。

隨後，他聽見了來自地面上鎖的門被打開的聲音。

璐安正在作夢，這是他人生中的第二個夢。他夢見自己又回到克羅羅莫。行走在成人般高的白色芒草中，他茫然四顧，一回頭卻發現苡薇薇琪就站在身後，朝他露出慈藹的笑容。

苡薇薇琪低聲對璐安說：「跟我來，我要送你一個禮物。」璐安便點了點頭，跟苡薇薇琪順著芒草原走了很遠，來到一座山上，與其說是山，不如說是一座矮丘，璐安有些驚奇地想：原來芒草原的盡頭是這樣的一塊地方。矮丘不高，遍地雪白、隨風搖曳的芒草，從這兒可以清楚俯視克羅羅莫。

他們看了一會風景，苡薇薇琪突然開口：「我師傅教我唱歌，整整一百〇三首歌，各有各的用處，重要的不是如何唱歌，而是如何都娃阿烙，我現在要用那種方法，送給你離開時用得上的東西。」

這是夢，所以璐安不爲苡薇薇琪的知曉感到驚訝，他靜靜等待，一件特別的事情即將發生。苡薇薇琪開始唱歌，這一次的詠唱是如此不同，苡薇薇琪同時跳舞，那是璐安從未見過的舞蹈。等璐安回過神來，才發現自己把疑問問出口：「什麼是都娃阿烙？」

苡薇薇琪旋轉身體，高舉手臂畫出弧形，她側頭停了一會，說：「都娃阿烙的意思是**模仿**。」

她唱。

你看過人模仿人
小孩模仿大人

模仿生老病死的儀式

她舞。

你看過人模仿人
你看過人模仿動物
但你看過人模仿雲嗎？

她唱。

你看過人模仿動物
你看過小孩模仿大人
但你看過人模仿閃電嗎？

你看過人模仿雲
看過人模仿閃電
但你看過人模仿月光嗎？

你看過人模仿閃電
你看過人模仿月光

但你看過人模仿風嗎？

隨著苡薇薇琪的歌聲，原本陽光黯淡的天空突然烏雲密布，空氣彷彿帶刺，閃電隨苡薇薇琪跳起時落下，她落地時打雷，她敞臂揮舞，風便咆哮。

她唱。

你看過人模仿閃電

你看過人模仿月光

但你看過人模仿風嗎？

你看過人模仿月光

你看過人模仿風

但你看過人模仿雨水嗎？

不可思議的歌聲和舞蹈，召喚來一整個颱風，那颱風看起來比璐安過去所經歷過的小得多，卻氣勢洶洶、威力驚人。璐安震驚不已地望著眼前的景象，這是苡薇薇琪不爲人知的法術，她說這股力量是都娃阿烙，意思是模仿。

做完了一切，苡薇薇琪像是十分疲憊，但她仍彎下腰對璐安說道：「弟弟，你聽好，這邊的人現在以及未來，都只會知道一種模仿，對伊古的模仿，你要記得，模仿不只一種，世界上有更強大的力量，而伊古很奸詐，絕對不要相信伊古。弟弟，記得這些，將來你就可以幫助哥哥。」

苡薇薇琪又伸手指天上的颱風眼：「這個眼睛會一直跟著你，你去哪裡，它就去哪裡，我送你一個颱風，你牽著它，走到哪都會是狂風暴雨，沒有人能夠看得見你和哥哥的身影，也沒有人能夠阻止你們往任何方向前進。」

璐安的聲音有點顫抖：「苡薇薇琪……謝謝你，可是這樣大的禮物，我不知道怎麼帶走。」

他們身邊風在狂吼，雨水紛飛，苡薇薇琪皺了皺眉頭，倏地揚手往天空抓握，待她再度鬆開掌心，她手中有一顆黑色的琉璃珠，狂風暴雨在一瞬間消失，天空再次回到沉鬱黯淡的模樣。

好奇妙。璐安想，上一秒他的臉還滿是雨水，下一秒卻乾燥得如同被太陽晒過，再次提醒他這一切都是夢境。

「那你就帶著這顆珠子，我把颱風收在裡面。」苡薇薇琪笑嘻嘻地說：「當你有需要的時候，把珠子打碎，颱風就會立刻跑出來，但你要記得，這顆珠子只能使用一次。」

璐安將珠子捧在手心，黑色的琉璃珠之中似乎有風暴湧動。不知怎地，璐安覺得今天的苡薇薇琪看起來和過去不太一樣，她那張布滿皺紋的臉潛藏野性，以及祕密。在這樣的夢裡，璐安直覺地想尋求老女巫的幫助，他只是動念一想，苡薇薇琪就知道璐安祈求的內容。

「你想要我幫助雲豹哥哥……我一直都在幫他，可是沒有用。」苡薇薇琪吟唱般地說：「野獸想要的是心中有家的人，那些離開故鄉以後會生病的人，當人心裡產生空洞，野獸就想要住進他的心裡，這樣流浪的野獸就有家了。」

「如果不能幫助泰邦……那可以阻止野獸嗎？」璐安問。

不知怎地，苡薇薇琪的面孔突然緊繃起來，以至於每一條褶皺都顯得有些猙獰：「你不能阻止野獸，你阻止野獸，我們就不能贏了。」

苡薇薇琪抓著璐安的肩膀，往虛空中用力一推：「你走吧，時候要到了，你的路跟他們不一樣，跟我的也不一樣……可是幾乎又是一模一樣，啊呀啊呀，弟弟，你是在模仿我嗎？」

璐安感覺身體開始下墜，他在失重感中驚醒。

有人正搖晃他的肩膀，聲音低沉急切，是泰邦。

「璐安！快醒醒，阿巴刻來了。」

璐安很快坐起身，看見阿巴刻站在洞穴陰影中，幾乎看不見表情，只有一雙沉默的眼睛。

「時候到了，你們該走了。」阿巴刻僵硬地低語：「拿好行李，手腳要快。」

阿巴刻的狀況有些古怪，但兄弟倆已爲了這天等待許久，因此並未多說，只是著手迅速準備離開的行囊。恍然間彷彿又回到夏天，他們跟隨阿巴刻前往遺跡聚落的旅程，也是天未亮就被阿巴刻喚醒，催促他們前往那處陰暗之地。璐安偷偷觀察泰邦，發現哥哥今日的狀況看上去好多了，他的臉仍然因高燒而發紅，但目光炯炯有神，動作也迅速有力。

「我會在外面等。」阿巴刻倏地說，兀自走出洞穴，聲音毫無起伏。

阿巴刻離開後，璐安立刻看向泰邦：「阿巴刻有點奇怪。」

泰邦沒有否認，璐安已經大到不適合欺騙了：「他好像在害怕什麼。」

不過阿巴刻曾經答應會告訴泰邦跨越邊界的時機，所以或許可以解讀成他在十分緊迫的時間內才得知，因此匆忙趕來告訴他們，如果不趕緊出發就會來不及。思及此，泰邦的眼神倏地失焦，所以眞的就是今天了，據說前往邊界需要十五個日夜，再趕幾天路，他們便會身處保留地之外。

「泰邦，你的身體還好嗎？」他們離開洞穴前，璐安不禁問道。泰邦側頭看弟弟，露出讓他放心的微笑：「我很好，很奇怪，但我從來沒有這麼好過。」

就好像，那隻野獸也在期待著他們的旅程。

泰邦牽著璐安走向洞穴口，將阿巴刻扒出的洞口挖大一些，把細小的岩石由內向外推開，他的動作很輕，小心謹慎得連一隻最靈敏的烏頭翁都驚擾不了。洞穴外有月光灑入，泰邦開始嘗試擠出洞穴，他的手捲曲著扯開腰部的石頭，將整副身體擠出來。

泰邦彎著身體，拉起披在肩上的防水斗篷，籠罩住接下來即將從洞穴中爬出的璐安。今晚是滿月，彷彿連讓月光照耀在弟弟身上都不樂意，泰邦提起斗篷下襬仔細爲璐安遮擋，直至陰影中的璐安將斗篷後方的兜帽拉過頭頂，泰邦才滿意地牽起璐安的手，領他走向站在樹林中的阿巴刻。

「走吧。」男人面色深沉，示意兄弟倆跟著自己。

泰邦心中突然閃過警覺。

「你也要去嗎？」泰邦問。

「有我在你們會更安全。」阿巴刻的回應讓泰邦皺起了眉，無論他再怎麼願意幫助，親自打破軍方的禁忌始終很危險，不僅是阿巴刻自己，就連部落也會被牽連。照理來講，阿巴刻不會這麼不顧後果。

注意到泰邦的遲疑，阿巴刻停下腳步，他的背影在傾斜，像是承受著可怕的痛苦，實際上也確實如此，阿巴刻猛然抱住頭跪倒在地，嘴裡喃喃自語，像是對著不存在的人說話，這讓泰邦感到恐懼。

泰邦伸手阻止璐安往前，他們與阿巴刻相隔一段距離，仔細地觀察著面孔扭曲的男人。

「阿巴刻……」泰邦小心地說。

「我已經不是阿巴刻，從我離開部落過來找你們的那一瞬間，我就放棄這個身分了。」阿巴刻努力從牙齒間隙擠出話語：「相信我，我得到烏托克的消息，那些畫面跟聲音現在仍迴盪在我腦中。不是今天，就是明天，你們必須跟我走，只有我知道邊界現在的情況。」

「可是你怎麼會知道呢？」璐安從泰邦身後投出疑問。

阿巴刻忍受痛苦的表情讓泰邦聯想到某樣東西，而阿巴刻也直截了當地回答：「紅色人臉的圖騰……

那個圖騰是烏托克用來召集反叛者的工具，泰邦！你也有看見那座山谷吧？你也聽過突然湧現在腦海中的聲音，現在圖騰傳達的訊息改變了，烏托克準備對軍代表下手，不久後邊界的守備會變得鬆散……從這邊過去邊界要十五個日夜，她已經算好你們離開的日期，你們必須在這兩天內出發才能趕上！」

泰邦環繞著璐安的肩膀，往後退得更遠，因爲泰邦忽然知道自己爲什麼會感到這樣害怕了，阿巴刻的語氣，他的眼神都跟他們前往遺跡聚落時太相似了，這表示他就像當時一樣，對他們保留著某些祕密。儘管泰邦不知道是什麼，但璐安曾經被犧牲過，他不會再一次讓阿巴刻算計他們，再也不了。

泰邦顫抖不已。

「阿巴刻，你願意告訴我最好的時間點，我很感激，這樣就好，剩下的路我們會自己走。」

泰邦說完，拉著璐安扭頭往另一邊跑開，雖然他不願相信阿巴刻懷有惡意，但只要一想到對方曾拿在手中的絲質卷軸，泰邦就無法克制地懷疑。璐安的臉對軍代表來說有意義，倘若阿巴刻又想用璐安和軍代表交易，他不能讓阿巴刻如願，因爲他愛他的弟弟，就算這是個徹頭徹尾的謊言，他也不在乎。

此後泰邦和璐安沉默無言地行走，阿巴刻沒有追上來，泰邦不知道該慶幸還是難過，至少阿巴刻選擇尊重他們的決定。期間他們謹慎飲食，計算最細微的食物攝取分量，也經常隱身於樹影，一旦發現風吹草動就繞道而行，因此他們休息的時間極爲短暫。

泰邦想著阿巴刻、苡薇薇琪、烏托克和阿蘭，不知道現在他們是否平安。尤其是阿蘭，他希望無論此刻阿蘭在哪裡，她都已得償所願，如此一來，他們就能在保留地外重逢。

他們沿著北方森林一路向北，所有山區部落的人都知道，在森林中往北方走到最底，就會看見邊界，如此簡單，不會迷路，也因爲如此簡單，所以相當危險。與此同時，隨著愈發接近邊界，泰邦的身體再次虛弱，曾支撐他離開洞穴的力量突然間蕩然無存，導致他的精神也逐漸崩毀。他開始看見夢境裡的雲豹悄然行走在山林，牠看起來如此美麗，可每當泰邦想碰觸牠，璐安都會伸手拉住他的衣帶。

「泰邦，你要去哪裡？」璐安擔憂的聲音詢問，讓泰邦知道自己已無法繼續支撐下去。可是他仍然強撐著，佯裝著，好讓璐安不擔心。

最終當他們抵達邊界時，無論泰邦或璐安都沒有在第一時間察覺，他們只是如常走過另一座森林，卻在一腳跨出樹木的陰影時驟然停止，因為泰邦發現彼方是一望無際的恐怖曠野。

此時大地正以極快的速度暗去，他們躲藏在森林中，越過長草向外看去，森林之外有大片光滑、沒有任何植物的平地，像是荒漠，空曠得會讓曾走過遺跡之路的泰邦也恐慌不安，他想是外鄉人為了讓邊界附近的視野不受限制，將樹木與植物砍伐殆盡了。

荒漠彼端有高聳入雲的建築群，那是遺跡嗎？泰邦震驚不已，他從未見過那樣高的建築，然而最奇異的是零星幾個細小的黑色圓點，並排站在荒漠與森林之間，守著一道隱形的虛線——邊界，那幾個黑色圓點則是駐守的軍隊，以數量來說，確實不如泰邦想像得多，但還是很難以肉身突破。

除非……

「泰邦，你還好嗎？」璐安擔憂地問。

泰邦搖搖頭：「我只是在想，我們該怎麼跨越邊界。」

泰邦明亮的眼睛眨也不眨，靜靜思考，直到他眼中閃過領悟。

「阿巴刻說得沒錯，我們必須趁軍隊還不多的時候趕快走。」就算是泰邦，也知道邊界僅有零星守衛有多麼不正常，他無法想像若再有更多一些軍隊看守，他們還能不能成功逃離。因此泰邦做了一個大膽的決定，他對璐安道：「先休息一下，等夜再深一些，我們就走。」

夜色的遮掩即便無法瞞過軍隊，至少能讓兄弟倆安心。

泰邦在愈發昏暗的光線裡對璐安指出邊界方向所在，璐安無法在黑暗中辨認邊界也沒關係，他只要一直跑一直跑，地平線盡頭有一座高聳入雲的城市，只要往那裡跑就行了，在那之前，不要回頭，也不要停止奔跑。穿越邊界後，會先進入垃圾場，他們預計在那裡躲藏一陣子。接著他們吃了點東西，靠著彼此睡了一會。當泰邦終於喚醒璐安，他囑咐弟弟：「待在這裡。」

旅程接近尾端，泰邦仔細思索自己的安排，他已替璐安穿戴好方便行動的衣物，也將剩下的糧食悄悄放在璐安的行囊裡，他準備好了一切，現在只希望璐安能擁有比自己更多的幸運。而此刻璐安是如此地不願與哥哥分離，泰邦攬住弟弟的頭，將他披散的長髮撥到耳後，對那張熟悉的臉看了又看。

「我們要分開跑，這樣才不會被抓到……」

聽見泰邦的話，璐安睜大眼睛，面露恐慌：「不！泰邦，我不要跟你分開！我們不能一起嗎？」

「不可以，分開才能分散軍隊的攻擊，等跨越邊界後我們再會合……現在，你待在這裡。」

見璐安忍耐不哭的臉蛋，泰邦只能逼自己繼續：「我就在不遠的地方，等我發出訊號，你就開始跑，一旦跑了絕對不能回頭。」泰邦聲音顫抖：「璐安，不管我們會不會成功，不管我們以後在哪裡，我會一直……」他說不下去，就是聽見父母死去的消息也不曾這般悲痛欲絕，他面前的弟弟看起來那樣幼小，那樣無辜，泰邦突然後悔起來，他是否做了錯誤的決定？

緊接著泰邦眼角餘光看見了棲息於樹上，尾巴垂降的雲豹，他從夢境中緊追而來的魅影、幻象，此時正靜靜凝視他們，彷彿對泰邦發出疑問：我們不是約定好了嗎？

是的、是的。泰邦心想：我將會去找你，只要再等一會，只要再一下子……等他成功跨越邊界。

泰邦猛然抱緊璐安，讓他小小的腦袋緊貼胸口，他哽咽地想把指示再說一遍，聲音卻支離破碎。璐安同樣也在顫抖，可是回抱哥哥的手臂穩定堅決，彷彿已下定決心。

泰邦放開他時，璐安眼睛裡淌著淚水，卻忍耐著不哭出聲音。

「泰邦，答應我，跨越邊界後你要立刻來找我。」

「我答應你。」

「對了，那些辭彙，黃金、琉璃、玉玦、琥珀、瑪瑙，再背一次給我聽？」

「黃金、琉璃、玉玦、琥珀、瑪瑙……」泰邦一個字一個字地念誦。

「對，就是這樣，你快去吧，我們會再次相見。」璐安的聲音輕柔地撫慰泰邦的心。

泰邦沒有回答，他捧著璐安的臉，最後親吻他的頭頂，接著轉身跑向另一端的森林，彷彿他知道一旦回頭，自己會失去放手的能力。

璐安等在原處，看著泰邦的身影愈來愈遠，最終消失在黑暗裡，他必須繃緊全身的每一條神經，才能遏止雙腿不要習慣性地跟隨過去，可是隨著哥哥跑遠的每一步，都像緩緩扯出璐安體內臟腑，他發現自己竟痛得幾乎無法呼吸。

不知過了多久，璐安想起自己必須觀察邊界的方向，如此才能獲知泰邦發出的訊號，於是他撐著膝蓋站起來，將目光投向泰邦所指的荒漠。璐安等待著，時而想像與泰邦離開保留地的生活，邊界外的城市是什麼樣子？璐安想著，等著，直到凌晨將至，他仍然沒有看見泰邦所謂的訊號。

這讓璐安困惑不安，他更加仔細地凝視荒原，隨著藍色的晨光照耀大地，璐安逐漸可以看清荒漠以及邊界駐軍，那些像黑色螞蟻一樣的駐軍散布爲筆直的一列，站出那不存在的邊界，璐安凝神細看。

這時，璐安看見從遠處的森林飛竄出快速奔跑的小點。

起先璐安不知道那是什麼，但他開始呼吸急促，心跳瘋狂，於是他知道那是泰邦。

泰邦沒有給璐安任何訊號，或者璐安早已錯過了他的訊號？因爲泰邦此刻正全神貫注地衝向邊界。

他的行爲引起「軍隊」的注意，璐安看見微光中一道黑影舉槍瞄準，隨著劃破空氣的一聲槍響，槍口噴射出火花，險險地擦過泰邦身體，這讓璐安意識到，這裡的「軍隊」比他在遺跡聚落所遭遇的更爲凶殘，使用的武器也更加可怕。

璐安從沒見泰邦跑得這樣快過。

彷彿在此時璐安才想起來自己必須跟隨泰邦，可是他無法移動，事情發生得太快且完全超出他的預期，他打著哆嗦，嘶吼著泰邦的名字，聽在耳裡卻只是幾聲急促的喘息，突然間，璐安明白了。

泰邦就是訊號。

璐安開始奔跑，他知道泰邦想做什麼，所以他必須奔跑。

如果泰邦想一個人拉走所有邊界駐軍的注意力，那璐安也要用自己的身體來換取「軍隊」的目光。他要多吸引一些「軍隊」過來，這樣泰邦才能平安。

就像泰邦也想著：他要多吸引一些「軍隊」，如此璐安才能平安。

璐安奔跑時如此責怪哥哥，他考慮好一切，只要他先跑，大部分「軍隊」都會朝他而來，而璐安會在看見泰邦時意識到這點，所以他也必須跑向邊界，這樣才可能吸引原本只注意泰邦的「軍隊」。可是泰邦已經先跑了，只要泰邦先跑，他活下去的機率就比璐安低太多了，思及此，璐安發出撕心裂肺的哭喊，他吼出小童曾說過的禁詞，希望這些能夠吸引遺跡聚落「軍隊」的禁詞，同樣也能吸引邊界的「軍隊」。

璐安的計策奏效，有不少「軍隊」轉向他而來，璐安聽見熟悉的嗡嗡聲，那讓他既驚慌，又害怕，一具以上的「軍隊」嗡嗡聲更如同蜂群般劇烈鳴響，讓璐安耳膜陣痛。

璐安不斷奔跑，沒有回頭，邊界的「軍隊」離他愈來愈近，距離逐漸變短，璐安看見恐怖的畫面。

那遠看只是小圓點的「軍隊」，實際上有兩個成人高，和璐安在遺跡聚落看見的金屬怪物模樣完全不同，它們看起來像人類，至少有著形似人類的形體，卻有一隻手是槍管，一隻手是尖刺，除此之外，它們的頭部都有紅色發光的小點。

散發金屬光的尖刺喚醒璐安內心痛苦的回憶。

此時一顆子彈劃過璐安的臉，在他臉上擦出一道血痕，他聽見泰邦恐懼的叫喚。璐安相信泰邦也發現了，只要越過這些金屬怪物，他們就逃離了邊界。

又一顆子彈飛過，璐安爲了躲避摔倒在地，他驅動手腳，逼迫自己站起來，可是身體顫抖不止，完全不聽使喚。他要是再不起來，就會像貼在地上的活靶一樣很快被打成蜂窩。

「黃金、琉璃、玉玦、琥珀、瑪瑙……」璐安向那些朝他走來的「軍隊」喊道，可是它們非但沒有停止，反而還像聽見了禁詞一般更加激動，速度也更快地朝璐安靠近。璐安掙扎著站起來的時候，衣袋裡滾出一顆熟悉的黑珠子，他想著這有可能嗎？可是沒有時間猶豫了。

璐安打碎了珠子，僅僅是一瞬間，天空烏雲密布，狂風暴雨讓「軍隊」全數停下攻擊，它們似乎無法在瀑布般的雨幕中瞄準目標。璐安翻過身時看見了籠罩頭頂的巨大颱風，以及位於中央正凝視自己的颱風眼，苡薇薇琪曾說那眼睛會一直跟著自己……

璐安站起身，奔往哥哥的方向。

泰邦其實沒能像璐安那樣接近邊界，他獨自跑出森林後立刻被幾乎所有的「軍隊」發現，它們集中火力攻擊、阻止他跑向邊界，泰邦最後甚至必須整個人摔在泥土裡，躲避追擊的子彈。

「軍隊」的模樣很奇怪，一旦泰邦停止前進，它們也就不攻擊了。可是泰邦擔心著璐安，他看見一顆子彈驚險地擦過他的臉，璐安流血了，泰邦喊著弟弟的名字，而「軍隊」再次朝他掃射。

泰邦停下動作以後，「軍隊」不再開槍，但開始緩緩朝泰邦的方向移動，泰邦不知道該怎麼辦才好，如果站起來逃回森林，如今「軍隊」和他已經太過接近，它們一定會再次開槍，泰邦只能等它們接近後以獵刀發動攻擊。

泰邦等待時，天空突然下起滂沱大雨，伴隨著颱風般狂風呼嘯的聲音。

泰邦抬起頭，看見「軍隊」冰冷的金屬手臂伸向自己，而天色暗沉，雨讓地面一片泥濘。泰邦跳起來，以最快的速度攀上「軍隊」的背，他試圖用獵刀切割「軍隊」堅硬的金屬表面，卻沒有任何作用，趁著泰邦停下動作時，「軍隊」將他甩下地面，緊接著一隻金屬手按住泰邦的身體，另一隻則重組成銳利的矛，瞄準泰邦的腹部刺去——

那一刻，時間好似靜止了，泰邦掙脫不了，意欲念出璐安教他的辭彙，腦袋卻一片空白，只能靜靜地看著死亡接近，而另一把獵刀劃過空氣、切開雨水，以沛然莫之能禦的力道撞開金屬長矛。

長矛避開了要害，卻深深地切開泰邦大腿外側的血肉，他痛得臉色發白，鮮血也迅速湧出。泰邦看見阿巴刻蹲下身，快速高效地爲他的傷口止血，纏上布條簡單包紮。

「你怎麼……」泰邦牙齒打顫，他雖然想站起來，身體卻因失血之故無法動彈。

「別動，我一直跟在你們後面，雖然你不相信我，但我確實是想幫助你們。」阿巴刻回答，手中動作絲毫不停歇，他一面對泰邦解釋，同時也分神確認其他「軍隊」尚未靠近。

阿巴刻顯然比十五日前在洞穴時的狀態好太多了，他眼神冷靜，雖然仍帶有一絲不易察覺的痛苦，但看起來已不再受到紅色圖騰的影響，他說的話讓泰邦默不作聲，覺得自己愚不可及。透過風雨，泰邦依稀能看見璐安正向自己跑來，可是原先來追擊泰邦的「軍隊」，此時已經改變主意轉往璐安的方向前去，大雨中它們無法開槍，金屬手臂卻能化爲銳器，將璐安捉住殺死。

「不要管我，你去幫璐安。」泰邦低下頭，咬牙切齒的說。

「可是你……」

「所謂的『軍隊』不是人類，只是金屬，它們很奇怪，只要我不移動，他們就不會開槍。」

「好吧。」阿巴刻沒多問，只是站起身，低頭看一眼趴俯在地的泰邦，隨即飛快跑向璐安方向。

璐安頭頂的颱風正在消失，就像所有自然生成的颱風一樣，它的威力逐漸減弱，璐安跑到一半便被蜂擁而來的「軍隊」堵住，那些名爲「軍隊」的金屬怪物迫使璐安往邊界的方向奔跑。

璐安呼喊泰邦的名字，害怕他已經被殺，而無數的金屬怪物正冷酷地嘗試追逐璐安，要將他切開。

「璐安！不要回頭！我很好，繼續跑！我們在保留地外相見！」遠遠地，他聽見泰邦大聲叫喊：「不要回頭！繼續跑！不要回頭！繼續跑！」璐安躲開一隻金屬手的攻擊，他全身的細胞都本能地聽從泰邦的指令，於是他朝邊界奔跑。

期間他一度感覺到另一個人的溫度，在他身後替他擋開攻擊，璐安想那是泰邦，他眞的趕上了，他們會一起逃離邊界。於是璐安跑得更快了，緩慢上升的太陽在前方施予光熱，他們就像那狩獵太陽的勇士，無窮無盡地追逐著陽光，璐安心中滿懷希望，他愈跑愈快，最終消失在刺眼的光線裡，只剩下模糊的、朝地平線城市奔跑而去的小小黑點。

阿巴刻跟隨璐安好一陣子，直到「軍隊」不再追逐他們，阿巴刻才放下心來。

他搖搖頭，結果最終還是如同烏托克所希望的那樣，只有璐安跨越邊界。

他回想自己看見苡薇薇琪畫在水鹿皮上的紅色圖騰，圖騰內含老女巫預言的未來景象，同時也夾帶烏托克的訊息，包含她準備摘掉金家的眼睛、邊界駐軍將會減少，緊接著五大家族會發現，更多的外鄉人軍隊會前來……除此之外，還有其他阿巴刻無法對泰邦解釋的消息。

譬如璐安的身世、烏托克希望阿巴刻可以幫助他們跨越邊界，但最終只能讓璐安離開，泰邦必須留下來——**泰邦和璐安必得永遠分開**。

阿巴刻不知道烏托克爲什麼要將這件事告訴自己，她到最後終究還是願意相信這個她從未認同過的部落使者嗎？可是，這一切的結果對泰邦來說會否太過殘忍？

阿巴刻轉過身，想對泰邦揮手，想告訴他璐安很好，他跑向的方向正是資源豐富的垃圾場。卻在這時，他意識到自己犯了一個錯。

啪。

阿巴刻感覺到有東西鑽進自己臉頰裡，火辣辣地擊碎他的臼齒，蠻橫地鑽進他的上顎，隨後，他的大腦變得有些渾沌。在這彷彿暫停的時刻裡，他驟然回想起無名者的問題：「阿巴刻」到底是什麼？那顆子彈一定是恰好打通了他的思路。他不禁好笑地想，怎麼到現在才弄清楚呢？

「阿巴刻」的意思是，保護生者的祖靈。

是已預知自身會爲了保護生者犧牲生命，因此提前成爲祖靈的人。

所以才會叫做阿巴刻啊……黑暗襲來的前一秒，阿巴刻理解了，自己在不知不覺中已經完成使命。

遠處，倒臥泥濘中的泰邦看見子彈射穿阿巴刻的頭顱，那張口欲言的表情凝固在他黑得發紅的臉上，鮮血從他凹陷的眼窩中噴濺出來。

泰邦摀住嘴不讓自己哭出聲，同時在心裡祈禱著：「璐安，不要回頭，繼續跑，別管那槍聲，璐安，不要回頭……」

失血讓泰邦早已脆弱不堪的身軀無法繼續支撐主人的意識，泰邦在默念中思緒飄散，朦朧間彷彿聽到夢中的雲豹發出低吼陣陣。泰邦再次睜開眼時，他已置身在那久違的神祕山頂，夜空中星光燦爛，泰邦感到胸口缺失了一塊，是很重要的東西，是他的家，他的心……

可是，璐安已經遠遠地離開了。

就好像身體裡的內臟同樣被璐安帶走，泰邦感到從未有過的空虛，便在這時，山間濃霧徐徐湧向他，彷彿輕觸，柔和地將他包圍。

泰邦終於能在霧氣裡放聲大哭，他哭著也笑著，雖然自己沒能跟著璐安離開邊界，但至少璐安活著，活著而且永遠離開了，阿巴刻曾說垃圾場很安全，也有很多食物，璐安那麼聰明，一定可以獨自生存下來，一定可以，只要璐安平安，他可以放棄一切，就算死掉也沒關係，就算不當人類了也沒關係……

霧氣中有某種帶著粗礪質感的舌頭輕輕舔著泰邦流淚的眼角，他伸手探去，發現那隻雲豹近在咫尺，牠的眼睛如此古老，此時帶著全然的理解。

*對，我就是來將我自己奉獻給你。*泰邦想：*可是別認為我會坐以待斃。*

雲豹咧嘴露出牙齒，彷彿正合牠意，泰邦撲向雲豹，他沒有武器，便用自己的牙齒撕咬，他的手指深陷粗糙的獸毛，他甚至動用雙腿擠壓雲豹的四肢，意圖折斷牠的骨頭。而雲豹躲避他的攻擊，利齒淺淺劃過他的皮膚，彷彿時候未到。泰邦只能繼續，他咬嚙著、啃噬著，肌肉緊繃成完美的線條，汗流成河，到了最後已分不出自己是人還是豹。

雲豹的皮毛包覆著他的身體，他的牙齒成為雲豹的牙齒，不知過了多久，泰邦已用盡全部的氣力，他和雲豹如戀人般相依，他重重喘息，雲豹亦然，因沒有力氣只能相擁而非箝制，這時雲豹將唇吻湊向泰邦，灼熱的野獸氣息噴灑在他脆弱的頸部，泰邦模糊卻堅定地想：**我接受你**。

泰邦感到一陣劇痛，頭暈目眩，他感受到脖子被撕裂，從皮膚到肌肉到神經到骨頭，他因此重傷彷彿即將死去，可在某個詭祕的瞬間，他的傷口再次重組、接合成新的模樣，從骨頭到血肉，再從血肉到皮膚，他的傷口痊癒了，璐安帶走的內臟空位被置入了新的器官，而那器官此時就在他身體之外，呼吸著，挪動著，甩動毛茸茸的尾巴，這讓泰邦領悟地輕喊出聲：**伊古**。

門打開的聲音喚醒了王璟，在他的夢中，有頹然傾倒的無數機器、野蠻人的尖叫哀號，以及森林焚燒的氣味。那是一個噩夢，在夢中，他以為自己飼養的一隻鳥兒死去了。

當他睜開眼睛，聽見聲音，他隱藏於手臂下的殘缺唇齒洩漏出一個無人可見的微笑。「軍大人，請用晚膳。」餐具碰撞的聲響就在不遠處，王璟勉強支撐起身體，他的手沒有被綑綁，只有雙足被沉重的鐵鍊鎖在牆邊，此外他的面具也被取走，面具下的醜惡樣貌再也無從隱藏。

女孩再次呼喚了他。

對著那聲音，他呼哧呼哧地笑出聲來。

「已沒有軍代表了，阿蘭，我的名字是王璟。」

阿蘭頓了一下，接著道：「王璟大人。」

阿蘭侍候王璟用餐，恍然間，兩人之間像是不曾發生過任何事，如同他們還在遺跡聚落時的光景，也是這般由阿蘭服侍軍代表，日復一日。這讓王璟愉快地哼出歌來。對他而言，再沒有比這更好的結局，阿蘭還活著，僅僅知道這項事實，他便全然失去反抗的意圖。

那日，當王璟發現自己和機器的連結被切斷，他立刻結束操作，意識到此時遺跡聚落沒有任何機器留下來好保護他，他除了馬上向金家發送求救訊息以外，什麼也不能做。

出於非常簡單的原因，王璟沒有對金家的聯絡人發送求救訊息，他心中隱隱有些期待，想知道烏托克打算如何處置自己，她會殺了他嗎？或者她愚蠢地想用他做人質呢？直到阿蘭打開地下碉堡的門，徐徐走下階梯，王璟以為自己看見的是一縷蒼白的鬼魂。

原來阿蘭就是烏托克提到的禮物。

其後王璟亦認知到，若沒有阿蘭，烏托克不可能成功，阿蘭是被刻意安放在他身邊的臥底。對王璟來說，卻也再沒有比這更美好的事情，他任由阿蘭綁住他的手腳，阿蘭告訴他，烏托克不久後會過來與他進行談判，他只需要等待。

王璟等待著，卻滿不在乎，他只要聽見阿蘭的腳步聲在周遭響起，他便滿足。他等待，只是想知道烏托克對他的打算。

隔日，烏托克終於來了。

她站在迴旋向上的階梯頂端，並不走入地下碉堡，而是以高高在上的姿態告訴王璟，她暫時沒殺死他的意圖，只是地下碉堡的儀器都須被摧毀，而他很快會被轉移，這段時間阿蘭會如過去那樣服侍他。

王璟入迷地聆聽，凝視這名不可思議的野蠻人，不是因為她竟有辦法捉住自己，而是那隻停駐在她肩膀上的鳥。

關於那樣的存在，王璟只見過一次。

「原來如此……原來如此……」王璟幾乎無暇將烏托克的話聽清，他激動萬分，手指下意識摸索著通訊器，這對金家來說是多麼大的消息啊！

不，甚至是對密冬本國來說都是天大的好消息！他們已經等待了那麼久，為了讓保留地誕生那樣的東西，他們已經等了那麼久……他必須告訴聯絡人，他要——王璟停了下來。

不，不可以。王璟暗自為自己的奴性懊惱，到了這一刻他居然還想著要用這種方式在金家立功嗎？鑒於他的身分，這是永遠都不可能的，他若做得好，是金家費心鍛造的基因組優秀，無關他個人。而這個消息……這樣驚人的資訊，宛如財寶，珍貴到給予任何人都是一種浪費。

王璟稍作權衡，便挪開了自己探向通訊器的手。

烏托克最後囑咐阿蘭毀掉地下碉堡內的所有儀器，旋即轉身離開。

「別走！告訴我！那是一隻獸靈嗎？那居然是一隻獸靈嗎？野蠻地之外所有人都在等待，我們所有人都在等待……終於誕生了……我衷心希望你們能取勝，雖然機會渺茫，畢竟那是一隻獸靈啊，只要被他們發現……你們就完了……完蛋了……整個野蠻地都會被燃燒殆盡，哈哈哈哈……」

王璟記得自己近乎瘋狂的笑聲，他的聲音迴盪在地下碉堡裡，直到逐漸消失。而阿蘭默不作聲，按照烏托克的指示摧毀所有儀器。

凝視面前的阿蘭替自己把肉塊切小，替他擦去手上的髒污，王璟感到心滿意足，他開始如過去那樣對阿蘭傾訴心聲，就像他們在遺跡聚落生活時一般。

「現在這樣的狀況，就好像你們將金家的眼睛刺瞎了似的，很愚蠢，但也很大膽，他們很快會派人過來，如果是朱家或高家、古家，倒還好，但如果是劉家人來，那就不好了，最糟糕的是，如果他們全都……」

「王璟大人，您不恨我嗎？」阿蘭突然打斷了他。

「為什麼要恨你？」王璟看了阿蘭一眼，奇怪地問。

「我背叛了您。」

聽上去像是她真有那種能力似的。王璟想，該如何對阿蘭解釋自己長久以來的思緒？他腦中閃過曾飼養的那隻玄鳳鸚鵡，可是阿蘭不是那隻玄鳳鸚鵡，阿蘭只是阿蘭。

「如果我飼養了一隻動物，有一天牠抓傷了我，那也只是牠的天性使然，和背叛無關。」於是，王璟悠悠地對阿蘭說道：「你依然是我最喜愛的阿蘭，我也依然只要知道你在這個世上的任何地方，自由且快樂地活著，我便感到十分幸福。」他停了一下，由於嘴部的畸形，他說話的口音很含糊，時不時就要讓阿蘭替他擦去過度分泌的唾液，才能將剩餘的話說清：「你就像是我心的延伸，你可以一直如此任性，因爲你是你。」

阿蘭沒有看王璟，在王璟說話時，她看著牆上的一處污漬，彷彿似懂非懂。王璟也不介意，他在阿蘭的幫助下吃完了飯，阿蘭開始收拾餐盤之時，王璟像是想到什麼般說：「不過你們抓住我是沒有任何意義的，我不是有價值的人質，藍眼人，他們都這麼稱呼我們，一種由於特殊原因創造出的劣等基因，我……我只是他們的奴隸，殺死了我，還有無數藍眼人等著成爲他們的眼睛。」

阿蘭望著他，倘若王璟期待從阿蘭眼中看見失望，對於曾經衣冠楚楚、高高在上的軍大人，如今撕破了僞裝以後，也不過就是一名低賤的奴僕，感到反感厭惡，那麼他恐怕不會如願。

因爲就如一隻貓看著飼養自己的人類那樣，無論人類成爲什麼樣子，動物看待人類的目光都不曾改變，如今阿蘭便是以這樣的目光凝視王璟。

這讓男人既悲傷，又動容，他伸出雙臂猛地緊緊抱住阿蘭，淚水沿著殘缺不全的下巴流淌進阿蘭的頭髮裡。而阿蘭，她只是順從王璟的動作，這個擁抱對她來說沒意義，也不在乎，只是等待王璟放開自己。

戰爭要開始了。她想。

第二部 鏡子

世界有兩個，一個是眞正的世界，我稱呼爲原世界，一個是模仿原世界誕生的影子世界，我們的世界是影世界，影世界誕生之後，獸靈才出現，我們的影世界有被修改的痕跡，卻無人發現，因爲影世界會不斷自我修正。

——斯圖爾特．麥克唐納〈史變效應〉

【研究紀錄A-21040504】

初次來到這座島嶼，我便爲它的異域風情所震懾。這座島很小，可以在乘坐交通工具的情況下於一小時內繞行一圈，島上有溫泉、森林、矮山、沙灘和天然海蝕洞。身姿敏捷的動物伺機出沒，白天常見野貓野狗和各種鳥類，夜晚則有竹節蟲、鹿和在道路上爬行的螃蟹、蜥蜴。島嶼周遭環繞礁岩，我的一些同事在海上工作，據他們所說，這兒的海洋生態同樣豐富。

不過跟位於西方的伊哈灣本島比起來，小島的陸上哺乳動物並沒有那麼多，我的研究重點也不在森林或海洋。

我從船上順著當地土著搭建的鐵梯走下來時，立刻就看見了未來一年的工作場所，那是一座古老的監獄，建立於海岸旁，高聳的白色圍牆環繞著無法看見的內部結構，如今被用於長期實驗和研究。我困惑於自己究竟該感到興奮或恐懼，或者兩者兼而有之。但能夠得到如此珍貴的研究機會，我是該慶幸的，這麼想著，內心的期待便壓過了所有不安。

我深知自己不是好人，過往在學院內的同窗都戲稱我是不惜與魔鬼以靈魂交換眞理的瘋子，我笑而不答，只因我知道他們是對的。

半世紀前那些奇妙的生物首次出現時，我還尚未出生，童年時我聽見了無數的傳聞，各種各樣的傳説，那些本應只存在於故事裡的生物如今現身於現實，幼時的我深受吸引，從有記憶以來便讀遍了能找到的所有書籍，但那還不夠，我從動物學開始一步一步爬到今天的位置，在學界嘲笑我撰寫的論文主題不切實際時，一名神祕的男人聯絡了我，告訴我這個千載難逢的機會。

他問我：「你想親眼看看那種名爲獸靈的生物嗎？你想將牠們切開、仔細分析，直到再也沒有任何困惑嗎？」他留下這份工作簡介，等我回覆。而我並未令他久等，我知道世界上此時有能力全心投入這項研究的，只可能是那突然崛起的大國，也只有他們稱呼這在西方國家尚未有名字的生物爲「獸靈」。

是的，在我的故鄉，人們過去僅僅將獸靈稱爲「獸（the beast）」，相較之下，和獸靈結合的人類則被稱爲「方舟（ark）」，顯然是受到基督教文化的影響，包含《創世紀》中諾亞以身體爲方舟的故事，我們世世代代念誦這段故事，從未想過有一天故事會成爲現實……

寫到這裡，我感到有些不舒服，《創世紀》一直都是這樣寫的嗎？諾亞以身體爲方舟？讓潔淨的動物和不潔淨的動物進入……我讀過各種版本的《聖經》，我確定所有的《聖經》裡都有這一段……無論如何，我們起先不知該如何稱呼獸靈，直到奧馬立克研究者登高一呼，最終定名爲「畢斯托西斯（Beastosis）」。

不過，詞語始終只是一種事物的外在表現形式，如今受聘於稱此生物爲獸靈的國家政府，只要我處於這份工作合約中，我會繼續使用「獸靈」這個詞彙。

不需要任何人來提醒，我知道這項實驗可能是不道德的、沒有人性的，我猜測倘若我的妻女發現了我的所作所爲，她們將多麼失望，甚至會視我與怪物同等，但我不能控制這份追求眞實的渴望，同時我也想像，也許……只是也許，在這陽光普照的炙熱小島上，所有的陰影和黑暗都將不可能發生，而我只不過是旁觀者，一名鍥而不捨追求眞理的傻瓜，以及所有偉大知識忠實的僕人。

我在實驗室助手的幫助下很快找到自己未來一年的住所，位於監獄內一間額外隔出的套房，所有外來研究者都住在這棟建築裡，等於是個大型宿舍，這樣的安排讓我很滿意，這表示我們可以在任何時候討論進度和實驗的階段性成果，助手也告訴我，重要的實驗體將在一個鐘頭內送達，我們午餐後就能開工。

我利用午餐時間寫下這些，雖想每天做紀錄，但總是有事情打斷……

……

我需要立刻寫下來。

令人激動！午餐後我們收到第一批實驗體，為了方便研究，同時將實驗體去人性化（畢竟在實驗過程最好別讓「孩子」兩個字頻繁打斷我的思考）。我建議在區別實驗體時使用英文詞彙，人類組稱為方舟組，獸靈則為獸靈組，我不敢相信他們真的弄來這些背景無虞的方舟，他們的年齡約在八歲到十二歲之間，共十五名全是孤兒，有些曾流浪於街頭，頻繁進出執法單位。簡而言之，即便他們從世界上消失也不會有任何人關心。

儘管如此，僱用我的人……從現在開始便簡稱為老闆吧，我的老闆明確指示不能傷害這些方舟。我當然不可能傷害他們，實驗體中方舟組是不會改動的固定數值，我們的變因在於獸靈組，是我最期待的實驗體……當然不是真正的獸靈，而是他們透過科技製造出的人工獸靈，本質還是普通動物，但被植入獸靈的生理機制。他們有那種技術，令我印象深刻。

不過為了避免困擾，接下來我仍會將這些人工產物稱為獸靈，畢竟在各項條件都符合的情況下，不稱牠們為獸靈是很奇怪的，而且倘若牠們不是獸靈，這項研究也將毫無意義。

我不曉得那些人如何做到，但他們給我們送來最早的一批人工獸靈實驗體是十五隻橙黃可愛的小鴨子，具有獸靈最基本的特性：能夠透過在人類身上製造傷疤，與人類結合，以及結合後能夠和人類共享感官，此外不具有任何傳說中野生獸靈的長壽與特殊能力。

這也是出於我的要求，我想對照從與人類基因較遠、但性情相對溫和的獸靈動物開始，再到基因接近的物種，這中間方舟組的數值變化。而第一批獸靈組實驗體爲鴨子，還可藉此觀察銘印效應對鴨子的影響，是否會在與方舟結合後，同樣影響方舟。因此在申請實驗體之前，我們已預先要求讓這十五隻鴨子對一臺堆高機產生銘印，我們將在方舟與獸靈結合後，觀察方舟會不會把同樣的堆高機當作母親。

在我們的監督之下，十五名方舟均和十五隻鴨子於實驗所圍牆內的翠綠草坪上進行一對一結合，我們讓他們排隊領走一隻鴨子，之後方舟必須想辦法讓鴨子在他們身上留下傷口，這是獸靈與人類結合的過程中要求最嚴格的部分，沒有人知道上帝在創造獸靈的時候究竟如何設想，既然已爲人類創造了如此合適的伴侶，又爲何要在開始這段關係前給予考驗？

畢竟人類和獸靈一旦結合就會成爲最親密無間的伙伴，這樣的關係卻是經由傷害而展開，並且是來自於獸靈的傷害，我粗淺的猜測是人類往往需要經歷馴服的過程才能掌握、擁有獸靈，期間受到傷害根本是不可避免的。鑑於結合後獸靈對人類百依百順的可悲姿態，無論是上帝或自然演化本身，讓獸靈至少在結合前能有選擇人類的權力，我想也並不過分。

當我思考著這些幾乎與實驗無關的事情時，方舟和鴨子的結合過程開始出現大大小小的問題，包含方舟實在不知道該怎麼做，才能讓鴨子在他們身上留下傷痕，而小鴨子本身又不具強烈攻擊性，無法在方舟身上留下哪怕最微小的擦傷。我們只能逼迫方舟傷害鴨子，譬如捏著鴨子的翅膀或腳輕輕甩動，給鴨子造成不至於留下永久性傷害的痛苦，這將引發鴨子的掙扎反擊，增快結合進行。

幸好獸靈只要能創造出僅僅一道小刮傷，就能和方舟產生連繫。完成結合的實驗體愈來愈多，我站在草坪邊的樹蔭底下，一面乘涼一面觀察方舟和鴨子結合前後的區別：首先，你能看見兩種截然不同的生命體在鬧哄哄的場景中沉靜下來，一隻小鴨子和一個人類，他們突然像是忘記了周遭吵雜的環境，不約而同變得安靜且停止，他們的目光在空氣中相遇，隨後緩緩縮短與彼此的距離，方舟抱起鴨子，離開那些還尚未完成結合的紛亂圓圈，他們蜷縮著躲藏到遠離群體的角落，靜靜地享受彼此的陪伴。

我抬起頭確認了數次，嘴角幾乎無法忍住微笑，我看見那些帶著鴨子離開群體的方舟們，全都下意識地往那臺我們刻意擺放在中庭的堆高機旁聚集。一切都是如此明顯，如此合乎假想，這讓我相信，實驗將會取得前所未有的成功。

當所有方舟均完成與鴨子獸靈的結合，我的助手開動堆高機引領實驗體們往居所前進，那是值得一看且具象徵意義的畫面，更別說，還頗有娛樂效果：抱著獸靈的方舟像一隻隻人形鴨子，緊緊跟隨轟轟作響的堆高機往他處移動。

獵人動物學博物館 The Hunterian Zoology Museum

莉莉·雷利站在巨大的儒艮骨架前，迅速地以鉛筆描繪。在她的後方，有一些不同種類的埃奎多利亞瞪羚標本，以及懸掛在天花板上陳列有數種鹿的頭骨的展示架，讓人可以清楚辨認鹿在演化史中的不同型態。她小心地維持站姿，以免碰觸到脆弱的標本。莉莉畫得很快，靈感總是突然到來，她咬著筆頭，最後添加一些細節，她記得自己剛入學時以爲這是一副海獅的骨架，事實證明她錯了，很難相信她已經在校園裡待了那麼長時間，如今她只剩論文要寫，想到這裡，她更加煩悶。

莉莉最終完成了素描，她輕嘆一聲，將素描本塞進背包裡，從瞪羚標本邊走過。博物館後方還有一副袋狼標本，更裡面一點則展示著飼養在水族箱裡的活體動物，如豹紋守宮、奧馬立克王蛇等。莉莉走向瞪羚標本邊的桌椅，她隨意坐了下來，皺眉凝視牆面上一幅世界地圖。

長久以來，每當看見世界地圖，莉莉心中都會湧起一股莫名不安的感覺，彷彿這幅地圖出了錯，因此她總逼迫自己瞇起眼仔細查看上方的每一個地名。

首先映入眼簾的是她再熟悉不過的天使中立國（Angels Neutral State）版圖，小時候她覺得那看起來有點像一隻朝右方張嘴的恐龍。蓋力（Cailleann）屬於恐龍頭的部分，也就是天使中立國北方。她居住的格列斯卡（Glesca）城市位於恐龍頸部的左側，因此又稱西北港都（Northwest Harbor）。一切都很熟悉，很正常，照理來說不應該有任何問題。

莉莉的目光下意識地飄向東方，越過廣袤中陸，越過密冬，最終停留在密冬東方的空白海洋上。

那裡什麼也沒有。

莉莉的頭痛了起來，她甩甩頭，轉而看向桌面，從背包裡拿出一些閱讀材料，她需要開始撰寫自己的碩士論文，卻仍沒有一個研究題目。

以地緣政治學的觀點來看，地理位置影響了各個國家的發展，讓偉大的天使中立國成爲如今面貌，甚至是文明發展、社會與經濟……莉莉的思緒飄回了世界地圖。可是即便了解人類歷史如何誕生，密冬與世界上的任何地方都是如此不同。它神祕、排外，一年比一年強大，其原因是掌握了一種特殊的技術，甚至影響了整個世界如何生產人工獸靈。

莉莉仍沉浸在自己的思緒中。一名女人自外頭匆匆走來，莉莉認出那是系上的另一名助教，她看見莉莉，立即以著急的語氣喊道：「麥克唐納教授又沒穿褲子在中庭閒晃了！」

莉莉翻了個白眼，拿起背包衝出獵人動物學博物館。

博物館和西北港都大學的古建築群距離不算遠，莉莉快步走過彎曲小路、穿越陰暗的長廊，來到每年畢業生都會停留拍照的中庭草坪。莉莉喜歡古建築群看起來的模樣，是典型的哥德式建築，據說古建築部分有六百多年歷史，和校區其他教學大樓的現代風格相異奇趣。天氣好的時候，建築周遭的玻璃窗會一片片反映天空的顏色，看起來幾乎像是純銀，莉莉記得以前大學時曾在其中一棟建築裡考試，她在這兒待了數年，每一次看見古建築群仍會感到震撼。

因此，當莉莉的教授麥克唐納以最糟糕的方式褻瀆了她眼中的美麗景觀時，她不由得怒火中燒。麥克唐納確確實實是光著屁股站在草坪上，他白髮蒼蒼，戴著黑框眼鏡，彷彿困惑自己爲何會在這裡，他的目光茫然而游移，嘴唇還不斷喃喃自語。莉莉四下張望，暗自慶幸校內舊生早就對眼前的景象見怪不怪，加上今天人潮不多，沒人有興趣圍觀可憐的教授。莉莉朝麥克唐納舉起雙手，詔告自己的到來，希望教授今天還不至於瘋到連自己都不認識。

「停！」光屁股的老人一看見莉莉，便指著地上草坪與道路的交界處尖叫：「停！你還沒畢業，不可以踏上草坪！」

莉莉聳了聳肩：「我沒有那種迷信。」她一面說一面走向麥克唐納。如果在畢業前踏上西北港都大學中庭的草坪，考試就會不及格……這是每個新生都會被告誡的迷信之一，不過這種詛咒聽起來實在很像是那些照護草坪的校工散播出去的。

莉莉脫下身上的外套，小心翼翼繫在麥克唐納的腰部，讓他比較像穿了裙子而非光裸下半身。莉莉可以從麥克唐納上半身的正式西裝觀察到，她的老教授在出門前已竭盡全力維持正常。一般而言，狀況好時他能夠維持好幾天的「正常」，只是有時麥克唐納的大腦會陷入模糊且詭異的幻覺，也有一些時候，他就只是忘了，莉莉判斷今天會是後者：麥克唐納仔細打理好上半身以後，頗感自豪，接著他就出門了。

「來吧，我們回你的辦公室去。」莉莉的語氣可以說是溫柔，但麥克唐納卻不領情，他懷疑地望著莉莉，突然朝她伸出手，掌心朝上。「上次我讓你準備研究計畫，下次碰面要討論，你寫好了嗎？」

莉莉挫敗地發出一聲低吼：「眞的？你一定要現在問我？」

「嗯，我現在覺得屁股沒那麼冷了，可以就在這邊讀你的研究計畫，我還希望能再享受一下難得的晴朗天空，以及從雙腿之間穿過的微風……」

「沒有計畫，我沒寫。」莉莉直截了當地回答：「就算我寫了，也不是現在，不是在你光著屁股的時候，斯圖爾特，現在是十二月，你會活活凍死的。」

「我不覺得我光著屁股。」麥克唐納困惑地伸手抓了抓臀部，在碰觸到布料時雙眼一亮：「我很確定我穿著褲子。」

「那是剛剛被犧牲的我的外套，現在，我們要回你的辦公室給你穿上眞正的褲子。」

「你爲什麼這麼執著於要給我穿上褲子？你是不是又沒有想出一個好的研究題目？你的論文一拖再拖，讓我懷疑你是不是眞心想要這個學位。」

麥克唐納突如其來的指責對莉莉來說實在太過，她氣憤地跺著腳，幾乎指著老教授的鼻子低喊：「我當然想要學位！我當然也想寫論文！但你有什麼資格這樣質疑我？是你老是否決我每一個題目！」

「雷、雷利小姐，你的每一個題目都很無聊！除了引用一堆前人寫過的東……東西以外，沒有你自己的原創思想！」麥克唐納激動起來就會結巴，尤其當他接收到莉莉的激動情緒，他看起來有些退縮了，但還是很不高興。

莉莉交叉雙臂，心中飛快地盤算著，最後她緩緩開口：「那你認為我要寫什麼才對？」跟她的瘋教授認真討論論文主題實在是太不切實際了，但莉莉無法控制自己心存希望。

聽見莉莉的問題，麥克唐納教授瞇起眼睛，看起來有些多疑。

「你要我替你做所有的工作嗎？」

「當然不是！」莉莉繼續努力壓抑著不對教授大吼大叫：「我只是希望你給我一個明確的方向，而不是什麼都沒有。」

「嗯。」麥克唐納教授看起來似乎真的開始認真思索，最終他像是突然想起一般，雲淡風輕地對莉莉說：「你還記得我上次在格拉漢演講廳演講的主題嗎？」

莉莉深吸一口氣，她想：拜託不要。

她當然記得那次演講，麥克唐納在黑暗中滔滔不絕地講述，唯一的光源是投影屏幕上的畫面，演講開始不到半小時，聽眾已幾乎全部走光。莉莉印象十分深刻，她感到自己選擇的這名指導教授若不是真正的天才，就是個不折不扣的瘋子。

「唔，我認為……」莉莉沉吟著，試圖拒絕，但麥克唐納打斷她。

「那些壁畫七十年前絕對不是現在這個樣子，就算有舊照片，上面的圖樣也根據現實發生改變，這是因為我們的世界不是真的，有另一個世界……而我們據此模仿，應此而生的各種改變我稱為史變效應，這是很好的題目，除了我以外沒人是專家！」

「我想……還是不要吧，但謝謝了。」莉莉毫不掩飾地說。

「別那麼急著拒絕，先聽聽看再發表意見。」麥克唐納似乎打算繼續說服她：「如果史變效應範圍太大，你可以研究世界上最古老的動物壁畫，那可比肖維岩洞壁畫的三萬六千年更早，也比拉斯科洞窟壁畫的一萬五千年、阿爾塔米拉洞壁畫的一萬兩千年更早……這些壁畫因爲史變效應的關係內容產生改變，雖然原本的證據已經消失，但我們可以利用軟體還原……」

「不。」

「如果是對於另一個世界的假設呢？光只是假說就很大膽不是嗎？那幾乎可以解釋整個世界，以及發生在我們世界上的各種異象，我甚至不介意你直接拿去用，就說這個理論是你發明的，我完全沒問題！」

「不。」畢竟那樣的話就輪到我被當成瘋子了。莉莉暗想。

「如果你眞的覺得那麼糟糕……」麥克唐納也生氣了，他的語調愈來愈高昂：「還有一個……」

「不。」莉莉知道他要說什麼，以至於老教授還沒開口她就表示了拒絕。

「獸靈！」麥克唐納仍歡欣鼓舞地喊出那個詞彙，莉莉只能聳聳肩。

「資料太少了，更別提如果要研究還必須向政府提出申請。」

「這不是更令人興奮嗎？政府禁止我們在未申請的情況下討論獸靈，但又拚命發展人工獸靈技術，現在的人們普遍把人工獸靈當作眞正的獸靈，用於經濟生產和軍隊，那些乖巧的寵物根本就不是獸靈，眞正的獸靈是十分強大的，世界各國包含我們的政府都想控制、隱瞞這股力量。」

「對對對，陰謀論。」

「你可以再更諷刺一點，雷利小姐，我好心和你分享我的觀點，是爲了刺激你想出屬於你的研究題目，而不是要讓你笑話我！」

眼看教授氣呼呼地轉過身去，圍在他腰上的外套幾乎快要落地，莉莉嘆了口氣，上前幾步替教授把腰上的外套繫好，無奈地拉了拉麥克唐納皺巴巴的袖子。

「唉，斯圖爾特，至少先回你辦公室，等你把褲子穿好了，我們再繼續討論……你現在這個樣子，很讓我分心，風也愈來愈大了，你不想著涼吧？」

「當然不想。」麥克唐納最後一次發出輕哼，接著轉身往辦公室方向走去。

莉莉記得自己還是大一新生的時候，斯圖爾特．麥克唐納教授不完全是現在這副德行，儘管當時他的狀況也好不到哪裡去，至少沒有如現在這樣經常在行為上失控。

莉莉起初帶著景仰來到麥克唐納的課堂，這名教授在動物學上極為專精，同時是獸靈研究的先驅，莉莉進入研究所前便理所當然選擇麥克唐納為指導教授，卻是在這個時間點，麥克唐納開始行為異常，他會忘東忘西，尤其忘記穿衣服，他會喃喃自語，在同樣的地方踱步，然後突然驚醒，不曉得自己身在何處。

他的同事協助他就醫，卻找不出病因，只粗淺判斷是阿茲海默症早期症狀，麥克唐納再過幾年就要退休了，學校決定讓他安穩渡過這段所剩不多的日子，但麥克唐納的行為需要被約束，於是他們找了和他最熟悉的莉莉做他的助教，基本上除了協助麥克唐納的學術研究以外，還要照顧他的生活起居，並且處理各種緊急狀況，包含在他光屁股出現時前往替他遮羞。

莉莉跟著賭氣前行的麥克唐納返回獵人動物學博物館所在的格拉漢大樓，教授們的辦公室位於二樓，他們穿過早先莉莉描繪的儒艮骨骸、瞪羚標本，麥克唐納艱難地爬樓梯，莉莉的目光流連在樓梯牆面懸掛著的各種昆蟲標本和畫作，這兒有些畫作出自莉莉之手，她認出自己畫的一幅已絕種黃斑銀弄蝶，那是她剛入學時利用生物繪圖技術所畫，技巧上仍不太成熟，但這幅畫是一個標誌，意味著她在西北港都大學的開始。此後莉莉經常幫她的系所繪畫，有時也設計海報，人們不知為何喜歡她的作品，哪怕是一般大眾，不僅僅因為她畫得「很像」，許多人表示莉莉的畫充滿奇妙的吸引力。現在莉莉以接案的方式賺取生活費，她有一個自己的插畫網站，博物館館長特別請人把她的網站連結放在博物館網站上，讓感興趣的民眾可以自行跟莉莉聯絡。對此，莉莉很感激。

他們來到二樓，莉莉熟門熟路地走向麥克唐納的私人辦公室，等待教授將門打開。在一陣鑰匙開鎖聲後，麥克唐納推開門，映入眼簾的便是一大堆的書，從地板到天花板，沒有一處不散落書本，書架最頂端以及牆面則擺放、懸掛有動物標本與恐龍模型。莉莉協助整理過好幾次，還幫他做了標籤，但麥克唐納很喜歡弄亂東西，他走進辦公室就像一個快要溺死的人在書海裡尋求陸地，當莉莉替他撥開椅子上的論文和期刊時，麥克唐納滿意地讓身體陷入椅子裡，發出一聲嘆息。

莉莉從一堆書籍裡翻出麥克唐納的備用褲子，扔到老教授膝上，接著她走出辦公室，給麥克唐納一些隱私。莉莉走向二樓廁所，停了一會兒，只為了看清楚標示，她回憶起自己過去有一段時間為了做實驗，曾睡在廁所裡將近一個月。莉莉進入殘障廁所，打開水龍頭將手洗乾淨。莉莉看著鏡子裡的自己，腦海中浮現幾個可能有趣的論文題目，儘管她很清楚，這些都不會讓麥克唐納滿意。

當她再次回到麥克唐納的辦公室，老教授已經將自己收拾妥當，看起來至少稱得上體面，他坐在書桌前，示意莉莉坐在一堆疊高的書上。

「我剛才仔細想了一會兒。」麥克唐納看起來前所未見的嚴肅，卻無意把話說完，即便莉莉就在他面前，他也突然就陷入了思考，徒讓莉莉在一旁焦躁不安地等待，最終他輕聲說：「是還有一個沒人討論過，又十分特殊的主題。」

「什麼？」

「**伊哈灣**。」

「伊哈灣……」

莉莉重複道，搜索枯腸也想不起來自己曾聽過類似的名字。

見狀，麥克唐納解釋：「這是一座不存在的島嶼，曾經類似於國家，也有政府，後來因故政府垮台，如果我沒記錯，他們內部發生過一次特殊的代理人戰爭，造成大量人口死亡。你可以去查一查，這座島嶼如今已不存在於世界地圖，但我必須要警告你，伊哈灣的資料或許比野生獸靈多一些，同樣不容易查找，這座島嶼多年來與世隔絕，特有種、特有亞種種類繁多且豐富，據說還曾誕生幾隻非常強大的野生獸靈……你如果願意研究伊哈灣，肯定會受到學界注目。」

「我不想受到學界注目，我只想畢業。」雖然莉莉這麼回答，不能否認的是，這個研究題目確實引起了她的興趣。她瞥了一眼麥克唐納辦公室窗外漸暗的景色，輕快地向教授道謝。「不過我想我會朝這方向找一些資料，好盡快寫完研究計畫，下次碰面再拿給你？我們可以繼續討論，這樣好嗎？」

「你要回去了？我相信我這裡有幾本書能幫到你……」麥克唐納急切地翻找著在他腳邊的幾摞書，莉莉搖了搖頭。

「你已經幫我很多了，謝謝你，教授。」

莉莉告別麥克唐納，回到走廊，她在這時終於能伸手撫摸腹部，仔細感受當自己聽見那座不存在的島嶼名稱時，胃部的詭異扭動，一種奇異的感覺猶如鳥類的羽毛般輕輕撫過她胸口，像是一張泛黃的老照片引起懷舊思緒，但她卻無法看清照片上的內容。

莉莉返回一樓的獵人動物學博物館，博物館就快關門了，她經過動物的標本，經過那幅巨大的世界地圖，她的心中再次湧現不安。博物館外天色昏暗，秋冬時節太陽總是很快落下，早先晴朗的天空此時已不復見，陰沉的烏雲籠罩西北港都大學。莉莉想趁還沒下雨時返回宿舍，儘管已在格列斯卡居住多年，莉莉也永遠不能習慣淋雨後身體的潮濕與寒意。

莉莉閃身彎進小路，她喜歡走小路，西北港都大學城的小路處處充滿驚喜，可能是一間咖啡店、專門播放藝術片的戲院、獨立書店，卻不知道為什麼，今天的街道十分冷清，平時林立的店家也紛紛關門。莉莉裹緊了身上的外套，試圖不去回想這件外套稍早同樣裹在老教授的屁股上。

莉莉的思緒開始飄蕩，她想起稍早教授跟自己說現在可見的獸靈都是人工獸靈，只在經濟和軍事上獲准使用，眞正的獸靈是野生的，神祕的，而且具有特殊的力量。這是麥克唐納常提起的陰謀論，也不能否認，很有想像力。

莉莉試著在腦海中構築一個世界各國爭相搶奪野生獸靈的情景，但事實上，人們只是交換了技術和對獸靈的了解，獸靈學（Beastology）剛被發明時，科學家們便發現獸靈的出現和地域有關，意即特定地域會出現特定的獸靈，這並不令人意外，最初的幾種獸靈都是已絕種或即將絕種的動物，在當時引起騷動，奧馬立克人以爲金熊再現蹤跡，密多人以爲帝國君子長臂猿從帝王妃子陵墓中重生，但這些生物的影子一閃即逝，就像是已逝物種的鬼魂。以現在的眼光來看，不難理解這些早期獸靈可能不是消失了，而是被某些人據爲己有，譬如至今仍橫行於埃奎多利亞（Equatoria）的「盜獵者」集團，他們此刻的規模甚至足以和當地政府匹敵。

莉莉繼續思索，倘若各國政府意識到他們要是不出手，民間盜獵集團就會將獸靈捕捉殆盡，於是他們封鎖了大部分的消息，準備將資源做最佳控管。儘管他們的動作仍不夠快，獸靈似乎會選擇結合的人類伴侶，世界各地出現能夠和獸靈結合的人類，很大一部分是當地原住民的獵人，如此又該怎麼辦才好？以天使中立國來說，他們採取的策略是聘請專家進行研究，並且以研究結果說服人們獸靈只能與原住民或少數特殊的族群進行結合，這樣一來應該就能削減人民對獸靈的想像與渴望。然而這樣的方法極爲糟糕，就好比聲稱人種確然天生有差異一般，只有部分族群得以和獸靈進行結合，正說明了人種與族群有優劣之分，最終該爲此決策負責的人引咎下台，經過一段時間後，曾聲稱與獸靈結合的原住民獵人消失了，就和當初那些消失的獸靈一樣。

政府對於獸靈的存在變得高度敏感，並且禁止媒體對一般民眾發布獸靈的訊息，直到他們終於能夠有效管理這些奇特的生物，至少莉莉知道，他們女王的獸靈是一種特殊的伊維爾海葵，由普利坦尼亞（Pretania）情報單位精挑細選。

據說一隻眞正的、野生的獸靈，壽命可長達數百年，並且每一隻獸靈都擁有一種特殊能力，還未和人類結合時不會顯現出來，只在結合後才會在人類伴侶身上浮現端倪，同時結合後人類與獸靈可以分享壽命，如此一來，和獸靈結合的人類壽命將超過普通人類至少三倍。

這些都是神話，獸靈研究者們不曾取得相關證據，證明獸靈眞有不可思議的力量，然而換個角度想，如果研究學者沒有研究過眞正的獸靈，他們又怎麼能知道獸靈和一般動物的不同之處？這也是獸靈學長久以來受人詬病之處，太多的理論、假設和傳言，但少有證據，並且經常以人工獸靈作爲研究主題，又直接以人工獸靈代稱所有獸靈。以至於幾乎像精神分析不被視爲嚴肅醫學一樣，獸靈學也不被視爲動物學的分支，動物學研究者卻總有權力對於「獸靈究竟是什麼」這點大放厥詞，這就是爲什麼莉莉始終無心和麥克唐納一樣研究獸靈……她怕麻煩，也怕讓麥克唐納失望，雖然他們都是動物學系出身，終歸來說，莉莉遠沒有麥克唐納那麼瘋狂。

無論如何，自從獸靈出現而又消失，人工獸靈取代了眞正的獸靈，人們幻滅了，決定繼續以往的生活。不放棄追逐眞相的只有少數人，譬如麥克唐納，而麥克唐納是個瘋子，「眞正的獸靈」是否存在，是個難以討論的問題。畢竟就連莉莉自己也沒見過多少獸靈，不過，「沒見過多少」意味著「至少有一些」，莉莉其實並不確定，或許就只有那麼一次……她確實見過獸靈。

啪達、啪達。

某種古怪聲音打斷莉莉的思緒，像是重物落地的聲響，也像他人的沉重腳步聲，彷彿刻意拖著步伐。莉莉在一個轉角處試圖從肩膀後方窺看，同時甩掉那聲音，莉莉看見幾個穿著全套運動服的年輕人站在街邊玩鬧，她行走之處還不到位於西北港都大學附近的足球場，每當有足球賽時，她會盡量不靠近那裡，以免被一些激動的足球流氓找碴。

她嘆了口氣，暗自取笑自己的神經兮兮，她再次拐向另一條小路，已經很接近宿舍了，而且照理來說，學校附近治安還算不錯，格列斯卡也早在多年前就擺脫謀殺之都的惡名。她繼續前行，聽見自己的腳步聲迴盪在街衢，但那個聲音再次出現。

啪達、啪達。

莉莉迅速轉過頭，什麼也沒有，幾隻海鷗從垃圾桶飛竄起來，寒風吹亂了長髮，莉莉將飄飛的髮絲塞進耳後，加快腳步繼續往前。隨著她的動作，那聲音的節奏也改變了，極盡所能放緩步伐，同時走得更快，那聲音愈來愈近，彷彿就在莉莉身後幾公尺遠，為了從那詭異聲音的追逐中逃離，莉莉開始奔跑。

啪達、啪達、啪達、啪達。

那聲響緊追在後。

強烈的恐懼感襲上心口，讓莉莉雙腿發軟、脊椎戰慄，她跑得更快，試圖拋下即將捕捉她的過往回憶、一個魅影，此刻她害怕的並不是腳步聲本身，而是它帶來強烈且熟悉的純粹恐怖。聲音勾勒出即將破蛹而出的創傷經歷，她的諮商師告訴她好幾次，已經過去了……事情曾經發生，如今已經過去……莉莉反覆告誡自己，別嘗試觸碰記憶的閘門，可是那聲音像一把鑰匙強行將她打開……

她想：**不，不行，我不能回到那個時候……不要……**

恐慌開始發作，莉莉急促喘息，昔日陰影卻仍緊追不放，她彷彿再次看見自己被囚禁於一間陰暗的倉庫裡，有那麼一瞬間，她置身無比寫實的場景，讓她噴嚏的灰塵以及潮濕霉味，她被困在這裡，腳踝因鐵鍊纏繞而紅腫，她可以聞到身上多日沒洗澡的體臭，以及豢養動物的腥羶。

那是一間堆滿空蕩蕩鐵籠的倉庫。她瑟縮在牆角，頭頂有一扇上鎖的窗子，白天時，窗外照入陽光，曾經她將之視為希望的象徵，她相信太陽會一次又一次升起，黑夜不會永遠停駐。可是隨日子一天天過去，沒有人來幫助她，帶她離開，明亮的太陽成爲對她的嘲諷，陽光那麼美，那麼溫暖，而她只能待在惡臭髒污的倉庫一角，凝視在陽光中飛舞的塵埃。

倉庫外，一陣熟悉的腳步聲徐徐逼近，令她顫抖。一隻小虎斑貓用臉頰磨蹭著她的手心，提醒她自己的存在，莉莉記得，這隻小虎斑貓是她當時最後的安慰……

直到小虎斑貓開口說話：*別擔心，很快會有人來救你。*

隨後牠的喉嚨被割開。

莉莉衝進明亮的宿舍大廳，幾名在交誼廳內閒聊的學生疑惑地看著她，她臉色蒼白、全身發抖，彷彿剛淋了一場雨，但戶外仍乾冷，只從遠方傳來微弱雷聲。莉莉搭乘電梯回到自己的房間。她的房間已經有一段時間沒有整理，當她認眞作畫時，她無法分心做其他事情，包含整理跟撰寫研究計畫，因此她的書桌上散落著素描本和撕開的幾張白紙，還有她喜愛的沾水筆跟水彩顏料，看見熟悉的物品讓莉莉稍微平靜下來，她確認了三次門已上鎖，幾乎像是強迫症，接著她卸了妝、換上寬鬆的衣服來到書桌前坐下，仔細打量她正在進行的一幅水彩畫，那是一隻瀕臨絕種的蓋力野貓（Cailleann wildcat）。

莉莉想，自己這麼著迷於貓科動物的原因，會不會是因爲那隻她曾見過的小虎斑貓？

她讓室內暖氣溫暖身體，仍嫌不夠，又用毛毯將自己層層包裹，再泡了一杯熱巧克力，她終於安頓下來，小心將畫作移到一旁，從抽屜裡取出筆記型電腦，開始搜索今天麥克唐納和她提到的伊哈灣。

莉莉的搜尋漫無目的，因爲她幾乎無法專心，早先被跟蹤的恐懼仍抓緊她的胃，讓她噁心欲嘔，當她開始奔跑以後，她就沒有再回頭看，因此不知道是誰在追她，也許只是惡作劇，她異國風情的外貌沒少讓她被騷擾，但在大學附近遇到這種事情還是令人不快，就好像整個格列斯卡文化嘗試告訴她，她不屬於這裡，無論她如何改變自己、努力融入當地，她依然只是個外來者。

莉莉啜飲一口熱巧克力，她在裡頭加了足夠的威士忌，讓她可以更冷靜，與此同時，她的思緒也更模糊。在網路上搜尋只讓她找到一則新聞，提到墩艾丁解剖學博物館內收藏有四具死於島內動亂的伊哈灣原住民頭骨，但這對她的論文沒有幫助。她不再搜索無意義的關鍵字，反正她無心閱讀找到的資料；她也迫使自己從移民第二代的被害妄想中脫離，那些糾纏在過去，關於認同、關於自我的追尋，已經折磨她太長時間了，她現在只想洗個澡，爬上床，好好睡一覺，祈禱她足夠幸運的話，今晚就不會作噩夢。

莉莉入睡前喜歡想些美好的事，此時無聲躍入她腦海裡的，是那隻會說話的小虎斑貓，儘管伴隨而來的相關回憶並不那麼受歡迎，莉莉倒是可以讓自己專注在小虎斑貓柔軟的體毛以及牠磨蹭自己的觸感。

一直以來，莉莉都不確定那是幻覺或眞實，畢竟貓不可能說話，但莉莉隱藏著另一種猜想：或許那隻小虎斑貓就是她此生所見的唯一一隻獸靈。

第九章

泰邦從雲霧中睜開眼睛，感覺自己已經沉睡了好久，他嘗試回憶伊古最終展示給他的畫面，那來自遙遠異國的女子，她看起來有股說不出的熟悉，她在泰邦從未見過的建築裡行走，說著泰邦從未聽聞的語言。而最終，當她於暗夜倉皇逃命，那被人追趕的惶恐不安，都讓泰邦像身歷其境般心跳加速。

有好長一段時間，泰邦不知道自己是誰，也不知道自己在哪裡。他和伊古的鬥爭好似持續了永恆那麼久，既原始，又嶄新，伊古咬進他喉嚨裡的感覺仍刺痛，可是痛楚正在平復，隨後他與伊古之間產生不可思議的連繫，讓伊古成爲他的延伸，但就算是在一切都塵埃落定的時刻，泰邦仍迷失在伊古造就的幻境裡，從雲霧繚繞的山頂轉變爲他從未見過的地方，那兒的建物比他在前往遺跡聚落的旅程中看見的廢墟更爲富麗堂皇，也更奇妙。幻境裡的長髮女子在夜路中恐懼疾行，有那麼一瞬間泰邦想讓她知道自己的存在，他會保護她，她不用感到害怕。

但伊古拉扯他的思緒，讓他保持在原本的位置，泰邦看著女子消失在有光的建築裡，然後伊古拉扯得更凶、更急，泰邦的意識迅速往後退開，從那些奇怪的畫面裡退開，回到雲霧裡，這還不夠，伊古扯著他，告訴他是時候醒來了。

泰邦猛然坐起身，發現自己正身處於他人住所的床榻上，這間屋子很小，具有明顯的山區部落風格，天花板上懸掛著鳥類羽毛製成的裝飾品，以及乾燥中的藥草與獸肉，空氣充滿植物和羽毛的氣味，更重要的是，一股令泰邦十分熟悉的花香像閃爍的星火，爲他還混沌不堪的嗅覺提供鮮明的線索。

泰邦查看不遠處半推開的木窗，明亮的陽光令他知道此刻是早晨，露水的氣味竄過門縫，顯現太陽剛升起不久，泰邦眨了眨眼，突然間，記憶如潮水般襲來。

他看見阿巴刻黝黑的臉孔被子彈打穿，湧出黑紅色的血。

他看見璐安朝邊界彼端奔跑，身影愈來愈小。

他看見野獸銳利的牙齒咬進他的喉嚨裡，有一瞬間他死去了，然後他復活。

門咿呀一聲打開，高大的烏托克走了進來，起初她的面孔看起來憂心忡忡，彷彿正擔心著什麼，直到她看見坐起身的泰邦。烏托克露出微笑：「你醒了？傷口還痛嗎？我給你倒點水，等我一下。」

泰邦張開嘴，想說話，卻發現喉嚨乾澀得無法發聲，只能勉強凝聚出一聲嘶啞的呻吟，直到烏托克提起，泰邦才意識到自己的身體有多痛，他頭痛欲裂，大腿的傷口正在發炎，但已被包紮過，除此之外他的脖子是全身上下最痛的地方，幾乎讓泰邦以爲他喉嚨上有一個開放的洞。

泰邦聽見烏托克走近的聲響，一個裝了清水的竹杯輕輕碰觸他的手，烏托克直到泰邦握住竹杯以後才放開，隨後，是烏托克在床邊坐下的聲音。泰邦發現自己不知從何時開始閉上了眼睛，他再次睜開眼時就知道爲什麼了，長時間看見東西讓他頭暈，他只能再次將雙眼閉上。

「烏托克。」泰邦聽見自己虛弱的聲音：「阿巴刻死了。」屋子裡寂靜無比，泰邦以爲烏托克沒聽清，他想再重複一次，卻發現喉嚨裡彷彿多了一個腫塊，他拚命吞嚥，還是哽在喉間。

「我知道。」烏托克的聲音很小，有那麼一瞬間，泰邦覺得她或許跟自己同樣悲傷。可烏托克接著說：「他完成了他的任務，也就是幫助你們，這樣就好……」

泰邦以爲自己聽錯了，他的大腦仍十分遲鈍，可是烏托克的話太讓他震驚，泰邦睜開眼睛，難以置信地望著烏托克。「你說什麼？」

烏托克的眼神裡有一種猩紅色的光芒，既悲傷，又瘋狂：「雖然我也沒有預料到他的犧牲，但戰爭就要來臨，我們現在沒有哀悼的時間。你也終於和巴利結合，我們期待了這麼久，終於又擁有另一個和巴利結合的人，想想你會多有幫助，別擔心，我已經安排好了，你的弟弟一離開邊界就被我的人接走，他會成為反抗軍的一分子，戰爭一旦結束，你們就會重逢……」

「你是什麼意思？」泰邦發現自己很難忍住情緒，先是烏托克對阿巴刻之死的無情反應，其次是烏托克提到璐安的方式，就好像她早已算準一切。「你是什麼意思？烏托克？璐安為什麼會被接走？」

「邊界外有我的人，當我得知你打算跨越邊界，我就讓他們在外面接應、準備疫苗，否則璐安會在三天內被都市區的疾病感染，也許就這麼死在你看不見的地方。」

泰邦皺起眉頭，他睜大眼睛看著烏托克，彷彿無法理解她的意思。泰邦感覺頭痛加劇，無數問題在瞬間掠過他腦海，但他心中所想的全是璐安。

「別擔心，我會保證他的安全。」烏托克道：「你看上去有很多問題，問吧，我知無不言。」

「璐安，你會保護璐安？直到我們再次相見？」

「是的。」

泰邦努力平復心情，試圖在紛亂的思緒中抓住熟悉的事物，他想起烏托克的話語，終於開口：「我……你所謂的巴利，就是我們部落所稱的伊古嗎？」

「是的，同時也是外鄉人所稱的獸靈，你們將獸靈稱為伊古，意思是尾巴。我們稱獸靈是巴利，意思是翅膀。」

「過去，我一直以為伊古只存在於神話傳說之中……」泰邦喃喃道：「可是我作了一個夢……」泰邦停下來，他知道那不是夢。「我看見的伊古是一隻雲豹，我記得牠咬了我，然後……」不知不覺，泰邦將手伸向脖子，最終碰觸到包裹著頸部的層層布條：「你一直都知道，是嗎？」

「我知道，但我一開始不能說，不僅僅是為了保護你，也是為了保護你的巴利。外面的人想要巴利，巴利就是保留地設立的原因，如果被金家發現你身上出現與巴利結合的徵兆，他們會立刻帶走你，在你身上進行可怕的實驗。」

烏托克正想繼續說下去，一抹白影從天花板一角縱身飛向窗邊的棲木，那是烏托克單足的魔鳥。泰邦終於發現不對勁，他微微睜大了眼睛：「那是……所以你也是……」

「我是除了你以外，保留地唯二和巴利結合的人。」烏托克說出詞句的語氣既溫柔，又甜蜜：「我用我的巴利蒐集到很多資訊，一直以來，我以爲和巴利結合的人就只有我，沒想到在克羅羅莫發現你。」

「我還是不明白……巴利也好，伊古也好……到底是什麼？爲什麼牠會選擇我？」

泰邦勉強說道，他曾經在部落裡的神話中知曉伊古，他知道許多傳說裡的勇士因爲和伊古結合，最終在死後成爲神靈，但他無法理解發生在自己身上的事情，伊古如果是眞實存在的，這其中有多少跟神話故事一樣？又有多少超出他的想像？

「我們先從最簡單的開始吧。」烏托克伸出手，輕輕解開泰邦脖子上包裹的棉布：「巴利是這片土地給我們最好的禮物，這種特殊的生命，有著動物的外表，卻是更爲高貴的存在，巴利是我們信仰的神靈之一，甚至更爲古老，就這麼相信吧，你我都是被神靈選中的人，而巴利會在自己挑選的凡人身上留下傷痕，這個傷痕將綁住你和巴利，讓你們永遠地結合在一起，與此同時，巴利會和你分享牠的力量，你將擁有不可思議的能力，你只需要去發掘出來……」

烏托克一邊說著，一邊取來在保留地內難得可見的鏡子，示意泰邦看看他的左側頸部。泰邦用力眨眼，他首先注意到的並不是鏡子裡的倒影，而是鏡子本身，他想起母親被毀壞的圓鏡墜飾，和烏托克手上的鏡子看起來是那麼的不同——烏托克的鏡子很普通，甚至有些粗糙，倒映出的景物也不甚清晰，泰邦心中閃過一股十分怪異的感受，但緊接著就被他在鏡中發現的東西帶走注意力。

泰邦看見脖子上大範圍的特殊傷疤，是他過去不曾看過的。傷疤顏色很深，勾勒出熟悉的雲狀斑紋，又如圖騰般清晰簡潔，占據泰邦近乎一半的脖頸。

「只有巴利可以創造出這樣繁複美麗的傷疤，這個傷疤證明了你確實是被巴利挑選的人。」烏托克難掩語氣裡的歡悅和觸動，她甚至解開纏繞在自己右手臂上的織布，露出自己的結合傷疤給泰邦看。那傷疤並不明顯，是一圈猶如鳥類羽毛形狀的圖騰，烏托克很快再次遮掩起來，隨後，她嚴肅地對泰邦說：「不久前，我摘掉了金家的眼睛，捉住軍代表，這表示金家很快會派出眞正的軍隊前來，我們必須做好準備。泰邦，我相信這也是巴利選擇你的原因，你要保護這塊土地，和我一起參與戰鬥。」

烏托克的話讓泰邦胸口的怪異愈發明顯，噁心感也更加強烈。

「所以，一切都是爲了戰爭？」泰邦盡量讓聲音顯得鎭定：「阿巴刻知道邊界守備鬆散的時機，是因爲你告訴了他，你一定也知道，如果我們要成功跨越邊界、引開軍隊，我和璐安勢必得分開……」因爲他會保護璐安，自願當誘餌。

過往發生的事情一件件浮上心口，包括泰邦潛意識知道，如果璐安不離開，他就不能與伊古結合，那就好像他的心一直以來有那麼多的地方被璐安占據，以至於如果不清除璐安一點點，伊古就無法住進去，這種感覺很幽微、很模糊，但泰邦知道自己的猜測是正確的，雖然他還無法完全弄清楚伊古和人類結合的條件，至少他現在可以篤定，他和璐安的分離是烏托克一手促成的。

「你利用了我跟璐安，也利用了阿巴刻。」泰邦最終目光沉沉地說：「他對你來說就像工具一樣，是可以用完就丟的。」

烏托克眼底的笑意不見了，取而代之的是冷漠，她往後退了一些，靜靜地說：「我可以騙你，但我沒有，因爲我希望你能信任我、幫助我。」

「我不知道要怎麼幫你！烏托克！你……你讓我覺得害怕，你打算發動戰爭，你知道那會犧牲多少人嗎？重點是你看起來也不在乎會有犧牲，你算計了阿巴刻、我跟璐安。」泰邦顫抖著說：「還有阿蘭，你一直以來都讓她在軍代表身邊，你知道軍代表會打她嗎？」

「我非常清楚。」烏托克的聲音更加冰冷，她站起來：「我可以為我做的其他事情道歉，只有阿蘭不行，你太低估她了，她比我見過的任何人都強，當然，也比你強。」

泰邦眼看烏托克完全截斷了跟自己的溝通，當她發現泰邦無法為她所用以後，她展現出泰邦不曾見過的殘酷與冷漠，就像看著一樣毫無價值的物品，以至於她甚至懶得再花時間跟泰邦說話。

烏托克準備推門離去，她的魔鳥感應到主人的情緒，也飛回烏托克肩上。泰邦掙扎著想下床，他想阻止烏托克去做她即將要做的任何事情，他必須阻止她，可是泰邦發現自己的雙腳被困住，無法動彈，他掀開被褥，竟發現自己雙足都被腳鐐禁錮，連接腳鐐的鐵鍊延伸至地板上的粗重鐵環，看樣子除非他拆掉地板，否則泰邦無法下床。

「我想過你大概不會乖乖聽話，但我還是希望能用語言打動你。」泰邦聽見烏托克醇美如酒的聲音低語：「你必須下定決心擔負起擁有巴利的責任，否則我會一直綁著你，然後，我也會去找出你藏起來的那隻巴利，如果你的巴利不能幫我們，我寧願殺掉牠，以免便宜了金家。」

門砰一聲關起，泰邦繼續掙扎，試圖拆掉腳鐐，然而腳鐐是特別為囚禁打造的，兩副腳鐐上都有鎖，且無法輕易破壞。泰邦嘗試挪動雙腿，測試自己最遠可以移動多少，他發現自己完全無法下床，但腰部以上可以自由活動。

沒有用，如果不能離開床，他就無法破壞設置有鐵環的地板，這是經過悉心打造的囚具，甚至很有可能就是為了限制他的行動所造。泰邦倒回床上，剛醒來時他不確定自己在哪裡，但現在他想，或許這間屋子是烏托克的家，而他正被困在烏托克的地盤上，根本不可能逃脫。

泰邦在此時想起他的伊古，烏托克說他把伊古藏起來了，這表示他們還沒有抓到他的伊古，泰邦不知道伊古如何躲藏，也不知道伊古現在在哪裡，他只希望伊古繼續藏匿，不要被烏托克的人發現。

泰邦的身體仍然很虛弱，伴隨著脖子上針刺般的疼痛感，泰邦即便不願意，也因和烏托克的對話導致體力流失，他再次昏睡過去。

第二次醒來時，屋內一片黑暗。泰邦聽見門再次打開的聲響，他繃緊了全身的神經，直到矮小的人影端著飯菜走入屋內，勾起泰邦熟悉的記憶，他下意識脫口而出：「阿蘭？」

「是我。」阿蘭很快應答，她將飯菜擺放在桌上，隨後點起油燈，昏黃燈光照亮她蒼白的臉蛋：「師傅讓我照顧你，畢竟我們已經很熟悉彼此了，對嗎？」

再次見到阿蘭讓泰邦絕望的內心燃起溫暖的火焰，即便知道阿蘭是烏托克的學徒，他仍然很高興見到她。「你看起來很好。」泰邦沙啞地說。

阿蘭端來擺置有飯菜的餐盤，在泰邦坐起身時放在他腿上。

「我不好。」阿蘭出乎意料地回答：「現在很少我能做的工作，我覺得自己好沒用。」

泰邦腦海閃過一種直覺，似乎自己錯失許多對現況的了解，他想詢問阿蘭，見她消沉的表情又感到不忍。「你們離開克羅羅莫的那天，我也跟著師傅走了，師傅開始她的計畫，引軍大人落入陷阱，抓到軍大人之後，我們等於向五大家族宣戰。」阿蘭彷彿猜到泰邦的想法，很快說道。

泰邦好奇細節，可是他的肚子同時咕嚕咕嚕叫起來，阿蘭用眼神催他吃飯，泰邦抓起碗內的食物塞進嘴裡，吞嚥一口後急切地問：「你們怎麼辦到的？」他和烏托克的對話氣氛緊張，讓他無法恣意詢問，阿蘭的到來是一種解脫。

「說來話長，我不確定我能不能解釋清楚……總之我們使用了你也看過的紅色人臉圖騰矇騙軍大人。是的，那個圖騰是我們的人造的，擁有能夠在一瞬間傳遞複雜訊息的能力，當然也不只如此，製造圖騰的技術在你們部落被稱爲『都娃阿烙』，直到現在，我們也依然在使用那個圖騰。」

「那我跟璐安呢？你們的計畫是什麼？」泰邦試探地問。

這是一個陷阱，但阿蘭並不在意，她聳了聳肩，回答：「師傅發現你身上有徵兆的氣味，知道你即將跟巴利結合，她的所作所爲都是爲了促使你獲得巴利。」

泰邦放下空碗，意識到阿蘭不會眞正回答自己，這是第一次，泰邦心中隱隱然產生憤怒，但他沒有說出口，只是靜靜問道：「我昏迷了多久？」

「距離你們跨越邊界，已過了五天。」

阿蘭收拾了泰邦腿上的餐盤，坐在泰邦床邊，兩人突然陷入沉默。

許久以後，泰邦才開口：「阿蘭，你來這裡做什麼？」

「師傅要我照顧你……」

「烏托克派你來，是想讓你說服我嗎？」

阿蘭黑白分明的眼睛靜靜地望著泰邦，幾乎是波瀾不驚：「是的。」

「那你走吧，我不會答應的。」

「爲什麼不會？」或許是阿蘭詢問的語氣太過自然，泰邦確實花了幾秒鐘思考，然後他回答：「我不信任她，我感覺如果讓她繼續下去，她會傷害許多人。」

阿蘭盯著泰邦，她的眼神具有穿透力，泰邦不是第一次發現。但當阿蘭用這種目光看他，會讓泰邦感覺自己做錯了事情。

阿蘭輕輕咬著大拇指指甲：「你覺得我被傷害了嗎？」

這是個奇怪的問題，泰邦知道因爲烏托克的安排，阿蘭必須待在軍代表身邊，遍布在她背上的傷痕顯示她不只一次遭到鞭笞，阿蘭被責打的景象至今仍讓泰邦餘悸猶存，可阿蘭說話的方式卻始終如此平靜。

「不，與我無關，我有沒有被傷害不重要，重要的是泰邦你被傷害了。」阿蘭的話刺痛了泰邦，他竭盡全力不去回想跨越邊境那天發生的事情，而阿蘭在此時伸出手輕碰他的臉：「我代替師傅向你道歉，雖然我知道她會這麼做是不得已的，她有她的理由，你想聽聽看嗎？如果我告訴你，如果我們不起身反抗，將會有更多人死去……」

泰邦內心產生一種怪異的感受，他下意識搖頭：「我不信。」

「等我說完，你再做決定好嗎？」阿蘭停了一會兒，再次開口時，她的話語令泰邦墜落：「師傅做了長遠的計畫，本來沒有那麼早要進行，事實上，如果不是你，大概永遠不會開始，但她決定提前獵捕軍大人，都是因爲你的關係。」

「我……」泰邦皺起眉頭，準備反駁，阿蘭將手指放在他唇上。

「因爲你被巴利選中了。」阿蘭說：「因爲師傅發現保留地出現了第二隻巴利，她雖然一直期待著、盼望著第二隻巴利現身，但她同時也感到害怕，她蒐集到的資訊愈多，事實愈表明：一個地方只要持續出現巴利，就會有愈來愈多巴利誕生，你知道這代表什麼意思嗎？」

泰邦搖了搖頭。

「那代表保留地會愈來愈難隱藏巴利的消息，保留地之所以存在，就是爲了產生巴利，一旦有了巴利，而且確定能有一隻以上的巴利，外面的人就會進來掌控一切，我們連維持現狀的可能性都沒有。」阿蘭的語調變得急切，但也更加低微，像是在向泰邦講述一個祕密：「戰爭無論如何都會開始，問題只在於什麼時候？以什麼樣的方式？泰邦，你不懂外面的人有多可怕，如果我們只是等著他們發現、等著他們來，我們會在還沒有意識到時就一敗塗地。」

「你們怎麼能確定？」

阿蘭笑了，泰邦第一次看見阿蘭那樣笑，好像泰邦是個小孩子，過分天眞。

「師傅說得沒錯，你認爲我很弱小，你跟阿巴刻一樣不知道我了解得有多深。」阿蘭雖這麼說，語氣卻沒有怨懟，反而充滿溫柔笑意。「但沒關係，我會告訴你我們怎麼確定。」

「三年前……不，應該算是四年前了，師傅的部落被來自外面的疾病入侵，幾乎滅村，她是少數倖存的人，也是在那時候，她跟她的巴利結合，成爲烏托克。發生在師傅部落的事情，後來導致山區部落出現瘋病的傳聞，而瘋病其實並不存在。這些……你應該多多少少都知道。但師傅的部落之所以會被疾病侵襲，其實是因爲當時的外鄉人軍隊，他們當中的一名軍官將外面的病傳染給部落居民，感染就一發不可收拾了。後來外鄉人軍隊因這事件被全數處死，從此人類軍隊撤出保留地，師傅在那時注意到一件事情：疾病是被**刻意**帶到部落的。

「就算是在還有外鄉人軍隊的時候，軍隊進入保留地也需要經過消毒、身體檢查等程序，所以那名軍官爲什麼會被放進來呢？師傅運用她的巴利蒐集資訊，最後得知了五大家族的情況，金家是都市區的權力中心，作風殘忍，但即便如此也分派系，而有一派人，以金雞神女爲首，他們希望留下保留地裡聽話的遺跡人，殺死所有部落人……那名染病的軍官就是他們放進來的。」

阿蘭說到這裡，停下來喘口氣，她從桌邊拿取竹杯，倒滿了水一飲而盡。見泰邦愣愣地盯著自己，阿蘭道：「我是不是說太多了？」

「不……我只是……對外面的事情並不了解。」泰邦坦承：「我需要時間消化……我想……」他咬了咬牙：「我想繼續聽下去。」

「嗯。」阿蘭將手指放在嘴唇上，輕輕撫弄：「知道眞相以後，師傅便繼續藉由巴利理解外面的事情，其中最重要的一點是，巴利的存在是眞實的，雖然，師傅在跟她的巴利結合後就已經知道這點，但就像你一樣，她最開始也很困惑，明明巴利是只存在於神話傳說的生物，爲什麼最後卻出現在現實呢？她透過巴利的眼睛學習更複雜的外鄉字，慢慢的，她可以閱讀。

「她找到一些文件，得知保留地之外除了有都市區，保留地和都市區都存在於一座島嶼，名爲灣島。許多年前，灣島尚未有保留地的劃分，甚至還擁有另一個名字，灣島是一個國家，雖然不被其他國家承認，但它有自己的政府和軍隊。然後有一天，巴利在世界各地出現，並且成爲力量強大的武器，每個國家都擁有了巴利，沒有巴利的國家則會被質疑，灣島的人民受到煽動，認爲灣島沒有巴利，就不是一個國家，灣島的政府最終垮台。

「此時，位於灣島西方的密冬大國，接手了灣島內部的一團亂，他們大方且仁慈，將密冬的巴利帶來灣島，並把五隻巴利分送給灣島內傾向密冬政權的另一黨派，這就是五大家族的由來。隨後，密冬將灣島一分爲二，劃分出都市區和保留地，當時普遍認爲，巴利會在一個沒有人類干擾、自然原始的環境裡誕生。密冬告訴所有人，他們會幫助灣島產生巴利，並扶持金家統治整個灣島，從此，金家及其他四個家族，成爲密冬在灣島的代理人，就像保留地裡的軍方代理人那樣。」

泰邦沒有說話，陌生辭彙接踵而來，他在心中反覆咀嚼、思索：什麼是灣島？什麼是國家？什麼是政府？什麼是密冬？

無論他怎麼讓這些詞語反覆滑過唇際，他也無法像阿蘭一樣精準發音，阿蘭和泰邦對話總是使用山區部落的語言，卻在描述這些辭彙時，直接採用外鄉語，這讓泰邦感到很困惑，他想如果是璐安，可能會比自己更快掌握狀況。

想到璐安，泰邦的心刺痛。

「泰邦？你還好嗎？」阿蘭自始至終都仔細注意著泰邦的表情，見他面露痛苦，阿蘭靠上前問道。

「我沒事。」泰邦說：「我只是想到璐安，烏托克說外面的人會照顧璐安，我們很快會重逢……」

「師傅沒有說謊。」阿蘭立刻回答。

泰邦呑嚥了一下，點點頭：「至於你說的，我不太懂，但我現在知道外面有人想要伊古，不是五大家族，而是更有力量的人，烏托克想反抗他們，是這樣嗎？」

「不僅如此。」阿蘭的聲音浮現顫抖：「雖然師傅沒有跟我說白，但我總覺得像金家那樣的家族，好像根本不把保留地人放在眼裡，大家全都死掉也沒關係……同樣的，對密冬而言，整個灣島的人包含他們的代理人、五大家族甚至整個都市區，統統都死掉也沒關係，只要巴利還在就好。這表示，我們無論如何都不可能繼續保有和平。如果你不相信我，我可以理解，畢竟你什麼都沒看到……在保留地出生的人就像被豢養在牢籠裡的動物，永遠也不知道外面的世界，我透過師傅了解這些事情，可是我畢竟沒有眞的出去，就跟你一樣，泰邦，我不比你多知道多少。」

阿蘭如此坦率反而讓泰邦醒悟，阿蘭說的是實話，烏托克也是。是泰邦無法在第一時間接受現實。如果照烏托克所說，戰爭必將到來，只是時間早晚的問題，那麼至少他們可以選擇要在什麼時候發生。

然而泰邦仍然感到怪異。

「你說烏托克是因爲我的關係，決定引發戰爭。」

「是的，保留地最初只有師傅一個人有巴利，如果永遠都只有一隻巴利，那沒有關係，師傅會很小心的保守祕密，但她發現你被另一隻巴利挑選了，保留地有第二隻巴利，未來就會有第三隻、第四隻……」

泰邦打斷阿蘭：「但烏托克也爲了讓我和伊古結合，設計我和璐安跨越邊界。」

「她還設計阿巴刻來幫我們，結果因此犧牲了阿巴刻的性命。」

「師傅她從來沒有想過……」

「是……不，師傅是爲了……」

「阿蘭，你第一次見到我時，就想到今天這一步了嗎？」

阿蘭安靜下來，看著泰邦，但這一次，泰邦沒有迴避她的視線。

「你從來沒有把我當成朋友吧？」說出這句話，讓泰邦覺得自己很可笑，但他無法控制。他想起和阿蘭的相遇，以及阿蘭曾對自己說過的話，均在無形中造成他和璐安分開的結果，就算烏托克說他和璐安將會重逢，泰邦也無法原諒。

爲了跨越邊界，他們差點死去，阿巴刻更是被軍隊射殺。泰邦想：這一點也不值得。

「我辦不到。」最終，泰邦咬牙說：「我無法幫助烏托克，也無法認同你們，阿蘭，不要在我身上浪費時間了。」

「就算事情已經到了這個地步，沒有回頭的可能，你也不願意幫忙嗎？」

「是你們造成這一切！」泰邦再也忍不住了，他彷彿哀號般地大喊：「阿巴刻因此而死！我要怎麼……」

「我明白了。」阿蘭端起油燈，緩緩走向門邊，輕輕敲了敲門，隨後有幾名身材高壯的男子走了進來，他們用黑色的頭套罩住泰邦頭部。泰邦掙扎著、呼喊阿蘭的名字，但阿蘭不再說話。泰邦聽見一陣細微的金屬碰撞聲響，感覺雙腳的鐐銬被解開，一群人粗暴地抓住泰邦的手腳，將他押入黑暗之中。

【研究紀錄A-21040720】

這段時間我很忙碌，以至於沒有時間坐下來好好整理我們做的事情，當然我們有實驗報告，但實驗報告必須在固定時間傳給老闆，而這份研究紀錄是給我自己的，不用擔心會給別人看到，也將夾雜一些比較私人、主觀的想法，我會一面書寫一面思考。

我們已經陸陸續續完成幾項實驗，大多數不值一提，事實上比起實驗本身，此刻我更想書寫實驗體們。作爲研究者，在參與這項計畫前我已通過去敏感化（desensitization）程序，我可以將實驗體看作非人存在，但我仍然無法克制地特別注意到實驗體中某位超乎尋常的方舟。

我們爲每名方舟和每隻獸靈安排編號，字母是方舟，對應數字是獸靈，由於方舟實驗體數量僅有十五，我們不需要額外的編號設計。方舟編號從個體A到個體O，對應獸靈A_1到O_1，獸靈實驗體在每個階段會更新一次，所以下一批獸靈編號從2開始記錄，以此類推。

方舟實驗體，個體A到個體E，非常平庸，經常組成小團體共同進食。個體L和個體N、O聰明過人，喜愛我們替他們安排的閱讀時間。I和K特別叛逆，不喜歡照規矩做事，是實驗體中的搗蛋鬼，運動能力比其他方舟更好。F是孤僻的，我懷疑這個實驗體有精神方面的問題。G、J和H則總是在哭泣，對實驗所的生活適應不良，連他們的鴨子獸靈也無法安撫主人的心情。

相較之下個體M是不同尋常的，她似乎很冷靜、沉穩，總是在觀察環境，同時展現恰當的親和力。我的同事們試圖讓自身存在感降到最低，完美融入背景，或者讓他們的行爲像大自然中的風、海浪與空氣，承載著不得不爲的意義，但和他們的自由意志無關。通常這可以騙過大部分方舟，只要讓方舟相信我們是整個計畫的手腳，而非頭腦，我們對他們做的事情，就連我們也摸不著頭緒，這些方舟就會降低警覺心。

我注意到M沒有被哄騙。我們將實驗安排得如同課程，方舟們有用餐時間、自由活動時間、運動時間、閱讀時間、測驗時間，我們小心將實驗融入其中，通常方舟會在不同的時間裡做不同的事情。而在實驗開始一週後，M於自由活動時間拿起遊樂區裡擺放的一些玩具玩耍，幾分鐘後，她似乎遇上了麻煩，她拿取的玩具是一個機器人，機器人的四肢關節處由於缺乏潤滑難以彎折，M帶著機器人毫不猶豫走向我，要求我替她修好玩具。

我不清楚M是否意識到我是實驗所中最有權力的人，儘管我稱其他助手和研究者爲同事，我也從不參與和實驗體的互動，只是坐在一旁寫紀錄，但就算M看出了什麼，她也沒有表現出來，在我修理玩具時，她始終乖巧地站在一旁等待。她把她的鴨子塞在口袋裡，當我把玩具還給她，我問她：「和獸靈結合的感覺怎麼樣？」

這個問題早在方舟和獸靈結合的那天，我的同事們就已經詢問過了，我記得當時自己只聽了一會兒方舟們的回答，便回房間撰寫給老闆的報告，在我的記憶中，絕大多數方舟的回答都不怎麼樣，方舟畢竟還是孩子，孩子們的語言表達能力通常不太讓人滿意，我仍要求助手記下來，他們的描述不出「奇怪」、「很開心」、「覺得幸福」等等簡單的語句。後來我有機會跟方舟交談時，我習慣以這個問題作爲問候的方式，我也如此詢問M。M的回答卻讓我大吃一驚。

「感覺很複雜，就好像你是一滴雨水，終於落入了大海之中。」她說：「從前你是不完整的，但當獸靈與你結合，你覺得心滿意足，世界上再也沒有什麼能讓你破碎。」

我想了一下，於此之前，我正好在筆記本上寫到對於下一次實驗的計畫，因此我繼續問：「你說得很好，能多告訴我一些你的感覺嗎？我恰好在設計下次課程，很類似上次，但又不太一樣……」

上次是指我們讓獸靈和方舟們進行一種特殊的測試，靈感來自於鏡子測試，又稱mirror self-recognition test。傳統的鏡子測試會在動物身體上無法察覺的地方塗上紅點，然後讓動物照鏡子，如果動物透過鏡子查看身上的紅點，可知動物具有從鏡中認出自己的能力。而我們進行的測驗是在獸靈身上做出牠無法觀察到的紅色記號，然後讓獸靈和方舟在三公尺的距離下看見對方，但禁止以聲音和動作進行溝通或給予提示，此時獸靈和方舟成爲彼此的鏡子，我們觀察到獸靈在沒有任何與方舟的實質溝通下，卻能立即得知自己身上的記號位置。

在我開始進行獸靈研究前，我對獸靈和方舟的無形連繫略知一二，但從未在科學環境中親眼目睹。測驗結束後，我認爲方舟和獸靈之間距離三公尺仍然太近了。M點頭表示記得，卻並未再多說自己的感覺，像是突然陷入了自己的思緒，一會兒後，我索性轉移話題：「如果下一次我們把你跟獸靈分開安置在兩個不同房間，你覺得如何？」

「我們可以看見我們的獸靈嗎？」

「不行。」

M低頭思索：「我跟我的M_1已經試過了。」

我們要求方舟不得替自己的獸靈取名字，而必須用英數混合的編號來稱呼，但當M流暢地說出她的獸靈編號時，我不僅爲她所說的感到震撼，也因她從容念出編號的模樣而驚訝。

「你們已經試過了？怎麼做到的？」

所有實驗體一天二十四小時均受監視，我好奇M如何在沒絲毫隱私的狀態下和她的獸靈私下實驗。

M很顯然知道這麼做不合規定，但她臉上也毫無恐懼：「那是意外，我要到浴室盥洗，沒有留意M_1沒跟上，我把廁所門關起來的時候，發現M_1被關在外面了。」

當然，這是很好的藉口，只不過以我對實驗體的了解，方舟和獸靈彼此依戀，不太可能沒意識到對方沒跟上，其他組合的方舟和獸靈，根本不可能和對方分開哪怕一公分，除非強迫他們分開。但我太好奇了，因此我只是示意她繼續說，未免她再次走神，我清了清喉嚨重述問題：「那麼，當時你有什麼感覺？」

「感覺……我可以感覺到牠。」M回答：「M_1就在外面，有某種能量，我不知道那是靈魂還是什麼，

M_1的能量會發出輕微的嗡鳴，像是在唱歌一樣，而且溫暖。M_1很溫暖，當我看不見牠的時候，我實際上可以感覺到牠的顏色，那種顏色無法用人類的肉眼看見，只能憑感覺。還有氣味，我的M_1聞起來像潮濕的青苔、雨水和蓮花。」

沒人能像M一樣形容，我很驚豔。

「再多說一些，結合前後的感覺呢？有什麼不同？」

「結合前我是一個普通的小孩，但結合後我有點疑惑……」

「疑惑什麼？」

「自己還是不是人類。」M說：「我可以聞到跟以前不太一樣的味道，我變得很喜歡水，不喜歡乾燥，雖然我完整了，但我總是很焦慮，總是在尋找M_1，我不太能跟牠分開。」

「但如果分開呢？」我急切地追問：「如果距離很長呢？」

M沉默一會：「如果那是必要的，我可以接受，但我的M_1還太虛弱了，我想牠會死掉。」

M離開以後，我向同事要來M這段時間的檔案。我迅速翻到印有M的傷疤照片那頁，照片下方有詳細的文字解釋，M的傷疤是鴨子造成的輕微咬痕，看上去沒有什麼特別的。M的背景資料則跟其他方舟一樣，是某國家的街頭流浪兒，不足以說明爲何她擁有如此詩意的表達方式。

寫到這裡，我抬頭看了一下時間，已經是凌晨兩點了。我對M的過分關注在後來的日子裡一直持續，我甚至私下將M定爲重點實驗體。但除了M始終讓人驚喜以外，第一階段實驗正逐漸接近尾聲，能夠取得的數值也愈來愈單一。直到昨天，我們已經確定第一批獸靈能進行的實驗到達極限，鴨子畢竟是非常低階的獸靈，我們希望能漸漸朝和人類基因相似的物種獸靈進行實驗，所以，是時候完成第一批獸靈所能進行的最後幾項測試了，這讓我有些擔憂，往後每一階段的實驗結束，都必須完成這項環節，這也是實驗的一部分，但我們始終不知道會發生什麼——假如我們將方舟的獸靈**殺死**，我們不確定方舟會發生什麼事。

黑焰 Black Flame

手機的鬧鈴將莉莉吵醒，她呻吟著，伸手將手機拿到面前解鎖。她瞇著眼，發現時間已經是中午，接著她檢查昨天晚上由於早睡而錯失的訊息。

第一條是她的母親問她聖誕節會不會回家……還有一些學校群組的訊息，最後是許多的未接來電跟表情符號，來自竹鶴安子，她從大學就認識的朋友，同爲移民第二代讓她們從最開始就比別人更親近些。不過話說回來，莉莉跳級兩次，二十歲就開始攻讀碩士，她讀大學的時候年紀比所有同學都小，本來就很難交到朋友，加上莉莉也不在意社交，如果可以，她希望可以迴避所有無意義的寒暄和人際關係。若不是安子堅持跟她交往，莉莉恐怕整個大學生涯都不會有任何朋友。

莉莉微笑著打開安子傳來的訊息，從最早的詢問莉莉今天有沒有安排，到後來疑惑爲什麼莉莉不肯接她電話，最後是很多表示憤怒的圖案，並要求莉莉在看到訊息後立刻打給她。而莉莉照辦了。安子幾乎在她撥過去一秒後就接起電話，並且開始滔滔不絕地數落莉莉如何如何冷酷無情。不知道是不是莉莉的錯覺，她感到安子今天的語氣特別焦躁，並且微微顫抖。

「聖誕節快到了，學校附近已經沒什麼人，我昨天想找你去採買，可是你沒回我訊息，後來打給你你也沒接，你昨天晚上是怎麼了？我眞的很擔心……」

莉莉想到昨天晚上回宿舍時被跟蹤的不愉快，張了張嘴，卻什麼也沒說，她耐心等安子說到一個段落才插話：「我昨天跟麥克唐納碰面，確定了論文的主題，回宿舍以後覺得很累就先睡了。」

「哦。」安子頓了頓：「你今天有什麼安排嗎？」

「沒什麼，怎麼了？」

「最近天黑得很快，我不想一個人關店，你可以來陪我走路回去嗎？」安子補充說：「你可以在咖啡館吃晚餐，我請客！」

莉莉笑了一聲：「我猜你有點膽小。」

「我不管嘛，我不喜歡在晚上走路，我也沒有男朋友……」安子的語氣變得有些玩笑式的驕縱：「你就是我男朋友！莉莉，拜託啦，你如果早點來，我還可以請你喝咖啡。」

「我下午過去。」

莉莉結束通話，又花了一些時間回覆母親今年聖誕節不會回家過節，隨後她下床梳洗，泡了一杯熱茶，將餅乾沾著茶吃當作早午餐。出門前她化了妝，把素描本、沾水筆、色鉛筆跟筆記型電腦塞進背包裡，決定先到圖書館蒐集和伊哈灣有關的資料。昨晚她在網路上沒能蒐集到有用的資訊，這讓莉莉對麥克唐納提到的這座小島更感好奇。

莉莉在圖書館待了兩個小時左右，期間她申請了特別館藏室的進入許可，終於在特別館藏室中找到和伊哈灣有關的資料，並發現自己查看的書都是麥克唐納薦購或贈予的。莉莉不禁有些後悔為何昨天不直接跟麥克唐納借書就好，畢竟伊哈灣真的很神祕。莉莉大概找到數十本書裡面有提到伊哈灣，但都僅僅只有兩三行描述，莉莉將這些頁面影印下來塞進背包裡，趕在三點前到安子工作的咖啡館撰寫研究計畫。

安子約莫從一年前開始在一平方咖啡館打工，莉莉知道安子想存錢，或許這對她來說是最快的方式。不過一平方咖啡館給人的感覺很好，窗明几淨、咖啡香醇，還有免費的wifi，莉莉有好幾次在這兒畫畫和上網，等著安子下班兩人可以一起去吃點東西。

莉莉剛推開門就跟安子對上視線，安子用氣音告知因為經理在所以不方便跟她聊天，莉莉點點頭找了個位子坐下，脫去手套、帽子和外套。通常接近假期學校附近的餐廳生意會變差，對莉莉來說是好事，她不喜歡在公共場合遇到認識的人，更別提就算認識她也不會和對方打招呼，這讓莉莉的名聲更糟了。

咖啡館內除了莉莉以外，還有幾個西北港都大學的學生，大概還是大一生，莉莉可以輕鬆辨認出他們的年輕和對周遭事物的無窮好奇，想到自己幾年前也是這樣，她就爲時間的流逝感到悲哀。此外靠窗的位子坐著一對情侶，最裡面的座位有一個正在讀雜誌的男人。莉莉突然無法遏止住想畫畫的衝動，她從背包裡拿出素描本，快速地用鉛筆描繪咖啡館內的景象，勾勒好線條以後，她用水性色鉛筆上色，她喜歡這種方式可以達成的細膩。當莉莉埋頭專注時，一杯黑咖啡輕輕放在她手邊，她抬頭對安子笑了笑，安子也回以一笑，接著前往收拾那對情侶離開後留下的杯盤。

這種突如其來的繪畫不是工作，所以莉莉通常只會畫到自己不想繼續爲止，譬如現在，她上色到一半就停止了，想起自己應該開始整理稍早從圖書館查到的伊哈灣資料，她希望至少能在今天完成研究計畫的一部分，明後天寫完整個計畫，好盡快跟麥克唐納討論。

莉莉拿出筆記型電腦，對著空白的檔案開始打字：

伊哈灣具有極高的研究價值，是一座特別的島嶼。

莉莉想了想，不再停止，她一鼓作氣書寫下去：

伊哈灣具有極高的研究價值，是一座特別的島嶼。因此當其從主要大陸脫離出來，便有了一套自己的演化歷史軌跡。島上物種的基因沒有與其他大陸型物種進行交換，得以獨立演化出自己的亞種。伊哈灣更是地質多變的小島，從低地平原到高海拔地區，地型多樣。高地上保留有冰河時期的孑遺物種，像紅檜，爲冰河時期的產物，冰河時期結束後，寒冷的林像保存起來。我們可以藉由伊哈灣的物種，看到伊哈灣冰河時期的林像，類似的例子還有伊哈灣山椒魚，同是冰河時期的孑遺物種。至於低地平原則分爲亞熱帶區跟熱帶區，以北回歸線切成兩個部分，北回歸線以南是熱帶林像，以北爲亞熱帶，造成生物多樣性高。伊哈灣的特殊之處在於此，以土地面積而言，生物多樣性比例極高。伊哈灣特有種、特有亞種也非常多，如伊哈灣陸封型鮭魚。鮭魚一般在河流產卵，然後死亡，幼魚前往大海成長，再返回原生河流繁衍。但陸封型鮭魚不同，由於以前地核變動，河流出海道路被堵住，陸封型鮭魚因此被封在高山，高山水溫足夠寒冷，故而伊哈灣陸封型鮭魚爲寒帶魚種。但伊哈灣並非寒帶島嶼，只是高山海拔足夠高，可以醞釀寒帶物種。伊哈灣陸封型鮭魚照理來說不應該出現在亞熱帶或熱帶，寒帶魚種卻能出現，我們可以推斷在冰河時期，這種鮭魚還是洄游性魚類。無論如何，伊哈灣可以把寒帶物種鎖在高山上，藉由物種證明伊哈灣以前經歷過冰河時期。伊哈灣昆蟲的種類也非常多，譬如獨角仙、鍬形蟲，對比天使中立國僅有一種鍬形蟲且瀕臨絕種……

莉莉伸了伸懶腰，重讀了一遍自己撰寫的文字，覺得有些意義不明跟囉嗦，她正在書寫研究動機的部分，卻將她很感興趣的研究例子放進研究動機裡，太過拖沓與無用，她考慮將伊哈灣陸封型鮭魚刪除一部分，然後進入研究方法。當莉莉繼續敲打鍵盤，安子走到她身邊，推了推她的肩膀。

「你眞是個書呆子，已經是晚飯時間了，你想吃什麼？」安子好笑地問。

「你們經理走了？」莉莉在安子揉她的背時呻吟出聲：「我都可以，你幫我選。」莉莉趁安子準備餐點時四下張望，發現咖啡館裡只剩她跟安子，其餘顧客都離開了，而莉莉由於太專注於寫作而沒發現。

「我應該再過一小時就能下班。」安子將盛滿食物的餐盤放在莉莉桌上，自己也疲憊地癱坐在莉莉對面的椅子上：「最近沒那麼多客人，我跟經理說實在沒必要那麼晚關門。」

「他同意？」

「嗯，不過我的工時就縮短了，薪水減少。」

莉莉將刀叉按進面前的肉餡羊肚裡，品嘗食物的滋味，她注意到安子故意給她她討厭的烤豆子，莉莉覺得好笑，沒有被冒犯，安子知道莉莉不會浪費食物，所以用這種方式逗她。

「這就是爲什麼你今天看起來心神不寧？」莉莉試探地問，她中午就感覺到了，安子精神不太好，不像平常那樣活潑樂觀。「不，我是因爲……等等，你沒聽說嗎？」安子瞪大了眼睛。

「聽說什麼？」莉莉嘴裡塞滿了豆泥，困難地問道。

「電腦借我一下。」安子轉過莉莉的電腦，劈里啪啦地敲擊了幾下，接著將螢幕轉回來給莉莉看。那是一則簡短新聞：

西北港都大學外女子遭襲死亡

一名女子在格列斯卡西北港都大學校區外圍慘死，救護車於清晨獲報抵達。警方封鎖了該地區，女子身分不明，送達醫院前已無生命跡象，屍體遭受非人對待。警方正進行調查中。

「天啊，這是今天發生的？」莉莉輕輕地說，她無法想像大學城附近會發生這種事情。

「應該是昨天晚上，所以屍體在清晨被發現……我以爲你知道，才這麼爽快地答應來陪我。」安子聳聳肩膀：「所以其實是因爲食物的吸引力？」

「我才沒那麼現實。」莉莉又把新聞讀了一遍：「資訊太少了，目前只有這些消息？沒有更詳盡的報導嗎？這邊寫『屍體遭受非人對待』，用詞好強烈……還有死者的身分呢？以及發生事情的地點？如果只是個無家可歸的人，或許我們也不用太意外。」

「就算是街友我也不希望這種事情發生在他們身上，尤其受害者是女性。我想資訊太少的原因有可能是警察還沒搞清楚是怎麼一回事，你曉得格列斯卡警察是什麼德行，不過這邊提到在校區外圍，我猜是足球場附近的廢墟，那邊經常聚集一些不良少年。」安子搖了搖頭，似乎想驅走無形的寒意：「女性在夜晚被殺害，無論如何讓我很不舒服，你能理解嗎？我不懂爲什麼女孩子走在路上需要擔驚受怕，是不是我們晚上都不能出門？爲什麼這麼多年過去，女性的處境一點改善也沒有？」

安子在大學期間加入女性主義學生會以後便一直都是這樣，莉莉很欣賞，儘管這次安子的話語中有太多的傷痛，令莉莉幾乎無言以對。不過如果談話可以讓安子好過一點，莉莉很樂意參與。

「唔，事實上不只是女性，過去幾年移民遭受暴力對待的比例也是節節攀升。」莉莉做出一個安撫的手勢：「我沒有企圖轉移焦點，只是你提到女性受害讓我想到，如果這個死者恰好是……和我們一樣的人，你覺得警方會怎麼處理？」

安子翻了個白眼：「可能不會太積極，密冬藩屬人算不上是個國家，如果是密冬人，他們就得認眞點了，但密冬人和密冬藩屬人在外表上有點難分。」

「從文字來看警方還沒有掌握死者的身分，可能表示她的遺物裡沒有可以證明身分的文件。」

「或許傷害她的人拿走了她的東西，就像連續殺人魔。」安子瞪著天花板說。

「你看太多電影了，你知道格列斯卡上次出現連續殺人魔是在差不多一百年前。」

「哇，好久。」安子嘆了口氣：「反正我眞的希望這種事情不要再發生了，如果明後天可以出現更詳細的報導就好，至少我們可以確定自己的類型是安全的。」

「我不敢相信你這樣說，你的自尊呢？我以爲你是一個鬥士，不會僅僅因爲自己的類型很安全就感到開心。」

「我的自尊？在街上撿大便。」安子不屑地說著粗話，她說最後一個單字時選的是不應該用在這裡的蓋力詞「shite」，引起一種不適當的詭異幽默，莉莉爲安子試圖模仿的格列斯卡口音發笑。而在安子繼續說什麼時，莉莉專心致志解決晚餐，當她吃完，抬頭看見安子不知何時沉默下來，正靜靜打量莉莉。

「怎麼了？」莉莉擦了擦嘴問。

「沒什麼，就是剛剛我們聊的……我知道你媽媽也是密冬藩屬人，但我從沒問過，你們家偏向遵循密冬藩屬國的傳統嗎？」

「完全沒有，因爲我父親是蓋力人，我媽聽我爸的。」莉莉知道安子想說什麼，她們友誼的開始就是兩個相似背景的孩子爲彼此互舔傷口，莉莉一開始是反抗的，徒勞地認爲至少自己只有母親是，但久而久之莉莉發現她的堅持沒有任何意義，她的外表已經注定了她將是永遠的外來者。

「好吧，我只是想問，你跟你父母談過未來的計畫嗎？譬如說畢業以後要做什麼？你還要繼續當麥克唐納教授的助教嗎？」安子突然顯得有些侷促不安，她在餐桌下挪動自己的膝蓋。「我爸媽不太支持我的夢想，我覺得是因爲他們太重視所謂密冬藩屬國的傳統，眞蠢，他們連自己國家的名字都沒有了，卻仍然想維持某種優良傳統，我懷疑那是否眞的存在。」

吧檯區傳來一陣音樂聲，安子從座位上站起來，收走莉莉的餐盤並讓她等一會：「那是我手機的鬧鐘，我可以下班了，等我一下，我要到廚房把電源切斷。」

莉莉趁機收拾自己放在桌面的物品，最後一次看了一眼她上色到一半的咖啡館畫作，她不知道什麼時候才能完成這幅畫，莉莉有很多作品都是半成品，也沒有給自己一定要完成的壓力。莉莉把畫收起來，戴上保暖的帽子和手套、圍巾，並穿上外套。

安子切掉總電源以後，整間咖啡館立即陷入黑暗，她匆匆從吧檯後方跑出，已經拿好她的包包並穿上外套，她和莉莉一起走出咖啡館。外頭很冷，莉莉等待安子鎖門，兩人在路燈的照耀下踏上回家的路。

自從她們畢業，而安子選擇留在大學城一段時間，她們不知爲何變得比過去更加親密，莉莉剛讀研究所時，一星期中至少有三天會在安子的咖啡館消磨時間，然後等安子下班，兩人可以一起去吃飯。只是從今年夏天開始，莉莉因爲麥克唐納的關係愈來愈忙碌，已經有好長一段時間沒去一平方咖啡館了，尤其麥克唐納只要裸體出現在學校中庭，這對她來說就是紅色緊急狀況。

莉莉看向走在身旁的安子，她的臉紅通通的，吁出白色氣息，想到安子不久前問自己的問題，莉莉有些爲安子難過，她知道眼前的女孩擁有什麼樣的夢想，爲此安子正在存錢，希望能到普利坦尼亞追夢。

「上次的試鏡有消息嗎?」莉莉問。

安子搖搖頭:「可能還是要去首都才有機會。」她做了個鬼臉:「沒關係,我打算再工作半年,應該就能存到錢去普利坦尼亞。」

她們之間陷入溫和的沉默,兩人臉上都掛著微笑,享受著彼此的陪伴,儘管天氣寒冷,她們的肩膀不時擦過,安子拉了拉莉莉的手。

「你最喜歡的莎士比亞戲劇是哪一齣?」安子問。

「反正絕對不是《馬克白》。」

「哈,你不喜歡《馬克白》的原因是大部分演出對馬克白夫人的詮釋很厭女。」安子朝天空揮舞拳頭:「好像一切都是她的錯!還有那三名預言女巫,她們也是罪大惡極,可憐的馬克白只是被蠱惑了。」

「我什麼都沒說。」莉莉笑答。

「不過要是有機會,我會想飾演馬克白夫人,我想知道她的思考方式。或者我可以用另一種方法改編《馬克白》,更加現代主義,我一直想把永劫回歸的概念放在舞台劇裡……」安子開始喃喃自語,當她思考跟戲劇有關的事情,她往往沉浸其中無法自拔,莉莉陪伴在側,替安子注意眼前的道路,並適時輕拉,以免好友一腳踩進水坑裡。

直到安子安靜下來,踢著地上骯髒的鹽粒,莉莉知道她在等自己說話。她想到自己還沒有回答安子稍早的問題。「話說回來,我的父母並沒有那麼傳統,他們基本上比較像是放任我做任何我想做的事情。」一會兒後,莉莉輕聲說。

「那很好,我爸媽期待我當個穩定的上班族,然後趕緊找個男人結婚。」

「不過有的時候,我會有一種很奇怪的感覺,好像他們很怕我,尤其是我的母親,我還住在家裡的時候幾乎每天都跟她碰面,但她從來不敢直視我的眼睛,也不敢碰觸我,當我父親回家時,他也很少跟我說話，卻有好幾次我會從鏡子的反射看見他在偷看我。」

「嗯，也許他們在監視你？我媽在我還小的時候，曾經在我房間裡安裝監視器。」

「眞是瘋了。」莉莉說。

「是啊，所以我一直在想密冬藩屬人到底應該是什麼樣子，你懂我的意思嗎？他們會提到以前的榮光，可是我們早就沒有國家了，我們也不是密冬人，我們現在也不住在密冬或密冬藩屬國，但我爸還是常常用那種老生常談的語氣講：『哦，我們的國家曾被稱爲朝陽升起的地方』。」

「我恐怕不能給你答案，我媽感覺並不怎麼喜歡自己的文化，我也沒聽她這麼說過。」莉莉想了想說：「到我們這一代，應該都會認同自己是蓋力人吧，不是天使中立國人，而是蓋力人。」

「但這是最可悲的，我們走出家門就被迫面對一整個社會的蓋力文化，回到家又得接受父母的密冬藩屬人傳統，我眞心認爲如果我再不離開，我會精神分裂。」安子突然定住了，眼中充滿深思，她轉頭問莉莉：「你還有多久畢業？你要跟我一起去普利坦尼亞嗎？」

莉莉愣住了，她沒有想到安子會問她這個問題。「你是說……」

「我們可以租一套公寓住在一起，你幫我分擔房租……哈哈，我是說我們能一起在大城市打拚，你那麼聰明，一定很快適應，我也盡快找一份工作餬口，到時候我們的生活跟現在不會有太大差別。莉莉，我眞的很享受你的陪伴，我喜歡我們常常像現在這樣散步，你是我最好的朋友，你願意跟我一起去嗎？」

莉莉開始用手指捲自己的髮尾，她臉紅了，支支吾吾地說：「我、我不確定，我的論文還沒寫完……」

「沒關係，你不用很快給我答案，反正我也還要幾個月才準備搬家，你想清楚再跟我說吧。」

當她們來到主要道路的交叉口，往右可以回到西北港都大學的學生宿舍，往左則大約一百公尺後就能看見安子承租套房的大樓。莉莉望著巷弄裡的陰影，暗想或許未來幾天都應該到咖啡館陪伴安子。莉莉倏地想起自己昨晚遭遇的跟蹤，她想跟安子說，但一想到安子今天已經由於新聞報導心情不佳，她不想再讓她更難受，於是莉莉僅僅向安子道別。

「我明天想跟麥克唐納碰面。」莉莉告訴她：「面談結束後我再去找你。」

「你明天也會陪我下班？多貼心啊。」安子朝莉莉眨眨眼，隨後敦促她路上小心，便在莉莉的目光下左轉離去。

莉莉也踏上回家的路，直到返回路燈照耀的人行道，才忽然意識到自己的恐懼，她用手梳理長髮，順勢將散落的髮絲塞進耳後。這次回宿舍她選擇走大路，但還是無法阻止她感覺不安全，直到看見宿舍大樓，莉莉快步走向散發光亮的宿舍大廳，她再次感到熟悉的毛骨悚然。

有人在跟蹤她。

莉莉知道這沒有道理，可能只是她的錯覺，畢竟昨晚可怕的腳步聲並沒有出現，但她還是快步跑向宿舍門口，隨後在大門前鼓起勇氣轉身。她剛走過的道路陰暗無比且寒風陣陣，除此之外什麼也沒有……不，有一團東西，不是人，而是一團像黑色垃圾袋的物體在路燈下方隨風飄動，然而它飄動的方式很奇特，始終在原地旋轉，彷彿無論風如何吹都無法令它移動哪怕一點點。

莉莉吃驚地揉了揉眼睛，忽然意識到那團東西並非垃圾袋，而是火焰，黑色的火焰，火焰包裹著某個東西，像是一個孩子……下一秒，它消失了，就像從來不曾出現過，莉莉眨了好幾次眼睛，再也不確定那到底是眞實或幻覺。

莉莉走進宿舍大樓，回到自己的房間，這次她沒有泡熱可可，而是直接拿威士忌對嘴喝了一大口。她把背包裡的物品拿出來一一整理，將咖啡館畫作擺放在桌子一角，提醒自己有機會可以繼續上色。然後她打開筆記型電腦，決心拋下行走暗夜的恐懼和錯覺，專心將剩餘的研究計畫寫完。

莉莉在凌晨兩點前完成研究計畫，並以最快的速度寄給麥克唐納，她伸展了一下身體，取出手機，發現安子傳了訊息問她是否安全到家，莉莉罵了句髒話，距離她回到宿舍已經過了四個鐘頭，她趕緊回覆安子一切都好。一會兒後，安子回了一個笑臉，以及一條訊息：「我一直在等你回我，混蛋。」莉莉打下幾個字：「抱歉，早點睡吧，明天見。」

「明天見。」

莉莉準備睡覺前收到了麥克唐納的回信，她絲毫不意外教授也是個夜貓子。麥克唐納同意明天中午和莉莉一起在格拉漢大樓的交誼廳吃午餐，順道討論她的研究計畫。

莉莉最終躺在床上時是如此疲憊至極，她沒有想起路燈下詭異的黑色火焰，也沒有想到安子告訴她的謀殺新聞，莉莉甚至認爲以她疲倦的程度來看，今晚將是無夢之夜。

她錯了。

動物的腥臊竄入鼻腔，莉莉在一陣惡臭中張開眼，看見自己瘦小的身軀以及被鐵鍊囚困的雙腿。莉莉頓時無法呼吸，她又回來了，但這次不僅僅是閃回，或者短暫的回憶，她眞的回來了，再次被困住，絕望不已，不知道會不會被拯救。

但這怎麼可能呢？上一秒她還在西北港都大學的學生宿舍，下一秒她就回到自己小時候被囚禁的倉庫？她仔細凝視自己的雙手、雙腿以及尚未發育的身體，連她的身體都是尚未成長前的身體，在現實中不可能發生，所以這是夢境……

莉莉從未作過這樣眞實的夢，她深呼吸，熟悉且久遠的灰塵氣味席捲而來，她開始打噴嚏，就像過去自己被困時只要一呼吸就會打噴嚏。莉莉閉上眼睛，再張開，周遭場景沒有任何改變。一陣鑽心的刺痛感從指尖流淌，莉莉低頭看去，是那隻小虎斑貓，牠惡狠狠地咬了她的手。

莉莉說著：「嘿，是你。」但虎斑貓閃躲莉莉的碰觸，彷彿充滿厭惡。

這不是她的小虎斑貓。

白癡。

莉莉聽見低微的聲音，稚嫩幼小，如同孩子。她低頭看，小虎斑貓正盯著自己。

婊子。小虎斑貓說。

「你不是……」莉莉結結巴巴地說：「你不是那隻貓，你到底……」

你忘了，你這個白癡！你怎麼可以忘記！

「忘記什麼？」莉莉愣愣地問。

忘記●●●●！●●！

「你說什麼？」

你這個白癡，婊子！婊子！婊子！●●！想起●●！

莉莉聽不清楚，小虎斑貓看上去不再像是記憶中幼小乾瘦的模樣了，牠看起來甚至不像貓，不像動物，不像活著的生命。小虎斑貓身上的體毛捲曲燃燒，形成黑色的火焰，火焰舔食著貓的身體，讓牠的皮膚熔化，直到肌肉和骨頭都燒成灰燼，佯裝成小虎斑貓的黑色火焰無法再讓自己困在如此小的身體裡，它在一瞬間暴漲了數倍，飄浮在莉莉眼前，散發純粹的惡意與憎恨。

不知怎地，莉莉覺得自己以前見過這幅畫面。

黑色火焰的中心有一雙陰狠的眼睛，緊盯著莉莉，那回聲般的聲音惡毒地怒吼：婊子，婊子，婊子——黑色火焰衝向莉莉，一雙細小的手勒住她的脖子，用力擠壓。不管這是什麼東西，它都要莉莉的命，莉莉只能拚命掙扎，她和黑色火焰糾纏在一起，翻滾不停，她聽見清脆的聲響，腳上的鐵鍊鬆開，她的背往後撞開倉庫的門，黑色火焰順勢將她推出去。

那一瞬間，莉莉看見黑色火焰中心的鬼魂，那是一個鬼魂，因爲他蒼白、悲慘、不像人類卻有著人類的臉，那是一名男孩，莉莉有好久沒有見過那張臉了，她認不出來，也不可能認出來……莉莉癱倒在陽光下，來自遠方的腳步聲愈來愈近，她聽見陌生人用古怪但令人懷念的語言交談，莉莉努力想聽清……

她的鬧鈴響起。

莉莉滾下床，直覺地想將被黑焰包裹的男孩從身上推開，但她身上什麼也沒有，只有纏繞在她脖子上的棉被。莉莉驚魂未定，那是夢嗎？也未免太眞實了。莉莉爬回床上拿手機，時間是早上十點十七分，在這一刻，莉莉覺得自己需要一些實在的東西，以支撐她此時搖搖欲墜的精神狀況。

她開始滑手機，看見母親回覆她聖誕節不回去的訊息，母親沒說什麼，只是讓她好好照顧自己。然後是安子，她傳了一個連結過來，莉莉點進去，網址連到臉書，莉莉本來沒有臉書，上了大學之後爲了方便跟同學聯絡，加上安子強烈要求，莉莉辦了一個帳號，但她自始至終討厭這類社群網站，她的臉書加了大學時的所有同學，以及碩士的幾名同學、助教，除非有工作或學術上的事情要聯絡，否則莉莉不用臉書。

安子給她的連結是某個大學同學轉貼的新聞，加上該同學故作悲傷的哀悼，莉莉覺得與其看別人轉貼的文章，她還不如自己去找原文讀，所以她搜尋了標題，找到那篇新聞。

一天之後，記者似乎取得更多被害女子的訊息：

暴徒潛藏西北港都大學，女店員遭殺害

格列斯卡警方於今日證實，昨日凌晨距離西北港都大學校區十分鐘路程的足球場後門，一名已婚禮品店女店員被發現死於暗巷，屍體遭毆打與性羞辱。由於女子全身赤裸，沒有任何私人物品遺留，警方起初無法確認死者身分。

女店員隔日未於上班時間出現，主管及同事認爲可能和死亡案件相關，報警後警方立即聯絡家屬進行指認。

目前警方尚未找到相關嫌疑人，西北港都大學校方表示將全力配合調查。

莉莉在手機螢幕裡打上：「顯然不是我們的類型。」隨後立刻刪除，她知道這太過分，太黑色幽默了，安子不會欣賞。不，別耍蠢了，這整個句子都是錯的，非常惡劣，莉莉提醒自己不要再用這種方式思考，安子當然不喜歡女性被殺這件事情帶有任何玩笑的成分，於是莉莉最後只簡單回覆安子一個哭臉。

想起和安子剛成爲朋友時，莉莉還不懂如何有性別意識地說話，安子對她發飆了好幾次，後來卻成爲莉莉珍貴的回憶，安子教她成爲女子，把過往社會文化對她的影響緩慢洗去，儘管她之所以成爲過去的模樣，也是爲了能夠生存。莉莉永遠記得安子曾對她說：「我不該對你發脾氣，很抱歉，只是你說話的方式讓我難過，我以爲在所有人當中，至少你能懂。」

現在莉莉確實可以理解了，因此她又打了一些文字，安慰顯然會因此事件傷心的安子。

直到時間接近中午，莉莉離開學生宿舍，在獵人動物學博物館二樓的交誼廳找到麥克唐納教授。他今天看起來很正常，除了他的耳朵上插著一朵巨型粉紅色玫瑰花。莉莉幫麥克唐納帶了三明治，老教授對著紙袋裡的煙燻鮭魚三明治噴氣。

「哪裡來的花？」莉莉問。

「我妻子給我的。」

莉莉挑起一邊的眉毛，麥克唐納多年前和妻子離婚，他們許久沒有聯絡了，莉莉不知道麥克唐納是在說謊，還是他複雜、半毀的大腦欺騙了他。莉莉不想深究。大約五分鐘後，他們開始吃東西，莉莉一面吃一面等待著，麥克唐納不喜歡嘴裡有食物時說話，他認爲不禮貌，所以莉莉最好盡快把午餐吃完，或者等麥克唐納解決他的那份三明治。

「你的研究計畫很詳細，不過我讀了以後仍不明白你想研究什麼。」最終，麥克唐納優雅地用餐巾紙擦擦嘴，緩緩進入主題：「你細數了伊哈灣的獨特之處，以至於能夠產生特殊物種，但這些內容已經有許多書提到，所以你想研究的主題到底是伊哈灣特有種？還是……」

莉莉放下吃到一半的三明治，低頭深思。她其實有一個想法，自從她開始尋找伊哈灣的資料，這個念頭就一直揮之不去，但她擔心麥克唐納的反應。

「我想以伊哈灣爲例，探討設置保留地對獸靈誕生的影響。」

「那很好，但這個題目六十年前就有許多人做過了，我想知道你是否有其他的想法。」麥克唐納很平靜，沒有因爲莉莉意圖研究獸靈而過度興奮，這是好跡象。

莉莉的手指抓緊了三明治的包裝紙：「我……我想你可能不會同意，這跟動物學本身沒有關係。過去學者認爲設置保留地能夠保證獸靈誕生，但他們沒有考慮到其他因素，設置保留地有可能削弱土地，改變人口分布和組成。伊哈灣是個有趣的案例，因爲設置保留地以後，反而讓伊哈灣不再是國家，一場戰爭甚至讓許多人死亡，如果我查到的資料沒錯，伊哈灣後來確實誕生了獸靈，大概在戰爭前幾年到戰爭發生之間，獸靈最終會危害到人類社會的福祉，因此在設置保留地之前，也應該要衡量相關風險。」

「唔，這個想法很好，但就像我說的，伊哈灣不是容易研究的題目，它有太多資料被封鎖，我很意外你居然可以查出伊哈灣獸靈誕生的時間點……可是還不夠，你漏掉很多歷史背景，你的研究方法也沒有描述詳細。」

「教授，」當莉莉和麥克唐納討論學術研究時，她自然而然回歸學生的身分，語氣中對老教授的尊敬也油然浮現：「我沒有詳細描寫研究方法是因爲……我在網路上查到伊哈灣目前屬於密冬領土，而且其他國家禁止進入，甚至也不能經過其海域。我知道很困難……但你曾說要眞正研究獸靈就必須向政府遞交申請，我在想有沒有可能由政府替我和密冬交涉，我想親自去看看，而不是坐在房間裡單單用文獻分析來完成論文。」

麥克唐納不著痕跡地環視整個交誼廳，放假以後這兒就不再有人潮聚集，此時交誼廳內只有他們兩人，但麥克唐納的目光仍然戒愼且不安。

「你想去伊哈灣？就像達爾文搭乘小獵犬號前往加拉巴哥群島？而且你還要政府替你跟密冬商量？然後再給你一筆研究經費？」

「研究經費沒想過，其他的話……是的。」莉莉的聲音變小，她忽然害怕自己是不是表現得太魯莽又太無知了。當然她最初說只想畢業是眞話，可是一旦眞正開始撰寫研究計畫，莉莉的求知欲和對未知的無窮好奇再次掌控一切，更別提打從聽見伊哈灣這個詞彙以後，莉莉便宛如著魔般深受這座東方小島吸引。

麥克唐納臉上一閃而逝某種古怪的笑容，介於憐憫和激賞之間，這讓莉莉不知該做何反應：「那是不可能的，你剛才也提到伊哈灣曾發生過的代理人戰爭，當時他們使用疾病操控，致使戰後伊哈灣保留地仍充滿了有害病菌，直到現在都不確定是否已完全清除。加上密冬對伊哈灣保護過度，沒有人能夠踏上伊哈灣的土地，哪怕是看一眼都不行。」

莉莉畏縮了一下，這兩天她很努力查找資料，但正如對方所言，她對伊哈灣的歷史仍了解太少。

麥克唐納索性繼續替莉莉說明：「伊哈灣之所以會變成現在這樣子，起因於十多年前的一場代理人戰爭，你目前能查到的資料會告訴你，伊哈灣地質特殊多樣，物種豐富，這在獸靈學上代表有潛力誕生強大的野生獸靈。但在最開始，約莫半世紀前，伊哈灣沒有獸靈，這項事實經過適當的煽動後引發伊哈灣人民暴動，密冬於是欣然插手，將伊哈灣一分爲二，劃分出保留地和都市區。誠然，保留地的設置在獸靈學上是一種可行的方法，只要讓一部分土地回歸自然、原始，獸靈就有可能出現，但與此同時，伊哈灣也再回不到過去，就像你說的，它被保留地的存在削弱。半世紀後，保留地人長期不滿都市區人代理密冬管理、壓制保留地，於是出現死傷慘重的伊哈灣保留地戰爭，直到現在，沒人記得伊哈灣原本的名字。」

「聽上去一切都跟獸靈有關。」莉莉回想起中學時期讀到的歷史，將近一世紀前，獸靈在世界各地被發現，從此人們要競爭與掠奪的事物又多了一項。

「沒錯，獸靈誕生之後，奧馬立克自由邦（Amalric Free State）的影響力就從過去的朝日國……也就是現在的密冬藩屬國，到達伊哈灣，跟密冬的力量兩度拉扯。但密冬擁有非常強大的特殊技術，奧馬立克權力被顛覆後，朝日也不敵密冬，最終成爲如今的密冬藩屬。整個世界動盪的局勢加劇中東國家的戰爭，一些國家因爲接收難民而衰弱，多個北陸國也回歸合併，形成斯堪蘭（Skåneland）。」

莉莉沒有預期要讓麥克唐納爲自己上歷史課，然而能藉機更了解伊哈灣將有助於她的研究計畫撰寫。她漫不經心地想起與安子的討論，忍不住好奇地問：「密冬併吞了朝日和伊哈灣，但爲什麼我們現在只稱朝日爲密冬藩屬？」

「你以爲伊哈灣就算是一個名字嗎？Ilha Island的Ilha也是『島』的意思，一座島的島，沒有任何意義。至於朝日，可以看成是一種羞辱，以前的朝日擁有古文明，也和他國有經商往來，直到被密冬併吞，密冬始終認爲朝日是對其文化的拷貝，密冬輕視這個國家，最好的方式自然是使它成爲附庸。」麥克唐納說完細細凝視莉莉：「你對密冬藩屬國很感興趣。」

「是的，因爲我母親是密冬藩屬人，我想，也就是過去的朝日人吧。」在重新複習了一遍近代史以後，莉莉突然覺得密冬藩屬國這個用詞充滿了密冬霸權，但朝日已是不存在的國家，繼續稱呼它過去的名字只是更顯悲哀。

「你長得不像密冬藩屬人。」麥克唐納說：「你像密冬人。」

莉莉不會在麥克唐納犯錯時和他計較，也不會因爲他不適當的一句話跑去檢舉他種族歧視，但蓋力人總是很難分辨亞洲人的外貌。莉莉搖搖頭，不置可否。

她以另一個疑問轉移話題：「密冬爲何如此強大？」

「因爲他們的模仿師強大。」麥克唐納簡單回答。

莉莉聽過模仿師，模仿師存在於天使中立國所有異常刻板印象的小說裡。以懸疑小說爲例，倘若故事劇情無法交代凶手，那就讓一名神祕的密冬模仿師作爲凶手，因爲他們擁有神奇、邪惡的力量，甚至可以藉由一根骨頭憑空造出怪物，莉莉曾和安子分享這種東方主義式的作品，安子批評就像以機械神降臨結束舞台劇一樣無聊。

實際上由於密冬對他們的官方模仿師極其保護，很少有人眞正了解模仿師的力量。只有各式各樣關於模仿師的傳聞在全世界流傳，包含密冬政府每年會挑選數十萬名有天分的幼童，經過殘酷的訓練與篩選後，每階段淘汰大量候選者，到最後只會有極少數人成爲官方模仿師。

經國家認證的模仿師除了能夠和政府挑選的優秀獸靈結合，還能取得崇高地位，是密冬僅次於最高領導人的身分。不過除了官方模仿師，密冬民間也培養不少厲害的模仿師，據說私人訓練的過程更慘無人道，因此天使中立國與奧馬立克自由邦聲稱他們無法讓自己變得像密冬那麼強，是因爲他們更重視人權。

「教授，模仿師到底是什麼？他們擁有什麼樣的力量？」

麥克唐納這時抬起頭，再次查看了整個交誼廳，當他回答時，聲音變得更小：「他們掌控了一種可怕且古老的能力，叫做……」

最後的詞彙在麥克唐納沙啞的語調裡愈發微弱，幾乎難以被聽清，很快便消散於空氣。

「模……法？」莉莉很確定那個詞彙是密冬語。

「不，模——仿，以我們的語言翻譯是mimesis，但就算是翻譯的詞彙也不夠精確，模仿這種能力很複雜，需要長時間的努力和超乎常人的天分才能掌握。」

莉莉歪頭思考，這很有意思，因爲mimesis出自柏拉圖的《理想國》，在這本書裡的討論提到，藝術是對眞實事物的模仿，僅僅是模仿，所以從事詩歌和戲劇的人不應該進入理想國。想到這邊，莉莉明白了mimesis這個翻譯，意味著依據眞實事物採取相似行爲，而在生態學上有另一個相似的詞彙，叫做擬態，

mimicry，莉莉認爲或許「擬態」更貼近模仿師的能力也說不定，不過理所當然，她都只是猜測，莉莉並不比一般人更了解密冬模仿師。

「模仿的能力跟獸靈有關嗎？」

「獸靈具有不可思議的能力，所以模仿師會向他的獸靈求取特殊能力沒錯，但模仿本身和獸靈無關。這種力量被稱爲模仿，可能是因爲最開始模仿師藉由模仿獸靈的外觀，創造出一種帶有獸靈力量的圖騰，獸靈力量的可複製性，讓他們用如此簡單的方式稱呼這種行使力量的技巧。不過比起獸靈，眞正的模仿師主要從內在精神來操控模仿之力，傳說密冬曾有一名模仿師，僅僅用一個手勢就模仿了大雨，爲乾旱帶來滋潤。模仿……這種力量，其實充斥著我們的世界，繪畫是用畫筆和顏料在紙上模仿眞實事物、舞蹈用肢體動作、小說用文字、音樂用聲音，而模仿師用的是心靈，我們這些平凡人無從想像的強大心靈，以至於他們只需最少的畫筆、手勢和吟唱，可能還有一點現實媒介，就能模仿巨大的事物，讓原本不存在的東西存在，這便是模仿師擁有的基本能力。」

麥克唐納過去不曾對莉莉說過這些，如今聽來，莉莉覺得自己在書店裡見到的刻板印象小說都還沒能描述出眞正模仿師的萬分之一，可是倘若模仿師眞有那麼強大，爲何密冬如此低調、神祕且諱莫如深？

還有，麥克唐納又是如何得知這些呢？莉莉正想開口問，麥克唐納卻揮了揮手阻止她：「回到你的論文，由於密冬對伊哈灣的管制，你不太可能前往伊哈灣，我認爲你也沒有必要眞的踏上伊哈灣土地，如果要討論保留地設置對國家造成的損害，你可以從歷史和族群的角度去分析。」

莉莉很了解麥克唐納，知道此刻自己就算問出更多問題，老教授也不會回答，於是她乖乖拿出素描本，開始寫筆記，並問：「伊哈灣的族群有什麼特別的嗎？」

「伊哈灣保留地的人口主要由各原住民部落組成，當時保留地戰爭開始，也是由這些原住民主導開戰，據說伊哈灣最早出現的幾隻獸靈都是由伊哈灣原住民完成結合，你若從保留地戰爭切入，就必須從了解這些原住民開始，很幸運的是，伊哈灣原住民的資料比伊哈灣歷史、獸靈還要好找很多。墩艾丁解剖學博物館甚至收藏了國內僅有四具的伊哈灣原住民骨骸，你有機會應該到那兒看一看。」麥克唐納說完站起身，示意莉莉跟他一同前往他的辦公室。「我那邊有一本書可以讓你參考，裡面提到伊哈灣原住民的神話傳說與信仰，說起來他們的信仰很獨特，伊哈灣原住民相信人死後會分為善靈跟惡靈，於是有一段文字描述當保留地戰爭結束，整個保留地被黑色的火焰所占據……」

莉莉聞言猛然僵住，甚至沒發現自己已停下腳步。麥克唐納疑惑地轉頭，莉莉想起噩夢中被黑色火焰包裹的男孩，渾身顫抖。

「教授，你剛才是說黑色的火焰嗎？」

「喔是的，根據記載，伊哈灣原住民信仰中善靈身上環繞著白色的光輝，而惡靈身上燃燒著黑色的火焰。伊哈灣原住民認為人如果橫死或不在家裡死去，就會成為惡靈。當時的戰爭末尾，少數倖存的原住民向海上逃亡，絕大多數去了東南亞，他們融入當地族群，小心翼翼隱藏身分，最終以口述故事的方式留下紀錄，這些口述故事被當地學者採集起來，彙集成冊，恐怕連密冬政府也無法預料得到。」

麥克唐納後來說了些什麼，莉莉完全沒有印象，她只是機械式地接過麥克唐納遞給她的破舊書籍，機械式地道謝並道別，莉莉還模糊地聽見自己對麥克唐納保證會在這幾天完成研究計畫的修改。莉莉內心有一部分深陷於有黑色火焰的噩夢，甚至無暇珍惜今天麥克唐納的莫名正常，不過當老教授對她絮絮叨叨著其他伊哈灣歷史時，他耳朵上方的粉紅色玫瑰跟隨主人語調的抑揚頓挫上下抖動，似乎也很難證明他今天有多麼「正常」。

離開麥克唐納的辦公室，莉莉在空無一人的交誼廳裡坐下，許久，她終於想起來要打電話給安子。通訊軟體響了幾次以後安子的聲音傳來：「莉莉，你跟麥克唐納談好了？」

「談好了，我等等過去咖啡館找你。」

電話另一頭的安子頓了頓：「你不用來了，我今天沒上班。」

「爲什麼？」

「我媽在抓狂，因爲新聞的關係，她要我趕緊回家，雖然我說我的工作到平安夜前一天，她反正不會理我，所以我等等就要去搭火車了。」

「要我跟你一起去嗎？」

「沒關係，現在天還很亮，而且火車站人很多，我想在跨年前回來，我們可以一起參加跨年活動。」

「你應該待久一點，這段時間凶手可能會被抓起來。」莉莉用手指捲起長髮，從交誼廳的窗戶往外看去，天空一片陰霾，彷彿暗示著不欲人知的危險就潛藏在外頭。

「莉莉，你還好嗎？你的聲音聽起來不對勁。」

「我……」莉莉只遲疑了一瞬間，便決定坦誠相告：「我作了噩夢，昨晚沒睡好。」

「噩夢？跟什麼有關？」

莉莉不想提起黑色的火焰，總覺得那十分不祥，噩夢中那東西除了要她記起某件事或某個人以外，只是不斷用令莉莉膽寒的話辱罵她，那個詞彙對她造成如此深的傷害，是她始料未及。

「有個……人，不斷罵我婊子。」

「噢天啊！莉莉！」安子擔憂的聲音傳來，極盡所能地試圖安慰莉莉：「你不應該被這樣對待，那是一個夢，不要放在心上！」

「我跟你說過我以前遭遇到的事情……我不知道這個夢是不是因爲那件事，但我記憶中，那個倉庫裡……我沒有被這樣罵過。」

「你要我過去陪你嗎？」安子輕柔地問。

「不用，沒關係，你趕著要回家，天也快黑了，我希望你一切平安。」莉莉努力讓自己的語調明亮一些：「替我多吃一點東西，要過得開心。」

「莉莉，你就是你，無論別人怎麼說，你在我眼中都不會改變。」安子突然做出這番告白，令莉莉眼眶一熱，她哈哈笑了幾聲，轉而聊起她們跨年時可以一起參加的活動，安子總是很容易接受暗示，所以她們順利地展開更愉快的話題，整段對話在溫馨的氣氛下結束。和安子說完話，莉莉感覺好一些了，那畢竟只是一個夢，黑色火焰也只是巧合罷了，事實上莉莉仔細回想以後，根本不覺得那是黑色的火焰，因爲世界上不存在沒有絲毫熱量與光熱的火焰。

莉莉回到宿舍，卸妝、吃了些簡單的食物，然後早早上床睡覺，她有些排斥翻開麥克唐納借她的書，因此只是把書扔在桌上某個角落。莉莉沉浸在安子對她說的那番話裡，感到溫暖、歡悅，如果懷抱這樣的心情入睡都能再作噩夢，莉莉會對整個世界眞正失望透頂。

從那日和麥克唐納的會談之後，莉莉持續多日振筆疾書修改研究計畫，但她並未如麥克唐納建議的那樣朝伊哈灣原住民的方向進行修改，她甚至也完全沒有翻閱那本提到伊哈灣原住民的書。莉莉試圖從伊哈灣特殊的島嶼生態進行分析，連原本打算研究的主題都放棄，莉莉渴望找到一個還沒有人研究過的伊哈灣主題。爲此，莉莉沉浸於書寫，就連聖誕節前一天也沒有休息，她寫了整日，當回過神來，已是深夜，她發現窗外很亮，原來稍早時下雪了，雪積了厚厚一層，反射著月光，散發螢螢光芒。

莉莉上臉書閒晃，休息一下，她看見安子在臉書上傳的全家聚餐照片，照片中安子瞪大了眼，像不敢相信桌上有堆積如山的蕎麥麵和炸天婦羅。或許安子不如自己所說的那麼討厭她的家庭。莉莉對著照片微笑，私訊安子問她何時回來，安子沒立刻回覆，莉莉不介意，她希望安子有機會就多陪陪父母。

莉莉關上電腦，喝了杯熱可可後爬上床睡覺，窗外積雪反射的銀光予她安慰，陷入平靜無夢的睡眠。平靜度過一週之後，在舒服悠閒的早晨，莉莉被劇烈的敲門聲吵醒，她極少在宿舍見到的舍監特別來通知每個留在宿舍裡的人：西北港都大學出現第二具女性遺體。

「是誰死了？」莉莉急切地問，因此顯得有些失禮。舍監沒有責怪莉莉，她看起來心不在焉：「只是住在附近的一名普通婦女，至少我聽到的是這樣。現在學校希望你們沒事盡量不要出門，謝天謝地，我們學校的學生還沒遭殃！」

「警方有在調查嗎？」

「哦，有的，已經盤問好幾組人，他們還打算組織便衣藏身於街上巡邏。」

莉莉嗤笑：「那才沒用。」

「反正小心一點，親愛的。」舍監翻動手中一大疊注意事項，準備分發給其他留在宿舍的學生。

莉莉回到房間裡，立刻打電話給安子，對方一接起電話，莉莉就說：「這邊又有人死掉，你先不要回來了。」安子似乎愣了一下，隨即大喊：「不行！我不能再忍受我媽！還有我爸！」

安子的聲音很低落：「我昨晚跟他們吵架，我告訴他們我的計畫……他們不准我去普利坦尼亞。」

莉莉嘆了口氣：「安子……」

「反正我要跟你一起跨年，我不會食言的！我等等就出發！」

「好吧，但現在這種狀況，我一點也不想參加跨年活動……我去你的公寓找你，我們可以一起看跨年直播，再叫披薩。」

「好主意，我會搭巴士回去，五點在我家碰面？」

「你快到的時候跟我說，我去接你。」

莉莉看向窗外，天還很亮，安子的火車會在白日抵達。她打算去公車站牌等安子，格列斯卡的公車愈晚愈會遇上怪人。

莉莉在時間差不多時離開宿舍，前往距離安子公寓最近的公車站牌，安子回來會搭哪一班公車，莉莉很清楚，不過天寒地凍，莉莉先到附近一間書店打發時間，大約快四點，外頭已一片陰暗，莉莉看見手機螢幕亮起，是安子打來的。莉莉接起電話，正要問安子人在哪裡，卻聽見來自彼端一陣男人的微弱喘息，那聲音黑暗、黏稠，夾雜令人反胃的痛苦呻吟。當莉莉顫抖著張開嘴想說些什麼，電話被掛斷了。

第十章

那些人將泰邦雙手雙腳銬上鐐銬，接著把他扔進一處密室。

黑色頭套依然覆蓋著泰邦的頭部，以至於他什麼也看不見，但過了一會兒，密室中的氣味構築出黑暗裡的圖像：這間屋子十分狹窄，沉重且結實的石塊組成屋子本身，使逃脫幾乎不可能。屋內有其他人存在，屎尿惡臭、汗水與血液乾涸的氣味讓泰邦欲嘔，除此之外還有一股似曾相識的氣息，梅花、茶香與石墨……當泰邦將氣味和記憶連繫在一起，他想奪門而逃。

「你。」那哮喘般的聲音帶著笑意從角落傳來，咬字發音不全，讓人難以聽清，與此同時，又帶來讓泰邦毛骨悚然的強烈恐慌。泰邦意識到，那正是他截至目前為止的人生中最感到恐懼的存在。

「你也會淪落至此，眞是令我訝異。」

泰邦勉強挪動肩膀，讓黑色頭套被擠開一些，現在他終於隱約可以看見：那男人肥胖衰敗，缺乏毛髮的身軀如巨型嬰兒般蒼白，一雙詭異的藍色眼睛穿透黑暗指向泰邦，而他的下半邊臉部無法做出任何情緒表達，因為從他的鼻吻到下巴只是一個塌陷、醜陋的缺口，他沒有正常的人類五官，臉上巨大的缺口不斷流出唾液，參差不全的牙齒間有粉紅色的舌頭反覆舔舐，興許由於痛苦之故，男人一面艱難地說話，一面發出疼痛的喘息。

「他們竟會這樣對你，你可是被獸靈挑選的人……」男人的語氣充滿欣喜，不知怎地卻讓泰邦冷靜下來。泰邦默不作聲，讓過往經歷過的痛苦和恐懼沉回黑暗之中。

「不需要害怕我，如今我們既然都在此地，也算得上同病相憐，雖然你是一名野蠻地人，但我也能允許你直稱我名。」男人道：「我的名字是王璟。」

泰邦小心翼翼將面孔轉向王璟，警覺地盯著他，彷彿深怕接下來他會做出傷人舉止。

「你怎麼知道我被伊古挑選了？」泰邦僵硬地問。

「我和野蠻地的女王有協議，她對我坦白，我就勉爲其難提供幫助。也不可能瞞住我，我見過獸靈是什麼樣子，當我看見她的鳥，我就曉得了，而在一片土地上，獸靈絕不可能只有一隻，她肯定在隱藏、保護什麼……後來我知道是你。」王璟伸出一根粗短手指，輕輕搖晃：「不過這不重要，既然你和我關押在一處，這是一次機會，我有問題想問你。」

「我不見得會回答。」

「如果我說這個問題和你的弟弟有關呢？」王璟悠然自得的語調使泰邦憤怒，他挪動身體讓自己勉強坐起。

「璐安走了，」泰邦強迫自己惡狠狠地說：「我不知道你爲什麼這麼執著於他，但我不會和你談！你這輩子也休想再見到他！」

「我對那小鬼沒興趣，我只想問你一些事情……」王璟平靜地道：「關於你童年的事情。」

剎那間，鏡子反射光線的刺眼亮白奪去了泰邦的視覺，他彷彿再次看見母親手中的圓鏡墜飾，以及聽見她懇求的聲音。

「我眞的很抱歉，我保證，我會讓你慢慢想起來，可是你也答應我……好好照顧璐安，好嗎？」

「是我欠你的，我欠你那麼多，如果可以，我會想辦法償還。」

「我……對不起，但還不是時候，你必須忘掉今天的……」

她從圓鏡墜飾的另一頭對著他眨眼，然後……泰邦什麼也不記得了。

泰邦很猶豫，他確實害怕、憎恨眼前的男人，可他也對男人沒說出口的事情感到好奇，最終他眼神防備地道：「你問吧。」

「你對你母親的第一個記憶是什麼？」

泰邦讓這個問題像魚鉤一樣滑入內心，勾動過往回憶，他想自己只是要利用面前的男人，取得答案，但不見得要誠實回答。

泰邦想，很簡單，他和母親的第一個回憶，是在樹林裡。

當時他六歲吧，母親白皙的足部踩過樹林裡濕潤的苔蘚，周遭有螢火蟲飛舞、貓頭鷹啼叫……

一個念頭閃現：母親受傷了，她爲什麼受傷？而且不是小擦傷那麼簡單，母親籠罩於身的長布袍下半截全是鮮血。泰邦皺起眉頭，他記得母親懷抱剛出生的璐安，在樹林中行走，看起來無助且惶恐。他要去叫父親來……但是爲什麼？哦，因爲有人想要攻擊他們，那個人躺倒在樹下陰影，伸出兩條黝黑健壯的小腿，母親不知用了什麼方法制伏那人。

泰邦想跑開，去找父親，但母親噓聲制止他，她顫抖地從懷中取出熟悉的圓鏡墜飾，透過鏡子朝泰邦看去，嘴裡依稀呢喃著些什麼。

「對不起，原諒我……」

泰邦聽見杜鵑鳥的叫聲，父親曾說，這種鳥從不築巢，反而會把蛋產在其他鳥的巢裡，讓其他鳥替自己撫養後代。泰邦已經很久沒有回想起這段往事了，如今仔細回憶，他腦海中的畫面布滿疑點。

爲什麼母親受了這麼重的傷，仍在外遊蕩？

爲什麼母親不讓他去找父親？

那名倒在樹林中的人是誰？母親又爲什麼要道歉呢？然而疑問隨著泰邦愈是沉入記憶逐漸溶解，他不需要思考這些，那時他還小，記憶怎麼會完全正確？也許他記錯了也不一定，有個聲音在泰邦心裡輕聲勸哄，同時也有另一個聲音尖利地反抗，要泰邦重溯一次回憶，他的記憶被修改過，就像那段母親離開保留地前與自己的對話。

但究竟哪一種回憶才是眞實？泰邦無法區別，事情不太對勁。

隨即有另一段回憶席捲上來，泰邦記得母親放下圓鏡墜飾後，體力不支跪倒地面，她懷中的嬰孩因騷動而哭泣，母親將嬰兒抱給泰邦看：「你看，他是璐安。」泰邦看了，從此，他不能再忘記那張甜蜜的小臉，那樣脆弱的小手、輕踢的小腳，世界上最美麗的孩子，白皙、柔軟。泰邦伸出一根手指讓璐安握住，那雙眼睛漆黑如夜色，泛著唾液泡沫的嘴唇帶笑，彷彿也很高興看見泰邦。

「從此以後，他就是你的弟弟了。」泰邦聽見母親說。

泰邦迷醉地重複：「**從此以後，你就是我的弟弟了。**」

但這如此奇怪，泰邦過去不曾聽聞，他不記得璐安早在爲自己取名爲璐安前，就已有了這個名字。

泰邦張開眼睛，王璟正深深地凝視自己，他的目光深不可測，充滿沉思。

「看上去，你確實遭受過金家聖物——喙鏡的影響，但不太可能是眞正的聖物，應該是複製品……這暫且不提，還有更重要的問題要問你……我第一次見到你的時候就在思考一件事情……那個孩子，他不是你的弟弟吧？至少我相信你們完全沒有血緣關係。」

泰邦來不及反應，王璟的話語已傳入腦中，他的視線突然扭曲、變暗：「你說什麼？」

「不要告訴我你沒有懷疑過。」王璟陰沉地笑了：「你們長得一點都不像，你弟弟那張臉連遺跡人都稱不上，那是一張精緻的臉，他的臉和金家家主金雞神女幾乎一模一樣。」

王璟留給泰邦一些時間消化，自己則頹坐地上的一堆破布中嗆咳起來，他隨手拿起一條棉布，奮力擦拭因長時間說話而不斷流淌的唾液，他看上去很痛苦，但也極其興奮，對於自己一直以來懷疑的事情有了眉目，感到喜不自勝。

「某年發生過這樣的事，」王璟繼續說：「有個金家裡身分特殊的女子懷了不應該留下的孩子，她逃走了，從此沒有人見過她，金家瘋了似尋找這女子的下落，因她不只帶走金家珍貴的血脈，還帶走了一件少有的寶物：金家聖物的複製品。直到『那個女人』上台，她下令停止尋找這名女子，以免她自己幹的骯髒事曝光……當我發現你身上殘留聖物的影響，又見到你手中拿著那樣東西時，我就確定了，那名女子一定是逃到了保留地，利用聖物複製品竄改野蠻人的記憶和心，他們就會接受她，並且誤以為她在他們之中已經很久了。」

泰邦愣愣地看著王璟，再看著自己的手，回想起拿在手裡的懷念感。

「……是那面鏡子嗎？」

「是的，那一面小小的圓形鏡子，你在我的議事廳聲稱那是屬於你母親的東西。」王璟扔開布條，舌頭舔過牙齒：「金家的聖物是五大家族中最為強大的，只能由具有金家血統的人操控，可以影響他人的心智，甚至改變記憶，即便是複製品，也可以改變五大家族以外的人的心智。」

泰邦閉上眼睛，張開的掌心裡彷彿仍躺著冰涼的圓鏡墜飾，內心燃燒著安靜的溫度，一想到這樣東西如何改變他與璐安的人生、生活的部落，還有父親、阿巴刻，影響如此深遠，就打從內心畏懼又憤怒。他咬住臉頰內側：「每個金家人都會有這樣的東西？」

「頭腦單純的部落人。製造這東西可沒這麼簡單，金家只有三件複製品，其中一件已被阿蘭徹底毀壞了。」王璟徹底來了興致，他沒隱瞞的意思，反而很高興終於有人能和自己討論理當是機密的金家隱私。他前傾上半身，撫弄手指，對泰邦飛快講述，白沫從他臉部的破洞中噴散：「聖物是五大家族特有的權力象徵，自從密冬本國將五隻獸靈送給這五個家族，密冬同時派遣一名力量卓絕的模仿師前來協助五大家族鞏固權力，這名模仿師為五大家族繪製五個獸靈圖騰，那是依據他們各自獸靈的形體模仿出的圖騰，將這種特殊圖騰刻印在物品上，物品就會取得獸靈的特殊能力，因此，五件聖物的能力都不相同。」

王璟口中的模仿師聽起來非常強大，然而繪製圖騰的技術也讓泰邦聯想到紅色人臉圖案。

「不過，我本以爲你的反應應該更劇烈一點，看上去你早就自己弄明白了。」王璟的聲音浮現無趣：「然而你仍決定將他當作弟弟照顧。」

泰邦無聲地點點頭。他們和阿巴刻一同前往遺跡聚落時的種種經歷，讓泰邦意識到璐安不尋常的身世，實際上每一次王璟展現出對璐安的興趣，都更加深泰邦的懷疑。然後是那段被修改過的記憶，讓泰邦意識到，他的母親並不是眞正的母親。

只是泰邦太愛璐安了，不論過去發生什麼，不論璐安的母親如何也成爲他自己的母親，他的記憶如何被這名假母親修改，他都盡力不去在乎。泰邦僅僅考慮過唯一一件事，就是假如他記憶中的母親生下了璐安，並從此成爲他們兄弟倆的母親，那他**原本的母親**呢？

「聖物複製品必須持續使用，才能維持記憶修改的效力。」泰邦聽見王璟喃喃地說：「你的記憶很快會恢復正常，過去野蠻地中曾被聖物複製品影響過的人，終會取回眞正的記憶。」

泰邦搖搖頭，甩開記憶出錯的痛苦與困惑，試圖如過去一般讓心中只留下對璐安的愛。但他愈努力專注在對弟弟的感情裡，某種恐慌便愈鮮明——如果就連這份愛，也是聖物影響的結果，那他該怎麼辦？

如果記憶恢復意味著失去對璐安的愛，那麼他可不可以不要恢復記憶？

泰邦閉上眼睛，試圖忽視仍在喃喃自語著的王璟，卻幾乎無法辦到。當時間一分一秒過去，王璟逐漸安靜下來，發出輕微的鼾聲，泰邦翻了個身，仰躺在地，凝視面前的黑暗。

泰邦想：**我必須去找璐安**。

就算他要一個人再次跨越邊界，他也必須前往。

泰邦仔細查看手腳上的鐐銬，材質爲金屬，具有鎖孔，除非有鑰匙否則無法打開。泰邦試著將被銬住的雙手穿過雙腿，讓雙腳可以穩穩踩在手銬上，接著他深呼吸幾次，雙腳用力往外踢。很痛。泰邦冷汗涔涔，卻仍控制著不發出一點聲音，他一次又一次使勁踢蹬，直到他將雙手的手銬硬生生從腕部踢下來，他的手已是血淋淋的，皮膚被手銬尖銳的邊緣割下一大片。泰邦沒有給自己休息的時間，他打量足部的腳鐐，直接嵌住腳腕的金屬部分無法破壞，但連接於中央的鐵鍊相較之下比較細，或許可以用重物敲斷。

泰邦四下環顧，這間密室沒有任何可以使用的工具，泰邦望向室內唯一的光源：一扇小小的鐵窗。

他可以想辦法破壞鐵窗，將身體擠出去，但出去之後呢？直到現在，泰邦對自己究竟身處何處仍沒有任何概念。

就在這時，泰邦聽見了一個彷彿來自遙遠地方的聲音。

閉上眼睛，想像我的模樣。

聲音喚起泰邦不久前與伊古結合的記憶，他沒有猶豫，立即閉上眼。泰邦很容易就能想像雲豹的形體，過去他在幻境中曾無數次見到伊古的模樣，儘管在此之前他不曾見過眞正的雲豹，現在只需稍微集中注意力，雲狀斑紋便清晰浮現，隨後延伸出伊古的身體、毛茸茸的尾巴和四肢，最後是牠寬闊的頭顱，一雙黃綠色的眼睛沉著地看著泰邦。

泰邦回過神，發現再次置身於雲霧繚繞的山頂，他的伊古蹲踞在地，擺動尾巴，看起來有些無聊。

他再次來到聖山上。這是我築的巢穴，不是你的山。伊古彷彿能夠聽見泰邦的心聲，同樣的，伊古的意念也能直接傳達到泰邦腦海。

在那一瞬間，泰邦透過伊古了解這山頂的意義：和伊古結合便能和牠共享巢穴，這個巢穴實際上並不存在。很不可思議，但因爲泰邦正身處其中，他更想以全新的眼光觀察這個空間。

泰邦在雲霧中喚伊古，但伊古沒靠近他，而是起身往雲霧更深處走。牠的行動暗示了泰邦不久前的夢：在異國暗夜中倉皇奔跑的女子，還有那些不可思議的建築，伊古似乎又想領泰邦前往那個幻境。

「等等！」泰邦意識到自己發出聲音，卻不是眞的說出口，而是在他的腦海裡發送意念：「幫幫我，讓我離開這裡！」

伊古的眼神裡有些什麼，讓泰邦覺得自己是個白癡，好像他的要求非常愚蠢。

爲什麼要離開？有什麼重要？你只在乎你的心，不是嗎？

「我不懂你的意思，我現在需要離開這裡，我被困住了，我要去找璐安……」泰邦結結巴巴地說。

困住？困住是錯，是不好，你要去找你的心，可以，我幫你。伊古的聲音變得更清晰，聽起來就像泰邦自己，同時也令人困惑地，像璐安：跟我一起，我給你力量。

泰邦不解伊古的意思，直到一種古怪的感覺透過伊古的聲音進入內在，讓泰邦的身體一陣溫暖。現在睜開眼睛，同時留在這裡。伊古說。

泰邦依言睜開眼睛，他看見密室天花板上的裂痕，同時他仍有一半的神識留在雲霧繚繞的山頂，彷彿半夢半醒，泰邦試圖讓畫面持續。

很好，現在，去。

泰邦狠狠扯斷連接腳鐐的鐵鍊，他緩緩爬過地面，爬向洩漏月光的鐵窗，以雙腿支撐起自己的體重，保持平衡，接著泰邦雙手握住鐵窗上的金屬，一隻腳壓在牆面，雙手使盡全力，鐵窗便被整個取了下來，泰邦將金屬物小心放在地上，雙手攀住方形的洞口，把身體推出窗口。

泰邦落在地上，因密室之外的月光如此明亮感到刺眼，他發現自己仍然保持著和伊古的連繫，甚至有那麼一瞬間，他眼中的畫面變成從樹上往下看，他能在那一剎那感覺到自身尾巴的甩動和樹林中涼爽的空氣，他正透過伊古的視角在看。

當泰邦收回心神，他感到不可思議，這麼簡單、這麼明顯，他先前卻從來沒有意識到。像是一條發光的絲線纏繞在他胸口，隨著心跳與脈搏微微扭動，他只要將注意力放在絲線上，跟著絲線往前走，就能找到他的伊古，倘若他將意念更用力地推，他就可以進入伊古之中，和伊古分享五感。

這種感覺太過奇怪，也太暴露了，讓泰邦發起抖來，他懷疑自己是不是快死了，或者生病了？那條發光的絲線也十分古怪，泰邦實際上看不見絲線，但絲線卻能在他腦海裡形成具體形象，泰邦愣了好一會才發現，那是一種氣味，他用自己的鼻子在看。

太多了。泰邦突然陷入恐慌。他的鼻子以前就很靈敏，但當他現在真的去聞，尤其是透過伊古展開嗅聞，他幾乎可以聞到一切。

呼吸，然後離開！快走！

泰邦重新看見頭頂的明月，他這才意識到自己過去幾分鐘裡竟完全忘了呼吸，現在他急切地吸入空氣，喘息不已。

泰邦呻吟著，眼淚湧出，這種感覺是如此怪異，卻又如此私密，他無法跟任何人分享自己感受到的東西，他也知道自己永遠沒辦法讓別人理解，這種與自己以外的生命體的連繫，緊密且強烈，就像他自己，但又不是自己……泰邦在一生中只對另一個人有相似的感覺，那就是璐安。想到璐安，泰邦再次感到心痛，這次疼痛卻減輕很多，伊古透過他們之間的連繫輕輕舔舐泰邦的心，讓他感到安慰與顫慄。

走，過來，和我一起！

伊古的呼喚讓泰邦跌跌撞撞地奔跑起來，眼前是一片陰暗的樹林，他的心因激動而狂跳，他跑在近乎全黑的樹木間，沒有一絲光線，他卻能看得清楚，他知道，這是伊古帶給他的力量之一。泰邦讓自己沉入思緒，感受胸口盤據的發光線團，線團夾雜著一股複雜的野獸氣味，那是伊古的氣味，宛如枯葉、山胡椒、牛樟、樟樹、蜂蜜與露水，每一種東西都是一個點，點連成線，泰邦順著線，一點一點接近伊古的藏身處。終來到一片散發獨特香氣的樟樹林，泰邦意識到伊古喜歡這兒的陰暗和隱密，這讓泰邦想起自己剛從遺跡聚落回到克羅羅莫時，他曾爲了找回在野地裡的感覺隻身走入山林，他在那兒二度看見紅色人臉的圖騰，幾乎要被其影響之時，伊古介入並彈開圖騰對他的占據，然後牠讓他發熱、四肢無力、痛苦不已。

泰邦記得那發生在不久以前，他曾那麼恐懼、那麼迷惘，以爲自己得了瘋病，而伊古要吞沒他的理智，將他的腦子拆吃入腹，牠誘惑他，引他前往群星閃爍的神祕山頂，那地方雲霧繚繞，爲泰邦帶來他極力抗拒的熟悉與懷念。如今他已不再抗拒，每當他在意識中前往有伊古存在的山頂，他只感覺安全、平靜，他甚至很困惑自己爲什麼曾感到害怕。

泰邦輕輕拉動與伊古的連結，在潛意識中告訴牠自己就要去見牠。伊古的回應是慵懶的呵欠聲，牠不想移動，只是等待泰邦前來找牠。

泰邦小心翼翼地來到一處樹木較爲稀疏的地方，他看見變瘦的月亮從樹梢探頭，泰邦仰頭望向周遭樟樹，彷彿看見兩顆黑夜中螢綠的寶石，他眨眨眼，再次凝神細看，他看見他的伊古趴伏在一棵樟樹的枝幹上，輕輕甩動著尾巴、好奇地觀察他。

這一瞬間，泰邦覺得不可思議，內心承載著複雜的情緒，既悲傷又狂喜，既厭惡又著迷，由於距離極近，他們之間的連結變得模糊不清，泰邦再也不能分辨自己的情緒和伊古的情緒，他也不能分辨自己的思想或伊古的思想，他有些不安，難道這就是烏托克和她的魔鳥在一起的感覺嗎？那樣親密，幾乎已無法區分誰是誰，如是這般……他眞的還是以前的自己嗎？他還是泰邦嗎？

在泰邦感到困惑之際，他同時看著逆光中覆蓋於伊古皮毛上的黑影，月光以銀色鑲嵌牠的輪廓，泰邦再次徹底地認知到，這是一隻傳說中的生物，同時牠的外貌是保留地滅絕多年的里谷烙，雲豹，理當不可能存有的物種。

「伊古，你到底是一種什麼樣的存在？」泰邦不自覺地問。

雲豹的眼睛瞇起，聲音傳來：我是古老，我是年輕，我是對另一個世界的模仿，對即將消失、正在消失、已經消失之事物的模仿，我就是我，除了本質，我什麼也不知道，我是什麼不重要，重要的是你，我要給你你的心。

「你一直在說我的心。」泰邦喃喃道：「但我的心到底是什麼？」

不是現在。伊古卻如此說，牠從樹上跳下來，擺動毛茸茸的尾巴要求泰邦跟著自己：我們要走，離開這裡。

泰邦立刻會意地點頭：「對，我們要走，去找璐安。」

伊古引領在前，泰邦小心翼翼地行走，他仍然不確定自己對璐安的愛是否源於聖物的複製品，他只知道璐安永遠會是他的弟弟，無論他們有沒有血緣關係。

泰邦對璐安的情感是從生活中大大小小的事物累積而成，是他們在努力存活的過程中對彼此的溫柔善意，讓這些記憶和情感成爲眞實。意識到這點，泰邦只想立刻前往弟弟身邊，他要再次嘗試跨越邊界，去尋找璐安。

在伊古的帶領下，泰邦穿越樹林，最終看見樹林外的空地燃燒著火炬，火炬周遭有數人或站或坐，影影綽綽。火炬數量如此多，照耀得樹林外的空地如此明亮，泰邦一時半會間無法適應。伊古指示他從其他地方離開，畢竟火光會暴露他們的位置，他們最好不要被發現。

泰邦正要跟隨伊古移動，卻聽見了人群處傳來尖叫聲。不要停止，跟我走。伊古輕咬泰邦的手，但泰邦仍不自覺停下腳步，他看見自己無法理解的畫面。

那群人有男有女，由於距離太遠看不清表情，只見他們魚貫排出長長隊伍，走向位於中央的熾亮火堆。隊伍兩側有數名男性手執武器看守，似乎也防備著隊伍中可能有人想要逃跑的狀況。

火堆旁有另一個男人，皮膚黝黑且身材高大，他將燒紅的烙鐵放進火堆裡，當烙鐵燒紅後，他將烙鐵壓在排隊而來的其中一人左肩上，被烙印的人發出痛徹心扉的尖叫，隨後由於支撐不住昏厥過去，便有另外兩名男子一人一邊撐住他，將那人送往另一群人所在的空地中休息。

泰邦想要更靠近一點看，他對眼前的畫面感到難以置信，那些排隊等待烙印的人眼中充滿純粹恐懼，卻無法反抗，他們被迫烙上那個印記嗎？泰邦不自覺地離開了樹叢，那個烙印給他的感覺如此熟悉……

一支高速射來的箭從泰邦耳邊呼嘯而過，緊接著樹林中火光亂竄，泰邦這時才發現自己竟被包圍，以烏托克爲首，一群泰邦不曾見過的部落人手持弓箭和獵刀將他和伊古團團圍住。在極近的距離之下，泰邦終於可以看見那些人的左肩上烙著什麼樣的圖案——那是泰邦曾經見過的紅色人臉圖騰。

「小畫眉，做得很好，你讓我們抓到泰邦的伊古。」烏托克輕輕地說出這句話時，泰邦才注意到高大的烏托克身旁阿蘭矮小的身影。「看啊，牠是多麼美麗……你怎麼知道讓藍眼人跟泰邦談話，泰邦就會急著去找他的伊古呢？」

阿蘭沒有回答，她將自己的臉隱藏在烏托克的影子裡，以至於泰邦看不見她的表情。

事到如今，泰邦連受傷的心情也感受不到，他直覺反應至少要讓伊古逃脫，但當烏托克將長獵刀壓在泰邦頸上，他透過和伊古的連結知道，結合意味著他和伊古永遠無法分割的關係，這表示伊古絕對不會丟下他逃跑，他們的連結會持續長久，直到死亡將他們分開。

「不要反抗，泰邦。」烏托克柔聲說，雙眼眨也不眨，讓視線保持在泰邦和伊古身上，同時她對身旁的一名少年說：「去找女巫過來。」

趁此機會，泰邦往後躲開烏托克的獵刀，他透過連結奮力驅使伊古逃跑，但伊古發出低沉獸吼，甩動長長的尾巴試圖幫助泰邦對抗一擁而上的部落人，泰邦嘶吼著，像一隻眞正的野獸般掙扎撕咬，可是他的身體被更多的身體包圍、壓制，泰邦最終四肢受縛，眼睜睜看著烏托克的同伴揮舞燃燒的火把驅趕伊古，直到一口沉重、狹窄的鐵籠被人搬來，他們將伊古趕進鐵籠中。

困住是錯，是不好。泰邦想起伊古曾如此說。

喀嚓一聲，鐵籠上了鎖，泰邦也被重新安上鐐銬，而這次鐐銬上的鐵鍊比原先的更粗更重，與此同時，鐐銬上刻著泰邦不曾見過的圖騰，讓泰邦一下子便感到無力和虛弱。

「不要傷害牠。」泰邦感到疼痛不堪，伊古被關在狹窄鐵籠的狀況對他產生強烈影響，彷彿他也被關在無法迴身的鐵籠裡，絕望且恐懼。「你們怎麼對我都可以，但不要傷害伊古。」

「我們怎麼捨得傷害珍貴的巴利呢？」烏托克的聲音從上方傳來：「有更好的方式可以控制你們，這件事只有在抓住你的巴利以後才能執行⋯⋯」

泰邦聽見一陣熟悉的腳步聲傳來，那是年長女性的步伐，因此顯得輕快又沉穩，伴隨草藥的氣味，一雙粗糙、布滿皺紋的手輕輕捧住他的頭，泰邦在震驚中抬起目光。

「啊呀啊呀，是已經成爲雲豹的哥哥吶。」

苡薇薇琪面容慈祥，帶著微笑，以一如過去那般平緩且戲謔的語氣說道。泰邦扭過頭躲開苡薇薇琪的碰觸，他不能相信克羅羅莫的老女巫居然成爲烏托克的幫凶。

「苡薇薇琪?你爲什麼會在這裡？」泰邦顫抖著問。

「不在這裡，要在哪裡呢？」苡薇薇琪吟唱般地說：「我做了紅色的圖騰，也做了其他的圖騰，這就是我一直在做的事情呀。」

「苡薇薇琪，泰邦是特別的，我們需要你親自爲他紋上圖騰。」烏托克以恭敬的態度請求：「我們也有一批新的勇士烙上了圖騰，等等要請你確認一下。」

苡薇薇琪輕輕哼歌，以此取代回覆，她緩步走到泰邦身後，接著跪坐在泰邦身側，揮手驅走了其他人。「如果要我做事，就閃一邊去。」苡薇薇琪說。

「可是⋯⋯」烏托克的目光指向籠內的野獸，見伊古蜷縮在籠中一角，泰邦也仍被沉重的鐐銬禁錮，她才終於放下心：「我們就在不遠處看著，苡薇薇琪，小心這孩子的巴利。」

苡薇薇琪彷彿聞所未聞，她僅僅是跪坐在泰邦身邊，便讓泰邦顫抖不止，因爲從烏托克的話中泰邦理解了，紅色人臉圖騰是苡薇薇琪製作的，包含藉由烙印烙在人體身上的圖案，也是出自苡薇薇琪之手。

泰邦額角淌過冷汗，他記得受紅色圖騰影響時的感覺，他知道紅色的人臉圖騰具有怎樣強大的力量，所以這就是克羅羅莫的老女巫能夠辦到的事嗎？而苡薇薇琪一直在悄悄幫助烏托克？

烏托克和眾多部落人小心搬運關有伊古的鐵籠，悄悄退到離泰邦和苡薇薇琪不遠的地方，過程中烏托克的眼睛不曾離開泰邦。

「苡薇薇琪，你為什麼要做這種事？」泰邦小聲問。

老女巫溫熱、粗糙的手輕輕碰觸泰邦的左邊肩膀，並未回答他的問題。有那麼一瞬間，泰邦想或許苡薇薇琪猶豫了，或許她決定拒絕烏托克的要求，但下一秒老女巫站起身，對不遠處的烏托克說：「已經晚了，我也累了，沒有辦法使用都娃阿烙的力量，等明天我再替他紋吧。」

隨後苡薇薇琪便頭也不回地離開。

泰邦僵硬地躺在地上，不敢動彈，也不確定苡薇薇琪的意思，更多的問題接踵而來，泰邦想，將圖騰放在人身上，對烏托克究竟代表什麼？又具有什麼樣的效果？便在此時，泰邦聽見烏托克嘆了一口氣。

「阿奇萊，把他跟巴利送回我的房子，那裡的鐐銬已經讓苡薇薇琪刻上圖騰加強，他無法掙脫。」烏托克對著泰邦看不見的某個人吩咐道：「不要讓他和巴利分開太遠，除非他犯錯，如果他犯錯，就移動巴利，直到他感到疼痛為止。」

泰邦的心怦怦亂跳，他快速思索可能的逃脫方法，但伊古仍然被關在鐵籠裡，泰邦無法丟下牠不管。而當一名男子將他從地上撈起時，泰邦心中閃過絕望，男子搬運他的手臂布滿堅硬的肌肉，他的動作強而有力，沒有絲毫破綻，讓泰邦只能保持不動。

他再次被銬上烏托克床邊的腳鐐，再次回到烏托克充斥羽毛和花朵氣味的屋子，唯一不同的是伊古如今也在這裡，牠將身軀縮至最小，躲藏在籠內的陰影中，就連泰邦也只能看見伊古螢綠的眼睛。

「伊古……」泰邦低聲呼喚，伊古卻沒有回答，牠睜大的眼睛暗示著，事情還沒有結束。

不一會兒，屋子的門被打開，阿蘭端著飯菜緩步走入，如前一次那樣再度來到泰邦面前。泰邦和阿蘭之間不再有言語，兩人的目光也沒有交集，阿蘭將飯菜放到泰邦伸手可及的床緣後，便轉身離去。
經過不久前的決裂，泰邦發現阿蘭很像烏托克，她模仿著魔女的冷漠、對無用之物的寡言，阿蘭就連微笑時也模仿著烏托克嘴角的弧度，泰邦不知道自己過去爲什麼沒有發現，他意識到他們再也回不到過去曾在遺跡聚落互相依靠的時刻。
「阿蘭。」泰邦最終還是叫住了對方。阿蘭側頭看向泰邦，那雙眼睛和過去並無二致，但泰邦如今已再也無法從中看見過去與阿蘭的情誼。
或許就連那樣的情誼，也是他自己的想像而已。
「你知道軍代表會告訴我璐安的身世，對嗎？」泰邦輕聲問。
「嗯，我同時也知道，這只會更堅定你想拯救弟弟的念頭。」阿蘭毫不猶豫地回答：「可是如果要去找璐安，你就不得不借助巴利的力量。」
泰邦還想說話，阿蘭卻打斷他：「早點休息，明天苡薇薇琪會過來替你紋上圖騰，需要充足體力。」
泰邦不肯放棄，他想要得知所能得知的一切：「那個圖騰到底是怎麼一回事？我看見有人是用烙印的方式……」
「師傅用圖騰控制勇士們，身上擁有這個圖騰，我們才會眞正信任你。」
「爲什麼？」
「當你身上有圖騰，就表示你不可能背叛師傅，因爲一旦背叛就會被圖騰反噬，圖騰會將你殺死。」
泰邦看著阿蘭，無須言語，阿蘭便讀懂了泰邦的意思。阿蘭伸手拉下左側的衣領，露出那讓泰邦不可置信的紅色人臉圖騰，圖騰以細緻的手法紋在阿蘭蒼白的左肩上。雖然並非烙印的猙獰傷痕，卻也足夠讓泰邦感到前所未有的憤怒。
「你眞的很在乎烏托克。」泰邦低聲說，帶著陰冷：「你會爲她做任何事情，就算她只是想利用你，也根本不信任你。」

「是的，泰邦，所以不要費心去挑撥離間了。」阿蘭道，迅速拉回衣領：「就算今天她給我的是烙印，我也會欣然接受。」

阿蘭將餐盤夾在腋下，離開烏托克的屋子。泰邦躺回床上，不知不覺間，他已讓意識透過連結進入和伊古的巢穴，那群星閃爍的山頂。

泰邦想：我終究失去了阿蘭。

你有我。潮濕、鬼魂般的白霧從山頂往下飄蕩，伊古對泰邦說：你有我，你不只有她。

「我知道，我只是傷心。」泰邦伸手碰觸伊古的下顎，手指撫過野獸的皮毛，伊古的尾巴捲著泰邦的大腿，溫柔而纏綣。「對不起，我讓你被抓到了。」

困住不好，但分開更不好。伊古彷彿毫不在意：我和肉不分開，現在，你要休息，來……

泰邦理解伊古所謂的休息意味著睡眠和作夢，他於是跟隨伊古的牽引，再次往濃霧中前行，他隱約知道伊古依舊打算帶他前往觀看神祕女子的冒險，說也奇怪，比起困惑不安，泰邦更感到莫名企盼。

「那個女子是誰？」泰邦問：「你爲什麼一直要我看？」

因爲那是你心。

伊古抖了抖耳朵：撕咬、戰鬥、雌性、生命，你都不在意，你只在意你的心。

泰邦微笑搖頭，爲伊古的古怪行徑莞爾。但可悲地，只在與伊古的夢境和幻象中，泰邦才感覺平靜，而觀看神祕女子的生活與她即將遭遇的危機，能夠短暫地讓泰邦從現實中解脫，於是泰邦不再問了。

如果伊古要他看這名女子驚險萬分的冒險，那他就看吧，泰邦唯一感到遺憾的是，自己無法穿透濃霧幫助這名女子。奇怪的是，這次伊古展現出的幻象裡沒有女子，泰邦看見一個男人，高大、黑髮、眼睛如幼鹿般濕潤，他正在一棟建築物中，從透明杯子裡啜飲深紅色的水。

有那麼一瞬間，男子的眼睛橫越霧氣，直直看向泰邦，但在泰邦摀住嘴，往後退縮前，男子很快地移開視線，對著建築門口的一名陌生人露出笑容。

爲了完成目前實驗階段，我們將第一批獸靈物盡其用，實行較具風險的測試，這表示方舟也會受一些苦，但我們盡量不讓方舟注意到測驗的殘酷，以避免方舟對測驗產生排斥，甚至拒絕配合。

我們首先測試了方舟跟獸靈可以忍受的最長距離，這在過去是難以實施的測驗，因爲我們不清楚可能造成的後果。很不幸的，A到G的方舟獸靈普遍沒能撐過兩百公尺距離，當場斃命。我們必須注意未來不再進行這樣的測試，距離產生的傷痛無論對獸靈或對方舟來說都是劇烈的，A到G的方舟在獸靈死去後，昏睡整整三天。

不過這項實驗也帶來好處，促使我們發現了「洞穴」。

我們驚訝地發現，方舟與獸靈之間產生的情感與思想連繫，有時具體到可以成爲一種類似記憶宮殿的無形場域，讓方舟與獸靈的思維在其中得到具體的互動，我們目前將此無形場域稱爲「洞穴（the cave）」。洞穴中的景象物品，對身處其中的方舟和獸靈來說都無比眞實，甚至可觸摸。

發現洞穴後的方舟和獸靈，學會在實驗進行到令他們無法忍受的程度時，逃遁到洞穴裡，進入洞穴的方舟和獸靈外在體現爲空洞無神，並且無法感知外界，他們最初這麼做時，有幾名方舟甚至忘了呼吸。

這項出乎意料的發現提醒我某個尚未證實的傳聞：根據一些奧馬立克原住民紀錄，野生的獸靈和原住民人類結合前會有一段追求的過程。

特定人類會散發吸引某隻獸靈的氣味，這個獸靈會前來，先「築巢」建立洞穴，也就是共同的內在空間。這時還不算眞正結合，但因內在空間的連繫，會讓獸靈有時進入人類的身體，或者人類漫遊到獸靈的身體，造成錯置，這可能造成一些肉體上的損傷，但沒有關係，最後人類跟獸靈會不可避免地與對方爭鬥，直到人類允許獸靈在自己身上留下傷疤，至此完成獸靈與人類的完美結合。

不過密冬政府希望我們研究的是如何強行令人工獸靈與人類結合，我想兩者終究無法相比擬，就好比許多野生動物在人工豢養的環境下就難以繁殖。

仍然，第一批獸靈的研究價值在經過一連串極端實驗後，已所剩無幾，發現洞穴的存在是最大的成果，我們無法從鴨子獸靈身上取得更多資訊。銷毀獸靈或許可稱得上是實驗的一環，因爲我們無人知曉強行殺死與方舟結合的獸靈，會對方舟造成什麼樣的影響，那些因過長距離而死去的獸靈可以算是範例，但牠們的方舟昏睡時，對實驗毫無幫助。

很幸運的，或許由於鴨子獸靈畢竟與人類基因差異過大，我們在遮蔽方舟的視覺後以屠宰用電擊棒擊昏獸靈，再立即扭斷鴨子的頭部，讓牠們一命嗚呼。此時觀察方舟的生命體徵，除了心率較高以外，沒有其他問題。完成分離步驟的方舟和早先昏迷的方舟一起安置在休息所內，由於很快將有第二批獸靈抵達，我們評估方舟甦醒時應不至於承受太過強烈的痛苦。

處理好第一批獸靈以後，我們約莫在五個鐘頭後收到第二批獸靈，這批獸靈爲與人類相同的哺乳類，而且在漫長的人類歷史中與人類共同演化。

我們收到十五隻雜種小狗。

休息所內逐漸醒轉的方舟們，A到G仍表現出憂鬱、分離焦慮等症狀，其餘方舟根據我的助手紀錄：

「他們像從夢裡醒來，下意識尋找過去幾個月形影不離的小鴨子，在發現小鴨子消失無蹤以後，一部分的方舟似乎鬆一口氣，一部分則開始哭泣。整體而言，經由電擊昏迷程序分離獸靈的方舟，比親眼目睹、感受獸靈死去的方舟，在情感和生理上更加健康，然而對於長期的影響則尚無定論。」

無論如何，我們已安排方舟與第二批獸靈結合，這是值得記錄的資訊：失去獸靈的方舟從A到O，全都因爲和新的小狗獸靈A_2到O_2結合而逐步擺脫分離的後遺症，憂鬱、焦慮等精神問題亦慢慢康復。

我和同事、助手將重點轉移向新的實驗，與此同時，我不得不再次特別提到M。分離方舟與獸靈的過程中，M的反應與其他方舟並無二致，她配合度高、順從，彷彿從最開始就知道我們打算做些什麼。當助手以眼罩遮蔽她的視線，她要求替她塞入耳塞，因爲她的聽覺同樣靈敏，抹去聽覺以後，M再要求堵住她的鼻孔，因爲她的嗅覺會爲她勾勒出看不見的圖像。

所有方舟當中，只有M做出這些要求，我興致勃勃寫下M的言詞與反應，隨後按時執行分離程序。而經過分離的M與還未和獸靈結合時幾乎沒有差別，她張開眼睛的瞬間就知道獸靈不在了，她起床後沒有尋找、呼喚獸靈，哪怕是以目光搜尋，她也沒有嘗試過。她只是如一名正常孩子一般起床、伸懶腰，前往餐廳吃早餐，在其他方舟哭泣不休，或者抱著枕頭以取代獸靈時，M是第一個恢復如常的方舟。

也因此，我們首先在M的身上找到與第二批獸靈結合後出現的重大改變。

這項改變發生於方舟身上的傷疤。

將近半數包含M在內的方舟傷疤呈現特別的圖案和顏色，有些像是早已存在於部分少數民族文化中的圖騰，於是我便將這樣的傷疤稱爲「totem（圖騰）」。這些方舟與獸靈的關係比其他沒有圖騰的方舟更加密切，實驗結果也更好。

我們正逐步了解普通傷疤與圖騰傷疤的兩組方舟究竟有何不同。

依據目前的幾項簡單測驗，擁有圖騰傷疤的方舟是非常**典型**的，他們具有傳說中所有獸靈使用者該具有的基礎能力。他們有些甚至會在外表上出現生理變化，譬如眼睛顏色、形狀改變，或者具有狗的嗅覺。經過血液分析，這些擁有圖騰傷疤的方舟往往具有多種原始民族的基因，如玻里尼西亞、美拉尼西亞、新幾內亞人等等。

這讓我想到一些學術研究上的禁忌。哈拉瑞於《人類大歷史》中提到，現今對於人類的研究共識傾向替代理論而非混種繁衍理論，因爲混種繁衍理論將導出現代埃奎多利亞人、北陸人和亞洲人之間的基因具有巨大差異的結論，可能引發政治與種族問題。替代理論則意味著當今世上所有的人類全是純種智人後代，並無眞正的差異可言。然而我不禁思考：智人這個人種究竟有沒有亞種呢？就我所知目前有兩種說法；第一種說法認爲人類沒有亞種，人類現今所謂的種族，之於動物也只是地區變異性。而智人之所以沒有亞種，是因爲智人的誕生實在晚近，又在還沒眞正出現原生亞種的時候就發明了航太技術，彼此通婚，以至於眞正的亞種幾不可能存在。

第二種說法則認爲，區域變異性和亞種之間差異本就極小，智人亞種老早就已出現，和混種繁衍理論同樣政治不正確的是，如果人類有亞種，從生物學角度來說，就應該爲了保留特殊的亞種從而禁止不同亞種互相通婚，以保持物種的特殊性。此外既然有不同的亞種存在，人的差異便會出現，屆時會有無數人爭執「種族是否即是亞種」的問題，以及是否如赫恩斯坦和默里的《鐘形曲線》所稱，人類的智商與各項能力均和種族/亞種相關？

我之所以開始思考這些學術爭論，是因爲我們在爲擁有圖騰傷疤的方舟進行採樣、分析時，留意到他們的粒線體DNA十分特殊，其中一份基因組甚至和尼安德塔人基因組極爲相似。分析結果終使我產生諸多瘋狂的想法：倘若尼安德塔人、直立人、梭羅人、弗洛瑞斯人、丹尼索瓦人等智人以外的古人種，實際上和智人雜交、通婚，並留下了他們的基因呢？抑或這些擁有圖騰傷疤的方舟，其實是新的人類亞種呢？愈是向下挖掘，我就愈惶恐，最終我內心出現了不甚嚴謹的結論：我猜想能夠與獸靈完美結合的圖騰傷疤方舟，或許在基因上是距離現代智人最遠的，甚至有可能具有其他古人種的基因。但這項猜測，我無法付諸實際研究，也不可能詔告天下。

除此之外還有另一項需要深入探討的目標——那些圖騰代表的意思，我們仍在嘗試了解，並且相信結果將會深深地影響人類的未來。

…………

僅僅過了一天，事態發生變化。

有三名方舟的小狗獸靈在早晨的户外活動中死亡，這是我們的錯誤，由於身處小島環境，加上長時間相處導致研究人員和方舟的過分親近，一名人員提議讓方舟和獸靈到海邊玩耍，災難就此發生。

我已即刻解僱該名研究人員，並提交相關報告給予老闆，令管理階層得以了解，隨後我亦迅速申請額外的三隻小狗獸靈。但由於我的要求太過倉促，這三隻小狗尚未長成到足以留下結合傷痕的大小，齒列不夠健壯，方失去獸靈的三名方舟J、F和O更由於痛苦不堪之故，拒絕傷害新的獸靈。

他們和新獸靈結合還不滿二十四個鐘頭，再次失去獸靈讓他們難以承受，加上與獸靈共感導致J、F和O曾短時間經歷獸靈的溺斃過程，他們心靈遭受巨大創傷，對於再次與新獸靈結合感到恐懼與排斥。

這是我們在研究中並不樂見的狀況。我迅速提出新的實驗項目，從各項可能中測試最能讓獸靈產生結合意圖的方法，我們因此取得新的實驗數據，有了重大發現，可說是意外獲得極有價值的研究成果。經檢測結果顯示，由人類施加於獸靈身上的痛苦能夠讓獸靈分泌出一種特殊的化學物質，目前仍不清楚這種化學物質與結合之間的關聯，然而只要我們在獸靈的唾液中採取到這種化學物質，就能肯定當下方舟只要被獸靈弄傷，就可以立刻完成結合。

於是我們使用數種方法折磨獸靈，鞭打、針刺、噪音傷害、窒息，最終發現電擊比火燒更能讓獸靈分泌出那種與人類結合時必要的化學物質。儘管如此，研究人員的涉入仍然不能令方舟和獸靈產生結合。而當我要求方舟F用電擊棒戳刺一隻新的小狗獸靈，F拒絕服從我的命令。

不久之前一份來自管理階層的公文讓我獲准懲罰方舟，但我不想太過分，是以我毫無必要地在F的面前毆打那隻小狗獸靈，F在方舟中一直孤僻而冷漠，我對獸靈的暴力行為卻能讓他顫抖哭泣，我不能忍受兒童的尖叫，因此命令助理把F關起來，同時仍讓他透過單向鏡繼續觀看我毆打獸靈。

當我釋放F，他爲了停止我對獸靈的暴力行爲，毫不猶豫以電擊棒電擊獸靈，獸靈在劇痛下咬了他，終於完成結合。

J和O以相同方式強行和獸靈結合，這不是自然方法，但更有效率，在早晨的意外事件後，如今每個方舟又擁有獸靈了。我讓助手爲方舟和獸靈安排一小段休息、玩樂時間，不過這次只能待在實驗所內。

當方舟和獸靈們在實驗所內與彼此玩耍，那是少見的和樂景象，雖然早先的暴力爲這景象蒙上一層陰影。我始終認爲自己並未走得太遠，畢竟方舟沒有受到實質傷害，施加在獸靈身上的電擊棒更控制在五十伏特以下。我一面如過去那樣坐在一旁撰寫紀錄，一面在心裡替自己辯解。

「你爲什麼要這麼做？」M選擇在此時走到我身邊，低聲細語。她的問題簡單且直接，分明沒有特意指涉，卻仍使我汗顏。見我不回答，她和她的小狗獸靈M_2玩耍，直到我再也無法忍受周遭的壓抑氣氛。

「這是我的工作。」我說，音量比預想的更大一些。

「我覺得這樣不對。」M逗弄M_2垂折的耳朵，語氣柔和。

「我不會傷害你們。」我強調：「你們受到密冬政府保護，我不會傷害你們，你們甚至能到外頭玩，研究結束後，我們會把你們分送給好人家領養，你們的未來一片光明，所以忍一忍，讓我做我的工作。」

「我們做錯了什麼嗎？」M的問題如此童稚、無辜，幾乎使我內疚。因此我起身走開了，我的答覆卡在喉嚨裡，卡在心裡，我想：不，你們只是，無父無母，沒有人在乎你們，某種程度上，你們不是人類，至少對我來說，你們不應該是人類。

實驗所外，小島天空依舊碧藍如洗、氣溫炎熱，陽光鋪天蓋地，卻未能如我所希望的那樣，令所有黑暗都消弭。我眺望遠方海洋，突然深深思念我的家人，自從來到這座小島，我已有數月無法和她們聯絡。

我的家庭一直以來在精神上支撐我，使我面對怪異而失控的實驗也不至於迷失。我曾如此幸福美滿，我和妻子、女兒，以及一隻叫做蘋果的狗，一同居住於格列斯卡郊區，若不是爲了這次的難得計畫，我永遠也不想離開我們甜蜜的家。想到蘋果那張無憂無慮的狗臉，吐著舌頭哈哈喘氣，我不禁露出微笑。女兒自有記憶以來就吵著要養狗，我們當然滿足她的願望，我愛蘋果，常常牽牠出去散步，跟牠玩拋接球，我愛牠勝過愛大部分我不認識的人類，我覺得我愛牠。

很奇怪嗎？

我不這麼認爲，就像我說的，這是我的工作。我的狗不是獸靈，這才是最重要的。

這份工作不應該有那麼多的道德底線，只要涉及獸靈就不該有，我們甚至不知道獸靈到底是什麼。牠們明明不是動物，卻長得像動物，牠們身體分泌出的特殊物質可以綁定人類，讓人類與牠們分享心智、壽命，以及特定的特殊能力，但我很懷疑，到底是牠們眞的分享了心智？還是人類像被寄生一樣遭獸靈奪走了心智，剩餘的情感反應其實都是獸靈造成的？我感到很害怕，我們已經讓方舟多次與獸靈結合，如果這些方舟的內心老早就不是眞正的人類，那該怎麼辦？

然而所有數據都顯示正常，方舟們和獸靈結合前各項數字都沒有改變。至於他們累積至今的心理創傷，我但願時間和成長會令其淡化。

天使約翰 Angel John

又一個無所事事的夜晚，工作結束後你來到這間你最喜愛的當地酒館，想像個正常的蓋力人那樣以酒精完成一天。聖誕節快到了，酒館冷冷清清，播放著低沉的音樂，幾個和你一樣的藍領工人站在電視機前看新聞，這是個骯髒的地方，你對任何東西都沒有高標準，你點了瓶啤酒，覺得一切都又煩又無聊，但在回家前你還需要一些別的東西，一些讓你好過點的調劑，目前爲止，你還不知道那是什麼。

突然你注意到吧檯邊還有一個人，你不知道自己之前怎麼沒發現：一個男人，外地人，看起來像密冬人，你從來不喜歡密冬人，不過不能否認這名密冬人長得很好看。他身材高大，略長的黑髮往後梳，輪廓很深，嘴唇周圍環繞著修剪整齊的短鬍子。他手邊有一整瓶紅酒，高腳杯裡盛著一些磚紅色酒液，他舒適地坐在吧檯邊，幾乎是愜意的，周身圍繞著一股悠閒無憂的氣氛，讓你不知不覺也感覺心情輕鬆起來。

他看起來是容易退讓的個性，雖然身材壯碩，但你認得那種濕潤烏黑、草食動物般的眼睛。這個夜晚突然不那麼無聊了，你一直很喜歡在言語上表現得高人一等，尤其是對這些外來者，就算這男人看上去比起移民，更像是觀光客……不，他也不是觀光客，你想到一種更合適、老派的說法：旅人，一名旅行者。

你想對他開一些無傷大雅的玩笑，在那之前，你有必要探一探他的底，除此之外，你喝得還不夠醉，在挑釁這個男人以前，你需要再更醉一點。

「從沒在這邊見過你，你從哪來？」

你帶著你的啤酒來到男人旁邊的位子，不問過就坐下，並且粗魯地搭話。

「密冬，不過實際上，應該是密冬東方的一座島嶼。」男人的聲音低沉柔和，帶有一種金屬的沉重與冷冽。

「哦？職業呢？怎麼會來格列斯卡？」你喝了一大口啤酒，感覺熱量從喉嚨抵達胃部，讓整個人慢慢暖起來，你想你很快就需要第二瓶。

「嗯，算是爲了工作。」男人輕晃酒杯，笑著說。「我是一名模仿師。」

你嗤笑出聲：「模仿師？你指的是獸靈使用者？獸靈使？」

「你們這些西方國家的人總是搞不清楚兩者的區別。」男人笑了笑，輕抿一口紅酒，此時你已經把一瓶酒喝完了，你對酒保比了個手勢再要一瓶，說也奇怪，男人見狀拋下了他自己的紅酒，學著你的手勢也要了一瓶啤酒。你並不感到不快，你聽說過那些軟弱的人日常中總會無意識地跟隨較強者的動作，從這點微小的觀察上你感受到自己的自信心正在膨脹。

「如果你是模仿師，我就是梅林了。」你佯裝不信，以惹怒他：「告訴我，模仿師可以做些什麼？」

「幾乎是所有的事情。」他沒有被你惹毛，事實上，他的嗓音更加溫柔有禮了，就和所有來到這兒討生活的移民一樣，他不會想要把事情鬧大，這項認知讓你臉上的笑容更加擴大。

「既然你那麼厲害，幹麼大老遠跑來這裡？」你繼續大口吞下酒液，發現男人也跟著大口吞了幾口。

男人的臉上展露著大大的笑容。「我終於找到自己一直在尋找的東西，更精確地說，一個人，我想他或許很有潛力成爲模仿師，甚至他會是最好的模仿師。」男人以如夢似幻的語氣低語：「不過當我眞的見到他，我不確定，他看起來太軟弱、太愚蠢了，這讓我想測試他，看看他是不是眞有那份力量。」

你沒有就這個問題追問下去，你在尋找更能讓你滿意的話題，讓你滿意而讓他挫敗，但酒精慢慢讓你遲鈍起來，你想不到，只能從最明顯的破綻展開進攻，畢竟你很清楚這傢伙自稱獸靈使或模仿師絕對是不折不扣的謊言。

「我很好奇，你說獸靈使可以做到幾乎所有的事情？」你問。

「模仿師能夠辦到，獸靈使的話，他們太依靠自己獸靈的力量，那是一種弱點。」騙子。你想，還需要更多破綻。

「噢，告訴我嘛，告訴我你所謂的模仿師可以做到什麼事情？讓我開開眼界！」你比了一個手勢，試圖強調你的說法。當男人回答時，他做了和你相同的手勢，你的嘴角因突如其來的煩躁而抽動。

「模仿師身上所有的一切都跟他的能力有關，這也是我從剛剛就在做的事情。」男人說道，你點點頭，想告訴他如果他繼續像個默劇演員一樣模仿你的動作，你只會被激怒而不會覺得有任何神奇之處。

「我今天很失望，你又沒頭沒腦地撞上來，我想找點樂子，所以是的，我會展示給你看。」

男人朝你微笑，不知怎地，你也朝他微笑。

「這是很基礎的技巧，我模仿了你，和你取得同步，但接下來我可以利用這種連繫，把模仿的過程逆轉，以至於現在……你不得不模仿我。」男人用同樣的手勢向酒保要了第二瓶啤酒，你不知道為什麼做了相同的動作，讓酒保給你送上第三瓶啤酒。

男人喝酒的時候，你感覺到嘴唇沾染上啤酒的泡沫，你皺眉思索自己是否醉到這種程度，一定是的，如果不是喝醉，如何解釋發生在你身上的怪事？又或者這是幻覺？可你也從未醉到出現幻覺過。

與此同時，酒精帶來的溫暖快意繼續作用，你忽然發現你並不是真的那麼在意。這個男人可以耍一些小把戲，那又如何？要不是因為你太醉了，不然只要你願意認真掙扎，絕對可以立刻甩掉他，你只是不想這麼做，因為在事情真正發生的時候，你不得不承認這天殺的搞笑，你本來想欺負一下外來者，卻被對方用某種心理暗示的手段操弄了，再沒有比這更諷刺的，你覺得太有趣了。此外，酒精也有效地模糊了你的恐懼和不安，只剩下對整個狀況的強烈好奇。

或許，這真的是一個夢，如果這是夢，那實在太過不可思議。

你發現男人沒有在喝酒了，他只是做出喝酒的動作，但你還是機械式地暢飲著。你狂笑起來：「媽的！他媽的！真是見鬼了！」你說話的時候大量啤酒噴濺到你的衣領上方，那讓你更是激動得咯咯笑。

「對，再來一瓶？」男人平靜地問，卻不是眞的在問你，他的面前堆滿了沒喝過的啤酒，而你正在累積更多空瓶，他仍僅僅用動作迫使你喝下去。

大約喝了三十瓶、弄倒了將近一半以後，你終於覺得不對勁。「我……我不行了。」你打嗝，整個人頭暈目眩，從來沒有這麼醉過，你突然感到有點害怕，倘若對方不放過你該怎麼辦？如果他繼續強迫你喝酒……你意識到，你會按照他想要的去做，你會繼續喝下去，哪怕你的肚子被啤酒脹破。

「那我們離開這裡？我可以給你看更多。」幸虧男人依循了你的意思，令你好不容易集中起來的警戒心再次消散。他向酒保示意，支付了他和你的酒費，酒保對於你跟著做出掏錢付帳的動作表示疑惑。

「你還好嗎？喬？」

「是、是的，我很好。」你又打了一個嗝：「這太有趣了，哦，我好得很。」

你跟男人一起走出酒館，面對戶外的刺骨寒風，酒精讓你不至於立刻發抖，但也讓你記起自己把外套忘在酒館，此時你的上衣幾乎全被濺出的酒液淋濕，你很清楚在這種氣溫下喝得爛醉且沒穿外套將會招致可怕的後果。

「我忘了拿外套。」你咕噥道，口齒不清。

「你等等可以回去拿。」男人和顏悅色地說：「不要浪費了如此良辰美景。」

男人在說些什麼，你完全搞不清楚，只知道他突然跳起舞來，他高舉雙手，右腳跨出優雅的半圓，接著朝半空中跳躍，你發現你無法阻止你的身體跟隨他做出相同的動作，你們在暗夜裡路燈的照耀下跳舞。

男人的舞技實在不怎麼樣，那惹你發笑，你邊笑邊無法克制地跳舞，更是覺得荒唐得不得了，男人擺頭，你也擺頭，男人旋轉，你也旋轉。

「哈哈哈！我們就像一對恐怖雙胞胎！」你邊舞邊叫嚷，覺得一切都如此瘋狂。

男人沒有回答，他沉浸在獨舞中無法自拔，直到他躍進了較狹窄的人行道，伸長了腿，雙手交叉放在胸前，他跳起來，然後落地。沒有留意到你面前正是一個垃圾桶，你因此跌了個狗吃屎。

「嘿！幫我注意一下好嗎？」你叫喊，身上沾滿惡臭垃圾，而且扭到了腳，你氣惱地抱怨著，沒發現自己仍在跳舞。

「對不起。」男人喃喃自語，他向後彎腰，那是一個漂亮的下腰動作，然後他扭動上半身，揚起雙手，比出柔和美妙的手勢。

他並不眞的感到抱歉。因爲當他繼續在狹窄的巷弄中跳舞，你開始撞到那些不在他行走路線上的東西，電線桿、路燈、行道樹，你發現他已經不在意你了，你像個破爛娃娃一樣跟著他，你的手直直揮向一扇鐵門的尖銳結構，你看見你的手掌被整齊割斷。

直到這時你才開始恐慌。

「停下來！拜託！」你尖叫著：「我的手掌斷了，我很痛！」

男人沒有回答，他仍然在跳舞。

他繼續跳舞，哪怕他從某個小小的斜坡上往下跳躍，展現出一次英姿颯爽的降落動作，而你實際上卻是從一層樓高的高度往下跳，你的腿骨在錯誤的著地動作中直接穿出了膝蓋……你仍然在跳舞。

你不禁思考他什麼時候會停下來，也許是你死去的時候，遺憾的是，你不知道自己什麼時候會死。

當星星出現於夜空，你發現他永遠也不可能停下來，停下來的是你，雖然你身體的其他部分仍然想跟隨自己模仿的對象繼續舞蹈、繼續向未知而行，但你已經辦不到了，你只能看著男人輕快地跳躍著遠去，而你斷成一半的小腿仍熱切地抽動著，試圖跟上他的步伐。

那已是你身上唯一完好的地方。

莉莉從很遠的地方看了一眼，沒有參與悼念。

她從來不喜歡葬禮，尤其竹鶴安子的葬禮完全不像是……屬於安子的，如此冰冷、肅穆，莉莉注意到安子的家人選擇西式的葬禮，更加堅定莉莉的想法：葬禮是爲生者舉辦的。莉莉感到疏離，她認爲自己甚至連遠遠地看一眼都沒有資格，強烈的愧疚讓她無法像安子其他受邀的同學、朋友那樣接近棺木。莉莉撫平黑色裙子上的皺褶，她很掙扎，但仍決定等儀式全部結束再離開，聆聽悼念文也有助於她了解安子生命的其他部分，一些莉莉不知道的過往。

莉莉聽著安子的家人爲她挑選的音樂，莉莉不知道那是安子喜歡的音樂，或者她的家人僅僅是從她留下的音樂ＣＤ隨便找了三首，聽起來有點太乏味了。莉莉抬起頭，凝視陰霾的天空，有人下葬的日子總是潮濕而寒冷，莉莉永遠也習慣不了。小時候，她會在參加完葬禮後的夜晚作噩夢，夢見自己從溫暖的地方被帶走，前往寒冷之地。她夢見黑夜中的雨落在濕潤的土壤上，她的手上有一把鏟子，她一面哭泣一面刨挖，她在爲死者挖墳。起先，她以爲死去的是自己，直到鏟子敲擊堅硬的棺木，莉莉突然意識到，自己必須打開棺木，確認死去的不是她。

可是棺蓋底下的是更讓人害怕的景象，莉莉有種直覺，她不能看見棺木中的眞相。莉莉用鏟子鏟起泥土，將棺木重新埋起來，她的心中充滿了解脫與沉痛。莉莉想，在參加安子的葬禮時想到如此不祥的噩夢，不知道安子會不會生氣？

直到儀式結束，安子的親屬邀請她的同學、朋友們前往參加餐敘，莉莉選擇此刻離開。從葬禮場地回學校的路上只有公車可以搭，莉莉帶著病態的著迷搭上公車，試圖感受安子曾感受的，她坐在公車上想著不久後可以跟朋友碰面，一起渡過跨年夜，她可能因爲天氣太冷，或者太累，她在車上小睡片刻，車窗印著她熟睡時呼吸的白霧。當她驚醒，她已經坐過頭了，幸好只差一站，她想自己可以用走的走回去，以免讓好友等太久。

莉莉深吸一口氣，她不能再想下去，也幾乎無法思考更多細節，譬如爲什麼安子坐過站了不先打電話給她？爲什麼偏偏是那一天從來不在交通工具上睡著的安子打了瞌睡。安子曾告訴她自己無法在大眾交通工具上入睡，因爲她始終覺得不安全，莉莉完全理解。

啜泣聲從莉莉唇邊洩漏，她不曉得自己哭了，胡亂抹去臉上的淚水，同時小心別將妝粉抹掉，莉莉拿出手機，想看一看安子最後的發文。

她看見了令自己不舒服的東西。

莉莉不常使用臉書，因此也沒有費心刪除以前的大學同學帳號，這些人當中不少是安子的朋友。很遺憾，安子確實擁有一些所謂「正常」的朋友，除了因爲安子畢竟是個活潑樂觀的好人，也因爲安子內心渴望融入大學社交圈。對此莉莉沒有意見，安子從來不會爲了其他人而故意冷落、疏遠莉莉，若不是安子，莉莉可能連這些人叫什麼名字都不曉得。某種程度上，安子是莉莉連接正常世界的管道。

不過當莉莉看到安子的朋友們參加完葬禮後，開始將一些自拍照上傳到網路社群裡好煞有其事地悼念，莉莉對這些人僅存的一點好意立刻消失無蹤。

莉莉無法控制地想像，人們在網路哀悼她的朋友，但幾天以後，人們又開始炫耀精緻餐點和自拍。這並不是說他們錯了或者他們蓄意如此，只是莉莉可以看見一系列的變化，她可以看見那種趨勢，本來哀悼的語詞慢慢被歡笑取代了。莉莉想她不應該責怪他們，因爲沒人有義務一直悲傷下去，只是對她來說，那更是遺忘。她清楚知道在網路中會被永恆記下來並且反覆回溯的永遠不是死亡，而是一些低俗的笑話、八卦、迷因和勵志短文，那讓她對未來感到害怕，如果這些就是人類的遺產……

眞害怕有一天宇宙中的其他生命體——譬如外星人會發現，那眞是超級悲劇啊！

莉莉彷彿聽見安子用她嘲諷但溫暖的聲音說道。

「是啊。」莉莉自言自語，決定永久刪除自己的臉書帳號。

事實上如果每個人的帳號都不涉及個人價値觀或想法抒發，單純只是廣告，莉莉會覺得好一點，每個人都在爲自己眞實確切的某商品做行銷，譬如書、食物或健身課程。而現在的狀況是每個人都爲自己的價値觀、思想打廣告，但使用更曲折、甚至虛僞且奸巧的方式——那是這個時代的說話方式，每個人都振振有詞、正義而且光亮。就算是陰暗，它也可以給你一個意義，一個雄辯，試圖說服你。

莉莉不再想了，她意識到自己憤世嫉俗的思想再也沒有同伴，安子的笑聲和話語僅剩她腦海中的回聲，而她無法完整模仿、複製安子生前的所有，她的笑容、思考方式、皺眉的樣子，她在工作檯後方沖咖啡的手勢、她朗讀莎士比亞劇本的情感、她在路燈下和自己並肩而行的體溫。

只要一想到失去了這些，莉莉只要一想到失去了安子，她就無法克制更多哭聲從自己胸腔裡逃脫。

安子死了。莉莉努力忍耐抽噎，以至於幾乎無法呼吸，如果只是意外，或者不可避免的死亡，莉莉覺得自己或許可以釋懷，時間有一天能弭平所有傷痕，但安子的死……是不可接受的。

安子……她讀所有談到女性主義的書，她爲那些在夜晚中被強暴或傷害的女子感到難過，她一遍又一遍質問爲什麼如今女性的處境還是一樣……只要想到安子懂得這些事情，她不是什麼都不知道……安子什麼都知道，她是莉莉見過最溫柔、善良而且聰明的人，她還有夢想等著要實現，她要求莉莉跟她一起去普利坦尼亞。只要想到安子是一個擁有如此進步、堅強思維的女子，卻在遭性羞辱、殺害後被棄置暗處，莉莉就想吐，她想彎下腰、跪在地上，吐到再也吐不出任何東西來，吐到自己成爲空心，她想忘掉這一切，她的眼淚、鼻水和唾液在臉上形成斑駁且醜陋的痕跡。

公車到站，莉莉用圍巾遮住臉，快步走向宿舍大樓。

她沒有吃任何東西，也忘記上一次喝水是什麼時候，她只覺得好累好累。於是她連衣服也沒脫就爬上床，盯著天花板上陽光的反射緩步移動，直到完全暗去，夜晚降臨，外頭路燈的光微弱且悲慘，莉莉盯著黑色再次變亮、變白，然後再變暗，如此周而復始，她不確定自己是否睡過，如果你的視線只剩下黑與白的輪轉，睡眠眞有那麼重要嗎？莉莉在心中笑起來，感到自己發掘出新的眞理，世界上最單純的顏色和光影變化，就在她宿舍的天花板，她的論文題目如果是「全世界最純粹的光影變化」，她想她一定可以拿到某種最佳論文獎項，如果眞有這個獎的話……莉莉知道，自己由於長時間沒有進食、喝水、睡覺，整個人已神智不清，但她不在乎，她爲什麼要在乎？反正安子已經不在了。

莉莉繼續盯著天花板上的黑與白，觀察光線一次又一次改變。

一次又一次。

最後是麥克唐納在舍監的幫助下破門而入，把莉莉從灰暗與悽慘中打撈出來。

「你看起來糟透了。」

不知道是不是莉莉的錯覺，但她覺得麥克唐納的聲音聽起來無比理智、溫柔，一點也不瘋狂。

莉莉哼了一聲。她不願聽見任何來自外界的人聲吵雜，乾脆就逼迫自己陷入無意識的狀態，這樣她就不會感覺到心痛，哪怕她的身體被麥克唐納支撐起來，哪怕麥克唐納要求舍監幫忙收拾莉莉的東西，準備直接替她搬家……就算今天她要再被綁架、囚禁一次，就算她的瘋癲教授準備把她帶往地獄的盡頭，她也不在乎了，她只想失去知覺，運氣好一點，她可以沉入有安子的夢境，至少在夢裡，她們會再度相遇。

她聽見麥克唐納說：「你一直在照顧我，現在輪到我照顧你了。」莉莉連反駁的力氣也沒有，便昏睡過去。夢裡，她又回到了那熟悉的倉庫，她的雙腿被鐵鍊綑綁，只有這一次，莉莉歡迎這場噩夢，她蜷縮在髒兮兮的地板上，認爲一切都是自己應得的。

小虎斑貓舔舐莉莉的手的感覺，逐漸被寒冷的火焰所取代。

莉莉將身體縮得更小。

「走開。」她說。

冰冷的火焰、黑色的火焰仍試圖威脅，強迫莉莉看向它。

莉莉抬起頭，瞪視那被包裹在黑色火焰裡的男孩，他長得就像年幼時的自己，是的，莉莉現在願意承認，那是一張她不想再見到的臉，她已經拋棄、拒絕多年的模樣。

「走開！你還想怎樣？我已經很痛苦了。」莉莉不知道自己是在哀求或怒吼：「我已經很痛苦了，你沒辦法再傷害我了！」

你會比現在痛苦得多。黑焰中的男孩輕聲細語：如果你不趕快回想起來，你會比現在痛苦得多。

「你他媽是惡靈還是什麼？可如果你是個伊哈瀰惡靈，爲什麼要千里迢迢跑來糾纏我？」莉莉繼續惡狠狠地凝視對方，雙臂環繞曲起的雙腿，下巴抵在膝蓋上。

出乎莉莉的意料是，那個長得像她的男孩、惡靈，居然笑了。

你他媽是個婊子、白癡，愚蠢的問題，你完蛋了，你辦不到就讓我來，去死吧，你去死吧！惡靈尖叫，黑色火焰撲向莉莉，她往後退縮，整個人從床上摔下來。

「該死。」莉莉聽見一聲咒罵，接著有人手忙腳亂半抱起莉莉，將她重新塞回棉被裡，莉莉從被單底下張開眼睛，不用看也知道她在哪。

莉莉來過一千次了，這兒是麥克唐納的住處。她掀開棉被，看見麥克唐納穿著綴有蕾絲花邊的女性睡衣，腳在毛茸茸的兔子拖鞋裡滑來滑去，他手足無措地站在床邊，被莉莉突然坐起來的動作嚇一跳。

好長一段時間，他們誰也沒說話。

「你不能隨便闖進女生宿舍。」最終，莉莉一面嘗試觸碰刺痛的太陽穴一面呻吟著說。

「我……我……你是我的助教……我需要你的時候你不在，雷利小姐，我有緊急的事情要找你，可是你不在，我只好……只好……動用我僅剩不多的教授權力。」麥克唐納結結巴巴地回答。

莉莉用力捶了床墊一下，她心中充滿怒火，就好像黑色火焰進入她的內心，開始眞正燃燒起來，她從來沒有這麼憤怒過。

「你的事情眞重要，那麼告訴我，你要我幫你什麼忙呢？」莉莉甜甜地問。

麥克唐納嚥了嚥口水：「你說你會在兩天內給我修改好的研究計畫……」

「研究計畫？你現在還要我寫研究計畫？我眞的需要寫嗎？我的朋友死了，警方毫無作爲，而你要我繼續寫論文？」莉莉的語氣從未如此怨毒、充滿憎恨，安子死後莉莉每天都讀新聞，不放過任何一絲跟凶手有關的消息，但直到安子下葬，凶手不再作案，警方沒能取得更多線索，據他們的說法是「案情陷入膠著」，莉莉也一天比一天更絕望。

麥克唐納呆立在她面前，彷彿不知道該怎麼辦才好，最後他只是以幾乎讓莉莉發狂的堅持語氣說：「你要繼續寫論文，你一定要研究伊哈灣。」

「爲什麼？」

「因、因爲……」麥克唐納猶豫而退縮：「因爲，我想幫你，我……我想彌補。」

莉莉瞇起眼睛。有的時候，麥克唐納看她的樣子就像莉莉是某種動物，可以在實驗中分析、剖開的動物，但有時候，麥克唐納自己會意識到這點，他的目光會充滿愧疚。

莉莉很熟悉這種眼神。從小到大，莉莉的母親都用這種眼神看她。莉莉的母親是街坊鄰居口中的模範媽媽，她太好了，對任何人都既友善又周到，就算是沒人看到的時候，她對莉莉也無微不至，她的聲音很溫柔，語調輕緩，全身上下找不出一點瑕疵。

除了她的眼睛。

莉莉覺得母親的眼睛總是如同受驚的鹿慌張四顧，她看著自己就像看著同類，即便如此那也嚇壞了她。母親對莉莉有求必應，卻是以相當奇怪的方式滿足莉莉的願望。無論莉莉想要什麼，大至全套油畫工具，小至糖果，母親會先讓莉莉等一等，然後她去跟父親討論，討論結果總是同意，莉莉會得到任何她渴望的東西。

久而久之，莉莉發現母親並不眞的在乎她想要什麼，母親像是某種無形力量的奴僕，可能是父親的奴僕，但莉莉知道，母親在跟父親討論後，父親會關在房間裡打一通長途電話，直到父親從房間裡出來，莉莉才會知道自己的願望是否可以成眞。而母親甚至沒有費心了解莉莉願望的內容，她只是蒐集這些願望，然後向「某個存在」報告，詢問是否可以通過。

莉莉一直以來都在試探母親，用最刁鑽、瘋狂的願望挑戰她，試圖看看她會不會如同一名正常的母親那樣拒絕自己，譬如毒品，譬如在家裡養蛇，譬如站在二樓的窗戶對著外頭小便。而母親面露恐懼與困惑，有時她快速地點點頭，默許了莉莉，有時她趕忙跟父親討論，再帶著結果回來告訴莉莉，不過這些過程都沒有意義，他們沒有說過不行。

他們沒說過不，反而讓莉莉害怕了。她把海洛因沖進馬桶、把蛇送回寵物店、爲了小便的事對母親道歉，她發現狀況有些不太對勁。可以說，眞正讓莉莉徹底逃離父母的原因，是她告訴了母親那個手術。

莉莉原本緊張不已，害怕母親像書和電影裡的母親一樣抓狂，傷心與憤怒將使她們大吵一架，但事實上，母親只是再次露出那鹿般恐慌睜大的眼睛，接著跑向父親的書房，讓父親打電話。

母親由於太過緊張，那次她居然忘了把門關好，莉莉聽見母親的聲音從門的縫隙流瀉出來：「噢天啊！噢天啊！他是個怪物，他做這種要求，我再也受不了了，這不是一個正常的孩子，我再也受不了了……」

從那之後莉莉努力讀書，跳級兩次並考上離家較遠的大學，若有節日或假期她盡量不回家，她不知道父母爲什麼如此縱容自己，她只從學校同儕對家庭的抱怨中理解到她的父母有多怪異。

「我不會再寫論文，我不想寫。」莉莉搖頭切斷思緒，對麥克唐納說：「你也不需要彌補，照顧你的生活是我做的決定，學校付薪水給我，我們兩不相欠。」

「如果你不寫論文，那你要做什麼？」麥克唐納一屁股坐在床邊，他玩弄著袖子上的蝴蝶結：「你未來想做什麼？你有什麼夢想嗎？」

麥克唐納的話讓莉莉一愣，她記得安子也曾這麼問過自己：畢業以後莉莉想做什麼？她想不到，雖然她喜歡畫畫，也擁有動物學專業，可是當安子問她要不要跟自己一起去普利坦尼亞，莉莉在瞬間就決定拋下所有，只因安子描繪兩人在普利坦尼亞的生活實在太過美好。有時候，莉莉會發現自己跟別人有多麼不同，她有擅長的事也有喜愛的興趣，但兩者都讓她莫名抗拒，倘若有人要求她以畫畫或動物學維生，她可能會立刻放棄繪畫和碩士學位，她經常想從這兩件事當中逃脫。而安子，安子的邀請就像給予莉莉生活中的喘息，她知道自己會永遠畫畫和研究動物學，生命裡無論何時都可以繼續，相較之下和安子的計畫顯得更加珍貴。

安子死去以後，莉莉再也不知道未來要做什麼了。

莉莉搖搖頭。

麥克唐納嘆了口氣：「我希望你可以待在這裡直到完全冷靜，在那之前不要匆促做任何決定。還有你的研究計畫，你必須再想一想，你必須更加深入挖掘。我不曉得你爲什麼堅持繼續讀碩士，或許這對你來說有意義，既然如此，就專注於意義，那會形成一種信念，幫助你前進。」

莉莉沉思麥克唐納的話語。

她讀碩士的原因是她的心中蘊含一個問題，最初，莉莉連問題本身是什麼都不曉得，隨著她閱讀愈多和動物學、獸靈學有關的書，她的問題漸漸有了雛形，當問題已呼之欲出，她就想取得答案。讀碩士是取得答案的過程，與此同時她發掘出更多問題，譬如模仿、伊哈灣，那讓她對這個世界有了新的認識，莉莉或許不想承認，但這讓她既激動又興奮。

安子還在的時候，莉莉會花一整晚和她暢談，她們喝酒討論一個又一個無從解決的大哉問，累得眼睛都睜不開也不亦樂乎……那幅回憶中的畫面令莉莉想起了自己對研究的熱忱，抑或是對求得眞相的熱忱。現在放棄，似乎是對這些回憶的玷污。

「我明白了。」莉莉聳聳肩，表示妥協：「我會照你說得做，斯圖爾特，另外……謝謝。」

麥克唐納從床邊站起來，看起來更加不知所措：「沒、沒問題！好，所以你留在這裡，嗯，我、我要去上課，我今天還有課……」他開始在那件女用睡衣裡掙扎，拚命想把衣服從身上扯下來。莉莉見狀上前制止，一面嘆氣一面慢慢替他脫下衣服。

「你的襯衫跟西裝還是在老地方嗎？」莉莉問，得到答案以後替麥克唐納挑了一套西裝跟襯衫，小心翼翼幫他換上。在麥克唐納病情最糟糕的時候，莉莉不介意替他換衣服，然而只要他還保有理智，麥克唐納的家庭醫生認爲應該讓他試著處理生活中的大小事。

莉莉讓麥克唐納自己繫領帶，並在老教授的指示下從冰箱裡拿出麥片和牛奶，他們各吃了一碗麥片，久未進食的莉莉吃得很慢，但她不想停下來。當麥克唐納率先吃完早餐，他讓莉莉再三向他保證自己會待在家好好思考研究計畫，這才心滿意足地出門。

莉莉倒回床上，感到沉重的憂鬱與悲傷再次席捲而來，但一股力量促使她保持清醒，那是始終熊熊燃燒的憤怒。她打開手機，通話紀錄上保留著最後一次安子打電話給她的訊息，十二月三十一日下午三點五十二分，莉莉在那時聽見了謀殺她好友的男人聲音。事發後警察來找過她，詢問那聲音的特徵，莉莉盡力描述，雖然她也知道警方無法從聲音中取得太多線索。

安子的手機上也沒能提取凶手的指紋。莉莉在離開警局前聽見安子的父母在另一個房間裡低聲討論，莉莉沒有和他們打招呼，出於羞愧，莉莉狼狽地落荒而逃。

莉莉在床邊找到自己的筆記型電腦，麥克唐納將她的行李都放在這間客房內，讓莉莉可以很快拿到她需要的東西。她打開電腦上網補足這些日子以來的新聞，由於安子的死，警方掌握到更多線索，也願意公布給媒體更多消息，即便如此，他們也花了將近一個月才把三件命案連繫在一起。儘管這三名死者都有一些相似處，譬如她們的年齡都超過二十五歲、她們都在被發現時全身赤裸，衣物被扔棄一旁，隨身攜帶的包包消失；她們都被強姦並毆打……最後是，她們都在遇害時處於月經期間。

如果不是因爲閱讀新聞報導，莉莉恐怕永遠不會知道這些關於安子的訊息，莉莉並不曉得安子回來那天她正值經期，她也不知道安子有二十五歲了，安子曾說她因爲一些原因很晚才讀大學，但她從來沒有仔細提過。

莉莉滑到這幾日的新聞，留意到有一個她從未聽過的獨立報在部落格上撰寫的文章被轉貼，並且點擊次數相當高，標題是〈**聖經約翰的模傚犯？或鬼魂？**〉。

莉莉聽過聖經約翰，那是一個世紀前格列斯卡從未被抓到的連續殺人犯，但莉莉不了解細節，也不知道記者爲何將殺死安子的凶手和早已作古的連續殺人犯連繫在一起。莉莉點擊文章頁面，開始閱讀：

很難相信一個世紀前的女性殺手重回格列斯卡，但所有對眞實犯罪感興趣的讀者都會同意，我們可以看見其中的相似性。尤其在死者特徵上，同樣是黑髮、嬌小的女性，且年齡超過二十五歲並處於經期，我們不禁發現直至今日，女性在夜間行走的權益仍未獲得保障，與其說這是一名聖經約翰的模傚犯，我們更相信這是繼承了舊時代仇恨女性的鬼魂。無論凶手是誰，他都不應該出現於我們的時代，模仿百年前的凶手更是毫無品味可言。

莉莉這才注意到，安子死去而三件命案終於被連繫在一起後，網路上開始出現一些言論，起先是那些喜愛研究真實犯罪的網友比照過往是否曾出現過類似的案件，得出這名凶手的受害者和聖經約翰的受害者十分相似，所有論壇、社群網站全都陷入瘋狂，甚至有人聲稱聖經約翰重回格列斯卡。

莉莉點擊的這篇文章其實是為了反駁這個觀點，希望網友將重點放在受害女性以及追查凶手上，而非對百年前的連續殺人魔重出江湖感到興奮莫名。

莉莉的手指輕點滑鼠，思考了好一陣子，她迅速打下幾個關鍵字，查詢過去和聖經約翰有關的資料。莉莉愈查愈感到毛骨悚然，難怪人們會將最近的事件和聖經約翰連繫在一起，因為它們太像了。

一九六〇年代的格列斯卡商業區，有三名女性在參加完巴若蘭舞廳舉辦的活動後被帶走殺害，由於巴若蘭舞廳當時經常舉辦僅限已婚人士的活動，讓警方在追查凶手上困難重重。

一九六八年二月二十三日，二十五歲的護士帕翠夏・多克被發現赤裸陳屍於住家附近一個上鎖的車庫門口，全身尤其臉部遭鈍器毆打，死因是勒斃，並在死亡前遭凶手強暴。六個月後，三十二歲的潔瑪・麥克唐納失蹤多日，她的姊姊在住家附近的廢墟中發現潔瑪的屍體，生前曾被強姦和毆打，凶手以她的絲襪將她勒死。再兩個月，最後一名死者海倫・普托克同樣在距離住家不遠的地方被發現死亡，臉部遭毆打，有被強暴跡象，並同樣被自己的絲襪勒斃。

由於一九六〇年代的格列斯卡犯罪率極高，有西陸的謀殺首都之稱，這些案件起初並沒有獲得重視。尤其最開始發現第一名死者帕翠夏的碼頭工人以為屍體是男性，儘管死者附近有用過的衛生棉。警方仍在得知消息後錯誤地判定死者是流浪漢，並未急於追查凶手。第二名死者潔瑪則在週六晚間前往巴若蘭舞廳之前請自己的姊姊瑪格莉特代為照顧小孩，當晚潔瑪未歸家後，瑪格莉特開始聽到附近的孩子提起在附近的廢棄建築裡又找到一具屍體，那是個化外之地，經常有人在那兒賣淫和吸毒，瑪格莉特最開始也沒有想到會是潔瑪。同時這段時間無人報警，直到星期一，瑪格莉特決定前往該廢墟查看，並發現死者確實是潔瑪，她死時身體赤裸，衣服散落一旁，屍體旁有用過的衛生棉。

從第一起案件到第二起，警方明顯落後一大截，除了帕翠夏向家人隱瞞了自己的行蹤，讓屍體一度無人指認，也因爲警方誤以爲第一名死者是流浪漢，他們過了好長一段時間才重返巴若蘭舞廳進行調查，彼時人們的記憶早已模糊，唯一能確定的是對方是個年輕、高瘦、穿著體面，說話不時引用聖經的紅髮男子，此外根據證詞，這名男子雖是巴若蘭舞廳的常客，卻不是當地人。

警方花了十個星期才發現兩個案件有關聯，他們依據調查結果製作了嫌犯肖像，並將肖像散布全國，包含各軍事基地。因爲依照證人的描述，這名男人的髮型不符合當時的流行，頭髮兩側修剪得很短，只有軍隊背景的人才有可能選擇這樣的髮型。

不過話說回來，公布凶手肖像沒什麼效果。莉莉看見圖片的時候就知道，這是在格列斯卡……不，在整個蓋力都非常普遍的長相，一張大眾臉，沒有太突出的特徵，猶如鬼魅般稍縱即逝。

所以當時警方唯一能做的只是等待他犯下下一起命案。

莉莉吐出一口氣，沒注意到自己正在憋氣，她滑動視窗繼續往下讀。

儘管警方從未找到凶手，但他們派遣數名便衣潛伏於巴若蘭進行探查，直到兩個月後的十月分，警方的監視計畫沒有抓住任何嫌犯，於是計畫在十月下旬終止，好巧不巧，第三起同時也是最後一起命案，在十月的結尾發生。

十月三十日，海倫和妹妹珍一同前往巴若蘭舞廳跳舞。海倫的丈夫原是外派軍人，近日才搬回蓋力，海倫和珍前往巴若蘭前還到附近的小酒館喝了點酒。當晚，她們在巴若蘭跟兩個高大的男人聊天，這兩人都叫做約翰，一個深色頭髮，一個紅髮。無從確認「約翰」是不是眞名，畢竟會來巴若蘭的很多都是已婚人士，不會使用眞名，再者，約翰也是個極爲常見的名字。

她們和兩個約翰離開巴若蘭，珍想買香菸，但零錢被卡在販賣機裡，深色頭髮的約翰試圖幫她，巴若蘭舞廳的經理恰好外出目睹，告訴他們明天方便的話過來一趟，他會把錢退給珍。而後深色頭髮的約翰先搭公車離開，留下紅髮約翰跟姊妹倆一同搭計程車，珍接下來的描述透露了許多紅髮約翰的個人訊息，譬如紅髮約翰的姓，可能是辛普森或愛默生，以及他住在牛奶城——治安非常糟糕的地方，還有他經常四處打工、未婚。

珍後來回憶紅髮約翰說話的方式像軍人，頗爲高高在上，展現強烈支配欲。在計程車上時他一直碰自己衣領上的筆，他戴著一只在軍中受歡迎的手錶。聊天時，他提到自己的高爾夫不怎樣，但他有個表兄弟曾一桿進洞過。後來話題漸漸轉向信仰，約翰表示他來自一個嚴厲傳統的宗教家庭，他的父親曾說舞廳是罪惡的淵藪，而一名已婚仍前往舞廳跳舞的女人，則是蕩婦。接著他從《舊約》中摩西的故事聊到互相探問跨年夜要做什麼，他說他會在家祈禱而不會到舞廳跳舞。

珍一直記得約翰的笑容有些不太對勁的地方，那就是他的門牙有些交疊，顯得並不整齊。計程車先抵達珍的家，約翰向珍保證會送海倫回家。但當海倫隔天被找到時，她和另外兩名受害者一樣，臉部遭毆打、有被性侵的痕跡，她被自己的絲襪勒斃，包包內的東西散落一地。

除此之外，她的左腋下方塞著衛生棉，她正處於經期。

第三名受害者提供警方更多線索，他們製作了新的合成肖像、組織便衣到各處調查，甚至前往理髮廳、牙醫診所和高爾夫球場尋找嫌犯，卻一無所獲。那個年代的格列斯卡監視器沒有現在這麼多，而且謀殺之都的稱號也並非空穴來風，人們很容易在住家附近的廢墟裡發現屍體，即便發現屍體，也不急著去報警。加上從第三名受害者的內褲上採集到的基因指紋保存狀況不佳，以及鑑識學尚未發展到如今的程度，即便多年來警方有過懷疑的對象，也都因證據不足無法確認眞凶。直到現在網路上仍流傳著各種猜測，包含凶手可能是水手或船員，因此他總是隔好幾個月才做案一次；又或者有人認爲他的眞實身分是另一名聲名狼藉的連環殺人魔彼得托賓；更有些說法表示凶手其實是一名警察，他的同僚們爲了保住退休金決定集體沉默吃案……無論如何，這名凶手從未被抓到過，而在海倫的妹妹珍和凶手的對話公開後，由於其中多次提到和《聖經》有關的內容，這名男人被廣泛地稱為聖經約翰。直到今天，已過了一百多年，如果當時聖經約翰是二十五歲到三十歲的年輕男子，如今他也毫無疑問已經死了。

在讀完所有文章以後，莉莉心中有一個最大的問題：聖經約翰如何得知受害女性來月經，並以此為由殺害她們？

她反覆閱讀自己查到的資料，意識到這有可能是文字引發的誤會，由於這些記錄罪案的舊資料傾向於客觀呈現事實，她會讀到所有已發生的細節，但仔細想想，在一九六〇年代末的格列斯卡，一名男子真的可能在一間吵雜的舞廳內一個個詢問陌生女性她是否來月經，以達到挑選獵物的目的嗎？莉莉很懷疑，即便這男人僥倖不被當作神經病對待，女性也可能會說謊，畢竟沒有必要在那樣的場合裡說眞話。

莉莉將疑問直接打在搜尋引擎，很快出現一些網站，她迅速過濾，最後點開一個論壇的用戶發文。

這名用戶正在回答某個跟莉莉有相同疑問的網友，他認為聖經約翰不會也無法特別尋找來月經的女子作為獵物，他比較可能是習慣在巴若蘭這樣的地方尋找一夜情對象，而他若遇到沒有月經的女子，便會和她發生性關係，相反的若遇到來月經的女子，他可能被激怒憤而殺害她們。

這讓莉莉更難區分聖經約翰究竟是有計畫地犯案或是激情殺人，因為他很顯然有計畫地尋找女性一夜情，同時他又不可能在第一次殺人後假裝自己不會再這麼做，所以兩者都有可能。

此外，這篇文章的作者提到死去的三名女性都在離家不遠的地方遇害，加上那些地方通常是當地不良少年喜歡打野炮或幹壞事的場所，他認為三名受害者死去的地點有可能都是她們挑選的，有可能事發前這三名女性都打算和聖經約翰發生性關係，因此選擇她們熟悉且離家不遠的地方。

讀到這裡，莉莉覺得一陣寒意爬上背脊。

到底為什麼是有月經的女性？莉莉自語著，目前為止聖經約翰確實跟殺死安子的凶手有很多共同點，其中最讓莉莉留心的是受害女性都有月經的這項事實。她繼續在網路上挖掘，有幾本和聖經約翰有關的書記錄《利未記》提到：「女人在月經期間都不潔淨，要不潔淨七天。」

這篇論壇上的文章也同意月經激怒了聖經約翰而非讓他興奮。莉莉想，假設聖經約翰確實是虔誠的信徒，那麼他會因爲覺得月經期間的女人十分骯髒……甚至生氣她們想弄髒他，以至於將女性殺害嗎？

不知道爲什麼，莉莉即便知道這是相當荒唐且狗屎的想法，但無疑是眞的。這也解釋了第三名受害者死後，警方爲何會在她的左腋下發現用過的衛生棉，莉莉直覺地猜測這是一種羞辱，聖經約翰想將不潔還給她們。

思及此，莉莉迅速關掉了所有網頁。

恐懼、噁心與困惑讓莉莉抱緊自己的身體，不知爲何，她被和聖經約翰有關的事件深深傷害了，某種惡意隱藏其中，那是對女性的惡意。

倘若安子沒有死，沒有任何女性被殺害，今天莉莉和安子只是在咖啡館結束營業的短暫時光裡，恰好從網路上看到聖經約翰的資料，她們會長吁短嘆一番，爲過去女性是如此悲慘感到傷心，但她們知道同樣的事情不會發生在現代，但願不會，至少不應該發生在她們周遭。所以憂傷將無比短暫，她們很快會繼續聊其他的話題，然後安子的手機鬧鈴會響起，莉莉會等她關店，她們一起走路回家。

但安子死了，因爲安子死了，莉莉看待世界的眼光再也不一樣了，惡意還是存在，女性仍在受苦。莉莉重新打開瀏覽器。雖然很痛苦，可是莉莉認爲自己必須看，她再次找到這一個月以來在西北港都大學校區附近死亡的女性命案，她想知道以受害者特徵來說，和聖經約翰的受害者又有多少相似之處。

第一名受害者在十二月十七日死亡，凌晨時分一名慢跑的男人發現屍體，死者是三十五歲的足球場禮品店店員，警方原本無法確定死者身分，直到死者工作場所的主管和同事留意到不對勁報案，才由其家人前來指認屍體。

第二名受害者三十一歲，是一名待業中的婦女，有一個孩子，她在十二月三十日晚間死於住家附近的暗巷，並被出門散步的鄰居發現，警方在隔天發布消息，也是那天莉莉要求安子不要回來，可是安子仍執意搭公車回租屋處，當天下午四點左右，安子坐過站，她決定走路回租屋處，隨後便在附近的公園遭殺害。凶手殺死安子後，在三點五十二分打電話給莉莉，莉莉聽見了男人的聲音……

三名受害者和聖經約翰的受害者一樣，都是黑髮且身材嬌小的女子、她們死亡時幾乎赤裸，並遭受毆打和強暴，她們都處於月經來潮期間，她們的年齡介於二十五歲至三十五歲，她們也都在距離住處不遠的地方死亡。

不過理所當然也有不同之處，譬如這陣子死亡的女子都不可能去過巴若蘭舞廳，巴若蘭舞廳已在五十年前停業。莉莉皺起眉頭，比對著警方發布的兩條訊息。她發現雖然她們無法前往巴若蘭舞廳，除了安子以外，另外兩名死者都曾在生前去過西北港都大學校區外的同一間酒吧。警方或許注意到這可能是線索，因此沒有公布酒吧名稱，莉莉並不在意，這個時代只要上網搜尋一下，很快會眞相大白。她將相關資訊複製下來，繼續比對資料。

莉莉不太確定，或許她想多了，但還有個最近死者和聖經約翰死者不同之處，那就是竹鶴安子。聖經約翰從未謀殺過亞裔女性，安子卻是一名不折不扣的密冬藩屬人。

莉莉不知道這是否重要，她只是盡量將想法敲打在電腦裡。她還注意到一個沒人在意的新聞，早在所有命案發生前，有個醉漢酒後不知發了什麼瘋，沿路撞擊建築物將自己活活撞死，現場留下殘破屍體，僅根據鑑識人員推測，那人除了沿路流下大量血液以外，剩餘的屍體缺乏一大截脊椎，十分奇怪，彷彿他把自己的一部分弄丟了。報導顯示當晚他在格列斯卡城市東區的一間酒館喝酒，酒保最後一次看見他時，他跟一名黑髮男子離開。莉莉很快忽視這篇報導，因爲案發地點離西北港都大學太遠了，且死者是男性。儘管如此，莉莉仍順手將報導存起來。

做完了這些，莉莉累極了，她知道自己的所作所爲或許沒有意義，但她無法什麼也不做，如果她停下來，心痛和內疚會殺死她，莉莉會一遍又一遍問自己為何那日沒有先打給安子？為什麼她沒有去找安子？就算是現在，莉莉也感到自己十分無能，她除了在網路上蒐集資料，什麼也辦不到，只能像一世紀前的格列斯卡警察一樣，等待更多消息傳來，她只能等待……

並且繼續生活。

莉莉開始這樣的日子：替麥克唐納做早餐、挑選西裝，確定他打扮體面。等麥克唐納出門，莉莉就瘋狂查詢警方是否有公布新的消息。她曾在餐桌上聽麥克唐納抱怨最近街上都是警察，西北港都大學也進入警戒狀態，學生宿舍關閉，校方要求學生在開學前全數返家，除了國際學生，他們也必須集中居住在管理更加嚴格的大樓裡。這些對莉莉來說還不夠，她需要知道更多警方的調查結果、線索、犯罪側寫，但一天天過去，什麼也沒有。這段時間莉莉仍不時作夢，大多時候她回到那狹窄、惡臭的倉庫，她已然習慣，也接受了惡靈取代她的小虎斑貓和她面面相覷的事實。

幾次攻擊之後，惡靈似乎意識到它無法真正傷到莉莉，於是它放棄了，只在莉莉看向它時，咕噥著「婊子」和「白癡」。

偶爾，惡靈也說其他的話。

你永遠也不會有月經，你知道嗎？它緩慢地道。

莉莉沉默不語。她曾經想要有月經，在高中時，她留長髮、穿著顏色粉嫩的衣服，她如此害怕被拆穿，以至於她攜帶衛生棉和美工刀進女廁，她會在大腿內側割出傷口，傷口必須足夠大才能持續流血，接著她墊好衛生棉，整理裙子。她在上課時挪動臀部調整衛生棉的位置，模仿那種不適。

「我知道。」莉莉輕聲說。

她知道，可是她仍然想堅持，因為這是她的選擇，這是她之所以為莉莉．雷利。

這天莉莉醒來，發現天色昏暗。

她拿出手機，解鎖螢幕，開始迅速閱讀今天的新聞，她很快停下來，為了確認瞪大眼睛，她轉頭看向窗外天空的陰沉，然後她再次凝視手機螢幕。

激動和悲痛令她流淚，她摀著嘴，低聲啜泣。因為殺死安子的凶手再次犯案，他以相同手法謀殺了一名女子，三十歲，在西北港都大學的學生餐廳擔任廚師，同時，她也是一名密冬藩屬人。

這一次，新聞媒體終於臣服於網路輿論，他們給了凶手一個名字：**天使約翰**。

約翰看著自己的雙手。

不像真的，卻是真的，有時候在路燈的照射下，他可以看見其中一隻手的斷面，彷彿不久前有什麼銳利的東西切斷了它，但當他轉動手腕，那隻手再次完好如初。

真奇妙。他想他能用這雙手做很多事。

他已經做了很多事。但他還是覺得昏昏沉沉，不確定自己是誰，他舔了舔嘴唇，舌頭滑過重疊的門牙，想。首先，他叫約翰，約翰．辛普森或約翰．愛默森，他住在牛奶城，四處打雜工，未婚，他對信仰很虔誠，他能夠引用《聖經》。

約翰的思緒指向《聖經》，彷彿在一瞬間扭開了水龍頭，字彙流瀉而出：神說，凡有血肉的活物，每樣兩個，一公一母，你要帶進方舟，好在你那裡保全生命……你將成完人，你的肉體為方舟，我造的走獸飛鳥將進入你的身體。挪亞就這樣行。凡神所吩咐的，他都照樣行了。

他更喜歡摩西的故事，但沒關係，《創世紀》也不錯，也可以。然後，約翰想著自己接下來該做些什麼，做什麼，似乎取決於他喜歡什麼。

他喜歡女人。

更精確地說，他喜歡傷害一些低賤的婊子。

他不能傷害那些乖乖待在家裡的小羊，漂亮的、柔順的，不屬於他，屬於其他男人的管轄。

相反的，那些最淫蕩罪惡的女人，是他的。

哪裡可以找到這些女人？哦，一盞燈在約翰腦袋裡亮起來，他知道一間酒吧，不知道爲什麼非得是這間酒吧，但看起來不錯，令人熟悉，所以可以，可以，好的，他想去。

欲望開始燃燒。

他像一陣煙霧般離開。

第十一章

她沿著黑暗的獵徑行走，走著走著，由於聽見來自遠方的暴雨聲響，她停下來，回頭看了一眼部落方向仍未被烏雲污染、星座閃爍的夜空，確定無事，她才轉身繼續前行。部落裡的人經常從這條小路進入山林，獵捕山獸或者摘採藥草，而她此時的目的是後者。終於成爲部落使者、同時也是女巫的烏托克的學徒，她想爲族人取得充足的藥草，爲即將到來疫疾肆虐的夏日做準備。

彼時，一隻不該在夜晚出現的繡眼畫眉迎面飛來，差點撞到她的鼻子，她輕笑：「西西雷克鳥，你是什麼意思？」一手攏住驚魂未定的鳥兒入懷，一面繼續行走。

這條路她走得很熟，有些植物只在此時摘採效果最好，但她也很小心，這兒接近帊音部落周遭的駐軍，那些外鄉人瞧不起他們，如果有人犯錯，外鄉人軍隊甚至有權力處死他們，這讓她更加謹慎。儘管如此，在一陣奇特的音樂聲傳來時，她仍好奇地抬頭，讓風將樂聲吹入耳畔。

她從未聽過那樣的聲音，音樂伴隨眾多男性的低沉吟唱，那讓她覺得有點好笑，對她來說，那不是音樂，而是一些人在戲耍，聲音來自外鄉人軍隊，讓她不禁想，原來外面的音樂也不過就是如此而已。

她繼續無比專注地摘採藥草，以至於沒能聽見在吵雜的外鄉音樂掩飾下，一名醉醺醺的外鄉軍官聲稱要去小解，實際上早已發現了她所造成的細微動靜。當她即將從樹林中離開，一隻手摀住她的嘴，另一隻手拉住她的手，將她拖進陰影中，無聲而快速，她只來得及張手釋放懷中的繡眼畫眉，而她的整個身體就像被陰影吃掉似的，樹林一派寂靜，沒有絲毫掙扎的痕跡。

往後她不斷回想，記得自己可以在樹影中看見那個男人，聽見他的聲音，還有聞到他身上一股奇怪的氣味，男人身上有酒的味道，或許是因爲這樣，他的體溫很高。

她一被抓住就閉起眼睛，因爲有傳聞說，看見外鄉軍官會招致厄運，部落裡老一輩的族人也經常對年輕的孩子耳提面命，如果外鄉人軍隊抓住他們，或僅僅是找他們說話，都要乖巧且順從地應對，以免被暴躁的軍官懲罰。她一直謹記年長族人的教誨，卻也讓她失去了逃脫的機會。

男人離開以後，她仰躺在地，看見了星星，她努力將注意力放在夜空中數不清的星群，想像那些星星是夜幕上殘缺不全的孔洞，這讓她感覺殘缺也有殘缺的美和秩序，就像她一樣。

儘管她知道事實並非如此。她顫抖地站起身，仔細撫平衣服的皺褶、拍掉沾染的灰塵與草屑，她將自己整理乾淨，讓淚水從骯髒的臉頰滑落，留下兩道乾淨的痕跡，她猶豫著，不知該往哪裡去，她似乎是受傷了，以一種低劣的方式，但也並不比被野獸攻擊更疼痛，只是這種經驗帶有一種曖昧不清的屈辱與污穢，使她無法確定自己究竟傷得有多重，最終，她一瘸一拐地走回部落。

她不敢去找烏托克，她的師傅，因爲師傅這麼有智慧，肯定一眼就會看見她的破碎。她只能回家，她的家人溫柔而著急地詢問她發生了什麼，她只說她在山裡摔了一跤，於是她的家人包含父母、弟弟妹妹讓她躺下，爲她擦拭手腳、照料擦傷，端來溫熱的食物與清涼飲水。她看起來眞的就像在山裡摔了一跤，所以他們囑咐她好好休息，便不再打擾。

出於不知名原因，她感到暈眩，連續兩天都不能起床，她用妹妹端來的清水洗臉，看著水中模糊倒映出自己的臉，以及臉上不久前紋上的圖樣，那是師傅親手爲她紋的，如今，她覺得自己對不起這紋面。從弟妹的口中她得知，師傅這兩天都來拜訪，但她不敢見她，只能躲藏著佯裝沉睡，她的父母要請師傅爲她看一看，她也不願，她覺得自己的身體出了問題，卻不曉得究竟是怎麼一回事。

過了幾天，她突然全身發熱、咳嗽不止，她的家人終於還是讓師傅過來爲她治療。

她的師傅長得又小又矮，整個人黑黑瘦瘦的，總是帶著溫暖的微笑，據說她之所以高齡九十八歲還無長久病痛，便是因爲她笑口常開的緣故。

可是她那愛笑的師傅在看見她時，滿是皺紋的五官緊緊地皺在一起。

師傅支開了她的家人，來到她的身邊，嚴肅地對她說：「我的布亞思、小嘯鶇，接下來我說的話，你得聽清楚了。」

她發著高燒，意識朦朧，卻仍勉強睜開眼仔細傾聽。

「小嘯鶇，不管未來發生什麼事情，你只要記得一切都不是你的錯。」師傅說完便沉默下來，開始爲她占卜治病。奇怪的是，往昔在師傅巧手治療下都能立即康復的疾病，這次卻頑強地不肯離開她的身體，師傅只是讓她身體舒服些許，太過難受時，便陷入昏沉睡眠，是以有好長一段時間，她不知道部落發生了什麼事。

她不知道不僅僅是她，替她送飯和日用品的弟弟妹妹也在不久後開始發燒咳嗽、呼吸困難，她最小的妹妹身體最差，不到三天便死了，隨後她的父母也染上疾病，卻仍堅持著照顧她。

而以他們家作爲開始，住在附近曾經上門慰問探視的鄰居也漸漸染病，隨時間過去，疾病擴散至整個部落。這段時間烏托克忙碌地挨家挨户探望、占卜與醫治，儘管她知道，這病並非來自保留地裡的普通傷寒，這病是被刻意從邊界外帶進來的，是對那些外鄉人軍隊來說十分輕微，對他們而言卻很嚴重的病。

她在某次昏沉半睡時聽見父母的交談，竟是母親在交代遺言，母親說，要按照老烏托克的指示，所有人留在屋內，不得離開部落，要將這致命的疾病封死在他們這裡，否則一旦疾病離開帊音，將會造成山區部落乃至於整個保留地死傷慘重。

她艱難地呼吸，猛然想起那夜她去摘採藥草見到的男人，那趴在自己身上傷害她的男人，他的皮膚散發詭異高熱，他的身體散發奇怪的氣味，就和她生病後的氣味一樣。

即便身體很沉重、很痛苦，她仍掙扎著爬起來，跌跌撞撞衝出門去。在她身後，她重病的父母在呼喊著些什麼，她聽不見，她滿心只想著這是她犯下的錯誤，她必須彌補，如果她的速度夠快，整個部落都還有生還的可能。

作爲烏托克的學徒，她知道過去也曾有過外面的病不小心進來的時候，當時的外鄉人軍隊願意立即伸出援手，提供裝在透明玻璃管子裡的液體，被稱爲疫苗。用針灌進體內，還沒生病的人就再也不會生病了，已經生病的人則會慢慢好起來……思及此，她跑得更快。

她來到那晚自己摘採藥草的地方，同時也是外鄉人駐軍駐紮之處，由於身體虛弱無力，她一度癱倒在地，直到有外鄉人士兵發現她，將她押送至軍官的營帳。當時她已幾乎沒有力氣，這種病到了最後往往使人肺部塌陷，無法呼吸，很多人死於窒息，而她只是硬撐著最後一口氣。她是巫師的學徒，理當幫助族人，她無法忍受明知一切都是自己造成的，卻什麼也不做。

她被士兵扔在地上，好一會兒才能勉強張開眼睛，她小心翼翼抬頭，看見坐在營帳裡的軍官竟然就是當晚傷害她的男人，她匍匐在地，努力忍耐痛苦與顫抖，她將身體蜷縮至最小，竭盡全力表現恭敬。

軍官似乎說了些什麼，但她聽不清，她只能趴在地上顫聲哀求對方的憐憫，她說：「求求你！救救我們部落！因爲你的關係我染上了病，現在病讓我們部落的所有人都感染了，求求你幫助我們！」她感覺自己既赤裸，又卑賤，她如此渺小，害怕再次被男人傷害，可她現在管不了那麼多，如果軍官有意再次傷害她，哪怕十次、百次，她都願意承受，只要對方能夠提供她的部落幫助。

那名軍官召來兩名士兵，將搖搖晃晃的她架起來帶走，當士兵們把她帶回來時的地方，其中一人對她啐道：「一介野蠻地女子，我們古家的大人怎麼可能會碰！」

「別說了，副官大人看上去有別的想法。」另一名士兵使著眼色，兩人靜靜退回軍營。

聽見士兵的話，她才想起剛剛確實有一位看起來並非士兵的男子站在軍官身旁，眼神犀利但始終沉默。她的心中燃起一絲希望，或許那名傷害她的人爲了不讓自己做的事遭暴露，決定佯裝不認識她，但也有萬分之一的機會，另一名外鄉人擁有權力阻止悲劇發生。

懷揣著微弱冀求，她艱難地走回部落。

而當她僅僅是看見來自部落的炊煙，她便再也支撐不住病體，昏厥過去。某種程度上，她的昏迷是好的，那樣她就不會親眼看見自己的五個弟弟妹妹接連死去，她不會看見母親艱難地呼出最後一口氣，胸口再也沒有起伏，她不會看見父親也瀕臨死亡，只能把烏托克請到家裡，把她託負給師傅。

而她的師傅告訴父親，她一直就是她最親愛的學徒，甜蜜的布亞思、小嘯鶇，她會拚盡全力照顧她。

在她的部落族人逐漸死去，殘存的族人被烏托克小心轉移到她的家，如此烏托克才能就近觀察、照料。而她也已接近彌留，在生與死之間擺盪，可悲的是，當時她心中仍殷殷期待著，當她睜開眼睛，便能看見康復且健壯的族人們。

他們將和過去一樣幸福。

她想像不到，她那次拚盡全力的乞求並未帶來幫助，反而引發外鄉人軍隊包圍整個帕音部落，乃至於周遭樹林，他們放火焚燒成片土地，並闖入部落中燒盡病死族人的屍體。

她在神智昏迷中依稀聽見她的老師傅溫柔帶笑的聲音輕聲說：「小嘯鶇，這不是你的錯，那個外鄉人是故意被放進來的，就算不是你，也會藉由其他動物……甚至水和空氣，影響並污染整個保留地。」

她聽見師傅占卜以及吟唱的聲響，那聲音如此熟悉，讓她知道師傅正在作淨化靈魂的儀式，通常只有橫死或死於異鄉的人才必須執行這樣的儀式，她想起身幫助師傅，但她只能稍微掙開一隻眼睛，她看見熊熊烈火中，她的師傅背對著她和少數仍活著的族人坐在屋子前方，高舉祭葉，即使她的身體逐漸枯黑，火舌親暱地舔舐師傅滿是皺紋的慈祥臉龐，她仍彷彿毫無感覺般繼續做儀式。

她幾乎要哭嚎出聲，她的眼淚還沒流出來便被蒸乾，可是疾病造成的虛弱讓她無法動彈，她唯一的安慰是她也即將要隨師傅逝去了，她們將會前往祖靈的世界，看見死去的族人。於是當新的疲憊浪潮侵襲而來，她任由自己被捲入、被吞噬。她在高熱的流水中飄飄蕩蕩，期待著抵達彩虹彼端，與師傅和死去的家人重逢……卻在這時，發生了怪事，疾病引發的昏眩幻覺中，她看見帊音傳說故事裡的動物從山裡、從天上、從水中來到她身邊，那些動物好像在等待什麼，然後……她看見一隻紅眼睛、單足的白色鳥兒飛來，牠輕啄她的臂膀，她的身體便逐漸感到清涼，冷與熱在她體內對抗，最終，她活了下來。

「巴利。」當她甦醒，這是她說的第一句話。

也是在她和鳥兒結合的瞬間，她便明白了牠究竟是一種什麼樣的存在。她利用巴利的力量救活剩餘的族人，她才知道，原來被軍方禁止的傳說故事裡的巴利，居然眞實存在。

「巴利。」她親密柔和地叫喚、無限溫存地叫喚，感受巴利和自己連繫在一起後，從牠身上傳來的安撫力量。當她終於確定剩餘的族人都已安全，並且活著，她再次陷入昏迷，彼時，煙霧迷漫中，她看見兩道人影從屋外走來……

阿巴刻死後，烏托克曾在當夜前往克羅羅莫，爲他的家人帶來死訊，因爲在那個時刻，只有烏托克能夠傳遞消息，沒有更多人知道了。更重要的是，烏托克認爲自己有責任。

烏托克一直就知道阿巴刻的家在哪裡，她的魔鳥曾經跟蹤過他。阿巴刻每隔一陣子就會回到自己原本的家屋，像個傻瓜，這對於一名部落使者來說是多麼幼稚啊。然而這也說明了阿巴刻對自己的家庭有多麼留戀。是一個很好的家庭，完整的家庭，烏托克過去曾發誓過絕對不可以毀壞的家庭。

那夜，烏托克敲響阿巴刻的家門，隨後一名白髮蒼蒼的年長男子打開門，與烏托克視線相對。

「我是來……」烏托克掙扎著開口。

「拉疏死了，是嗎？」男子靜靜地問。

烏托克沒有回答。她知道眼前這名男子便是拉疏的父親，這讓烏托克完全喪失了說話的勇氣。

「你就是那個他想要保護的女子？」見烏托克沉默不語，拉疏的父親輕輕地說：「**我憎恨你**。」

烏托克看著男人，她知道阿巴刻的故事，他的父親曾被軍方奪走長子，現在又失去了剩下的最後一個孩子，無論拉疏的父親如何辱罵，烏托克都沒有怨言。然而古怪的是，拉疏的父親只說了那麼一句。

「我憎恨你。」拉疏的父親又說了一次：「他對我提過一次，他曾經拯救過的一名少女，從那時我就知道，他會爲你犧牲。」

「他不是爲了我……」

「閉嘴。」拉疏的父親低吼：「閉嘴，閉嘴。」

烏托克安靜下來。

「這是他想要的，是他的願望，成爲最好的阿巴刻，可是阿巴刻是什麼意思，意味著什麼，他從來也沒搞清楚，愚蠢，我的兩個兒子都是，我也是，我們都是……活在這個地方，是我們祖先的決定，據說本來可以選擇離開到都市區的，本來有機會可以選擇，但我們的祖先選擇留下來，留在家鄉，留在部落，愚蠢，愚蠢，愚蠢！」

拉疏的父親發洩過後，深深地看著烏托克：「你走吧，我不想再看見你，不要把這件事告訴我妻子，她承受不了的。」

烏托克向後退了一步，將懷中裝有阿巴刻獵刀的布包放在地上，有許多次，她想道歉，卻覺得對比阿巴刻的死，她的道歉未免太輕了一些。

「請你們盡快往南移動。」最終，烏托克只是這麼說：「戰爭即將開始，南方是戰火最後波及之處，同時外鄉人被西方的大國限制不允許擁有海軍，因此海洋是安全的。」

說完最後一句話，烏托克離開。

烏托克很清楚戰爭即將到來的消息會透過拉疏的父親迅速傳遍整個克羅羅莫，隨後克羅羅莫會影響周邊部落，直到所有山區部落都知曉，從而展開逃亡。她讓剩下來的那些老弱婦孺逃往南方，以免礙事，至於她想要的人，則已幾乎進入她的山谷。

在最開始，烏托克只是利用紅色人臉圖騰引誘人們進入山谷，進入山谷後，這些人在圖騰的控制下無法離開，一旦嘗試離開就會迷失在樹林裡，烏托克耗費很長的時間，試圖說服這些人成爲抗爭的勇士，成爲她的軍隊。然而無論她如何描述眞相，這些被圖騰牽引來的人只會哭泣、恐懼甚至憤怒。沒有人相信她。在意識到烏托克不會傷害他們以後，這些人團結起來反抗烏托克，企圖脫離她的控制，他們寧願到外頭過著虛假的和平生活，也不願站在烏托克這一邊。

起先，烏托克非常傷心。她把傷心隱藏在胸口中，在阿奇萊、芭瑚、拉貢等其他同伴的幫助下，仍然希望能說服這些人，烏托克試了一次又一次，但他們只是對烏托克辱罵不止。就算她捉住了軍代表，正式詔告戰爭無可避免的到來，這些人仍心存希望，想要逃離山谷去過和以往無異的生活。

烏托克自認爲已經努力了，她很努力，想要讓這些人知曉她的想法跟保留地的眞相，哪怕是在阿巴刻死去的時候，她仍努力不要失控，但當她將阿巴刻的死訊傳達給他的家人，烏托克從拉疏父親的眼睛裡看見了自己的天眞，以及她所毀壞之物。

她已經傷害太多，也犧牲太多了，因此，她絕不能停下來。

語言沒有用，溫柔和隱忍也沒有用，外鄉人的軍隊隨時會攻進來的此時此刻，他們仍然沒有覺悟，他們還妄想著和平。

為什麼？烏托克想：爲什麼會這樣？我已經把邊界外的眞實情況告訴他們了，爲什麼還不相信我？

因爲他們不理解。一個聲音對烏托克說：因爲他們眞的就像牲畜，聽不懂人話，只適合被豢養。

既然如此，我只能訓練他們，用某種方法控制他們，這樣一來，他們就會成爲我的武器、我的軍隊。

烏托克還沒來得及去找苡薇薇琪，老女巫已在阿巴刻死後的隔日出現在烏托克屋門前，她告訴烏托克，自己能夠修改紅色人臉圖騰，讓它變得更有力量、更殘酷。她可以讓圖騰活起來，爲烏托克的思想所驅動，其後將這圖騰以任何方法刻印在人的軀體，就能使這人服從。

「那就這麼辦吧。」烏托克聽見自己這麼說。

隨後烏托克安置了她從邊界救回的泰邦，命阿蘭照顧好他，便與阿奇萊等幾名少數認同自己的部落人一同在山谷中展開獵捕。用特製的武器投射出鋒口銳利的模型，就能在一瞬間咬住對方的皮膚，並留下血紅的圖騰傷口。

一開始，他們的行動極爲困難，但隨著身有圖騰的人愈來愈多，獵捕本身也變得愈來愈順暢，尤其身上有了圖騰傷口卻還尚未反抗的人，一旦看見反抗者的下場後，他們全都絕望了，一個個乖巧無比，甚至願意幫助烏托克獵捕其他人。

由於模型武器造成的傷口很容易癒合，那將削弱圖騰對這些人的控制，因此後來烏托克改爲烙印，讓圖騰能夠長久留存，而且不容易消除。

就這樣，烏托克得到了她的勇士們，她聽話的反抗軍。

烏托克此時待在自己臨時搭建的營帳裡，一名矮小的少女正對烏托克匯報重要事項：「鵂鶹讓我告知你……她沒接到人，中途就被攔截了。」

「所以，金家現在擁有那個孩子。」烏托克的面孔沒有流露絲毫情緒：「我明白了，芭瑚，你繼續在垃圾場周邊替我們傳遞消息給鵂鶹，也讓她不要輕舉妄動，她那邊有任何動靜都必須率先向你報告。」

少女領命而去，留下烏托克一人盤坐在地，夜很深，一盞油燈照亮烏托克凝神專注的臉，地面鋪著獸皮，獸皮上赫然擺置有王璟曾和阿巴刻一同在遺跡聚落下的鬥獸棋。只不過此時這些獸棋明顯缺了一些，同時也出現不應該出現的其他獸棋，譬如豬棋、牛棋和雞棋，這三種獸棋以保留地山區常見的石頭和木頭雕刻而成，與原本的玉製獸棋做出區隔。

烏托克挪動豬棋，嘴裡喃喃自語：「前進，或後退？」獸皮上陳列的獸棋正處於兩方交戰的狀態，另一方的棋子幾乎由小石子取代，只有兩個獸棋，一個獸棋模樣是鳥，另一個獸棋則是豹。「前進，或後退。」烏托克的聲音細若蚊鳴，語調浮現苦惱，直到雜亂的腳步聲傳來，彷彿某人正拖著另一人行走。

「烏托克，我把人帶來了。」名為阿奇萊的男子在帳篷外說道，烏托克伸出手，讓魔鳥從棲木飛到她的手臂上，透過魔鳥之眼，她總是可以看見更多東西。

「需要我待在這裡守衛嗎？」阿奇萊又問。

「不必，你走吧。」烏托克聽見鎖鏈匡啷匡啷的聲響，以及阿奇萊走出營帳的腳步聲，王璟步履蹣跚一頭栽入她的營帳。

被長時間關押在石屋裡讓藍眼人厭煩到了極點，從他惡劣的態度可見他根本不想見到烏托克。

「野蠻地的女王，我想我已充分完成我的工作，現在，我只願吃完阿蘭給我送的飯，躺在我的破布堆裡好好睡上一覺。」王璟不無諷刺地道。

烏托克看也不看他，依舊擺弄著獸皮上的棋子。王璟垂下沉重眼皮，瞄了一眼便發出不屑的輕哼：「無法可想吧？金家不是這麼好對付的，你以為他們早就該穿越邊界打過來，他們卻讓你等了又等。」

烏托克仍然不語，她的手拿取神似魔鳥的棋子，正欲移動。

「你不知道外面有什麼，最好的方式確實就是等待。」王璟說，唾沫從他嘴上的裂口流淌，他滿不在乎地以袖口擦去。

「等待？要等到什麼時候？」烏托克終於出聲，語調帶有冷意：「原本我只想保守保留地，讓五大家族的勢力退出，但現在我知道密冬的目的，何不一舉拿下都市區？」

「你的野心太大了，就算你透過獸靈得知外面的情況，也不是所有事情都如你所想，金家還有底牌，五大家族的軍隊甚至尚未現身……」王璟兀自取了雞棋，站在敵方角度思考，他讓雞棋往後退，並將豬棋移到前面，打算親自與烏托克以獸棋推演。烏托克順勢將她的鳥棋與豹棋往後移。

「那麼依你的看法，他們會進攻嗎？什麼時候進攻？」

「金家神女是個能夠洞察人心的惡鬼，她會趁你不備發動攻擊，往好的方面想，至少她一定會攻擊。」王璟繼續將豬棋往前移，牛棋與虎棋緊隨在後：「而且她喜歡先派其他家族的軍力前來，很少自己出馬，五大家族每一個成員都受到自家的獸靈影響，具有特殊的力量，這場仗你們會打得很吃力。」

「告訴我和五大家族巴利有關的事情。」烏托克命令。

「你沒用你的獸靈查到嗎？」王璟嗤笑一聲，倒沒有拒絕：「恐怕要讓你失望了，金家一直很小心控制給予我們這種人的資訊，我對五大家族的獸靈了解不多，只知道他們的獸靈每一隻都擁有一種特殊能力。這既是密冬給予的禮物，也是咒詛，因爲不知怎麼搞的五大家族的人全都有某種程度上的生理缺陷，如此一來你將會看到五大家族逐漸走向毀滅，爛到骨子裡，死也死不了，活得不成人形，低賤而卑微，我想，這或許是密冬的目的所在。」王璟說到最後，語氣彷彿沉醉在五大家族敗滅的願景中。

烏托克放任王璟的失態，兀自沉吟道：「五大家族的背後是密冬，我對這個國家的了解全部來自外鄉人，確實所知有限。」

「這會導致你甚至連跟他們作對都辦不到，不過依照我的經驗，五大家族……尤其是密冬偏愛的金家，對密冬是又敬又怕，他們可能還尚未將野蠻地出現叛亂的消息告知，這會爲你們帶來機會。」王璟思索片刻，問道：「你目前手上有多少人？」

「可以用的大約有三千。」

「足夠了。」王璟道，以指尖點了點敵方雞棋：「輕敵是那個女人最大的弱點，一支三千人的精銳部隊，加上有地理優勢，你將可以消滅任何膽敢進入野蠻地的人，但妳也只能防守而已。」

烏托克全神貫注凝視獸棋此刻的交戰狀況，她伸手將鳥棋挪到中間：「這會是個開始。我不能前進，也不須後退，只要等待，因爲我們手上有他們想要的東西，他們總是會來的，現在除了在邊界製作陷阱、謹慎守衛，也必須小心應對來自內部的危機。這段時間，我耗費很大的心力在維持山谷的穩定，因此不能讓巴利離開太遠，我需要牠替我觀看，然而，保留地裡還有別的麻煩。」

烏托克從衣袋掏出某樣閃著反光的物品，她將東西扔在獸皮上，那是阿蘭偷偷掉換過的圓鏡墜飾。

「這個東西，我讓苡薇薇琪修改過上面的圖騰，應該不會再讓你疼痛了。」烏托克平靜地道：「我想讓你用這玩意替我們做事。」

看見那樣物品，王璟微微睜大了眼睛，但他很快便得出結論，包含圓鏡墜飾爲何沒有被毀壞，還出現在這裡，他眼中閃過對阿蘭的喜愛與激賞。

「金家聖物的複製品無法影響擁有五大家族血脈的人。」王璟懶洋洋地說。

「我不是要你去操控五大家族的人，我是要你替我控制住南遺跡聚落，目前山區部落的居民普遍已前往最南方躲避戰爭，但遺跡人就算收到消息也不會聽話，甚至還可能成爲外鄉人的幫凶。就我所知，現在你被捉住的消息已經傳回南遺跡聚落，很奇怪的，有人刻意在散播部落人反叛的傳聞，並且煽動這些遺跡人與部落人爲敵，以至於有些往南逃亡的部落人被殺害。我沒有心力再去處理遺跡人的愚昧，所以必須由你前往，你用這東西讓他們以爲保留地仍和平，就這麼乖乖待在遺跡聚落，不要離開。」烏托克抬眼看他：「但你要非常小心，苡薇薇琪更改過的圖騰已經排除了反抗者，一旦你試圖用這東西操控我們，你將會被反噬，求生不得求死不能。」

「我不會在你們的模仿師面前搞小動作，我沒那麼蠢，然而我不知道幫助你們我能獲得什麼。」

「自由，一旦我們贏了戰爭，殺了金雞神女，我們會放你走，你可以去任何地方，想回金家也無妨，至少我認爲在尋求自由這個層面上，我們的利害關係一致。」

王璟無法反駁，嘴上的裂口顫抖了一下，取代笑容：「說得也是。」

「這個東西……」烏托克再次開口時，王璟打斷了她：「**喙鏡**。」

「什麼？」

「金家的聖物名爲喙鏡。」王璟的語氣不知爲何無比認眞：「當你剛開始認識一樣東西，你要用事物眞正的名字稱呼它，因爲名字也是一種對眞物的模仿。」

「那麼，這個喙鏡的複製品。」烏托克重複道：「你知道怎麼用吧？」

「再清楚不過。」

烏托克喚來阿奇萊，低聲吩咐幾句後，阿奇萊帶了另一人進入營帳，王璟在看見那人時面露戒愼，但並未多說什麼。來人做部落居民打扮，滿身大汗地喊著熱，他便是王璟過去的軍方代理人李正，李正面露笑容，對烏托克鞠躬哈腰，得知烏托克派遣他和王璟回遺跡聚落控制遭蓄意煽動的遺跡人後，也並未顯現任何不滿情緒，只是在臉上堆疊更多笑容，連聲答應。

「那麼，你們現在就出發吧。」烏托克說完，李正率先急切地離開營帳，彷彿多待一秒都嫌熱，王璟艱難地起身，故意讓手腳上的鐐銬敲得匡匡響。

「你們連我的代理人都收買了，難怪我會輸得一塌糊塗。」王璟不無嘲諷地說：「不過李正那樣的渣滓你也敢用，我眞心佩服。」

「因此我需要你們彼此制衡。」烏托克仍在繼續擺弄獸皮上的獸棋，她的語氣出乎意料有著一絲猶豫，卻依然十分冷靜：「你手上的喙鏡複製品可以對他使用……如果你能把遺跡聚落控制好，我會下令解開你的鐐銬。」

王璟看了看手腳上不妨礙他行走的長長鐵鍊，搖頭道：「不必，留著鐐銬，意味著我不是自願幫助你們，我需要這虛假的自尊心。」說罷，他搖搖晃晃地離開營帳。

四周再次回歸寂靜，烏托克研究獸皮上的獸棋許久，她目光專注，額間沁出細汗，她總覺得自己漏掉了一些東西。然而在山谷中心，反抗軍已經經過嚴格的訓練與制約，每一名勇士身上也都烙下了力量最爲強大的烙印，這座山谷已沒有多少人的左肩是光滑無瑕的。

只要有烙印……有那個圖騰，他們就絕對不可能背叛。想起苡薇薇琪曾對她說過的話，烏托克終於放下心。卻在此時，阿奇萊的聲音急切地從外頭傳來。

「烏托克！營地傳來消息，有人從山谷中逃脫！」

「逃脫者還尚未有圖騰吧？」烏托克靜靜地問：「人抓住了嗎？」

「抓住了，他就是在準備烙上圖騰時逃跑……」

「帶我過去，我要親自處理。」烏托克撫摸身後長獵刀的刀柄，指尖微微顫抖。她讓魔鳥藏入披風下，站起身跟隨阿奇萊走出營帳，往山谷中心走去，也往她的勇士們走去。

這座藏匿有千人反抗軍的山谷，被稱爲孵育山谷，烏托克和巴利結合後，經常看見這座山谷的幻象，就好像巴利告訴她要到這裡。據說，這兒也是帊音的發源地，後來烏托克在巴利的帶領下找到山谷，便以這兒作爲基地。長久以來，烏托克利用從垃圾場蒐集的儀器隱藏此地，以至於軍代表無法用機器探測，加上苡薇薇琪的幫助，孵育山谷最終成爲保留地裡最安全的地方。

樹林間陰暗的道路逐漸清晰，月光從樹枝較稀疏的另一頭照射進來，當烏托克走出樹林，她看見點點篝火的火光在山谷各處燃亮，她的勇士們此時小心翼翼蜷縮在篝火周遭，警覺的眼睛帶著恐懼竊看烏托克，但當烏托克迎向他們的目光，他們立即面無表情垂下頭，只有肩膀幾不可察地發著抖。

這裡的每個人都必須聽從烏托克的指令，因此只要烏托克不說話，他們就無法離開被分配的區域，然而烏托克並未限制他們的目光，因此這時有無數的目光正肆無忌憚集中投向空地中央一名被壓制在地的青年，烏托克徑直朝那人走去，一名中年婦女迎面而來，她張開雙手，乞求般地對烏托克說：「他不是故意的，放過他吧。」

「不要違抗我，拉貢。」烏托克麻木地道：「就算你是我的杷音族人，圖騰也絕不寬貸，不要讓自己受傷。」烏托克從中年婦女身邊走開，無視對方眼中的淚水。

那名青年一看見烏托克就開始叫喊，聲音撕心裂肺。

「我不想戰鬥！我不是自願來的啊！是那個圖騰迷惑我！放我走！我不想打仗，求求你……」

「這裡沒有誰眞是自願要來，外鄉人的軍隊也不會問你想不想打仗。他們把我們當牲畜矇騙、欺壓，如果對這種痛苦毫無共鳴，你不可能被圖騰吸引，既然你如今在這裡，我們就是一體的。」烏托克對一旁的阿奇萊頷首：「把東西給我。」

阿奇萊在最近的篝火中燒紅了金屬烙印模，接著將長柄遞給烏托克。青年掙扎得更厲害了，然而每當他想站起來，一旁就會有服從烏托克的人以長棍將他擊倒。

青年再也忍無可忍。「我不想戰鬥！又不是所有部落都會像杷音一樣滅村！這麼多年來就你們倒楣，那就犧牲少部分人就好，只要可以換取和平，一個部落被摧毀有什麼關係！」

青年的話在烏托克的勇士們當中引起一陣騷動，像小石頭落入水中激起漣漪，勇士們的眼睛在黑暗中閃閃發亮，審視著烏托克的一舉一動，也等待她即將做出的決定。

烏托克驟然停下動作，她扔開金屬烙印模，彎身伸手緊捏對方的臉：「這些是你的眞心話嗎？」

「是——」青年還沒說完，烏托克已將長獵刀刺進他胸口，精準貫穿他的心臟，青年雙眼圓睜，來不及發出任何聲音便失去了生命。

山谷變得比過去任何時候都更加安靜，烏托克的勇士們不再四處張望，而是緊盯著面前的篝火，光影在這些人臉上跳躍，恐懼令他們的臉看起來一模一樣，也如同雕像般冰冷無神。

「以後拒絕烙印而且逃跑的人，就是這個下場。」烏托克說。

阿奇萊沉默地著手移開青年的屍體，而名爲拉貢的女子開始哭泣，烏托克緊緊握著手中的長獵刀，一步一步離開營地。

她不敢表現出任何後悔或害怕的樣子，但她快要握不穩她的刀了，獵刀刀尖此時滴著血，千鈞般沉重。烏托克的魔鳥在披風下發出輕柔的叫聲，試圖安撫她的心。我沒事。烏托克在心中對巴利說。

她向樹林行走，前往孵育山谷唯一的水源處：一座池塘，不出所料地看見阿蘭正在那兒洗衣服，這段時間她年輕的學徒任勞任怨分擔山谷中的雜務，不曾有過一句怨言，然而以烏托克對阿蘭的了解，她知道阿蘭心裡的痛苦。

烏托克來到阿蘭身邊，一語不發將手中染血的長獵刀遞給阿蘭。阿蘭起先愣住了，但隨後便無言地接過師傅的獵刀，小心翼翼清洗刀刃上的鮮血。

「你不問這是誰的血嗎？」烏托克問。

「師傅想說的話自然會說。」

天漸漸亮了，烏托克可以看見刀上的血將池塘的水染紅，但很快便被稀釋，消失不見。阿蘭將獵刀上的血清除後，再用乾燥的布擦拭刀刃，直到確定刀上沒有任何血跡，她才把獵刀還給烏托克。

烏托克凝視獵刀刀身，彷彿自言自語般說：「我想讓死去的人值得。」阿蘭沒有回應，但黑白分明的眼睛專注地看著烏托克，等待她未完的言詞。

「我要讓死去的人值得。」烏托克又說了一次，這次音量稍大一些，語氣也更加肯定：「直到現在已經犧牲太多人，我要讓這些人的死有意義。」

「會的。」阿蘭終於開口：「一定有意義，我們會贏，我們也將擁有泰邦的巴利，不會有問題的。」

「如果眞是那樣就太好了。」

烏托克呆視面前的池塘，黎明陽光將孵育山谷的模樣一點一點勾勒出來，她低頭看自己的手，沒有沾染到一絲血跡，卻仍然在顫抖，烏托克猛然意識到，這是她第一次有意識地殺人。

阿蘭這時握住了烏托克的手，用乾淨的布沾濕池塘的水，小心且輕柔地擦拭。

「你在幹什麼？」烏托克悄聲問。

阿蘭沒有回答，烏托克不知道阿蘭是如何理解，她此刻覺得自己的手沾滿看不見的污穢。阿蘭將烏托克的手擦了又擦，直到烏托克感覺到皮膚刺痛，她仍然沒有要求阿蘭停下來，隨著阿蘭重複的動作，烏托克發現自己漸漸變得平靜。

她像對著最親近的友伴傾訴心事般低語：「我該怎麼辦？我在垃圾場的人沒有接到璐安，鵂鶹遇上劉家人的小隊，璐安……璐安已經被帶去金家手上，他會被折磨至死。」

「泰邦知道嗎？」阿蘭沉穩地問。

烏托克搖頭：「我不曉得怎麼告訴他。」

「那就先不要跟他說。」阿蘭建議：「等一下苡薇琪就會去幫泰邦紋上圖騰，可以等那時候……或者一切都結束之後再說。」

「我也是那麼打算。」烏托克的聲音愈來愈小，幾乎快要使人無法聽見：「但如果一切結束，泰邦發現他的弟弟已經……」

「不會的，往好的方面想，等我們勝利，我們就可以向金家要求釋放璐安，如果璐安的狀況很糟，師傅也能用巴利的力量治好他。」

烏托克看著阿蘭，整個人完全崩潰了，她的表情此時無法隱藏，就像個年幼的孩子，她看起來很害怕、很無助，種種一切讓阿蘭的胸口掠過強烈疼痛。

但阿蘭還來不及多說什麼，烏托克已經迅速整理好自己的情緒，將那張年輕稚嫩的臉孔再次隱藏起來。烏托克伸手輕撫阿蘭的頭髮，微笑著說：「謝謝你，小畫眉。」

接著烏托克站起身，前往泰邦所在的屋子。

整夜，泰邦讓心神沉入與伊古的連結，他和伊古一同在山頂、屬於他們的巢穴中入睡和作夢，伊古呈現給泰邦關於那名異國女子的幻象。泰邦睜開眼睛時還沉浸在強烈的痛苦中，他看見黑暗裡柔和燈光照亮兩名女子幸福的臉龐，他看見天空降下白色雪花，如此奇景卻潛藏著危機與悲劇，泰邦聽見男人的喘息聲從一個金屬方塊裡傳出，而那女子的表情最終成爲純粹的空白與絕望。

泰邦沉浸於女子的痛苦，以至於幾乎忘了他在現實中的痛苦。

自稱模仿師的黑髮男子也讓泰邦感到古怪的熟悉，他能夠做出不可思議的事情，就像泰邦所認知的部落巫師，然而男子不是巫師，他自稱是模仿師，他更以那股力量行惡，不像苡薇薇琪使用法術來幫助族人、爲族人作生老病死的儀式……不對，泰邦不得不提醒自己，苡薇薇琪和幻象中的男人說不定沒有太大差異，因爲如今苡薇薇琪也用她的力量在傷害他人，她在幫助烏托克。

像是被泰邦的思緒所召喚，屋子的門在此時打開，老女巫徐徐走進屋內，隨之而來的還有泰邦久未見到的瑪加凱，這讓泰邦有些激動。

「瑪加凱，你怎麼在這裡？」

「我要陪伴師傅。」瑪加凱簡單地說。

「你的哥哥呢？你爲什麼離開部落？你不該待在苡薇薇琪身邊……」

「克羅羅莫已經不存在了。」瑪加凱打斷泰邦，一面從竹籃中拿出紋身用的工具，她替苡薇薇琪一一準備好，見老女巫不在意她和泰邦交談，瑪加凱才願意多說一些：「金屬大鳥不再送來物資，加上戰爭的傳聞，克羅羅莫剩下的少數人早已離開部落，往南移動。」

「可是你的哥哥跟母親……」

「我母親病了很久，幾天前剛過世，達諾他，原本跟我一起來到山谷，可是……」瑪加凱深呼吸好幾次，終於吐出話語：「在你昏迷時，他犯了錯，我很感謝烏托克還願意接受我，畢竟我是叛徒的手足。」

泰邦隱約意識到達諾也死了，由於他背叛烏托克，他想詢問更多，但苡薇薇琪這時靠近床畔，接手瑪加凱的準備工作。

「讓我來，你去接待烏托克吧。」苡薇薇琪一面說一面檢查泰邦的左肩，她對泰邦頸上的雲狀圖案毫無興趣，只是專注在自己的工作。此時呼應苡薇薇琪的話語，屋門再次被打開，烏托克從外頭走來，她的臉色有些蒼白，但仍平靜地讓瑪加凱將她帶到不遠處的椅子上落坐，烏托克一語不發，只對苡薇薇琪點點頭，示意老女巫可以開始了。

「苡薇薇琪，請不要這麼做。」當苡薇薇琪靠近，泰邦以微弱且顫抖的聲音請求：「我不知道你要做什麼？但求求你……」

「不要擔心，雲豹哥哥，我會給你一個假的圖騰，因爲你身上將要刻的圖騰是更有意義的另一個。」苡薇薇琪的話語彷彿籠罩著霧氣，微弱且模糊，不知爲何泰邦卻可以聽清，他驚訝地睜大了眼睛。

「你是被逼迫的嗎？」泰邦急切地悄聲問：「紋在身上的圖騰有什麼用途？爲什麼外面那些人身上烙有那個圖案？」

「啊啊，你的問題太多啦。」苡薇薇琪和顏悅色地輕聲細語：「這個圖騰是我的，我做的，我用盡所有都娃阿烙的力量製作出這個唯一的圖騰，它的本質從未改變，改變的是用法，它可以是傳達訊息的圖騰，也可以是愚弄人的圖騰，它是匯聚反抗者的圖騰，也是控制人心的圖騰，而最終，它也會是結束叛徒生命的圖騰。」

隨著苡薇薇琪低沉柔和的聲音，泰邦感覺左邊的肩膀皮膚微微刺痛，老女巫手指碰觸之處，都像觸電般疼痛且發麻，然而很快的，苡薇薇琪便完成了工作，她靜靜站起身。「等一等……」泰邦正要呼喚，卻見苡薇薇琪朝他彎腰，一根手指抵在唇上，做出「安靜」的手勢。

「這個圖騰現在的作用，是讓這座山谷裡的人不能反抗烏托克，如果違逆烏托克，就會被圖騰反噬，導致死亡。雖然我給你的是假圖騰，但雲豹哥哥也不想被魔女發現眞相吧？」說罷，苡薇薇琪眨眨眼，轉身走開。

泰邦幾乎在一瞬間就理解了苡薇薇琪的意思……不過這是怎麼辦到的？苡薇薇琪說的是眞的嗎？泰邦思緒一片混亂，如果紋在身上的圖騰眞有這樣的作用，而苡薇薇琪給了自己假的圖騰，意味著泰邦可以藉此機會矇騙烏托克，靜待機會逃離這裡。只是在那之前，泰邦必須假裝順從，他不能讓烏托克發現自己身上的圖騰是假的。

意識到這點，泰邦閉起眼睛，努力讓自己冷靜下來，他感覺到鐵籠內的伊古也打起呵欠，釋放安定訊號讓泰邦的精神漸漸穩定。當泰邦再次睜開眼睛，他看見烏托克站在自己面前。

魔女面無表情，以極快的速度解鎖泰邦腳上的鐐銬。

「不要違抗我，否則那個圖騰會殺死你，如果不相信，你可以試著在腦袋裡醞釀背叛我或者殺害我的想法，你會感到前所未有的疼痛，無論如何，我們已經浪費太多時間了……」烏托克將泰邦一把從床上拉起，同時扔給他一支鑰匙：「既然你已經紋上圖騰，你和我們就是一體的，你必須參與我們正在做的事情，現在釋放你的巴利，跟我走。」

泰邦毫無辦法，他用烏托克給他的鑰匙開啓關著伊古的籠子，同時告誡伊古不要反抗。我們要等待機會。泰邦想，希望伊古能接收到自己的想法。

一會兒後，伊古小心翼翼走出鐵籠，牠四下張望，輕嗅空氣，但沒有嘗試攻擊。

烏托克見狀一語不發，率先走出屋子，而當泰邦和伊古也將跟隨烏托克離開前，泰邦朝屋內盤坐的苡薇薇琪和瑪加凱望去，瑪加凱沒有看他，但苡薇薇琪對泰邦做了一個手勢：她再次將食指抵在唇上，示意他要保守祕密。

烏托克走在前方，引領泰邦來到遠離營地的山谷邊界，在這兒，烏托克知道不會有人打擾他們，當泰邦向她投以困惑的視線時，烏托克開口：「你已經成為我的勇士之一，但在你加入其他人以前，我要教導你一些和巴利有關的事情。」

「反正我也別無選擇，不是嗎？」泰邦以同樣冰冷的語氣說：「但烏托克，我能不能拜託你一件事？你現在對我已經放心，那麼可不可以也讓我放心？」

烏托克思索片刻，問：「你想要什麼？」

「我想知道璐安現在的狀況，你不是告訴我，你的人會接走璐安，他會加入反抗嗎？我……我很想念他，我想知道他是否安好。」

烏托克移開目光，彷彿背誦般回答：「他目前在垃圾場由我的學徒鸛鴿照料，人很安全。」

聞言泰邦垂下頭，讓人看不清表情。烏托克張開嘴，還想說些什麼，泰邦卻抬起頭，懇求地盯著烏托克：「如果可以……如果有辦法傳遞消息，烏托克，請你跟你的學徒說，璐安喜歡畫畫，給他木炭跟樹皮，他就能自得其樂很久，還有他跟其他男孩不同，他……喜歡穿顏色粉嫩或鮮豔的衣服，他喜歡留長頭髮，所以不要逼他剪掉，另外他雖然不挑食，其實很喜歡水果，他喜歡甜的東西……如果可以，請你替我轉告鸛鴿。」

良久，烏托克勉強點點頭：「我會的。」她頓了頓，續道：「只要你能幫助我們，未來就可以更快和璐安重逢，泰邦，我從來就不想用任何方式脅迫你，那個圖騰……那是不得已的，圖騰會連結我們所有人，增加我們獲勝的機會，既然你身上已經有了圖騰，就不要試圖違抗我，想想璐安，他確實在我手上，幫助我，你就能見到弟弟，如若拒絕，則會招致死亡，就這麼簡單。」

烏托克注意到泰邦的眼神閃過一絲陰暗，那是抗拒嗎？但有些奇怪，如果是抗拒，哪怕僅僅是一個念頭，都會觸發圖騰的力量，讓泰邦感到疼痛，而他現在還能鎮定地站在烏托克面前，代表他的內心並未有任何拒絕。

爲了璐安，泰邦連反抗的想法都不可能存有。意識到這點，烏托克鬆了一口氣。

「烏托克，我隨時可以開始。」泰邦的聲音喚回烏托克的心神，她打量泰邦和他的巴利，說：「首先，讓你的巴利藏進樹林裡。」

泰邦照辦，他沒有說話，而是透過連結驅使他的巴利，烏托克不清楚圖騰是否也能影響巴利，但很快的，那隻傳說中的雲豹發出一聲低吼，縱身躍入樹林。

「讓牠從遠處觀察，做你的眼睛。」烏托克淡淡地道，而這也是她此刻想做的。烏托克掀開披風，讓魔鳥飛入樹木的枝葉，隱匿身形，接著她沉入思緒，緊緊抓住和巴利的連結，片刻之後，她便有了兩種視覺，兩種感官。

在她剛和巴利結合之時，她還會因爲無法區分兩種感覺而讓自己受傷，有一瞬間她以爲自己會飛，下一秒便直直摔落山崖，而她始終難以適應鳥類的身體，她不能習慣失去雙手，只剩下一對拍打的翅翼，直到她耗費長時間沉浸其中，她發現到飛行的樂趣，以及身形變小後得以更爲敏捷地穿梭林間，她終於眞正開始享受巴利給予她的能力。

然而巴利眞正的力量不僅如此。

烏托克後來透過巴利在邊界外蒐集到資訊，知曉人類和巴利結合能夠取得一些基本的能力，但那並非眞正的力量，每一隻巴利都能贈予人類極爲特殊的一項能力，那是超出世間規範，如此不可思議。

巴利給予烏托克的力量是治癒，彷彿呼應烏托克經歷的帊音滅村事件，這份治癒的能力只能用於救助瀕死之人，而且十分耗費體力，也有時間和次數的限制。但至少烏托克知道，如若保留地再次發生瘟疫蔓延，她的能力可以最大限度救治那些即將死去的人，巴利讓她不會再遭遇相同的悲劇，並賦予她可以阻止死亡的武器。

這樣的能力在將臨的戰爭中能夠發揮很好的效果，綜合巴利的飛行與偵查特性，烏托克確實在前期取得優勢。然而，烏托克知道當戰爭到來，她的巴利沒有辦法爲他們贏得勝利，這是性質的問題，她的巴利不適合作戰，所以當烏托克得知保留地有另一隻巴利即將出現，她暗暗希望新的巴利能帶來轉機。

「來吧，和你的巴利合作，躲開我的攻擊！」烏托克猛然咆哮，自身後抽出長獵刀猶如黑色的旋風般奔向泰邦。當她跳躍，她總是感到很輕盈，像是即將起飛，她刻意讓自己的巴利站在視覺死角，如此她便沒有死角，兩種視覺的同步讓烏托克可以立刻察覺泰邦後退閃躲的動作，於是她衝得更快，不讓泰邦有機會逃開。

一陣踉蹌中，泰邦背部著地，但他很快往左側翻滾，躲開烏托克下刺的攻擊。泰邦跳起來，終於抽出配戴於腰際的獵刀，堪堪擋住烏托克揮下的另一擊，金屬碰撞的聲響在樹林中震盪出漣漪，讓林梢鳥兒爭先恐後地飛逃。烏托克立即旋身，長腿踢向泰邦猶豫防禦的手臂，差點震落他手中的刀，但泰邦很強壯，他立刻支撐住烏托克施加的力道，沒有被嚇壞，也沒有失去重心，他讓自己穩穩地站著，微微沉下腰，一感覺站穩了便轉動手腕關節，順勢握住烏托克的腳踝。

烏托克笑了，她早已從巴利身上學會如何在半空中戰鬥，她不需要地心引力，既然泰邦想抓住她，那就讓他抓吧。烏托克著地的腿往上跳躍，讓她的身體旋轉以逼迫泰邦鬆手，否則他必然會跟著失去重心。

「你好像可以預測我的動作。」

當烏托克優雅地重回地面，泰邦氣喘吁吁地說，一滴汗沿著他的額角淌落，他仍然緊握獵刀，有點太緊了，可以砍，但不能刺，有機會烏托克會再提醒他，現在，她有其他更重要的想說。

「我不會預知，我只是和巴利一起。」烏托克指向泰邦身後樹上的紅色眼睛：「你似乎已經意識到自己和巴利的連結，你也能夠進入和巴利的巢穴，如果你能在睜開眼睛時做到這一點，試著運用到戰鬥中，同時用你和巴利的眼睛去看，你就不會錯過對手的動作。」

泰邦僵硬的下巴點了點，趁烏托克正在說話時率先發動攻勢，他揮動獵刀，筆觸凌亂卻招招致命，烏托克可以輕易找出他的弱點，但她不想讓戰鬥太快結束，她的黑色斗篷隨著她閃避的傾身而飄飛，逐漸被泰邦切成碎片，烏托克一面躲一面思考，泰邦將他的雲豹安排在樹林中的哪裡？

巴利告訴烏托克她即將退無可退，她後面是一棵巨木，她會撞到樹幹硬生生承受泰邦的揮砍，烏托克透過巴利看見了，迅速高高跳起躲開泰邦的獵刀，她雙腿踩向身後的樹幹，讓身體幾乎與地面呈九十度，隨後用力一蹬，飛過泰邦頭頂降落於地面，她從泰邦身後扣住少年的脖子，用他的刀橫越他的頸動脈，這個位置讓烏托克想起泰邦第一次因巴利失魂，迷失到他們的聖山山頂，她便是以這樣的姿勢摀住泰邦的嘴，以避免被軍隊發現。

「告訴我，你的巴利有什麼能力？」烏托克在泰邦耳邊輕柔細語：「牠可以治療傷患嗎？牠可以讓你力大無窮嗎？或者更好……牠可以使你擊敗外鄉人？」

泰邦的面孔掠過困惑，緊接著是一瞬了悟，但他很快整理好情緒，再度面無表情地回覆：「我不知道，牠從來沒有告訴我。」

「嗯，你不可能對我撒謊。」烏托克用泰邦的獵刀拖過他緊皺的眉間，切割出細細血痕：「如果你確實還不知道，那是因爲你跟巴利的羈絆還不夠深，你要潛入更深、更深，你要和巴利成爲一體。」

「我不知道該怎麼做！」泰邦喊道。突然間，烏托克以一條粗繩迅速套住他的喉嚨，接著轉過身，彎腰，將泰邦揹在身後，粗繩越過烏托克的肩膀，被她緊緊握在手中，她可以感覺到泰邦踢蹬的的雙腿，他彷彿獸吼般的嘶啞呻吟。

「我知道。」

隨著烏托克的聲音，泰邦墜入了黑暗中，他失神的眼睛裡浮現螢綠光芒，他喃喃叫喚：伊古……母親……父親……璐安……伊娜……伊娜……

便是在這時，烏托克的左眼成為紅色，透過她的巴利之眼，她看見樹林中的雲豹從樹上掉下來，翻滾著、撕咬著自己的身體，與泰邦分享瀕死的劇痛。

「再一下下就好。」烏托克溫柔地說。

泰邦重重墜落在群星閃爍的山頂，他氣喘吁吁，凝望面前無數星光，伊古在他身邊，舔拭他的手。

泰邦腦袋混沌，幾近無法思考，他不知道自己如何會在這裡，而伊古比他更鎮定，也更沉著，待泰邦得以坐起身，伊古緩緩躺在他身旁，仰望星空。

「怎、怎麼回事？」泰邦結結巴巴地問，他的喉嚨還殘留著烏托克手指的壓力：「烏托克她……」

我們暫時被困在巢穴。伊古告訴泰邦：那個雌性做的。

「烏托克為什麼要我死？」

她不是殺你，這是方法，讓我們更久一起。

伊古的思緒與泰邦達成同步，使他意識到此刻除了等待以外，沒有其他辦法。他看向身旁的伊古，突然覺得在巢穴中，雲豹的形體和模樣比過去任何一次都更加清晰。

他觸碰伊古粗糙的體毛，感覺掌心彷彿被粗礪的舌頭舔過。

泰邦突然忍不住想問：「烏托克說每隻伊古都擁有一種特殊的力量，你的力量是什麼？」

我一直在給你看。伊古似乎很困惑：不是我，是你，用你的力量，給你看你的心，我一直在。

「你總是說我的心。」泰邦喃喃道：「但我的心到底是什麼？」

伊古甩動尾巴，山頂的濃霧再次如鬼魅般襲來。

看。牠說。

這一次，伊古沒有帶泰邦前往觀看神祕女子的遭遇，這一次，雲霧形成泰邦兒時的一段回憶，他注意到，這是他曾對王璟提到的，關於母親的第一個回憶。

母親赤足走過潮濕的苔蘚，在她身邊，螢火蟲四處飛舞，夜很深，母親揹著她造型奇特的背包，顫抖著，艱難地穿越樹木巨大的氣根，她的衣服還未染血，懷中也還沒有嬰兒璐安，她痛苦地喘息，掛在脖子上的圓鏡墜飾一跳一跳地反射光線，她捧著鼓脹肚腹，每走一步，就必須扶著樹幹休息一會兒，周遭有貓頭鷹的叫聲不時傳來。

「你爲什麼要給我看這個？」泰邦恐懼地問。

你身上一直有其他動物的味道。伊古不滿地哼氣：一種禽鳥的臭味，影響你記憶，也讓我們無法完成結合的最後，我想弄掉，但味道很濃，現在它變淡，我想我終於可以……

「你能辦到嗎？」

是，只要你同意。

眼前的景象由雲霧組成，彷彿隨時會隨風消逝，泰邦看著母親步履蹣跚，最終跪坐在地，放聲哀鳴。

母親……不，那名女人的尖叫讓泰邦毛髮豎立。

「不能放著她不管。」一個低沉、溫暖的聲音說，這讓泰邦意識到，他們已經跟蹤眼前的女人好一段時間了，起先他們順著貓頭鷹的叫聲找到這名女子，然後當她再也支撐不住，她便在附近的樹林裡掙扎著遊蕩。泰邦身邊的人告訴他，這是一個來自外面的女人：「看起來羊水已經破了，她就快要生育。」

「她為什麼在叫喊?伊娜。」

泰邦低頭，看見一個十分幼小的自己正在說話，那個稱呼：「伊娜」聽起來既熟悉又陌生，如此久遠古老、意義深遠，泰邦不知道自己怎麼可以忘記，他已經許多年沒有聽到這個詞彙了，讓他甚至懷疑，這個詞彙曾經存在過嗎?畢竟如果它眞是那麼的重要，爲何不單單是他，整個克羅羅莫部落的人都不再用這個詞彙……去稱呼「媽媽」?

泰邦被詞彙震撼，猛然轉頭看向和年幼的自己對話的人，可他除了鬼魅般的雲霧，什麼也看不見。只有聲音持續傳來。

「因爲生孩子是很痛的，就像我生你那樣。」聲音說著，卻不見痛苦，只有幾乎要將泰邦淹沒的愛意。

泰邦胸口逐漸升起一種輕柔、悲傷的情緒，像是一件丟失的寶藏失而復得，這個聲音單單只是訴說無關痛癢的事情，都能令他哭泣。太溫柔，太包容了，她的懷抱永遠柔軟、溫暖，而且對泰邦無比歡迎。他可以生氣、悲傷、耍著賴鬧脾氣，那對雙臂也仍樂意在他身後交叉，將他緊緊鎖在懷裡。

她的氣味是食物、草藥和炭火的混合體，這些都是泰邦早已習慣的部落氣味，但她聞起來依然與眾不同，她聞起來是純粹的炭屋，以及潛藏其中一絲泰邦不可能遺忘的味道，他無法形容，就僅僅是她的體味，輕且明亮，像是一枚按在玻璃上的指紋，那麼微弱那麼細小，卻絕對獨特且不容錯認。

泰邦不知道自己怎麼可以遺忘。

他的視線因淚水而模糊，他用手背擦了又擦，試圖看清伊古呈現給他的眞正回憶，他想找回那張逝去的面容，他想看清楚在面前匯聚的迷霧，可是他無法停止流淚。

「泰邦，你在這裡等我。」泰邦聽見那聲音輕輕地囑咐，他瘋狂擦去淚水，哽咽著「不，不要去」，他詛咒自己的眼睛，詛咒他的悲慟，痛恨他的軟弱在阻止他，是以他讓指甲挖進手臂的肉，用疼痛轉移注意力。當泰邦再次睜開眼睛，他看見一張平凡的女性臉孔正對著自己微笑，那模樣像任何一名部落人，也像任何一名母親，她的臉因長時間工作而晒黑，眼角和嘴唇已提早出現皺紋，卻也因此顯得如此柔和慈藹，她對泰邦微笑，對幼小的泰邦微笑，然後，她轉身走開。

現在泰邦可以看見由雲霧所形成的一切，他眞正的母親、伊娜走向那名來自邊界外的陌生女人，她的善良讓她無法袖手旁觀，促使她走上前去，替這名陌生女子接生。

年幼的泰邦不曾見過這樣的情景，他躲藏在草叢裡，藉著螢火蟲的微光窺視這場對女人生命的考驗。在泰邦短短的年紀裡，他還尙未與野獸搏鬥過，他曾假想一場和野獸的搏鬥會是驚險萬分，令他汗流浹背，他會用父親爲他打造的小刀來迎擊，如果小刀被野獸撞落，那麼他會用自己的牙齒撕咬，年幼的泰邦曾一遍又一遍幻想著。

可他沒有見過眼前的這種搏鬥，在那名女人身上分明沒有來自其他部落的敵人在壓制，或者氣急敗壞的公山豬正用牠的尖牙拱出致命的血窟窿，卻有看不見的壞東西在傷害她，讓她發出那種撕心裂肺的叫喊，讓泰邦的心涼了又涼。他想起母親曾提到的惡靈，他想這名女人是不是在跟惡靈對抗，所以他才看不見傷害她的東西？而他的母親是如此勇敢，她靠在女人身邊，鼓勵她，做著泰邦無從理解的事情，似乎讓女人更痛，卻也讓她更爲專注。

泰邦不知道整個傷害的過程要如何才會結束，或者，她們要如何才能戰勝那看不見的惡靈？但當女人張開的雙腿間，有一個愈來愈大的黑洞正不斷收縮，泰邦算著收縮的頻率，想像惡靈被擊敗而女人要將其排出的瞬間。

黑洞愈來愈大，而泰邦提心吊膽，看見一團血淋淋的肉塊從黑洞中擠出、掉落，像是一顆熟透的果實，他看見母親用隨身攜帶的小刀以火燒過後，切斷了連結在肉塊上的管子，泰邦想出聲提醒母親，要趕快把惡靈也燒掉才行，那個肉塊，不祥且噁心，一定要趕快燒掉才行。

可是母親非但沒有這麼做，還將肉塊用乾淨的布包裹，放在懷中輕聲細語地哄，泰邦感到恐懼至極，他猛然站起身，想告訴母親……

泰邦起身造成的騷動，讓母親吃了一驚，她看向泰邦的方向，張開嘴，似乎想說「別動」或「安靜」，然而那名筋疲力竭的女人卻像是突然回過神來，她驚恐地看著泰邦，看著母親以部落語言對泰邦說著什麼，而她懷中還抱著女人剛產下的肉塊。

泰邦認爲女人一定是將眼前的景象做了糟糕的聯想，因爲泰邦看見女人摸索著身旁的石塊，舉起一顆石頭，奮力砸在了母親頭上。第一下，僅僅是將母親敲暈了，母親在暈眩中還掙扎著在最後一刻將懷中的肉塊輕輕放在地上。然後是第二下，母親徹底失去意識，第三下，第四下，第五下，第六下，第七下，女人像發瘋似地用石塊擊打母親頭部，泰邦全身發抖，愣愣地瞪著眼前的畫面，無法相信那是事實。

母親再也沒有醒來。

不知過了多久，石塊從女人顫抖的手中掉落，她放聲哭泣，又壓抑著試圖讓哭聲減弱，最終，女人伸手抱起地上的肉塊，溫聲安慰，親愛非常，泰邦不由自主地說：「**惡靈**……」

女人看向泰邦，彷彿這時才再度注意到泰邦的存在，她顫巍巍地爬起來，先是惶恐地看著地上滿頭鮮血的母親，然後她凝視泰邦，那瞬間，泰邦像一隻初次面對獵人的幼鹿，他的母親死了，而獵人顫抖著拿高掛在脖子上的圓鏡墜飾，準備獵捕。

此時泰邦心裡有一個聲音，告訴他快跑，去找父親。但女人將發光的小圓鏡放在眼睛前方，看著泰邦，泰邦便無法動彈。女人要求泰邦轉身看著自己，泰邦依言轉身，他的視線裡是女人衣襬上的鮮血，以及她懷裡的肉塊。

女人又說了什麼，泰邦的大腦突然一片空白，他忘掉了一些事情，不是很重要，因爲就像空氣、水和森林那樣，是可以隨意取得的東西。泰邦眨眨眼，上一刻的強烈恐懼與悲慟突然間消失無蹤，剩下一種莫可名狀的困惑不解。女人又說了些什麼，她安放於圓鏡後的眼睛在發光，泰邦心中的依戀與親密感從此被那眼睛囚禁，她是……她是媽媽，不是嗎？她受傷了，有人想要攻擊他們，母親奮力反擊所以受傷……泰邦害怕地發出一聲啜泣，是的，他不久前還強烈感受到的恐懼再次襲來，那是親眼目睹母親流血的驚慌失措，甚至有那麼一瞬間，他以爲母親死了。

幸好，母親還活著。泰邦告訴母親，他要叫父親來。

但母親噓聲制止他，她的眼睛再次穿透圓鏡墜飾，透過鏡子朝泰邦看去，嘴裡依稀呢喃著：「對不起，原諒我……」

泰邦安靜地等待母親靠近，因爲母親希望他能帶自己去找父親，而不是獨自前往。泰邦牽起母親的手，走了一小段路，母親就因體力不支跪倒地面，她懷中的肉塊因騷動而哭泣，泰邦臉上閃過強烈的恐懼，母親見狀虛弱地笑了笑，將肉塊抱給泰邦看：「你看，他是璐安。」

霎時間，泰邦心中所有的恐懼消失無蹤，失去的恐懼、被獵捕的恐懼、遺忘的恐懼與被操控的恐懼，所有的恐懼，在看見女人懷裡的嬰孩時盡數消弭，那孩子有著無比強大的力量，遠比女人脖頸上掛著的圓鏡墜飾更凶猛、更原始。

「從此以後，他就是你的弟弟了。」泰邦聽見母親說。

「從此以後，你就是我的弟弟了。」

黑暗的樹林中，一名女人懷抱她的孩子，一手牽著另一個孩子，走入霧氣瀰漫的陰影。在最後的最後，泰邦出於好奇而回頭，那曾想攻擊母親，卻被母親制伏的惡人，到底是誰呢？那個人躺倒樹下陰影，兩條黝黑健壯的小腿直挺挺地伸出，泰邦無法克制地感到毛骨悚然，他想看清楚那張臉，以免未來那張臉再次找上門來。但比起那個，受傷的母親和初生的弟弟璐安更讓泰邦憂心，他小心翼翼牽著母親，不時抬頭看一下弟弟。

便在此時，泰邦聽見伊古低語：**這就是你的心。**

【研究紀錄A-21041213】

小島氣候隨冬天的到來轉冷。我懷疑這地方沒有春天和秋天，只有夏天和冬天，溫度降低得如此突然，令人困惑。除了氣溫，海風經常狂暴地呼嘯而過，吹得屋頂都軋軋作響，無論實驗體或研究人員都無法再外出。隨著實驗接近結尾，方舟與研究人員的精神狀況愈來愈差。當初擬定研究規範與計畫時，我不曾想到會是如此結果，加上自己身處其中，儘管我竭力不涉入，我想自己終究還是變得軟弱。

在實驗體中，失去獸靈而又藉著電擊和新獸靈結合的方舟精神狀況變得極爲糟糕，F、J和O外在表現均悵然若失，彷彿遺失了靈魂，經常發呆，無法在黑暗中入睡，即便睡著了也噩夢連連，甚至尿床，他們經常哭泣呼喊自己的獸靈，和新獸靈相處的最遠距離也縮短到可怕的地步。

就像是對娃娃或舊毛毯的依戀症。

其中我們發現F甚至出現虐待獸靈的行爲，這使我們不敢將實驗往最後階段推進，意味著我們不敢如處理第一批鴨子獸靈那樣處置第二批小狗獸靈，這些小狗獸靈隨時間長大，和方舟的關係變得前所未有的深，我們雖得以觀察到計畫以外的結合數值，卻也爲實驗即將失敗感到憂心。

由於實驗狀況不佳，我向老闆提交的報告也讓他們不盡滿意，冬季來臨時，小島迎來一名神祕的訪客。我在訪客即將抵達前才收到通知，但我沒有立場不高興，只能連忙穿起外套到港口迎接。

海面上小小的黑點隨浪花上下浮沉，距離近了便發現是一艘普通船隻，待船停妥，一名黑髮、蓄鬍的高大男子緩緩從船上走下來，他身上披著一件深色大衣，濕潤且烏黑的眼睛好奇地環視周遭。看見我，他微微一笑，禮貌地朝我伸出手。

我們握手並向對方簡單地自我介紹，從與他的談話中，我得知這個男人是一名貨眞價實的密冬模仿師，他目前被派遣到伊哈灣本島協助某個家族治理當地。這麼說來，我目前所待的小島也在他的管理之下，我不禁下意識讓自己站得更挺一些，與此同時，內心也難掩興奮。

我過去曾聽聞過密冬模仿師，知道他們每一位都必定和一隻獸靈結合，那可不是什麼人工培養的假貨，而是眞正的野生獸靈，和野生獸靈結合是一種什麼樣的感覺？我忍不住想詢問這名密冬模仿師，不過我也知道密冬政府對於模仿師獸靈的殘酷管理，因此我支支吾吾，不知該如何開口。幸而這名自稱黑羊的模仿師個性隨和，十分體貼地注意到我心神不寧，他主動詢問我是否有話想說，於是我便不由自主地滔滔不絕起來。

說也奇怪，黑羊模仿師出乎意料的溫和有禮，對我的疑問知無不言，我不禁對他有種一見如故的感受。言談之中黑羊表現出對獸靈的豐沛知識，也令我十分折服，和他邊聊邊前往實驗所，短短一段路我發現自己竟收穫良多。來到實驗所大門，我正想解釋目前的實驗體安排，卻聽見門內傳來激烈爭執聲。

不知巧或不巧，打開門我便看見實驗體M和F站在實驗所中央空地，彼此瞪視，衝突一觸即發。方舟F的狀況向來不對勁，可今晚更加古怪，F和M兩人對峙，面色凝重，絲毫沒察覺我和黑羊已步入實驗所。我聽見F說他的獸靈是最強的，他們的連結也是最強的，F甚至可以聽見他的獸靈對他說話的聲音。

「你的獸靈不會對你說話吧？因爲你太弱了。」F舔舔嘴唇，露出猙獰的笑。

「到底是獸靈眞的在對你說話？還是你的想像？」M平靜地問，她的狗獸靈M_2比F的F_3個頭更大，也更年長，看上去比F_3更沉穩，面對F的挑釁，M_2連眼皮都沒有抬一下。

但F的狗獸靈F_3在F的長期虐待下，發展出暴躁的個性與精神病，即便F_3瘦弱又幼小，牠的眼睛裡仍充滿嗜血瘋狂，令人不敢忽視。

我瞥了一眼身旁的黑羊，倍感羞愧，正想要求助手立即制止這場衝突，黑羊卻抬起手制止我。

「沒關係，看看會發生什麼吧。」他一面說一面笑著，我只好點點頭，放任方舟們的行爲。

下一刻，F_3在沉默中發狂撲向M_2，令我震驚的是，即便M_2被咬得滿頭鮮血，牠也依然趴俯在地，閉著眼，彷彿F_3只是在跟牠玩，若不是M_2的頭已被咬得皮開肉綻，旁人眞的會相信F_3的攻擊對M_2來說不痛不癢。

F_3似是注意到不對，牠從低吼發狂到逐漸放鬆牙齒、瑟瑟發抖，總共只花了不到十秒，最終更是蹲坐在M_2旁，垂首表現出乖巧與順服。我在黑羊輕拍手臂的提示下轉而觀察M的表情，她看起來很冷靜，從始至終不曾將目光放在F_3身上，她看的人只有F。而她以那樣冷漠、傲慢的眼神凝視F，讓F羞憤交加，他指著F_3大吼大叫，要他的獸靈繼續攻擊M_2，見F_3不願動作，F隨手拿了研究人員擺放在空地一角打掃用的掃把，以握把處狠狠毆打F_3。

根據我們這段時間的紀錄，和獸靈結合後方舟會與獸靈擁有共同感受，因此F對F_3的懲罰理當也會讓F感到疼痛，然而F並不在乎，他彷彿失去理性般一遍又一遍暴打F_3，直到M伸手搶過F揮舞的掃把，越過空地朝我走來，將F傷害獸靈的武器交付給我。

M一直都是如此聰慧，她知道，整個實驗所中只有我有權力阻止F_3。

「將F和F_3送到禁閉室。」我一說完，其他研究人員立即介入，以麻醉槍麻醉F和F_3，隨即將他們送往位於實驗所北邊的禁閉室。其他實驗體則在研究人員的指揮下依序返回房間休息。

到此事情便算是結束了，恰好來到晚餐時間，我邀請黑羊和我一同前往餐廳用餐。

「那兩個孩子一直都是這樣嗎？」吃飯時，黑羊慢條斯理地咀嚼魚肉，並詢問我。

我不意外他會問這個問題，M和F的衝突對整個實驗來說是個威脅，我猜測黑羊也早已讀過我提交給老闆們的報告，現在他有此疑問無可厚非。

「自從我們採用電擊方式迫使實驗體F和獸靈F_3結合以後，F的狀況變得很不穩定，除了自己的獸靈以外，也經常傷害其他實驗體的獸靈，幾次下來，M開始會阻止他，兩人從此就互看不順眼。」

「我讀過你傳給上面的報告，隨著實驗進行，實驗體在精神狀況上愈發難以控制……不瞞你說，我這次前來是奉命親自替密冬政府監督，但別感到太大壓力，儘管今天初次見面，我已將你視作朋友，因此不曉得你是否願意聽聽我的建議？」

黑羊語調溫和、用詞得體，加上對我相當坦承，我很快便點頭同意。同時想或許他這次前來確實是代替大老闆來監督我的工作，我也不怪他，但他能對我毫無隱瞞，令我受寵若驚。（**附註**：重讀這段紀錄，我簡直後悔莫及，當時我對這名密冬模仿師頗有好感，在短時間的相處中就將他視為好友。直到很久以後才醒悟，每一名模仿師幾乎都有討人喜歡的特質，這既是他們的天性，也是對自身的保護，模仿師擅長所有最危險的工作，意味著他們本身也是危險的代名詞。當時黑羊說出的一番話，我不該相信。然而那時候我還太年輕，不僅相信了，也照他的話執行了後續實驗。）

見我同意，黑羊說：「我認為實驗若會失敗，不是由於實驗體的精神狀況。」

「那麼是因為什麼呢？」我問。

「早在你剛開始提交研究資料時，我們便有專人進行數據分析，已預測到實驗體會產生心理問題，因此目前實驗面臨的瓶頸反而是你們由於擔心實驗體的精神狀況，以至於暫停了大部分的實驗程序。如此一來，當計畫時限的一年到來，由於最後階段的實驗尚未進行，實驗理所當然只能宣告失敗。」

聽見黑羊的說法，使我內心一顫，儘管我一次次告訴自己，這項實驗不應該存在道德感或同理心，但當方舟們出現脫序行為，精神也出現異常，我依然無法狠下心繼續實驗。聽了黑羊的話，我感到深受啓發之外，也有一絲噁心，但那噁心感在黑羊柔和的目光下很快便消失無蹤了，我點頭應諾：「您說得很正確，我們會盡快完成剩餘實驗。」

黑羊又在島上渡過一日，期間我和他多有學術上的交流，對這名密冬模仿師更加心服口服。閒談間黑羊特別向我查閱了M在實驗期間的資料，注意到他同樣發現了M的獨特之處，我感到很高興，一併將自己私下做的研究紀錄和黑羊分享，發現我將他寫入研究紀錄裡，他似乎並沒有被冒犯，反而覺得十分有趣的樣子。後來，他又在我的請託下解釋了模仿師與模仿之力。

對於黑羊提到的，構成一名成熟模仿師的中心思想，起初我感到困惑不解，這也是在所有黑羊提及的論述當中最令我疑惑的，我無法理解黑羊所謂「世界爲假，世界之外，有另一世界，此世界則爲贗品」的說法，但黑羊耐心解釋，這個世界是對另一個眞正世界的模仿，也因此我們的世界產生獸靈，產生模仿的力量，懂得這些並且徹底相信，才能成爲眞正的模仿師。

「聽上去像是一種信仰宗旨。」我勉強笑說，打從心底無法認同，畢竟我從小便是一名虔誠的基督徒，在我的國家，這種思想可能會被視爲異端。彷彿沒有注意到我的不適，黑羊望著面前海景回答：「是的，這將給予我們更爲強大的力量。」

「我以爲模仿師的力量來自獸靈？」

聽到我說的話，黑羊笑了：「不，模仿師其實不需要和獸靈結合，但若要成爲模仿師，你必須服從國家命令，和獸靈結合意味著有了弱點，而且你將不能生育……」

「我曾聽聞獸靈的能力可以藉由生育遺傳給下一代，所以不能生育的規定是禁止你們延續能力嗎？」黑羊的面容閃過一瞬困惑：「你恐怕誤解了，我不曾聽過獸靈的能力可以遺傳至下一代，但人工獸靈的能力倒是可以，但那會造成一些後果，像是一種副作用。」

我的老闆並未同意我做和獸靈能力遺傳相關的研究，聽了黑羊的話，我只感到相當可惜。

「我能請問您的獸靈是什麼動物嗎？」過了許久，我故作輕鬆地問道。

黑羊微微一笑，語氣充滿溫柔的責備：「請記得，永遠不要問一名模仿師這個問題，我想你可能不知道，但這相當失禮。」

黑羊一直是那樣健談，對我的疑惑慷慨解答，因此他突然這麼說，讓我感到有些羞愧，我向他道歉，告訴他我什麼也不知道。他寬容地接受我的道歉，並額外對我講述了成爲模仿師過程中最大的考驗，那是由密冬政府選定時間舉行的分別儀式。

這項儀式主要作用是讓模仿師徹底離開獸靈，儀式後，獸靈會被集中關押在特殊的場所仔細照料，但也永遠不見天日。舉行分別儀式時，儀式過程會讓模仿師爲自己的獸靈做最後一次模仿，可以使用模仿師最爲擅長的模仿技巧，譬如繪畫、舞蹈或吟唱，然後模仿師將設計自己獸靈的圖騰，刻在某個物品上，這樣物品就有了獸靈的力量。

模仿師一般稱此物品爲「珍寶」，會貼身攜帶，並且一輩子小心收藏。取得珍寶以後，模仿師將踏上一場旅行，和獸靈做最後的告別，攜帶珍寶，從此頭也不回地離開，對於任何與獸靈結合的人來說，這都是難以想像的痛苦，但一名眞正的模仿師會一直走下去，這趟旅程也將標誌模仿師的身分，作爲最後的篩選，倘若模仿師在離開獸靈的過程中精神崩潰或者死亡，那表示他沒有成爲模仿師的資格。

黑羊溫聲且耐心地向我解釋這些，使我深受感動，我十分感謝他對我描述的一切，遠在密冬，隔著伊哈灣與海峽，那神祕古老的大國令我心馳神往。

我和黑羊吃過中飯後，便送他到港口搭乘回伊哈灣本島的船，他仍然身披深色大衣，面露微笑，在他走上甲板前他對我揮揮手，說：「小心最後的實驗。」

我搖搖頭，以口形說好，不一會兒，他的船已隨風浪遠遠離去。

幾日過去，我重新修改了剩餘的實驗期程，按照黑羊的建議忽視方舟的精神狀況進行剩餘的實驗程序。在最後階段裡，我們將殺死方舟們的狗獸靈，並給予他們最後一批獸靈實驗體，這最後一批獸靈將是靈長類，可能是猩猩或猴子，對此，我已向密冬政府提出申請，很快新的人工獸靈便會送來小島。

不過，這次對於獸靈的處置和第一次有些不同，這一次，我們要求方舟們殺死自己的獸靈。

所有方舟的狗獸靈在超過原訂期限的結合時間裡，各個長得健壯機警，許多方舟更將他們的獸靈視作自身肉體的延伸，譬如I和K不須說一句話，便能藉由連結的力量要求獸靈幫他們拿取物品，或者對其他方舟、研究人員惡作劇。L、N和O則經常一面閱讀，一面讓意識沉入和獸靈的意識洞穴裡，在他們建造的意識空間中縱情玩樂。G、J和H往往只是抱著自己的狗獸靈和彼此玩扮家家酒，他們比起其他方舟，似乎更傾向於將獸靈當作一種更爲貼心的伙伴。至於我偏愛的M，她出奇地同樣喜歡和獸靈一起待在意識洞穴中，只不過比起L、N、O，M沉入意識洞穴時會同時進行寫作或繪畫，每次M完成文字或畫作後，她會立刻將成品毀去，我曾僥倖趁她不注意時偷到一張畫作，讓我得以知道M的意識洞穴和其他方舟有多麼不同。

說起這些方舟們的意識洞穴，我曾花時間記錄過一次，大多不值一提，畢竟實驗體方舟年紀尚小，生命經驗不足，不太能形成較大或較複雜的洞穴，其中無非是還在街頭流浪時棲身的下水溝，或者兒時居住的家屋，大多是狹窄但能給予方舟安全感的空間。除了M。

M的意識洞穴是一處窮山惡水的荒野，我從未在現實中見過那樣的地方，若M的描繪沒有錯，M有能力和她的獸靈一同構築出這近乎無窮盡的洞穴空間，意味著只要她沉入那空間，她便離開了所在的這座小島，前往一處遠比這兒更大更廣袤的所在。

我感到不可思議，M在個人檔案上也標注了身分背景，同樣是一名孤兒，既是孤兒且年紀輕輕，她如何可以建造這樣的景象呢？我還沒有機會和M進行更深的談話，實驗最後階段的日子已然來臨。

我要求助手將禁閉多日的F和F_3帶回實驗所，並讓其他方舟實驗體與其獸靈來到實驗所中央的空地聚集。

終於抵達這一步，我感到有些侷促不安，讓方舟殺死獸靈是一項重要的研究項目，我們得以理解在這層特殊的結合關係中，究竟是人類取得控制權抑或是獸靈？

只因我們擁有不欲人知的擔憂……即是我們愈研究，愈感到恐懼，在以電擊刺激獸靈分泌出能夠結合人類的化學物質後，我讓助手分析了那種特殊的化學物質，發現這物質像是某種有生命的菌體，在地球上前所未見。過去每一個晚上，我廢寢忘食研究這奇特的菌種，最終我心中產生某個可怕的猜想：倘若這菌種才是獸靈的眞面目呢？這或許並不是上帝對人類的恩賜，這是一種寄生，最初此種菌類擬態成能夠接近人類的動物，然後藉由綁定人類轉移宿主，然而其中還有許多無法解釋的部分，譬如獸靈與人類結合後的心智，人類不需要任何語言就能讓獸靈進行移動，或者其實從頭到尾都只剩下獸靈的心智？人類反而是被操控的？或者他們的靈魂經過交融後成爲了兩具不同的軀體，但有同樣的意志？靈魂眞的存在嗎？獸靈到底是占有了人類的哪裡？導致牠們可以如此深切、緊密地與人類結合？

所以從來沒有結合這回事？只有感染，是嗎？獸靈是某種類似病毒或黴菌的物質，透過擬態感染動物，再從動物傳遞到人類身上，人類是最終宿主，一般來説跟獸靈結合的人類可以活超過三百年，但人類其實早就死了，大概，最終以人類身分活下去的是獸靈，這是如此可怕的存在。

最可怕的是，獸靈並非病毒或菌類。在我逐漸失控的想像中，獸靈在黑暗裡發著光，看起來純粹美好與明亮，牠們動物的身形或強壯，或纖巧，牠們是科學無法解釋的東西，也許我是錯了，也許牠們眞的是神的恩賜，人類可以從獸靈身上尋得永生的祕密，這種結合，也是完全必須的，爲了成爲新的、超越人類的物種。

一旁的助手出聲呼喚，將我帶回此時此地，我望著手中的研究計畫，沉默許久，終於開口。

模仿／擬態 Mimesis／Mimicry

麥克唐納教授在講台上發表演講，演講廳內一片黑暗，只有投影機投射出的光讓色彩流淌。

「我們不知道獸靈的誕生是好是壞，因為自從獸靈開始出現，人類的科技乃至於其他醫學研究，至少停止前進五十年。但人類沉迷於研究獸靈也是無可厚非，和獸靈結合的人類可以活到三百歲甚至更久，這已經完全超出我們對人類這個物種的理解，長壽、甚至永生不死，人們當然願意放棄研究愛滋病和癌症的治癒方法，只要研究獸靈，未來說不定每個人隨便都能活上數百年，再也不需要醫學了。」麥克唐納說到這兒，稍微停了一會：「然而，獸靈究竟是什麼時候出現的？這個問題直到現在也無人能夠解答，愈是深入發掘，你愈能找到證據證明獸靈早在遠古時期就已出現，早在有人類以前，獸靈就存在。但我今天要站在這裡告訴你們，這完全是謊言，獸靈的真相和我們的世界有關，獸靈此等不正常的存在，恰恰好印證了我的理論，也就是：世界有兩個。」

麥克唐納沒有理會演講廳燈仍未開，他用奇異筆在白板上瘋狂塗畫，一面滔滔不絕地解釋：「世界有兩個，一個是真正的世界，我稱呼為原世界，一個是模仿原世界誕生的影子世界，我們的世界是影世界，影世界誕生之後，獸靈才因模仿而出現，我們的影世界有被修改的痕跡，卻無人發現，因為影世界會不斷自我修正。」

台下的同學們開始竊竊私語。

「假設原世界的歷史是這麼一條無盡長河。」麥克唐納恣意在白板上畫出一條長長黑線，並在線中央圈出一個點，寫上「A」，他指著A點：「這是我們這個世界存在的時間。」接著他在距離A點一段距離的地方圈出B點，他指著B點：「而這個是獸靈存在的時間點，因此……」麥克唐納用紅筆塗紅了B點之後剩餘的線：「我們的歷史就慢慢地更改了。」

「但爲什麼會出現我們的這個世界呢？」一名學生難掩嘲諷地問：「假如我們的這個世界，你所謂的影子世界，其實是假的，那麼我們的世界是如何誕生的？誕生的原因又是甚麼？」

「不不不，你弄錯了，影世界就是影世界，無所謂眞假，這是大部分人會犯的毛病，也因此他們無法接受眞相。基督教認爲我們的世界由神所創造，但實際上，如果眞是這樣，我可以假設眞是這樣，我傾向認爲原世界由神所創，而我們的影子世界，只是對這個由神所創的世界的模仿。」

「好吧，但你還是沒解釋爲什麼會有我們的這個世界。」學生繼續問道：「有另一股力量在作祟嗎？或者是宇宙黑洞從另一頭爲我們帶來一個世界？」

麥克唐納搖動手指，面露微笑：「諷刺不會爲你帶來知識，孩子，我有一個想法……」

突然間，麥克唐納的聲音彷彿虛無縹緲，變得遙遠而茫然：「在原世界，有一個人，一個孩子……我想是這樣，一個特別溫柔、多情、善良的孩子，他同時具有強大的力量，因爲一些原因，他的某個想法，或者他的靈魂，做出了選擇，這個選擇創造出無法被那個世界容納的東西，於是來到我們這裡，可以說，他創造了我們的世界。」

麥克唐納的言論讓講台底下一片嗡嗡抗議。

「那平行宇宙呢？」另一個學生有些失望地問：「量子力學認爲有無數世界、無數宇宙……」

「在我們世界是行不通的。」麥克唐納喃喃道：「我們的世界只是對另一個世界的模仿，這是一次性的，而且結尾已經注定，除非原世界有所改變，否則我們只能跟著它一直走下去。但這樣也有好處，我們的世界不斷在變動，幾年前不存在的現象或定理或物種，幾年後立刻普遍起來，歷史立刻遭遇修改，沒有人會產生疑惑，就好比獸靈，但獸靈同樣是對於原世界的模仿產生的造物，我們必須更多地運用這股只屬於我們這個世界才存在的力量，那就像地心引力、放射物質一樣是早已存在並能影響現實的力量，這力量的名字是**模仿**，mimesis，或擬態mimicry。我心中有個完美解釋，是柏拉圖在《理想國》中記錄蘇格拉底提到的洞穴學說：一群人從出生就坐在洞穴裡，凝視洞穴的岩壁上火焰投射出的影子，這些影子是對現實的模仿，出生於洞穴的人永遠也不知道眞實的事物，他們相信影子是眞正的現實。我們就是那群人，我們活在影子的世界中，但只要我們抬起手，用我們手的影子加入岩壁上的影子，用我們的影子去模仿壁面上的影子，我們就可以影響影子世界的現實，那也意味著在這個世界，掌握了模仿之力，就掌握一切。」

問問題的幾個學生仍面露懷疑，麥克唐納尷尬地揮起手：「或像鏡子！你們可以更簡單地想像，鏡子外的世界是原初世界，鏡子裡的世界是我們的世界，如果原初世界毫無動靜，我們也將永恆死寂。」

時間到了，麥克唐納顯然還沒完成演講，然而學生們已迫不及待魚貫離開演講廳。今天來聽講的都是在宿舍裡被關久了的國際學生，他們本來對於有額外的學術活動感到興奮。麥克唐納利用這點，說服學校讓他替這些學生演講，如今這些學生看起來全都相當後悔。

最終演講廳內只剩下零星幾人，但這些人也不是刻意要留下來繼續聽講，他們只是睡著了。麥克唐納看著講台下的情景，目瞪口呆，不知該做何反應。

直到他發現站在陰影中的莉莉，麥克唐納索性揮手示意演講結束，氣呼呼地收拾並等莉莉走上講台。

「我不懂爲什麼學校還願意付薪水給你。」莉莉開玩笑地說。

「因爲我很優秀？」麥克唐納不以爲然：「你不應該出門的。」

「我關在房子裡太久了，而且我想回家一趟。」

聽見莉莉要回家，麥克唐納的目光閃過一絲驚慌：「爲什麼？你父母說什麼了嗎？要你回去？」

莉莉搖搖頭：「我只是有點累，而且心情不好，我想回家拿我的油畫工具，過幾天就回來。」

「那就快去快回，而且要注意安全。」麥克唐納低垂視線，雙手則迅速收拾物品。

「我會的。」莉莉輕聲說：「要是遇上麻煩，就打電話給我，好嗎？」

麥克唐納沒有回答，在莉莉眼中，她的老教授此時看起來就像一名賭氣的孩子。莉莉轉身離去，她把這幾天要過夜的行李寄放在儲物櫃裡，因為她不想讓麥克唐納多問。

莉莉離開西北港都大學校區，為了掩人耳目，她搭乘計程車前往她查找到的地址，距離西北港都大學其實並不遠，她入住一間便宜旅館的三樓套房，透過窗戶可以看見那間酒吧的外觀。酒吧名稱莉莉已經查出來，恰好便是傳說中聖經約翰居住的地方——牛奶城。上個世紀的格列斯卡還有著謀殺之都的惡名，其中牛奶城又是其中犯罪率更高的區。

莉莉將行李往滿是霉味的床單上一扔，隨即打開電腦查看今日的新聞。自從最新一名受害者出現，目前大部分的媒體已經將這名連續殺人魔稱為天使約翰，其原因一方面是他的殺人手法與受害者特徵和聖經約翰極為相似，另一方面則是在整整四起案件中，其實並非沒有目擊者，只是根據這些目擊者的說法，天使約翰除了擁有一頭紅髮、身材瘦高以外，他的臉經常是模糊不清的，像是籠罩在一層光暈裡，讓人聯想到文藝復興時期宗教畫裡的天使。而他的聲音則溫柔又甜蜜，且經常在談話中引用《聖經》，就和百年前的聖經約翰一樣……

這些都是網路上廣為流傳的說法，讓莉莉感到噁心。天使約翰這個名稱起先確實源於網路，有一群瘋狂崇拜聖經約翰的網友撰寫了洋洋灑灑的文章，宣稱這名殺人魔就是聖經約翰的鬼魂爬出地獄重現於世，這些文章仔細提到百年前聖經約翰如何殺害女性，資料鉅細靡遺。其後這些文章被轉載到仇女、男性非自願獨身者社群，引發瘋狂轉貼。這些人或許不認為天使約翰就是聖經約翰的鬼魂，卻相信有一個模倣犯潛藏格列斯卡，他就像上天派來懲罰女性的天使，是他們這些仇女者的救主。

於是他們稱這名殺人魔為天使約翰。

〈天使約翰將會給臭婊子好看！〉莉莉對這一則論壇發文的標題發出冷笑。

她搜尋最新的警方新聞稿，新聞稿中聲稱天使約翰的受害者開始有了明確的種族傾向，他們因此判定天使約翰最初的兩個受害人是在衝動之下的不成熟犯罪。而現在天使約翰已確定自身偏好密冬藩屬人，因此警方將會以種族歧視或白人至上主義者的方向去尋找凶手。此外在夏季時，蓋力的兩大足球隊賽爾提克和流浪者，曾因賽爾提克隊的一名密冬藩屬人球員表現良好，大敗流浪者隊，警方在新聞稿中表示針對密冬藩屬人的憎恨氣氛可能持續至今。

讀完這篇新聞稿，莉莉關上電腦，迅速吃完稍早買的三明治，她從骯髒的窗簾後方窺伺牛奶城酒吧。時間已經晚了，酒吧很快就會開始營業，在那之前她必須準備好。

莉莉打開行李箱，拿出一件酒紅色連身裙，她將裙子放在床上，隨後來到浴室。她站在鏡子前凝視自己的臉好一會兒，先用卸妝液卸除臉上凌亂的妝，顯露出那一直被隱藏於粉底下的刺青，像雲霧一樣的形狀，從她兩邊的唇角延伸至大半張臉，幾乎占據了她下半部整張臉面。年輕的時候，她不知道爲什麼熱切渴望擁有一幅紋在臉上的刺青，她直覺地希望不要有人認出她……她將之解釋爲她希望不要有人認出過去的自己，最終，她決定在人生的轉捩點完成這幅由她設計圖樣的刺青。

莉莉很清楚自己太衝動了，卻從不後悔，儘管這個刺青很難讓她安全走在街頭。似乎一定會有穿著全身愛迪達、頭戴仿製Burberry格紋棒球帽、手持Buckfast廉價酒的流氓來找她麻煩。於是她學會每天出門前用厚重的粉底掩蓋刺青，反正莉莉很清楚，刺青是爲了她自己，她從不想向其他人刻意展示或炫耀。

直到今晚，莉莉決心讓自己成爲人群中最突出的女性。當她重新上妝，她讓粉底小心避開刺青圖樣，眼影特別強調她銳利的眼睛，她把自己打扮得更加異國風情。

莉莉知道天使約翰會再次下手，只要警方不抓到他，他就會再次下手，因爲他無法忍耐折磨、殺害女性的渴望。思及此，莉莉更覺得天使約翰就像憑空出現一般。像天使約翰這樣的凶手，通常多少會在正式殺人前犯下暴力、虐待的罪行，但警方比對了近年來格列斯卡有家暴、強姦等前科的男性，並沒有找到符合天使約翰側寫的人。與此同時，莉莉也認爲天使約翰犯下的第一件命案十分重要，因爲假如他過去從未傷害過女性，第一名死去的女子肯定觸發了他內心的某個機關，讓他動手殺人。

莉莉盯著鏡中的自己，從來不曾如此慶幸，她不僅長著一張密冬藩屬人的臉，還擁有如此符合主流審美的精緻五官。莉莉將紅色連身裙從小腿往上拉，她很瘦，連身裙胸口處的胸墊讓她的身體多了些線條，她踩進高跟鞋裡，出門前最後一次從鏡中凝視自己，她很美，就像一名普通女子，同時她的臉是如此東方，又因刺青而獨一無二，她令人垂涎，任何獵人都不會錯過像她這樣明顯的獵物。

她但願天使約翰也不會。

莉莉順著陰暗的樓梯往一樓走去，她在這間旅館訂了三晚，倘若三晚之後仍沒有找到天使約翰，她會繼續住在這間旅館裡，直到成功獲得天使約翰的注意。

這是莉莉看見第四名受害者新聞後做出的決定，既然警方無法抓到天使約翰，那麼她便以自身爲餌。無論要花多少時間，無論她是否可能因此再也無法重回校園，雖然對麥克唐納感到抱歉，但莉莉認爲自己必須如此。她有一種直覺，似乎天使約翰正在呼喚她、挑釁她，他的生命和莉莉連繫在一起，這是令莉莉感到不舒服的連繫。他們之間橫亙著安子的屍體，如果天使約翰想糟蹋莉莉最珍貴的東西然後逃之夭夭，莉莉絕對不會讓他如願。所以或許……天使約翰並不眞的在呼喚、挑釁莉莉，是莉莉強硬地希望和天使約翰擁有這種關係、這種連結，莉莉渴望藉由連結抽絲剝繭，最終捕捉到天使約翰的眞實面目。

牛奶城酒吧位於地下室，一旦入夜外頭便聚集著吵鬧的人群，或閒聊或抽菸，除此之外整條街一片闃黑，只有從地下室內流瀉出的霓虹燈光與重低音暗示了內部的複雜多彩。莉莉鑽過人群，毫不猶豫地隻身走入階梯底端的五光十射。莉莉以前跟安子去過學校酒吧，也在一些特別受大學生歡迎的夜店裡參加過演唱會，牛奶城相較之下廉價且粗糙，在這種環境裡一切都是經過美化的骯髒，昏暗閃爍的燈光下污漬和垃圾、塗鴉都變得黯淡，幾乎難以看清，只剩下震耳欲聾的音樂聲與各種顏色的燈光，形成彷彿在空氣裡作畫的筆觸。莉莉想起她目前掌握到的資料：天使約翰的受害者當中，除了安子以外其餘三人都曾來過這間酒吧，並在三到七天後慘遭殺害，包含最新的受害者——那名密冬藩屬人廚師。莉莉正是在得知第四名受害者同樣也曾前往牛奶城狂歡後，才決定親自來這間酒吧探查消息。

莉莉一直無法弄懂其中關連，倘若這間酒吧是天使約翰的獵場，安子又是如何在沒來過牛奶城的情況下被捲入？無論如何，這是莉莉目前唯一能做的，也或許安子曾來過牛奶城但沒告訴她，而牛奶城酒吧之於天使約翰就像巴若蘭舞廳之於聖經約翰。

像是一種模仿。莉莉想，隨即搖頭甩開古怪的思緒，因為當她想到「模仿」這個詞彙時，她使用的是麥克唐納曾告訴她的密冬詞。

莉莉告訴自己專注在當下的任務，努力無視舞池裡狂歡的人群，以及周遭朝她投射而來的熱切視線，此時莉莉突然有點不確定，在第一天便以如此顯眼的方式出現到底對不對？她會不會做得太明顯了？又或者收到太多不必要的關注？莉莉有些不自信，她垂下肩膀，讓自己融入到人群中，沿著角落的走道前往吧檯點了啤酒，就這麼坐下來。

從這個位置可以清楚將整個空間納入眼底，莉莉也能在新的客人進來時立即發現，儘管如此，障礙仍然太多了，無論是洶湧的人潮或牛奶城裡惡俗的裝飾，莉莉喝著啤酒，不時拿出手機留意時間，表現得像是在等人。

沒過多久，一名金髮男子靠近莉莉，似乎對她很好奇。莉莉知道她不可能在第一天就找到天使約翰，今晚她準備盡可能多地蒐集資訊，是以當男子開口搭訕，莉莉沒有表現出拒絕。

「刺青很好看，在哪裡可以找到你的刺青師？簡直就是藝術品。」金髮男子誠懇地說。莉莉朝他一笑：「謝謝，圖案是我自己設計的。」

「你設計的？你是設計師？」

「插畫家。」

「你很漂亮。」男子沉吟一會後說道：「我沒有預期會在今晚看見你這樣的女孩。」

「哦？爲什麼？」

「因爲那個人。」男子比出割喉手勢：「你知道吧？有個專找女孩麻煩的神經病，最近聽說他對特定類型的女孩有偏好……以前這裡有『東方之夜』，亞裔女孩入場免費，還招待酒水，自從消息出現，她們都跑光了。」

「我知道，網路上都稱他是天使約翰。」莉莉的手指在酒瓶瓶口劃著圓圈，吸引男子的注意力，他呑嚥了一下，幾乎沒聽見莉莉剩餘的話語。

「抱歉，你說什麼？」

「天使約翰，你覺得他是模倣犯，或是聖經約翰回來了？」

「一世紀前的連續殺人魔怎麼可能回來。」男子笑說：「模倣犯比較有可能，網路太把他神化了，別告訴我你相信那些垃圾。」

「我當然不信。」

「不過你也別太擔心，警察在監視這裡，從過去到現在，牛奶城不曾這麼安全過。」

莉莉喝了口酒，眼神觀察著周遭：「這裡有便衣警察？」

「有啊，人數還不少，他們在找那個連續殺人魔。」男人頓了頓，小心翼翼地靠近莉莉，同時將嘴唇湊向她耳邊：「像你這樣的女孩獨自一人太危險了，你不應該到這裡來。」

莉莉嗅聞到男子口中的酒氣，感到有些反胃，但她還是禮貌性地輕推男子胸膛，暗示他離自己遠一點：「聽著，我想渡過輕鬆的一晚，也不打算跟任何人回家，所以你就讓我獨自喝完我的酒，好嗎？」

男人搔了搔下巴，看起來並沒有被冒犯，他點點頭轉身離開。

接下來的時間裡莉莉又喝了幾杯酒，和數名陌生人交談，有男性也有女性，莉莉發現和女性交談要來得更容易，並不是所有男性都跟她在酒吧中第一次遇到的金髮男子一樣有風度。每當莉莉試圖拒絕提出過夜邀約的男性，他們若不是口出惡言，就是以貶低的態度回擊。莉莉並不是非常在意，直到有個男的惡狠狠地告訴她：「天使約翰會替我教訓你！」

莉莉胃裡的酒液開始翻湧，她只是反感，遠稱不上害怕，但她想到假如天使約翰就是這些人之一呢？她想假如安子就是被這樣的人渣折磨殺害……莉莉幾乎要起身毆打那名出言不遜的男性，直到她注意到有其他人在看自己，莉莉攏了攏頭髮，將瓶子裡的酒喝完。

這個晚上她已經蒐集到足夠的資訊了，事實上，比她想像得還要更多，她發現牛奶城是附近中下階層的人特別喜歡來的一間酒吧，加上消費便宜，很多人都是常客。而天使約翰的出現讓這些人非常不高興，來泡吧的女性還是人數不少，但顯然都是姊妹淘的聚會，沒人對找個陌生人一夜情感興趣。像莉莉這樣獨自前來的人相較之下眞的不太聰明，但在莉莉多次表明只是來放鬆喝酒之後，似乎整個牛奶城裡的男性都知道了，也就不再試圖跟莉莉搭話。

莉莉倒不爲此困擾，她光是坐在那兒不說話，一些來自他人的交談便會竄進她耳中，她聽見人們討論著天使約翰的前兩個受害者：海倫、帕翠夏，這兩個名字警方從未公布過，聽起來卻有些耳熟……莉莉悚然一驚，這兩個名字不是聖經約翰的受害人嗎？她用手機上網查詢，但因爲身處地下室的關係，網路並不流暢，好不容易打開聖經約翰的維基百科頁面，她確定海倫和帕翠夏就是聖經約翰的第一個和第三個受害者，這樣的巧合實在太過恐怖，難怪警方不願意透露。根據那些人剩餘的討論內容，天使約翰殺害的海倫和帕翠夏姓氏與聖經約翰的受害者不同，莉莉忽然醒悟，這並非是一個巧合，而是天使約翰有意識地在模仿聖經約翰，他是一個眞正的模倣犯，幾乎到了強迫症的地步。

可如此一來，繼前兩名受害者之後的安子，乃至於那名密冬藩屬人廚師的死亡，便讓人更加摸不著頭緒，爲何天使約翰會打破自己制定的公式，選擇不同的類型？

莉莉一直待到天亮，人潮散去，酒吧即將關門，她才走出牛奶城，並刻意繞了一大段路才返回旅館。她快速卸妝、沖了個澡，她還不打算睡覺，儘管她已疲憊不堪。

莉莉從行李箱取出素描本和炭筆，趁著記憶仍新鮮，她開始一一描繪在酒吧中見過的男性面孔，不時閉上眼睛，回想整個場景，她也嘗試描繪整個酒吧的空間，並把這些男性安放在酒吧裡的個別位置，她用色鉛筆上色，改變明暗，在她筆下，酒吧的光源經過調整，讓細節變得更爲清晰。莉莉將圖畫一張一張看過，確定沒有任何類似天使約翰的人，她終於略微放鬆。

莉莉躺在床上，身邊散落牛奶城的繪畫，忽然間，她的手機在振動，莉莉從包包裡取出手機接聽。

「雷利小姐，你在哪？」是麥克唐納。莉莉漫不經心地回答：「在家。」

「別騙我了，你根本不喜歡回家，寧願你的油畫工具爛在倉庫裡，也不可能回去拿。你到底在哪？」

莉莉看著發霉的天花板：「我在一間旅館裡，想一個人靜一靜，別擔心，我會順便完成研究計畫。」

麥克唐納考慮了一會兒：「你父母知道嗎？你最好跟他們保持聯絡。」

莉莉不禁笑出聲來，想到母親看見自己時驚慌恐懼的表情，以及父親冷漠、審視的眼神，莉莉突然再也不想裝下去。

「他們是我的養父母。」莉莉不自覺壓低了聲音：「我想他們一點也不在乎，這些年來也絕對沒有把我當成自己的孩子在照顧。」

「你還是應該跟他們保持聯絡。」麥克唐納堅定地道。

莉莉倏地有股衝動，想要告訴麥克唐納她的父母在監視她，以一種奇怪、隱晦的方式在管理她，說是管理，也像是一種矇騙，刻意讓她感覺什麼都有，要什麼有什麼，實際上他們營造出的寵愛放縱只是假象，這讓莉莉覺得恐怖。她想自己的養父母究竟是什麼人？如果他們真的在監視自己，他們又是聽從誰的命令？

「我會的。」莉莉撒謊。結束和麥克唐納的通話，莉莉滑動手機螢幕來到和母親的對話，裡面有幾個未接來電和詢問莉莉是否還在學校的訊息，自從莉莉離開麥克唐納的講座，來到旅館，她再也沒有回覆過母親，也沒有閱讀母親留給她的訊息。經過麥克唐納的提醒，莉莉乾脆直接封鎖母親的帳號。

最終莉莉丟開手機，在床上輾轉反側，她強撐著即將墜落的意識，深深思念安子，她想著安子無憂無慮的笑臉，那張臉在黑夜裡的路燈照耀下瑩瑩發光，讓莉莉無比眷戀。

爲了你……莉莉想：我要抓住他。

然後呢？一個微弱的聲音問道：抓住他要幹麼？

將他繩之以法。莉莉輕哼。

那個聲音發出短促的笑聲。

莉莉張開眼睛，在她面前漂浮著一團熾亮的黑焰，她低頭看自己的身體，又瘦又小且雙腳被縛，屬於動物的腥羶再次瀰漫鼻腔。「你又要做什麼？」莉莉早已沒有反抗的力氣，她靜靜地問。

惡靈笑而不答，不久，莉莉意識到，這次惡靈什麼也不會做。黑色火焰漸漸燃盡，讓位給莉莉懂事以來的第一個回憶，過去伊哈灣惡靈頻繁帶給她的過往噩夢，她一直不願回想。此時此刻，莉莉卻也帶著一絲好奇，暗自接受回溯記憶的必然，畢竟，這滿是創傷的記憶最後，是她的父母將她收養。

周遭畫面隨莉莉的思緒改變，只要莉莉記得。

莉莉記得當時她被關在充滿動物臭味的倉庫裡，雙腳遭鎖鍊束縛，她總是飢腸轆轆，因爲囚困她的人不願施捨太多食物。她日復一日見太陽從窗外升起又落下，沒有人來救她。在她腳下，地板如會呼吸般起伏，讓她知道，自己已經離陸地很遠。

是的，她被囚困的地方是一艘船的船艙，裡頭擺放了許多空的鐵籠，動物氣味源於此，莉莉十分害怕有一天那些抓走她的人也會將她關在鐵籠裡。日出日落，她愈來愈絕望，那時她唯一的安慰是一隻經常到船艙裡找食物的小虎斑貓，說是虎斑，這隻貓的斑紋卻奇特地更似斑點，鼻子兩側有白紋，耳朵後也有白斑。牠會將鼻尖貼向莉莉髒兮兮的手，讓臉在莉莉的掌心摩擦，莉莉笑了，她請求小虎斑貓常常來看自己，而小虎斑貓輕叫著同意。

每當外頭傳來腳步聲，莉莉都會心跳加速，她聽見兩名男性的交談聲：

「金家要求把那孩子送到地球的另一端，永遠不要被密冬找到。」

「我以為金家也是密冬的走狗？」

「這個孩子是特別的，金家似乎懼怕這孩子的力量。」

「一個野蠻地的孩子而已，哪有什麼力量可言？」

「反正拿錢辦事，不要被密冬政府找到，我們兩邊都得罪不起。」

「比起小小的金家，我更不願意和密冬政府為敵，這是錯誤的決策，我們不應該運送這個孩子。」

「閉嘴吧，安靜做事就對了。」

她把頭靠在船艙門縫，呼吸海風的鹹腥，她感到如此悲傷，為了自己正逐漸遠離故鄉……

她輕輕哼一首歌，一首她早已遺忘的歌，那首歌模仿著雨，模仿著風，模仿閃電與烏雲，隨後，在夢中，她聽見船艙外的騷動。

「有風暴在接近！」

「怎麼可能？剛剛明明還一片晴朗！」

「簡直像是突然出現——」

莉莉安靜地聆聽外頭吶喊叫罵，只是著魔般地輕輕哼歌，那首歌實際上究竟該怎麼唱，長大以後莉莉再也想不起來。

莉莉身下的地面傾斜，隨洶湧的浪左右搖晃，小虎斑貓逃進她懷裡嘶嘶噴氣，莉莉撫摸著牠，溫柔安撫。最後索性抱著小虎斑貓躺在地上，沉沉睡去。是一陣吵雜的腳步聲將她吵醒，在莉莉還來不及反應時，小虎斑貓突然從她手臂下方抬起頭，對莉莉說話：別害怕，很快就會有人來救你。

莉莉瞠目結舌，她張開嘴，卻來不及說話。船艙門被匆匆打開，一名高大的男人將她從地上拉起來，而她又哭又叫，懷中緊抱的小虎斑貓被男人一把扯開，她聽見男人憤怒的咆哮，隨後男人從另一人手中接過一把刀，當著莉莉的面將小虎斑貓的喉嚨割斷後，隨手將小虎斑貓仍掙扎扭動的身軀丟在地上。

莉莉無法克制地放聲尖叫，男人將她攔腰抱起，走出船艙，但他走不了太遠，便陡然停下來，渾身顫抖，莉莉奮力抬頭，看見男人的頭顱被無形的手擠壓成凹凸不平的形狀，莉莉的身體墜落地板，而男人搖搖晃晃地跪倒在地，看上去已然斷氣。

莉莉聽見有人在叫喊。

「是密冬的船！」

「密冬的模仿師！不……不是我們……求求您……」

淒慘的叫聲此起彼落，莉莉再也支撐不住，陷入昏迷。

當莉莉再次甦醒，她已經來到天使中立國北方的西北港都格列斯卡，她躺在一張當地醫院的病床上。過了不久，一對夫婦前來看她，帶著一絲讓莉莉困惑的懼意告訴她，他們將會收養她。

都是你的錯，你讓那面愚蠢的鏡子影響你，現在，你只能記得這麼多。惡靈悄然出現在莉莉身側，它的笑容逐漸拉長、拉寬，愈笑愈大，惡靈伸手將自己的嘴拉到極限，非人、詭異地大張著，像是一個深深黑洞，黑洞裡，有另一名男孩的頭顱。

那男孩長得和惡靈完全不同，莉莉過去也從未見過他，卻莫名讓莉莉感到熟悉，尤其是一對小巧虎牙，在男孩張嘴時閃閃晃晃，莉莉察覺到內心有一股亟欲破繭而出的感受，她聽見男孩呆滯地重複：「你長得好漂亮……我最喜歡你了……你長得好漂亮……我最喜歡你了……」

惡靈舌頭一捲，陌生男孩的頭顱被擠到深處，木然轉向一旁，而惡靈的聲音飽含毒液：你連這可憐的傢伙也忘了。

「我不知道你在說什麼。」

你當然不會知道。惡靈身上的火焰無風卻搖曳：是你害死了她，是你害死了他們，你的每一個朋友都將慘死。

惡靈再次讓陌生男孩的頭顱擠至前方，男孩張開嘴，愈張愈大，嘴裡有另一顆小小的、拳頭大的頭顱，那是安子灰敗如屍體的臉。

小小的安子嘴唇蠕動，說：「**是你把我害死的。**」

約翰回過神來時，發現自己站在無人的街道，四周一片黑暗。

他不知道自己怎麼會到這裡來，也不知道他將往何處去，他的腦袋全然空白。

約翰開始思索，首先，他是誰？

約翰，我的名字是約翰。他想：約翰．辛普森或約翰．愛默森，住在牛奶城，四處打雜工，未婚，對信仰很虔誠。他在嘴裡重複這些字句，卻覺得很不對勁，他不叫做約翰，他有一個類似那樣的名字，但不是約翰，可能是……約書亞……約瑟夫……喬……

一個男人憑空出現在他面前，黑頭髮，留著修剪整齊的鬍子，他的眼睛像草食動物般烏黑且濕潤。

「只有脊椎眞的很不穩定。」他說：「但我能怎麼辦？我到哪裡去找聖經約翰的骨骸？」說完他還自顧自地笑了笑。

黑髮男人站在約翰面前，像在打量一件藝術品，將約翰從頭到腳仔細檢查，他一面查看一面自言自語般地說話：「這個國家的宗教很有趣，如果他們稱你爲天使，那我不就是上帝？這些人大概很難想像，你只是我在書店的眞實犯罪書區裡找到的資料，或者說，你是這些資料拼湊出來的贋品。」

男人微笑，約翰從來沒見過他，卻本能地感到畏懼，這個男人身上有一種使人戰慄的氣息，約翰毫無理由地，害怕他下一秒會開始跳起舞來。

「約翰，專心。」男人伸出手，在約翰面前打了個響指，接著做出模仿狗兒的手勢，然後是小鳥，然後是兔子。約翰突然對面前的手指產生極大興趣，黑髮男人的手指如此靈活敏捷，彷彿可以做出世界上所有的動物模樣。「你還記得嗎？你想要什麼？喜歡什麼？你接下來打算做什麼？」

像是抓到了一根救命稻草，約翰順著男人的疑問挖掘內心，他喜歡什麼？他喜歡女人。接下來的思緒流暢無礙地浮現腦海。更精確地說，他喜歡傷害一些低賤的婊子。

他不能……

「停，等一下。」黑髮男人禮貌地打斷他，平舉雙手，以商量般的口吻詢問道：「我很清楚你喜歡的類型，但有沒有可能……只是一點點，你有沒有可能做一點改變？」

「改變？」約翰第一次聽見自己的聲音，沙啞呆板得不像人類。

「只是一點點，你還是可以選擇那些黑髮、身材嬌小的女人，只是我希望你往後可以找類似這樣的女孩。」男人從口袋裡拿出一張照片，照片上是一名東方女性，約翰從來不對這樣的女性感興趣。

「不。」約翰回答。

黑髮男人嘆了口氣，他將照片收回口袋，伸出手，再次打了個響指：「我幹麼費心跟你商量呢……」

下一秒，男人消失無蹤。

約翰眨了眨眼，被打斷的思緒重新接上。

他不能傷害那些乖乖待在家裡的小羊，他想要淫蕩罪惡的女人，他知道一個地方，巴若……不對，牛奶城，那是一間他已經去了好幾次的酒吧，他也確實在那裡找到不少樂子，雖然他總是無法立刻下手，那些他選中的女人不知道爲什麼很難眞正注意到他，就算他嘗試跟她們交談，她們也總會將他遺忘，宛如他是一陣煙，或者一道黑影。他只能一直跟著她們，尾隨在深夜的巷弄，或者無人的公園，直到她們的恐懼讓他產生力量，很奇怪的，當她們害怕的時候，他感覺力量從脊椎處湧出，然後她們才終於眞正看見他，而他也才能眞正影響她們。

回想那些痛下殺手的回憶，約翰被強烈的喜悅與快感占據身心，他一遍又一遍重溫，那幾乎是他存在的意義，不過隨著記憶的不斷重現，他發現自己愈來愈麻木，愈來愈感到無趣。

爲什麼非得是像帕翠夏或海倫的女人？他莫名地開始感到厭膩，相較之下，他曾經不小心殺害的那個女孩……叫什麼……竹鶴安子……當他從渾沌中清醒過來，他便看見她出現在公園裡，天色即將暗去，那女孩走得那麼快，她似乎在害怕著什麼，恐懼吸引了他，讓他壯大，於是他跟蹤她，抓住她，當他打開她，他看見她污穢的證據，她腿間的經血讓他下定決心做了她。從來沒有那麼快速、粗暴且毫無前戲，他就只是看見她，感覺到命中注定，然後……然後……

那眞好。太好了，或許像那樣的女孩才是他最喜歡的，不是像帕翠夏或海倫，而是竹鶴安子這樣的東方女子。因爲，畢竟，他本來就不怎麼喜歡東方人，尤其是那些密冬人，他們有著羔羊般軟弱的眼睛，容易妥協、易於跟從，而他向來喜歡高人一等。強烈的欲望燃燒起來，他想再一次體會、擁有那種感覺，他想要……想要……

隨著約翰的喃喃自語，一名紅髮男子的殘像在路燈下緩緩淡去，如一縷輕煙。

❦

莉莉在一陣急促的敲門聲中筋疲力盡地醒來，她快速地瞥了眼手機上的時間，發現已是下午。敲門聲再次響起，一次比一次更急，莉莉隨便披上一件外套，穿著睡衣短褲應門。打開門前她快速地思考了一下會是誰來找她，旅館的房務人員？有可能，思及此，莉莉將門打開。

站在她面前的是她瘋癲的老教授麥克唐納。

「讓一讓。」麥克唐納嘟囔道，拖著行李箱從莉莉身邊擠進房間裡。

「等等！你不能進來！」莉莉由於太過吃驚以至於完全沒有阻止他，直到麥克唐納將行李箱扔在地上，手插著腰瞪視莉莉，莉莉才忽然找回說話的力氣：「你怎麼知道我在這裡？」

麥克唐納的目光飄向房間一角，手指伸進褲子口袋裡，死活不願回答莉莉的問題。今天他的穿著看起來很普通，也沒有過分鮮豔或古怪的裝飾，雖然他的上衣前後顛倒了。莉莉瞇起眼，「砰」地一聲將門關好，一步步走到麥克唐納面前，手指用力點著老教授的胸膛：「你．怎．麼．知．道？」

「那是重點嗎？雷利小姐，我知道你在查殺死你朋友的凶手，可你騙我你是要回家，我花了好大一番工夫才找到你。」麥克唐納一面說一面打開自己的行李箱，像獻寶一樣將內容物展示給莉莉看：「你一個弱女子哪能查到什麼有用資訊，我相信你會需要一個同伴，所以，瞧，我把自己的收藏都帶來了，我會成為很棒的臥底。」

麥克唐納從行李箱抽出一大堆稀奇古怪衣服，點綴有彩色亮片的緊身衣、螢光圖案的T恤、畫有豎起中指的鴨舌帽、寶可夢正版棉衣，還有件夾克外套，衣服後方寫著「不是我反社會，是社會反我。」

「衣服很酷，哪裡買的？」莉莉問。

「亞馬遜。」麥克唐納得意洋洋地回答。

「那你怎麼找到我的？」

「很簡單，我之前趁你睡覺的時候在你手機下載定位應用程式……」麥克唐納的臉垮了下來。

莉莉雙手抱胸，靠在牆邊冷笑：「我敢說你還一直偷看我的電腦資料，不然怎麼知道我的計畫？」

「雷、雷利小姐……我剛帶你到我家的時候，你的狀況真的很糟糕，如果沒人盯著你，天曉得你在家裡鼓搗著些什麼，我很擔心……」

莉莉望著麥克唐納垂頭喪氣的模樣，再次起了惻隱之心，每當麥克唐納表現出脆弱不堪的一面，提醒莉莉他畢竟只是個精神有問題的糟老頭，莉莉都會立刻妥協。但是這次不一樣，莉莉嘆了口氣，來到床邊，示意麥克唐納跟自己坐下。

「斯圖爾特，我沒事，我只是想用自己的方法尋找眞相，一方面也是眞的想一個人靜一靜，我在電話裡跟你說我在旅館裡，你看，我不是沒騙你嗎？我就在這裡待個三天左右，這段時間也會把研究計畫寫好寄給你。」莉莉誠懇地說著，心裡卻想，等麥克唐納一離開她就要刪除手機裡的應用程式。

麥克唐納看著她，莉莉也回望過去，努力不眨眼。麥克唐納挑起一邊眉毛，站起身來，走到窗邊指著一樓的街道說：「所以你沒打算到那個什麼牛奶酒吧當臥底？」

莉莉翻了個白眼：「你眞的偷看了我電腦裡的檔案對嗎？」

「我是你的指導教授，我對你有責任！」

「你太誇大指導教授的責任範圍了。」莉莉酸溜溜地說：「總之你不能參與，這不關你的事。」

再者，莉莉一點也不想把麥克唐納捲進來，她的老教授病發時神智不清，當下甚至會不知身在何處，麥克唐納的家庭醫生曾說，學院生活適合麥克唐納，他最需要的就是日復一日一成不變的生活，不要有過多刺激，他就能在有限的範圍內保持正常。而與自己的指導學生一同追蹤連續殺人魔，爲此不惜隱藏身分潛入酒吧，不僅對麥克唐納的精神狀況無益，一旦被校方發現，也有損麥克唐納的名譽。

莉莉拍了拍麥克唐納的肩膀，彎腰替他把行李箱重新裝好，表示要幫他叫計程車回學校。

「不用了，我自己會回去！」麥克唐納氣沖沖地拖著行李離開旅館，莉莉透過窗戶盯著麥克唐納坐上計程車，以免他表面上說要回去，實際上卻偷偷留下。

直到確定麥克唐納已經離開，莉莉才簡單洗漱，換上寬鬆的外出服到附近尋找便宜的餐廳。每當莉莉專注於某件事，她在食物上的要求便降低，爲了繼續今晚的探查，她讓自己吞下一些雞蛋、麵包和培根，隨即返回旅館，使用電腦回溯目前已有的資料。

期間莉莉不時停下來，思考稍早麥克唐納的拜訪。如果老教授沒有來找她，她只會繼續冷靜地執行計畫，但現在，莉莉感到徬徨，她不確定自己的所作所爲是否眞能吸引天使約翰，是不是就像麥克唐納說的，她需要一個同伴？她知道自己最初決定成爲誘餌完全是出於不理性的原因，綜合警方對天使約翰的最新側寫，他們認爲天使約翰的前兩件命案是對聖經約翰的致敬與模仿，但他在竹鶴安子身上找到他眞正想要的特定受害者類型。他們推測，天使約翰如若繼續犯案，肯定會選擇亞裔女子。

雖然莉莉不相信警方的辦事能力，這段側寫倒是頗具說服力，莉莉伸了伸懶腰，再次堅定投身計畫的決心。她洗了個澡，畫上精美的妝容，今晚她選擇長袖上衣和緊身牛仔褲，希望能比昨晚更加融入人群。

當夜晚降臨，莉莉走出旅館，她先在附近繞行一圈，然後才加入排隊等候入場的人潮。和那些結伴前來的人比起來，莉莉是如此形單影隻，很快便有人試著和她說話，聊著言不及義的天氣和交通，莉莉只是簡短回應，她四下觀察，希望能看見類似紅頭髮的男性，然而即便是在沒有霓虹燈與昏暗環境的晚間街道，莉莉仍沒有看見任何像是天使約翰的人。

沒關係，我還有時間。莉莉對自己說，跟著移動的人群往地下室走去。今天跟昨天一樣，幾乎一樣。

莉莉依然坐在吧檯，依然喝著啤酒凝視眾人，很奇怪的是，今晚不再有人急切地試圖和她交談，除了入場前和自己聊天氣的男性以外，再沒有更多人和她攀談。

莉莉謹慎地啜飲啤酒，她的酒量向來不錯，但如果她打算整晚待在這裡，她就必須更加小心控制。當莉莉再次舉起啤酒時，有人經過撞了她一下，啤酒灑在她胸口，對方咕噥著道歉，旋即隱入人群。莉莉接過酒保遞來的紙巾擦拭胸口，霎時間，彷彿被人偷窺的感覺令莉莉猛然抬頭，但是什麼都沒有，沒有人在看她，儘管如此，莉莉依然可以感覺到奇怪的視線穿過人群，在她身上放肆地逡巡。

爲了躲避那視線，莉莉站起身走向廁所。

牛奶城酒吧的廁所具備格列斯卡所有的廁所文化，充滿塗鴉跟意義不明的文字、髒話、種族歧視語言，以及約炮廣告。莉莉打開一個廁所隔間的門，污穢不堪的灰牆上寫著一段文字：If you want me to swallow your spunk. Please call this number:XXXX-XXXX-XXX

莉莉讓自己在隔間裡喘口氣，今晚的一切都很不對勁，沒有人接近她，甚至連她附近的座位都空著，對於擠滿了人的酒吧來說這很怪異。莉莉腦中閃過一瞬猜想：有人注意到她。

所以呢？莉莉走出廁所隔間，站在洗手檯前盯著鏡子看，女廁空無一人，燈光黯淡。莉莉低頭洗手，她想洗把臉，又怕把妝弄花，她抬頭，看見一名陌生男子站在她身後，對她咧嘴一笑。

下一秒，莉莉的臉被用力擠向冰冷堅硬的鏡面，由於撞擊力道過猛，她感到鼻孔中湧出鮮血。莉莉的大腦一片空白，胸口的空氣被擠出，她聽見劇烈且恐懼的喘息聲，隨後發現那是她發出的聲音。

男人將莉莉雙手往後折，把她胸部壓在洗手檯上，每當莉莉因疼痛試圖掙扎，男人都會加重力道，更狠地把她的頭往鏡面撞去。在一陣玻璃碎裂聲中，莉莉從眼角餘光看見鏡子被她撞出了蛛網般的裂痕。

「你很漂亮，你很顯眼，同時，你也很笨。」男人散發惡臭的嘴在莉莉耳邊輕聲細語：「有人不喜歡你在這裡刺探天使的消息。」

「誰——」莉莉頭昏腦脹，男人在她說話時又抓著她的頭髮撞擊鏡子，鮮血沿著鏡子的裂縫往下流淌，莉莉說不出話來。

「閉嘴，低賤的婊子！天使是我們的王！你沒有資格在這裡閒晃裝無辜，表現得一副天下太平的樣子，眞是夠蠢！」

一陣恐懼襲上內心，莉莉感到恐慌，原來她從第一天就被注意到了，她被天使約翰發現了嗎？所以這人是天使約翰派來對她小施懲戒？然而莉莉很快捨棄這個念頭，眼前的男人不像和天使約翰有關係的樣子，事實上他更像是網路上那些仇女社群裡的天使約翰粉絲。

莉莉忽然笑出聲來，她控制不住，雖然她很害怕，但攻擊她的男人所說的話語實在太過荒唐，讓莉莉不禁想笑。

「你他媽在笑什麼？」

「你只是個網路上的仇女魯蛇，沒人在乎你，現在倒是逮到機會可以藉著連續殺人魔狐假虎威。」

莉莉發出一聲痛呼，男人將莉莉的手臂往後彎折，幾乎就要骨折，她聽見關節格格作響，但她仍奮力往後看去，眼神充滿憎恨與憤怒。

「你還有力氣反抗？」男人低聲喃喃，莉莉的視線似乎讓他非常不舒服，以至於他無法接觸莉莉的目光，而莉莉的眼神帶給他的不適又更深地傷害了他的驕傲，於是他一手抓住莉莉的手腕，一手倉促地解開褲頭。「你還想反抗？我要幹死你，我要幹死你這婊子。」

莉莉咬著嘴唇，瘋狂思索任何逃脫的可能、反抗的路徑，但她絕望地發現，自己找不到。她受了傷，雙手受縛，她的身體以極為不堪的姿勢痛苦地壓在洗手檯上，廁所外傳來隆隆音樂聲，就算她現在大聲呼救，也不會有人聽見。

莉莉感覺自己的牛仔褲被粗暴地扯開、往下拉，皮膚暴露在空氣中的冷意讓她顫抖，莉莉聽見男人發出嘲笑聲，似乎誤以爲她發抖是由於恐懼。

「後悔？已經晚了。」男人伸出舌頭舔了舔莉莉的耳朵：「不過如果你願意可愛地哀求我，我會溫柔一點，我保證。」

這是第一次，莉莉覺得自己再也無法承受。

她想安子被殺前就是這種感覺嗎？絕望、痛苦、憤怒、不安，卻沒有逃離的方法，她想撕扯、想怒吼，想回擊這個正在傷害自己的人，可是她辦不到，她爲什麼辦不到？因爲她不可以，因爲她不能感到那麼多的憤怒，否則人們會以異樣的眼光看待她，彷彿她不是一個正常的女人。她就應該乖乖吞下這些怒火，她就應該乖乖吞下被塞進她身體裡的任何東西，否則她還想怎樣？整個社會對她還不夠好嗎？**她到底還想怎樣**？一種特別的感覺在莉莉的內心流淌，就像她在試圖想像安子臨死前的感覺時，她整個人也墜入了那些感覺裡，她覺得……她正在模仿，就像天使約翰模仿聖經約翰，就像她的畫筆模仿一隻蓋力野貓……

男人單手在莉莉腿間胡亂摸索，突然他動作一僵，好似不敢相信。莉莉趁機掙脫他抓著自己手腕的手，往後一撞，她的後腦勺擊中了男人的嘴唇，令他吃痛後退，莉莉迅速轉過身來，眼睛裡燃燒怒火，她隨手抓起牆壁上懸掛的一樣醜陋的玻璃裝飾品，往男人頭部砸去。

男人一面發出咒罵聲一面用手臂阻擋，玻璃飾品應聲破碎，他想再次攻擊莉莉，將她擺弄成早先那樣脆弱無助的姿態，但莉莉的表情是純粹的狂怒，她怒火中燒，手中握著殘留的玻璃碎片，掌心被割破流了滿手的血，她也毫不在乎。她瞪著男人，剎那間，她的心裡湧動著安子死去的鬼魂，她被安子附身，她是眞正從地獄爬出來復仇的女鬼。

看見莉莉的模樣，男人有些畏縮，他陰沉的眼睛四處亂飄，廁所沒有其他人的事實再次給了他膽子，他往地上吐出一口唾沫，張開雙臂擋住廁所出口，同時也提防著莉莉接下來的動作。他啐道：「你想當女人嗎？你他媽裝得還不夠像！」男人往前撲向莉莉。

莉莉知道，男人對她已經失去興趣，他現在只想狠狠痛毆她。

莉莉嘗試躲避，但廁所太過狹小，男人朝她頻頻揮拳，絲毫沒有手下留情，莉莉挨了幾下，盲目且狂亂地揮舞手中的玻璃碎片，有幾下肯定劃傷了那個男人，因爲莉莉聽見男人憤怒的吼叫，旋即更用力地毆打莉莉。有那麼一瞬間，莉莉彷彿聽見廁所門打開的聲音，但她無心確認，也不敢懷抱希望，倘若是男人的同伴怎麼辦？莉莉繼續奮戰，直到一聲沉重的撞擊聲在廁所響起，莉莉面前五官猙獰的男子搖晃了一下，往前栽倒。

莉莉厭惡地推開男人癱軟的身體，而後皺眉瞪視麥克唐納身上散發綠色螢光的粉紅色襯衫，他的褲子則是綠色法蘭絨材質，如果整套裝束還能更糟……那大概是麥克唐納頭上的彩色棒球帽，上面的防僞貼紙大剌剌地黏在帽沿上，麥克唐納還將帽子反戴，整體風格比那些最底層的格列斯卡流氓都還要不如。

莉莉看得出來，麥克唐納爲了成功「臥底」，當眞是花了不少心思。

「這眞是……這眞是最骯髒低劣的行徑！我唾棄你！我……我操你……」莉莉聽著麥克唐納激動地說著不擅長的髒話，同時揮舞方才用來砸暈男人的金屬菸灰缸，儘管她滿臉鮮血，仍不禁莞爾。

「來吧，幫我把他弄到裡面。」莉莉含糊不清地說，發現鼻血湧進了她的喉嚨裡，莉莉嚥下嘴裡的鐵鏽味，在麥克唐納的幫助下把男人關進擺放有清掃用具的隔間，再用拖把抵住門，如此男人醒來以後將很難脫身。

「接下來怎麼辦？」麥克唐納小心翼翼地問，似乎很擔心莉莉又趕他回學校。

「接下來，我們繼續享受夜晚。」莉莉說。

她沒問麥克唐納爲什麼又跑回來，也沒問老教授如何知道她今天也在牛奶城酒吧，她只是很慶幸。莉莉很慶幸，嘴上還是故作冷淡地說：「你知道，就算你不來，我剛剛也準備割掉他的老二沖進馬桶。」

「雷利小姐！」麥克唐納驚呼：「注意你的語言！」

莉莉哼了一聲，率先走出廁所。直到廁所門重新關上，莉莉才如夢初醒般扔掉一直緊握在掌心的玻璃碎片，她不想讓麥克唐納發現，但她此時咬牙切齒，內心被憤怒占滿。男人的辱罵迴盪在她腦海。什麼叫裝得不夠像？莉莉冷冷地想：到底要多像，才夠像？到底要受到多少傷害，才是一個女人？莉莉雙腿發抖，幾乎無法支撐她的體重，可是她不願認輸，廁所外有多少人在等待她遭受懲罰？即便她什麼也沒做，那些天使約翰的崇拜者也想傷害她。

莉莉沒有費心擦去臉上的血跡，也不願整理散亂的長髮，她想如果他們想看，那就看吧，她不會在遭受殘酷對待後還小心翼翼地將自己整理乾淨，假裝什麼也沒發生，甚至感到羞恥，她不會的。

莉莉回到吧檯，重新點了一瓶啤酒，麥克唐納侷促不安地坐在她旁邊的位子，也點了一瓶啤酒。吧檯後方的酒保將酒遞給他們後，低聲詢問莉莉是否還好，莉莉點點頭，又搖搖頭，無言地指了指麥克唐納：「我朋友來了，我會好的。」莉莉可以感覺到無數目光集中在她身上，她讓自己因憤怒而發紅的眼睛環視周遭。如果天使約翰在看。莉莉想，如果他在看，她絕對不會展現出一絲一毫的軟弱。

餘下的時間沒有人再來找莉莉和麥克唐納麻煩，而莉莉認爲今晚她不可能蒐集到更多資訊了，天使約翰的瘋狂崇拜者們已經盯上了她，她在這裡的一舉一動都受到監視，她不可能找到天使約翰。或許，這項行動本來就注定要失敗，她太輕率了，一聲破碎哽咽差點溢出喉嚨，莉莉發現自己的手指仍在發抖，她感到恐慌，不久前遭遇的暴行在她腦海中一遍又一遍回放，莉莉突然意識到，在這裡有多少人用同樣的目光看待她？或許不僅僅是那名陌生男子，這裡的任何人都可能找到機會傷害她。

「你想離開嗎？」麥克唐納溫文儒雅的聲音帶著關切詢問道。莉莉搖頭，儘管她此時終於徹底明白，自己犯下多麼大的錯誤，她不僅不可能找到天使約翰，還令自身陷入危險。莉莉小心地用紙巾擦拭仍持續流淌的鼻血，喝酒，持續相同的動作，不管怎樣，她就是不想認輸。

直到清晨時分，酒吧即將關門，莉莉在麥克唐納的陪伴下拖著仍陣陣刺痛的身軀走出牛奶城，當她瞥見天空中微弱的晨光，她突然覺得既諷刺又噁心，是的，就像她年幼時曾被關在臭氣沖天的倉庫裡，當時她同樣覺得，身處於不見天日的黑暗之中，陽光卻如此明亮，簡直是無比諷刺。

莉莉再也忍不住了，她示意麥克唐納離自己遠一點，等老教授走到馬路另一端，莉莉旋即扶著牆嘔吐，此時，一名黑髮男人在她不遠處靜靜地抽菸。

那男人有著東方五官，蓄鬍，肩膀寬闊且高壯，男人好似現在才發現莉莉的存在，他看了看她，說：「你自找的。」

莉莉抬眼瞪視：「滾開！」

「這是你想要的，不是嗎？」男人笑說，捻熄了菸離開。

「人渣。」莉莉咒罵。

眼淚由於嘔吐之故擠出眼眶，莉莉並不想哭泣，卻從這樣普通的生理反應中得到微小慰藉。莉莉清空了胃，走向等待著自己的麥克唐納，他注意到莉莉和抽菸男子的衝突，詢問她發生了什麼事。莉莉讓自己一次又一次深呼吸，突然感到極度疲憊，她搖頭，不想再說了，這個夜晚已經夠爛了。

「沒什麼，我們回去吧，回旅館……」莉莉無力地道。他們走回旅館，麥克唐納早已訂了屬於自己的房間，他們約好一個小時後在莉莉的套房碰面談一談。

莉莉回到房間，以最快的速度脫去衣服，衝進浴室將自己全身上下刷洗乾淨，她一直洗到熱水變冷，涼意讓她的情緒逐漸冷卻，她坐在浴室的地板上，任水流淌。莉莉看著水將自己的掉落的髮絲捲進排水孔，她瞇眼思索。

此時此刻，雖然她很憤怒，但她並不鬆懈。

莉莉老是覺得剛剛那名在牛奶城酒吧外向自己搭話的男人很眼熟，那種感覺，就好像莉莉曾經畫過那個男人，而莉莉從來不會忘記自己畫過的人臉。

離開浴室，莉莉連身體都來不及擦乾，便從行李箱中摸索出素描本和保有她過去畫作的活頁夾。她身後留下一串濕漉漉的腳印，頭髮持續滴水，但莉莉一頁一頁翻過，最終她找到那晚陪安子上班時描繪的一平方咖啡館畫作。

自從安子死去，莉莉再也沒有看過這幅畫，也不願意動手完成它，這幅畫凝縮了安子還在的一平方咖啡館，午後陽光微弱，整幅場景中只有寥寥數人，有正在沖咖啡的安子、幾個西北港都大學的學生、一對情侶以及一名正在讀雜誌的男人。

莉莉只要盯著這幅畫中的某處，當時情景便清晰地浮現於腦海，莉莉不曾對任何人解釋過她和自己作品的關係，但她下筆描繪出的所有線條，對莉莉的大腦來說就像一串永遠不會重複的密碼，當莉莉順著筆觸和線條仔細閱讀，她便能透過畫作將過去的景象帶回眼前，幾乎分毫不差。

因此即便畫作裡閱讀雜誌的男人僅以數筆帶過，莉莉腦海中仍清晰地浮現男人的面貌。

黑髮、蓄鬍，身材高大，他有著一張東方臉孔，眼睛黝黑濕潤，他閱讀的那本雜誌是已經過期好久的時尚雜誌，這個男人看上去並不像對時尚感興趣的樣子。更重要的是，莉莉認出這人確實就是不久前對自己出言不遜的男子。

莉莉蹙起眉頭，將活頁夾收回，她想了想，取出鉛筆盒素描本，閉上眼，再次張開時，莉莉迅速在素描本上描繪男人的模樣。這是莉莉所描繪過最困難的一幅人像，通常莉莉能夠在看過對方的情況下獨自重現那張臉孔。但這個男人如此不同，莉莉腦海中的男人五官十分清晰，莉莉卻無法將之化爲線條，彷彿有某種力量在與她對抗，拒絕讓她模仿……莉莉停下筆，把素描本重新收好，意識到自己不可能畫出那男人的臉孔。

莉莉拿出手機，打電話到一平方咖啡館，她以獨立記者的名義詢問咖啡館經理是否有男人現身時的監視器錄影，但經理不耐煩地告訴莉莉，由於時間過了太久，錄影早被洗掉，隨後他懷疑地問莉莉通常在哪裡發表報導。莉莉隨便敷衍幾句後結束通話，躺在床上，她開始覺得，天使約翰的連續殺人事件並非那麼簡單。

這時房門被敲響，莉莉快速穿好衣服，爲麥克唐納開門。

老教授手上端著兩杯外帶咖啡，以及一盒溫熱的肉桂捲，他已經換上一件女式睡袍，莉莉記得，那屬於麥克唐納的前妻。莉莉讓他進來，同時接過他手中的咖啡與肉桂捲，開始大口呑食，麥克唐納就這麼愣愣地看著莉莉狼呑虎嚥。

「斯圖爾特，謝謝你。」莉莉一口氣吃完了兩個肉桂捲後終於說：「如果沒有你，我不知道自己會怎樣……」

麥克唐納避開了莉莉的眼睛，起皺的手指搔抓頸背：「我說過你一個女孩子很危險……」

莉莉垂眼凝視手裡吃到一半的肉桂捲，突然熱淚盈眶，她知道毫無道理也沒有意義，但麥克唐納的話讓她觸動不已，肉桂捲的柔軟與香甜撫慰著她痛苦的內心，她嚥下嘴裡的美味，強行忍住哭泣的衝動。

「你爲什麼想幫我？」過了許久，莉莉才沙啞地問。

「以前都是你在照顧我，」麥克唐納像是在背誦課文一樣說道：「現在換我照顧你了。」說罷他從睡袍口袋裡拿出一袋東西，裡面裝著消毒液、棉花和藥膏等包紮用具。旅館附近有藥局，莉莉猜想麥克唐納是在找食物時順道買的。

「你就穿著這身出門？」莉莉難以置信。

「當然不是，穿睡衣出門很失禮。」麥克唐納似乎深感冒犯，他氣呼呼地用棉花棒沾取消毒液就要往莉莉臉上擦，莉莉躲開麥克唐納的動作，嘆息道：「還是我自己來吧。」

莉莉拿著藥袋到浴室，對著鏡子處理傷口。直到這時，莉莉才意識到自己的臉看起來有多慘，到處青一塊紫一塊，她的嘴唇破了，眼睛腫起來，鼻孔下方凝結著血塊，她的右邊眼角處有數道割傷，雖然傷口不大，卻只要再離眼睛近一公分，她的右眼視力就完了。

除此之外，莉莉的手臂也陣陣抽痛，洗澡時沒特別注意，處理傷口時才發現她全身都是傷，那個男人把她壓在洗手檯上時在她胸口撞出瘀青，還有她的手，由於曾經像命懸一線般緊握著玻璃碎片，導致她的右手幾乎慘不忍睹。莉莉花了很長的時間包紮好所有的傷處後，終於慢慢走出浴室。

「我們今晚還要去酒吧嗎？」一看見莉莉，麥克唐納便開口問，臉上帶有掩飾不住的企盼。

「不去了，不可能找到什麼有用的訊息。」

「爲什麼？」麥克唐納皺起眉頭：「你是偵探嗎？」

「我不是偵探，但我有正常人的推理能力。」莉莉耐心解釋：「攻擊我的男人……瘋狂崇拜我正在追蹤的殺人凶手，昨天晚上沒有人願意接近我，那時我就應該要知道了，天使約翰的崇拜者已經看出我的意圖，即便你願意幫我，我們也不可能再從酒吧裡釣出天使約翰，他的崇拜者不會讓我成功。」

「眞可惜。」麥克唐納眼睛裡閃著光，充斥著莉莉無法讀懂的心思。「那就睡一覺吧，明天我們一起回去。」

「回去哪裡？」莉莉疑惑地問。

「我家，既然你不能去酒吧，待在這裡也沒用，乾脆跟我回去完成研究計畫。」

早先消失的憤怒再次湧入胸口，莉莉眼前陡然一片猩紅，她無法阻止自己張口咆哮：「我不會回去！不會寫研究計畫！我他媽永遠都不會寫！」

莉莉不知道自己怎麼了，或許是昨天晚上遭遇到的攻擊讓她無法控制情緒，而她努力壓抑了這麼久，卻因麥克唐納的一句話一敗塗地。可莉莉也認爲自己的憤怒不是沒有原因，安子死了，有個連環殺手在外閒晃，等著尋找下一個受害者，但面前這名老人只是不斷要求莉莉回到學校，假裝什麼事也沒有地撰寫研究計畫……她怎麼可能辦得到？尤其在差點被一個陌生男人強姦後，在她徹底體會安子臨死前的感受後，她怎麼可能回得去？

她的未來已經注定。

面對莉莉發洩似的怒吼，麥克唐納意外平靜，雖然他仍目光游移，說話的語氣卻很堅定：「我讓你寫研究計畫是有原因的，我希望你不要放棄研究伊哈灣。」

「爲什麼？」此時在莉莉心中，比起憤怒，更多的是悲傷，她在對著自己的指導教授嘶吼後已經徹底明白，她的憤怒源於無處可去的創傷後壓力，她彷彿在瞬間重回了牛奶城酒吧那陰暗、骯髒的廁所，一個男人毆打她、試圖強暴她，最後他告訴她，她裝女人裝得還不夠像。

「因爲你現在感受到的情緒會逐漸消失，不管你願不願意。你可以靠著憤怒或仇恨繼續你的追逐，但如果你失敗了呢？又或者警方先你一步抓到他？到時候你該怎麼辦？我、我理解這種感覺……雷利小姐，你覺得好好睡一覺是不對的，你覺得微笑是不對的，你覺得吃飽飯是不對的，你不能讓自己鬆懈，你要每時每刻走在復仇的路上，可是有一天……當所有事情塵埃落定，你就不再認識自己了，你也忘記了最初想要尋求的問題解答。」

麥克唐納說到最後，伸手摸了摸鼻子：「終歸來說，我不希望看到你落入那般境地，而且伊哈灣是個好題目。」

「是嗎？」莉莉虛弱地道，兩個月前，她還爲了自己的畢業論文題目滿心焦慮，當時她多麼想聽到麥克唐納的這句話，可如今，她只覺得沒有意義。

她想到依然逍遙法外的天使約翰、她的噩夢和夢裡的伊哈灣惡靈、她舉止詭異的養父母、無法畫出肖像的黑髮男人。陡然間，莉莉想告訴麥克唐納所有的事情，她所有的顧慮，她到底讓自己被捲進了怎樣的麻煩裡？而在這些問題背後，有一種可能性呼之欲出，雖然莉莉起初難以置信，覺得太過荒唐，但當奇怪的事件不斷發生，莉莉不得不將之考慮。

「**模仿師**。」許久，莉莉小聲說：「斯圖爾特，你能再告訴我多一點和密冬模仿師有關的事嗎？」

「你想知道什麼？」麥克唐納警覺地仰頭看向莉莉：「我知道的並不比任何人更多。」

不，你知道得夠多了，至少比我認識的任何人都更多。莉莉想。

「我想知道……模仿師是些什麼樣的人？」

「哦，誰都有可能，既然是密冬模仿師，肯定會是一些密冬人。」麥克唐納無精打采地回答。

「爲什麼很多小說作品把密冬模仿師描寫得邪惡又可怕？他們甚至能夠藉由一根骨頭創造出傳說裡的怪物？」莉莉試探地問：「這是眞的嗎？」

「文學作品會誇大一些事實，模仿師如果眞的要創造出一個怪物，他需要的不僅僅是一根骨頭，如果那怪物只存在於傳說裡，他必須去閱讀傳說，盡可能了解這個怪物，牠吃什麼、毛皮撫摸起來的感覺、內臟的溫度、牠的記憶、眼中看過的風景，甚至是怪物的每一顆最微小的細胞。如果這名模仿師手中恰好有一根怪物的骨頭，那他可以用這根骨頭當作現實媒介，就像畫的草稿，圍繞著這根骨頭去模仿怪物的其他構造，慢慢創造出怪物。」麥克唐納突然揮了揮手：「但沒有哪個密冬模仿師做得到，因爲現實中沒有怪物的骨頭，模仿師也終究是人，人如何能理解怪物的每一顆細胞？」

「但以理論來說，密冬模仿師可以藉由一根骨頭模仿出怪物？」

「是……不！理論必須應用於現實，所以不，模仿師不能用骨頭模仿出怪物。我不知道你讀的是哪本小說，我想它依據的是密冬模仿師對骨骸的偏好，因爲他們在參與成爲模仿師的訓練時，其中一項考試便是對著死者的骨骸進行其生前的模仿，他們認爲骨頭是人體最難被土地分解的部分，同時是一個人的最終型態，骨骸對一個人來說是結束，對模仿師來說卻是開始。」

「那麼，密冬模仿師有可能離開密冬，前來天使中立國嗎？」聞言，麥克唐納臉色大變，但他很快調整好自己，他的聲音再次像背書般平板：「不知道你爲什麼這麼問，不過我認爲不會，每個經過官方認證的密冬模仿師都有工作，不會擅離崗位，除非……」

「除非什麼？」

「除非有模仿師在玩遊戲。你看，模仿師相信這個世界本身也是模仿著另一個世界而誕生的，既然這個世界只是贗品，模仿這個世界上的事物可以產生的效果就大打折扣，真正最深遠、卓絕的力量是模仿另一個世界、真正世界的事物，那甚至可以直接改變我們這個贗品世界的既有規則，從而讓人類飛翔，讓蘋果不掉落地上，讓新的顏色出現，甚至創造出一種新的物種。模仿師尋求的是這樣的力量，因此他們很容易對這個贗品世界感到無聊，於是有時候，他們會拒絕工作，彼此以殘酷的遊戲和競爭來取樂。」

「斯圖爾特。」莉莉決定問出過去自己沒能問出的問題：「你爲什麼會知道這些？」

麥克唐納看著自己的手，莉莉這才注意到，麥克唐納正在發抖，老教授用手搓了搓自己突然無比蒼白的臉，看起來比過去任何時候都更加蒼老：「因爲我**曾經**爲密冬工作過。」

莉莉凝視麥克唐納，就像在這麼長一段時間以來，第一次眞正看到他，麥克唐納懂得很多與獸靈、密冬模仿師有關的知識，莉莉過去總以爲這些只是麥克唐納的瘋言瘋語，卻不曉得他一直在用隱晦的方式將祕密傳達給自己。

麥克唐納過去在房間內說的每一句話，莉莉都不可能從網路、論文或圖書館資料中找到隻字片語。莉莉很清楚，此刻應該追問麥克唐納他究竟爲密冬做過什麼樣的工作，以及關於這份工作，天使中立國政府知道嗎？西北港都大學知道嗎？但莉莉從麥克唐納痛苦扭曲的面孔上看出，她不能問。

「斯圖爾特，如果我見到了一名密冬模仿師。」莉莉將手放在麥克唐納顫抖的手上：「我能認出他嗎？除了看起來可能是一名密冬人？他身邊是不是會跟著他的獸靈？」

麥克唐納搖了搖頭：「密冬模仿師一年只有一次機會和自己的獸靈重逢，平時無法和獸靈在一塊，密冬藉此控管他們力量強大的模仿師。據說每年探視獸靈的時刻到來時，最殘酷、邪惡的模仿師會在密冬皇宮的地面跪下，抱著自己的獸靈很久很久，並且長時間地流淚。」
莉莉沉吟了一會兒，她從行李箱中拿出電腦、打開，坐在麥克唐納身旁叫出自己存檔的頁面給他看：「這是十二月初時的一則報導，當時沒有人注意，我卻覺得很奇怪，有一名醉漢在夜晚一面跳舞一面將自己活活撞死，警方發現他的屍體中缺少一節脊椎……」
麥克唐納讀著那篇報導，表情愈來愈驚慌，他最後甚至伸出手指，開始頻繁地咬指甲，但過了一段時間，老教授平復下來，穿著女性睡袍的他看起來面無表情，隨後他猛然站起身，對著莉莉說：「雷、雷利小姐，很抱歉，我有事必須先離開……」
「離開？你要去哪裡？」
「去……某個地方，我必須……」麥克唐納喃喃道。
「你至少先換掉這身衣服吧。」莉莉擔憂地道。
麥克唐納眼看著就要走出房間，莉莉下意識抓住他的手，老教授停下腳步，轉身面向莉莉。麥克唐納的面孔本來滿是憂愁，卻在見到莉莉時倏地放鬆，臉上的每一道皺紋都變得柔和，他開口說話，聲音細若蚊鳴：「每次看到你，我就想到我的女兒。」
麥克唐納突如其來的話語令莉莉困惑不已。
「我是一名密冬藩屬人。」莉莉愣愣地說。
「我女兒也是。」麥克唐納露出淺淺微笑：「至少有一半，我的前妻是密冬藩屬人……我離婚時，女兒年紀跟你差不多大，也是這麼暴躁倔強的個性……她、她很喜歡動物，以前我們養過一隻邊境牧羊犬，叫做蘋果。」
那是莉莉聽過最愚蠢的寵物名字，但她沒有說出口。
「斯圖爾特，你是不是知道什麼？」莉莉不安地問：「你要去哪裡？」

「回學校，沒什麼，雷利小姐，我只是要回學校拿一樣東西，我希望你看一看，那會對你的研究計畫很有幫助。」麥克唐納輕輕掙開莉莉的手：「我會記得先換件衣服……我必須盡快回去拿，如果可以，你也趕緊回來，記得和你的父母保持聯絡，你做的事情這麼危險，他們肯定會擔心。」

莉莉目送麥克唐納離開，當房門關上，莉莉鎖了門，然後她在床上呆坐許久，最後像是終於下定決心，她站起身走向門口，打開門，抽走房卡，關上門。

一會兒後，房間陷入一片黑暗。

約翰在互相擠壓的人潮中睜開眼。他又回到熟悉的酒吧，熟悉的名字：牛奶城。他熟悉的家。

約翰輕而易舉地在跳動的人體間遊走，像一條蛇，他仔細地尋找感興趣的女子。距離他上一次狩獵已經太久了，而牛奶城酒吧最近的氣氛給予他生命力，讓他很有把握，今天一定可以找到心儀的女孩。

約翰深深吸了一口氣，看見一名黑髮熟女站在舞池邊，好似渴望又孤寂，約翰在靠近前查看自己的手以做確認，他的身體很完整，約翰不知道自己爲什麼總是有股錯覺，彷彿他經常丟掉手腳，以至於他必須無時無刻確認，以免當他和女性說話時，他的胳膊或小腿會像壞掉的玩具一樣掉落地面。

約翰走向黑髮女子，對她微微一笑。「嗨。」約翰說。

女子像是沒看見他，儘管她聽見了約翰的聲音，但直到她盲目搜索的眼睛和約翰的眼睛對上，她才露出困惑且尷尬的微笑：「嗨，抱歉，我剛剛沒看到你。」

「沒關係，這種事常常發生。」約翰朝她眨眨眼睛：「你想跳舞嗎？」

「呃，當然，好啊！」女子在約翰的帶領下走入舞池，和其他人一起扭動、碰撞，隨音樂起舞。

約翰很久沒跳舞了，他甚至不知道應該怎麼使用自己的四肢來跟隨節拍擺動，爲了避免犯錯，他僅僅是站在人群中搖晃著身體。幸好女子恬不知恥地將身體靠在他身上，讓他不需要特別展現自己如何跳舞。

他們渡過一段美好時光，一面跳舞一面在彼此身上摩擦，貼著耳朵說些骯髒的話，只消幾首歌的長度，約翰對這名女子已經有了粗淺的了解。

「我想帶你回家。」約翰將女子鎖在懷中柔聲說：「我想把你搞得失去知覺。」

女子咯咯輕笑，她的聲音聽起來很高興，肢體語言卻在拒絕：「我……我喜歡你，也想玩得開心，只是我今天不太方便。」

「爲什麼？你跟家人住在一起？你看起來是個獨立、成熟的女人，我很懷疑你跟父母一起住。」

女子推了推他，臉頰微紅：「不是父母，是我丈夫，而且很不巧的，我今天剛來月經。」

就是這樣。

每一次約翰聽見女性的暗示，或者直接表示經期來潮，他的脊椎處都會燃起烈火，熊熊燃燒，受辱的憤怒和慾望混合在一塊，難分難捨。約翰一直無法理解這種憤怒，彷彿他被按下一個開關，一聽見關鍵詞彙就開始發瘋，而約翰無能爲力，面對來自脊椎處的感受，他總是無能爲力，只能隨波逐流。

約翰正要開口約女子下一次碰面的時間，就算她不同意也沒關係，約翰只是想藉此得知女子的訊息，他要到哪裡才能找到她？他要跟蹤她多久，才會進入適合下手的區域？他已經選定了獵物……卻在此時，層層人群一陣騷動，約翰越過人潮，看見廁所處走出一名滿臉鮮血的女子。

她穿著再普通不過的長袖上衣、牛仔褲，東方臉孔，黑髮又長又軟，即便此時她臉上沾著血跡，甚至有大片刺青橫越她的臉，也無損她的美。

不知怎地，約翰被深深吸引。她看起來就像剛遭受暴力對待，可她的眼神散發強烈的能量，使人相信她沒有輸，她如此堅強無畏，讓約翰心癢難耐。雖然她看起來年紀有點小，但她讓他想起竹鶴安子，除此之外，有一股不屬於他的欲望被強行灌進他的脊椎，讓他對她起反應，強烈得彷彿被地獄業火焚燒。哦，這是他的罪惡，這個女孩是屬於他的，他已等不及要占有她。

約翰從殷殷期盼的黑髮女子身邊走開，讓自己融入人群，在昏暗燈光的縫隙裡悄悄以目光舔舐，那名坐在吧檯邊，臉上有刺青的女子。接下來，約翰想，他會潛藏於陰影，無時無刻地跟蹤、觀察她，就像跟蹤自己過去所有的獵物。

莉莉不打算回西北港都大學，雖然對麥克唐納感到抱歉，但她必須想辦法繼續追捕天使約翰，除此之外，她也還有另一件事情需要確認。

爲了遮掩臉上的傷，莉莉戴上口罩，搭乘計程車來到一間招牌破爛得連店名都看不出來的酒館。莉莉用手機重讀報導，她不懂怎麼可能有人會將自己撞到身體破爛不堪，也要繼續跳舞。即便監視器顯示他確實獨自一人在夜晚的街道上跳舞，沿路撞斷手腳，警方仍在調查的過程中從這間酒館的酒保口中得知，當晚這名醉漢離開酒館時，是和一名黑髮的東方人離開的。

黑髮的東方人。莉莉想起自己在一平方咖啡館看見的黑髮男子，以及當她帶著傷離開牛奶城酒吧時，那名站在外頭抽菸、對自己出言不遜的男子。他們顯然是同一個人，在如此敏感的時期，莉莉認爲不能僅僅視爲巧合。

此時正是一般酒館剛結束營業，正在整理環境的時段。當莉莉推門而入，酒館沒有顧客，只有一名酒保站在吧檯後方，靜靜地擦拭杯盤。

「您好，我是西北港都大學的學生記者，想撰寫之前死亡事件的報導，請問您見過這個人嗎？」莉莉拿出自己的素描畫。在她悄悄離開旅館後，趁著搭車空檔她再次嘗試描繪那人長相，最終她感覺那股和她對抗的力量慢慢消散，彷彿爲她讓出通道，她以極快速度完成肖像，害怕下一秒自己又會無法畫出來。

酒保雙眼渙散地看了一眼莉莉的畫，沉默良久後，他說：「他的眼睛像羊。」

「羊？」

「是的，草食、群居，看起來應該要很柔弱，可是那天晚上……」酒保搖了搖頭：「他在十二月初的某個晚上來到這裡，一來就點了紅酒，他是黑髮的密冬人，留著乾淨的短鬚，肩膀很寬，身高也很高，就算獨自一人，他看起來也怡然自得，他總是在微笑，說話方式極有禮貌。他在這個位子待了一個鐘頭。」

酒吧指指吧檯前的某個座位：「一個鐘頭後，我們酒館的熟客喬過來了，每天他下了班就過來，是個麻煩的混蛋……他喜歡挑起事端，來之前經常就是半醉的，老是吹噓自己一面工作一面喝酒，他是個搬家工人，不太喜歡東方臉孔，當他大搖大擺地走進來，我就知道今晚會不得安寧。」

「他們發生爭吵？」莉莉問。

「喔不，沒有，那位密冬先生是個好人，還請喬喝酒，他們喝了一大堆酒，喬看上去已經爛醉如泥，衣服都被啤酒浸濕了，兩人之後勾肩搭背地離開……」

「嗯，您知道他們談了什麼嗎？」

「不清楚。」說到這裡，酒保停了一下，皺起眉毛：「說來奇怪，他們交談的聲音很吵，喬也向來是個大嗓門，但我壓根不記得那天晚上他們的對話……對了，還有一件事挺詭異，那晚很冷，喬出門時忘了拿他的外套，我那時太忙沒注意，可他一直到關門時都還沒回來拿，那時我就知道有事情發生了。隔天一早警察找上門來，他們問了跟你差不多的問題，我搞不清楚他們幹麼這麼慌慌張張的，後來才知道喬死得實在是太慘了。」

莉莉斟酌著用詞，然後小心翼翼地問：「您認爲喬是自己……」

「你覺得呢？就算一個人再怎麼醉，他有可能斷手斷腳還瘋了似的跳舞嗎？」說到這裡，酒保對莉莉豎起一根手指輕輕搖晃，帶有拒絕意味：「聽好了，我會願意回答你，是因爲你的畫畫得很好，要知道就算我再怎麼跟那些警察浪費口舌敘述，他們就是無論如何都畫不出一張像樣的肖像，天知道你是不是什麼學生記者，光是這張畫，我就知道你有點能耐。而那些警察最後根本連案子都不想辦，就跟我說這案件牽扯到一個動不了的密冬人，我們天使中立國過去的榮光都被沖進下水道裡了……現在，小姐，我已經告訴你所有我知道的事情，天也亮了，我要關門打烊，請你離開吧。」

莉莉走出酒館，抬頭仰望一片陰霾的天空，她心中已經有了定論，卻不知道爲什麼一名密冬模仿師要千里迢迢來到格列斯卡，還不斷悄悄跟蹤自己。而麥克唐納提到模仿師如何用骨骸模仿出怪物，也讓莉莉感到某種眞相已呼之欲出。

莉莉心中有一個想法，那就是假如密冬模仿師理論上可以用一根骨頭模仿出怪物，那麼他可以用一節脊椎模仿出連環殺手嗎？莉莉甩了甩頭，但這不合邏輯，那節脊椎並非聖經約翰的脊椎，理當也不可能藉此模仿出天使約翰。然而莉莉依然無法擺脫那種認爲天使約翰和密冬模仿師有關聯的感覺。

想到天使約翰，莉莉握緊了拳頭，她無論如何不能接受計畫失敗，她無法親手抓到天使約翰，這就如同對死去安子的背叛。可莉莉也無法否認確實失敗了，由於她的天眞愚蠢，說不定還嚇跑了天使約翰。

莉莉打電話叫來計程車，返回旅館，當她走入空無一人的套房，望著套房內自己爲了尋找天使約翰而帶來的物品，她陷入前所未有的絕望。莉莉躺在床上，試圖打電話給麥克唐納，但他的手機處於關機狀態，莉莉告訴自己，按麥克唐納說的回學校吧。然而她內心也有另一個聲音，微弱但確實，那聲音要求莉莉再次梳理事件與事件的關聯，於是她一一默念那些詞彙：天使約翰、伊哈灣、模仿師、死去的醉漢，黑髮密冬人，還有，她的養父母。

莉莉打開通訊軟體，檢查被封鎖的母親帳號，儘管母親無法以這種方式聯絡自己，但她這幾天不時會打來電話。一天一通，就跟過去一樣，而莉莉從未回覆。

莉莉在來到格列斯卡以前的記憶總是很模糊，她的養父母告訴她，天使中立國警方在打擊人口販子時救出她，她被綁架以前僅僅只是街頭的流浪孤兒。當時莉莉還小，並沒有過分追究，她被關在船艙裡的經驗更讓她相信養父母的說詞。只是隨著莉莉逐漸長大，她頻繁受噩夢所擾，在她求助於學校的心理諮商師後，漫長的談話中諮商師對她的陳述表示懷疑。

「如果是我們的警察，爲什麼你在船艙裡會聽見外面的船員提到『密冬』呢？」莉莉不知道，她說自己可能聽錯了，如此，卻無從解釋船上人們詭異至極的死法。

從那之後莉莉就不再信任自己的養父母，也是在那時莉莉開始了她的「實驗」，提出一般父母根本不可能同意的要求，逼迫母親同意，而母親在一次又一次的驚嚇中，對莉莉的態度愈發和藹可親，也愈發恐懼不安。有那麼一陣子，莉莉停止實驗，只因若繼續下去，她的養父母恐怕會注意到莉莉的反常，她開始疏離他們，以無可挑剔的方式扮演完美的孩子。

直到莉莉十六歲，她在格列斯卡一間心理治療機構被診斷爲性別認同障礙，經過幾次會診，莉莉開始服用阻斷劑，她一直以來就想這麼做，出於自己也不知道的原因，在莉莉還不是莉莉以前，她一直就想成爲女人。當她在網路上查詢到性別重置手術的相關資訊，她感覺那是屬於她的救贖，莉莉藉由藥物治療停止了第二性徵發育，並開始等待手術。

由於未滿十八歲，莉莉必須優先取得父母的同意。那時莉莉既興奮又擔憂，害怕父母會像一些小說、電影裡的父母那樣，由於對子女的愛而堅決反對莉莉傷害自己。但莉莉已下定決心，她甚至先帶著自己的刺青設計圖到市區找了一名技巧精湛的刺青師，在臉上紋下具有重要意義的圖案，以此舉象徵她無可辯駁的決意。

然後她回家，打算像過去一樣先告知母親，再請母親和父親商討。由於莉莉太過緊張，她沒有將自己渴望動手術的要求和過去的實驗連繫在一起，她只是滿心希望得到父母的同意。

當莉莉告訴母親自己希望能藉由手術轉變爲女性，母親眼中閃過熟悉的驚慌，並帶有遠比過去莉莉提出任何過分要求時來得更強烈的恐懼，莉莉眼看母親到書房去找父親，要父親打電話給那個神祕人士，卻由於過度慌張而沒能將書房的門關好。

莉莉聽見母親細微且尖利的叫喊。

她說莉莉是一個怪物。

她說她再也受不了了。

她說莉莉不是一個正常的孩子。

但即便如此，母親仍在父親打完電話後得到來自神祕人物的答覆，莉莉只能佯裝不知，在廚房等待母親走來，溫柔平靜地告訴莉莉，她可以去動那個手術，如果莉莉有需要他們在任何同意書上簽名，她和父親也會協助簽署。

從那一刻開始，莉莉就嚇壞了。

她告訴母親，自己只是和之前一樣開了一個惡劣的玩笑，她不可能去動這個手術。其後莉莉想盡辦法離開家，考上離家遙遠的大學，並在假期將至時找各種藉口拒絕回家，她開始靠插畫在網路上接案，賺取生活費。起先莉莉的養父母表現得十足擔憂，不久後他們似乎也裝不下去了，只每天固定由養母代表發送訊息或打電話給莉莉，而莉莉只要按時回覆，他們就不會過分打擾她。

他們隱藏在關切下的漠不關心，曾經帶給莉莉長年的困惑，她想是不是因爲她是收養的孩子，所以他們不夠愛她。又或者是他們太愛她了，所以不敢忤逆她……

就在此時，莉莉的手機振動起來，她低頭一看，是麥克唐納打來的。「斯圖爾特。」莉莉接起電話，沮喪地斟酌用詞：「我暫時還不能回去，我想繼續……」

「雷利小姐，接下來請安靜地聽我說，你的父母來學校找你，因爲你把他們封鎖，我告訴過你和他們保持聯絡，現在一切都來不及了。」麥克唐納的聲音就像機器般平板、毫無生命力。

「斯圖爾特？」莉莉壓低聲音說：「你還好嗎？請不要讓我的父母知道我在哪裡，我認爲他們出於某些原因在監視我……」

可麥克唐納就像聞所未聞般無視莉莉的話語，只是自顧自地繼續說下去，而他接下來說的話，讓莉莉渾身發冷。

「你的養父母是密冬的人，一直以來代替密冬在監視你，現在，有一名從伊哈灣來的密冬模仿師在找你，如果可以逃，快點逃。」

「可——」

「安靜！」麥克唐納平板無情的聲線終於出現一絲裂痕，他的聲音既恐懼又悲傷，充斥莉莉無法完全理解的情緒：「安靜聽我說，你知道模仿師是什麼，如果你被抓到，你就沒有機會了。你的養父母一直以來都在替密冬工作，不知道爲什麼，你對密冬似乎很重要。而我，自從多年前參加了某個實驗計畫，我已經再也無法脫離密冬的掌控，長久以來，我也在監視你，因爲他們這麼要求，我只能答應，我不應該告訴你這些，他們就快要來抓我了，你必須盡快逃跑。」

莉莉耳邊嗡嗡作響，她差點拿不住手機。

她瘋癲的老教授此刻幾乎在她耳邊痛苦低喊：「莉莉，快逃！到哪裡都好，只要可以活下去，然後你要等，未來一旦有機會，一定要繼續研究伊哈灣，無論付出任何代價，如果有朝一日你還能回來，去我的辦公室，我留了一些東西給蘋果保管……你一定要去尋找眞相，因爲你出身自那裡——**你來自伊哈灣！**」

電話另一頭失去了聲音，莉莉試圖回撥，但麥克唐納的手機轉爲關機，她發狂地重複撥打，一次又一次，始終無法接通，莉莉愣然凝視房間慘白的牆壁，突然間，她的手機響起，莉莉看也不看便接聽電話：

「斯圖爾特！」

但電話彼端的人不是麥克唐納。

「莉莉，你在哪裡？」是母親向來柔和的語調。

莉莉默不作聲，一手摀著嘴，拚命忍耐恐懼的淚水。

「莉莉，你爲什麼要封鎖我？害我只能用公共電話打給你，親愛的，不要一句話也不說，你還好嗎？那個叫做安子的女孩子，你還在爲她傷心？」

莉莉以最輕微的動作讓手機遠離耳朵，她試圖按下結束通話鍵，卻聽見母親仍喋喋不休地說：「跟我們回去吧，別再管這件事了，我跟你爸已經在樓下等你……」

莉莉壓抑住一聲驚呼，她猛然按掉母親的電話，小心翼翼從窗簾後往外看。她眞的看見她的養父母站在旅館下的街道上，直直盯著自己的窗戶，朝她揮手。

莉莉簡直毛骨悚然。

她許久未見的養父母就站在外頭，像一雙幽靈。

莉莉以爲自己瘋了。

他們是如何找到這裡？

「該死！」莉莉怒罵一聲，以最快的速度開始收拾行李，她無法帶走整個行李箱，便將筆電和收納有自己畫作的活頁本塞進側背包裡，奪門而逃。

莉莉投宿的這家旅館儘管十分老舊，在建築另一側仍保留著髒亂不堪的逃生通道，莉莉順著鐵梯一階一階往下走，奔跑到主要街道上，周遭人來人往，仍不能令莉莉放心。

如果這些路人裡就有密冬的模仿師呢？

莉莉轉身往無人的小路奔逃，隨時間一分一秒過去，天色漸暗，莉莉氣喘吁吁，她停下腳步，發現自己正置身於乏人的荒涼之地。她從來沒有來過這個地方，也不知道該怎麼回去，莉莉想至少要回到主要道路上，那兒可以叫到計程車，她最好回西北港都大學，那裡是學院，她不相信天使約翰或密冬的模仿師可以在那裡將她殺害。

莉莉加快腳步，卻發現在她的腳步聲中參雜著另一種步伐，更沉重也更詭譎，像是在配合她的速度，小心翼翼不讓她發現。莉莉立刻轉過頭，她身後什麼也沒有，可莉莉知道，這並非錯覺。

莉莉再次奔跑起來，往她預期的大路方向跑去，她身後的腳步聲追逐得更加響亮，愈來愈接近，然後莉莉感覺到了。

原本空無一人的空氣裡伸出一雙手，摀住莉莉的嘴，按住莉莉的腰，當莉莉掙扎著推開那人，對方卻像一陣煙般難以擺脫，莉莉轉過身，試圖看清楚襲擊自己的人。

那是一個男人，在莉莉尚未和他四目相對時，他是一團人形煙氣，而當莉莉捕捉到他的眼睛，男人的樣貌開始具體。莉莉不知爲何很清楚，這個男人就是天使約翰。他一頭紅髮，身材瘦高、穿著得體，那張臉，就像百年前聖經約翰的畫像，他的臉是一個符號，一個圖騰，一個模仿。

莉莉意識到，天使約翰是對聖經約翰的模仿。

但這如何可以辦到？

天使約翰一把勒住莉莉的脖子，喚起她在牛奶城酒吧廁所遭襲的記憶，她奮力掙扎，但天使約翰只是更用力擠壓她的喉嚨，莉莉的雙手便無力地垂落。她眼中逐漸浮現的恐懼好似給了天使約翰力量，他微笑著步步進逼，詭異扭曲的手愈勒愈緊。

天使約翰正在說些什麼，莉莉聽不清楚，只依稀捕捉到幾個重複的詞彙：「婊子，蕩婦，賤貨……」她是嗎？莉莉莫名被這些詞彙迷住了。

她想要成爲女人，並不是爲了這些詞彙，不是爲了取悅誰，她是……爲了不被認出來，被誰認出來？

一個細小的聲音問：你為什麼想成為女人？成為如此脆弱、無助的存在？

莉莉想到安子，她個性中活潑熱情的能量，始終感染她，使她成為更好的人。女性不是脆弱無助的。莉莉在內心反駁。與此同時，她的目光逐漸聚焦，狠狠瞪視勒著自己的天使約翰，莉莉感覺到體內的怒火本是餘燼，此刻死灰復燃，甚至燃燒得比過去任何時候都更加熱烈。莉莉抬腿踢向天使約翰，讓他鬆開手，一臉詫異地望著莉莉的臉。

莉莉的喉嚨受到嚴重傷害，讓她無法說出話來，但她手腳自由，可以應付天使約翰的下一波攻勢。

當天使約翰再度撲向莉莉，他們扭打在一起，莉莉再次感覺到在廁所反擊陌生男子時的奇怪感覺，就像安子的鬼魂附身，她的內心充滿恨意、憤怒與忿忿不平。她的內在彷彿同時有數以千計的女人，那些曾在現實中因自身性別遭受殘酷對待的女人，此時充滿她的精神，讓她變得狂怒不屈，無論天使約翰如何傷害她，她都感覺不到疼痛，她也不允許自己退縮，無論要付出任何代價，此時此刻，莉莉只想徹底摧毀面前的男子。

當莉莉發狠咬住天使約翰的手臂，對方發出受傷野獸般的哀號，他像瘋了似一遍又一遍毆打莉莉的頭部，直到她眼前一黑，幾乎失去知覺。莉莉不由自主鬆開嘴，身體軟綿綿地往地上倒去，她的側背包掉到地上，裝在活頁夾裡的繪畫亦是散落一地，隨著一陣風吹過，紙頁在半空中飄飛。

接下來的畫面就像完全靜止的，莉莉看著自己的畫，腦海中有火花綻放，像是靈感一閃而逝，她在意識朦朧間聽到一首歌，似曾相識，令人懷念。跟隨著歌聲，莉莉輕輕哼唱：

你看過人模仿動物
你看過小孩模仿大人
但你看過人模仿閃電嗎？

你看過人模仿雲
看過人模仿閃電
但你看過人模仿月光嗎？

彷彿她的本能知道該怎麼做，她手指移動，模仿繪畫的筆觸，隨著她手指的動作，畫上的生物開始顫抖，黃斑銀弄蝶、蓋力野貓、灰長耳蝙蝠、紅松鼠……全都栩栩如生地伸展肢體、抖動翅膀，在瞬間離開了牠們出生的紙頁，輕輕一躍，重新降生於這個早已無法容納牠們的世界。

莉莉繼續吟唱：

你看過人模仿閃電
你看過人模仿月光
但你看過人模仿風嗎？
你看過人模仿閃電
你看過人模仿月光
但你看過人模仿風嗎？

你看過人模仿月光
你看過人模仿風
但你看過人模仿雨水嗎？

現在連畫中的陽光都成爲眞實，從畫紙間灑落。還有存在於莉莉畫作裡的山川景色，從那些最具體的事物到最抽象的事物，彩虹、石頭、樹木、星光，一道隱喻般的黑影、一串意義不明的幾何圖形、隨意飛濺的無數顏色。而莉莉畫過的人像如同幽靈般在天空中飄飛，各種已絕種、瀕臨絕種的動物輕快地踏著隨風飄散的紙頁四處亂跑。所有誕生於莉莉之手的畫中物全都渴望保護它們的創造者，以至於即便它們擁有的力量如此微小，仍勇敢圍繞在天使約翰面前，阻止他傷害莉莉。

天使約翰看著眼前不可思議的畫面，有一瞬間彷彿不知身在何處，直到他聽見莉莉的啜泣聲。當莉莉唱完了歌，歌的消逝令所有脫離紙頁的造物也一一解體，直至消失無蹤。莉莉輕聲哭泣，無法停止淚水，莉莉的淚水再次給了天使約翰力量，令他宛如遭受吸引般往莉莉走去。

莉莉沒有理會天使約翰，她愣愣地盯著雙手，思緒在她腦海飛快轉動：所以這就是**那種**感覺。

這就是模仿。

莉莉抬頭，透過彷彿雲霧般縹緲不定的模仿力量，莉莉看見一束鮮紅的光芒在天使約翰身後發亮，在莉莉眼中，那如同繪畫前的草稿，描繪人像前的骨架。對莉莉來說，徒手繪畫是從無到有的過程，她的畫模仿世界上曾經存在，已然存在的東西，這是不可逆轉的過程。但如果是使用電腦繪圖，可以將圖像一一還原到上一個動作。

莉莉覺得，眼前的天使約翰似乎就是某個人模仿聖經約翰所完成的畫作，此時她有一種感覺，說不清道不明，那盤桓在心中的感覺，就好像她可以利用自身心靈潛入這名藝術家存放的繪畫，慢慢還原，慢慢剝除……

莉莉閉上眼。

然後，她終於可以看見。

奠定天使約翰基礎的僅僅是一節脊椎，據此延伸出血肉、肌理、大量的訊息，大量對聖經約翰案件的理解，但由於製作出天使約翰的人從未眞正知曉聖經約翰，而且聖經約翰實際上只是一世紀前不曾被抓到的連續殺人魔，所以即便這名模仿師再怎麼厲害，他也不可能模仿出眞正的聖經約翰。

最終，所謂的天使約翰只是一個贗品，甚至於是一個低劣的贗品。

如此簡單明瞭。

莉莉嘗試用自己的力量推動，像還原自己的畫作那樣還原天使約翰，更精確地說，她正在用自己的力量粗暴地剝除天使約翰身上的東西，莉莉剝除了他的紅髮、剝除那張與聖經約翰肖像毫無二致的臉、剝除他高瘦的身材、剝除他的服裝，剩下的，是一灘血液、一團肌肉、皺巴巴的皮膚以及一截脊椎，除此之外，他什麼也不是，什麼也沒有……

莉莉的鼻腔湧出鮮血，她毫不在意地伸手擦去，專注在腦海裡的工作。當她完成一切，再次張開眼睛，天使約翰在她面前徹底融化，就像豔陽下掉到地上的髒冰淇淋一樣迅速溶解，最終只留下一截慘白的人類脊椎。

莉莉謹愼地四下觀察，確定沒有其他人後，她起身收拾散落在地的畫作。莉莉惶恐不安的身影倉皇逃離時，遠方烏雲群聚，暗示著一場風暴即將來臨。

莉莉不知道該怎麼辦，在經歷了一切以後，她忍著傷痛走向大路，找到一輛願意載她去西北港都大學的計程車。直到坐上計程車，莉莉才終於如釋重負，她的手指緊握膝蓋，頻頻顫抖，計程車司機透過後照鏡詢問莉莉需不需要幫忙，而莉莉只是搖頭。

「請盡快載我到西北港都大學。」莉莉說。

「不好意思，但有人其實給了我一封信，要我轉交給你。」司機猶豫了一下，一面開車一面遞給莉莉一個白色信封：「他說你看過信以後，可能會希望我載你去車站。」

莉莉一語不發，接過白色信封，以顫抖的手指打開裡頭摺疊的信，信上文字僅有寥寥數行：

親愛的莉莉．雷利小姐：

當你收到這封信，表示你已解決了我所設下的難題，你出色的表現理當得到獎賞，而我已將禮物備妥，還請前來墩艾丁解剖學博物館，我會在那兒等你。

至於你那對假父母，不必擔心，我已經處理了。

第十二章

王璟眼上蒙著黑布，身下潦草建造的竹轎搖搖晃晃，由幾名部落人扛著前進。

由於肢體殘疾，王璟無法長時間站立與行走，只得乘坐部落人臨時搭建的竹轎。而烏托克除了派李正與他同行，也額外撥一組二十人的小隊與他們前往南遺跡聚落。部落人不信任王璟，因此即便他手腳依然被鐐銬束縛，手部的鐵鍊甚至被縮短、與竹轎底端鎖死，以至於他無法輕易挪動雙手扯開蒙眼布，部落人仍刻意繞了遠路以避免王璟發現進出山谷的祕徑。

此時王璟透過黑布遮掩的縫隙看見竹轎外移動的地面，他聽見森林中細微的枝葉摩擦聲、野蠻人彼此間的快速交談，以及李正走在最前方彷彿領導者般可笑的吆喝。

孵育山谷位於保留地北方，接近邊界，因此前往遺跡聚落是一場長途旅行，王璟在黑暗中思索與烏托克的對話，不知為何，他感到焦躁不安。他一遍又一遍回想烏托克擺置在獸皮上的鬥獸棋、她的計畫以及金家可能的計畫，表面上似乎沒有問題，烏托克已經做了所有她能做的，然而王璟仍然感到古怪。

他們遺漏了一些事情。

森林很安靜，在徒步行走了大半夜後，部落人於接近凌晨之時決定暫時紮營稍作休息，他們開始忙碌起來，升火煮食抑或安排輪班守夜，可王璟沒有聽見李正的聲音。

「那個遺跡人在哪裡？」王璟出聲質問，部落人安靜下來，無人回答。

隨著氣溫愈來愈低，王璟感到寒冷，他將圓鏡墜飾緊緊握在手中，盡量蜷縮起身體，試著小睡片刻，但他冷得牙齒打顫，即便他或咒罵或呼喚，也沒有人給他添加保暖布料。

就這麼過了很長一段時間，王璟疲倦無比，他忽然墜入了睡眠，在半夢半醒間好似聽見刺耳的尖叫以及劇烈的掙扎反擊聲，可他太累了，因此無法醒來，哪怕是金屬刺入血肉的聲響，他的鼻子甚至嗅到血腥味，他就是怎樣也睜不開眼睛。當他終於醒轉，他感到竹轎外有光線照耀，他再次呼喊，外頭毫無回應。

這長長的寂靜令王璟意識到不同尋常。

他讓臉靠近竹轎內部，嘗試以分岔的竹枝扯掉自己臉上的黑布，接著他用他小心藏起的銳利石片緩慢弄斷與手銬鐵鏈連結的竹枝，接著蹣跚走出竹轎。他看見那些熄滅的火堆，餘燼早已變冷，周遭仔細數來散落有二十名躺倒在地的部落人……盡數死亡。

王璟不動聲色，他想既然如此，光線從何而來，緊接著他笑自己愚蠢，他朝逐漸亮起的森林看去，知曉那是陽光。

天亮了，在陽光的照耀下，一道熟悉的人影背著光徐徐走來。

❧

烏托克任由昏迷的泰邦像個破布娃娃般滑落在地，隨後她蹲下身，仔細檢查泰邦的狀況，烏托克紅色的左眼則並未聚焦，那隻左眼跟她的巴利相連結，此時正緊盯著樹林中的雲豹。

烏托克打從心底希望泰邦能夠盡快取得他的能力，如果泰邦的能力恰好適合用於戰鬥，那將是一件多麼好的事。雖然如此，烏托克也不願太貪心，巴利本身擁有非常強大的力量，無論那是一種什麼樣的力量，都只會爲他們取得更多優勢，因此目前最重要的是了解泰邦巴利所擁有的能力。

烏托克記得自己重病將死時和巴利完成結合，隨後她從火焰中醒來，便獲得了特殊的力量，使她意識到，瀕死的狀態可以加深巴利和人類的連結。她但願泰邦也能在自己的幫助下獲得巴利的力量。

如果可以，烏托克會在這兒等待、照料泰邦，直到他再次醒轉，然而不遠處傳來急切的腳步聲，烏托克轉頭一看，發現是阿奇萊，他看起來十分慌張，幾乎倉皇恐懼地奔向烏托克，等他終於停下來，他的聲音激動不已：「烏托克！駐守邊界的人沒有在特定時間內傳回消息，我們前往查看時發現他們都被殺了，已經有外鄉人攻進來，可是我們不知道……沒有人看見……」

阿奇萊神情有異，烏托克不禁追問：「還有呢？」

「還有，藍眼人的隊伍沒有回報消息，我已派人去查……」

「來不及了。」烏托克輕輕拍了拍泰邦的胸口，示意阿奇萊將昏迷的泰邦帶走：「已經開始了，你把泰邦帶去給苡薇薇琪，讓她將泰邦喚醒，並且弄清楚泰邦巴利的能力，不久後我會去接泰邦，他必須準備好。」說罷，烏托克以極快的速度開始奔跑，她穿過樹林，前往山谷中央尋找她的勇士們。

她的勇士們，現如今已成爲眞正的反抗軍，即便只是遠遠看去，他們僵直站立的動作也無可挑剔，排成整齊的隊伍，在烏托克規定的時間休息，也在她規定的時間醒來，勇士們在烏托克的命令下爲將至的戰爭作準備、接受操練，對烏托克來說，她的勇士們已如此完美，尤其他們左肩上鮮紅色的烙印，更滋長了烏托克內心對戰事的期待，她渴望看見外鄉人軍隊因她的勇士落荒而逃的模樣。

儘管如此，烏托克仍然感覺不適，尤其她幾乎無法辨別單一的勇士，除了她的副官阿奇萊、她的同族人拉貢、老女巫苡薇薇琪、學會都市區科技的芭瑚以外，這些烙上烙印的人無論男女竟擁有相同的表情：了無生氣，充滿對未來的絕望恐懼。

烏托克厭惡那些相同的臉。

如此多的人，分明是接受紅色圖騰的召喚來到這裡，無論如何已共同承擔整個保留地的命運，因爲他們內心都有著同樣的傷口——被長期奴役、欺騙的傷口。對烏托克來說，紅色圖騰就像這道傷口，將它烙印在勇士們身上，只是將這個傷口具現化，讓他們知道，這個傷口確實存在，也因爲這個傷口，他們將無法背叛彼此。

無法背叛我。烏托克想。

她來到勇士們面前，抽出身後的長獵刀，每當握住這把刀，烏托克就不可避免地想起阿巴刻，她莫名覺得有些好笑，當她剛成爲烏托克時，名爲拉疏的少年幼稚地嫉妒她，那股嫉妒甚至令她噁心。但到了現在，反而是烏托克在嫉妒阿巴刻，只因她認爲他已得其所哉，早一步成爲了爲眾人犧牲的靈魂。

驟然間烏托克的手又開始顫抖，但她拚盡全力忍下來，她看著面前一張又一張無法辨別，只餘絕望的臉，想說話，卻說不出口，怎樣也說不出口。

「對不起。」最終，烏托克以極輕的語調說：「如果這不是出自你們的意願，我很抱歉，但這是不得已的，爲了這件事，已經傷害了太多人，也失去了太多人，我想讓他們的死値得。」烏托克在這時側轉身體，將衣領往左邊肩膀用力扯下，一張巨大、鮮紅的受苦人臉掙扎著顯露出來，那張臉以烙印的方式銘刻在烏托克的皮膚上，比這座山谷中任何人的傷口都更深，也比任何人的疤痕都更醜陋。

「你們知道這個烙印代表什麼意思，這表示不僅僅只有你們不會背叛我，我也不會背叛我自己，我不會後悔，也不會被收買，如果我改變想法，我會被我的誓言所吞吃，因此我絕不會停下來，我會一直前進，直到我完成我該做的事。」烏托克拉回衣領，背轉過身：「來吧，時候到了，外鄉人的軍隊已經入侵，我們必須——」

突然間，一聲哭喊響徹山谷，打斷了烏托克的話語，她沒有回頭，也不再繼續講述，只是邁開步伐往前走，她的勇士們亦步亦趨跟著緩慢前行，但更多的尖叫與哭聲、求饒聲傳來，烏托克依然沒有回頭。

她知道那是背叛者發出的聲音，是那些拒絕跟隨她以至於被圖騰吞噬的人發出的聲音。

「求求你！停下來……我不想去……」

「拜託，我不能！啊！不要讓那東西咬我！」

「魔女！你這個魔女！我詛咒你！」

烏托克彷彿聞所未聞，那些到了最後怎樣也無法跟上自己的人，將以可怕的方式死去，烏托克曾經見過一次那樣的景象，她永遠不想再看見。

她沒有回頭。

眼淚從泰邦的眼睛裡流出來，他已經醒了，卻不想張開眼睛，他聽見苡薇琪正在吟唱祭歌，他想倘若永遠不張開眼睛，他就可以讓時間一直停留在過去，在他還不知道以前。

至少現在，他想繼續哭泣，為失去的記憶而哭，為遺忘伊娜而哭，也為璐安而哭。可他現在同時有兩份記憶了，一份是原始的，一份是修改過的，如今他藉由原始記憶評斷修改後的記憶，他發現自己無法責怪璐安的母親，那蒼白、美麗的外鄉女子，她只是想保護她的孩子，保護璐安，和泰邦一樣。

雖然泰邦同時也憎恨她，殺死了伊娜並奪取她的身分，泰邦認知到自己將殺害伊娜的凶手視作母親，這讓泰邦噁心，儘管無論原始或修改後的回憶，都顯現這名外鄉女子並沒有在奪取身分後苛待泰邦。她對泰邦視如己出，用盡心力照顧兩個孩子。同時為了適應保留地生活，她用聖物的複製品頻繁操控父親教導她山區部落語言，也盡量足不出戶，她在克羅羅莫的這段時間沒有傷害其他人。

泰邦想起自己牽著女子去找父親，父親看見她時，只來得及露出困惑的表情，即便父親在狩獵上速度如此之快，也不及女子透過聖物複製品的一瞥。

父親將女子當作妻子帶回炭屋，儘管如此，在和女子相處的日子裡，父親不只一次頭痛欲裂，記憶重回，導致女子必須無時無刻使用圓鏡墜飾，才能說服父親自己是他的妻子。起初，女子也不想太過招搖，如果可以她盡量不離開炭屋，以免讓克羅羅莫族人發現她不同於部落人的模樣，而女人認爲這一切只是暫時的，她在等待追蹤她的人放棄。

直到某一天，出於泰邦不知道的原因，女人發現自己已不可能離開，她的面孔也被克羅羅莫的族人看見了，於是她在某個早晨走出炭屋，大方穿越芒草叢、經過整個克羅羅莫，她的圓鏡墜飾在頭上反射陽光，她尋得合適角度，讓陽光穿過鏡子，照射於從山間滾滾而來的濃霧，七色彩虹橫跨克羅羅莫的天空，吸引好奇的族人出門觀看，彼時所有看見那道彩虹的克羅羅莫族人，全相信了這個女人就是父親的妻子。

除了苡薇薇琪。

泰邦記得女人發現圓鏡墜飾對苡薇薇琪不起作用的瞬間，她驚慌失措，幾乎不敢置信。她跪在地上，拚命磕頭，祈求老女巫的仁慈與寬恕。但苡薇薇琪笑咪咪地告訴她：「克羅羅莫可以撫養你的孩子，在孩子五歲前，你也能恣意使用你的鏡子，但他五歲時會發生事情，你必須在那時離開這裡。」

「他五歲時會發生什麼事情？」作爲母親，女子始終只在乎孩子的安危。

「惡靈會出現。」苡薇薇琪平靜地說道：「另一個世界的惡靈會來找他，你沒有辦法，這是他的命運。然後呢，你的命運也會來找你，就在他五歲時，你的家族會發生變故，你不得不回去。」

是在泰邦取回所有記憶以後，他才知道原來苡薇薇琪一直都知曉，但她什麼也不說，正如她悄悄爲烏托克製作紅色人臉的圖騰，也未曾讓任何人發現。

泰邦甚至記起「璐安」這個名字，原本就是那名女子想爲她的孩子所取的外鄉名。在女子以聖物複製品征服父親以後，父親看見女子懷中的嬰孩，露出不可思議的驚奇表情。

「這孩子叫什麼？是男是女？」父親詢問的時候，在聖物複製品的控制下不自覺使用外鄉語，彼時泰邦仍牽著女子的手，也仍困惑當時那名躺倒樹林裡的陌生人究竟是誰。

「男孩，我想把他取名爲璐安。」泰邦記得女子如此回答。而父親笑了起來，女子只好問：「怎麼了？」

「沒有，不曉得你知不知道，璐安在我們部落的意思是『像玉一樣柔潤的霧』，那是女孩子的名字。」父親道：「給一個男孩取女孩的名字有點奇怪，還是換一個吧。」

「你決定就好。」女人不確定地微笑：「不過還眞巧，璐安這個名字在我的家族，指的是受玉石保護的孩子。」

無數的回憶在泰邦腦袋裡翻騰，讓他長久地頭痛，就算伊古嘗試爲他減輕疼痛，泰邦仍感覺不舒服。

那就好像他原本是一個人，卻被硬生生切成兩半，一半過著被欺騙的生活，一半過著知曉眞相的生活，有朝一日兩種靈魂因故合二爲一，泰邦卻不知道自己究竟是誰。幸好有伊古，在紛雜凌亂的記憶片段中，伊古幫助泰邦區別眞實的記憶與被修改的記憶，牠陪伴泰邦在他們意識的巢穴裡將記憶段落一一檢視，伊古告訴泰邦，被影響過的記憶閃著鏡子的光，乍看非常清晰，仔細看去卻連細節都無法支撐。

這對泰邦來說很艱難，不過，他至少很高興終於能知道伊古所稱「你的心」到底是什麼。

在他昏迷的時間裡，伊古還有好幾次帶領泰邦觀看那名異國女子的冒險，泰邦看見她的裝扮，看見她對身分與性別的困惑和掙扎，還有她在牛奶城酒吧裡臥底，被惡人傷害，可她堅強又勇敢，她的眼睛明亮而銳利，彷彿無聲宣告著她永遠也不會示弱，她的臉孔如此美麗，令人不敢直視。當泰邦看見她居然能夠掌握如同苡薇薇琪擁有的技術，召喚一整個颱風，抑或拆解殺人凶手，泰邦怎麼樣也想不到……

不，泰邦一直就知道，自己的弟弟跟別人不一樣，他蜂蜜似的氣味、山胡椒似的氣味、百香果似的氣味，不像其他男孩身上的金屬與篝火，也完全不像男孩。他的弟弟總愛留長髮，穿漂亮的衣服，他是那樣的特別，而泰邦或許早在弟弟意識到之前，便發現那發生在弟弟身上的祕密，泰邦只是很高興，他從未阻止璐安做自己。

泰邦終於徹底放心，他現在知道璐安將會平安長大，這比任何事情都更重要。藉此，他也理解了自己的伊古擁有什麼樣的能力。

伊古讓泰邦可以看見未來，但不是隨便什麼時候的未來，而是十年後。

泰邦現在已然知曉，這場戰爭將會失敗。

而很快的，烏托克會來找他。思及此，他感到無比害怕。

泰邦張開眼睛，發現自己身處樹林一處僻靜且長滿植株與苔蘚的地方，伊古則隱身於不遠的樹叢中，在他身邊，老女巫苡薇薇琪坐在一棵牛樟樹下，彷彿對外在現實的一切毫無所覺，正仔細地挑揀滿盆檳榔。泰邦安靜地撐起身子，凝視苡薇薇琪，他的嘴唇蓄積著尚未說出的請求。

苡薇薇琪在這時抬起頭，對他微微一笑。

「你醒了，雲豹哥哥，烏托克讓我問問你，你的能力是什麼？」

「如果我說了我的能力，你能答應我一件事嗎？」泰邦輕聲問，同時伸手到苡薇薇琪的木盆裡，幫忙她挑揀檳榔。

苡薇薇琪似乎有些驚訝，她看著泰邦笑說：「經過這些日子，我還以為雲豹哥哥會恨我呢。」

憎恨苡薇薇琪嗎？泰邦不是沒想過，但在看見伊古呈現給他看的未來景象以後，泰邦已不在意了。在這奔流不止的命運長河之中，沒有誰能獨自引導命運來到此時此刻，苡薇薇琪不能，烏托克不能，金家不能，王璟不能，就連泰邦自己也無能為力，是漫長的歷史以及無數人所做的無數抉擇導致了現在，即便是如苡薇薇琪這樣強大的女巫，也渺小如一隻浮沉其中的螞蟻。

「不。」是以泰邦搖了搖頭，露出淒然微笑：「苡薇薇琪，我看見了未來，這就是伊古給我的能力，如果你也可以看見的話，那我們都知道，未來是絕望，這場戰爭注定失敗。」

「你知道了？」雖然苡薇薇琪這麼問，她的聲音卻波瀾不驚。

「是的，我只是好奇，如果苡薇薇琪早就明白，為什麼依然願意支持烏托克？」

「我們做的事情，當下雖然會失敗，但在未來將發揮不可思議的影響力，使多年後仍活著的人們得到美好結局。」苡薇薇琪耐心地說。

「那你看得比我遠多了。」

一老一少如此並肩盤坐，挑揀檳榔，好似渾然不知未來即將燃起的戰火，他們只是享受僅剩不多的片刻安寧，無聲等待命運的來臨。

「苡薇薇琪，你害怕嗎？」良久，泰邦問。

老女巫想了想後回答：「沒什麼好害怕的，生命是對死亡的都娃阿烙，我們一生都在經歷。」

泰邦猶豫著，沉默著，最終還是決定把自己一直在思考的事情說出來：「可是苡薇薇琪，我感到很害怕。」泰邦舔舔嘴唇，像是終於能把淤積在內心的悲苦傾倒而出，他一旦開口就再也無法停止：「我怕我死了，愛我的人會傷心，我怕我死去以後，什麼都無法留下……苡薇薇琪，人人都說你是法力高強的女巫，我可否請求你的幫忙？」

「說吧，雲豹哥哥，我一直在等你說。」老女巫吟唱般地回應。

「我想在面對敵人以前留下一些訊息，給我的弟弟璐安，如果我死了，他可以透過訊息知道我想告訴他什麼，苡薇薇琪……因為你曾經描繪過紅色人臉的圖案，當我看見紅色人臉，我心中湧入無數的思緒、文字和意念，你可不可以幫助我描繪一個圖案，同樣可以包藏那麼多的訊息，但只是給我的弟弟璐安？」

苡薇薇琪眨眨眼，回答：「我可以幫助你描繪這個圖案，可是如果你要在圖案中藏住那麼多的訊息，你就要跟我一起進行。只有我來畫，這個圖案裡就不會有你的臉，你的眼淚，或者你的靈魂和心。」

「可是我……我也能畫嗎？」泰邦想起自己曾經向苡薇薇琪學習一百〇三首祭歌，最終卻只學會了一首，他很害怕會搞砸。

「每個人出生於這個世界，都擁有都娃阿烙的力量，只是多或少，知道或不知道，雲豹哥哥你的力量很小，但對弟弟的愛很大，在我的幫助下，你會成功。」

苡薇薇琪的話讓泰邦放下心來，然而另一個問題又讓他皺起眉頭。

要把這個圖案畫在哪裡呢？泰邦想，最好是用刻的，刻在一個不會被遺忘的地方，石頭、樹木或者廢墟建築那樣堅硬的牆壁上，可是一想到保留地即將千瘡百孔，他不曉得這些地方會不會被外面的人毀壞。泰邦只能更加努力思考，他想刻畫圖案的東西還是不要太大比較好，可以讓願意的人幫他帶去給璐安。所以他要尋找一個重要到不會被隨便扔棄，但也不會被過分注意的物品，一個無論泰邦發生什麼事，都可以被送到璐安身邊的東西，即使過了很久，也依然會留存，即使璐安無法很快收到，但總有一天，這樣東西一定會回到他身邊……

泰邦將頭湊向苡薇薇琪老老的耳朵，對老女巫說了他想刻的位置，苡薇薇琪笑了，她說她從未做過這樣的事，但可以的，她能辦到，而且她會立刻著手替泰邦刻畫這個圖騰。只是這樣一個深切到刻入骨頭的圖騰，將使他非常疼痛，他必須努力忍耐。

苡薇薇琪讓泰邦背對著自己，她的嘴唇因檳榔的汁液鮮紅，散發一股辛辣的氣味，其後，苡薇薇琪開始歌唱。那是泰邦不曾聽過的歌，苡薇薇琪一面唱，手指同時在泰邦頭頂畫圈，當一陣針刺般的疼痛鑽入泰邦頭顱，他沒有發出聲音，只是咬牙忍耐著，並且費力專注心思聆聽苡薇薇琪接續的指導。

「雲豹哥哥，從現在開始回想一遍你和弟弟最初的相遇，然後慢慢來到最後的分離，接著，在心裡告訴他你想說的所有話。」

泰邦點點頭，忍受強烈的疼痛集中注意力，讓記憶和意念匯聚於內心，隨後苡薇薇琪繼續吟唱祭歌，將他的記憶和意念……以及任何他想對璐安說的話灌注在圖騰的描繪上。

一筆一畫，都有如鑽心般疼痛，但泰邦依然堅持，他想著第一次看見襁褓中的璐安，他對他說：從今以後，你就是我的弟弟了。他想著最後一次和璐安分離，他捧起弟弟的臉，珍愛地看了又看，然後他讓自己狠下心，轉頭跑入樹林。接著他心中浮現異國女子的模樣，現在他已經知道她的眞實身分，泰邦在心裡不斷重複：璐安，你眞美……璐安，你這麼聰明……堅強……我好爲你驕傲。

當完成了所有描繪工作，泰邦筋疲力竭、冷汗涔涔，他在苡薇薇琪的幫助下，躺在由濕潤苔蘚組成的枕頭上稍作歇息，因爲按照苡薇薇琪的判斷，烏托克不久就會來找泰邦，而泰邦也是時候上路了。

在那之前，泰邦還可以再休息一小會。泰邦望著頭頂枝葉扶疏的綠蔭，突然輕輕地問：「苡薇薇琪，爲什麼你擁有這種不可思議的力量？你說你是在都娃阿烙，我知道都娃阿烙的意思是模仿……那麼苡薇薇琪你的法術，跟來自密冬的模仿師是不是一樣？」

苡薇薇琪輕撫泰邦的頭：「或許一樣，也或許不一樣，我怎麼會知道呢？那是外面的人的事情呀，對我來說，都娃阿烙無處不在，非常平凡，就連我們的名字也藏著它，因爲每個人的名字都是對那個人的模仿……就像你的名字，泰邦，意思是牛樟樹，你就像牛樟一樣強壯又清香。」

泰邦微微一愣：「你知道我名字的意思？」

「那當然，你的名字可是我取的呀。」

泰邦從下往上看去，苡薇薇琪的笑容鮮紅而悲傷，讓泰邦也不自覺受到感染，泫然欲泣。他想再多說什麼，但烏托克巨大如黑鳥般的身影，已在他們身邊悄然降臨。

「苡薇薇琪，泰邦的能力是什麼？」

烏托克那張如滿月般美麗的臉，在錯落的光影裡像結冰的湖面般寒冷。

「我不知道。」苡薇薇琪說道，當泰邦困惑地望向老女巫，她不動聲色：「雲豹哥哥還沒有得到他的能力，所以他不知道，我也不知道。」

烏托克皺起了眉頭，她似乎有所懷疑，卻因沒有時間深究而沉默接受。從苡薇薇琪這裡取得訊息後，她遂轉向泰邦：「是時候了，跟我走吧。」

泰邦小心翼翼從地上爬起來，在確定傷口已沒有那麼疼痛以後，他垂首和苡薇薇琪告別。

「別擔心，雲豹哥哥，我雖不能與你們同行，但我已爲你們作了儀式，剩下的便交給命運。」苡薇薇琪慈祥地說：「放心地去吧，既然你也可以看見，你便該知道，未來很好。」

泰邦露出苦笑，他不確定未來是否很好，但一想到十年後的璐安，他確實感覺再也沒有遺憾。他向藏匿的伊古傳出呼喚，讓牠跟隨自己，旋即轉身和烏托克開始全力奔跑，他竄入樹林，義無反顧，如山林中最敏捷迅速的野獸。在他和烏托克周遭，還有數千名勇士緊隨在後。

在過去，王璟對遺跡人的印象與金家無異：遺跡人是他們的盲目信徒，信仰經過神化的五大家族——五靈教。因此絕不可能反抗五大家族軍隊，也因信仰和文化偏向外鄉人，遺跡人和部落人向來勢如水火。

要說李正和其他遺跡人有何不同，便是他十分冷靜，他的冷靜藏在他故作誇張的舉措中，無論對軍方或對山區部落都能進行談判，他非常聰明，也極爲狡猾。對王璟來說，李正如同遺跡人的象徵。

他是奴性的，是易於操控的，與此同時，他也是容易被收買的，就和所有的遺跡人一樣，而王璟不曾懷疑過他……不，他曾經懷疑過，但那份懷疑不切實際，純粹起源於王璟天性裡的多疑。但當他仔細思考，他意識到李正不可能背叛，因爲像李正這樣的人，只會被利益驅使，王璟理解這點，便知道李正不會背叛……畢竟在整個保留地，沒有誰比王璟這名軍代表更能爲他帶來利益了。

當王璟派李正前往山區部落，李正操著一口流利的山區部落語言、穿著部落人的裝束，他那一雙小眼睛總是四下亂飄，彷彿在躲避眉毛上滾滾落下的汗珠。王璟初時並不想用他，但小童的父親死後急需繼任者，李正就這麼突如其來地出現在王璟面前，並且無論在能力或經驗上都是最佳人選，現在回想起來，李正有可能從那時起就在為烏托克工作。

在烏托克的營帳內看見李正時，王璟依然怎樣都想不透，李正緣何會願意幫助烏托克，要知道，遺跡人總是打從心底看不起部落人。直到現在，面對眼前的二十具屍體，王璟表情不曾動搖，隨著從遠處走來的人影輪廓漸漸清晰，王璟道：「你就是那個在遺跡聚落散布戰爭消息的人。」

李正背對陽光，陰影下的面容依然汗水涔涔，他咧嘴一笑。

如今王璟知道，烏托克也不是李正真正效忠的對象，他是一名間諜，僅為金家服務，這坐實了王璟曾有的猜想：金家確實在保留地內安排了監視他的人，只不過那人不是阿蘭，而是李正。

「只有這樣，我才能讓您離開那座山谷。」李正抹去額上汗水，笑嘻嘻地道。

「這麼說，你還是為了解救我呢。」王璟諷刺地道，粗大的手指反覆撥弄著手中的圓鏡墜飾，見狀，李正笑得更為開懷。

「不是為了解救您。」李正搖晃著手中反射陽光的銳物，王璟瞇眼細看，這才發現李正手中握著一把小刀。王璟立刻抬起手，意圖使用圓鏡墜飾操控李正，但李正幾步向前，伸手按住了王璟的手。和身體殘疾的王璟相比，李正似乎更加敏捷且有力，王璟的手臂在李正緊緊的抓握下無法移動。

彷彿覺得相當有趣一般，李正驟然開口：「王璟大人，您應該很好奇，為何烏托克會願意信任我吧？吃人嘴軟，拿人手短吶，在其位，謀其職，我可不像您，即便成為階下囚也一嘴一個『野蠻人』，即便現在，也是一副高高在上的模樣。」

王璟不想給予李正回應，因此只是冷冷地看著他。

「話說回來，我還應該要感謝您，當時烏托克提出的要求很簡單，以您作為代價，只要能協助烏托克欺騙您，將您引入那座山谷，我便獲得忠誠的證明，一切便成了。」

一切便成了。這句話聽在王璟耳裡，彷彿有著別樣的意義。

「那位大人說得沒錯，您就是棄子。」李正突然正色道：「您知道爲什麼您能夠那麼順利地操縱機器前往陷阱嗎？您有沒有想過，假如從您被抓住到這一整場兒戲似的抗爭，或許都是金家策畫的呢？」

王璟藍色的眼睛瞇起，他應該要感到驚訝，但實際上，他一點也不意外，這就是金家的謀略、那個女人的能耐。烏托克能夠成功贏得戰爭……是一場美好的白日夢，王璟無時無刻都做足準備，從夢裡醒來。

「他們老早就知道保留地有那種名爲獸靈的不可思議生物，他們也老早就想藉機會弄死保留地裡的野蠻人，因爲他們太低劣、太不受控制了，他們只要獸靈，只要能夠產生獸靈的這一整座島嶼，至於人嘛，可以從其他地方挪過來。」

「其他地方，你是說密冬嗎？」

聽王璟說完，李正嘴唇顫抖地喃喃「請原諒」、「冒犯」等詞彙，凝視王璟的目光裡初次浮現失去理性的怒恨：「那可是五靈教裡的西國，不可輕忽地說出口！」

這就是一名遺跡人眞正的樣子。王璟靜靜地想：如此愚昧，如此恐懼。王璟趁隙以近乎怠惰的語調說：「金家如何買通你？唔，恐怕是答應讓你離開保留地，到都市區生活吧？既然如此，你又爲何想要殺我呢？我跟你並沒有利益衝突。」

李正似乎有些意外，他的五官因思索而微微扭曲：「您完全不知道嗎？也難怪了，金家的那位大人不可能讓藍眼人知曉，您的誕生就是爲了這一刻……」

王璟內心一沉，低問：「你是什麼意思？」

李正忽地大笑出聲：「是啊！我一直覺得非常好笑，每當您稱部落人爲野蠻人，當您厭惡他們、輕視他們，您有沒有考慮過，這些想法完全是金家的那位大人刻意灌輸給您的，那位大人要讓金家的血統統治保留地直到最後一刻，同時您這樣的藍眼人作爲軍代表，可以讓最麻煩的部落人都憎恨您，您對部落人的歧視只會加深這種情況，當憎恨都在您身上，等您被他們殺了，加上您有金家的血統，就等於金家人被殺，金家的那位大人就能說服五大家族乃至於西國，順理成章屠殺保留地裡的所有居民，而這代價如此之小……死去的僅僅是根本不重要的可利用的血統棄子。」

李正說到這裡，停了一會兒，彷彿陷入對過往的回憶：「所以當我得知您只是被囚禁，並沒有被殺時，我真不知道該如何跟那位大人報告吶，幸好，那位大人宅心仁厚，又給我了最後一次機會，等您的屍體被發現，看起來應該就像您被這些野蠻人所殺吧。」

王璟震撼不已，他的手劇烈顫抖，即便仍被李正箝制，卻依然死死抓住掌心的圓鏡墜飾，似乎那已是他最後的保命符。

「原來是這樣……原來是這樣啊……」王璟自言自語，藍色的瞳孔在領悟中放大：「是的，是的，你是來殺我的，理所當然是這樣，只要殺了我，就算是與那女人敵對的家系也不得已必須支持她的決定……她甚至有機會說服密冬，是的，她會前來屠殺這裡的所有人……」

「不僅如此，那位大人十分重用我，派給我一件特殊的任務……我要回收您手中的那件寶物。」說罷，李正一手拿刀威嚇，一手在王璟的手腕上施壓，幾乎要折斷骨頭，企圖逼迫王璟扔掉圓鏡墜飾。

王璟閉上眼睛，從最開始李正便不斷在口中提到「那位大人」，現在王璟已十分清楚此人的身分。腦中一旦浮現預感，浮現那個女人的形象，王璟便不由自主地開始發抖。可他仍低聲道：「我不能給你，如果那個女人要，她必須親自來拿。」

便在此時，王璟高大、沉重的身軀往前一傾，直直撞向李正手中的小刀，同時也讓李正失去平衡，一下子往後倒去，他們扭打在一塊，直到此刻，王璟終於不再隱藏自身力量，他高舉拳頭，一遍一遍揮向李正。而這名遺跡人從未想過，向來不良於行，又因臉部殘缺造成呼吸困難的王璟，竟擁有超出常人的怪力，這件事情，只有承受過他鞭打的阿蘭和泰邦知道。

李正眼看在力量上無法勝過王璟，便拿小刀瘋狂亂刺，但即便如此也依然無法從王璟身下逃脫，王璟彷彿感覺不到疼痛一般任由李正揮舞小刀，他只是悠然舉起圓鏡墜飾，將其放在眼前。王璟的藍眼睛透過圓鏡瞪視李正，過了一會兒，李正停下動作，王璟緩慢移開身軀，讓李正得以站起，並將刀尖送進自己柔軟的眼窩裡，一次又一次。

許久，王璟喘息著和死去的遺跡人並肩仰躺在地，腎上腺素慢慢退去以後，他感覺難以呼吸，全身劇痛，他似乎在流血，但一切都無所謂了。此時此刻，王璟閉上眼睛，感到哪裡也不想去，他想就這麼躺在這裡，享受樹蔭籠罩的沁涼，而樹葉間彼此摩擦出響，其音甚美。王璟很久沒有這麼輕鬆愜意的時光了，巨大的死亡陰影已步步進逼，可那風、陽光和空氣、樹蔭仍如此令人著迷，他沉醉於這極其短暫、即將消失的自由，最終，他猛然睜開眼睛。

當然，他可以就這麼死在這裡，對一名基因有缺陷的藍眼人來說，已是善終。但他憶起阿蘭，他的鳥兒，此時正在前線，他曾經失去她一次，如今，王璟不能再嘗一次那般滋味，儘管以他現在的狀況，實在難以獨自返回孵育山谷，而他也沒有時間跟那些野蠻人解釋李正的背叛與將至的屠殺……

是的，那將會是一場屠殺。王璟尋思著，他絕不能讓阿蘭被捲入其中。

❧

樹木在兩側如殘影般掠過，巴利像銀色的子彈般飛翔，烏托克一面跑一面思考。

他們在日出時來到邊界附近，烏托克布屬的勇士被殺害之處。烏托克引領所有人走上一處高地，得以俯視空無一物的邊界，而遠方，有高聳入雲的建築在地面投下細長如針的陰影。烏托克蹲下來檢視理當安排有守衛的區域，周遭植物上有血跡，這表示守衛的勇士並非因背叛遭圖騰吞噬，畢竟被圖騰吞噬的人不會留下任何痕跡。

守衛的勇士應有一百三十七人，一百三十七人全數被殺……烏托克緊握的拳頭微微顫抖，暗自猜想金家究竟派來什麼樣的軍隊？

烏托克透過巴利知曉五大家族的軍隊擁有不同的力量，但此時她最為擔心金家擁有的那面據說能完全操控人心的聖物喙鏡。雖然根據消息，金家的喙鏡已有數十年不曾離開過保險箱，即便這件聖物力量強大，但金家家主是如此害怕失去喙鏡，以至於不再敢於使用它。近年來再沒有人見過喙鏡眞品，如今，數十年過去，喙鏡的存在比起力量強大的武器，更像是一個傳言。

烏托克停下高速運轉的思緒，轉過身面對自己的同伴，他們現在沒有任何足以跟五大家族匹敵的神祕力量，製造新的圖騰需要時間，而他們沒有時間了……烏托克的目光落在泰邦身上，雖然泰邦的能力目前仍然未知，但他們畢竟擁有兩隻巴利，眞正的巴利！烏托克不認為他們會輸給外鄉人的軍隊。

此時泰邦身邊有她的帊音族人拉貢、阿奇萊和芭瑚，他們暗自服從烏托克的命令協助泰邦作戰，烏托克正準備再次向所有人描述作戰計畫，卻在這時，他們身後的樹林傳來一陣騷動，其中一名部落人突然憑空消失，令其他人陷入恐慌。

烏托克命阿奇萊和泰邦、拉貢、芭瑚緊密站在一起，背靠著背就不會有死角，而烏托克早已讓巴利站在絕佳視角，現在她幾乎能看見所有景象。她氣息沉重，目光如炬四下觀察，和另外三名勇士站在一起，同時大聲呼喊：「冷靜下來！外鄉人的軍隊就在這裡！只要冷靜應對就可以看見！」

可是隨著烏托克的叫喊，敵方攻勢更狠，不斷有人被瞬間割喉，或者拖入樹林裡消失無蹤，沒有人看得到實際發生的情況。

每當有人死去或消失，烏托克的巴利便飛到該處查看，然而就算透過巴利，烏托克也什麼都沒發現，到後來，他們甚至醒悟有些還站著的勇士早已被神祕毒針刺入喉嚨，許早便站立著一命嗚呼，而他們身邊的人毫無察覺。如此便導致剩餘的人們更加不安，然而儘管恐懼和不安席捲了所有人，圖騰仍迫使他們保持安靜與鎮定，因此沒有人哭泣或尖叫。

他們的眼睛在死亡威脅下依然死寂、麻木，死者到了某個時刻便不再增加，剩下的人謹慎防守，不讓看不見的敵人有任何可乘之機。

烏托克在這時說：「進入樹林裡！然後以小隊狀態分散！」

泰邦和其他勇士迴身奔入樹林，對部落人來說，樹林才是他們熟悉的地形，將看不見的外鄉人軍隊引入其中，他們將更有優勢。

泰邦一面跑，一面刻意避開阿奇萊等烏托克的同伴，他意識到這是一次機會，或許能讓他逃跑。儘管已經知曉未來，但泰邦心中懷抱著一絲希望，哪怕有萬分之一的可能，他也想逃離保留地，逃離戰爭，再見璐安一面，即便他也知道，在他看見的十年後的未來裡，璐安身邊並沒有他。

他或許無法從這場戰事中生還。

泰邦卻不願放棄，他透過與伊古的連結要求牠維持潛伏狀態。

*跟著我，但不要出來，不管你在哪裡，同時，做我的眼睛。*泰邦想，隨手擋開一根朝自己射來的毒針。伊古就在不遠處，按照泰邦的要求成為他的另一雙眼睛，每當有不對勁，泰邦總是可以藉由伊古的提醒即時反應。

泰邦很快地便落後太多，烏托克的勇士們沒有注意到泰邦的脫隊，只是按照烏托克的命令繼續往森林深處移動。此時比起來自烏托克同伴的監視，泰邦意識到這些看不見的外鄉人軍隊更是麻煩，況且泰邦眞的不知道自己正在面對什麼，他想起在邊界時看見的金屬怪物，金屬怪物沒有頭腦，更傾向於不隱藏、直接攻擊，這表示這次他們面對的確實是眞正的外鄉人軍隊，而且這批軍隊性質很特殊，善於隱匿，連烏托克的魔鳥和泰邦自己的伊古都看不見。

泰邦感到憂心，他和伊古加起來總共只有兩具軀體，這些人卻絕對是兩人以上的隊伍，他們遠比自己更有優勢。思及此泰邦放緩腳步，盡量隱於陰影或貼著樹木移動，他的皮膚長年在山林中移動，加上經常受太陽曝晒，已經形成和樹林相似的色調，過去泰邦走入山林打獵，也需要隱藏行蹤才能接近獵物，對於隱匿，他駕輕就熟。

隨後泰邦放緩步伐，站在一棵粗壯的樹木根系處，靜靜等待。他和伊古都聽見了細微腳步，雖經過降低音量的訓練，但對他們來說仍然太吵，腳步徐徐來到泰邦藏身之處，突然停下來，彷彿正在觀察。

泰邦深吸一口氣，無聲蹲下，往外滾去，轉動的視線中泰邦看見一雙穿著黑色軍靴的腳，泰邦握住那雙腳，試圖使力令對方摔倒。但他在一瞬間就發現自己太過天真，對方早已預知他的出現，一根毒針劃過泰邦臉側，只差一點點，泰邦就會無聲死去。他心一橫，咬牙抽出腰間的獵刀迅速割過對方的腳踝，直接砍斷了那人的腳筋，他聽見尖叫，那人雙腳流出大量鮮血，掙扎著倒落在地。

泰邦順勢跳上那人痛苦扭動的身軀，以全身重量壓制對方，很奇怪的，泰邦感覺掙扎的敵人身材瘦小，穿著深紅軍裝，但胸膛單薄，那人臉戴紅色護具，泰邦試圖將護具拉開，卻聽見一聲嘶吼響徹樹林。

「殺了他！」

泰邦順著聲音望去，倏地醒悟那是百公尺外正和其他紅衣人打鬥的烏托克傳來的。烏托克一直就知道他在哪裡，她跟著他，不讓泰邦有逃脫的機會。

「殺了他，你在幹麼？快殺了他！」

烏托克正朝他嘶吼著殘酷的要求，泰邦知道烏托克的意思，但他從未殺過人，只是幾秒鐘猶豫，泰邦猛然感到背後毛髮倒豎，他正要回頭，已被另一名紅衣人一刀劃過臉頰，泰邦臉上一陣濕熱，整個人被壓倒在地，刀尖即將吻上他的喉嚨之際，一道黃黑交雜的影子掠過半空中，將泰邦身上的紅衣人撞開。

泰邦驚恐地看向烏托克的方向，當他看見烏托克眼中的讚賞與勝利之情，他知道自己沒有弄錯，那是他的伊古。

伊古的意識在瞬間藉由突然拉近距離的連結和泰邦連繫在一起，泰邦彷彿突然墜入了野獸的身體，他用伊古的牙齒撕咬，聆聽對方痛苦的哀號，但他沒有憐憫，將牙齒咬進紅衣人的咽喉，用力一甩，大片血花灑入地面。迅速殺人後，伊古以極快的速度爬到樹上，消失在陰影裡。

泰邦嘴裡還殘留著鮮血的味道，溫熱的肉體觸感，然後突然間，他被丟下了。泰邦茫然無措，他看著自己的手，那是人類的手，不是野獸的腳掌，然後他再看向地上，一名被咬斷頸動脈的紅衣人，正在苟延殘喘。另一名原本被泰邦壓制住的紅衣人同樣顫抖呻吟，好似他能感受到另一名紅衣人的痛苦，並為此虛弱、失去所有反抗能力。

泰邦彷彿著魔般伸出手，緩緩摘下瀕死紅衣人臉上的半面護具，因為他能夠理解失血的痛苦，在最後，對方或許會希望有機會再呼吸一口新鮮空氣。

「哥哥、哥哥……」護具下的是一張稚嫩少女的臉，她嘴裡冒出血泡，沒多久便斷氣，她讓泰邦想到璐安，再加上少女死前哽咽般的呼喊，讓泰邦猛然後退幾步，幾乎無法承受。

烏托克的咆哮傳來，並且聲音愈來愈接近，泰邦想，烏托克可能已經處理好她那邊的敵軍，正朝自己飛奔而來。泰邦很了解烏托克，她不會讓另一人死得如此輕易。是以泰邦從腰際抽出獵刀，回想過去宰殺山豬和水鹿的經驗，他溫柔地拉起另一名毫髮無傷，卻不知為何彷彿深陷痛苦的紅衣人頭顱，迅速高效地以獵刀割過他的脖子。

「死了？」烏托克站在泰邦身邊問，見泰邦點頭，烏托克伸手強迫性地拉起泰邦：「大部分都解決了，我們要回防邊界。」

「其他人呢？」泰邦問。

「都沒事，我讓阿奇萊和芭瑚去召集分散的勇士。下一波攻勢很快會到來，我們會再次陷入苦戰……泰邦，你還好嗎？」這麼長時間以來，烏托克第一次問泰邦是否還好，但泰邦說不出話來，只能搖搖頭。

烏托克一手抓住泰邦手臂，支撐著他往前走，她的聲音冰冷：「你做得很好，你的巴利也是……」

泰邦沒有在聽，他覺得頭暈想吐，腳步虛軟無力，可他無法表達出來。他們回到邊界時，周遭已站滿無數烏托克的勇士，他們面無表情，彷彿只是人偶。泰邦發現自己可鄙地因此產生微弱的安定感，畢竟保留地的反抗者人數是如此眾多，站立的姿態猶如他們身後的樹木，如此蔓延至肉眼無法看清的彼端。此時此刻，每一名勇士的目光都看向邊界之外，地平線盡頭的高聳建築物。

每個人都在等待。

每個人都帶著虛無神情，凝視都市區的陰影。

不知過了多久，瘦小的芭瑚率先指向地平線，大喊：「看！影子動了！」

是的，不可思議地，都市區細長如針的影子動起來，先是輕輕扭動，像一隻黑色的寄生蟲，隨後它緩慢爬出陰影，爬出陽光，從貧瘠的荒原緩慢爬向邊界，爬向保留地。

漸漸的一些眼睛銳利的人可以看見了，那並非眞正的影子，而是一隻巨大的金屬怪物，一架巨碩如大蜘蛛的機器，比他們在保留地見過的任何機器都更大，看起來也更致命。機器發出嗡嗡聲，由遠至近，愈來愈響，讓所有保留地人想起曾遭軍隊控制的過往。他們帶著虛假的勇士之名，不由自主瑟瑟發抖，機器表面散發強烈刺目的金屬光澤，那巨大的金屬怪物就這麼閃閃晃晃地從都市區朝他們爬行而來。

「烏托克……那到底是什麼？」名爲拉貢的女子無法按捺驚慌，屏息詢問烏托克。但就連烏托克也不知道，她不懂爲什麼沒有更多外鄉人軍隊以純粹肉身之姿和他們應戰，除了方才的紅衣人隊伍以外……便是這龐然怪物以令人絕望的速度確切、平穩地朝保留地爬來。

直到距離近了，反抗者們看見金屬怪物上方有幾個小黑點，愈來愈近，小黑點的眞面目也逐漸清晰。

那是人。

總共只有五人，乘坐於金屬怪物之上，其中最顯眼的是一名女子，黑髮如墨，身穿白衣，她戴著一副精緻面具，面具上雕刻有金色鳥類的圖樣。

女子身邊分坐兩名男性，一名男子金髮碧眼，帶著純粹的好奇與激動望著眼前的保留地人；另一名男子則身材壯碩，衣物無法遮掩處的皮膚布滿猙獰傷疤，尤其臉上更有蜈蚣般扭曲的疤痕，橫越整張臉面，他無表情地站立著，肢體語言充滿對女子的保護欲。其餘二人僅僅只是候在一旁，等待替這女子和兩名男子進行服侍。

嗡嗡聲愈來愈響。

當金屬怪物跨越邊界，原先還沉浸在方才殺戮中的泰邦像是悚然一驚，金屬怪物的高大、沉重以及震耳欲聾的嗡鳴喚起他的恐懼回憶，它的每一次爬行都會讓地面劇烈震動，樹林裡群鳥倉皇亂飛，直到金屬怪物停止於所有保留地人面前，震動和嗡嗡聲才暫時平息。

像是看見蛇口的青蛙，包含烏托克等所有抗爭勇士，站在金屬怪物面前，盡數動彈不得，彷彿陷入催眠般的昏沉之中。

見狀，乘坐著金屬怪物的女子似乎發出一陣輕笑。

「劉，」女子以外鄉語道，並且向傷疤男子懶洋洋地伸出手：「喙鏡。」

傷疤男子從揹在身後的木箱裡取出一面約有成人臉部那麼大、呈半透明的圓形鏡子，小心翼翼且無比恭敬地雙手奉上，女子緩慢坐起身，將鏡子捧在心口。

那面鏡子理當要是極爲珍貴，女子卻像是擺弄著一件玩具。當她令鏡子如同一隻充滿惡意的獨眼指向保留地，同時亦指向所有跟隨烏托克的部落人，泰邦率先回過神來。

快逃！泰邦試著大聲叫喊，卻只發出細微的呻吟，他此刻不斷在心中大叫，渴望向所有人示警，只因他記得類似的畫面。記憶裡，璐安的母親曾用圓鏡墜飾反射陽光，陽光穿透從山頂徐徐下降的霧氣，形成彩虹，霧中的每一滴水珠都反射出一種狡猾、殘忍且無法拒絕的力量，像是在耳邊低語般，修改你的記憶，重塑你看見的景象。

泰邦全身發抖，卻怎樣也發不出聲音，彷彿中了咒。

尤其當女子從金屬怪物身上緩緩站立起來，姿態優雅地輕輕摘除臉上的面具，一張絕美的臉展現在眾人面前，她微微一笑，世間彷彿便失去了聲音，更別提她一步步順著金屬怪物的頭部往前走，在即將踏空之時，女子衣袖飄飄，漫不經心地躍入空中，她飄浮在半空，手攬圓鏡，宛若神明。

那張臉如此具有中性之美，冷感無情，卻又予人莊嚴肅穆之感。

而在泰邦眼中，那張臉是璐安。

如果不是他曾透過伊古看見十年後的璐安，恐怕他現在會立刻跪倒在地，痛哭失聲，從此失去反抗的欲望，因爲那女子的臉和璐安確實如同雙生，連泰邦在剎那間也分不出差異。

「**是金雞神女**。」烏托克身邊有少數和遺跡人打過交道的勇士，他們知道在遺跡人的聚落裡，每家每戶都至少有一座神女塑像，這是外鄉人的神靈。因此當那張臉從面具底下顯現，這些人意識到遺跡人的信仰是眞實的，他們不自覺目瞪口呆，遺跡人乃至於外鄉人的信仰是眞實的，那他們的呢？

這些勇士心中充滿困惑與悲傷，他們的神並不存在，不知道從什麼時候開始就不存在了。他們擁有的，僅僅是那些被外鄉人覬覦的神祕生物……於是驚慌和恐懼如漣漪般在烏托克的勇士之中擴散，尤其是那些懂得遺跡人信仰的勇士，他們失聲吶喊：「是金雞神女！外鄉人的神靈來懲罰我們了！」

「閉嘴！」烏托克彷彿在這時才回過神來，她轉頭環視周遭所有並肩作戰的勇士，儘管她不願意承認，但在這一刻，烏托克已意識到他們不可能贏。

「全部撤退到樹林。」烏托克沉聲下達命令，古怪的，即便這些人的圖騰在發燙、刺痛他們皮膚，也依然沒人聽從。每人都在神女震懾人心的凝視下寸步難行，惟能呆立原地，靜候神女給予的命運。

只見神女捧著人面般大的圓鏡，露出平和、聖美的笑容，她先是閉上眼，低聲向不知名的對象說話。

隨後徐徐睜開黑檀木般的眼睛，透過那面鏡子，她向面前的保留地人輕啓朱唇。

她的話語是音樂，是詩句，聲音令人如沐春風，因此在最開始，沒有人聽得懂神女在說些什麼，那是神之語言，理當不該被凡人聽聞，但不知從何時起，原先神祕難解的話語有了意義，像一枚印在耳邊的吻，她悄然訴說，優美聲音穿透皮膚，在血液融化，她像是每個人最親近的朋友，最慈藹的長輩，她知道人們傷痛與心事，她先從紅色的人臉圖騰開始，勸解他們即便被迫烙上這個圖騰，也不要用它來禁錮自己，接著她爲他們記憶裡在保留地的困苦生活敷上一層甜蜜幻想，讓他們專注在和平、無憂無慮的生活……

那樣難道不好嗎？

好，很好啊！——烏托克的勇士們在心中回答。

那你們為什麼要背叛？

神女哀傷地詢問：**你們為什麼要背叛，讓原有的幸福消失**？

他們面面相覷，一股突如其來的憎恨從每一個人心中迅速滋長。

僅僅是幾秒的時間，圍繞在烏托克和泰邦身邊的人們表情變化莫測，就算是芭瑚、拉貢與阿奇萊，也都脹紅了臉，在兩種抉擇間擺盪。緊接著，短暫的沉默之後，他們轉向彼此，這些在過去日子裡同甘共苦的戰友們高舉武器，開始互相廝殺。

霎時間哀號咒罵聲不斷，血肉與斷肢四下飛散，烏托克見狀況不對，很快往泰邦的方向跑去，一路上還必須分神擋開來自四面八方的攻擊。

「泰邦！」烏托克喊道，提醒泰邦拉貢正準備從背後偷襲他，而泰邦雖然在第一時間躲過拉貢，阿奇萊卻在此時一把抓住他，將泰邦狠狠往地上摔。

「是因爲你，戰爭才會開始！」阿奇萊目眥盡裂，睜大的眼睛對準泰邦，第一次對他表述心聲：「如果沒有你……沒有烏托克……沒有獸靈，我們現在還是好好的。」

「如果沒有獸靈，我的家人不會被殺，帊音不會毀滅。」拉貢也揮舞著獵刀泣道。

不遠處的烏托克第一次認知到他們竟是這麼想的，而神女利用喙鏡的力量改變了他們的思想，過去他們所懷疑以及被壓抑的心情，盡數在此時釋放出來。烏托克驅使她的巴利啄刺阿奇萊的眼睛，以阻止他揮下手中的長矛，泰邦趁機往反方向爬行，卻遭到其他人一擁而上包圍毆打，烏托克發出怒吼，黑色披肩在空中飛揚，她獨自殺進將泰邦層層包圍的人牆裡，拔出身後的長獵刀向周遭劃出危險的弧形。

「烏托克，我沒事，我們……」

泰邦身上有不少傷口正在流血，但並不嚴重，烏托克僅憑一人要對抗發狂攻擊的人們，多少有些力不從心，趁著烏托克試圖回應泰邦的瞬間破綻，雙目發紅的阿奇萊將長矛尖端插進烏托克的腹部。

「不要這樣。」烏托克哽咽了，她小聲說：「你們會死的。」

從泰邦趴伏的角度無法看見，但當烏托克感覺內臟被尖刺翻攪，她忍住痛苦哀鳴，在她身後，拉貢以獵刀猛刺她的腰。烏托克咬牙切齒，額間冒汗，極力壓抑閃躲的衝動，因為假如她躲開這些攻擊，受傷的將是泰邦。

「烏托克？你在流血！」泰邦終於發現烏托克不對勁，他想爬起來幫助對方，卻被她以眼神制止。

「沒關係。」烏托克不知為何這麼說，聲音裡帶有無限悲傷：「他們很快就會停下來。」

彷彿呼應烏托克的話語，泰邦看見怪異的畫面。

先是拉貢左肩上的紅色人臉圖騰扭動起來，那張彷彿受盡痛苦的面孔掙扎著、顫抖著，從拉貢的皮膚表面張開嘴，發出無聲吶喊，隨後它慢慢生長，像拉貢肩膀上的另一具人體，那張人臉掙脫了拉貢皮膚的束縛，成為僅有頭顱而沒有四肢的細長人形，逐漸成長茁壯，隨後那受苦的人像張開嘴，愈張愈大，開始撕咬、吞吃拉貢身上的肉。先從最近的臉部開始，拉貢放聲尖叫，面部扭曲痛苦的人形一口一口毫不停止地啃咬拉貢的臉，逐漸地將拉貢慢慢吃掉。

泰邦試圖移開視線，但他發現阿奇萊的左肩也長出面露痛苦的人像，人像同樣開始大口吞噬阿奇萊。隨著痛苦叫喊的聲音此起彼落，那些烙有人臉圖騰的勇士們身上均一個個長出受苦人像，人像有時吞吃長出自己的肉體，有時吞吃其他人的肉體，在一片可怕的混亂景象中，只有烏托克和泰邦不被波及。

「那兩個有辦法抵抗喙鏡影響的人，就是擁有獸靈的野蠻人。」此時已回到金屬怪物身上的神女對傷疤男子道：「等差不多了就把他們抓住。」

這樣不行。烏托克透過巴利聽見了女子的話，她勉強從腹部拔出阿奇萊刺入的長矛尖端，堪堪擋開其他人朝她劈去的刀刃，在喙鏡的控制下，這些人即便被圖騰生出的受苦人像吞吃著，也無法放棄攻擊烏托克。意識到這點，烏托克一腳將地上的泰邦從人群中踢開，厲聲要他快跑。

「我們兩個必須分開！否則誰都沒有生還的可能！」烏托克吼道：「往樹林裡去，跑得愈遠愈好！」

「你們無論如何都會死的。」神女溫柔地說：「我還準備了其他禮物，**整個野蠻地將沒有一個活人**。」

烏托克沒有理會神女，她的神情裡有些什麼，讓泰邦被吸引住全副心神。泰邦盯著被人群圍繞的烏托克，眼睛裡充滿恐懼的淚水，最終他點了點頭，閃身躲入樹林。

「啊，年紀小的野蠻人跑掉了。」神女驚呼。

「要去追嗎？」金髮男子好奇地問：「這邊這個看上去已經活不了了，等等其他家族的軍隊會過來吧？讓他們收拾就好。」

「那就追小的。」

好似聽見神女的話，巨大的金屬怪物倏地移動起來，像一座大山，一面震動一面緩緩往泰邦逃離的方向爬行。

金屬怪物離開了，烏托克仍在與昔日的同伴纏鬥，她好不容易掙脫開那些死命攻擊她的人，瞥了地上無數的屍體一眼，烏托克忍住身體與精神上的劇痛，她同樣藏入樹林，艱難、喘息著奔跑前行。此時此刻，她想起阿蘭。

烏托克不知道神女說的「還準備了其他禮物」是什麼意思，直到她跑著跑著，看見從天空投下快速飛掠的陰影，彷彿在和她賽跑，她仰頭望去，滿天的金屬大鳥承載著物資，再次於保留地上空翱翔。

看著那些金屬大鳥，烏托克心中卻浮現不好的預感，儘管她傷口疼痛、不斷流血，巴利也發出擔憂的叫喚，要求她慢一點。但烏托克有種感覺：那些金屬大鳥投放的將再也不是物資。而那些長久沒有收到物資，卻仍堅持留在保留地的遺跡人和部落人並不知道。

烏托克以極快的速度飛奔回孵育山谷，她的巴利早已先一步飛往山谷，向阿蘭通知烏托克的歸返，因此烏托克一踏入谷內便見阿蘭迎面跑來。她平素裡蒼白的小臉此時由於動作之故紅通通的，看見烏托克受傷了，黑色的眼睛流露驚慌，但很快便掩藏住，這也是烏托克喜歡阿蘭的地方，她總是很樂於掩飾情緒，無論她擅不擅長。

「師傅！您受傷了！」阿蘭靠近烏托克後，立刻將嬌小的身軀安置在烏托克的一隻手臂底下，支撐著師傅的身體，同時從側邊仔細檢查傷處，但由於烏托克穿著黑色衣服，阿蘭無法確定她傷得有多重。

「阿蘭，留下來的人怎麼樣了？快帶我去空地，我有事情要宣布！」烏托克刻意迴避了阿蘭的問題，調整著呼吸對阿蘭說道。

「師傅，剛才有好多金屬大鳥飛過天空！所有人都去撿物資了，我想……」

烏托克心一涼：「山谷裡完全沒有人嗎？」

「只剩苡薇薇琪在樹林裡。」

「帶我去找她。」

阿蘭點了點頭，但她們艱難地走了幾步，烏托克便再也支撐不住，緩緩跪坐在地上喘息。

「師傅！」阿蘭終於控制不住自己的情緒，她眉眼間滿是擔心，小心翼翼讓烏托克仰躺在地，因爲就連阿蘭也注意到，以烏托克的狀態根本無法繼續站立。

「師傅，請您快點用巴利治療自己。」阿蘭請求道。

烏托克笑了：「哈……哈哈，我的這個能力……終究是爲了避免寂寞，避免獨活，所以我可以治癒任何瀕死之人，但就是不能治癒我自己。」

「師傅，您等我一下，我去找苡薇薇琪幫忙，我很快就回來……」阿蘭正打算站起身前往樹林，卻被烏托克揮手阻止。

「不，不要！算了，不要去，你有更重要的事情，你要爲我做，你會爲我做任何事對不對？阿蘭？」

阿蘭用力點了點頭，烏托克的虛弱讓她失去了所有的冷靜，此時烏托克所說的話語，也讓她心生不安，使她覺得倘若不答應，自己將會後悔莫及。

「那麼仔細聽我說，你……你必須逃走。」見阿蘭同意，烏托克似乎放鬆下來，她看著天空中無數飛行的金屬大鳥，愈來愈絕望，已經沒有任何機會了，現在她所能做的，只是將重要的東西傳承給阿蘭。

「逃走？」阿蘭不可置信地問。

「是的，離開保留地，你知道芭瑚經常走的那條路線，連接垃圾場，你從那裡走，去找鶺鴒，她會照顧你。」

「我不能丟下您一個人——」

「你連我的話都不聽了嗎？」烏托克咆哮著，口中卻湧出鮮血，她顫抖地笑了：「如果你相信我，那就聽我的話，逃走並不是對我的背叛，而現在……」

烏托克說著，小心舉起手，她的巴利立刻飛到她手上，以單足停留於烏托克纖細的手指。

阿蘭瞪大了眼睛。「師傅！」

「我要……把我的巴利給你，只有你，我只信任你，阿蘭，有一天，替我實現我無法實現的夢想……

帶著我最重要的巴利……」

「不！」阿蘭哭了：「不！師傅！不要丟下我！我不能擁有巴利，我不是部落人，我不是帊音……」

「但你是我最好的學徒，靠過來，近一點，和我道別，小畫眉。」烏托克微笑，即將失去生命的眼睛閃過一道光芒。在阿蘭低頭之時，烏托克突然用盡力氣撐起身體，極快地在她唇上印下一吻，趁著阿蘭尚未反應過來，烏托克在阿蘭耳邊低聲說了一句話，隨後，閉上了眼睛。

阿蘭愣愣地任由烏托克倒在她懷裡，她的嘴唇上殘留血的鐵鏽味。

「師傅，您說什麼？」阿蘭捧著那張對她來說如同神明般的美麗臉孔，看著那再也無法張合的雙唇，淚如雨下：「師傅，您說什麼？求求您再說一次。」

可是烏托克再也無法說了，阿蘭也不能確定烏托克最後一句話是不是眞的，她沒有人可以確認了。

白色的巴利陡然發出一陣淒厲的叫聲，牠的翅膀因無形的劇痛而扭曲，在烏托克的手垂下時亦往地面墜落，阿蘭伸出雙手，讓巴利像一股霧氣、一根羽毛或者一片花瓣那樣跌進她掌心。

阿蘭從巴利的反應知道師傅永遠地離開了，那與巴利和烏托克相連的無形絲線也猝然斷裂。

阿蘭以另一隻手撫摸烏托克的臉，希望能再陪伴師傅久一點，但遠方傳來砲火的隆隆聲愈來愈近，也愈來愈響，天空中由金屬大鳥降下的物資籃也愈來愈多，帶著令人不安的暗示，這些物資籃又輕又小，隨風一吹便飄散到遙遠的地方。

阿蘭站起來，手足無措地看著烏托克的屍體，旋即扭頭跑開。過了一會兒又跑回來，如此重複三次，第三次，她聽見了槍聲，阿蘭抱緊懷中白色的巴利，跑向樹林最深處的陰影，烏托克曾經教過她，當被敵人追捕，不要在空曠的地方又直又笨地跑，而要躲藏進樹林裡，讓樹林決定是否延長她的生命。

阿蘭奮力奔跑，再也沒有回頭。

泰邦在伊古的提醒下避開一根低長的樹幹，他可以感覺到伊古就在自己身後不遠的地方，和他保持一致的心跳與呼吸頻率，並以相同的姿態跨越樹林中頻繁的障礙。泰邦在高及胸口的姑婆芋葉裡留下深深淺淺的痕跡，只要再一段路……再一小段路他就可以返回孵育山谷。

突然泰邦背部承受劇烈衝擊，他被一股殘暴且凶猛的力道推向半空，隨後摔落在姑婆芋葉組成的綠浪裡。臉上有疤的男子靜靜走來，高大的身軀在葉片上投下陰影，山林間潮濕的泥土氣味瀰漫鼻腔，泰邦覺得面前景色愈發灰暗，或許是那些數不盡的金屬大鳥遮蔽了天空，泰邦想，那些金屬大鳥送來的絕不可能是如過去那樣的食物和生活用品。

泰邦喘著氣，聆聽伊古的話只是讓自己盡量融入在植物裡，仔細觀察周遭情況尋找可以逃脫的機會。然而在泰邦稍稍轉頭時，男子便已面色淡漠地垂首，高舉拳頭重擊泰邦臉部兩次，直到他徹底昏沉迷惑、頭暈目眩，全然失去反抗能力。泰邦被對方可怕的力量震懾，以至於有好一陣子無法移動身體，男子趁隙翻轉泰邦癱軟的身體，使他面朝地，並且將全身的體重壓在泰邦的肩膀上，讓他動彈不得。

泰邦感覺到伊古在陰影處低聲咆哮，牠想過來幫泰邦，但泰邦以全副心神阻止牠。不要，他們就是在找你，你絕對不能過來。泰邦想。

他們會殺你！伊古低吼。

反正你不要過來就對了！泰邦緊閉雙眼：這個男人不對勁，我掙脱不了，他的力氣很大！

「不要用手碰他啊，劉，很髒的。」一個輕柔的女聲響起，泰邦勉強轉過頭，看見一雙蒼白脆弱的赤足朝自己徐徐走來，那雙腳讓泰邦想起璐安的母親，但在某些方面又是如此不同，眼前這雙腳踏出的每一步，都令泰邦感到呼吸不過來的危險。

「大人，如果不用手，我無法制伏他。」傷疤男子以低沉的聲音說道。

「這眞的是一名和畢斯托西斯結合的伊哈灣原住民嗎？如果不是親眼所見，簡直難以置信……」金髮碧眼的男子伴隨神女緩緩接近，男子臉上的神情是泰邦無法解讀的，充滿喜悅、好奇和純粹的激動，但也僅止於此，對於泰邦，他並沒有表現出正常面對受傷人類該有的憐憫。相反的，他注視泰邦的眼神就像注視一隻野生動物。

「是的，威爾醫生，這就是一名灣島野蠻人，以你們的話來說，原住民，您可以任意做您需要的研究，但我想請您答應我一件事。」神女禮貌且平和地說道。

「什麼事呢？」被稱為威爾醫生的金髮男子問。

「等你的研究結果出來，請告訴我，為什麼骯髒的野蠻人也可以跟獸靈結合呢？」神女手指輕點嘴唇，唇角微揚：「這是我長久以來最大的疑問。」

「一定、一定。」威爾醫生蹲在泰邦身旁全神貫注地打量他，因此只是敷衍了神女幾句。

神女也不以為意，她低頭查看泰邦，發現泰邦的目光一直停留在自己身上。

「你這麼直直盯著我看……是因為覺得我很美嗎？」神女彎下腰，朝泰邦嫣然一笑。

「我見過更美的人。」泰邦咕噥。

他的聲音很小，神女卻顯然聽見了，她精緻絕倫的臉孔閃過瞬間的扭曲恨意，緊接著她迅速藏起那股恨意，再次微笑，只是這次她的笑容沒有眞正的笑意。

「你見過那個和我長相相似的小鬼。」神女看著泰邦好一會，然後肯定地說：「很遺憾，他已經死了，我見過他，他一離開保留地就被我的人捉住了，現在恐怕已受盡了酷刑，屍體若還有完整的，也是被扔在垃圾場吧。」

出乎意料的，泰邦聽了神女的話居然笑著搖搖頭，以相同的肯定擠出反駁：「你在騙我。」

神女面露驚奇，似乎很訝異泰邦會如此篤定：「嗯，確實，我在騙你，但不管怎樣，你都再也見不到他了。」

泰邦不再說話，伊古忽然又再次瘋狂，猛力拉扯他們之間的連結，要求要現身拯救泰邦。他閉起眼睛，沉入與伊古的意識巢穴，如今那雲霧繚繞的山頂已是泰邦心靈上的家，可他還沒來得及看見伊古，便再次被男人毆打，劇痛強迫泰邦從意識巢穴裡返回。

他一張開眼，便與神女含笑的雙眸對上。

神女彷彿深知一切，也知道泰邦打算如何逃離，因此她用最簡單且粗暴的方法制止他。神女對傷疤男人說：「抓好，過不了多久，獸靈就會出現。」

「你確定嗎？」威爾醫生問，直接伸手翻動被壓制的泰邦眼皮，用手電筒照射泰邦的眼球，做著令泰邦不舒服，而他卻不能反抗的事情。

「當然，而且獸靈能夠聽懂人話。」

他們等待著，泰邦在心中一遍一遍要求伊古停在原地，不要現身，然而卻恐懼地發現每當他想透過連結和伊古說話，傷疤男人都會在神女的指示下毆打他的頭部，讓他無法和伊古溝通。隨著時間一分一秒過去，嘗試多次的泰邦鼻青臉腫，牙齒斷在嘴裡，他嘔出血與斷齒，不再試圖回到有伊古存在的意識山頂，只是不斷在心裡重複：**不要過來……不要過來……**

樹林深處出現騷動，神女興奮地屏住了呼吸，泰邦在看見眼前的景象時，眼中的光芒終於逐漸暗去。

樹影裡悄然走來一隻古老且無比美麗的生物，那是一隻雲豹，身上覆蓋著黃灰色的毛皮，並有黑色、棕色交雜的雲狀斑紋，牠的步伐很輕，尾巴稍短，正在牠身後擺動。

牠的眼睛是無法形容的質地與顏色，像是黃色或棕色，卻也在光線的反射下出現神祕且驚人的螢綠。

「劉，項圈。」神女以最輕的語調說：「天啊……看看牠，牠多美啊……」

傷疤男人維持對泰邦的壓制，同時單手伸向身後的背包，摸索神女要求的物品，便在此時，泰邦劇烈掙扎，即便泰邦只有十五歲，他仍然很有力氣，一瞬間竟讓男人失去平衡，他扔開手中模樣特殊的項圈重新按住泰邦，而眾人面前的雲豹就像受到了驚嚇一般停在原地，不再前進。

「伊古！離開！」泰邦用盡最後一絲力氣，撕心裂肺地喊道，緊接著傷疤男人抓著泰邦的頭往地上撞擊多次，直到泰邦滿臉鮮血，雲豹在樹林邊緣發出咆哮。

「別那麼生氣，只是想讓你知道現在的情況。」神女輕聲細語地說話，泰邦渾渾噩噩間意識到神女是在勸說伊古：「這是你選定結合的人，要再找到這樣的人不容易吧？可他的生命現在就掌握在我們手上。」

泰邦聽見伊古憤怒地噴氣，伊古和泰邦在一起的時候，牠能夠說話，可這時泰邦卻發現，這些人聽不懂伊古的話語。

神女倏地站起身，一手拿著那模樣特殊的項圈，一手從腰際抽出一把刀，那刀和部落人常用的獵刀完全不同，材質更近似於金屬怪物的尖刺，刀身很長，表面毫無瑕疵，像銀白色的玉。

這把刀如此銳利，以至於當神女將刀空懸於泰邦頸子上，泰邦感到寒毛倒豎，某種讓他呼吸不暢的強烈恐懼充滿他的胸口，他拚命喘息，冷汗涔涔，身體顫抖不已，他不斷深呼吸，迫使自己冷靜下來，但沒有用，即將死去的預感令淚水奪眶而出，他突然想到璐安，想到他十年後仍活著的弟弟，隨後阿巴刻臨死前的面孔浮現在他腦海，泰邦雙手握拳，咬牙忍耐著死亡將至的恐慌，一秒，兩秒，泰邦重新抬起頭，看向伊古。

那隻美麗的雲豹正在猶豫，牠似乎一眼就能看出神女手中的項圈不同尋常，是專門製作來捕捉如牠這樣的存在，項圈本身散發陰鬱的保證，倘若牠膽敢委身於此，牠將永遠失去自由。可是與此同時，泰邦命在旦夕，那把尖利的刀刃只要主人不小心失手，便會落在泰邦脆弱的頸部，以那把刀的銳利程度來看，甚至將直接切下泰邦的頭顱。

「不要猶豫，快走。」泰邦以唇語道，他不再嘗試進入和伊古的意識巢穴，如今距離夠近，伊古可以看見泰邦慘不忍睹的臉，以及他臉上的決絕。

「我們已經在一起了，未來也會一直如此，所以不要害怕，如果我們彼此相信，而且任何事物都不能將我們分開。」泰邦對伊古說道：「那麼你就跑吧，跑得愈遠愈好，再也不要回來。」

伊古發出一陣受傷般的痛嚎，在神女即將以項圈套住牠的喉嚨時，伊古……那隻美麗的雲豹轉身竄入樹林，一瞬間便消失無蹤。

這一刻，泰邦可以感覺到他與伊古的連繫正以極快的速度延展、拉長，直到他再也忍受不了，像是有人抓住他的身體，他四肢的一部分，強行往四周拉伸，泰邦疼痛不堪，但此時此刻，也再沒有什麼比這更快樂的。他放聲大笑，緊閉的眼睛裡流出解脫的淚水，因爲他身上最重要的一部分，對他來說就像璐安一樣重要、珍貴的存在，終於安然無恙，並且再也不會被捉住了。

神女氣急敗壞，對著傷疤男子又吼又罵，手中的尖刀劇烈搖晃，泰邦聽見神女喊道：「廢物！你這無用的廢物！我要把你換掉！我要另一隻地牛！你這噁心的東西！你讓我噁心！」

旋即神女朝一旁吐了口口水，霎時間平靜下來，她的注意力再次集中在泰邦身上：「算了，也不是你的錯，是這小野蠻人太煩人了。」

「你打算怎麼做？」一旁的威爾醫生問。

「我不想給那隻獸靈機會了，既然這個小野蠻人畢竟仍然與牠結合，我要讓那隻愚蠢的畜生感受一下，失去結合的人類有多麼痛苦。」神女輕輕地說：「那是一隻很年輕的獸靈，我想自牠出生以來，還未曾感受過一次那樣的痛苦吧……」

泰邦閉著眼睛，他聽見神女在耳邊低語：「牠會很痛的。」

泰邦不在乎，即便這已是他最後的時刻，他感覺到頸背上的微風，刀刃揮下的呼嘯，透過伊古的眼睛，他同時又看見了一整個牠奔跑其中的家鄉，那是蓊鬱悠遠的山林，古老繁複的山林，光影錯落的山林，他的山林，他活過的地方，最重要的是，他曾經與弟弟璐安一同走過、跑過、愛過也恨過的家鄉。

他覺得自己再也沒有遺憾。

跟隨一聲輕微的刀刃切過肉體的聲響，某個東西掉落在地，傷疤男子震動了一下，接著放開泰邦的身體。泰邦的身體往前倒下，地面的姑婆芋葉被飛濺的血跡染紅。

「大人，請問接下來要怎麼做？」傷疤男子站在一旁安靜地問。

神女仰頭凝視幾近將天空遮蔽的無數黑影，同時將染血的刀遞給男子，讓他擦拭乾淨。

「就等著病毒感染，人都死得差不多了，我們再去捕捉那隻獸靈。」神女輕笑著說：「我早該這麼做，**把人都殺光不就好了嗎**？是父親太仁慈。」

「倘若有倖存者呢？」傷疤男子又問：「要像實驗島當時那樣，用聖物改變倖存者的記憶，讓他們遺忘嗎？」

美麗的神女沉吟道：「當然，改變記憶對統治者來說是最好的能力，人民會忘記過去的傷痛、我們對他們的殘忍，這麼方便……因此，這次我反而不想使用這個能力，我希望他們記得受辱，記得他們的親朋好友被屠殺，記得我們家族多麼強大，他們永遠贏不了我們，就在這樣的絕望中，剩餘的人苟活。」

「我明白了。」

二人交談時，威爾醫生感興趣地檢視泰邦的身體，他有一個想法，卻不知如何開口，也不確定對方會不會同意。但他實在太想這麼做了，最終清了清喉嚨問：「不好意思，我能採集一些標本回國嗎？」

「你想採集什麼都可以。」神女漫不經心地回答。

「嗯……我對這具伊哈灣原住民的軀體很有興趣，我想如果我能帶回去，應該可以針對和獸靈結合的相容性進行分析，我相信如果之後出現不錯的研究成果，密冬之主也會想知道的，不過整具軀體太重了，我……我可以要他的頭嗎？你瞧，這名**伊哈灣原住民的後腦還紋有一個特殊的印記**，看上去非常新鮮，或許也有特殊的意義……」

「隨便你。」神女說完，彷彿覺得自己有點失禮，她再次堆起笑容說：「你是我們的貴客，如果是為了密冬本國，你可以做任何你想做的事情。」

威爾醫生點點頭，道了聲謝，打開背包開始他的採集工作。

孵育山谷的樹林中，過了這麼長的時間，老女巫仍在旁若無人地挑揀檳榔。木盆裡有一大串尚未取下檳榔的檳榔串，上面有很大一部分的檳榔和其他檳榔不同，是倒著生長的。

苡薇薇琪彷彿自言自語，也像是在歌唱：「檳榔是很好的東西，未成熟的果實汁液可以治療眼疾，成熟的檳榔可以消除肚子裡的蟲、停止腹瀉，倒著生長的檳榔有劇毒，可以殺人。」她手上的動作頓了頓，旋即想起她已經要求瑪加凱帶領幾個山谷中的孩子逃離孵育山谷，前往最南邊的沿海地。

所以一切都無須擔心。

她搖搖頭，繼續哼歌，繼續挑揀檳榔。

有時候，苡薇薇琪會察覺一種複雜的悲傷，像是看見死去幼鹿混濁的眼睛，也像是不小心踩扁一隻鳳蝶幼蟲，像是她曾經走了很久很久的路，前往荒涼無人的懸崖底部，希望找到一名失足墜落的族人，卻怎樣也找不到。苡薇薇琪會任由自己沉浸在這樣的悲傷裡，因為只有這時，她感覺自己像個真正的人。

從好久好久以前，她在儀式中拋擲向神靈的疑問，便已不再得到回答。

從好久以前，苡薇薇琪就發現，有一種特別的力量取代她的法術，成爲她新的力量。

她曾經無數次詢問：爲什麼是我？

她也問：爲什麼一定會發生這些事？

她早已知曉，早已用盡全力嘗試阻止悲劇，但無論她重複模仿多少個未來，結果都是一樣的。

所以最後她選擇什麼也不做。

苡薇薇琪繼續吟唱，無形中做著靈魂淨化的儀式，因爲她不用抬頭看也會知道，此時整個保留地的天空滿是惡靈飛舞。這裡曾經是一個美麗的地方。如今黑焰燒燃，哀鴻遍野，我的家人朋友業已死去。即便如此，這裡依然是我的家鄉，它再殘破、灰敗，都不會使我害怕。

因爲我知道……

苡薇薇琪「喀」地一聲咬下檳榔蒂頭，將有毒的檳榔扔進嘴裡，細細咀嚼，面露鮮紅微笑。

我們終將在另一個世界相會。

老女巫一顆又一顆地吃下檳榔，看著面前的木盆，重複挑揀檳榔、將檳榔放入嘴裡的動作，她完全沉浸在如此細小、平凡的事物中，以至於除此之外的任何東西，都無法再傷害她。

【研究紀錄A-2104XXXX（日期被塗畫過了）】

我在多年以後回過頭書寫這份紀錄，因爲原本的紀錄已被我毀去，我只能牢記事件發生的日期，在最後補上這份紀錄……與其說是紀錄，不如說是回憶吧。

若有人能讀到這份藏在相框裡的筆記，這是我的自白，也是應當呈現於世人面前的眞相。我必須告訴正在閱讀這份筆記的人，關於那最後的實驗之日所發生的一切。

●●●●●●●●●●●●●！（一些經過塗抹、無法辨別的文字。）

……

那日，我們正準備逼迫方舟殺死與他們相處許久的狗獸靈，我們相信儘管痛苦，這次我們爲他們提早準備新的黑猩猩獸靈，在與黑猩猩獸靈結合後，按照之前的數據，這些方舟將恢復如常，可能仍將有夜驚與尿床的狀況，甚至嚴重的精神問題，但終究是恢復如常。

我正在分發表格給研究人員時，尚未知曉本次實驗內容的M和F再次發生爭吵，這次，衝突場面極爲嚴重。

F再次強迫F_3攻擊M_2與M，而這次F_3連嘗試都沒有，便趴下身體呈現抗拒姿態。F憤怒至極，他眼中浮現強烈的悲傷與恐懼，他說：「如果是這樣……如果我連你都控制不了，那我還要你幹麼？」F在強迫F_3殺死M_2未果以後，盛怒之下親手殺死了F_3。他不知在哪裡藏了一把小刀，趁著研究人員不注意，他以極快的速度割斷F_3的咽喉。這本來就是這次實驗的重點，因此起初研究人員只是盡快處理現場，同時檢驗相關數據，但過了不久，我的助手發現F的狀況相當不對勁，我這才意識到F並非第二次失去獸靈，算上早先溺死的小狗獸靈，這次親手殺死F_3，是他第三次失去獸靈。

我聽見F發出一聲淒厲的尖叫，他衝出空地，一頭鑽進實驗所。我擔心他做出無法挽回的事情，當下分配幾人留下來協助我進行剩餘的實驗，同時命助手和其他研究人員盡快找到並控制住F。我沉思著接續的程序，卻無法擺脫內心不好的預感。我抬頭望向寒風凜冽，卻仍有淡淡陽光的灰藍天空，思索著黑羊對我陳述的建議，以及聽見黑羊的話語後，我胸口是否曾浮現一絲反感。

然而一切已來不及了，我想，我已走得太遠，以至於無法回頭……一名研究人員問我是否要開始進行最後的實驗，我嘆了口氣：「總是要等F回來才能進行。」突然間，我想到還有一份重要的表格在助手那裡，我向其他人表示要去找先前離去的人，讓他們在現場待命，隨即我匆匆奔向實驗所。

我首先檢查了平時實驗體們玩耍的區域，那兒沒有任何人，隨後我前往實驗體們的宿舍，同樣沒有發現先前離去的F與研究人員，對此我感到奇怪，我想到尚未檢查餐廳，是以快步走進餐廳，我看見幾名研究人員的身影迅速掠過餐廳通往廚房的走廊。正當我張開口欲呼喚，轟然巨響伴隨劇烈的衝擊力道自廚房傳來，我被甩飛到數公尺外的地板上，一瞬間耳鳴陣陣、視線扭曲，好長一段時間只能癱坐在地。當我好不容易能夠勉強抬頭，我看見幾名研究人員被F以瓦斯引起的爆炸活生生炸死，屍塊散落一地，慘不忍睹。而在不知不覺間，餐廳已濃煙滾滾，廚房內不斷有火舌鑽出，我感到愈來愈熱、身體疼痛不堪。

我試圖站起身返回空地，面臨這種情況，研究計畫早已安排逃生動線，但當我順著原路搖搖晃晃地往前走，我在濃煙中看見朝自己跑來的人影。

簡直令人難以置信，那竟是M！

我茫然凝視M堅持奔向實驗所內部，終於回過神大聲質問她要去哪裡，M側頭告訴我，有許多新運送來島上的黑猩猩獸靈被關在籠子裡，她必須將牠們救出。彼時我感到奇怪，我還沒有對方舟們講述這次的實驗內容，也並未告知早上便已送來新的一批黑猩猩獸靈，我不懂M如何知曉，那時狀況危急，我也沒有多想，只是轉頭以袖子摀住口鼻，試圖穿過陣陣濃煙去阻止M。她是珍貴的方舟實驗體，和一籠子的黑猩猩獸靈比起來，她的性命更有價值得多。

然而濃煙熏得我頭暈目眩，我跪倒在地，幾乎昏迷，便在此時，一道人影抓住我的手，將我帶離煙霧瀰漫處。當我恢復神智，我發現自己再次置身空地，而那帶我離開的人是不該於此時出現的黑羊。

「別進去了，你會死的。」這名黑髮的密冬模仿師靜靜地道，空地是露天場所，較爲通風，濃煙從建築物往外竄，爭先恐後遮蔽天空。黑羊接著帶我前往實驗所後門出口，那兒並非我們擬定的逃生路線，因此我沒看見其他研究人員和實驗體。

「黑羊先生……您怎麼會在這裡？」我驚魂未定地問。

「因爲時間差不多了，算上去，**『年』也該發作了**。」

「『年』？」我問。

「你可以說密冬雖然是如此強大，但密冬也有它的詛咒。」黑羊漫不經心地解釋道：「這已經不是第一次了，每一年，我們都會邀請一名西方學者前來這座島嶼進行和獸靈有關的研究，每一年，我們都會在提供的實驗體中藏進一隻眞正的野生獸靈。因爲這隻獸靈是我們一直以來想要解決的大麻煩，但每一年，只會產生相同的實驗結果，實驗所被毀，研究人員被殺，就像現在。」

「這隻獸靈是？」我結結巴巴地問道：「是鴨子？狗還是猩猩？」

黑羊沒說話，他指指建築物。透過破碎的窗户，我彷彿看見火光裡一道瘦小的人影，那人影身後跟著數隻黑猩猩獸靈，她正性命垂危，急切且無望地在尋找出口，我想出聲喊她，但黑羊阻止了我。

我看著黑羊，再看看惡火中的M。

在眞相掠過腦海時，我震驚地張大了嘴。

「是的，她就是那隻野生獸靈。」黑羊和緩地說。

「怎、怎麼可能……這怎麼可能！」我吼道。

畢竟，M是人類啊！

「密冬政府把牠稱爲『年』，是有史以來第一個人形獸靈，每一年，我們將『年』送到這座島嶼，希望能更了解牠……但每一次實驗都會失敗，『年』死去，隔年的年末仍有新的『年』誕生於密冬的土地上，許多人對此感到害怕。」

聽見黑羊的話，我震驚不已，卻仍不自覺脱口而出，問：「你們爲何害怕『年』？」

黑羊聞言笑了：「你做了這麼久的動物學和獸靈研究應該知道，人類無法接受自己只是動物的一種，如果出現人形獸靈，就代表人類也是一種動物，這是整個世界都無法消化的訊息。此外，能夠產生野生獸靈的物種，若不是已經滅絕，就是即將滅絕。那有著人類樣貌的獸靈，牠所代表的意義……」

我頓時毛骨悚然，黑羊暗指的意義無須言明，我完全能夠了解，並爲此感到恐懼。

「不過今年有一件事情改變了……你活了下來，不僅僅是活了下來，你還沒有精神錯亂或者肢體傷殘，我想代替密冬政府鄭重地邀請你，繼續留在這座島嶼，繼續在每年年末迎接新的實驗體到島上。」

實驗所在此時發出一陣轟然巨響，內部建築結構由於承受不了火焰侵蝕，終於坍塌，M和數隻黑猩猩獸靈也就此葬身火場。

仔細思索黑羊的話，我卻覺得有不合理處：「可是……可是她沒有殺死我，這場火也不是她放的。」

「是或不是，又有什麼區別呢？這是一隻不應該存在於世上的獸靈，然而，牠仍然需要被研究，或許牠今年特別溫和，或許牠今年特別沒有傷人的行爲，可牠畢竟是獸靈啊，誰知道爲了生存下去，牠會不會在一年又一年的重生中開始演化，將自身的攻擊性降低，變成更能適應人類社會的模樣？我記得，你提交的報告裡記錄了獸靈遭受電擊時會產生的特殊菌類，我們密冬政府資助的研究機構裡，存放有過去五十年來每一年的每一隻『年』身上的特殊菌類，難道你一點也不好奇，今年你蒐集到的菌類和過去五十年的菌類有何不同嗎？」

我吞嚥了一下，望著面前的沖天火焰，緊接著思考許久，關於黑羊放置在我面前的選項……我想了又想，最終意識到實際上我並沒有拒絕的可能。

那日的火災結束之後我方得知，實驗所內所有的實驗體包含研究人員，在按照逃生規範前往大門時，發現門已被從外上鎖，除了我以外，當時其他人均死於那場極為嚴重的意外。而經由黑羊的協助與聯繫，密冬政府送來材料與人手重建島上的一切，包含作為實驗所的古老監獄。這段日子，黑羊與我討論未來的研究計畫，他很高興未來將有十年以上期程的實驗計畫，而不再僅有一年，如此，他相信對於「年」這種獸靈將獲得更深入的了解。

實驗所完成重建以後，黑羊離開了，從那時起，我再也沒有見過這名密冬模仿師。一年又一年過去，我對於研究獸靈愈來愈有經驗，也愈來愈著迷，我收到密冬政府代為送來的一份離婚協議書，等我簽好名以後，密冬派來的人將會替我將協議書寄回給妻子。

那人將要搭船離去前，我出聲詢問了黑羊的去向。「黑羊大人的私事，你還是不要多問比較好。」那人冷漠地告知後，徒留我繼續在島上做實驗。

一年又一年過去，我得到新的M……不，應該說是「年」，隨實驗的進行，我可以計畫更長時間的研究，密冬政府也不再介意我如何處置「年」。

我把「年」切開，研究牠的肌理組成，我讓牠遭受電擊，研究牠是否可以和普通人類結合，我看著牠的血流過手術檯，牠乾淨、美麗的眼睛看著我，充滿恐懼與困惑。

我從「年」的身上，學會了所有我在這虛假世界所該學會的一切。

有一天，老闆不再需要我留在這座島上了，他們告訴我，希望我退休返回故鄉，在那兒，他們已經為我準備合適的教職，到時候將有一項更需要我，並且極為重要的任務等待我完成。

我能說什麼？唯有同意。待收拾行李坐上離開島嶼的船隻，我才終於無法克制全身顫抖，差點整個人癱倒在地，因喜悅和解脫而痛哭。

我從來就不想留在這座島上。

當我看見「年」，意識到牠所代表的意義，以及我所做的一切罪惡行止，我早已不想繼續下去，可我是如此害怕死亡，我害怕倘若我告訴黑羊我不願意繼續這份工作，他會立刻以最慘無人道的方式將我折磨至死。即便後來黑羊再也不曾出現，我仍知道密冬政府監視著這座小島。

我想見見我的妻子、女兒，甚至是蘋果，我想見他們，雖然我再也見不到他們了，因爲我是那樣的骯髒、邪惡，我絕對不要用自己污穢的手碰觸他們。如果可以，只要遠遠的一瞥就好，這是我所有的希望。

望著逐漸遠去的島嶼，以及船隻旁拍打的浪花與藍色海洋，美麗且無傷，那樣的景色猶如天堂，儘管我爲此自慚形穢，也前所未有地感到重生的欣喜，只因如今我終於以時間證明了自己的忠誠，在最終獲得了自由。

願上帝憐憫我，寬恕我犯下的所有罪行，願我所擁有的是最後也是眞正的自由，將來即便死後迎接我的是地獄，我也無所畏懼。

伊哈灣之骨 Ilha Island’s Bone

莉莉從火車車窗向外看去，覆蓋白雪的山陵隨著列車行駛的喀達喀達聲緩緩移動。莉莉手中緊握那張不知由何人寫給她的信，出於連她自己也不明白的原因，她決定前往信中神祕人物告知她的目的地……不，或許莉莉是知道原因的，在經歷了這麼多事情以後，撰寫這封信的人眞實身分已呼之欲出，莉莉起先帶著渴望逃離一切的心情坐上火車，可現在，她也帶著熾燒的怒火等待和那人見面的瞬間，她要用盡所有方法重傷對方，殺死他，讓對方成倍地體會施加在她身上的痛苦。

強烈的憤怒讓莉莉在火車上的大部分時間都焦躁不安，她的脈搏加速、身體發熱，直到火車喀達喀達地途經格倫村，美好的鄉村景色讓莉莉緊繃的神經逐漸放鬆下來，她感覺到了過去幾日累積的壓力和疲憊，以及差點被天使約翰殺害劫後餘生的恐懼，她的心跳漸漸平緩，眼皮漸漸沉重，不久後，莉莉在火車上打了個盹。

她又回到了那滿是動物氣味的船艙裡，這一次，她的腳部不再遭鐵鍊綑綁，門外也沒有任何令人憂懼的聲音，沒有慌張凌亂的腳步聲，也沒有船員大喊大叫著的古怪語言。

那語言既熟悉又陌生。莉莉想，一面伸手撫摸記憶裡可愛的小虎斑貓。此時原先像是牢籠的船艙對莉莉來說，更如同安全的避風港，只要不走出這扇門，接下來的事情就不會發生，只要她不走出這扇門，她也就不會想起可怕的回憶。

然而莉莉也很清楚，自己不可能在這裡躲藏一輩子。

尤其莉莉的面前再次飄蕩著一團黑色火焰，在半空中靜靜燃燒，黑焰中心露出一張莉莉年幼時的臉，一名男孩蒼白、脆弱的臉蛋，他仍微張著嘴，不屈不撓地堅持低聲咒罵莉莉。

婊子……白癡……你居然忘了……

「你要不要告訴我，你到底希望我記得什麼？」莉莉疲倦地，再也忍無可忍地問。

●●。惡靈無精打采地說：我希望你記得●●，但沒用，你的大腦被那面破鏡子影響了，一些相關的詞彙都無法傳達給你。

莉莉思索著：「不然你用其他方式敘述，不要直接說出來呢？」

惡靈似乎想了一會兒，接著它點頭：我試試看。●●是最好的，那麼好，那麼愛你，無論你犯任何錯，都會原諒你，就算你殺了人，也會愛你，永遠記得你，不管你在哪裡，會一直記得你，就算隔著遙遠的時空，也能認出你。

莉莉摸了摸臉，不知道自己哭了：「聽起來眞好。」

惡靈哼了一聲表示同意：對，●●是最好的，是你唯一的，只是你忘記了，很遺憾，你不能記得●●。

莉莉不知該如何是好，也不曉得能說些什麼，她將下巴放在膝蓋上，雙手環抱住自己，給予微弱的暖意與安全。

我得走了。過了一會兒後，惡靈抬頭看向不知名的地方，陡然說。

「你要去哪？」

別的地方，爲了**我的**●●，我還有事情要做，你的記憶有問題，像上鎖的抽屜，但很快會有人替你解除枷鎖。惡靈突然露出一個非常惡靈的微笑，邪惡、自私、殘忍，這些情緒出現在一張自己兒時的臉蛋上，讓莉莉覺得無比陌生且野蠻。我沉睡太久了，那面鏡子透過你，竟能讓我沉睡這麼久，讓這個世界的●●沒了，十年……竟然已經過了十年……但沒關係，我會給你機會彌補，你一定要把●●帶回來。

當莉莉醒時，火車恰好即將到站，她用手梳理有些毛躁的長髮，憂慮地望向窗外。她有些不確定該如何抵達信上所說的墩艾丁解剖學博物館，幸好從手機可以定位自己並設定目的地，莉莉因此發現那間博物館是當地有名的觀光景點，從博物館的官方網站上也可以查詢到交通方式，於是莉莉決定搭乘公車前往。

墩艾丁解剖學博物館和獵人動物學博物館有一些相似之處，包含都由大學管理，墩艾丁解剖學博物館亦是設立於墩艾丁大學舊醫學院建築中，此外兩者的館藏也有許多都由他人捐贈，以及空間並不很大，但容納了非常多藏品。一到開放日遊客絡繹不絕，莉莉抵達時並非開放日，卻不知為何大門開啓，彷彿無聲邀請莉莉踏入。

莉莉順著路線指引走上建築二樓，廊道上有兩座巨大的象骨標本以及人體塑像展示，莉莉感覺心跳加速，她四下張望，卻沒有看見黑髮蓄鬍的密冬男人。

由於周遭無人看管，莉莉徑直再上一層樓，見博物館木門虛掩，莉莉索性走向前去，直接推門而入。映入眼簾的是被穿透天窗的陽光照亮的無數展示櫃，以及人體雕像、模型，有些人體模型被吊掛於天花板展示著身體結構，展示櫃內則擺放有人體各部位的骨骼和浸泡於福馬林的器官、胚胎，以及切片與剖面標本，展示櫃門為透明玻璃，並在每一樣展品上放置有標籤，讓參觀者一目瞭然展品的名稱與來源。

博物館內彷彿空無一人，莉莉緩步走過展示櫃，不時低頭查看標籤，當她來到位於中間的一列展示櫃，她在那兒看見了黑髮的陌生男子。

莉莉停下腳步，全身肌肉緊繃，但男子就像沒有看見莉莉似的，仍專注於觀看他面前的一副人類頭骨，在玻璃之後，頭骨上的標籤看上去有些不清楚，也因距離太遠，莉莉無法閱讀。

「謝謝你來，雷利小姐。」男子說道，這才移開黏著在頭骨上的目光，將漆黑且濕潤的眼睛轉向莉莉，他朝她伸出手：「你可以稱我為黑羊，我是一名**密冬模仿師**。」

莉莉不由自主後退了一步：「你想要什麼？」莉莉的聲音沙啞且扁平，她吞嚥了一下，灌注更多恨意與力量在聲音裡：「爲什麼要我來這裡？」

見莉莉沒有和自己握手的意思，也極力維持和他的距離，男人聳聳肩，收回手，再次望向面前的頭骨展品。

「別擔心，我只是想給你一樣見面禮，或者說，把原本屬於你的還給你。」男人溫和地解釋：「幾年前我在這裡發現一樣東西，我一直嘗試隔著展示玻璃破解它，可這是一個非常私密的模仿，它的外部結構幾乎不可攻破，我花了很長的時間才至少聽見了一個名字，那個圖騰不斷呼喚著的名字，當我把一切都連繫起來，我眞的很驚訝，那個名字的意思是一股如玉般柔潤的山中雲霧。」

莉莉沒有回應，她不懂這個男人到底想說些什麼。

「抱歉，我應該從更早開始說起。」男人沉吟著，細長的手指碰觸玻璃表面，在上頭留下一個指痕：「二十多年前，我還在灣島協助令人反感的金姓家族治理灣島保留地，當時我厭倦又煩悶，加上那個家族妄圖學習模仿技術的人全數愚不可及……直到一日，我遇到一名女學生，她聰明、有趣，而且有相當高的模仿天賦，我一發現她，便想帶她回密冬，只有在那裡，她可以受到最好的訓練成爲眞正的模仿師。

「可惜她身分特殊，很快便要結婚了，我下一次看見她時，她懷孕了。後來她消失無蹤，據說是死了，我過了很長一段時間才知道，她逃到了保留地，並且生下一個孩子。我對這個孩子很好奇，因爲模仿的天賦可能會遺傳……」

男人說到這裡停下來，側頭看向莉莉：「那個孩子是你。」

「我？我是一名密冬藩屬人，也不來自什麼灣島。」莉莉抗拒地道。

「不，你並非密冬藩屬人，你是一名伊哈灣人，而你們稱作伊哈灣，我們稱作灣島。」男人繼續說下去：「一年又一年，我嘗試尋找你未果。我聽聞有個奧馬立克醫生帶走多具伊哈灣原住民骸骨，其中有四副在墩艾丁，並且有那麼一個頭骨上附著著模仿的力量。於是我前來，我找到頭骨，並發現頭骨確實刻著具模仿之力的圖騰，其後，我又花了一段時間才聽見那個圖騰呼喊的名字，我相信，那是你的名字，因爲那個名字上殘留著你母親的力量。

「我依循這個名字在找你，日復一日，你就像憑空消失了一樣，如果不是這副頭骨，我原本都要放棄了，每當我堅持不下去的時候，我就會來到這裡，傾聽這副頭骨發出的聲音……直到我在網路上看見你的繪畫作品，和你的照片……我知道那是你，那個名字指的是你、模仿的是你，你的眼睛、皮膚、頭髮的光澤，每一樣都回應這個名字的意義，你的名字本身就是一個圖騰，多麼不可思議，我相信你的母親把她最後的模仿放在你的身上，這眞是大師之作。」

男人說著便笑了：「無論如何，我終於找到你了，我眞的很高興，雖然最初見到你，我懷疑你很脆弱，沒有力量，尤其你選擇的外在模樣……我不理解，你爲何選擇模仿一個虛弱且無用的性別，於是我模仿了一個連環殺手，想測試你，看看你是否眞的具有潛力。」

莉莉全身顫抖，打從她站在這個男人面前她便知道，自己無法傷害他，他是絕對力量的本體，他很強大，很危險，面對莉莉，他只是收斂了自身令人恐懼的氣息。

莉莉是如此不甘心，想起竹鶴安子的死，她低喊出聲：「你殺了我的朋友！」

「哦是的，關於那個，我很抱歉。」諷刺的是，男人臉上眞的出現愧疚的神情：「我做得太過火了，對我們模仿師來說，這個世界的一切都是假物，就連你的朋友也是假的，所以如果你願意讓我彌補，我可以挖出她的遺骨，重新模仿一個竹鶴安子給你。」

莉莉簡直不敢相信自己聽到什麼，她睜大眼睛，像是看著一個怪物：「那有什麼用？你他媽在說什麼？你怎麼敢——」

「冷靜一點，你仔細想想，我不是藉由一根隨便誰的脊椎，再加上大量訊息就模仿出百年前的連續殺人魔聖經約翰嗎？不瞞你說，這只是我在書店的眞實犯罪書區打發時間時靈光一閃的想法，我也可以模仿丹尼斯・尼爾森，或者彼得・托賓這些殺人魔。我那天下午讀了很多相關的書，擁有很多素材，但我後來認爲從未被找到的殺人凶手可以給我更多發揮的空間，加上他對女性的仇恨與污辱，讓我聯想到你對於性別的選擇，你可能會更有感觸……結果證明我是對的。我試圖告訴你的是，既然我能在沒有骨骸的條件下模仿出百年前的連環殺手，那麼我當然也可以在擁有你朋友骨骸的狀況下，完美地將你的朋友帶回來。」男人突然伸出一根食指，露出微笑：「但倘若這項禮物僅有一份，你要我模仿你的朋友，或者其他更重要的人呢？」

接著男人往後退開幾步，做出邀請動作，爲莉莉騰出展示櫃前的空間。

「等你取回所有的記憶再告訴我吧，現在，請到這裡來，這個圖騰已經呼喚你十年了，它一直在等你，當你接受它的訊息時，我會從旁解開你被喙鏡改變的記憶。」

莉莉將信將疑，卻也遏止不住內心的好奇與困惑，隱隱然還有某種遺憾與悲傷，她彷彿聽見惡靈在她耳邊低語：去吧，去看看眞相。

莉莉往前走了幾步，來到玻璃展示櫃前方，她低下頭，看見一副人類頭骨靜靜擺放於展示櫃裡，頭骨後方刻有一個細小、微弱，幾乎可說是粗糙的圖案，莉莉必須稍微側轉視線，才能完全看清。而當圖騰映入莉莉的眼睛，一股尖銳的疼痛深深刺進她腦海，像極寒之地的冰柱，尖銳、透明、寒冷，如此破開黑暗，將一個熟悉的少年聲音注入她的內心。

那聲音好溫暖，聲聲呼喊著她，可那不是莉莉的名字，不是……嗎？

莉莉首先看見一名女人下半身沾著鮮血，跪坐在地，將一個嬰孩捧給一名面貌不清的男孩看，女人說：「從此以後，他就是你的弟弟了。」

男孩回答：「從此以後，你就是我的弟弟了。」

男孩牽著懷抱嬰孩的女人的手，徐徐走入雲霧瀰漫的樹林。

隨後是長大一些的男孩、少年，站在莉莉面前，捧著她的臉，表情嚴肅而充滿深情，他看著她，彷彿永遠也看不膩，在他們周遭，是即將破曉前最深的夜，少年在她面前低語：「不管我們以後在哪裡，我會一直……」

莉莉看見雨水，聽見槍聲，感受到狂風暴雨席捲而來，她只能不斷奔跑，跑向逐漸高升的太陽，在她身後有人不斷高喊讓她快跑、不要回頭，於是莉莉跑得更快，她跑著跑著，四周景物逐漸變得雜亂，還有各式各樣的廢棄品蔓延地面。

莉莉看見由垃圾組成的洞穴裡探出一顆紅色頭髮的腦袋，一個面部嚴重燒傷的女孩對莉莉伸出手說：「你就是師傅說的那個孩子吧？我是鶺鴒，垃圾場之王，快跟我來。」但莉莉來不及抓住鶺鴒的手，便被人一把攔腰抱起，無論莉莉如何掙扎哭鬧，對方只是緊緊抓著她。

那個男人身材高大、滿臉傷疤，抓住莉莉就像拎著一隻小雞，他抓著莉莉坐上一輛軍用車，男人操作車子，將莉莉運送到某個地方。在那兒，有個長得和她幾乎一模一樣的女子，在眾人的服侍下坐在鬆軟的椅子上，居高臨下地凝視莉莉。

「殺掉嘛……不行，你的身上流有尊貴的血，但不殺掉的話，你會帶來很大的麻煩。」女子微笑著說：「這樣吧，我讓人把你送去很遠很遠的地方，讓你再也沒辦法回來，好不好啊？」

女子抬起手，傷疤男子便送來一面人臉般大的半透明圓鏡，女子把玩圓鏡，從鏡子後方對莉莉眨眼。

「爲了以防萬一，我會稍微抹掉你的記憶，別擔心，只是消除你今天以前的所有記憶，不會影響什麼……什麼？太粗暴了嗎？但我不想花任何精力去替他創造假記憶嘛。」

莉莉不知道女子正在和誰說話，只是被那面鏡子照到，她就覺得好累好累，莉莉昏睡過去，當她醒來，她的腳上綁著鐵鍊，被囚困於倉庫，她哭泣著，大喊大叫，但沒有人來。

腳下的地板上下浮沉，讓她知道，她正在一艘船上。莉莉試著回想自己爲什麼會來到這裡，但她什麼也想不起來。

剩下的，莉莉都知道了。

不，她還不知道。

莉莉看見了圖騰最後留下的少年記憶，看見那名與自己長相相似的女子將刀刃放在熟悉的少年頸上，她笑，而美麗的雲豹轉身逃跑。女子破口大罵，接著扭曲地笑起來，舉刀揮下。

莉莉看見雲豹快速奔跑時在周身流動的風景，她意識到這是少年臨死前最後看見的風景，這景象令人懷念，如此動人，如今已消失……伴隨整個畫面逐漸黑去的，是少年一聲又一聲重複的話語，那留給他親愛弟弟的遺言：

你真美，你這麼聰明、堅強……我好為你驕傲。

莉莉簡直不敢相信，也不能相信，她失去了生命中最重要的人，她曾經忘了他，遺失他，當她終於想起來，她已經失去了他……整整十年。

當莉莉再次睜開眼睛，她因強烈刺目的反光驚慌失措，揮舞著雙手掙扎著，試圖揮開命運，但她面前什麼也沒有，沒有那名與自己長相相似的女子，也沒有鏡子，更沒有即將狠狠砍下的銳白刀刃，有的只是反射光線的玻璃展示櫃。

莉莉……璐安跌坐在地，氣喘吁吁且淚流滿面，她模糊的視線裡隱約看見展示櫃內的標示牌上寫：

「伊哈灣　原住民頭骨」。

璐安伸手碰觸自己臉上的刺青，認知到這個事實：無論過了多久，即便她潛意識地不想要哥哥認出自己，她也低估了泰邦對她的愛……泰邦終究隔著遙遠的時空認出了她。

「現在你知道一切了，你也知道我的能耐，我可以把百年前的連環殺手帶回來，當然也能讓你的哥哥復活。」黑髮男人將手掌輕輕放在璐安肩上：「我曾經不理解你爲何選擇以這個樣子活下去，但後來我懂了，**這是你最偉大的模仿**，我已經見識到了，不要忘記你爲什麼會成爲現在的樣子，我相信，若你能爲了你哥哥做到這種程度，那麼，你也會爲了他前來找我，璐安，當作是一個邀請，我在伊哈灣等你。」

璐安還在無聲哭泣，當她回過神來，男人已經不見了，她急切地四處尋覓，偌大的博物館卻再也沒有模仿師的蹤影。璐安看著面前存放有泰邦頭骨的玻璃展示櫃，過了許久，她突然發狂般地伸手猛力敲擊玻璃，一次又一次，直到最終將玻璃打破，璐安一把將頭骨擁入懷中，倉皇逃離。

她搭乘公車返回火車站，買了最近一班前往格列斯卡的車票，她跳上火車，找到自己的座位，將頭骨安放在腿上，她彎身緊抱頭骨，閉上眼睛，沉入那些她好不容易失而復得的回憶。璐安細細品嘗與泰邦相處的點點滴滴，不時發笑或流淚。

她眞的好想念泰邦。

十年分的思念忽然沉沉壓在她的心裡，讓她無法克制洶湧狂亂的情緒，她好想再見見泰邦，她好希望自己沒有被奪走記憶，如此她可能還有機會陪伴在泰邦身邊。璐安也想知道假如泰邦可以跟自己一起成長，十年後的他，會是什麼樣子？

璐安想起那名密冬模仿師的話，他聲稱可以將泰邦模仿回來，璐安並不完全相信，但她現在既然已經知曉了自己的身世，她確實決定按照模仿師的要求前往伊哈灣，到時候，她將會把所有事情都問個清楚，尤其是關於模仿的能力。陡然間，璐安有了一個想法，麥克唐納是不是早就知道這一切了呢？畢竟打從最開始就是麥克唐納無數次要求璐安要繼續研究伊哈灣。

思及此，璐安再次撥打電話給老教授，卻依然沒有接通。

列車在傍晚抵達格列斯卡，璐安叫了計程車前往西北港都大學，她走向熟悉的格拉漢大樓，走入一樓的獵人動物學博物館，行經儒艮的骨架與埃奎多利亞瞪羚標本，璐安踏上樓梯，看見轉角處貼在牆面上自己描繪的黃斑銀弄蝶插畫，簽名是「莉莉．雷利」。她順著階梯一步一步前往三樓教授辦公室，某種程度上，璐安覺得這兒是所有事物的開始，也是故事發生的源頭，她曾和麥克唐納在交誼廳討論自己的研究論文、獸靈、模仿師與伊哈灣原住民。她也曾跟隨麥克唐納的腳步前往他的研究室，向他借一本書，麥克唐納曾說自己還有很多與伊哈灣有關的書籍，璐安想，他一定不會介意自己再來向他借書。

璐安站在麥克唐納的辦公室前敲了敲門，裡頭沒有回應，璐安於是兀自轉動門把，她發現門沒有上鎖，門把鬆開後門靜靜往後退開。

璐安走入辦公室，辦公室內仍如過去那樣被書海淹沒，天花板和書架頂端擺放有鳥類與恐龍的模型，麥克唐納身穿全套黑色西裝，閉著眼睛坐在書桌後方的扶手椅上，低垂頭部，彷彿睡著了。

璐安靜靜走向麥克唐納，檢查老教授以及整個辦公室的狀態，她注意到辦公室被搜索過了，一些和伊哈灣有關的書籍與研究資料全數消失，璐安猜測可能是密冬，也可能是普利坦尼亞情報單位取走了麥克唐納重要的研究成果。不過沒關係，璐安的目光四下逡巡，最終停留在書架上一幅麥克唐納過去飼養的邊境牧羊犬照片，璐安將相框取下，從相框後方打開，找到藏在相框夾層中的一份筆記，璐安沒有翻閱細讀，她意識到隨時間過去，自己在這兒愈來愈不安全。

璐安將筆記收進側背包裡，走向門口，最後一次看向麥克唐納，無論如何，至少老教授在最後是以體面的模樣離開人世，璐安為他感到高興。

「再見了，斯圖爾特。」璐安悄聲說。

至此，莉莉．雷利消失於西北港都大學，有人說她是天使約翰的最後一名犧牲者，然而從那天起，天使約翰就和百年前的聖經約翰一樣，就此失去蹤影。大學重新開放，學生返回學院上課，彼時有些舊生在經過格拉漢大樓的樓梯時，發現署名「莉莉．雷利」的一幅黃斑銀弄蝶畫作變為一片空白，彷彿那幅畫從來就只是一張白紙，不曾留下任何線條或顏色。

距離格列斯卡幾萬公里之外，某艘遠航船隻的船艙裡，臉上有刺青的女子躺在成堆貨物當中，懷中抱著死去兄長的頭骨，陷入沉沉睡眠，她相信當她醒來，她便回到了家。

便有搖晃的夢境徐徐開展，她又看見了包裹於黑色火焰裡的惡靈。

「我知道你是誰了。」這次她篤定地說。

是嗎？那張與自己近似的臉露出微笑，她知道惡靈並不眞正在這裡，它在其他地方，就像它曾說過的，爲了它自己的泰邦，它必須離開。

「是的，你是另一個世界的我，像斯圖爾特說的那樣，世界有兩個，如果我們的世界是贋品，你的世界就是眞正的世界，你是另一個我，你是璐安。」她停了一會，彷彿爲自己說出口的話語感到震驚：「我只是不懂，你爲什麼會到這裡來。」

惡靈表情認眞，它思索好長一段時間，才回答：我是爲了我的泰邦。

「在你的世界裡，泰邦也死了嗎？」

還沒有，但如果我不趕快，他將會死。

「在我的世界，泰邦已經死了。」

你還有機會，你有他的骨頭，那個男人知道該怎麼做，去找他，他會幫助你，將泰邦模仿回來。

「我眞的還有機會嗎？」

有的，一定可以的，因爲在我的世界，泰邦還活著。

這個世界是對另一個世界的模仿，所以不要只模仿這個世界的東西。她想起老教授的話，要模仿，就要模仿原世界的眞物，只要另一個世界的泰邦還在，就可以帶回這個世界的泰邦。

她並不在意惡靈口中的另一個世界，她只在乎它說「你還有機會」。

璐安想，這樣已經足夠。

尾聲

阿蘭緊擁懷中的巴利，在黑暗中小心翼翼地行走。

她不時因突如其來的巨響嚇得蹲下身，將身體蜷縮至最小，暗自祈求不要有人發現自己。她瑟瑟發抖，蒼白的面頰因遠方火光隱隱發亮，她黑色的眼睛滿是淚水，可她始終忍耐著不讓淚水流下。

阿蘭在樹叢中聽見人類成群結隊經過的腳步聲，那聲音訓練有素，像是黑壓壓的一群掠食動物在尋找獵物，她讓自己蹲得更低，用身體保護白色的巴利。

「神女大人指示的方向正確嗎？」阿蘭聽見一個聲音說。

「應該是在前面，但先一步過去的隊伍只發現野蠻人屍體。」另一個聲音回答。

「所以這邊這隻獸靈逃跑了，那可麻煩，神女大人追究下來恐怕家主人頭不保。」

第二個聲音語氣懷疑：「我不認爲她有那麼大的權力。」

「噓。」第一人突然壓低了音量：「你有沒有聞到某種鳥類的氣味。」

「你是說神女大人的氣味吧？」

「不，這個氣味很不一樣，我從沒聞過，就在這附近。」

一陣沉重腳步踏過枯葉的窸窣聲愈來愈近，逐漸接近阿蘭躲藏的樹叢。阿蘭咬著嘴唇，拚命不讓自己發出聲音，她感覺有什麼東西在拉扯自己，她倒抽一口涼氣，壓低身子往那股拉扯她衣襬的細微力道跑去。

那是某個銀白閃亮的小東西，爬行速度很快，卻以極爲迅速的方式在黑暗中找到最安全的小徑。阿蘭跟著銀白閃光邊逃邊藏，很快便遠離正在四處搜尋的外鄉人軍隊。

阿蘭繼續跟著銀色的小東西，直到星星高掛夜空，她倏地發現自己已經離開邊界，進入垃圾場的範圍，於此之前，她從未來過這裡，因此走到後來，她有些不太確定。

沒有烏托克，巴利無法說話，只能安安靜靜待在阿蘭懷中，阿蘭走著走著，愈來愈無助，愈來愈害怕，她終於允許自己的眼睛流下一串珍珠般的淚。

微小的嗡嗡聲傳來，阿蘭驚跳了一下，她惶恐不安地轉頭往聲音處看去，不久，嗡嗡聲更近了，彷彿在質問阿蘭爲什麼沒有跟上自己——一個只有手掌大小，閃閃發亮的小小金屬怪物從樹林中笨拙地爬來。

那便是不久前帶領阿蘭離開危險的銀色小東西。

「王璟大人？」

阿蘭低聲呼喚，卻由於不敢相信而搖了搖頭。

小小金屬怪物似乎認得阿蘭，它試探性地靠近阿蘭，彷彿擔心她會害怕自己，可是即便阿蘭曾經如此害怕金屬怪物，這個金屬怪物也實在是太小了，看起來就像玩具一樣無害，因此阿蘭最初只是下意識地後退幾步，旋即停下來，有些好奇地等著看小小金屬怪物打算做些什麼。

小小金屬怪物小心謹慎地伸展蜘蛛般細長的腳，緩慢爬向阿蘭，它來到阿蘭跟前，揮舞銀色的尖刺，彷彿無聲要求阿蘭跟隨自己。小小的金屬怪物開始往前爬行，無比確切，阿蘭這時明白，小小金屬怪物是在爲自己帶路。

阿蘭跟著小小金屬怪物一直走、一直走，來到一個由廢棄物與垃圾組成的無底洞，小小金屬怪物掉了進去，阿蘭也跟著跳入洞口。洞口底端別有洞天，阿蘭跟著小小金屬怪物，像溜滑梯一樣來到一處堆滿廢棄品和骯髒垃圾的地底洞穴，然後，小小金屬怪物就這麼消失在無數的廢棄品裡。

阿蘭繼續往前走，她懷中的巴利不時輕啄阿蘭的手，給予她無聲安慰。不知過了多久，阿蘭來到某個極為古怪的地方，那個地方如此富麗堂皇，其華麗與金碧輝煌卻是由廢棄品和大型金屬垃圾所組成的，無數垃圾向上延伸，堆積形成閃爍著俗豔色調的寶座。

寶座上，有一名正在打瞌睡的少女。

她的臉黑白交雜，燒傷嚴重而極度醜陋，她的頭髮是骯髒的棗紅色。

阿蘭走上前，低聲呼喚。少女咕噥了一聲，微睜開眼，看見阿蘭後猛然坐起身來，故作姿態地整理儀容，抬起下巴，彷彿不曾失態。

「**我是鶺鴒**。」少女驕傲且得意洋洋地說：「你可以稱我為垃圾場之王。」

「垃圾場之王鶺鴒，你好。」

阿蘭面無表情地道：「我是阿蘭……我來傳達消息……」

阿蘭哽住了：「師傅死了。」

鶺鴒從廢棄品組成的王位上掉了下來。

「師傅死了？」

鶺鴒那張醜陋的臉瞬間扭曲成悲痛欲絕的神情，儘管如此，她眼中仍帶有不可置信：「不可能，你一定是在騙我！你一定是在騙我！師傅那麼強，怎麼可能會死？」

阿蘭懷中的巴利發出一聲輕叫，她張開雙臂，讓鶺鴒可以看見自己懷中的魔鳥，屬於烏托克的魔鳥。

看到烏托克的巴利，鶺鴒這才終於醒悟，她的眼淚撲簌撲簌地掉落。

「真的……師傅真的死了，誰幹的？我要殺了他，我要殺了他們！告訴我！是誰幹的？」

阿蘭沒有回答，雖然她是第一次見到烏托克另一名還活著的學徒，但她已打從心底厭惡鶺鴒。而儘管阿蘭不喜歡她，至少他們擁有相同的目標。

阿蘭想，她要為師傅討回公道，讓師傅臨死前的心願成真。為此，她將不惜踏平五大家族，儘管她仍弱小，儘管她才剛從保留地離開，但她不會放棄也不可能放棄，她要殺死令師傅死亡的始作俑者，她要殺死五大家族的所有人。

她要復仇。

獸靈之詩：保留地的祭歌　完

致謝

《獸靈之詩》得以完成並出版，需要感謝非常多的人。

首先我要感謝獨步文化願意出版本書，以及責任編輯小K（詹凱婷）。過去三年的寫作時光如果沒有小K，這個故事絕對不會是現在這樣子。如果故事很好看，那是小K的功勞，我老是覺得自己無法跟「讀者」這巨大的靈體通靈，小K是我的溝通橋樑，同時也提供了很多非常棒的建議。整個合作的過程我收穫良多，雖然也有一些時刻，當我想到與小K的關係時，我腦海中會浮現主人在用鞭子鞭打驢子，迫使牠盡快磨麵粉的奇怪畫面。

我要感謝光磊國際版權經紀公司在這段時間替我守住了安靜的寫作狀態，爲我談妥合約、爲我少根筋的行爲尋找解決方法，我衷心希望這個故事有一天能爲他們賺到錢。

感謝格拉斯哥台灣人庇護所所長Amber陳郁眞，好心出借地址代我收出版社包裹，還大方地提出有需要時可以讓我借住她家。在我最艱難的時刻，她的熱心使我沒有後顧之憂。

我最後要深深感謝伴侶芸，我的動物學顧問，有時候哪怕我不想聽，他還是會在我耳邊絮絮叨叨台灣生態的獨特性。他同時替我沙盤推演了《獸靈之詩》世界局勢，更構思了大部分國家的另一個名稱。我在寫作的過程中最感到幸福的時光，有一部份是和他一起吃飯聊天時，他會用我小說裡的國家名稱來討論時事，這讓我感覺我筆下的故事鮮活無比。

《獸靈之詩》上冊結束在對下冊的預告，所以是的，下冊的主軸將會是一場復仇劇，同時還有兩個彆扭角色進行的遊戲，並在最後，故事的舞台會回到眞正的台灣。感謝讀到這裡的你，我們下冊再見！

參考書目

李壬癸，《台灣南島民族的族群與遷徙》，台北：前衛出版，二〇一一。
金榮華，《台灣卑南族民間故事》，台北：中國口傳文學學會，二〇一二。
金榮華，《台灣高屏地區魯凱族民間故事》，台北：中國口傳文學學會，一九九九。
金榮華，《台灣魯凱族民間故事》，台北：中國口傳文學學會，二〇一四。
陳千武，《台灣原住民的母語傳說》，台北：臺原出版，一九九〇。
達西烏拉彎・畢馬，《布農族神話與傳說》，台中：晨星出版，二〇〇三。
達西烏拉彎・畢馬，《泰雅族神話與傳說》，台中：晨星出版，二〇〇三。
達西烏拉彎・畢馬，《排灣族神話與傳說》，台中：晨星出版，二〇〇三。
賈德・戴蒙（Jared Diamond）著、王道還譯，《槍砲、病菌與鋼鐵》，台北：時報出版，二〇一九。
詹姆斯・舒茲曼（James Suzman）著、黃楷君譯，《原始富足》，台北：八旗文化，二〇二〇。
佛洛伊德（Sigmund Freud）著、楊韶剛譯，《圖騰與禁忌》，台北：米娜貝爾出版，二〇〇〇。
哈拉瑞（Yuval Noah Harari）著、林俊宏譯，《人類大歷史》，台北：天下文化，二〇一八。
杜蘭（Will Durant）著、幼獅編譯中心編譯，《文明的建立》，台北：幼獅文化，一九七二。

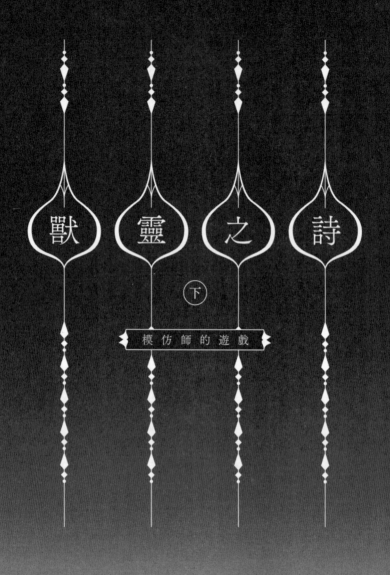

獸靈之詩〈上〉：保留地的祭歌

作　　者／邱常婷
責任編輯／詹凱婷
行　　銷／徐慧芬
編輯總監／劉麗真
總 經 理／陳逸瑛
榮譽社長／詹宏志
發 行 人／涂玉雲
出 版 社／獨步文化
城邦文化事業股份有限公司
104台北市中山區民生東路二段141號5樓
電話：(02) 2500-7696　傳真：(02) 2500-1967
發　　行／英屬蓋曼群島商家庭傳媒股份有限公司城邦分公司
104 台北市中山區民生東路二段141號2樓
網址／www.cite.com.tw
讀者服務專線／(02) 2500-7718；2500-7719
服務時間／週一至週五：09：30～12：00　13：30～17：00
24小時傳真服務／(02) 2500-1900；2500-1991
讀者服務信箱E-mail／service@readingclub.com.tw
劃撥帳號／19863813
戶名／書虫股份有限公司
香港發行所／城邦（香港）出版集團有限公司
香港灣仔駱克道193號東超商業中心1樓
電話／(852) 2508-6231　傳真／(852) 2578-9337
E-mail／hkcite@biznetvigator.com
馬新發行所／城邦（馬新）出版集團
Cite (M) Sdn Bhd
41, Jalan Radin Anum, Bandar Baru Sri Petaling,
57000 Kuala Lumpur, Malaysia.
Tel: (603) 90578822
Fax:(603) 90576622
email:cite@cite.com.my

封面設計／高偉哲
插　　畫／SUI
排　　版／游淑萍
印　　刷／中原造像股份有限公司
●2023（民112）5月初版
售價499元
獲文化部獎勵創作。

ISBN 9786267226469（平裝）
ISBN 9786267226476（EPUB）

國家圖書館出版品預行編目資料

獸靈之詩〈上〉：保留地的祭歌 / 邱常婷著．–初版．– 台北市：獨步文化，城邦文化事業股份有限公司出版：英屬蓋曼群島商家庭傳媒股份有限公司城邦分公司，民112.05
面；公分

ISBN 9786267226469（平裝）
ISBN 9786267226476（EPUB）
863.57　112003791

廣 告 回 函
北區郵政管理登記證
台北廣字第000791號
郵資已付，免貼郵票

104台北市民生東路二段 141 號 2 樓

英屬蓋曼群島商家庭傳媒股份有限公司

城邦分公司

請沿虛線對摺，謝謝！

書號: 1UX016	**書名**: 獸靈之詩：保留地的祭歌	**編碼**:

請於此處用膠水黏貼

獨步文化 APEXPRESS

讀者回函卡

謝謝您購買我們出版的書籍！

請費心填寫此回函卡，我們將不定期寄上城邦集團最新的出版訊息。

姓名：＿＿＿＿＿＿＿＿＿＿　性別：☐男　☐女

生日：西元＿＿＿＿年＿＿＿＿月＿＿＿＿日

地址：＿＿＿＿＿＿＿＿＿＿＿＿＿＿＿＿

聯絡電話：＿＿＿＿＿＿＿＿　傳真：＿＿＿＿＿＿

E-mail：＿＿＿＿＿＿＿＿＿＿＿＿＿＿＿＿

學歷：☐1.小學　☐2.國中　☐3.高中　☐4.大專　☐5.研究所以上

職業：☐1.學生　☐2.軍公教　☐3.服務　☐4.金融　☐5.製造　☐6.資訊

☐7.傳播　☐8.自由業　☐9.農漁牧　☐10.家管　☐11.退休

☐12.其他＿＿＿＿＿＿＿＿＿＿＿＿＿＿

您從何種方式得知本書消息？

☐1.書店　☐2.網路　☐3.報紙　☐4.雜誌　☐5.廣播　☐6.電視

☐7.親友推薦　☐8.其他＿＿＿＿＿＿＿＿＿＿

您通常以何種方式購書？

☐1.書店　☐2.網路　☐3.傳真訂購　☐4.郵局劃撥　☐5.其他

您喜歡閱讀哪些類別的書籍？

☐1.財經商業　☐2.自然科學　☐3.歷史　☐4.法律　☐5.文學

☐6.休閒旅遊　☐7.小說　☐8.人物傳記　☐9.生活、勵志　☐10.其他

對我們的建議：＿＿＿＿＿＿＿＿＿＿＿＿＿＿

＿＿＿＿＿＿＿＿＿＿＿＿＿＿＿＿＿＿＿＿

＿＿＿＿＿＿＿＿＿＿＿＿＿＿＿＿＿＿＿＿

為提供訂購、行銷、客戶管理或其他合於營業登記項目或章程所定業務需要之目的，家庭傳媒集團（即英屬蓋曼群島商家庭傳媒股份有限公司城邦分公司、城邦文化事業股份有限公司、書虫股份有限公司、墨刻出版股份有限公司、城邦原創股份有限公司），於本集團之營運期間及地區內，將以mail、傳真、電話、簡訊、郵寄或其他公告方式利用您提供之資料（資料類別：C001、C002、C003、C011等）。利用對象除本集團外，亦可能包括相關服務的協力機構。如您有依個資法第三條或其他需服務之處，得洽詢本公司服務信箱cite_apexpress@cite.com.tw請求協助。相關資料不提供亦不影響您的權益。

☐我已詳讀權利義務之相關條款，並同意遵守。

請於此處用膠水黏貼